광장과 젠더

광장과 젠더
Agora Square and Gender

지은이	소영현
펴낸이	조정환
책임운영	신은주
편집	김정연
디자인	조문영
홍보	김하은
프리뷰	권혜린·임보람·이진아
초판 1쇄	2022년 11월 29일
초판 2쇄	2024년 3월 8일
종이	타라유통
인쇄	예원프린팅
라미네이팅	금성산업
제본	바다제책
ISBN	978-89-6195-310-8 03800
도서분류	1. 문학비평 2. 사회비평 3. 문화연구 4. 페미니즘 5. 역사
	6. 한국 근현대사 7. 미학 8. 감정연구 9. 정치 10. 영화비평
값	24,000원
펴낸곳	도서출판 갈무리
등록일	1994. 3. 3.
등록번호	제17-0161호
주소	서울 마포구 동교로18길 9-13 2층
전화	02-325-1485
팩스	070-4275-0674
웹사이트	www.galmuri.co.kr
이메일	galmuri94@gmail.com

이 도서는 한국출판문화산업진흥원의
'2022년 우수출판콘텐츠 제작 지원 사업' 선정작입니다.

일러두기

1. 단행본, 전집, 정기간행물, 보고서에는 겹낫표(『 』)를,
    논문, 논설, 기고문 등에는 홑낫표(「 」), 영화, 드라마, 노래,
    팟캐스트 프로그램 등에는 가랑이표(< >)를 사용하였다.

2. 본문에서 한자로 이루어진 인용문은 한글로 표기하되
    원어를 병기하였다.

3. 작품을 반복적으로 인용할 때에는 쪽수를,
    필요에 따라 작가와 작품명을 명기하였다.

4. 인용문의 맞춤법은 띄어쓰기에 한정했으며,
    의미의 전달을 해치지 않은 한 원문에 가깝게 표기하였다.

5. 직접 인용문의 경우에는 원문을 그대로 옮긴 경우와
    문장 내 삽입하면서 맞춤법이나 단어의 삽입·삭제 등
    원문을 변형한 경우로 구분하고, 각각 큰따옴표와 작은따옴표를
    사용하였다.

차례

광장 이후를 상상하는, 방법으로서의 '감정'

근본주의 없는 근대성이 있을 수 있다면 그것은 근대성이 작동되는 핵심 용어
가 미리 완전히 확실시되지 않는 근대성일 것이며, 완전히 다 예측할 수는 없는
정치학, 즉 희망과 불안의 정치학에 대한 미래적 형태를 띠는 근대성일 것이다.
— 주디스 버틀러, 『젠더 허물기』

슈뢰딩거를 비롯한 다른 과학자들이 사용한 용어인 '사유실험'(thought experi-
ment)의 목적은 미래를 예언하는 것이 아니라 — 사실, 슈뢰딩거의 가장 유명한
사유실험은, '미래'는 양자 수준에서 '예언될 수 없다'는 것이었다 — 현실을, 현재
의 세계를 설명하는 것이었다.
— 어슐러 르 귄, 『어둠의 왼손』

현실과 소통하고 사회에 개입하는 인문학이 무엇이며 그것이 나
아갈 방향이 어디인가에 대한 고민이 감정연구로 가닿았다. 선분이 되
지 않는 점들로 이어진 작업들 속에서 희미한 밑그림을 본 것은 「차
마 하지 못하게 하는 마음은 어디에서 오는가」(2015)를 마무리하면서
였다. 감정에 대한 관심을 문학 내 인물의 감정 상태나 문화가 만들어
낸 분위기에 대한 것으로 오해하는 경향을 두고, 감정연구에 대한 협
소한 이해를 조정해 봐야겠다고 생각하게 되었다. 감정연구에 대한 검
토를 통해 그간 지속해온 문학과 문화의 경계를 가로지르는 독해법
의 새로운 가능성도 확인해볼 수 있을 것으로 생각되었다.

그러나 다양한 방식의 사유실험을 통해 '감정'으로 우회한 삶·사람·사회 읽기가 갖는 의미를 정리하는 일을, 확신을 갖고 시작하기까지 적지 않은 시간이 필요했다. 서문을 구상하는 사이 '광장'의 시간이 있었고, 온도 차가 있는 두 번의 대선이 지나갔다. 그리고 많은 질문들이 남았다. 우리가 경험한 '광장'은 무엇이었는가. 혁명이라고 불러도 좋을까. 연대와 공존의 느낌만은 아니었던 잉여의 감정들을 무엇이라 불러야 할까. '광장' 이후 겪게 된 기이한 열패감은 어디에서 왔을까. '광장'의 경험은 어떤 역사적 계보 속에 놓여 있는가. 광장의 계보를 구축하는 것은 과연 무엇 아니 누구라고 해야 하는가.

어딘가로 다 흩어져버린 듯한 '광장'의 시간을 복기해야 한다는 생각은, 혁명에 대한 그간의 이해법, 즉 축적된 갈등과 모순이 임계점에 도달하여 제어할 수 없는 힘으로 터져 나오고 그 힘이 사회변혁을 이끄는 동력이 된다는 논리로는 '광장'의 시간에 온전히 가닿을 수 없지 않은가라는 생각으로 이어졌다. '광장'의 시간에 대한 고민 속에서 분명해진 것은 감정연구의 필요성과 방법에 관한 것이었다. 우리에게 '광장'은 무엇이었는가를 따져보면서, 억압과 저항의 이항 대립적 구도나, 원인과 결과의 선명한 연쇄 고리를 그리는 접근법과 점차 거리를 두게 되었다. 떠돌던 유동하는 힘들이 상호적으로 전염되고 증폭되어 파동이 되기도 했으며, 때로 예측하지 못했던 장소에 가닿기도 했기 때문이다. 그런 의미에서 혁명이 아니라 '광장'이라는 말이, 광장'들'이라는 말이 더 적합하다고도 생각하게 되었다.

힘들의 집결지로서 '광장'이 하나의 방향성을 갖는 것으로 보인다 해도, 들여다보자면 그 내부에는 각기 다른 방향으로 움직이는 개별적 흐름들이 존재할 뿐이다. 얼마나 큰 힘이 될지 어디로 흘러갈지에 대해 미리 알 수는 없다. 이러한 사실은 '광장'의 시간을 이해하기 위해서는 일시적으로 확인할 수 있는 방향성이 아니라, 각기 다르게 움직이는 힘들의 흐름에 주목해야 한다는 것을 말해준다. 외화된 틀을 갖는 것처럼 보이면서도 매번 그 틀 안팎으로 녹아내리고 흘러넘치면서 유동하는 힘들로서 존재하기 때문에, 그 힘들은 들여다보지 않으면 보이지 않고 파악할 수 없으며 말할 수 없는 것으로 남게 될 뿐이다.

왜 감정에 대한 관심이 필요한가라는 자문自問에 대해 '광장'의 이후에 대한 상상을 위해서라는 우선적 자답自答을 얻었다고 말할 수도 있겠다. 녹아내리고 흘러넘치는 힘들의 흐름을 섬세하게 들여다보지 않고는 우리가 어디로 가고 있는지 어디로 갈 수 있는지에 대한 그 어떤 이해나 전망도 하기 어렵다는 사실을 알게 된 것이다. '광장'에 대한 다각도의 성찰이 현실과 소통하고 사회에 개입하는 인문학으로서의 감정연구를 초보적으로나마 틀 짓게 해주었다고 말해도 좋다.

◇

'광장' 이후가 근대 이후를 가리키는 것이라고 해야 한다면, 근대 이후에 대한 상상은 어떻게 가능하다고 해야 하는가. 학술장에서 이 질문이 오래전부터 있어왔지만 우리의 삶 전체와 연관되어 있다는 점에서 질문을 명료화하기는 쉽지 않다. 지금 이곳이라는 시공간의 종적, 횡적 축을 고려하자면 답안 찾기 작업은 한층 어려워질 것이 분명하지만, 그럼에도 묻지 않을 수 없다. "알기 위해서는" 안다고 생각해왔으나 은폐되고 망각된 빈 곳들을 "스스로 상상해야"[1] 하는 것이다.

근대 이후를 상상한다는 말은 종종 이전까지의 세계에 대한 전면적 폐기라는 의미로 오해되곤 한다. 그러나 사실 근대 이전과 이후가

---

1. 조르주 디디 위베르만, 『모든 것을 무릅쓴 이미지들』, 오윤성 옮김, 레베카, 2017, 13쪽.

일상 문화 차원에서 달라졌거나 다른 것으로 인식된다 해도, 그것은 세계를 바라보는 관점에 의한 것이지 일상 자체의 구체적 면모 때문이 아니다. 언어와 사물의 관계를 바라보는 관점이 달라지면 지금까지의 세계는 이해 불능의 것이 되거나 전혀 다른 의미를 갖게 된다. 의미와 가치의 기준이 달라지면서 세계에 대한 인식이 재편된 결과인 것이다.

근대에 대한 비판적 검토는 그 인식의 재편 과정 자체에서 배제되거나 누락되고 은폐된 것들이 무엇이었는가를 따져보는 일이 되어야 한다. 그렇다면 근대를 재고한다는 것은 근대적 전환의 과정을 추적하는 일인 동시에 근대의 끝자락인 지금 이곳의 편성을 바꿀 수 있는 다른 가능성을 찾는 일이 된다. 근대 너머에 대한 상상이 재-편성의 과정 속에서 이미 움트는 것이라고 할 수 있다면, 근대 이후에 대한 상상은, 결과적으로 세계를 다른 관점으로 보는 일이자, 다르게 볼 수 있는 시야를 만들어내는 일이라고 해야 한다.

광장 통치술의 아카이브라고 해도 좋을 이 책에서는, 광장을 구축하는 자리마다 작동해온 한국사회의 통치술을 '감정'이라는 렌즈를 통해 다시 읽고자 했다. 광장의 통치술, 좀 더 정확하게는 그 통치술이 젠더 회로를 거치는 메커니즘을 추적하고, 계급적·젠더적·인종적 차이로 구축된 광장 내부의 위계구조를 들여다보았다. 차별과 배제를 사회적으로 구조화하는 광장의 통치술과 사회적 타자'들' 내부의 차이를 지우는 봉합술을 해부하는 자리에서 새로운 공동체 상상이라고 해야 할, 광장 이후를 예견해보고자 했다.

이 책은 근대로부터 배제되고 누락되거나 은폐된 것들을 '감정'을 통해 탐색하는 작업에서 출발했다. 한국의 학술장을 두고 말하자면, 감정은 근대에 대한 비판적 재고의 방법론적 모색 과정에서 찾아지고 발견된 영역이다. 세계를 바라보는 새로운 관점의 마련을 위해 채택된 '방법으로서의 감정'은 정의, 비교, 대조, 설명으로 이어지는 방법론 자체에 대한 문제제기를 함축한다. 지금껏 다양한 분야의 감정 연구자들이 지적해왔듯, 감정의 범주를 뚜렷하게 마련하기는 쉽지 않다. 감정, 정동, 정서, 감성, 감각 등 합의와 정리가 쉽지 않은 번역어 논의에 한국 학문·연구의 주변성 문제까지 고려되면 감정연구는 시작도 하기 전에 난국에 처하게 된다. 그럼에도 감정이란 무엇인가라는 질문에, 감정은 개별적이고 신체적이며 주체적인 것만도, 집단적이고 추상적이며 탈-주체적인 힘의 흐름flow인 것만도 아니라고 답할 수 있다. 감정은 '사이'에서 발생한다고 말할 수도 있다. 감정에 대한 정의와는 무관하게 분명한 것은, 감정연구가 대상화된 감정에 대한 연구만을 의미하지 않는다는 사실이다.

이 책에서는 개별적으로 외면화된 감정에 시선을 두지만 감정 자체에 집중하기보다는 외면화된 감정들의 흐름flow에 관심을 기울이면서, 긍정적이든 부정적이든 그 의미를 좀 더 세심하게 따져 묻고자 했다. 이런 점에서 감정에 대한 관심은 보이거나 들리지 않지만 삶을 '총체적으로' 지배하거나 조형하는 힘에 대한 관심이자 보이지 않고 들리지 않으며 만져지지 않았던 것들의 외화를 가능하게 할 방법론적 모색이라고 할 수 있다.[2] 물론 감정으로의 우회가 배제되고 누락된 것들을 포착하게 할 유일무이한 방법은 아니다. 유의미한 방법론에 대한 모색은 지속되어야 한다. 그럼에도 심리학, 사회학, 인류학, 철학, 역사학, 문화학 그리고 문학 연구가 감정으로 우회하고자 하는 것은 감정의 '중간-매개'적 성격 때문이다. 주체의 것으로 표출되지만 감정은

---

2. Susan J. Matt and Peter N. Stearns ed., *Doing Emotions History*, University of Illinois Press, 2014.

(누군가의 것으로) 표출될 때에만 (다른 누군가에 의해) 감정으로 포착될 수 있으며, 인간과 인간 혹은 사물이나 세계 '사이'에서만 온전하게 '감정'이 될 수 있다. 인간을 중심으로 인간에 대해 논의하지만 인간중심주의에 갇히지 않을 수 있는 방법론에 대한 모색이 감정에 대한 관심으로 집중되는 이유다.

'사이'에 놓여 있다는 위상학적 의미는 발생론적 차원에만 해당하지 않는다. 감정연구는 힘 혹은 운동성으로도 치환 가능한 유동적인 것에 집중한다. 감정이 갖는 유동적 성격은 종종 감정이 학문적 대상이 되기 어렵다는 판단의 근거가 되기도 한다. 반대로 감정은 무언가를 변화하게 하는 가능성으로서 고평되기도 한다. 그런데 충돌하는 듯한 이 평가들은 사실 동일한 상황에 대한 다른 이해의 결과물이다.

각도를 달리해서 말하자면, 유동적이며 무규칙적이고 다른 무언가를 변화시킨다는 점에서 감정은 사유나 행위와 분리될 수 없다고 해야 한다. 말하자면 유동적인 힘의 작동이라는 점에서 감정은 유사-사유이자 유사-행위인 것이다. 감정을 곧 행위로 치환할 수는 없지만 감정이 행위 직전의 에너지이자 방향성을 갖는 힘임을 부인하기는 어렵다. 감정은 '사이'에 놓인 것이자 움직임을 만들어내는 힘, 즉 '판단·행위' 직전의 '판단·행위-가능성'이자 현실 직전의 현실, 아니 과거의 재편이자 은폐된 미래의 앞당겨진 현실화인 것이다.

감정으로의 우회가 근대를 읽는 방법에 대한 모색의 결과물이라면, 그것은 무엇보다 한국적 근대를 읽는 방법론에 대한 모색의 결과물이어야 한다. 근대, 사회, 개인에 대한 관심에 한국이라는 시공간적 구체성이 부여되는 순간, 한국적 근대에 대한 깊이 읽기가 시작되는 순간, 주변성이라는 유령적 특이성을 벗어던지기는 쉽지 않다. 근대의 중심과 바깥이라고 하는 지정학적 위치성과 보편과 특수의 변증법적 방법론의 바깥을 떠올리기 쉽지 않은 것이다. 중심과 주변이라는 위계적 논리를 세계인식 자체로 활용하는 근대사회에서 중심의 주변, 중심의 주변의 중심, 중심의 주변의 주변이라는 주체의 위치 설정 없이 근대를 철저하게 읽을 수는 없기 때문이다.

주변의 중심, 주변의 중심의 주변에 대한 가치판정은 어떻게 이루어질 수 있는가. 모든 것을 흡수해버리는 보편의 차원으로 수렴되지도 모든 것이 결국 흩어질 파편이라 여기는 무한한 다원의 차원으로 발산하지도 않은 채, 보편적 근대의 특수태로서의 한국사회라는 중심·주변 논리의 반복에 함몰되지 않은 채로, 근대를 다시 읽는 일은 어떻게 가능한가. 민중으로도 대중으로도 군중으로도 다중으로도 불렸던 집합적인 것에 대해 주체·타자의 이분법을 반복하지 않으면서 근대 이후, 아니 광장 이후를 구상하는 일은 어떻게 가능한가.

◇

이 책에서는 '지금–이곳'에서 '사이'를 읽을 수 있게 하는 감정을 '통해' 그 가능성을 가늠해 보고자 하였다. 구체적으로 근대 초기부터 최근에 이르는 시간의 단층면을 '방법으로서의 감정'을 통해 의미화하고, 시대의 횡단면이나 역사적 계보로도 온전히 회수되지 않는 지점들을 모으고 연결하면서 재배치하였고, 유동적인 힘을 가시화하거나 그것을 부각시키는 사건들을 중심으로 사회의 진동들을 살펴보았다.

감정을 통해 포착되는 것이 운동성이라면, 그것은 곧 고착되거나 경화되지 않는 세계와 존재를 규정하고 매번 재규정하는 '수행적' 과정 자체이다. 유동하는 힘이 만들어내는 변화와 그것이 조망하게 하는 다른 현실의 포착이야말로 감정연구가 가닿고자 한 미래인 것이다. 그 미래 구상이 근대 이후에 대한 것이라면, 근대 초기 한국에서 그것은 사회주의적 상상력을 통해 시도되었고, 다른 한편으로 보이지 않고 들리지 않는 것들의 복원을 통해 시도되었다. 미래에 대한 구상은 매번 새로운 주체 구성에 대한 요청으로, 그러한 요청에 대한 수용이나 거부의 형태로 구체화되었다. 1부 '사이 : 장소와 다른 장소'에서 확인할 수 있듯, 장소와 다른 장소에 대한 사유가 그렇게 시작되었다.

광장 통치술의 계보를 추적하는 자리에서 한국전쟁 경험이 생성한 사회변동적 힘의 흐름을 외면하기는 어렵다. 한국전쟁은 한국사회의 성격을 규정짓는 자리에서 빼놓을 수 없는 중요한 사건이자 경험이다. 한국전쟁 경험은 사후적인 일상을 통해 역사화되는 과정에서 보다 강고한 사회 구성 원리가 되었다. 급격한 근대화 과정 속에서 사회를 관통하는 유동적 힘을 형성했고, 그것은 때로 속물성의 현현인 비인간의 얼굴을 하고 있었다. 그것을 계층적 위계 구조와 그 틈새를 메우는 교양이라는 알리바이, 사회의 차별화 정동으로 불러도 좋을 것이다. 성찰 없는 개인이 근대적 주체 모형의 실질을 채우기 시작한 것은 이때로부터였다.

사회의 속물화 경향이 계층적 분화과정과 맞물려 사회적 죄의식과 수치심이 상실되어갔고, 한국사회 감정구조를 관통하는 속물성은 외환위기를 통과하며 글로벌리즘 시대를 맞이한 2000년대 이후 폭발하기에 이른다. 중산층이 몰락하고 사회가 점차 소수의 상류층과 나머지 하류층으로 구성 비율을 바꿔가고 있는 것은 가깝게는 새로운 자본화 시대의 결과물이지만, 거시적으로 보자면 중산층의 몰락은 근대의 한층 극심해진 균열의 여파가 아닐 수 없다. 한국사회의 속물성의 역사와 중산층의 등장이나 몰락과의 깊은 상관성을 주의 깊게 추적하는 과정에서 근대의 새로운 단층인 복합적 위계구조를 들여다보게 되었다. 그리하여 질문은 처음의 자리로 다시 돌아간다. 2부 '패

턴 : 속물사회의 발생학'에서는 (사유하는) 인간을 중심에 둔 개인에 대한 성찰을 통해 공동체와 미래의 시간을 다시 묻는다.

유동적인 것으로 눈을 돌리면, 많은 경계들이 흘러내리며 기성의 인식틀로 잡아챌 수 없는 틈과 그 틈을 채우는 흐름들이 몸을 드러낸다. '87년 체제' 이후에 대한 상상이 오랫동안 지속되었지만, 논의는 '획득된' 민주주의의 지속적 실현으로 모아져 왔다. 한국사회가 겪은 민주주의 파괴의 현장에 대한 해법이 '획득된' 민주주의를 수호하거나 재호명하는 방식으로 이루어져온 것이다.

과연 그것이 해법인가. 질문은 이미 오래전에 시작되었으나, 질문은 거부되거나 무시되었다. 그에 대한 반응처럼, 한국사회가 겪은 그간의 정치·경제적, 사회·문화적 사건들에 대한 반응과 작용들이 집합감정의 형태로 가시화되었다. 차이들로만 포착되는 형해화된 공동체 내부에서, 윤리와 도덕으로 작동하는 민주주의의 경계를 가로지르며 녹아내리고 흘러넘치는 유동적인 것들의 흐름이 점차 거대해졌다. 출구를 찾지 못한 채 적대 구도를 재생산하는 혐오 정동은 2000년대 이후 열린 신자유주의 시대를 통과하면서 일상에 깊이 내려앉았다. 정치에 대한 환멸과 냉소로 표면화된 애도되지 못한 사회적 공분이 사회적 약자와 소수자에 대한 히스테릭한 분노로 전이되고 있다.

부정적 집합감정의 흐름을 가감 없이 추적하는 일은 집합감정의 행방을 파악하기 위한 필수적 선결 작업이다. 하지만 이 책의 작업이 집합감정의 지도 그리기에만 머물러 있는 것은 아니다. 3부 '연결 : 감정사회의 윤리와 집합감정의 정치학'에서 감정의 행방을 통해 우리가 확인하고자 하는 것은, 나와 타인 사이, 개인과 전체 사이의 틈이자 거기로부터 드러나는 본래적 관계성이다. 연결 아니 감염의 정치학의 의미가 거기에 있는 것이다.

2010년대 중반 이후 한국사회는 미친 소용돌이의 시간을 지나왔으며 여전히 통과하는 중이라고 해야 할 것이다. 신자유주의 시대를 통과하면서 사회는 온통 부정적 사회감정으로 채워져 왔다. 적대, 증오, 무시, 모욕, 혐오의 감정이 증폭되었고, 혁명에 대한 기대와 열망이 체념과 무기력에 가닿았다. 이러한 변화가 신자유주의적 인간형으로의 개조 과정에서 벌어진 일이라는 사실을 망각하기는 쉽지 않다. 글로벌 착취 메커니즘 아래에서 연루와 공모 바깥을 상상하기도 쉽지 않다. 혁명의 기운에 들썩였던 광장의 시간을 지나고 나서도, 지금 이곳의 삶이 극적으로 나아질 수 없다는 사실을 절감하게 하는 현실인 것이다.

그렇다면, 무엇을 할 수 있는가. 무시와 모욕을 '차마 하지 못하게 하는' 마음, 그것에 대해 말하는 게 지금 이곳의 집합감정, 아니 광장 연구가 해야 할 일이라 해야 하지 않을까. 이러한 자문자답 속에서 무심결인 듯 다시 돌아오게 된다. 민주화 이후 민주주의의 여전한 재활용 가능성을 더듬거리는 자리로. 제대로 읽지 못한 유동적인 것들이 모였다 흩어지는 광장의 의미를 되짚어보는 자리로. 고통의 목소리인 집합감정을 보이고 들리게 해온 문학의 자리로.

◇

공교롭게도 '1부 사이 − 2부 패턴 − 3부 연결 − 4부 상상'으로, '단절되면서 연결하는 − 분할하면서 연결되는' 구성을 통해, 이른바 분과 영역의 연구에서 본격적인 의미의 융복합적 연구로 나아간다. 그 가능성과 한계를 함께 짚어볼 수 있을 것이다.

경계를 넘는 일은 어디서든 생각보다 어렵다. 학문 분야에서도 마찬가지다. 분과학문의 경계를 넘는 일은 열정만으로 쉽게 이룰 수 있는 일이 아니다. 경계를 넘는 일이 아니라 그것을 가능하게 하기 위한 지반을 만들기 위해 더 많은 노력과 실패의 기록을 쌓아야 한다는 사실을 시작점에서는 다 알지 못했다. 축적된 실패들이 새로운 연구로 나아가게 하는 유의미한 동력이 되었고, 그것이 결과적으로는 부인할 수 없는 사실이기도 할 것이다. 그럼에도 실패들은 종종 격려가 되기보다 더 큰 좌절을 불러왔고, 거기에 길이 없다는 사실 아니 내 눈에는 길이 없는 것 같은 막막함과 무능함으로 꽤 오래 의기소침해하기도 했다.

문학을 대상으로 한 연구는 모두 문학연구인가. 문학 바깥에 놓인 것들에 대한 연구는 문학연구가 아닌가. 경계를 넘기 위해 지속했던 이 질문들이 문학연구란 무엇인가, 연구란 무엇인가, 학문은 무엇으로 존재하는가로 이어지는 심층의 질문들로 가닿기를 기대해본다.

융·복합적 연구라고 말했지만, 고백건대, 이러한 작업을 통해 다른 어딘가로 적용 가능한 보편적 이론을 수립하거나 유용한 방법론을 만들어내는 일에 이 책은 무용하다. 따지자면 이론화는 이 책의 주요 관심사가 아니다. 오랫동안 문학과 문화를 프리즘 삼아 현실 세계를 읽어오면서 분명하게 알게 된 것 가운데 하나는 문학에 대한 보편적 이론이 만들어질 수 있다 해도, 문학 읽기에 대해서라면 그런 것이 가능하지도 있을 수도 없다는 사실이다. 이 책이 무언가를 할 수 있다면, 그것은 구체적인 읽기가 삶과 현실 그리고 사회에 대해 우회적으로 제시하는 통찰들을 가시화하는 일일 것이다.

이 책에서 하고자 한 일은, 삶의 실질적인 문제들과 현실에 개입하는 질문들에 대한 들여다보기로서의 문학 혹은 문학-현실 읽기와 다르지 않다. 문학 그리고 문학-현실 읽기는 유동적인 것의 흐름을 읽는 일이자 그것에 대한 오랜 시간에 걸친 성찰이자 성찰의 흐름을 따라가 보는 일이다. 감정을 통한 문학-현실 읽기는 지금 이곳을 사는 우리 모두에게 요청되는 일이자 어쩌면 우리에게 유일하게 가능한, 다른 미래 상상의 가능성이 아닐 수 없다.

◇

이 책이 던지는 모든 질문들과 그것을 둘러싼 사유 실험은 연세대 국학연구원 HK사업단의 '21세기 실학으로서의 사회인문학' 프로젝트와 연세대 젠더연구소의 '광장의 젠더 : 87년 이후 광장의 역사와 의미 재구축' 공동연구 프로젝트의 결과물이다. 2009년에서 2021년에 이르는 시간 속에서 공동연구의 짜릿함을 알게 되었고, 학문적 지반이 다른 이들과의 협업을 통해 새로운 의제를 개발하고 사유를 진전시키는 법을 몸으로 익힐 수 있었다. 이런 이유로 이 책은 10여 년 넘게 축적되어온 고민과 성찰의 퇴적물이기도 하지만, 무엇보다 그 시간 동안의 깊은 대화와 토론의 결과물이기도 하다. 뒤늦게나마 국학연구원의 백영서, 도현철, 김도형, 신형기 원장님들과 동료 선생님들께 감사드린다. 감정을 중심으로 한 융복합적 연구에 뛰어들어 연구 주제와 방법론을 개발하기 위해 애쓰면서 많은 가르침과 영감을 주었던 최기숙, 이하나 선생님 그리고 '광장의 젠더' 프로젝트를 함께 수행하면서 학술적인 연구뿐 아니라 구술 작업을 포함한 다양한 실천 행위들의 중요성을 새삼 일깨워주던 이인영, 김영희, 이미라, 허윤 선생님께 특별한 감사와 안부를 전한다. 축적된 질문이 '광장'과 '젠더'라는 키워드로 모아질 수 있었던 것은 전적으로 그들과의 협업 덕분이다. 덧붙여 경계와 틀을 가로지르려는 사유실험에 시도의 본뜻이 살아나도록 길을 내주신 갈무리 출판사의 조정환 선생님과 책을 매만져주신 편집부 김정연 선생님께 감사드린다.

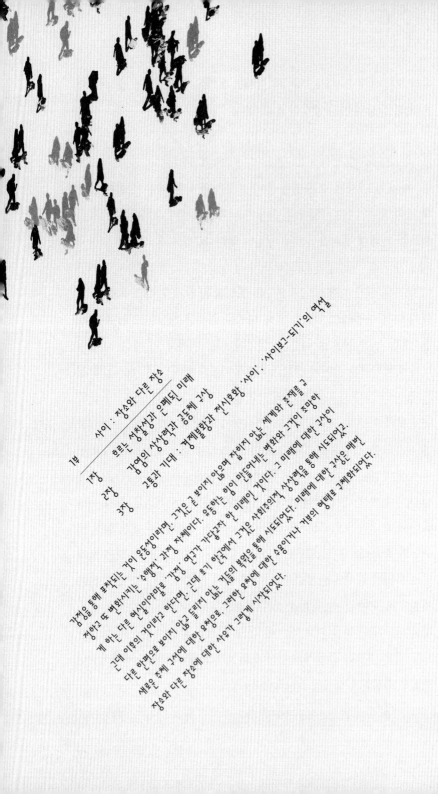

1장

흐르는 성찰성과 은폐된 미래

감정으로의 전환

"문학은 감정과 결부되어 있다. 소설의 독자들과 연극의 관객들은 이러한 작품 속 공포, 비애, 연민, 분노, 기쁨, 환희, 심지어 동정 어린 사랑에 이끌린다. 감정은 문학 작품의 내용에 대한 단순한 반응이 아니다. 감정은 문학적 형식들이 관심을 이끌어내는 방식과 같이 작품의 구조 자체에 설계되어 있다."[1] 플라톤의 문학관으로 우회하면서 마사 누스바움Martha Nussbaum이 언급한 문학과 감정의 내밀한 상관성을 굳이 환기하지 않더라도, 문학연구 장에서 감정에 대한 관심은 새롭지 않다. 문학 자체가 인간 탐구이자 인간 군상이 이룬 삶의 복합적 지층에 대한 탐색이고 발굴이다. 근본에서 인간학일 수밖에 없다는 점에서 문학연구는 감정에 무심할 수 없다. 이러한 관점에서 보자면 감정에 대한 관심이 점증해온 경향이 새삼스러운 것으로 여겨질 수 있다. 그러나 시야를 좀 넓혀보자면 출판계와 학계를 가로지르며 사

---

1. 마사 누스바움, 『시적 정의』, 박용준 옮김, 궁리, 2013, 123쪽.

회 전반에서 다양한 형태로 드러난 감정에 대한 관심에는 세심한 통찰을 필요로 하는 논점이 담겨 있다. 그 논점의 검토를 통해 비판이론의 수혜 속에서 문화연구로 확장되어온 문학연구가 처한 난점들의 돌파구를 마련하는 일도 가능해 보인다.

스테판 에셀Stéphane Hessel이 프랑스 사회를 향해 던진 '분노하라'는 요청은 한국사회에서도 큰 호응을 얻은 바 있다.[2] 급격한 경제성장이 불러온 내면화된 생활 습속으로 어쩌면 한국사회 전체가 앓고 있었는지 모를 번아웃 증후군 상태를 거울상처럼 비추며 성장 중심의 한국사회 전반에 대한 성찰을 환기했던 철학자 한병철의 '피로사회'라는 명명[3]이 큰 반향을 일으킨 것도 유사한 맥락에서 이해될 수 있다. 인문학 열풍이 고조되던 2010년대 전후로 인문학적 관심은 점차 감정으로 이동해왔다. 공교롭게도 인문학 관련 출간물들이 감정을 새로운 인문학적 주제로 호명하기 시작했다. 현상적으로는 감정에 대한 관심의 폭발이라 부를 만하다. 하지만 좀 더 찬찬히 들여다보자면 대중적 호응을 불러일으킨 인문학 출간물들 ─『감정의 인문학』(2013), 『감정수업』(2013), 『감정독재』(2013)[4] 등 ─ 은 감정 자체에 대한 관심보다는 인문학 본래의 사회적 기능 회복을 목표로 하고 있었다.

그간 인문학 출간물들이 대개 인문학적 고전에 해당하는 저작을 이해하기 쉽게 재기술하거나 삶을 위한 지혜로서 풀어놓는 경우가 많았다면, '가르치고 배우는' 구도에 갇혀있던 이전의 인문학과는 달리, 오늘을 사는 우리의 삶 자체로부터 인문학적 질문들을 찾아내고 그

2. 스테판 에셀, 『분노하라』, 임희근 옮김, 돌베개, 2011.

3. 한병철, 『피로사회』, 김태환 옮김, 문학과지성사, 2012.

4. 강신주, 『강신주의 감정수업』, 민음사, 2013 ; 강준만, 『감정독재』, 인물과사상사, 2013 ; 소영현 외, 『감정의 인문학』, 봄아필, 2013.

에 대한 해답을 마련함으로써 현실에 개입하고 실천하는 인문학의 신 개지가 마련되는 추세다. 전 지구적 경제 환경과 한국적 정치 환경의 변동이 야기한 한국사회의 급격한 변화가 긍정적이든 부정적이든 개 인과 사회 전체에 대한 인식과 행위, 실천적 방법론 모색이라는 과제 를 부과했으며, 인문학이 그 과제를 기꺼이 떠맡으면서 인문학 본연의 기능도 복원하고 있다고 할 수 있다. 감정을 '통한'through 사유와 실천 을 모색하는 과정은 사회가 요구하는 변화에 대한 '인문학적' 응답의 일환인 것이다.

'감정으로의 전환'이라고 불러도 좋을 감정에 대한 관심이 한편으 로 개별 감정에 대한 관심으로 모아져왔다. 감정에 대한 관심이 사회 에 대한 개입과 실천의 결과물임을 확인하게 하는 대목이 아닐 수 없 다. 범주로서의 감정이 아니라 『모멸감』(2014), 『분노사회』(2014) 등[5] 구 체적인 감정 목록이 거론되고 '특정한' 감정을 중심으로 감정 자체가 아니라 감정을 '통한' 사유와 실천이 모색되고 있는 것이다. 신자유주 의적 자율 주체에 대한 요청이 감정의 통제와 관리에 대한 논리를 정 교화하고 있고 미시적 영향력을 행사하는 사회적 통치술로서 개별 존 재는 말할 것도 없이 사회 전반에 걸쳐 거부할 수 없는 강제력을 발휘 하고 있다. 주체 내부에서 이루어지는 감정 관리와 통제에 대한 자기 통치술이 심리학의 얼굴을 하고 사회 전반에 깊이 파고드는 추세이 지만, 그럼에도 감정에 대한 관심이 자기통치술의 일환으로만 이해되 어서는 곤란한 이유가 여기에 있다. 감정에 대한 관심이 인문학적 현 실 개입의 결과물이라는 것은, 감정에 대한 관심이 개인과 내면의 관

---

5. 김찬호, 『모멸감』, 문학과지성사, 2014 ; 정지우, 『분노사회』, 이경, 2014 ; 장하성, 『왜 분 노해야 하는가』, 헤이북스, 2015 등.

심으로 환원되지 않고 정반대로 사회적 차원의 집합감정에 대한 관심으로 확대되고 있는 상황에서 입증된다.[6] 사회에 대한 비판적 인식과 대안적 출구를 마련하고자 하는 대중의 열망이 기이한 정치적 열풍으로 불어닥쳤고, 세월호 침몰과 같은 재난 앞에서 분노와 애도의 감정으로 구체화되었다. 감정에 대한 관심이 사회질서와 사회적 행위를 둘러싼 질문들에서 새롭게 형성되는 사정은 혐오 감정, 특히 여성 혐오에 대한 관심이 들끓는 상황을 통해서도 쉽게 재확인된다.[7] 인문학계와 출판계 전반에서 지속되는 감정에 대한 관심은 감정 자체에 대한 것이라기보다 새로운 사회에 대한 상상과 탐색의 일환으로서 이해되어야 하는 것이다.

감정을 '통해' 사회 문제를 진단하고 해법을 찾으려는 이러한 경향은 학술장으로도 점차 확산되고 있다. 서구학계에서 감정연구로의 전환을 가져온 기념비적 저술과 주목받는 연구서가 봇물 터지듯 번역 출간되고 있으며[8] 한국 학계에서도 학문적 연구의 결과물이 속속 출

---

6. 가령, 『모멸감』의 저자 김찬호가 밝힌 저술 배경이나 '모멸감'을 거점으로 던진 질문("사람들의 감정이 어떻게 움직이는지를 살펴보면, 사회의 실체를 보다 명료하게 파악할 수 있다. … 특히 한국 사회를 이해하는 데 감정은 특별한 의미를 지닌다. 역동성, 유대감, 신명, 기, 화끈함, 냄비 근성 등 한국 문화를 분석하는 데 자주 등장하는 키워드에는 정동적인 요소가 강하게 깔려 있다."[5쪽], "우리가 일상의 여러 장면에서 겪게 되는 모멸감의 본질은 무엇인가. 무엇 때문에 모욕을 주고받는가, 어떤 사람들이 타인을 쉽게 모욕하는가. 한국의 사회와 일상의 구석구석에서 크고 작은 모욕이 이어지는 데는 어떠한 역사적 배경이 있는가."[42쪽])를 통해서도 저술의 지향점이 감정을 '통한' 한국사회 성찰로 향해 있음을 쉽게 파악할 수 있다.

7. 우에노 치즈코, 『여성 혐오를 혐오한다』, 나일등 옮김, 은행나무, 2012 ; 윤보라 외, 『여성 혐오가 어쨌다구?』, 현실문화, 2015 ; 모로오카 야스코, 『증오하는 입』, 조승미·이혜진 옮김, 오월의봄, 2015 ; 주디스 버틀러, 『혐오 발언』, 유민석 옮김, 알렙, 2016 ; 박가분, 『혐오의 미러링』, 바다출판사, 2016.

8. 최근 들어 번역 출간이 급증하고 있음은 간략한 목록만으로도 확인할 수 있다. 안토니오 다마지오, 『데카르트의 오류』, 김린 옮김, 중앙문화사, 1999 ; 안토니오 다마지오, 『스피노자의 뇌』, 임지원 옮김, 사이언스북스, 2007 ; J. M. 바바렛, 『감정의 거시

간되는 중이다.[9] 이러한 사정은 그 연원을 따지자면 우선 인문학의 본
래적 기능 회복의 결과라고 해야 한다. 사회의 당면 문제에 직접적으

사회학』, 박형신·정수남 옮김, 일신사, 2007 ; 앨리 러셀 혹실드, 『감정노동』, 이가람 옮
김, 이매진, 2009 ; J. M. 바바렛, 『감정과 사회학』, 박형신 옮김, 이학사, 2009 ; 조지 애
커로프·로버트 쉴러, 『야성적 충동』, 김태훈 옮김, RHK, 2009 ; 에바 일루즈, 『감정자
본주의』, 김정아 옮김, 돌베개, 2010 ; 프랭크 푸레디, 『우리는 왜 공포에 빠지는가?』,
박형신·박형진 옮김, 이학사, 2011 ; 브라이언 마수미, 『가상계』, 조성훈 옮김, 갈무리,
2011 ; 제임스 M. 재스퍼·프란체스카 폴레타, 『열정적 정치』, 박형신·이진희 옮김, 한
울, 2012 ; 에바 일루즈, 『사랑은 왜 아픈가』, 김희상 옮김, 돌베개, 2013 ; 스테판 G. 메
스트로비치, 『탈감정사회』, 박형신 옮김, 한울, 2014 ; 크리스티안 마라찌, 『자본과 정
동』, 서창현 옮김, 갈무리, 2014 ; 벨 훅스, 『사랑은 사치일까?』, 양지하 옮김, 현실문화
연구, 2015 ; 마사 누스바움, 『혐오와 수치심』, 조계원 옮김, 민음사, 2015 ; 마사 누스바
움, 『혐오에서 인류애로』, 강동혁 옮김, 뿌리와이파리, 2015 ; 마사 누스바움, 『감정의 격
동』 1·2·3, 조형준 옮김, 새물결, 2015 ; 멜리사 그레그·그레고리 J. 시그워스 편, 『정동
이론』, 최성희·김지영·박혜정 옮김, 갈무리, 2015 ; 요시다 도오루, 『정치는 감정에 따라
움직인다』, 김상운 옮김, 바다출판사, 2015 ; 이토 마모루, 『정동의 힘』, 김미정 옮김, 갈
무리, 2015 ; 데버러 럽턴, 『감정적 자아』, 박형신 옮김, 한울아카데미, 2016 ; 윌리엄 M.
레디, 『감정의 항해』, 김학이 옮김, 문학과지성사, 2016 ; 송제숙, 『혼자 살아가기』, 황
성원 옮김, 동녘, 2016 ; 리사 펠드먼 배럿, 『감정은 어떻게 만들어지는가?』, 최호영 옮
김, 생각연구소, 2017 ; 안토니오 다마지오, 『느낌의 진화』, 임지원·고현석 옮김, 아르테,
2019 ; 안토니오 다마지오, 『느끼고 아는 존재』, 고현석 옮김, 흐름출판, 2021 ; 사라 아
메드, 『행복의 약속』, 성정혜·이경란 옮김, 후마니타스, 2021.

9. 단행본 목록만 간추려보면 다음과 같다. 김홍중, 『마음의 사회학』, 문학동네, 2009 ; 권
명아, 『무한히 정치적인 외로움』, 갈무리, 2012 ; 구난희 외, 『열풍의 한국사회』, 이학
사, 2012 ; 임태훈, 『우애의 미디올로지』, 갈무리, 2012 ; 권명아, 『음란과 혁명』, 책세상,
2013 ; 임홍빈, 『수치심과 죄책감』, 바다출판사, 2013 ; 정명중, 『우리시대의 슬픔』, 전남
대학교출판부, 2013 ; 최유준, 『우리시대의 분노』, 전남대학교출판부, 2013 ; 박헌호 편,
『센티멘탈 이광수』, 소명출판, 2013 ; 한순미, 『우리시대의 사랑』, 전남대학교출판부,
2014 ; 최기숙·이하나·소영현 외, 『감성사회』, 글항아리, 2014 ; 박형신·정수남, 『감정은
사회를 어떻게 움직이는가』, 한길사, 2015 ; 조정환, 『예술인간의 탄생』, 갈무리, 2015 ; 김
홍중, 『사회학적 파상력』, 문학동네, 2016 ; 임옥희, 『젠더 감정 정치』, 여이연, 2016 ; 최기
숙·이하나·소영현 외, 『집단감성의 계보』, 앨피, 2017 ; 최기숙·이하나·소영현 외, 『한
국학과 감성교육』, 앨피, 2018 ; 박언주·소현숙·이화진·권명아 외, 『약속과 예측』, 산지
니, 2021 ; 권택영, 『감정 연구』, 글항아리, 2021 ; 동아대학교 젠더·어펙트연구소, 『연결
(불)가능한 신체의 역사』, 산지니, 2022 ; 학위논문으로 이정숙, 「1970년대 한국 소설에
나타난 가난의 정동화」, 서울대 대학원(박사), 2015 ; 신남철, 「재난사회와 예술행동의
정동관계 연구」, 한국예술종합학교(석사), 2021. 등이 있다.

로 개입하여 해법을 마련하기 위해 다각도로 질문을 던지는 동시에 질문들을 학술적으로 의제화함으로써 심도 깊은 논의로 이어가는 것, 이것이야말로 퇴색한 인문정신의 복원이다. 감정에 대한 관심은 이러한 인문학의 쇄신과 그것이 궁극적으로 지향하는 새로운 세계에 대한 상상, 인문정신의 회복과 긴밀하게 연관되어 있는 것이다.[10]

따지자면 당대 현실의 문제에 대한 직접적 개입만이 인문학이 짊어져야 할 책무의 전부가 될 수는 없다. 그럼에도 학술적 깊이를 상실하고 일시적 위안의 기능에 머무르거나 정반대로 특정한 분과학문 내부의 의제로 협소화되는 과정 속에서는 사회가 급변하면서 야기되는 갈등과 문제들에 대한 개입과 실천 속에서 유의미한 가치를 형성해온 인문학이 학술을 위한 학술 작업으로 고립될 위험에 처하게 된다. 감정에 대한 관심이 학술장으로 확장되는 현상은 분화와 단절이 강화되고 있는 학술장이 사회와 접속할 수 있는 접면을 넓혀가고 있는 기미로 읽을 수 있으며, 사회와 학술장의 유의미한 소통 가능성을 엿볼 수 있게 한다는 점에서 고무적이라 할 만하다. 이 장에서는 이러한 사정을 염두에 두면서 동시다발적으로 부상하는 감정에 대한 연구의 흐름을 짚어보고 현재 이루어지고 있는 감정연구의 의의와 가능성을 짚어보고자 한다.

---

10. 가령, 권명아는 정동이론의 의미를 다음과 같이 정리한 바 있다. "정동 이론은 좁게는 특정한 시대의 심성 구조, 즉 신자유주의 시대의 정신사적 구조로서 슬픔과 외로움, 또는 반대로 불안과 분노 같은 정서나 그 잠재력에 대한 분석을 제공해주는 것으로 간주되기도 한다. 그러나 더 나아가 정동 이론은 현재 계발 테크놀로지에 장악되어버린, 다른 것이 될 수 있는 인간 내적 잠재력과 이행 능력을 정치적인 것과 윤리의 편으로 가져오려는, 인문적 쟁탈전의 일환이라고 할 수 있다." 권명아, 『음란과 혁명』, 책세상, 2013, 81~82쪽.

감정-연구의 지형

좀 더 따지자면, 감정연구에 대한 관심을 한국사회에 대한 인문학적 개입 작용이나 그 결과로서 즉 학술적으로 의제화된 과정으로 환원할 수만도 없다. 서구와 한국 학술 의제의 시간적 격차는 점차 좁혀지고 있으며 자본의 위력이 전 지구적 위력을 행사하게 된 이즈음에는 유의미한 학술적 의제 마련과 그에 대한 깊은 성찰이 국경을 가로지르는 트랜스내셔널한 층위에서 이루어져야 한다는 사실이 역설되고 있다. 동시에 국가보다는 지역 혹은 젠더나 인종, 계층과 같은 다각적 층위에서의 공동협력이 보다 강력하게 요청되고 있다. 이런 면모가 아니더라도 한국에서 고조되는 감정에 대한 학술적 관심에는 전 지구적 차원의 정치경제적이고 사회문화적 변화의 국면에서 학술장이 처한 위기에 대한 응답의 면모가 부조되어 있다.

이 응답은 1990년대 말부터 본격화된 감정연구의 학술적 문제제기를 이어받으면서 현재 인문사회학계가 처한 학문적 난점을 해결하려는 모색의 결과라고 할 수 있다. 특히 인공지능 '알파고'가 사회에 던진 충격을 통해서도 확인할 수 있었듯, 미디어 환경 변화는 인식과 행위, 소통과 실천을 둘러싼 개인과 사회의 관계 전반에서 전면적 변화를 야기하며 학술장의 의제 전환을 촉구하고 있다. 감정연구는 다른 미래에 대한 상상을 가능하게 해줄 계기로서 채택되고 있는 것이다.

감정을 새롭게 의제화하면서 감정을 중심으로 한 학문적 계보를 재구축하려는 시도는 그간 사회학을 중심으로 이루어졌다. (주체에 대한 관심을 사회적 행위의 규범적 성격에 대한 관심'으로 대체한) 탤컷 파슨스Talcott Parsons 시대에 부차화되었던 감정의 지위를 복원하려는 노력이 1970년대를 통과하면서 감정연구의 학문적 계보를 새롭게 마련하기 시작했다.[11] 감정과 이성의 불균형성에 대한 해법이 논의되었으며[12], 1980년대에는 국제학회가 조직되고(International Society for Research on Emotions, 1984) 1990년대에는 사회학회에서 감정사회학 분야가 하나의 연구분과로서 자리 잡게 되었다. 최근 한국에서도 융복합적 연구를 시도하는 인문학 연구 그룹을 중심으로 학회지가 만들어지고 감정을 의제로 한 연구가 본격화되었다.[13]

---

11. 크리스 실링, 「감정사회학의 두 가지 전통」(J. M. 바바렛 편, 『감정과 사회학』), 52~55쪽;J. M. 바바렛, 『감정의 거시사회학』, 46~47쪽;김홍중, 「사회적인 것의 합정성(合情性)을 찾아서」, 『사회와 이론』 23, 2013, 8~11쪽;박형신·정수남, 『감정은 사회를 어떻게 움직이는가』, 25~99쪽.

12. 이성과 감정의 관계에 대한 대표적 세 가지 접근법으로는, 대립적으로 이해하는 방식, 이성의 보충적 역할로 이해하는 방식, 연속적으로 이해하는 방식이 있다. J. M. 바바렛, 『감정의 거시사회학』, 60~111쪽. 그러나 이성과 감정을 날카롭게 구분하기는 쉽지 않으며, 감정 연구자들이 감정을 둘러싼 이러한 이원론적 입장에서 논의를 시작하고 있다고 보아서도 곤란하다(이성식·전신현 편역, 『감정사회학』, 한울, 1995, 20~21쪽;박형신·정수남, 『감정은 사회를 어떻게 움직이는가』, 66~86쪽). 다양한 학문 분과에서 이루어지는 감정의 지위를 복권시키려는 시도는 대체로 이성과 감정의 분리 불가능성을 강조하는 입장으로 수렴되는 중이다. 감정연구의 새로운 토대를 마련한 다마지오의 관점('감정의 전개의 일면은 이성에 필수불가결하며, 서로 그물처럼 연결되어 있다')을 환기해보아도 좋다(안토니오 다마지오, 『데카르트의 오류』, 2~3쪽). 철학사적 계보 속에서 이성과 감정의 분리 불가능성을 재고한 누스바움의 입장("만약 철학적 전통 내의 대부분의 견해, 즉 세상사와 사람들의 중요성에 대한 어떤 종류의 믿음들은 감정에 있어 필요조건일 뿐만 아니라 충분조건이라는 의견에 동의한다면—이는 매우 타당한 입장으로 보인다—감정 없이는 그러한 믿음도 없다는 (혹은 온전하지 못하다는) 점을 인정해야만 할 것이다. 그리고 이는 사회적 합리성의 부분도 완전하지 못하다는 것을 의미한다. 스토아학파에 반대하여 아리스토텔레스와 루소 전통이 내세웠던 '외적인 좋음'의 가치에 대한 판단을 받아들이는 사람들은—일관된 입장을 가진다면—이러한 문제와 관련하여 감정이 좋은 추론의 필수적인 요소라는 점을 인정해야만 한다. 따라서 감정에 영향을 받는 것을 인정하지 않는 재판관이나 배심원들은 세계를 온전하게 보기 위한 필수적인 방식을 부인하는 것이 된다. 이러한 식으로 생각하는 것을 (규범적으로) 합리적이라 보기는 어렵다. 심지어 경제학에서조차도!")도 이와 크게 다르지 않다(마사 누스바움, 『시적 정의』, 149쪽;마사 누스바움, 『감정의 격동』 71~75쪽).

13. 연구모임 아프콤, 연세대 국학연구원 HK사업단, 전남대학교 호남학연구원 감성인문학단, 『감성연구』 등.

감정(연구)에 대한 오해들

　이러한 움직임 속에서도 감정연구의 범주를 설정하기는 쉽지 않은 것이 사실이다. 감정연구는 감정에 '대한' 연구인가, 감정을 '통한' 연구인가. 감정연구에 관심을 기울이는 연구자들은 대개 방법론으로서의 감정에 관심을 기울인다. 감정 자체가 아니라 감정을 '통한' 연구에 주목하는 것이다. 그런데 감정을 세계인식과 판단을 위한 새로운 방법론으로 이해하는 이러한 관점이 감정에 대한 재맥락화에서 시작될 수밖에 없다는 사실은, 감정에 대한 연구와 감정을 통한 연구가 그리 쉽게 분리될 수 없는 것임을 말해준다. 감정연구가 뚜렷한 영역을 마련하면서 학술장에 쉽게 안착하지 못하고 있다면 그것은 우선 감정을 정의하는 일 자체가 쉽지 않기 때문인 것이다.

　감정을 기술하거나 논의하고자 하는 어떠한 시도 ─ 일반적인 또는 학문적인 ─ 도 감정 개념이 덧없고 애매하고 '분명하게 정의하기' 어렵다는 사실에 직면할 것이 틀림없다. 이것은 감정을 학문적으로 연구하는 사람들을 심히 당혹스럽게 한다. … 학술문헌들이 종종 '감정'emotion, '느낌'feeling, '기분'mood, '감각'sensation을 잘 정의된 정확한 방식으로 구분하려는 시도를 하지만, 그것은 자주 그러한 범주들 간의 회색지대를 인지하지 못한 채 일정 정도 조야한 환원론에 빠지고 만다(Griffiths,1995). 그러한 시도들은 우리가 '감정'이라고 부르는 것과 우리가 그것을 경험하는 방식이 항상 보다 광범한 사회문화적 맥락 속에서 그 의미를 획득하고, 또 그러한 의미가 그러한 사회문화적 프레임의 일부를 이룬다는 점을 인식하지 못한다. '감정'의 변화하기 쉬움, 덧없음, 무형성은 물론 감정이 항상 변화하는 사회적·역사적 맥락과 뗄 수 없게 뒤얽혀 있다는 점은 감정을 정확하게 범주화하기가 불가

능하다는 것을 말해준다.[14]

심리학자인 커트 피셔와 프라이스 탱그니는 1995년에 다음과 같이 말했다. "지난 20년 동안 … 감정연구에서 혁명이 발생했다." 이 책을 기획한 직후 나는 그들의 발언이 과장이 아니라는 것을 알게 되었다. 실험 심리학으로 한정하더라도, 1970년대 중반 이후 수백 편의 감정연구가 발표되었고, 감정에 대한 새로운 패러다임이 제시되었다. 다른 분과학문들 역시 제각각의 이유에서 감정을 연구했다. 그 새로운 연구들은 감정에 대하여 수많은 긍정적인 발견을 생산해냈다. 그러나 감정이 정확하게 무엇이냐는 질문은 여전히 곤혹스럽다. 의견은 여전히 엇갈리고, 감정이라는 개념은 모호함으로 가득 차 있다.[15]

그간 감정연구를 지속해온 학자들 다수가 지적하듯, 감정연구는 매번 감정에 대한 정의를 요청받으며 무엇보다 감정에 대한 상식 혹은 오해와 직면해야 했다. 감정은 '비합리적이고 따라서 공적 숙고 과정의 지침이 되기에 부적절하다'[16]는 생각, 혹은 감정은 '주체의 내부에서 실재하는 것이며, 감정에 사로잡히면 비합리적으로 행동하고 사물을 왜곡해서 바라볼 수 있다'[17]는 생각은 상식처럼 통용되면서 감정을 통해 사회의 다른 면모 혹은 미래를 상상할 수 있는 가능성을 제약해 온 것이 사실이다. 감정이 개인의 내부와 연관되어 있다고 보는 이러한 관점은 감정을 유기체의 생물학적 현상으로, 즉 감정을 '지속

---

14. 데버러 럽턴, 『감정적 자아』, 14~15쪽.

15. 윌리엄 M. 레디, 『감정의 항해』, 5쪽.

16. 이런 입장에 대한 비판은 마사 누스바움, 『시적 정의』, 127~135쪽 참조.

17. 이런 입장에 대한 비판은 앨리 러셀 혹실드, 『감정노동』, 264~265쪽 참조.

적이고 영속적이며 고착된 것'으로 이해하는 본질주의적 관점에 입각해 있다.[18] 감정을 심리학 분과의 연구영역으로 이해해왔던 것은 이러한 이해법의 지층 위에서다. 감정연구가 감정에 '대한' 연구로 오해되는 것은 감정에 대한 이러한 이해법이 여전히 큰 영향력을 발휘하고 있기 때문이기도 하다.

이러한 입장에 대한 반발은 감정에 대한 구성주의적 관점을 취하는 연구에서 두드러진다. 사회구조와의 상호 영향 관계 속에서 구축되는 것으로 이해되든, 문화적 규약들에 의해 구현되는 것으로 이해되든, 이러한 관점에 의하면 감정은 유전적 본성이나 신체적 반응이 아니라 사회구조의 산물이자 관계와 상호작용의 산물이 된다. 특정 사회와 연관된 문화적 구성물로 본다는 점에서, 정도의 차이는 있지만, 여기서 감정은 학습된 것으로 이해되며 사회의 요청에 따라 관리되거나 통제될 것으로 다루어진다.[19] 이러한 입장은 감정을 "개인의 측면에서 행해지는 적극적 지각, 동일시, 관리를 포함하는 자기성찰적인 것"이자 그 "성찰성을 통해" 만들어지는 것으로 본다. 감정을 "역동적인 것으로, 즉 그것이 산출되고 재생산되고 표현되는 역사적, 사회적, 정치적 맥락에 따라 변화할 수 있는 것으로 간주"하기 때문에, 이러한 관점에서는 감정 자체가 아니라 감정에 부여되는 정치적이고 사회적인 의미와 그것이 부여되는 방식에 더 많은 관심을 기울이게 된다.[20]

---

18. 이러한 입장은 '생득적', '전통적', '유기체적', '실증주의적' 접근법으로도 불린다.

19. 앨리 러셀 혹실드, 『감정노동』, 263~287쪽.

20. 데버러 럽턴, 『감정적 자아』, 33~34쪽. 데보러 럽턴은 감정을 둘러싼 선행이론 작업을 생득적인 것으로 보는 관점, 인지이론적인 것으로 보는 관점, 사회문화적 구성물로 보는 관점, (구조주의에 입각한) 감정사회학적 관점, 현상학적 관점, (후기구조주의에 입각한) 담론적 관행으로 보는 관점, 정신분석학적 관점으로 분류하고 개별 관점을 비판적으로 검토한다. 상세한 논평은 『감정적 자아』 1장 참조.

중간 타협점을 마련하는 방식은 아니지만, 감정연구는 점차 감정을 생물학적 현상이나 생리적 반응으로 환원하거나 사회적 상호작용 속에서 발생하고 담론적으로 구성되는 것으로 보는 관점 가운데 어느 한쪽에만 기대지 않는 편이다. 환원주의적 감정 이론의 한계를 적극적으로 검토하면서,[21] 감정연구는 점차 '생물학적 현상과 사회적 현상 사이의 연결'을 설명해줄 수 있는 감정의 매개적이고 잉여적 성격에 집중한다.[22] 감정연구는 감정을 '통한' 연구의 지향에 따라 복합적 관점을 취한다. 감정을 '순수하게 자연적인 것으로 보지도 순수하게 문화적 구성물로 보지도 않는'[23] 것이다. 감정 범주에 속하는 용어들을 둘러싸고 서로 다른 논의가 이어지지만, 이렇게 보자면 감정emotion, 느낌feeling, 정서sentiment, 감각sensation, 정동affect 등 감정을 둘러싼 용어는 감정의 다면적 측면들, 본질적인 면모와 구성적인 면모, 구체화의 정도, 가시화의 정도 혹은 연구자가 강조하고자 하는 면모에 따라 각기 다르게 선택된 감정의 다른 규정들로 이해해도 무방하다.

감정에서 정동까지[24]

일견 '기본 감정'을 전제하는 생물학적이고 심리학적인 관점, 감정

---

21. 마사 누스바움, 『감정의 격동』 1, 183~218쪽.
22. 안토니오 다마지오, 『데카르트의 오류』, 117쪽.
23. William Reddy, "Sentimentalism and Its Era of the French Revolution", *The Journal of Modern History* 72(1), 2000, p. 113.
24. 정동과 감정의 구분에 대해서는, 정동(affect)의 자유성에 대한 마수미의 정의와 거리를 두는 사라 아메드의 접근법을 빌려보고자 한다. 감정이 단순히 "주관적 만족" 또는 강도의 성질에 관한 것만은 아닌, 강도와 신체적 지향 및 지시의 형태를 포함하고 있다는 점에서, 정동과 감정의 구분이 감정의 역할을 과소평가할 수 있다는 사라 아메드의 판단으로 우회하여, 정동과 감정에 대한 배타적 구분과는 다른 논의를 하고자 하는 것이다. 사라 아메드, 『행복의 약속』, 417쪽의 1장 「행복의 대상」 후주 1 참조.

을 '가치에 대한 판단'으로 보는 관점,[25] '포스트-휴먼'의 지평을 상정하고 세계 전체의 존재론적 전이를 의미하는 힘 혹은 그 흐름을 강조하는 관점('affect'로의 전환을 강조하는 관점)[26] 사이에는 커다란 간극이 있는 것으로 보이고 어떤 면에서 같은 범주로 묶이기 어려운 대립적 의미가 담겨 있는 것처럼 보이기도 한다.

특히 스피노자, 베르그송, 들뢰즈로 이어지는 철학적 밑그림 속에서 정동affect 개념을 취택한 연구는 탈-휴먼의 지향을 뚜렷하게 보여준다는 점에서[27] 감정연구 범주 안에서도 결을 달리하는 듯 보인다. 그러나 정동 개념은 감정과의 범주 대결 속에서 유의미해지는 영역이 아니다. 오히려 정동이론affect theory은 감정연구의 폭을 확장한 시도로서 파악되어야 한다. 감정의 '유동적' 성격은 정동으로 재맥락화되는 과정에서 '운동성'으로 포착됨으로써, 개별적이고 지엽적이며 미시적 성격으로 한정되어버리기 쉬운 감정 범주에 집합적이고 거시적 성격을 보강하는 결과를 얻는다. 정동 개념의 선택은 들리지 않거나 잡

---

25. 대표적으로는 감정을 '가치에 대한 판단'으로 즉 유사-사유로 이해하는 마사 누스바움의 입장을 거론할 수 있다.

26. 물론 정동이론의 개설서 역할을 한 편서 『정동 이론』이 보여주듯, 정동이론 자체가 다양한 분과학문의 융복합적 작업의 결과물일 뿐만 아니라 힘 혹은 힘들의 충돌을 통해 발생하는 것이자 그 리듬과 양태에 따라 등장하고 사라지는 일련의 흐름에 대한 이론화라는 점에서 정동이론의 범주는 감정연구만큼이나 그 스펙트럼이 넓다. 멜리사 그레그·그레고리 J. 시그워스, 「미명의 목록[창안]」, 『정동 이론』, 14~54쪽.

27. 가령, 다음과 같은 정동에 대한 기술을 통해서도 쉽게 확인할 수 있다. "정동은 무기적인 것과 무생물의 틈새 안팎으로, 힘줄·세포·내장의 경계의 세포내적 누설 안팎으로, 그리고 비물질적인 것(사건·분위기·느낌-색조들)의 덧없는 소실의 안팎으로 뻗어나간다. 내밀하면서도 동시에 비인격적인 정동은 관계맺음과 관계의 단절 모두에 걸쳐 **축적**되면서, '몸들' 사이에 흐르는 강렬함의 썰물과 밀물의 가로지르는 어떤 힘-마주침들의 양피지가 된다.(여기서 몸이란 바깥을 둘러싼 피부-표피나 다른 표면적 범주들에 따라 정의되는 것이 아니라, 정동의 이행에서 교환할 수 있는 잠재력에 따라, 또는 공동-참여할 수 있는 잠재력에 따라 정의된 것이다. 강조는 원문)"(같은 글, 15~16쪽).

히지 않은 것 혹은 보이지 않은 것의 흐름과 그 흐름이 세계에 미치는 변화와 영향, 잠재적이지만 동시에 결정적인 힘이 기존의 감정 범주로 환원되어버리는 것에 대한 경계를 내비친다. 안전을 생산하고자 하는 예비적 행동이 역설적으로 불안전한 상황을 생산하게 되는 메커니즘을 사례로 브라이언 마수미Brian Massumi가 강조했듯이, 정동 개념을 선택함으로써 이데올로기적 옳고 그름의 척도나 윤리적 정당성의 논리로서 포착할 수 없는 운동성이나 힘의 흐름을 현실화할 수 있다고 보기 때문이다.

> 그것은 실재적이라고 느껴졌기 때문에 실재적이게 되어 있을 것이다. 위험이 존재했든 아니든 그 위협은 두려움의 형태로 느껴졌다. 실제로 실재하지 않는 것이 존재하는 것처럼 느껴질 수 있다. 위협은 현재에 임박한 현실성을 가진다. 이러한 실제적 현실성은 정동적이다. … 느껴진 실재로서의 위협은 일단 발생하면 선제적 행동에 영원히 정당성을 부여한다. 갓 부상하고 있는 위협을 선취하여 분명하고 현재적인 위험으로 바꾸는 것은 실재 사실과는 상관없이 두려움이라는 정동적 사실로 인해 합법화된다. 선제행동은 앞으로도 항상 옳을 것이다. 이러한 순환성은 논리의 실패가 아니라 다른 논리이다. 그것은 위협의 자기-원인됨과 동일한 정동 영역에서 작동한다.[28]

정동 개념에 입각해보면, 전 세계를 공포로 몰아넣는 테러 위험이나 '북핵 위협'이라는 기호가 한국사회에 불러올 상황을 통해 환기되듯, 실제적 지시대상 없는 위협적 상황이 '안전을 위한 선제적 행동을

---

28. 브라이언 마수미, 「정동적 사실의 미래적 탄생」, 『정동 이론』, 99~100쪽.

정당화하는' 메커니즘을 작동시키게 된다는 사실을 포착할 수 있다. 어떤 실질적 경험이나 근거 없이도 위험을 둘러싼 '예측된 정보'의 신빙성과 실효성만으로도 이후에 벌어지는 사태 전부가 정당화될 수 있음을 정동 개념을 통해 추적하거나 이해할 수 있는 것이다.[29] 국가 간의 대립이나 특정 지역의 사태로 제한되지 않는 테러나 공포, 위협, 혐오와 같은 부정적 힘의 전 지구적 흐름이나 위협과 그에 대한 선제행동이 만들어내는 '감응하고, 감응되는 혹은 촉발하고, 촉발되는' 영향 관계에 대한 관심은 정동을 둘러싼 학문적 주목의 주요한 근거를 확인할 수 있게 한다.

> 감정은 주관적 내용으로, 경험의 질을 사회언어학적으로 고정하는 것이다. 경험되는 순간부터 그것은 개인적인 것으로 제한된다. 감정은 자격이 부여된 강렬함이며, 틀에 박힌 것이다. 그리고 의미론적이며 기호학적으로 형성된 진행과정 속으로, 내러티브화할 수 있는 작용-반작용의 회로 속으로, 기능과 의미 속으로 강렬함이 삽입되는 합의된 지점이다. 그것은 소유되고 인식된 강렬함이다.[30]

1990년대 말부터 정동에 대한 새로운 이론적 가능성을 탐색해온 마수미는 정동과 감정이 동의어로 사용된 사정을 두고 그간의 이론에 대한 탐색이 '의미화' 작업을 통해 확정되는 방식을 취했고, 그에 따라 용어를 확정하거나 분류, 배제하는 방식으로 접근해왔기 때문임을 지적한다. 의미를 확정하려는 시도 속에서 감정 관련 어휘들이 부수

---

29. 같은 글, 110~111쪽.
30. 브라이언 마수미, 『가상계』, 54쪽.

적 결과로서 파생되었다는 점을 비판적으로 거론하면서, 그는 '의미화나 고정화' 작업과 거리를 둔 정동의 배타적 이론화에 관심을 쏟았다. 당연하게도 마수미의 이러한 작업은 정동에 대한 적확한 정의를 마련하는 것으로 귀결하지 않는다. 마수미에 따르면, 그가 포착하고자 하는 것은 '존재'로 고착되지 않는 운동성이다. 존재든 사물이든 행동하지 않을 때에만 '존재'할 수 있다. 사물 자체가 이미 "그것이 구체적으로 위치해 있는 장소"이며, "존재하는 바로 그것 — 예를 들어, 쏘아진 화살이 성공적으로 목표물에 꽂혀 있는 경우 — 이며 정지되어 있는 상태"[31]이다. 구체성은 행동하지 않을 때에만 존재로서 획득될 뿐이다. 이렇게 보자면 정동은 의미화, 고착화, 소유화, 환원화…를 반대하며 어떤 해법도 모색하지 않는다고 해야 한다. 최종 답안에 도착하지 않은 채 문제를 품은 삶을 자체로 재배치하는 지속적 과정이자 탐색이라는 점에서[32], 운동성이나 힘으로서의 정동은 모호하고 애매하며 불확정적인 것, 현실 직전의 현실이자 탈주체적 작용·반작용인 것이다. 바로 이런 '의미화·고정화'를 거부하는 시도 속에서 마수미 자신의 지적처럼 정동을 설명할 맞춤한 문화적-이론적 어휘는 없다고 말하는 편이 정동의 규정에 관한 한 보다 적확한 기술로 보이기도 한다.

정동 개념을 통해 감정연구가 새롭게 개척한 영역의 의미를 충분히 인정한 채로 살피자면, 운동성과 그것을 통해 포착 혹은 예측할 수 있는 정치성에 대한 논의야말로 감정연구가 집중하고자 하는 감정 범주의 새로운 가능성의 지점이 아닐 수 없다. 사실, 엄밀하게 따지자면 감정연구의 지향은 들리지 않고 보이지 않는 영향력과 그것이 사회

---

31. 같은 책, 19쪽.
32. Brian Massumi, *Politics of Affect*, Polity Press, 2015 [브라이언 마수미, 『정동정치』, 조성훈 옮김, 갈무리, 2018]의 「서문」 참조.

의 구성과 인간의 성격에 미치는 영향 혹은 그것이 역으로 만들어내는 변동의 힘에 대한 포착과 그리 멀지 않으며, 오히려 그런 힘이 미치는 범위에 관한 한 세계와 사물로까지 시야를 넓히는 정동에 대한 관심이 결과적으로 인간과 사회의 재구와 무관한 경우를 상상하기 어렵다.[33] 정동에 대한 관심의 계보 속에서 이전의 감정 범주가 포섭할 수 없었던 지점에 대한 포착이 가능해졌으며, 감정연구의 지향이 바로 거기로 향해 있음을 되짚어둘 필요가 있다.

학술장에 감정을 호명하고 재맥락화하게 한 동력이 세계에 대한 비판적 개입과 운동적 실천의 새로운 계기를 마련해야 한다는 학술적 판단이었음을 돌이켜 강조하지 않더라도, 감정연구의 틀을 마련하는 자리에서 감정과 정동의 배타적 규정을 넘는 거시적 시야와 방법론에 대한 모색이 적극적으로 요청된다고 하겠다. 감정과 정동의 위치와 관계 설정을 위한 새 논의틀이 필요한 것이다. 보이지 않는 힘의 흐름을 포착하는 작업이 중요하다면, 그 힘의 흐름을 보이게 하고 다른 힘으로 변형시키는 작동을 따져 묻는 것 또한 중요하기 때문이다. 한국사회를 떠들썩하게 만든 여성혐오가 이전에 없던 것이 아님에도 새로운 범주로 가시화되었다. 연원이 오래되었으나 그간 (사회의 일원들에게) 보이지 않았거나 (사회가) 보지 않았던 젠더 위계와 성차별의 극심한 면모가 여성혐오의 이름으로 그 모습을 드러내게 되었다. 볼 수 없는 것과 보이지 않는 것, 잡히지 않는 (정동으로도 불리는) 힘의 흐름이 여성혐오라는 구체적 감정의 얼굴로, 감정을 '통해' 포착되고 있으며 이러한 과정 속에서 힘의 흐름이 변형될 가능성이 열리고 있는 것이다.

---

33. Margaret Wetherell, *Affect and Emotion*, Sage Publications, 2002, pp. 2~26.

덧붙여 짚어두자면, 감정의 복원은 몸(신체)의 복원과 깊이 연관되어 있다. 감정과 마찬가지로 구성주의적 관점은 몸에 대한 인식에도 새로운 지대를 만들어내고 있다. 공교롭게도 감정에 대한 관심을 몸에 대한 관심으로 연결시키는 접근법은 여성의 복권을 통한 세계의 재편에 집중했던 페미니즘 분야에서 지속되어왔다. 젠더에 대한 관심은 감정연구와 자연스럽게 결합되면서 심화되는 경향을 보여주고 있다.[34] 윌리엄 레디William Reddy가 지적했듯, 인류학에서 출발한 감정 연구자 가운데 구성주의적 입장을 강력하게 옹호한 학자들은 대개 페미니즘을 지반으로 삼고 있다. 역사학과 문예비평이 비교적 독립적으로 감정연구에 집중하게 된 근저에도 페미니즘적 관심이 놓여 있다.[35] 혐오에 대한 한국사회의 관심이 여성혐오 문제로 집중되는 것도 이러한 학문적 흐름과 궤를 같이한다.

감정연구의 도전

물론 그간의 감정연구의 계보와 스펙트럼은, 이러한 틀로는 다 포괄할 수 없을 정도로 방대하다. 1990년대 말부터 감정연구는 생리학, 뇌과학, 심리학, 사회학, 인류학, 법철학, 역사학, 철학, 비판이론, 문화연구, 문학연구에 이르는 다양한 분야에서 다각도로 시도되었다. 감정에 대한 관심은 특정한 분과학문 내에서의 진일보한 이해에 의해 촉진되었다기보다, 분화된 분과학문 내에서 개별 학문이 직면해야 했

---

34. 사회학 전통에서 몸이 어떤 위치를 차지하고 어떻게 다루어졌는가에 대한 비판적 분석으로는 크리스 실링, 『몸의 사회학』, 임인숙 옮김, 나남, 1999 참조.
35. 윌리엄 M. 레디, 『감정의 항해』, 473~474쪽 ; 사라 아메드, 『페미니스트로 살아가기』, 이경미 옮김, 동녘, 2017.

던 학술적 난제들의 해결에 대한 모색 속에서 심화되었으며, 무엇보다 분과학문을 가로지르는 학문적 해법들의 협업에 의해 진일보하게 되었다. 감정연구는 융복합적 학문으로서 주목되어야 한다.

간-학문적 지평과 집합감정의 정치성

분과학문이 직면한 난국을 돌파하기 위해 심리학과 인류학의 교차로라는 간-학문적 지평 위에서 감정연구를 수행한 윌리엄 레디의 작업을 보자. 레디는 심리학과 인류학에서 시도되었던 감정에 대한 연구를 비판적으로 검토하고 감정을 둘러싼 사회적 통념과 학술적 상식에 질문을 던지면서, 감정을 '통해' 서구의 학문적 난점들과 정면으로 대결하고자 했다.

심리학자들은 감정이 생물학적으로 몸에 내장된 반응이라는 설명을 버리고, 감정이 과잉학습된 인지 습관처럼 작동한다는 데 합의했다. 그들은 무의식적, 자동적, 잠재의식적 과정과 주의 사이의 경계를 연구하면서, 그 경계가 수많은 통로가 나 있는 넓은 회색지대라는 것을 발견했다.… 인류학의 감정 연구를 지배한 것은 감정을 문화적 구성물로 간주하는 관점이었고, 이는 감정의 세계적 다양성에 대한 새롭고 설득력 있는 다양한 설명을 생산했다.[36]

레디는 심리학과 인류학이 활용한 감정에 대한 관점들의 유용성을 충분히 인정하면서도, 결과적으로 감정을 둘러싼 보편적 이론화에 실패했으며 무엇보다 구성주의적 관점에 의해 정치성 논의가 소거

---

36. 윌리엄 M. 레디, 『감정의 항해』, 93쪽.

되었음을 지적한다. "감정이 문화적 구성물이라는 관점은, 감정을 생물학적이고 여성적인 것으로 간주하는 서양의 상식을 정치적으로 비판할 수 있는 토대를 제공했"지만, 모든 감정을 사회문화적 조건에 따라 구성된 것으로 환원하는 그 관점이, 결과적으로 "인류학자들이 연구하는 지역의 감정적 실천을 정치적으로 비판할 수 있는 토대"[37]까지 삭제해버리게 되었다는 것이다. 이러한 비판적 검토를 통한 레디의 궁극적 질문은 인류학의 난국을 인지 심리학의 발견을 통해 돌파할 수 있는가로 향한다. 심리 실험실에서 이루어진 발견을 민족지 연구에 이용할 수 있는 가능성을 검토하고 거기에서 "정치적으로 참여적이고 역사적으로 근거 지어진 감정 인류학을 위한 새로운 이론적 접근"[38]을 시도하고자 한 것이다.

레디는 감정이 역사의 영향 아래 놓여 있지만 역사의 일부는 아닌 것으로 다루어지고 있음을 환기하고, 공동체의 감정에 대한 포착과 함께 공동체 내부에서 벌어지는 억압의 포착을 고민한다. 감정을 "정치적으로 유의미한 제도와 실천의 역사적 전개의 일부로서"[39] 파악할 수 있는 일관되고 보편적인 개념으로 규정하고자 한 것이다. 구체적으로 그는 인류학과 심리학의 간극을 메울 수 있는 개념으로 오스틴의 화행이론을 원용한 '이모티브'emotive 개념을 제안한다. 그는 이모티브 개념의 이해를 돕는 선행 개념으로 '번역'translation과 '주의'attention를 제시하는데, 사람들 '사이'뿐 아니라 개인의 '내부'에서도 일련의 과정으로 도해될 수 있는 '번역' 작용이 발생한다는 점, 사유의 원재료들 사이의 조합을 가능하게 하고 그것을 통해 외화 혹은 행위를 가능하

37. 같은 곳.
38. 같은 곳.
39. 같은 책, 85쪽.

게 하는 작동이 이루어진다는 점을 들어 번역 개념을 폭넓게 확장하고, 이를 통해 이성과 감성 사이의 넘나들 수 없는 간극이 있다는 서양 인식론의 전제와 그것에 입각한 민족지적 인류학의 난국을 돌파하고자 한다.

레디에 따르면, 기술적인 것만도 수행적인 것만도 아닌 발화를 가리키는 이모티브는 '주의'에 제공된, 즉 진행 중인 번역 과제를 언어적인 '기술'description로 옮기는 번역인 동시에, 여타의 대기 중인, 주의의 역량을 초과해 흘러넘치는 번역 과제들을 '기술'로 옮기는 번역"[40]을 뜻한다. 그는 감정으로 외화되기 전의 각종 인식적, 감각적 질료들이 수행작용을 통해 감정이 되는 과정을 이모티브 개념을 통해 설명하고자 한다. 이때 그가 강조하고자 한 것은 감정이 되는 그 '절차적' 과정 자체라기보다는 질료로부터 영향을 받는 동시에 그 질료들을 변화시키는 감정의 '수행적' 면모이다. 그는 이모티브 개념을 통해 감정이 세계 혹은 현실을 직접적으로 변화시키는 메커니즘, 감정을 구축하고 숨기거나 강화하는 메커니즘을 설명 가능한 것으로 만들고자 했다.

레디의 반복적 설명에도 불구하고, 이모티브 개념을 자체로 충분히 이해하기는 쉽지 않으며 의도한 모색이 충분히 이루어졌는가에 대한 판단도 세심하게 검토되어야 할 사안이다. 그러나 레디의 작업에 여전히 주목할 만한 의의가 있는 것은 분명하다. 그의 작업은 이모티브 개념을 통해 감정의 역사를 재구함으로써 감정이 품은 정치적 의미의 복원 가능성을 열어주고 있기 때문이다.

감정연구는 새로운 방법론의 모색에도 불구하고 그간 감정의 역사에 그다지 많은 관심을 기울이지 않았으며, 감정의 역사라 부를 수

---

40. 같은 책, 164쪽.

있는 시대적 변화를 거시적·미시적 역사의 국면 위에서 다룰 수 있는 이론적 틀 만들기에 무심했다. 이모티브 개념을 통해 레디가 실제로 감정의 역사를 들여다볼 수 있었는가의 여부와는 별도로, 레디의 도전은 역사의 지층이 담고 있는 시대적, 집합적 감정의 결을 읽어내고자 한 시도로서 감정연구의 범주 확장에 기여한 바가 크다고 해야 한다. 군중, 대중, 민중으로도 호명된 집합적 존재들에 대한 관심이 재점화되고 이데올로기적, 계급적 관점을 가로지르는 새로운 관점이 모색되는 때임을 환기하자면[41] 집합감정의 정치성에 대한 관심은 더욱 좀 더 확대되어도 좋다고 할 것이다.

성찰의 운동성과 은폐된 미래

집합감정의 정치성에 대한 관심에서 보다 분명해졌듯이, 감정연구는 이전의 범주를 벗어나 정동으로 불리는 영역으로 그 연구 범위를 확장하고 있다. 정동에 대한 관심이 권력·힘의 현재적 변동에 대한 포착에 그치지 않고 은폐된 미래를 읽어낼 수 있는 틀의 마련으로 이어지고 있다는 점에서, 정동이론이 감정연구의 폭을 한층 더 확장하고 있다고 말해도 좋다. 이런 점에서 '정동적 전환'Affective Turn [42]이 언급될 때, 여기에는 감정이 학술적 연구 범위 안으로 들어왔다거나 감정에 대한 관심이 분과학문의 한계를 가로지르는 새로운 방법론의 개발로 이어졌다는 것 이상의 함의가 새겨져 있다고 해야 한다. 감정(정동)에 대한 관심은 학문적으로 문화연구와 비판이론이 직면한 난국

---

41. 가령, 가브리엘 타르드의 공중(public)에 대한 관심이 새롭게 증폭된 현상은 집합적 주체를 이데올로기적, 계급적 관점으로 환원하지 않으면서 복원할 수 있는 가능성에 대한 모색의 일환으로 이해된다. 가브리엘 타르드, 『여론과 군중』, 이상률 옮김, 지도리, 2012, 15~73쪽 ; 이토 마모루, 『정동의 힘』, 69~133쪽.

42. Patricia Clough ed., *The Affective Turn*, Duke University Press, 2007, pp. 1~33.

을 돌파하기 위한 시도들과 연관되어 있기 때문이다.

문화적 혹은 사회적 구성에 관한 관념들은 막다른 길에 처했다. 왜냐하면 그들은 과정으로서의 자연에 괄호치기를 고집해왔기 때문이다. 자연을 생략하면, 문화의 생성, 즉 그 발생을 놓친다(물질의 역사는 말할 것도 없이). 또한 운동들이 서로를 포착하여 낡고, 새롭고, 셀 수 없이 많은 다른 결과로 서로를 전환시키는 '연결하고-연결되는'interlinkage의 연속성, 즉 피드-포워드와 피드백도 놓친다. 세계는 끊임없이 질적 성장의 상태에 있다. 모종의 구성주의는 범주의 분류를 넘어서 진행하고 있는 연속성을 설명할 것을, 그리고 그 질적 성장, 혹은 개체발생의 실상, 즉 모든 움직임과 아울러, 모든 변화와 아울러, 세상에는 뭔가 새로운 것, 즉 첨가된 실재가 탄생한다는 사실을 해명할 것을 요구받는다.[43]

정동이론에 입각한 감정연구는 문화연구의 한계 – 담론의 구성물임을 비판적으로 검토함으로써 제도화되고 관습화된 세계의 은폐된 권력의 면모를 폭로하고 미시적 권력 그물망을 가시화할 수 있었음에도, 문화연구는 "신체 사이에서 '촉발하고, 촉발되는' 직접적이고 동적인 운동 작용의 문제"[44]를 소거해왔다는 것 – 를 지적한다. 마수미에 따르면, 그간 비판이론과 문화연구가 활용한 '코드화, 격자화, 위치화'는 지배 이데올로기에 대한 폭로를 가능하게 하는 매우 유용한 방법론임에도 불구하고, 문화의 다양한 운동성의 면모를 고정시키고 평면화해왔다. 그러나 문화는

---

43. 브라이언 마수미, 『가상계』, 29쪽.
44. 이토 마모루, 『정동의 힘』, 14~21쪽.

해석 코드를 통해 의미화되거나 독해의 틀 속에서 고정되는 것이 아니라 오히려 쌍방향적 영향을 주고받으면서 변형하고 변형되는 운동성의 범주이다. 요컨대, 비판이론과 문화연구가 세계에 대한 담론적 도해와 비판적 이해에 기여해왔음에도 운동성의 면모를 삭제함으로써 다른 세계에 대한 상상과 그 실천성의 출구를 봉쇄해왔다는 것이다.

그렇다면, 구성주의적 관점이 소거한 운동성과 실천성의 복원은 어떻게 가능한가. 감정(혹은 정동)에 대한 관심 속에서 행위의 동력에 대한 복원은 이성의 주체나 감정의 주체를 복원하는 일과는 거리가 멀다. 감정(혹은 정동)을 통해 포착되는 것이 운동성이라면 그것은 곧 보이지 않으며 잡히지 않는 세계와 존재를 규정하고 또 변화시키는 '수행적' 과정 자체이다. 유동하는 힘이 만들어내는 변화와 그것이 조망하게 하는 다른 현실이야말로 '감정' 연구가 가닿고자 한 미래인 것이다. 비판이론과 문화연구가 의도와 무관하게 약화시켰던 근대 이후에 대한 상상과 정치적 변혁의 가능성이 거기서 지펴질 수 있기 때문이다. 요컨대, 감정연구는 문화연구와 비판이론이 처한 난점에 대한 대안적 방법론으로서, 성찰에 운동성을 부여하고 구성주의적 관점이 소거한 미래에 대한 상상의 가능성을 열어준다.

감염의 상상력과 공동체 구상

'문학의 사회성'과 사회적 상상력

세계사적 맥락에서 1차 세계대전(1914~1918) 이후 근대는 인류 보편을 위한 유토피아적 비전을 사회주의 실험을 통해 검토해가고 있었으며, 1919년 3·1운동의 경험이 더해진 조선에서는 '세계평화와 민주주의', '세계개조와 전 인류의 공존동생권'이 소리 높여 요청되고 있었다.[1] 그 효과로서 생존경쟁 논리가 재고되었고 보편과 정의, 인류와 세계의 가치가 고평되었으며,[2] 낭만주의적 파괴와 창조 충동이 들끓고 있었다. 3·1운동의 경험이 '집합적 심리'로서의 전체 혹은 총체로서의 경험을 가능하게 하는 한편, 개인·민족·계급에 대한 인식과 함께 상호부조 개념이 널리 유포될 수 있는 정신적 토대가 마련되고 있었다.[3] 인류의 정의 실현과 식민지 현실의 동시적 공존 불가능성을 깨닫게

---

1. 사회주의에 대한 관심을 포함해서 3·1운동이 독립운동과 사회운동에 미친 영향에 대해서는 임경석, 『한국사회주의의 기원』, 역사비평사, 2003, 83~90쪽 참조.
2. 권보드래, 「식민지 지식인의 '민족'과 '인류'」, 『정신문화연구』 28(3), 2005, 320~322쪽 ; 권보드래, 「진화론의 갱생, 인류의 탄생」, 박헌호·류준필 엮음, 『1919년 3월 1일에 묻다』, 성균관대학교출판부, 2009, 137~140쪽.

한 워싱턴 회의(1921~1922) 즈음까지도 개조론으로 통칭되었던 '문화주의나 데모크라시 그리고 사회주의'에 대한 관심이 새로운 보편 열망이라고 할 수 있는 '문명비판'의 주조음 위에서 논의되고 있었고,[4] '내적-정신적' 개조에서 '외적-물질적' 개조에 이르는 폭넓은 스펙트럼으로 확산되고 있었다. 1920년대 초반 조선 지식인의 세계인식은 거대한 흐름으로서의 '문명비판'에서 문화적 변혁을 가늠해보는 방향으로 점차 옮아가고 있었다.

"세계대전世界大戰이 종식終熄되고, 장차將次 신생면新生面을 보려하는" 개조의 시대인 이때는, "인류전체人類全體가 타락墮落에서 벗어나고, 모든 부자연不自然한 상태狀態가 자연自然한 상태狀態로 회복回復되어가는 갱신시대更新時代"라 할 수 있으며, 미래에 대한 이러한 낙관적 인식은 "현금現今을 경계境界로 삼아 과거過去를 구시대舊時代라 하고 장래將來를 신시대新時代라고 하려 한"다는 식으로[5], 그때까지의 것들에 대한 전면적인 부정과 비판이 시도되고 있었다. 이러한 분위기 속에서 정치, 사회, 경제, 문화적 측면에서 당대의 사회적 위계가 비판적으로 검토되고 인민주권과 노동자, 문화대중의 권리도 언급될 수 있었다.[6] 세계대전뿐만 아니라 러시아 혁명으로 인해 세계의 고통과 번민이 종식되고 세계 평화의 서광이 비치기 시작했다고 판단되고 있었던 것이다.[7]

이러한 맥락에서 보자면, 인민을 중심으로 생활에 육박하고자 한

---

3. 소영현, 「아나키즘과 1920년대 문화지리학」, 『현대문학의 연구』 36, 2008; 소영현, 「3·1 운동과 '학생'」, 『1919년 3월 1일에 묻다』, 447~449쪽.

4. 허수, 「제1차 세계대전 종전 후 개조론의 확산과 한국 지식인」, 『1919년 3월 1일에 묻다』, 143~147쪽.

5. 秋峯, 「卷頭言 : 新時代」, 『학지광』 19호, 1920. 1, 1쪽.

6. 高永煥, 「데모크라시의意義」, 『학지광』 20호, 1920. 7, 38쪽.

7. 高志英, 「時代思潮와朝鮮靑年」, 『학지광』 20호, 1920. 7, 28쪽.

'프로문학'이야말로 기성의 '부르문학'을 무조건적으로 배격하고 등장해야 할 '금일의 문학'으로 추대되어 마땅한 것이었는지 모른다.[8] 그러나 당위적 시대 요청과는 별개로 일본 유학생을 통해 사회주의 사상이 소개되고도 조선에서는 1921년에야 비로소 사회주의 단체가 결성되었다. 사회주의 운동과 문예 운동이 긴밀한 연동관계 속에서 움직였던 것이 사실이지만, 문단에서의 계급 논의는 1920년대 중후반을 지나서야 좀 더 뚜렷해질 현상이었다. 더구나 '프로문학'의 창작 주체인(주체여야 할) 프롤레타리아는, 본격적인 근대를 식민 상태로 맞이해야 했으며 계급적 분화에 앞서 '민족'으로의 통합과 전 인민의 근대화가 선행되어야 했던 당시의 조선에서, 당겨진 미래이거나 상상의 형식으로만 존재할 수 있었다. 기성의 것에 대한 비판에서 한발 앞선 무언가를 제안하기는 현실적으로 쉽지 않은 시기상조의 상황이었다.

'프로문학 시비' 재고

이러한 사정은 김기진의 문학론과 사회변혁론을 1920년대 초반 세계사적 인식의 변화 국면이라는 문맥에서 들여다보아야 할 필요성을 요청하며, 동시에 '프로문학' 시비와 관련해서 평가의 주안점을 둘러싼 관점의 전환을 요청한다는 점에서 주목을 요한다. 김기진의 행

---

8. 물론 '부르문학'과 '프로문학'의 분리가 일어난(일어나야 하는) 것은 계급 분화가 생겨났기 때문이다. 그것은 생활상의 분화가 불러온 생활의식의 분화에 따른 것이고, 미의식의 분화도 그 결과물이다. '계급' 개념의 도입은 사회의 재구조화뿐 아니라 문단과 문학의 재구조화를 불러오고 있었다. 박종화가 『개벽』을 통해 1922년의 문단 1년을 돌아보는 개관의 자리에서 언급하고 있듯, 조선 문단에서는 표면화된 논쟁으로 드러나지 않았지만, 자본/노동의 계급투쟁 운동이 예술론에도 영향력을 행사하면서 '부르 예술'과 '프로 예술'의 격돌을 예기하고 있었다. 현재에는 없는 "力의 예술", "가장 강하고 뜨겁고 매운 힘 잇는 예술"이 앞으로 도래해야 할 예술이어야 한다는(朴月灘, 「文壇의 一年을 追憶하야 現狀과 作品을 槪評하노라」, 『개벽』 31호, 1923. 1, 4~5쪽) 그의 강조는 문학 내에 계급 개념의 도입을 염두에 둔 언급일 터였다.

보에서 관심을 기울여야 하는 것은 사회주의 실험으로서의 '프로문학' 주창이 아니라, 문학을 개인의 범주 너머의 것과 연관시키는 동시에 지금-이곳과는 다른 세계에 대한 상상을 요청한 시도 자체인 것이다. 1920년대 초중반을 두고 보자면, 사회주의적 이념에 입각한 '프로문학'의 전면화를 주장하고 있다 해도, 김기진의 사회적 상상력은 조선과 세계, 민족과 인류라는 범주 사이의 변혁 요청 속에서 진동하고 있었다. 김기진 개인의 한계로서 다루어질 수 없는 문제이지만, 사회주의 실험에서 해결되어야 했던 모순적 관계인 '민족-계급'의 상관성은 김기진의 사회적 상상력 속에서 그대로 유지되고 있었다. 김기진이 선택한 사회주의에서 근대 자체에 대한 근원적 비판을 발견하기 어려웠던 것은 이러한 문맥 속에서 이해되어야 한다.[9]

실제로 '카프문학'에 대한 비판적 검토의 자리에서 이데올로기 우선성이 포기되기는 쉽지 않다. 그러나 1920년대 초중반까지도 문학과 생활(일상, 현실, 사회)의 상관성을 둘러싼 논의에서 일관되고 뚜렷한 이데올로기적 지향을 발견하기 어려운 것도 사실이다.[10] 이러한 관점

---

9. 이마무라 히토시, 『근대성의 구조』, 이수정 옮김, 민음사, 1999, 23~50쪽과 166~176쪽. 사후적인 평가이지만, 68혁명을 계기로 한 근대 혹은 인간중심주의에 대한 근본적인 회의는 시스템으로서의 자본주의와 사회주의의 연립 체제 혹은 동종성에 대한 비판을 가능하게 했다. 그러나 이데올로기적 대립에도 불구하고 자본주의와 사회주의가 20세기 근대의 두 얼굴이자 '배제와 차별'의 위계 역학이라는 동일한 모순을 역상처럼 보여주고 있었던 점이 드러난 것은 근대가 꽤 진행된 후의 일이다.

10. 그간의 이데올로기적 혹은 이념지향적 성격의 사회주의 연구와는 결을 달리하려는 연구로 손유경, 「한국 근대소설에 나타난 '동정'의 윤리와 미학에 관한 연구」, 서울대 대학원(박사), 2006 ; 박헌호, 「'계급' 개념의 근대 지식적 역학」, 『상허학보』 22, 2008 ; 김현주, 「노동(자), 그 해석과 배치의 역사」, 『상허학보』 22, 2008 ; 이승희, 「1920년대 신문 만평의 사회주의 정치와 문화적 효과」, 『상허학보』 22, 2008 ; 이혜령, 「지식인의 자기정의와 '계급'」, 『상허학보』 22, 2008 ; 천정환, 「근대적 대중지성의 형성과 사회주의(1)」, 『상허학보』 22, 2008 ; 장영은, 「금지된 표상, 허용된 표상」, 『상허학보』 22, 2008 ; 최병구, 「1920년대 초반 '사회주의'의 등장과 '행복' 담론의 변화」, 『정신문화연

에 대한 과도한 선규정은 자칫 이 시기의 문학과 생활에 관한 논의를 이념형의 미달태 선언일 뿐인 것으로 평가절하하게도 만든다. 1920년대 초중반 조선 문단의 주요 논의를 보다 넓은 사상적 국면 위에서 겹쳐 읽을 때, '프로문학' 시비는 '개인과 사회'의 관계에 대한 보다 본격적인 논의의 시발점으로 재규정될 수 있으며, 사회적 상상력의 영역으로 재범주화될 수 있다. 당연하게도 사회적 상상력은 '신사회'에 대한 열망의 표출이자 그 구성 방식에 대한 방법론적 모색으로서 이해되어야 한다. 요컨대, 이러한 관점 전환적 문맥에서 보자면, 김기진의 '프로문학' 제창은, 실패한 사회주의 실험의 일환이기보다는, '개인의 집합체'로서의 전체에 대한 관심의 확장으로 이해될 수 있다.[11]

김기진의 사례를 통해 기성의 문학을 대체할 새로운 문학에 대한 열망이, 어떻게 새로운 세계를 마련할 수 있는 가능성을 엿보고 정치경제적·사회문화적 제약들과 만나면서 현실적 출구를 마련해 갔는가를 추적함으로써,[12] 1920년대 초중반 문학을 매개로 한 새로운 공동체

구』 34(1), 2011 등을 참조할 수 있다.

11. '근대지식의 총합'이라 할 만한 사회주의가 근대지식에 도입한 계급성과 이데올로기성은 '사회' 속의 '개인'의 위치, '개인'이 차지하는 경제적이고 정치적인 위치를 통해 '개인'이 파악될 수 있는 또 하나의 계기를 제공했다. 박헌호, 「'계급' 개념의 근대 지식적 역학」, 『상허학보』 22, 18~23쪽.

12. 이는 구체적으로는 1921년에 일본 동경으로 떠난 유학 도중에 사회주의에 깊은 관심을 가지게 되면서 오스기 사카에(大杉榮), 아소 히사시(麻生久), 사노 마나부(佐野學) 등 사회주의 사상–운동가들에게서 직간접적 영향을 받았던 점, 문학에 대한 관심이 시에서 소설로, '예술을 위한 예술'에서 '인생을 위한 예술'로 옮겨간 사정, 러시아 작가들인 투르게네프, 도스토예프스키, 고리키, 입센 등에 대한 관심으로 확장되어갔던 일은 말할 것도 없거니와, 1923년에 조선 사회와 문단에 사회주의의 씨를 뿌리기 위해 '루바시카를 입고' 부산항에 발을 내디딘 일이나, 1924년에 형인 김복진과 함께 〈파스큘라〉(PASKYULA)를 조직하고 1925년 염군사와 함께 〈카프〉(조선프롤레타리아 예술가 동맹)를 결성하면서 사회주의에 대한 관심을 심화해간 일까지도 개조론과 상호부조론의 열풍에 휩싸여 있던 1920년대 초반의 조선 사회의 역동성과의 연관 속에서 파악하는 것을 의미한다. 김기진, 「나의 문학청년 시대」, 홍정선 엮음, 『김팔봉문학전집』

2장 감염의 상상력과 공동체 구상 **47**

에 대한 열망이 마련되던 궤적을 확인할 수 있다. 새로운 공동체에 대한 상상을 기반으로 하는 김기진의 시도, 즉 그가 선도적으로 소개하고 적극적으로 유포하고자 한 '문학-생활'의 역설적 관계론은 1920년대 초반 이후로 한국문학사에서 문학의 위상 점검 관련 주요 논제가 된 '문학과 '사회적인 것'[13]의 관계 설정의 원형적 문제틀이 되었음을 말해주기 때문이다.[14]

동물화와 몰락의 파토스, 기계화와 문화적 감염력

김기진에 따르면, 1920년대 초반 조선 현실을 압도한 빈궁함과 비인간화 현상의 원인은 (현대)문명 자체에 있다. 이때 현대문명은 자본주의 체제를 수립하고 영속시키는 돈의 힘에 의해 유지되는 것이자 전통과 교육 시스템을 통해 영속되는 것인데, 김기진은 현대문명의 자기파괴적 영향력에서 누구도 벗어날 수 없다고 판단한다. 체제 유지를 위한 교육 시스템을 통과한 이들은 피지배층을 착취하는 기계-인간

II, 문학과지성사, 1988, 420~422쪽 (『신동아』 1934. 9) 참조.

13. 찰스 테일러, 『근대의 사회적 상상』, 이상길 옮김, 이음, 2010, 43~52쪽 ; 레이몬드 윌리엄즈, 『이념과 문학』, 이일환 옮김, 문학과지성사, 1982, 160~169쪽 ; 권명아, 『음란과 혁명』, 56~64쪽. 이때의 '사회적인 것'은, 찰스 테일러가 사회에 대한 이론이 아니라 상상 (Imaginary)이라고 명명했을 때, '사회적 상상'이 사회에 갖는 규정적 유동성의 성격을 고려하는 한편 레이몬드 윌리엄즈가 '정서의 구조'를 두고 포착하고자 한바, 제도화되고 확정되어 경화된 경험구조와 구분되는 것, 일상 현실 차원에서 경험되고 변이되는 과정을 포괄하는 쪽으로 초점화된 개념이다. 이때 이 개념을 통해 포착하고자 하는 것은 감각하는 주체들 사이의 전이에 바탕한 이행의 유동성 자체이다.

14. 좀 더 구체적인 논증이 보충되어야겠지만, 이후로 한국문학사에서 식민지 시기뿐 아니라 해방 이후 '탈식민과 반봉건'을 모토로 하는 문학의 근대화(과학화) 논의에서 전면적으로 재조정되고 재구축되어야 할 주요 논쟁거리로서 사적 계보화를 이루게 되었다고 할 수 있으며, 이런 맥락에서 김기진의 '문예-생활'의 상관성론은 '순수-참여론과 '리얼리즘-모더니즘'론의 원형적 논의로서 자리매김될 수도 있을 것이다.

으로 개조되고, 돈의 위력으로 구현된 체제 아래에서 피지배층의 삶은 동물의 그것으로 전락한다. 말하자면 기존 체제하에서는 기계이거나 동물인 채로, 인간으로서의 삶이 불가능하다는 것이다.

이러한 진단을 통해 김기진이 이끌어내는 해결책은 새로운 시대의식과 다른 체제에 대한 상상이다. 그는 그것을 역사철학적 귀결이라는 외적 논리가 아니라 몰락의 파토스로부터, 즉 내적으로 발생하는 것으로 파악하고자 한다. 현대문명의 폐해에 대한 분석을 통해 그는 기계와 동물로 양분된 세계 즉 '인간(성)'을 상실한 주체나 세계가 몰락의 파토스로 채워진다고 진단한다.[15] 김기진의 판단에 의하면, 돈으로 유지되는 삶의 원리 아래에서 파국 외에 다른 미래는 상상되지 않는다. 흥미롭게도 세계 전체가 몰락의 위기에 놓여 있는 바로 이런 상황이야말로 "새로운 시대의식"(「당래의 조선문학」, 410쪽)의 등장 토대가 아닐 수 없다는 역설론을 통해 그는 '신사회'에 대한 상상을 이끌어낸다. 몰락의 에토스라는 동력에 의해 "문명 자체 속에서" '신사회'에 대한 상상이 "붕아"崩芽하게 된다고 확신한다(「당래의 조선문학」, 410쪽).

비인간의 시대 : 동물화와 기계화

도래해야 할 '프로문학'에 앞서 김기진이 창작을 통해 강조했던 것은 빈궁함과 그것이 야기한 비인간화 현상이었다. 많지 않은 창작물 가운데에서도 앙리 바르뷔스Henri Barbusse식 사고와 표현을 염두에 두었다고 스스로 회상하고 있는 초기작 「붉은 쥐」와 「젊은 이상주의자

---

15. 당연하게도 몰락의 파토스 역시 청렴하다는 송덕을 들었던 양반 가문이나 전근대적 계층사회 상층부인 "망해가는 계급"(「몰락」, 52쪽) 즉 특정 계급에만 드리워지는 것이 아니다. 돈으로 압축되는 문명의 독액을 피할 수 없는 모든 이들, 그 돈의 논리에서 배제된 조선민족 전체가 '파산을 예기한 시간'을 살게 된다(「3등차표」). 누구에게나 '현실은 비참하고, 금일은 혼돈에 차 있게 된다(「십자교 위에서」, 313쪽).

의 사」에서 김기진은 가난한 현실에 억눌린 청년들의 자의식("빙충맞음")을 비인간과 동물의 앙상으로 표출한다. 지식인의 내면 독백이나 일기체 형식을 취하는 이 소설들에서는 행랑방과 같은 한 칸 방을 차지할 수 있을 뿐인 서울살이에 고달픈 이들과 돈 한 푼 없이 배고픔에 시달리는 이들이 등장하는데, 특히 「붉은 쥐」에서 타개책 없는 빈궁한 현실을 사는 이들은 '쥐', '쥐 떼'로 비유된다. 비유를 통해 강조하고자 한 것은 '생명을 유지하기 위해 생명을 내놓아야 하는' 삶의 참혹함이었다. 생명을 건 빈곤의 층위에서 쥐와 인간이 동일시될 수 있었다. "창자가 튀어져나오고 모가지가 납작하게 눌려서, 온몸이 새빨갛게 피 묻어버린, 이름도 없는 조그만 동물의 시체"[16]가 배고픔으로 급작스럽게 도둑질을 하고 도망을 가다가 자동차에 치여 붉은 피를 쏟으며 창자를 드러내고 죽음을 맞이한 '박형준'의 찢긴 몸뚱이 이미지 ─ '두개골이 깨지고 한 편 다리가 부러졌으며 배가 찢어져 창자가 튀어나왔으며 입과 코로 피를 토하고 눈동자가 튀어나와 떨어졌고 혀가 한 자는 늘어진' 사체의 형상(25쪽) ─ 와 중첩되어 환기되는 것은 그래서였다.

그는 공원 바깥으로 나왔다. 행길에는 이때가 사람이 제일 많이 다니는 때다. 젊은 사람, 늙은 사람, 어린애, 어른, 여자, 사내 할 것 없이 바쁘게 오고 가고 한다. 기운 없이 팔과 발을 움직이면서 영양 부족 식상한 누런 얼굴을 쳐들고서 형준이의 앞으로 지나가는 사람들을 그는 한꺼번에 눈동자 속에다 사진 박았다. 그는 성큼성큼 걸었다. 전찻길을 건너 행길의 한가운데로 나섰다. 그리고 입속으로 중얼거렸다.
─ 쥐다, 쥐다! 쥐새끼들이다. 쥐새끼들이다![17]

---

16. 김기진, 「붉은 쥐」, 『김팔봉문학전집』 II, 22쪽 (『개벽』 1924. 11).

빈궁함과 비인간화 현상의 포착과 관련해서 주목할 것은, 소설이 주인공의 사체 형상을 묘사하는 데 집중한 반면, 그가 저지른 행위에 대해서는 충분히 해명하지 않는다는 점이다. 작품을 통해 쥐-인간이 배고픔을 느낀 '순간'에 왜 '주저하지도 않고'(24쪽) 음식과 상점의 물건을 훔쳤는가에 대해서는 설명하지 않는다. 그러한 위반이 새로운 '법-구성'을 위한 의미 있는 '행위-결과'를 야기하는 것도 아니라는 점에서, 표면적으로는 기성 사회의 법과 윤리에 대한 '다짜고짜' 식의 파괴나 거부의 시도와 그에 따른 '처벌-죽음'으로 보이기도 한다.

　그러나 따지자면 '박형준'에 의한 '다짜고짜'식의 파괴적 행동은 김기진의 문명비판 논리에 의하자면 당연한 귀결이기도 하다. 김기진의 판단에 따르면, 희망 없는 하루를 견뎌야 하는 사람들을 이 절망의 구렁에 빠뜨린 것은 다름 아닌 현대문명이며, '자본주의적 생산방식의 결과라는 점에서 식민지 현실까지도 현대문명의 폐해가 아닐 수 없다.'(「젊은 이상주의자의 사」, 32쪽). 현대문명은 "양잿물이나 비상 같은" "독액"(「붉은 쥐」, 19쪽)과 다름없으며, 따라서 오장을 썩게 하는 이 문명의 독액을 거부하지 않는 한, 빈궁과 절망에 찬 사람들의 인생 문제는 결코 해결될 수 없는 것이다. 이렇게 보자면, '박형준'의 먹을 것을 향한 폭주는 따로 설명이 필요 없는 자연스러운 행동이다. 꿈틀거리다 죽을 수밖에 없는 벌레나 '생명을 유지하기 위해 생명을 내놓는' 쥐와 다르지 않은 삶을 살고 있다는 존재론적 깨달음으로 '박형준'은 '쥐의 생활 철학'(「붉은 쥐」, 23쪽)을 자기파괴적으로 실행했다고 해야 하는 것이다.

　『창조』지를 채우던 소설들과 마찬가지로 이상과 현실의 간극으로 좌절하는 청년 지식인과 그들의 연애를 다루면서도,「젊은 이상주의

---

17. 같은 글, 23쪽.

자의 사」는 청년 지식인들이 스스로를 동물로 비유한다는 점에서 특징적이다. '빙충맞은' 조선청년의 죽음은 소설에서 "월급 사십 원에 목을 맨 강아지,"[18] "생활에 끌려 다니는 '개'"(36쪽)의 죽음으로 비유되고 있었다. 궁핍한 살림을 어렵게 유지하면서 힘겹게 공부를 했으나, 고학생이 주경야독을 위해 선택하는 직업인 '사자생'寫字生 노릇조차 시켜주는 이가 없다. 실연을 당하는 것이 이상하다고 할 수 없는 상황에 놓인 24세 청년 '최덕호'는 "양잿물을 먹고서 눈으로 코로 입으로 피를 토하고 사지가 뒤틀려가지고서 보기에도 악착스럽게, 무어라 말할 수 없는 형상으로"(26쪽) 그렇게 세상을 떠난다. 「붉은 쥐」에서와 마찬가지로 '최덕호'의 자살(죽음)은 현대문명에 압살된 타살(죽음)이었다. 「젊은 이상주의자의 사」는, 1910년대로부터 이미 황금열黃金熱이 불어닥치면서, 돈이 사람까지도 죽이고 살릴 수 있는(「젊은이상주의자의 사」, 35쪽) 그런 세상이 되었음을 확인시켜주고 있었다.[19]

문명의 공과

김기진이 소설적 형상화를 통해 강조한 바가 현대문명의 힘이라면, 그 위력은 인간 존재의 인간다움을 상실하게 하는 힘으로, 격렬한 폭력적 저항을 불러오는 힘으로, 결국 인간 존재를 처참한 죽음으로 밀어 넣는 힘으로 포착된다. 동시에 그 힘은 개별 존재의 윤리성을 파괴하는 데 그치지 않고 사회적 차원의 도덕을 무력화할 수 있는 힘으로 다루어진다. 그 과정에서 "벌거지 모양으로 꼼지락거리다가 언제 어

---

18. 김기진, 「젊은 이상주의자의 사」, 『김팔봉문학전집』 II, 33~34쪽 (『개벽』 1925. 6).
19. 젊은 청년의 죽음이 돈-자본주의 문명에 의한 것이라는 김기진의 판단은 그들의 죽음이 신생을 위한 필연으로서의 의미를 지니고 있음을 좀 더 분명하게 현시하는 대목이라고 해야 한다.

떻게 죽어 … 버릴는지 모르"(「붉은 쥐」, 13쪽)[20]는 극단적으로 왜소화된 주체의 면모가 가시화되는 동시에, 몰락과 파국 이외에 좀체 미래를 예견하기 어려운 현실 자체가 부각된다.

두 편의 소설을 통해 확인할 수 있듯, 비인간이 이 사회에 만연하게 된 원인에 대한 김기진의 비판과 분석의 초점은 현대문명 자체로 향해 있었다. 개조 열풍과도 무관하지 않은 현대문명에 대한 비판은 조선의 문예·사상계를 재구하고자 한 시도들에서 공통된 것이기도 했다. 김억이 구리야가와 하쿠손厨川白村의 『근대문학십강』近代文學十講(대일본도서大日本圖書, 1912)을 부분적으로 소개한 「근대문예」(『개벽』)에서 지적한 것도 문명의 폐해였다. 자연과학을 근저로 한[21] 문명세계의 도래가 개인 중심적 생활을 이끌었음[22]이 언급되고 있었다. 이러한 지적 분위기에 놓여 있으면서도 김기진의 '문명비판'은 자본주의에 한정되지 않고 문명의 여러 지층에 대한 분석으로 이어졌다.[23]

로망 롤랑Romain Rolland과 앙리 바르뷔스의 논쟁을 번역한 「클라르테 운동의 세계화」에서 바르뷔스의 입장에 동의와 지지를 보내면서 김기진이 인용한 대목에 따르면, "참자유에 좇아서 즉, 각 사람을 저 하고 싶은 대로 내버려 두어가지고서"는 "신사회"를 수립할 수 없다. 그러한 시도가 "곧 무질서 속으로 무너져 들어가지 않으려면" "새로운 종자의 사람이라는 것을 제조하지 않으면 안 될 터"이기 때문이다. 물론

---

20. 김기진, 「투르게네프와 바르뷔스」, 『김팔봉문학전집』 II, 435쪽 (『사상계』 1958. 5).
21. 안서(岸曙) 김억, 「近代文藝(四)」, 『개벽』 17호, 1921. 11, 126쪽.
22. 안서, 「近代文藝(五)」, 『개벽』 18호, 1921. 12, 122~123쪽 ; 안서, 「近代文藝(二)」, 『개벽』 15호, 1921. 9. 108~109, 111쪽.
23. 김기진, 「계급 문학 시비론」, 홍정선 엮음, 『김팔봉문학전집』 IV, 문학과지성사, 1989, 415~416쪽 (『개벽』, 1925. 2). 엄밀하게는 분석에 기반해 있었다기보다는 유행 담론을 내적 논리에 입각해 재구하고 있었다고 할 수 있을 것이다.

그것은 "신사회를 만드는 것"보다 더 "어려운 일"이다.[24] "신사회" 수립을 위해 '자유'의 의미를 전면적으로 부정하거나 폐기하지 않으면서도 '평등'의 필요 우위를 포기하지 않는 방식, 이 논의의 설득력을 확보하기 위해 김기진이 선택하는 것이 바로 문명의 공과에 대한 다각도의 비판적 검토였다.

또한 이는 '문명'과 '문명 이후'의 단절면(혹은 교차지점)을 어떻게 규정할 것인가에 대한 그의 모색의 결과물이자, 혁명만을 생각한 혁명은 곤란하며 혁명 후의 일들을 고려한 후의 혁명이어야만 한다는[25] 그의 사회변혁론에 상응하는 방법론이었다. 이렇게 보자면, 김기진의 혁명론은 '세계평화와 민주주의'에 열광하던 1920년대 초반의 세계사적 전환국면이라는 문맥에서 의미화되어야 한다. 김기진의 '문명비판'과 그것이 겨냥하는 혁명이란 계급적 혁명이라기보다 개인의 자유에 대한 존중을 주요 가치로 구성하는 '자유민주주의'를, 평등과 인민주권 등을 가치화하는 '민주주의'로 변화시키고자 하는 시도로서 이해되어야 하는 것이다.[26]

'현대문명' 비판과 '신사회'에의 열망

김기진은 '문명 이후'를 말하기 위해 철저하게 '문명'으로 우회한다.

---

24. 김기진, 「바르뷔스 대 로망 롤랑간의 쟁론」, 홍정선 엮음, 『김팔봉문학전집』 I, 문학과지성사, 1988, 465쪽 (『개벽』, 1923. 10).
25. 김기진, 「환멸기의 조선을 넘어서」, 『김팔봉문학전집』 IV, 271~272쪽 (『개벽』, 1924. 4).
26. 샹탈 무페, 『민주주의의 역설』, 이행 옮김, 인간사랑, 2006, 15~27쪽. 이는 '부르주아 이데올로기와 프롤레타리아 이념'이라는 대립 구도로서 이해하기보다는 근대 민주주의의 두 가지 상이한 전통의 투쟁으로 환원하는 것으로, 이로부터 그 모순과 역설의 지점을 보다 정확하게 포착할 수 있을 것이다.

김기진에게 '문명'은 근대 자체이자 자본주의 체제 혹은 제국·식민 체제라는 복합적 구조와 함의를 갖는다는 점에서 세심하게 다룰 필요가 있다. 문명의 공과를 다룬 「당래의 조선문학」(『매일신보』 1924.11.16.)에서 그는, 문명이 인류 생활을 도시에 집중시켰으며, 둘째로 기계문명의 발달이 세계국가를 촉진했음을 인정하고, 이를 통해 결과적으로 '인류의 생활'에 통일성을 부여한 것에 문명의 가치가 놓여 있다고 평가한다. 자본주의, 도시, 기계 문명이 인류의 진보를 이끈 동시에 인간의 인간다움을 상실하게도 했음에 주목하고자 한 것이다.[27] 그런 노력으로 그는 '문명'의 폐해를 둘러싼 다음과 같은 '진실'을 발견하게 된다. "온갖 곳에 문명이 침윤하여 오는 것을. 안색이 좋지 못한 노동자의 얼굴 위에서, 쥐 잡는 약을 먹고 자살하는 사람들에게서, 부형의 집을 버리고 도망하여 나가는 사람들에게서, 또는 두 주먹만 쥐고서 만주로 떠나가는 무리에게서, 모든 곳에서 문명의 자태를." 그리하여 그는 탄식할 수밖에 없게 된다. "이거나 저거나 모두가 금일의 자본주의 문명의 덕택이 아닌 것"[28]이 없음에 대해, "피지배계급"이자 "조선" 자체를 상징하는 "해태" 혹은 "해태의 울음" 역시 기계 문명이 조선을 뒤덮고 자본이 조선 땅을 문명화한 데 원인이 있음에 대해 말이다.[29]

경성의 빈민, 문명의 구조적 폭력성

나아가 조선에서 자본주의, 도시, 기계 문명의 상징적 집산지라고 할 수 있는 '경성'의 길거리를 쏘다니면서 "전차 소리, 자동차 소리, 인력거 자전거의 경종, 오고가는 사람들이 땅바닥을 차는 불규칙한 음

27. 김기진, 「당래의 조선 문학」, 『김팔봉문학전집』 IV, 410~411쪽.
28. 김기진, 「십자교 위에서」, 『김팔봉문학전집』 IV, 311쪽 (『개벽』 1925. 5).
29. 김기진, 「마음의 폐허: 겨울에 서서」, 『김팔봉문학전집』 IV, 243~244쪽 (『개벽』 1923. 12).

향" 속에서 언뜻언뜻 내비치는 "비절, 참절한 얼굴"을 통해[30] 김기진은 경성의 표피를 가득 채우던 것이 빈곤이 아니라 빈곤의 악순환을 가속화하는 문명의 구조적 폭력성이었음을 통찰한다.

"돈! 돈…돈이 다 무어…기에 참말로 그놈의 아귀 같은 빚쟁이들의 빚만은 갚아가면서 먹고 입는 거야 어찌했든 빚쟁이한테 졸리지나 말고서 지내갔으면 좋겠습디다…."

"흥 시원한 소리 한다! 일평생 두고 갚아도 빚만은 다 못 갚느니…." 나 역시 혼잣말하듯이 이렇게 맞장구를 치고는 아내의 젖 먹이는 모양을 바라보았다.

"모슨 빚이 그렇게 많아서 일평생을 두고 갚지 못한단 말이요?" 아내는 놀라운 듯이 이렇게 묻는다.

"어떻게 무얼로 갚는단 말이요?"

"아니 지금 빚이래야 한 이백 원만 있으면 깨끗하게 치루어버릴 것 아니겠어요?"

"그래—."

"그러면 그것만 월급 나오거든 다 갚아버리고는 이를 깨물고 남에게 빚지지 맙세다. 그래도 일평생 못 갚어요?"

"빚 갚는 동안에는 또 빚을 지게 된다우!"

"어째서?"

"그렇게 된 세상인데—."

"당신두—."

"허! 기막히지? 우리들은—부자는 도리어 우리와는 정반대이지만—

---

30. 김기진, 「불에 데운 살덩이」, 『김팔봉문학전집』 IV, 291~292쪽 (『개벽』 1924. 8).

우리들은 빚을 지려고 이 세상에 나왔다가 그 빚을 갚지 못하고 이 세상을 떠나는 인생이라오!"

"운명이로군!"

아내는 내 말이 끝나자마자 이렇게 한마디 하였다. 나도 그 말을 받아 가지고 탄식 비슷하게 이렇게 말하였다.

"그렇지, 그것이 프롤레타리아의 운명이지."[31]

빈궁함은 러시아 무정부주의자들이나 입으로 떠드는 지식인도 피할 수 없는 시대사조에 가까운 것이었다. 1924년 한해 경성부민 가운데 남의 돈을 빚내어 쓰고 가산과 집물을 집행당한 사람이 4천 명에 달했으며, 생활난에 시달려 자살하는 이가 늘고 있고, 강제집행이 일본인과 조선인 사이에서 이루어지고 있었다(「시사소평」, 『개벽』 1925. 3). 더위를 견디지 못하는 나약한 육체에, 봉급이 3개월이나 밀리는 직장은 말할 것도 없이, 불쏘시개로 집에 있는 기물을 써야 하거나 책 몇 권을 진고개 헌책사에 팔고서야 한 끼 쌀을 구할 수 있을 만큼 절박한 생활이 이어지고 있었다.[32]

1925년과 26년의 빈궁한 삶의 기록을 통해 김기진은 빚에서 빚으로 연명해야 하는 비참한 삶의 불가피성을 설파했다. 그럼에도 자본의 불균등한 배분에 의한 '위계'를 지적하는 자리에서 김기진의 시선의 미덕은 '위계'를 계급갈등의 문제만으로도 민족적 울분만으로도 환원하지 않았다는 데 있다. 일본인에게 조선의 경제권을 빼앗기고 있다는 울분에 빠져들기보다는 그렇게 될 수밖에 없는 구조적 사

---

31. 김기진, 「MALHEUR」, 『김팔봉문학전집』 IV, 328쪽 (『개벽』 1926. 6).
32. 같은 글, 325~326쪽.

정을 논리적으로 포착하고 비판의 단면-대상을 날카롭게 드러내는 방식을 취했다. 그에 따르면, 조선인이 빚을 내지 않으면 안 되는 사정, 어쩔 수 없이 일본인에게서 빚을 내지 않으면 안 되는 이유가 있으니, 그것은 자본주의의 근본 모순 위에 겹쳐진 '식민자와 피식민자' 사이의 본원적 착취 구조 때문이다.[33] 김기진의 문명비판은 체제 자체에 대한 비판이자 식민지 현실에 대한 중첩적 비판이었다.

「경성의 빈민, 빈민의 경성」을 통해 "경성 인구 28만" 가운데 "실업자가 20만"(275쪽)임을 지적하면서 김기진이 분석하고 있듯, 경성의 빈민이 빈민인 것은 경성에 자본이 바닥나서도 빈민 개인이 게을러서도 아니다. 제국·식민의 구조적 착취는 경성의 '금일'의 부자들에게도 곧 실현될 근미래의 현실인 것이다. "일해라, 부지런히 일해라! 그렇지 않으면 우리와 같은 사람은 못 된다!"[34]는 호령과 채찍질이 민족적·계급적 위계를 존속시키기 위해 동원되는 상층계급의 계략일 뿐임을 간파하고 있기에, 자본으로 유지되는 근대 자체의 구조적 폭력성에 대한 포착으로부터 김기진은 경성을 포함한 조선 전체가 머지않아 빈민으로 채워질 것임을 예견하게 되는 것이다. "참말로 정직하게 근면한 사람은 평생을 빈곤 속에서 허덕허덕하다가 죽는 것을 어떻게 하느냐. 일하면 일할수록 우마같이 사몰되면 될수록 타인의 복리만 증진시켜주는 것을 어떻게 하느냐. 문제는 조직에 오류가 있을 뿐이다."[35] 이렇게 볼 때, 「붉은 쥐」의 '박형준'이 보여준 난데없는 폭력도 현대문명의 복합적 모순 구조에 대한 개별자의 반응이자 역상으로서의 폭력이 되는 것이다.[36]

---

33. 김기진, 「시사소평」, 『김팔봉문학전집』 IV, 600~601쪽 (『개벽』 1925. 3).
34. 김기진, 「경성의 빈민, 빈민의 경성」, 『김팔봉문학전집』 IV, 274쪽 (『개벽』 1924. 6).
35. 김기진, 「지배 계급 교화, 피지배 계급 교화」, 『김팔봉문학전집』 I, 482쪽.

사회변혁을 위한 감정교육

현실 사정의 타개를 위해 감각을 통한 인간성 해방과 인간 개조를 지향하고자 하는 동시에 잔재하는 전통의 폐해를 지적하면서 김기진은 이데올로기 장치로서의 교육 시스템을 문제 삼았다(「지배 계급 교화, 피지배 계급 교화」, 『개벽』 1924. 1). 개별 인간 개조를 넘어선 사회변혁의 열망으로, 그는 부르주아적 지배체제를 유지시키는 근간으로서의 교육 제도·내용을 전면적으로 교체하지 않는 한 개별자의 노력과 무관하게 몰락으로의 질주를 막을 수 없다고 판단하고 있었다.

'최대 다수의 생활' 복원을 부르짖은 것은 이러한 맥락 속에서이다. '최대 다수의 생활'을 복원한다는 것은 일차적으로는 전 조선을 점령한 "도깨비"라는 말로 표현되었던 '구도덕과 구관습, 인종과 타협'과의 절연이었고, 동시에 "부르주아 컬트"의 중요한 일면을 구축하고 있는 "전통"과의 단절을 의미했다. "반만 년 역사라고 떠드는 우리네의 전통! 전통! 이것이 오늘날 우리의 생활을 붙잡은 허수아비이며, 망령이며, 동시에 금일의 지배 계급의 부르주아 컬트를 유력하게 조장하는 소임을 가지고 있는"[37] '유령'이라는 판단 아래, 새로운 세계로 나아가기 위해 반드시 없애야 하는 것으로 여겼다.

> 대개 특권 계급자로서의 인격 양성이 그 목표이며, 따라서 특권 계급자로서 사회 조직의 상부 구조−표면에 서서 하부 구조 착취할 수단 연구에 종사從事된다. 이때에 여기에서 무산자의 눈물과 피와 땀이 흐르는 것이다.[38]

---

36. 슬라보예 지젝, 『폭력이란 무엇인가』, 이현우·김희진·정일권 옮김, 난장이, 2011, 23~38쪽.

37. 김기진, 「지배 계급 교화, 피지배 계급 교화」, 『김팔봉문학전집』 I, 481쪽.

특히 김기진이 집중적으로 비판한 것은, 지배계급이 이데올로기적 장치로서의 교육을 통해 "착취의 기계"(484쪽)로 재탄생하는 메커니즘 이었다. 그가 강조한, 문제의 심각성은, 교육 효과가 지배계급을 기계 다운 기계로 만드는 데 그치지 않고, 피지배계급[39]에게로 전파되는 데 있었다. 문화적 감염력의 폐해로, 예컨대, 산업 장려회니, 잠사(蠶絲) 강 습회니, 교원 강습회니, 그 외에 지방 각 군에 산재해 있는 색색의 모 든 회가 모두 다 이 부르주아 컬트의 소임을 가지고 있다고 할 수 있 으며, 환등 혹은 통계표 등을 활용해서 교묘한 선전 효과를 발휘하고 있음이 지적되었다. 그는 특히, 그 과정에서 "다소라도 남아 있는 농 촌 청년들의 생기를 뿌리서부터 제거해버리고서 그 대신으로 불발(不拔) 부르주아 의식을 심어놓는"[40] 사태를 우려했다. 그의 진단에 따르면, 당대의 예술·종교·교육 등의 현대문명이 의식·무의식중에 부르주아 적 '생활의식'을 사회 전반에 폭넓게 감염시키고 있었다. 때문에 '최대 다수'인 "민중의 정당한 자각"[41]을 위해서 "일그러진, 쭈그러진, 꾸부 정한 자본주의의 독아에서 전 인류를 해방시키는 것" 즉, 사회변혁과 감정교육이 절대적으로 필요해지는 것이다.[42]

---

38. 같은 글, 484쪽.

39. 김기진의 정의에 따르면, 프롤레타리아는 "빈농과 직업적 유랑민과 소수의 노동자 들"(「지배 계급 교화, 피지배 계급 교화」, 479쪽)인 무산계급은 말할 것도 없거니와, "온 세계의 모든 학대받은"(「클라르테 운동의 세계화」, 428쪽) 존재 전부를 가리킨다.

40. 김기진, 「지배 계급 교화, 피지배 계급 교화」, 『김팔봉문학전집』 I, 485쪽.

41. 같은 곳.

42. 물론 김기진이 강조했던 감정교육은 개별 개인에게 감정을 불러일으켜야 한다는 주 장이기보다는 '감염'과 '감정의 전이'를 통한 환경 변화를 지칭한다. 감각의 개조와 감 정교육을 논의하면서 강조하고자 한 점은, 개별 '개인'의 감정이 다른 개인에게 옮아갈 수 있는 특성에 보다 집중되어 있었다. 전이된 감정의 사회적 행위성 즉 문화적 감염력 에 대해서는 Brennan Teresa, *The Transmission of Affect*, Cornell University Press, 2004의 「서론」 참조.

김기진의 현대문명 비판은 때로 자본주의 체제로, 때로 전근대적 체제로 향했으며, 그에 따라 부르주아에 대한 비판과 전통적인 지배 계층에 대한 비판 그리고 식민지 현실에 대한 비판이 동시적으로 이루어졌다. 문명의 함의 규정에 따라 그의 비판이 겨냥하는 바와 상상하는 '신사회'의 성격에도 차이가 생겨나게 된다는 점에서, 현대문명의 다의성은 이데올로기적·사상적 비일관성의 표식으로서 읽힐 수 있으며, 김기진의 시대인식과 전망의 한계로 다루어질 수 있을 것이다. 그러나 여기서는 다의성의 이면이라고 해야 할 영역 즉, 문명에 대한 인식의 갈래에 '신사회'에 대한 열망이 공통지반으로 전제되어 있었음에 주목해야 한다. 그 다의성은 체제 자체 혹은 구성원이 '특정한 영역을 우위로 하지 않는' 공동체에 대한 사유 실험의 양태들이었다는 점에서, 이데올로기적 제한성을 넘어선 사회적 상상력의 한 형식으로 이해되어야 하기 때문이다.

감각의 혁명과 인간성의 변혁

현대문명이라는 이름의 구조적 폭력은 극복될 수 있는가. '비참, 참절한 생활'로부터의 탈출구는 과연 있는 것일까. 김기진이 당대 사회를 두고 해결책으로 제시한 핵심어는 알려진 대로 '생활과 문예'였다.[43] 물론 김기진에게서 '생활과 문예'의 관계보다 우선적으로 거론되

---

43. 물론 "사람이 사회를 떠나서 살 수 없는 현대생활에는 문학도 생활을 떠나서 가치가 없는 것이 명확"(박영희, 「신경향파문학과 그 문단적 지위」, 임규찬·한기형 엮음, 『신경향파시기의 프로문학』, 태학사, 1989, 405쪽 [『개벽』, 1925. 12.])하다거나 "예술이란 생활과 인생과 사회를 떠나서 존재할 수 없는 것인 이상 그것이 사회와 인생에 끼치는 영향"(한설야, 「계급문학에 대하여」, 『신경향파시기의 프로문학』, 500쪽 [『동아일보』 1926.10.25.])이 주의 깊게 다루어져야 한다는 식의 논의로 압축되는 '생활과 문예'의 긴

어야 힐 것은 일상·생활의 진면적 변혁 문제였다. 그는 하부구조이자 일상 층위의 '생활'을 강조하기 위해 취택된 감정과 감각이라는 용어의 의미를 다시 짚어보는 자리에서 '생활과 문예'의 변혁적 매개를 마련하고자 했다.[44]

사람이 사는 곳, 땅위의 백성이 모여 있는 곳, 곳곳마다 사람사람마다, 보이지 아니하는 마음의 폐허를 가지고 있다! 웃어야 하랴, 울어야 하랴. 소용없는 짓이다! 쓸데없는 일이다. 내가 약하고 내가 용기가 없으니 자조를 한들 미칠 것이 무엇이냐. 씩씩할 것이 무엇이냐. 썩어가는 살림을 버리고, 곰팡내 나는 타협을 끊고, 겨울을 몰아서 달리어가자. '강철의 감정'을 가지고서 땅 속으로 파고 달아나자. 지구의 심장을 두 손으로 움키어쥐고서 '종국'으로 말달음하자.

…

모든 것은 해보아야 하는 일이다. 주저하지는 말자. 그렇다. 강철된 감정을 가지고, 작열된 감격을 가지고서….

'무명의 영웅'은 되기에 어려운 일이다. '유명의 영웅'은 되기에 쉬운 일이나 '무명의 영웅'은 되기 어렵다. 사람들아 히로이크의 감정을 비웃는 사람들아. 현대의 히로이즘은 너희들에게 필요하다. 부끄러워할

밀한 상관성에 대한 전환적 인식은 1920년대 중반을 거치면서 문단 전반에 걸쳐 널리 유포된다.

44. 김기진이 강조한 '감정'과 '감각'은 그의 비평론과 1920년대 비평사에서의 위상을 재검토하기 위한 작업에서 주목된 용어로, 이 용어의 의미와 효과에 대한 해석을 거점으로 한 연구 성과가 축적되었다. 손유경, 「프로문학과 '감각'의 문제」, 『민족문학사연구』, 2006 ; 오세인, 「1920년대 김기진 비평에서 '감각'의 의미」 『비평문학』 39, 2011 ; 강용훈, 「1900~1920년대 감각 관련 개념의 사용 양상 연구」, 『한국문학이론과 비평』 16(1), 2012 ; 최병구, 「초기 프로문학에 나타난 "감성"과 "제도"의 문제」 『현대문학의 연구』, 2012 등.

것은 센티멘털리즘뿐이다. 히로이즘은 힘이다. 건설적 역力이다.[45]

그러나 식욕·성욕·의욕(사업욕-공명심)을 떠나서 사람이라는 것이 존재하지는 않는다. 화려한 분장과 미명의 가식을 벗기어놓고 보면 무엇이 남느냐? 이 세 가지의 본능 외에는 다른 것이 없다. 문명의 옷을 벗기어보아라. 문화의 옷을 벗기고 보아라. 생활의 기초, 생명의 기본 그것은 식욕·성욕·의욕일 뿐이다.[46]

빈궁함이 개별 존재를 통해 드러나는 방식을 눈물·분노·절망 등의 감정으로 포착하고 있는 김기진에 의하면, 감정은 이성적·지성적 문화를 배태한 물적 토대라고 할 수 있다. 물론 감정을 통해서만 이성적·지성적 문화가 발현된다는 인식은 김기진만의 것이 아니며 1920년대 문학이 폭넓게 공유하던 것이기도 하다. 감정의 발생론과 함께 주목할 것은, 그의 당대 사회에 대한 관심이 일상생활을 영위하는 인간 즉, 개별적 존재를 통과해서 구체화되고 있었다는 점이다. 욕망하는 존재로서의 인간 실존을 인정하지 않는 한, 한 개인의 마음 변화를 상정하지 않는 한, 비참하고 참혹한 삶은 결코 변화할 수도 극복될 수도 없다는 것이 김기진 변혁론의 전제이다. 그에게 감정은 감상적이고 애상적 정조가 아니라 개조에 대한 열망의 변형태인 열정 즉, '강철 같은 힘'을 의미한다. 이런 논리로, '신사회'에 대한 상상은 개별 존재의 변화를 의미하는 '감각의 혁명'과 '인간성의 변혁'(「눈물의 순례」, 264쪽) 즉, 인간 개조를 가리키게 된다.

---

45. 김기진, 「마음의 폐허 : 겨울에 서서」, 『김팔봉문학전집』 IV, 253쪽 (『개벽』 1923. 12).
46. 김기진, 「불이야! 불이야」, 『김팔봉문학전집』 IV, 305쪽 (『개벽』 1925. 1).

즉, 생활은 삼각하는 것과 의욕하는 것의 통칭이요 문예는 이 생명의
실재인 생활 위에 기초를 두고 발생한 것이다. … 생활한다는 것은 감
각한다, 의욕한다는 것의 별명이 아니냐. 감각은 생존하여 있는 동물
이외에는 하지 못하는 것이다. 그리고 의욕은 각각 감각 현상이 있은
후에 일어나는 심리 현상이다. 생명의 제일의적 본능인 '생활'이라는
것을 구성하여주는 것은 실로 이 '감각한다'는 것이다.[47]

인간성의 본질로 돌아가면 감각의 혁명을 먼저하고 그런 뒤에 인간
개조를 해야만 한다.[48]

생활의 변혁을 둘러싸고, 제일 먼저 실행되어야 할 것으로 감각의
혁명을 지목하는 것은 그래서이다. 감각혁명이란, 인류의 인간다움의
완성과 본래의 인간성 회복을 의미하는 동시에 그것을 목표로 삼는
다.[49] "지금까지 구부러진 교화를 받아오던 우리들이 기성 지식으로부
터 양념 받은 우리의 감각을 하루라도 바삐 씻어 없애야만"[50] 하며, 인
간의 본성 이외의 것, 교육을 통해 감정에 덧씌워진 문화적 성격을 모
두 벗기는 것이야말로 '다른' 감각을 획득하기 위한 첫걸음인 것이다.

---

47. 김기진, 「감각의 변혁」, 『김팔봉문학전집』 I, 36~37쪽 (『생장』 2, 1925. 2).
48. 김기진, 「금일의 문학, 명일의 문학」, 『김팔봉문학전집』 I, 25쪽 (『개벽』 1924. 2).
49. 「눈물의 순례」를 통해 확인할 수 있듯, 인류는 인간다움의 완성으로, 그것을 배태할
생활의 건설로, 그로부터 도출될 신시대의 문학의 생산으로 나아가고자 한다. 그러나
인류를 위해 창조된 문명에 인류가 이중, 삼중의 억압을 당하는 현실에 처해 있다. 법
과 제도, 화폐와 과학에 의해 인류가 상실한 인간다움의 본질을 회복해야 한다고 강조
하는 것은 이중, 삼중의 억압이 생활세계를 눈물로 채우고 있기 때문이다. 이러한 논의
과정 속에서 억압에 의한 비참하고 참절한 생활의 객관적 상관물이라 할 수 있는 '눈
물'은 '흰 손들을 인민대중의 현실 깊숙이 다가가게 하는 추동력이 되는 것이다. 김기진,
「눈물의 순례」, 『김팔봉문학전집』 IV, 264쪽 (『개벽』 1924. 1).
50. 김기진, 「금일의 문학, 명일의 문학」, 『김팔봉문학전집』 I, 25쪽.

'비인간-되기'를 통한 인간다움의 회복

「붉은 쥐」의 '박형준'의 처참한 죽음이 예시해주었듯, 현대문명의 공과를 정확하게 인식한다고 해서 폐해에 시달리는 이들의 고통이 쉽게 덜어지는 것은 아니다. 그럼에도 기억해두어야 할 것은, 인간의 본성을 회복하고 '본능 생활로 돌아가자'는 김기진의 선언이 인간이기를 포기하자는 주장은 아니라는 사실이다. 오히려 그것과는 정반대로, 본능 생활로의 회귀 선언은 왜곡된 '사회적 감정'으로 채워진 생활에 대한 거부이자 인간다움의 회복에 대한 열망이라고 해야 한다.[51] 더구나 그 선언에는 새로운 '세계'로부터 등장할 인간에 대한 신뢰가 새겨져 있다고 해야 한다. 말하자면 도래할 인간은 '(기성의) 인간이 아닌 그러나 새로운 인간다움을 실질적으로 마련하지 못한' 이른바 무규정적 시공간을 통과한 후에 가능하다는 믿음이 그것이다.[52]

"인류는 진화한다. 어느 때이고, 장구한 패배의 역사를 가진 인류가 입을 모으고서 ─ '자, 인제는 '완성'이다!'하고 부르짖"을[53] 날을 믿기에, 김기진의 '비인간 되기'를 통한 '인간다움의 회복'은 역사 발전의 현 단계 이후에 대한 인식과 연결될 수 있으며, 역설적인 문맥에서의 인간되기를 의미하게도 되는 것이다.[54] 이후로 '계급'에 대한 인식이 뚜

---

51. 김기진의 감정에 대한 이해의 스펙트럼은 넓은 편인데, 한편의 끝에 인류 보편의 감정인 기본 감정이 놓여 있다면, 다른 편의 끝에 문화적으로 형성된 사회적 감정이 놓여 있다고 할 수 있다. '신체화된 생활'이라고도 할 수 있는바, 김기진이 폐기하고 변혁해야 할 대상으로 보는 감정은 후자 쪽에 해당한다. '사회적 감정'에 대해서는 딜런 에반스, 『감정』, 임건태 옮김, 이소출판사, 2002, 33~36쪽 참조.

52. Giorgio Agamben, *The Open*, trans. Kevin Attel, Stanford University Press, 2004, pp. 71~77. 인간에 대한 관념론적 접근을 거부한다는 점에서, 이는 인간의 인간다움(humanitas)에 대한 논의를 인간 자체의 인간성(humanity)과 동물성(animality)의 실질적이고 정치적 분리의 결과로서 인식하고, 새로운 인간다움의 도래를 동물다움 이후의 것으로 이해하는 방식과 닮아 있다.

53. 김기진, 「눈물의 순례」, 『김팔봉문학전집』 IV, 263쪽 (『개벽』 1924. 1).

렷해지면서 기성의 도덕이 상실되고 인간성의 규정 범주가 무의미해진 상황을 그린 「몰락」(『개벽』 1926. 1.)에서는 인간과 비인간의 중간지대가 계급적으로 구체화된 형태를 확인할 수 있다. 새로운 세계에 대한 비전은 상승하는 계급뿐 아니라 몰락하는 쪽에서 보아도 비인간의 지대를 통과하는 과정에서 열릴 수 있는 것이다. 그런 한에서 그것은 "좌우간 입었던 모든 옷을 지금으로부터 벗어버리자. 모든 것을 벗어버리고서, 정말 사람이 되어 보자"[55]는 인간되기의 열망인 동시에 "사람이라는 것은 어떠한 것이냐"[56]를 묻는 인간다움의 본래성에 대한 질문이 될 수 있는 것이다.

과도기와 전환기에 대한 고민을 담고 있는 이러한 인식들을 고려할 때, 김기진이 강조하는 인간 본성의 회복을 그저 사회주의적 세계인식을 새기기 위한 인간형의 요청으로만 이해해서는 안 될 것이다. 그것은, 김기진 식으로 말하자면, '생활'의 '비참'이 야기되고, '빙충맞음'의 생이 몰락을 향해 질주할 수밖에 없는 원인이 바로 '그간의 잘못된 교화'에 있음을 충분히 알고 있다는 사정과 연관되어 있다. 인간 본성의 회복에 대한 요청은 구조적 폭력성으로 존재들을 억압하는 현실에 대한 전면적 비판과 거부를 의미한다. 구체적으로 김기진은 인간본성 회복을 위한 구상으로 '생활'을 채우는 일상적 관습과 시대감각 전체의 변혁을 겨냥하면서 가정과 사회와 같은 소규모 공동체에 대한 실질적 실행 방책을 제안하기도 한다.

김기진이 비판과 변혁을 강조할 때, 그것은 결코 일회성의 방책이

---

54. 「3등차표」(『동아일보』 1928. 4. 15.~25.)에서는 '돈'으로 상징되는 자본주의 문명이 만들어내는 위계와 식민/피식민의 위계가 겹쳐진 자리에서 포착된 '망해가는 계급의 불쌍한 인생'의 복합모순을 확인할 수 있다.

55. 김기진, 「MALHEUR」, 『김팔봉문학전집』 IV, 342쪽 (『개벽』 1926. 6).

56. 김기진, 「시사소평」, 『김팔봉문학전집』 IV, 598쪽 (『개벽』 1925. 3).

아니었다. 새로운 인간성에 대한 요청은 일상적 생활을 포함한 세계 자체에 대한 변혁의 열망을 담고 있는 것으로, 그것은 패배를 거듭하면서 지속되는 변혁 열망 자체였다고 할 수 있다. 일상 층위에 침윤되어 있는 '문명'의 폐해를 극복하기 위해 신체에 각인된 문화의 전면적 개조가 요청된다는 사실의 반복적 강조는, 결과적으로 인간다움의 본래성에 대한 지속적 물음을 전제하는 것이자 개별 인간과 그들로 이루어지는 공동체가 지향해야 할 바에 대한 지속적 성찰의 중요성을 말해주는 것이라고 해야 한다.

감염으로서의 감정교육과 새로운 공동체 구상

생활과 문예

김기진이 당대 사회를 두고 해결책으로 제시한 핵심어는 '생활과 문예'였다. "문예는, 그 시대의 사회 조직·생활 상태가 결정해준 생활 의식의 유로流露된 것"[57]이라는 진술을 새삼 언급하지 않더라도, '문예'는 '생활'과 불가분의 관계를 맺고 있다. 이때, '생활'이나 '생활 상태'는, '문명비판'의 직접적 대상이 곧 '현실'이라는 사실로부터 환기할 수 있듯, '현실'이라는 말로 대체 가능하기도 하다.[58] '생활'의 함의는 유동적이지만, 그럼에도 '문예와 생활'의 상관성 속에서 확정적인 것은, '생활'이 예술 발생의 토대로서 전제된다는 점과 함께 그 '현실에서 예술로의' 발생론이 방향성을 갖는다는 점이라고 해야 한다.

김기진에 의하면 생활은 예술의 토대이자 뿌리이다.

---

57. 김기진, 「금일의 문학, 명일의 문학」, 『김팔봉문학전집』 I, 23쪽.
58. 현실을 사는 개별 주체를 좀 더 강조하고자 할 때는 '인생 생활'로 명명하기도 한다.

최대 다수에게 무엇이 필요하냐? 예술이냐? 문학이냐?

아니다. 그것은 필요하지 아니하다. 예술이나 문학의 뿌리를 근저로부터 개혁하는 것이 그네들에게는 필요한 것이다. 생활 조직의 맨 아래층부터 근본부터 개혁하는 것이 급한 일이다. 미술이나 문학이나 하는 것은 그 후에 이르면 저절로 나오지 말래도 생겨나는 것이다. 샘솟듯이 솟아나올 것이다.[59]

바로 이런 사정으로 명일의 문학을 말하기 위해서는, 「프로므나드 상티망탈」(『개벽』 1923. 7.)을 통해 단정적으로 선언되었듯이, "생활 조직의 맨 아래층부터 근본부터 개혁하는 것이 급한 일"이 되어야 한다.[60] 「금일의 문학, 명일의 문학」(『개벽』 1924. 2.)에서 다시 강조된바, "우리의 '결론'인 예술, 이것을 해방시키고, 생명의 본질을 찾고자 하면 우리는 우리의 생활을 변혁하지 않으면 아니"[61]되는 것이다. 그렇다면 생활변혁을 위해 문학은 무엇을 해야 하며 어디쯤에 놓여야 하는가. 새로운 공동체와 그 일원인 신인간의 도래를 기원하는 자리에서 문학은 어떤 역할을 기꺼이 맡아야 하는가.[62]

---

59. 김기진, 「프로므나드 상티망탈」, 『김팔봉문학전집』 I, 412쪽 (『개벽』 1923. 7.).
60. 같은 곳.
61. 김기진, 「금일의 문학, 명일의 문학」, 『김팔봉문학전집』 I, 24쪽.
62. 반복건대, '유희'나 '수음' 이상의 문학이 되기 위해서는(「떨어지는 조각조각」, 341쪽) 문학은 '현실'로부터 출발해야 한다. 이를 '프로문학'의 요청에 대한 정식화라고도 할 수 있을 것이다. 그런데 '생활이 예술이 되어야 하고 예술이 생활이 되어야 한다'는 선언보다 주목할 점은, 그 선언을 실행시킬 동력을 김기진이 더 나은 삶에 대한 열망에서 찾았다는 사실이다. 김기진에게서 예술은 " '참말로' 살아야" 하며, "지금보다 더 잘 살기"(「떨어지는 조각조각」, 340쪽) 위한 시도라는 차원에서 존재 의의를 갖는 것이었다. 이에 따라 "대중의 고민과 반발하는 힘과 반역하는 의기와 진리를 추구하는 감격과 인생에 대한 열정"(김기진, 「당래의 조선 문학」, 『김팔봉문학전집』 IV, 411쪽)을 가질 때 문학은 그 가치를 가지게 된다고 보았다. 예술가의 '양심'이라고 해야 할 날 선 감각의 유지를 반드시 갖추어야 할 예술가의 덕성으로 요청하고 있었다(김기진, 「너희의 양

인간의 인간다움을 복원하고 획득하기 위한 '비인간되기'의 우회로를 강조하는 방식과 마찬가지로, 김기진이 문학을 두고 강조하는 것은 역사적 발전 단계에 따른 생활-관계적인 '인생의 문학' 혹은 '생활의 예술화'이다. 문학의 궁극적 목표가 새로운 계급의 문학임을 부인하지 않으면서도, 그는 "심미(유희)와 공리"라는 요소를 "조절하여 나아가는" 과정 자체에 '금일' 문학의 가치가 놓여 있다고 보았다. 말하자면 '금일 문학'의 의미가 "명일을 위한" 사명으로부터 부여되는 것으로 이해한 것이다.[63]

물론, 이때의 생활이란 "최대 다수의 생활"[64]이어야 한다. 그런데 현실 논리에서 보자면, 구조적 폭력을 양산하는 '생활조직'은 '빈궁함'과 '빙충맞음'으로 채워져 있다. 따라서 이러한 현실로부터는 '문학도 예술도 없다'고 해야 한다. 이러한 논리 구조에서 흥미로운 점은, 역설적으로 '문예'가 인간의 인간다움을 회복할 수 있는 현실의 가늠자로서 기능하게 된다는 사실이다. '생의 본연한 요구의 예술'은 '생의 본연한 요구'가 실현될 수 있는 현실이 실현태로서 존재할 때 가능한 것이며 또 요청될 수 있는 것이다.[65] 이렇게 해서 김기진은 예술을 통해 그

심에 고발한다」, 『김팔봉문학전집』 IV, 406쪽 [『개벽』 1924. 8.]).

63. 김기진, 「지식 계급의 임무와 신흥 문학의 사명」, 『김팔봉문학전집』 IV, 413쪽 (『매일신보』 1924.12.24).

64. 김기진, 「프로므나드 상티망탈」, 『김팔봉문학전집』 I, 419쪽.

65. 따지자면, 생활 변혁과 예술 해방은 순차적으로 이루어지지 않으며 그렇게 될 수도 없다. 조선어의 완성이 조선 문학 건설의 선행 조건인 것과 마찬가지로(「조선어의 문학적 가치」, 『매일신보』 1924.12.7.) 생활세계의 변혁은 새로운 문학을 만들어낼 수 있는 필수요건임이 분명하지만, 그것은 또한 역설적이게도 예술 활동을 통해 실행되어야 하는 것이기도 했다. 더구나 생활세계의 혁명에 앞서 카페에 앉아 입으로 농촌·농민의 세계로 들어가야 한다고 외치는 지식인 혁명가, "Café Chair Revolutionist"(「백수의 탄식」, 『개벽』 1924. 6.)의 의식 개조를 추동하는 일, 이를 일러 "생활 의식의 프로화" 혹은 "생활개조"(「환멸기의 조선을 넘어서」, 『개벽』 1924. 4.)로 명명하고는 있으나, "논리를 버리고 실제로 나가는 것"(「환멸기의 조선을 넘어서」)은 계몽을 위한 교육 프로그램과 사

것이 산출된 사회의 질을 판정할 수 있음을 말하게 된다.[66]

> XX 후에 교육이 있다.
>
> XX 전에도 교육이 있다.
>
> XX 후에 본연한 문학이 있다.
>
> XX 전에도 본연한 요구의 문학이 있다(누구냐? 감히 그렇지 않다고 하는 자가?)
>
> XX 전의 교육은 프롤레트 컬트 교육 운동이다. XX 전의 문학은 프롤레트 컬트의 문학이다. 여기에 문학의 제2의적 가치가 발생되는 것이다.[67]

XX를 '혁명'으로 채울 수 있다면, 인용문을 통해 확인할 수 있는 것 또한 생활이 변혁되고 나면 새로운 문학은 저절로 샘솟을 것이라

회운동의 차원에서 이루어져야 할 일이다. 이처럼 1920년대 초반 생활 혁명과 문학(가)의 임무에 관한 김기진의 논의는 순환 논리를 쉽게 빠져나오지 못한다. 한 시대의 예술이 보편적 생활양식과 필연적 상관성 속에 놓여 있으며 따라서 미학적, 윤리적 판단이 서로 밀접하게 연관되어 있다는 가설이 통념으로 널리 받아들여진 것은 서구에서도 19세기를 거치면서이다. 이 난제가 '예술이 운동으로서의 예술이 되어야 하며, 그것은 사회 운동의 일부가 되는 것'으로 귀결되든 아니든, 어떤 방향성 있는 답안을 찾게 되는 것은 문학과 사상, 예술과 이데올로기의 상관성을 좀 더 본격적으로 다루어야 했던 박영희와의 논쟁(1926년 말~1927년 초반) 이후라고 해야 한다. 1925년 2월 『개벽』지를 통해 '계급문학'(「계급문학 시비론」)에 대한 문단을 포함한 지성계의 환기가 이루어지고 있었지만, '운동으로서의 문학' 개념의 함의가 보다 뚜렷해지는 것은 '조선프롤레타리아예술동맹'의 사회적 거취가 비교적 분명해지는 1926년 『문예운동』의 발간과 〈카프〉 조직이 이데올로기적 방향성을 정립한 〈카프〉 제1차 방향전환기 이후라고 해야 하는 것이다. 임규찬 엮음, 『일본 프로문학과 한국문학』, 연구사, 1987, 54~64쪽.

66. 레이몬드 윌리엄즈, 『문화와 사회』, 나영균 옮김, 이화여자대학교출판부, 1988, 185~187쪽.

67. 김기진, 「지배 계급 교화, 피지배 계급 교화」, 『김팔봉문학전집』 I, 492쪽 (『개벽』 1924. 1).

는 주장이다. 그런데 이런 논리에 의거하면, 생활의 변혁 이전에는 인간 본연의 요청에 의한 문학은 불가능해진다. 새로운 세계의 도래 이전에는 문학이 불가능하다고 말하고자 한 것은 아니었지만, 이때 김기진이 요청한 것이 '프롤레트 컬트 문학'임은 의미심장하다. 불합리와 부정의, 기만과 위선을 걷어내고 생활의 변혁을 가능하게 하는 일, 동물이나 기계로 살아가는 존재들의 인간다움을 회복할 수 있게 하는 일, 그것은 인류를 지배하던 문화적 원리들과 세계를 운용하던 부르주아적 규범들, 현실로부터 이탈해 있는 가공된 유희적 예술(문학)을 부정하고 틈새 없는 지배 논리에 균열을 만들어내는 일이며, 결국 사회변혁으로 구체화된 '문명비판'을 수행하는 일이다.

1920년대 초반의 김기진은 '생활'이라는 토대에서 출발해서 지향하는 바인 문학으로 나아갈 것을 고민하면서 '생활(일상, 현실, 사회)'에 대한 비전 없는 새로운 문학에 대한 논의도 불가능하다고 여겼다. 이런 점에서 그의 논의를 한국문학·문화사에서 문학과 '사회적인 것'의 관계를 원형적 틀로서 정립한 작업으로서 평가할 수 있을 것이다.

문학과 '사회적인 것'

문학과 '사회적인 것'의 관계가 정립되었다는 것의 의미는 무엇인가. '사회적인 것'에 대한 좀 더 세심한 천착은 김기진에게서 감정교육과 새로운 공동체에 대한 열망으로 드러났다. 먼저 감정 문제를 두고 보자면, 감정교육을 논의하는 자리에서 김기진은 '휴먼'에 대한 개념의 재규정 작업을 이끌었다. 이에 대한 언급에 앞서 김기진이 강조했던 감정교육이 개별 개인에게 감정을 불러일으켜야 한다는 논의가 아니라 '감염'에 대한 강조로 이루어져 있었음에 주목할 필요가 있다. 감각의 개조와 감정교육을 논의하면서 강조하고자 한 점은, 개별 '개인'

의 감정이 다른 개인에게 옮아갈 수 있는 면모였다. 감염으로서의 감정교육에 대한 강조가 유의미한 것은, 이것이 공동체를 개별 인간의 집합체로 호명하고 있었다는 점일 것이다.

　물론 조선의 문학청년들 가운데 예술가·문학가를 자청하면서 문학을 개인의 소유물로 여기거나 문학을 "사회와 몰교섭한 직업"으로만 받아들이는 이들이 적지 않았는데, 이런 점을 짚으면서 김기진이 환기한 것이 단지 문학과 '사회적인 것'의 관계만은 아니었다.[68] 그는 '생의 본연한 문학'이 획득해야 할 '문예의 사회성'을 '개인이 사회의 일원임'에 대한 각성에서 나오는 것(「클라르테 운동의 세계화」, 427쪽)으로 이해하고 있었다. 개별 인간을 망각하지 않는 공동체에 대한 논의가 전제된다는 점에서, 여기에는 '인간다움'을 둘러싼 개념의 재규정 작업이 공동체의 지향에 따라 반복적으로 다시 시작되어야 한다는 함의가 포함되어 있었다고 해야 한다. 김기진의 '문학과 생활'에 대한 논의는, 결과적으로 문학이 현실의 일부와 관여하는 영역이 아니며 보다 본격적인 차원에서 사회 전체에 대한 변혁 구상과의 상관성 속에서 논의되어야 할 영역이라는 의미를 뚜렷하게 가시화해주었다. 1920년대 초반 '문명비판'에 기반한 김기진의 '문학과 현실'론이 갖는 문학사적 의미가 바로 여기에 있었다고 해도 좋을 것이다.

---

68. 김기진, 「클라르테 운동의 세계화」, 『김팔봉문학전집』 I, 427쪽 (『개벽』 1923. 9).

3장

고통과 기대

경제불황과 전시호황 '사이', '사이보그-되기'의 역설

전시체제기와 경제·일상·문화라는 국면

장기^{長期} 경제건설^{經濟建設}은… 일만지^{日滿支} 삼국^{三國}의 공존공영^{共存共榮}, 유무상통^{有無相通}의 진정^{眞正}한 경제협동체^{經濟協同體}의 결성^{結成}을 보기 이전^{以前}에 대지^{對支} 경제개발^{經濟開發} 자체^{自體}가 아국^{我國}의 재정경제^{財政經濟}에 장기^{長期}에 긍^亘한 부담^{負擔}을 가중^{加重}할 것이 필연^{必然}일 뿐 아니라 아국^{我國} 재계^{財界}의 기조^{基調}는… 재정경제상^{財政經濟上}의 제곤란^{諸困難}을 극복^{克復}키 위^爲하야서는 현재^{現在}의 전시경제체제^{戰時經濟體制}의 전면^{全面}에 긍^亘한 통제강화^{統制强化}가 필지^{必至}일 것이다.[1]

세계^{世界}의 정세^{情勢}는 시시각각^{時時刻刻}으로 변^變하고 독파^{獨波} 간^間에는 벌서 무력충돌^{武力衝突}이 발생^{發生}하야 구주^{歐洲}의 위기^{危機}를 고^告하고 있다. 그러나 동양^{東洋}에는 동양^{東洋}으로서의 사태^{事態}가 있고 동양

---

1. 이건혁, 「國家總動員法全面發動問題의第十一條適用經緯」, 『조광』, 5권 1호, 1939. 1, 41쪽.

민족東洋民族엔 동양민족東洋民族으로서의 사명使命이있다. 그것은 동양

신질서東洋新秩序의 건설建設이다. 지나支那를 구라파적歐羅巴的 질곡桎梏으

로부터 해방解放하야 동양東洋에 새로운 자주적自主的인 질서秩序를 건

설建設함이다. 이리하야 바야흐로 동양東洋에는 커다란 건설建設이 경

영되면서있다. 정치적政治的 공작工作에 경제적經濟的 재편제再編制에 산업

개발産業開發에 치수관개治水灌漑에 교통시설交通施設에 교육개선敎育改善

에 모든 인력人力과 물력物力이 놀랄 만한 능력能力을 발휘發揮하면서 신

질서건설新秩序建設의 대목표大目標를 향向하야 일로매진一路邁進하고 있

다. 이때를 당當하야 문학자文學者는 무엇을 하여야할 것인가?[2]

일제 말기 식민 정책의 이념적 기반이었던 내선일체론에 의거해서

조선이 전쟁 수행을 위한 대륙전진병참기지가 되어갔음은 주지의 사

실이다.[3] 정치사회적인 맥락에서 들여다보자면, 〈국가총동원법〉(1938)

이 통과되면서 시작된 전시동원체제의 법제화는 3·4차에 걸친 교육

령의 개정, 육군 특별지원병 제도의 실시, 창씨개명, 국민정신총동원

운동, 국민총력운동, 징병제도의 실시로 구체화되었다. 이러한 제도적

장치들을 토대로 체계적 수탈의 기초가 마련되었고, '대동아공영권'

건설을 지향하는 국가총동원 체제가 수립되어갔다. 요컨대, 중일전쟁

이후에 조선을 포함한 동북아 삼국에서는 격화되어가는 전쟁의 추이

에 따라 전면적인 체제 변화의 국면을 맞이하고 있었다.

물론 그 변화 국면은 법제화의 측면, 경제적 측면 혹은 문화와 일

상의 국면에서 서로 다른 강도로 구체화되고 다른 속도로 전면화되

---

2. 「건설(建設)과문학(文學)」, 『인문평론』 창간호 권두언, 1939. 10, 2쪽.

3. 내선일체론은 중일전쟁 발발 직전인 1938년 8월에 조선 총독으로 부임한 미나미(南次
   郎) 총독이 내세웠던 조선 지배 정책의 대표적인 슬로건이다.

고 있었다. 변화 국면이 식민 주체와 피주체 사이의 힘의 불균형에서 기인한 것이자 행사된 권력과 그에 대한 반응·역반응 과정에서 생성된 것이었기 때문이다.[4] 이를 부상시킨 작용과 반작용의 메커니즘을 둘러싸고 특별히 눈여겨보아야 할 것은 불균형한 힘을 외화하고 있는 '발화된 지점들' 그리고 '발화 주체와 타자' 간의 상호 작용이라고 해야 한다. 변화 국면과 그것을 가시화한 메커니즘에는 중립적이라거나 객관적이라고 규정하기에는 적합하지 않은 잉여의 지점들이 내장되어 있기 때문이다.[5] 엄밀하게 말해, 그 변화 국면은 지역 구도와 제국-식민 구도의 유동성을 반영한다는 점에서 그 자체로 비균질적인 지층을 드러낼 수밖에 없는 것이다.

5호(농촌) 혹은 10호(도시) 단위의 애국반을 세포 조직으로 하는 가옥 단위의 연맹, 관청과 학교, 회사와 공장을 중심으로 하는 직장 단위의 연맹을 구성하고 국책과 국민을 잇는 촘촘한 연결선을 만들면서 일상을 통제하고자 한 〈국민정신총동원연맹〉이 보여주듯, 중일전쟁 이후 조선(인)의 일상은 전체주의적 통제 시스템에 틈새 없이 포획되고 있었다.[6] 위로부터 강요된 변화에의 요청은 효율적인 동원과

---

4. 시각과 권력의 양가성 문제에 관해서는 레이 초우, 『원시적 열정』, 정재서 옮김, 이산, 2004의 1부 참조.

5. 이러한 맥락에서 이 글에서는 일본에서 발간되었던 잡지 『모던일본』의 임시간행본인 조선판(1939, 1940)에 특히 주목했다. 『모던일본』 조선판은 『모던일본』의 특집호에 해당하며, 마해송의 적극적인 노력으로 출판이 성사되었다. 1939년 11월호가 예상 밖의 반향을 불러일으키자 1940년에 추가 발행이 이루어졌다. 대중잡지의 성격을 띠고 있으면서도 조선판인 이 잡지에는 일상과 문화, 순수문학과 대중문화의 다채로운 층위들이 공존했으며, 무엇보다 제국의 주체들이 조선인을 향해 발화하거나 혹은 조선의 지식인이 제국을 향해 발화하는 이질적인 이데올로기의 층위들이 병존했다. 『모던일본』 조선판이 흥미로운 것은 이 잡지에 발화의 위치와 대상의 차이에 따른 부정합의 다양한 지점들이 드러나 있었던 점이다.

6. 물론 〈국민정신총동원연맹〉 '애국반'은 농촌에서 예상 밖의 성과를 거두었다. 1940년에 접어들어 경성에 쌀이 부족해졌을 때, 식량 재고를 조사하거나 배급표 제도를 마련하

수탈을 위한 전시제제로의 헝질 변경 요청이었다. 그러나 '내선결혼' 문제를 두고 보더라도, 식민자와 피식민자 사이에서 이루어진 '강요된 요청과 수행된 실천' 사이의 진행이 일방적이었다고 보기는 어렵다. '내선결혼'이 실질적으로 가시적인 결과를 마련하지 못했던(않았던) 사실을 굳이 언급하지 않더라도, '내선결혼'을 주장하는 식민자와 피식민자의 내부에 이미 꽤 이질적인 입장 차이가 존재하고 있었기 때문이다.[7] 다소간 명료해 보이는 법제화 과정조차 어느 쪽에서 바라보는가에 따라 '강요와 수행'의 의미와 해석이 상당히 달라질 수밖에 없는 것이다.

이러한 맥락에서 볼 때, 식민 정책의 이념적 기반을 근거 짓는 질문들, 가령 '조선을 어떻게 볼 것인가'와 같은 질문 등은, 불균질한 지층의 보다 복합적인 지점들을 보여준다고 해야 한다. '조선을 어떻게 볼 것인가'라는 질문이 중요하다고 한다면, 그것은 질문의 내용 자체라기보다 질문을 통해 조선이 다시 새롭게 인식될 필요가 생겼음을 환기하는 메타적 차원에서인 것이다. 그렇다면 조선은 누구에게 새롭게 인식되어야 하는가. 인식 주체에 관한 인식 없이 이 질문에 대해 무언가를 답변하는 것은 사실상 불가능하다. 구체적으로 따져보기 위

는 과정에서 애국반의 활약은 일정한 성과를 거두었던 것이 사실이다. 그러나 생산활동과 일상생활이 직결되어 있던 농촌과 비교하자면 도시의 애국반 활동이 그리 큰 성과를 거두지는 못했다고 해야 한다.

7. 조선총독부의 내선결혼 정책이 공식화된 것은 1938년 9월 이후로, 9월에 열린 조선총독부시국대책조사회의 자문사항 가운데 내선일체 강화건("내선인의 통혼을 장려할 적절한 조치를 강구할 것")에 관한 언급이 있은 이후인데, '내선결혼' 역시 다층적인 시차를 고려하지 않고는 그 의미망을 들여다보기 어려운 문제 가운데 하나였다고 해야 한다. 가령 총독부 당국자의 입장에서 '내선 결혼'은 내선일체의 자연스러운 귀결이지 첩경이 아니었으며 이러한 맥락에서 '조선인성'의 탈각이 주요 의제로 등장했다면, 내선일체의 철저화를 주장했던 대표적인 일체론자 현영섭의 경우가 말해주는바, 한편으로 조선에서 그것은 '일본인'이 될 수 있는 매우 유효한 방법으로 받아들여지기도 했던 것이다. 장용경, 「일제 말기 내선결혼론과 조선인 육체」, 『역사문제연구』 18, 2007. 10, 195~214쪽 참조.

해서는 바라보는 시선을 먼저 고려해야 하는 것이다.

예컨대, 식민 통치 주체의 시선에서 보자면, 조선에 대한 인식 변화는 1910년대 이후로 지속되었던 식민지 동화 정책의 집약화나 동화 정책이 내장한 자기모순의 집약적 분출과 연관되어 있었다. 내부 식민지를 구축하는 과정과 마찬가지로, 동화정책을 기조로 삼는 일본의 식민정책은 풍속개량에 집중하면서 일본어를 가르치고 이름을 일본식으로 고치게 하거나 혹은 이민족과의 혼인을 장려하는 방식으로 이루어졌다. 내부 균열의 지점들을 내장하고 있으면서도 식민지 시기 내내 유지되던 이러한 일본의 정책 기조가 이 시기에 이르러 급격한 체계화의 필요성을 요청받는데,[8] 전쟁과 전시체제라는 전환적 조건 변화 때문이었다. '신동아건설'이라는 미명 아래 '남방진출' 계획과 함께 대륙 진출을 꿈꾸고 있었던 일본의 관점을 취할 때, 그때에야 비로소 조선은 "내지와 만주, 북지北支와의 사이를 매개하고 양자를 유기적으로 연결하는 필요불가결한 고리"[9]로 재평가될 수 있는 것이다.

일상, 혹은 부정합의 틈새 들여다보기

이에 따라 조선반도가 가지는 정치적·경제적·문화적 사명의 중대

---

8. 오해를 최소화하기 위해 덧붙이자면, 식민주체의 식민정책에는 정책 자체와 그 시행 과정을 둘러싼 근본적인 한계와 자기모순이 내장되어 있었다. 식민주체는 동화정책을 통해 항상적으로 안정된 식민체제를 유지하고자 했지만, 그 '안정된 체제'는 피식민 주체와의 역동적 상호관계를 통해 불안정한 구조를 유지할 수밖에 없었다. 동화주의에 기반한 식민통치를 표방했지만 불균질한 지층들이 존재했기 때문에 조선을 '안정적'으로 지배하기는 쉽지 않았으며, 따라서 식민주체는 동화정책과 함께 초기 단계부터 무력을 앞세운 강압적 통치를 병행할 수밖에 없었다. 이러한 관점에서 볼 때 식민지배논리의 자기분열적 지점을 가장 잘 보여주는 정책이 바로 내선일체론이었다. 변은진, 「조선인 군사동원을 통해 본 일제 식민정책의 성격」, 『아세아연구』 112, 2003, 201~203쪽 참조.
9. 노자키 류시치(野崎龍七), 「조선공업의 약진」, 『모던일본』 10권 12호, 조선판, 1939. 11. (『모던일본과 조선 1939』, 윤소영 외 옮김, 어문학사, 2007, 171쪽.)

함을 강조하는 논리들이, 변화가 강요되었던 조선의 시선에서는 과연 어떻게 이해되고 수용되었거나 왜곡되고 거부되었는가를 질문할 필요가 생겨난다. 이러한 질문은, 가령 총체적인 변화 국면을 맞이한 것이 단지 조선 쪽이었다고 말하기는 어렵지 않을까라는 의구심과 결합되어 있다. 사실, 조선 쪽의 꽤 많은 지식인들이 조선인과 내지인은 계통이 다르고 풍속이 다르며 그 외의 생활 상태나 체질, 용모 등 모든 점에서 서로 다르기 때문에 만사가 서로 맞지 않는 것이 당연하다고 하거나(김동인), 내지인은 대개 조선인의 생활과 사고 추이에 대한 깊은 이해가 없고 우월감에 앞선 편견이 심하다고(신남철)[10] 판단하고 있었다. 구체적인 정황 차원에서만 살펴보아도, 변화에의 요청은 일본-조선-중국을 가로지르며 동시다발적으로 이루어진 교차적이고 쌍방적인 작용이었던 것이다.

　구체적이고도 실제에 가까운 권력의 작용·반작용 자체와 그 결과를 확인하고 점검하는 작업이 실질적으로 가능한가의 여부를 떠나서,[11] 1940년대 전후의 일상을 들여다보면서, 결과적으로 급격한 변화

---

10. 「조선인이 내지인에게 오해받기 쉬운 점」, 『모던일본』 11권 9호, 조선판, 1940. 8 (『모던 일본과 조선 1940』, 홍선영 외 옮김, 어문학사, 2009).

11. 2000년대 이후로 국문과와 사학과 등을 중심으로 본격적으로 이루어졌던 1940년대 전후의 시기에 대한 연구들이 궁극적으로 다루고자 했던 문제들이 결국 이 불균질한 경제, 문화, 일상의 국면과 연관되어 있었다고 보아도 무리는 아닐 것이다. 1940년대를 전후한 식민지 조선에 대한 연구는 한편으로 전시동원 메커니즘이 내장한 폭력성을 드러내고 내선일체론과 황국신민화 이데올로기의 허구성을 폭로하는 이데올로기 층위의 연구에서 집약적 성과를 이루어냈다. 중일전쟁 발발 이후 태평양 전쟁으로 확전되는 시기에 대한 그간의 연구가 '친일과 전향'의 구도 안에서 이루어졌음을 염두에 두면, 1940년대를 전후한 시기의 식민지 조선의 정치사회적 현실과 그 시대를 살아내야 했던 주체들의 일상에 천착하고자 했던 이러한 연구는 협소한 민족주의적 시각에서 벗어남으로써 그저 '암흑기'라는 이름으로 내버려졌던 역사의 치부를 학문적 논의의 장으로 이끌어냈으며, 이를 통해 '지배와 피지배' 혹은 '민족과 반민족'이라는 이항대립적 시각틀에서 벗어날 수 있는 새로운 논의의 가능성을 열어주었음이 분명하다. 특

를 요청했던(요청받았던) 식민-피식민 혹은 제국-로컬 층위의 변화와 변화의 표층에서 반복되는 일상으로 경험되는 '현재들', 그 양자 사이의 이질적인 작용이 만들어내는 간극에 주목하고자 한다. 그 간극을 '일상'으로 명명하고 일상의 의미를 되새겨보고자 하는 것이다.

'1940년대 전후의 일상'이라는 것은 고정된 채 움직이지 않는 대상도 탈역사화된 채 돌연 모습을 드러내는 발굴 가능한 그런 연구 대상도 아니다. 1940년대 전후의 조선의 일상을 들여다보는 작업은 다양한 주체들과 공간 사이를 통과하면서 불균등하게 나타난 식민지 근대성의 효과에 대한 탐색이라고도 할 수 있다.[12] 고정되지 않고 흐르면서 어딘가로 갈 수도 무언가가 될 수도 있는 힘의 흐름에 대한 고찰이라는 점에서, 일상 탐색 작업은 일상 자체의 내용물 확인이 아니다. 그보다는 강고해지는 법제화와 교묘해지는 정치사상적 합리화, 그리고 서로 다른 주체나 발화 층위에 따라 이질적으로 구축된 힘이나 논리 사이로, 어떻게 변화의 국면을 마련하거나 그 변화를 들여다볼 틈을 낼 것인가를 묻는 일이다. 어떻게 그 틈들이 드러내는 간극과 조우할 것인가라는 질문을 둘러싼 모색의 과정인 것이다. 구체적으로 그것은 이 글의 도입부에 놓인 인용문이 보여주는바, '통제강화정책과 신

히 최근의 연구들은 '파시즘'의 구도에서 1940년대 전후의 시기를 두고 '수탈과 저항'의 대립 구도를 극복하고 일상 층위의 생활세계에로 천착하고자 하는 흥미로운 시도들을 보여준 바 있다. 미야다 세즈코, 『朝鮮民衆과「皇民化」政策』, 이형랑 옮김, 일조각, 1997 ; 최유리, 『일제 말기 식민지 지배정책사 연구』, 국학자료원, 1997 ; 연세대학교 국학연구원 엮음, 『일제의 식민지배와 일상생활』, 혜안, 2004 ; 방기중 엮음, 『일제하 지식인의 파시즘체제 인식과 대응』, 혜안, 2005 ; 권명아, 『역사적 파시즘』, 책세상, 2005 ; 방기중 엮음, 『식민지 파시즘의 유산과 극복의 과제』, 혜안, 2006 등. 이와 함께 고창 김씨 일가를 중심으로 조선의 공업화와 자본가의 출현을 다루면서 '수탈과 착취'라는 접근법의 한계를 지적한 바 있는 에커트의 연구가 시사하는 바도 적지 않다. 카터 J. 에커트, 『제국의 후예』, 주익종 옮김, 푸른역사, 2008 참조.

12. 신기욱·마이클 로빈슨, 『한국의 식민지 근대성』, 도면회 옮김, 삼인, 2006, 85쪽.

질서건설론'이 만들어내는 공간에 대한 입체적 고찰 즉 경제-문화-일
상이라는 국면이 만들어내는, 정동이라 불러도 좋을 부정합의 틈새
들에 대한 들여다보기가 될 것이다.[13]

경제불황과 전시호황의 '사이', 비-엘리트의 존재방식

정치적이고 이데올로기적인 맥락에서 보자면, '동아협동체' 논의가
활발하던 시절인 1938년에서 1940년 전후 무렵은 한편으로 지식인들
에게 민족 문제를 둘러싼 식민지적 상황에 대한 새로운 해결의 가능
성이 열리는 것처럼 보이던 시기였다. 동시에 '동아신질서'론이 '대동아
공영권'[14]론으로 바뀌면서, 전쟁의 종식이 아니라 확대, 지역 질서의
평화적 재편이 아니라 폭력적 재편의 진행으로 시대 흐름이 옮아가던
시기이기도 했다.[15] 이 전이과정을 두고 짚어두고자 하는 것은, 연속

---

13. 이는 테사 모리스 스즈키식으로 말하자면, 중심부가 아니라 '변경' 혹은 '변경 지대'를
    서사의 중심에 놓는 방식 즉, 통치 이데올로기나 법에 의한 분절을 가로지르는 살아 움
    직이는 존재들의 생활을 탐사하고자 하는 시도이다. 테사 모리스 스즈키, 『변경에서
    바라본 근대』, 임성모 옮김, 산처럼, 2006의 「서장」 참조.
14. 제2차 세계대전기에 일본제국주의의 아시아 및 태평양, 오세아니아 지역의 침략 지배
    를 정당화하기 위한 이데올로기였던 '대동아공영권'은 1940년 8월 무렵 이후 매우 빠르
    게 유포되었다.
15. 이 시기의 지성의 움직임을 두고 보자면, 지형도를 그릴 수 없는 불투명한 세계에 대한
    원론적인 비판을 반복하는 지성이든, 자기반성의 극단적 실천을 통해 철저한 자기고발
    과 해체에 이르고자 했던 지성이든, 혹은 불투명한 현실 그 자체로 한 발 더 다가가고
    자 했던 지성이든 '신체제'로 대변되는 일본발 신체제 구상 논리에서 새로운 희망을 발
    견했던 지성이든, 1940년대를 전후한 시기에 대한 지성들의 현실 대응은 차별적 논리와
    지향의 스펙트럼을 가지고 있었음에도 불구하고 그때까지 적극적으로 추종했고 또 체
    화되었던 근대 자체에 대한 근본적인 성찰의 움직임과 연동되어 있었다. 물론 이런 논
    의는 통합된 그림을 그려낼 수 있는 현실 세계 혹은 그런 세계로 이끌 새로운 주체를
    갈망하는, 지향점을 향한 진행 논리 위에서 전개되었다고 할 수 있다. 당대의 지성 다수
    가 '동아신질서' 구상에서 식민지 혹은 근대 자체의 근본적 모순과 한계를 극복할 수 있
    는 가능성을 발견할 수 있었던 것도 그들이 의식 혹은 무의식 차원에서 지향했던 통합

적 측면과 불연속적 단층들이 공존하고는 있었지만, 이 전이과정이, 엄밀하게 말해 지식인의 인식 층위에서 이루어진 것이었다는 사실이다. 1940년대 전후에 대한 분석틀이 대개 이 점을 의식적으로 다루지는 않는데, 1940년대 전후 조선의 일상을 들여다보기 위해서는 그간의 연구 경향을 상대화하고 무엇보다 시선을 비╫엘리트층으로 옮길 필요가 있다.

물론 전시체제하에서 조선인은 엄격한 감시와 통제를 받았고 무엇보다 여론과 선전에 의해 왜곡된 정보를 접했다. 따라서 엘리트 지식인의 범주 바깥의 존재들, 이른바 일반 대중이라고 명명할 수 있는 존재들이 전시체제기가 불러온 전환의 국면을 어떻게 인식하고 또 변화에 반응했는가 즉, 국면 전환의 시대를 어떻게 맞이하고 있었는가를 파악하기는 쉽지 않다. 따라서 전시의 이데올로기적 통제가 결코 일방향적이지도 전면적일 수도 없었다는 사실을 확인하기는 쉽지 않다.

에의 열망에서 기인한 것일지 모른다. '근대초극'을 둘러싼 논의와의 상관성 혹은 당대의 지성들이 원했던 것인가의 여부와도 무관하게, 분명한 것은 1941년을 지나면서 식민지 조선은 한편으로 일본에 의한 통제와 동원의 메커니즘이 강화되는 과정에 놓이게 되었고, 동시에 자발적으로 이념과 생활의 괴리와 상극을 극복하고 새로운 조화와 통일을 실현해야 한다거나, 현대문화가 취해야 할 전환의 방향이 문화의 국민화이고 문학정신의 국민적 전환(최재서, 『전환기의 조선문학』)이라고 단언할 수 있는 전적으로 다른 국면 즉, 분열에서 통합으로 나아가는 새로운 국면을 만나게 되었다는 사실이다. 이는 분명 국면의 전환 혹은 체제의 전면적인 형질 변경으로 명명될 수 있을 것이다. 식민지적 지성이라는 문제를 두고, 이러한 전환 국면이 계급이라는 대주체에서 '동양'이라는 또 다른 대주체로의 비약 혹은 이질적인 세대군의 등장으로 정리되었던 것도 이러한 맥락에서 이해될 수 있다.(김철, 「근대의 초극」, 〈낭비〉, 그리고 베네치아」, 『민족문학사연구』 18, 2001.; 허병식, 「직분의 윤리와 교양의 종결」, 『현대소설연구』 32, 2006; 김철, 「우울한 형/명랑한 동생」, 『상허학보』 25, 2009 등) 기억해야 할 것은 이러한 논의들이 1940년대 전후 이데올로기적 대전환의 시기라는 지층 위에서 전개되고 있었다는 점이다. 그에 따라 학문적 의의에도 불구하고 이러한 연구들이 집중한 것은 전환의 국면 혹은 그 구체적 변화의 내용이다. 말하자면, 전환의 국면에 대한 집중이 결과적으로 복잡다단한 형질 변경의 과정 자체는 잡아채기 어렵게 만들었다고 할 수 있다.

낭시 비-엘리트층에서 유포되어있던 '진시 유언비어'니 각종 낙서와 삐라 등을 동해 우회적으로 추론해볼 수 있을 따름인 것이다.[16] 이에 따라 1940년대 전후의 조선 사회를 관통했던 변화 국면을 전쟁 상황과의 전면적인 연동 과정으로, 특히 전쟁을 둘러싼 정치사회적 맥락과 경제적 층위와의 상관성 속에서 들여다보고자 한다. 전시체제와 경제적 층위에 대한 논의를 통해 강조하고자 하는 것은 그 자체의 변화 내용에 대한 수치화된 지표가 아니라, 경제적 층위로 대표되는 물적 토대의 변화가 불러온 효과의 측면이다.

일면 전쟁과 일면 건설

조선은 실질적으로는 태평양 전쟁이 본격화되고 징병제가 실시되기 시작하는 1942년 5월까지도 후방 지대의 위치에 있었다. 그러나 강요된 요청이었다고 할 수 있는 변화 국면은 사실 처음부터 '일면 전쟁과 일면 건설'이라는 상반된 지향을 보여주고 있었다. 때문에 '징병제' 실시가 곧바로 조선에 실질적인 전쟁 경험을 부과했는가의 여부와는 별도로, 변화 국면이 내장하고 있던 지향들, 서로 다른 공간과 결부된 이질적인 지향들이 일본과 조선 그리고 중국의 국가 정체성뿐 아니라 사회 전반에 걸친 변화를 유발하는, 이른바 사회를 진동하게 하는 역설적 힘으로 작용했다.

가령, 1940년 전후를 즈음하여 전시체제가 강화되는 경향과 함께

---

16. 변은진, 「일제의 파시즘 전쟁(1937~45)과 조선민중의 전쟁관」, 『역사문제연구』 3, 1999. 6, 163~4쪽. 식민지 조선인의 전쟁관에 대해 말하자면, 주로 국외로 나가 전쟁의 정황을 보고 듣거나 간접적으로 듣는 경우 또는 일제의 구체적 정책을 거꾸로 해석해서 정세의 변화를 읽는 경우가 많았다. 그에 따라 식민 주체는 1940년을 전후한 시기에 전쟁에 관한 유언비어를 단속하고 비적이나 스파이 활동을 막기 위한 대책에 고심해야 했다.

전시의 분위기는 광고 문구에까지 스며들어 전시 감각의 일상화를 촉진하기도 했다. "식욕, 소화, 변통便痛 어느 하나가 무너져도 건강은 총퇴각할 수밖에 없으니, 내일로 미루지 말고 오늘부터 에비오스정으로 위장의 보강공작을 시작"[17]하라는 광고나 장기적인 건설에 나서는 국민 체위 개선에 가장 효과적이고 산업 전사의 피로회복과 영양 보강에 적합한 국책 영양의 필수 항목인 "메가네 간유"[18]를 섭취하라는 광고 등이 보여주는 것처럼, 과학 발전에 힘입은 의약품 광고는 전시 체제로의 변화 요구를 적극적으로 수용하고 일상의 차원으로 유포하고 있었다.

조선 경제의 전반적인 규모나 수준 그리고 피부로 느끼는 생활 경제의 측면을 둘러보더라도, 조선인의 일상에는 경제불황과 전시호황이라는 상충적 감각이 공존했다. 전시동원체제로 형질 변경을 이루어가는 과정에서 조선의 경제계는 '원료시대에서 제품시대로의 전환' 국면에 놓이게 되었다. '농공병진' 정책을 지향했던 미나미 총독 시대를 거치면서 병참기지로서의 조선의 활용도를 높이기 위한 광공업과 수산업의 발달이 적극적으로 추진된 결과였다. 미나미 총독은 대륙전진병참기지화가 함축한 두 가지 의미를 강조했다. 하나가 인적자원의 배양과 육성 즉, 반도 민중을 충량한 황국신민으로 만드는 것이었다면, 다른 하나는 국방 생산력의 획득을 촉진하는 것이었다.[19] 조선 경제계의 변화는 후자의 요소와 연관되어 있었다.

조선 경제계의 변화는 내선만지(일본·조선·만주·중국) 간 연락운

---

17. 『모던일본』 10권 12호, 조선판, 1939. 11. (『모던일본과 조선 1939』, 9쪽).

18. 같은 책 (같은 책, 282쪽).

19. 지원병 제도 시행, 교육쇄신, 창씨개명, 국민정신총동원연맹 설립, 신사 설립이 그 구체적인 실천 사항들이었다. 「미나미 총독은 말한다」, 『모던일본』 11권 9호, 조선판, 1940. 8. (『모던일본과 조선 1940』, 61쪽).

수를 위해 1938년 10월 이후 부산발 북경행 직통 급행 여객열차 등이 신실되면서 원활해진 교통 상황과도 연관되어 있었다.[20] 편리해진 교통편과 함께 산업 차원에서 공업도시인 부산·경성·인천·해주·평양·진남포·순안·신의주·청진·성진·원산의 여행(시찰) 포인트를 알려주고 있는 '산업인을 위한 조선여행안내'가 이루어지기도 했다.[21] 이러한 상황에서 직업을 찾기 위해 일본으로 간 조선인이 1938년 말에는 80만 명에 이르고 있었다. 일본에 간 조선 노동자들의 삶이 결코 평탄하지 않았으며 실상 노예의 삶에 가까웠음에도, 일본과 만주로 이주하는 조선인의 비율이 점차 증가하고 있었다. 공업 분야를 중심으로 한 제국의 노동시장 확대와 연동되어 있었으며 강제 동원된 노동력의 비율도 적지 않았지만, 국내외적 인구 이동 현상은 일본의 고도 경제성장이 불러온 변화의 여파였다.[22] 경성·인천·평양·부산·진남포·청진 등 급속히 성장하는 공업 중심지로 향했던 국내에서의 인구 이동이 말해주는 것처럼,[23] 일본으로부터 넘어온 전시 경제의 여파가 서울을 포함한 경향 각처에 사회구조와 생활감각의 변화를 요청하고 있었던

20. 『모던일본』(1940) 조선판에는 조선총독부 철도국의 교통편 소개 광고가 실려 있다. 조선총독부 철도국은 광고를 통해 여행을 "약진하는 조선을 인식하는 기회"로 내세우면서 대륙으로 가는 최단 경로의 철도를 소개하고 이용을 당부했다. 이때 소개된 교통편은 "부산-북경 간 직통 급행 9, 10호, 부산-신경 간 직통 급행 노조미, 히카리 그리고 부산-경성 간 특급 아카쓰키"였다. 이 광고에는 이외에도 철도시간표가 함께 실려 있었다.
21. 「산업인을 위한 조선여행안내」, 『모던일본』 10권 12호, 조선판, 1939. 11. (『모던일본과 조선 1939』, 486~488쪽).
22. 1880년에서 1940년까지 일본의 연간 경제성장률은 3.2%~5.5%로, 이는 여타 국가들의 상황(공황)을 고려했을 때 놀랄 만한 지속적 성장이었다. 일본은 1937년에 전력 생산과 소비가 세계 1위, 철강이 6위를 차지하면서 세계자본주의 체제를 움직이는 일원으로 그 위상을 높여가고 있었다. 김기정, 「세계 자본주의체제와 동아시아 지역질서의 변동」, 『동아시아의 지역질서』, 창비, 2005 참조.
23. 공업화와 인구 이동 문제에 대해서는 박순원, 「식민지 공업 성장과 한국 노동계급의 성장」, 『한국의 식민지 근대성』, 211쪽 참조.

것이다.

도시 하층민의 생활고

물론 조선 쪽에서 보자면, 전시 체제로의 전환이 전시 경제 통제로의 강화를 촉진해감에 따라 착취 구조가 보다 노골화되었고, 조선 경제 역시 이식자본의 독점적 지배에 의한 모순 구조를 심화된 형태로 드러낼 수밖에 없었다. 실질적인 생활수준에서 경제불황의 정도가 극심해졌음은 중언할 필요도 없을 것이다. 경성상공업회의소 의원들의 전시 경제 관련 논의를 싣고 있는 『조광』 1938년 7월호의 좌담회를 통해 확인할 수 있듯, 중일전쟁 발발 이후의 조선의 서민 경제는 궁핍을 면치 못하면서 긴축하는 경향을 보여주고 있었다. 좌담회에서는 한편으로 경제적 여건이 극빈하여 물건을 사두려고 해도 그럴 수 없다거나 전쟁 발발 이후 조선 사람들 가운데 경제적으로 나아진 사람은 없다는 식의 생활 감각이나, 소비절약이나 저축 장려 등이 강행되는 와중에 생활비까지 줄여야 하는 고통스러운 경제생활이 지속되던 현실의 일면이 논의되고 있었다. 식민지 조선 특히 1939년 극심한 가뭄 이후의 조선인의 생활고는 염세적인 분위기와 함께 고조되는 상황이었다.

도시 하층민 특히 여성의 비참한 생활고를 보여주는 채만식의 「잡어」(1939)를 통해 단적으로 확인할 수 있듯, 시대는 대문호가 되는 것보다 월급 자리를 얻는 것이 우선시되는, 경제 일변도 혹은 경제 강박적인 상황으로 접어들고 있었다. 「잡어」의 카페 여급의 한탄처럼, "비상시를 빙자로 물가는 다락처럼 뻗어 오르고, 비상시를 핑계로 팁은 줄어만 들고, 비상시를 구실로 노루꼬리만하던 월급도 깎이고, 그리고 비상시인 까닭에 영업시간은 단축"될 때, "비상시 때문에 지대한 타격을 받은 축"[24]은 당연하게도 하층의 하층일 수밖에 없었다.「잡어」가 잘 보여주고 있듯, 카페 여급의 임신 사실이 그녀들을 절망에 빠뜨린다고 할 때, 그 절망은 북지로 떠나버린 남자에 대한 원망이나 잉태한 아이의 불투명한 미래에서 기인하지 않았다. 채만식의 소설은 그녀들의 절망이 임신 때문에 더 이상 영업을 할 수 없게 된 점, 그리하여 고향에 있는 부모와 세 동생이 함께 굶어 죽을지도 모르게 된 점에 놓여 있었음을 연민 없이 기술한다. 하류계층의 경제적 생활고가 단지 경제의 최전선에 놓인 이들만의 것이 아니었음을 역설하며, 경제 사슬의 연쇄 고리에 놓여 있던 조선인의 경제적 고충이 예외 없는 절망 상태에 이르러 있음을 가늠하게 해준다.

전시호황

「언제나 그렇게 각박한 건 아니구 금년은 전시가 돼서 그렇다우! 생각해보세요! 만들어지는 간즈메(罐詰 : 통조림)라는 게 죄다 제일선의 용사들의 찬거리가 되는 게거든요. 그러니까 이를테면 우리두 싸움의 한몫을 담당한 병사인 셈이에요. 만약 우리가 하루를 더 쉰다면 제일선의 용사들은 그만큼 밸 주려야할게 아녀요?」

…

「그야 물론이죠! 참 북지에 가보고 싶은 생각 없으세요?」

「북지에?」

「네 북지에 말이에요. 오늘 우리 회사 사장이 그러는데 자기가 관계하는 모 방직회사에서 이번에 북지로 진출하게 되었다고 혹 희망자가

---

24. 채만식,「잡어(雜魚)」,『인문평론』 3호, 1939. 12, 165쪽.

있다면 그리로 전근시켜 준다나요.」

「그래 미례美禮는 간다구 했수?」

「아이! 오늘 신년인사 때에 그러셨는데 언제 그럴 틈이 있었겠어요. 하여튼 전 가구 싶어요. 사장 말씀이 뭐라시는고 하니 사변은 곧장 끝날지 모르지만 건설은 하루이틀에 될 일이 못되니까 이제부터 북지로 갈 사람은 적어도 해골은 북지에 매장할만한 각오가 있어야 한다나요. 난 그 말에 퍽 매력을 느꼈어요.」[25]

그럼에도 비참하고 곤궁한 삶을 가로지르며 만주 판타지의 풍문이 돌기도 했다. "북지에서 백만금을 잡은 사내로 요새 금의환향한 기쁨에 돈을 물쓰듯"[26]하는 사람이 있다는 소문이 유언비어처럼 떠돌던 때였다. 인용문이 보여주는 것처럼, 북지에 대한 막연한 기대감이나 "전시의 덕분이기도 하였던"(정비석, 146쪽) 전승 경기가 경성의 변화가를 중심으로 팽창하는 등, 전시호황의 분위기가 조선에 퍼지고 그 여파가 일반 상가에까지 미치고 있었다.[27]

1939년 6월 23일 임시각의臨時閣議에서 개정물자동원계획을 결정하고 그 실시에 대한 성명이 발표되면서 전시체제는 본격화되었다고 할 수 있다.[28] 당연하게도 이후 실질적인 물자 통제가 이루어졌으며, 전쟁의 진행과 무관하게 전시체제하의 통제정책이 지속되었다. 그러나 흥미롭게도 전쟁의 전개에 따라 생활경제 감각은 벗어날 수 없는 통제

---

25. 정비석, 「삼대(三代)」, 『인문평론』 5호, 1940. 2, 146쪽, 163쪽.
26. 채만식, 「잡어(雜魚)」, 『인문평론』 3호, 1939. 12, 163쪽.
27. 김규면·손완영·이동선·홍창유·이건혁·함대훈·김래성, 「전시하(戰時下)의경제좌담회(經濟座談會)」, 『조광』 4권 7호, 1938. 7, 51~8쪽.
28. 물자총동원수행을 위한 구체적인 정책은 10개 항목으로 이루어졌는데, 핵심 정책은 물자억제, 물자소비절약, 수출진흥책의 확립이었다.

의 틀에서나마 유동적이었다. 조선 내에서 광산과 같은 군수산업에 착수하는 사람들이 늘어나는 추세였고, 오락이나 환락 시설도 활황을 맞이하였다. 대개 마약 밀매 등에 주력했다고는 하지만 북경北京, 천 률天津, 제남濟南 등에 조선인이 점차 늘어가고 있었으며, 소자본을 가진 중소상공업자들이 북지에서 음식점이나 카페, 끽다점, 유곽, 여관 사업 등에 종사하는 경우도 많아졌다.[29]

전쟁과 긴밀하게 연관되어 있는 포목과 철물 관련 상업이 전쟁 이후 각광을 받고 있었거니와,[30] 물산동원하에서도 면포상 등의 수입이 급격히 늘어났고 신설 회사가 증가되는 등 특정 부분을 중심으로 조선의 경제계가 신장세를 보여주고 있기도 했다.[31] 비균질적인 형태이기는 했지만 대륙 러시의 물결을 타고 조선의 특정 지역, 가령, 북선北鮮과 동해안 등을 중심으로 사람과 기계와 금이 모여드는[32] 등, 전시가 만들어낸 활기가 조선 내부에 존재하는 이들에게 돈, 입신, 사회적 지위 변경(획득) 등의 욕망을 분출할 수 있는 통로를 마련해주고 있었다. 1930년대 중반에 열풍처럼 몰아쳤던[33] 모던풍 문화에 대한 열망이 오

---

29. 「기밀실(機密室) ─ 우리 사회(社會)의 제안내(諸內幕)」, 『삼천리』 10권 8호, 1938 8, 28쪽.
30. 「기밀실(機密室), 조선사회내막일람실(朝鮮社會內幕一覽室)」, 『삼천리』 10권 5호, 1938. 5, 23쪽.
31. 이건혁, 「신춘경제계전망(新春經濟界展望)」, 『조광』 5권 2호, 1939. 2, 51쪽 ; 아베 류타(阿部留太), 「조선경제계의 전망」, 『모던일본』 10권 12호, 조선판, 1939. 11. (『모던일본과 조선 1939』).
32. 이와지마 지로(岩島二郎), 「북선(北鮮)에서 남선(南鮮)으로」, 『모던일본』 11권 9호, 조선판, 1940. 8. (『모던일본과 조선 1940』, 281쪽).
33. "우리 조선(朝鮮)은 레코─드 홍수시대(洪水時代)를 연출(演出)"(칠방인생, 「조선레코─드 제작내면」, 『조광』 2권 1호, 1936. 1, 258쪽)하고 있다거나, "서울만해도 왼만치 밥술이나 먹는 집이나 심지어 저급직공의 집에까지도 라듸오가 장치되"(안테나생, 「라듸오는 누가 제일 잘하나」, 『조광』 2권 1호, 1936. 1, 274쪽)었다는 식의 뉴미디어에 대한 열광으로 표현된 모던 문화 열풍이 1930년대 전반에 걸쳐 지속되었다.

락 문화로 저변 확대되고 있었으며, 일확천금을 꿈꾸는 한탕주의가 사회를 움직이는 역동 가운데 하나로 유포되고 있었다. 전시가 불러들인 호황의 분위기가 조선 전역에 널리 유포되고 있었던 것이다.

고통과 기대 : 경제불황과 전시호황 '사이'

요컨대, 조선이 맞이한 전환의 국면이란 다수의 조선인들이 '돈'으로 상징되는 자본의 위력에 눈떠가는 과정이자 극심한 생활난에 시달리는 상황을 가리킨다. 동시에 그 실감으로서의 생활감각과 병렬적으로(아니 매우 비대칭적으로) 전시호황의 여파가 사회변화에 대한 기대감을 유발했던 상황을 뜻하기도 한다.[34] 여기서 주목할 점은 이러한 전시 호황의 분위기에 적극적으로 호응해갔으며 실질적인 혜택을 입은 조선인이 극히 일부였으며 무엇보다 소수의 상층 엘리트였다는 사실이다. 이데올로기의 지층 변화 위에서 전환의 국면을 맞이하고 존재론적 비약 혹은 전이를 경험할 수 있었던 존재는 식민지 시기를 통틀어 학생 집단 내에서도 0.2% 정도에 불과했던 소수의 엘리트 즉 고등교육 수혜자들뿐이었다.

1930년 전후를 정점으로 한 경제공황이 전쟁 전까지 지속되었으며 점차 전시 경제라는 특수한 상황이 마련되고 있었지만, 중일전쟁 이후에도 여전히 하루가 멀다 하고 신문지상에 등장했던 사회 현상 가운데 하나로 청년층의 자살 증가를 빼놓을 수 없다. 그런 상황에서도 중일전쟁 발발로 고등기술 인력의 수요가 급증했으며, 이에 따라 관립 경성광산전문학교와 사립 대동공업전문학교가 1938년에 설립되

---

34. 무관하지는 않지만, 이는 1930년대 중후반에 절정을 이루었던 금광열이나 주식, 투기열과는 차별적으로 다루어져야 한다.

었고, 1941년에는 경성제대에 이공학부가 창설되었다. 1937년에 접어들면서는 고등 인력의 취업률이 신장되었는데, 특히 자연과학 분야의 학교에서는 졸업 전에 졸업생 전원의 취직이 결정되기도 했다.[35] '생활난'에 시달리는 하위계층이 이향과 탈향을 통해 도시 빈민으로 떠돌게 되고 '구직'에 실패한 청년들이 줄지어 자살을 하는 동안, 전문학교 졸업 이상의 학력을 가진 고등교육 수혜자들은 폭넓게 열리고 있는 입신출세의 가능성과 만나고 있었던 것이다.

　수치와 통계가 말해주는 조선 경제 영락의 고저운동과는 별개로, 일상의 경제적 맥락을 들여다보면서 기억해야 할 것은 경제불황과 전시호황의 어느 한쪽을 통해서는 이 시대를 살았던 존재들의 분열적인 감각을 결코 포착할 수 없다는 점이다. 1940년대 전후의 조선인들이 경제불황과 전시호황의 이질적 감각을 한 몸에서 겪고 있었다는 점, 경제불황이 육체에 각인한 고통과 전시호황이 불러온 변화의 가능성에 대한 열망을 한 몸으로 겪고 있었다는 점, 이질적으로 공존했던 이 양축의 감각 혹은 그 부정합의 지점들에 대한 고찰 없이는 일상이든 틈새든 비-엘리트(대중이라고도 민중이라고도 명명하기 어려운 존재들)의 존재방식을 결코 상상할 수도 포착할 수도 없을 것이라는 사실 자체인 것이다.

'변화에의 열망'이라는 처세 원리, 현실과 함께 춤추기

'변하라'는 시대 명령

---

35. 정선이, 「일제강점기 고등교육 졸업자의 사회적 진출 양상과 특성」, 『사회와 역사』 77, 2008 참조.

양삼년兩三年 이래以來 금金값은 연해 꼬리를 물고 경중경중 올라, 시방은 매每돈중 십사원十四圓 오십전五十錢인데 만일萬一 거기다가 증산장려금增産奬勵金까지 가산加算한다면 십칠팔원十七八圓이 넉넉 잡히는 세음이다.

정부政府의 적극적積極的인 산금증산정책産金增産政策과 아울러 이 폭발적爆發的인 금가金價 고高는 문자文字-그대로 조선천지朝鮮天地를 황금광시대黃金狂時代로 화化하게 했고, 그것이 나아가서는 한 중대한重大한 역사적歷史的 기능機能까지에 지양止揚이 되어가고 있다.… 시골로 다니면서 보면, 웬만한 사람으로 금광金鑛이나 몇 구역區域 혹 출원出願해 두지 않은 사람이 없다.

경성京城에 한번 들여 놓으면 여관旅館의 유숙인留宿人 가운데 열에 아홉까지가 금광업자金鑛業者이다.… 의사醫師는 메스를 집어 던지고, 변호사辯護士는 법복法服을 벗어 던지고, 금광金鑛에로 금광金鑛에로 달려간다.[36]

병보의 장님 같은 순정을 도저히 감당해낼 수 없는 짐으로 느꼈고 히도미를 영영 잃어버렸고, 쓰바끼의 세계에조차 환멸을 느낀 지금에 사유리는 오직 태웅의 세계에 휩쓸려 보는 수밖에 딴 도리가 없어보였다.

태웅의 세계 ― 병보의 세계에서 출발하여 사유리, 히도미, 쓰바끼의 세계를 거쳐서 비로소 도달할 수 있는, 추악조차가 꽃포기처럼 아름답게 빛나는, 그것은 인간정신이 도달할 수 있는 최고의 세계, 극치의 세계가 아닐까.

---

36. 채만식,「금(金)과문학(文學)」,『인문평론』5호, 1940. 2, 96쪽.

오랫동안 고민하면서 찾아내려고 애쓴 것은 결국 그 세계가 아니었던가.

병보가 서 있는 곳이 인간정신의 아름다움의 최고봉의 하나라면 태웅이가 짚고 있는 곳도 확실히 다른 한 개의 최고봉임에 틀림없어 보였다.

히도미, 쯔바끼의 세계는 결국 그중간이요 내려다보이는 골짜기에 지나지 않아 보였다.

단숨에 이 봉에서 저 봉으로 뛰어 건너다가 떨어져 죽는 한이 있더라도 지금의 사유리는 그 길을 밟을 수밖에 없다고 느껴졌다. 이미 몸은 벼랑 위에 다가 선 각오였다.[37]

『인문평론』 창간호에 실린 이효석의 단편 「일표―票의 공능功能」에는 지향해야 할 바를 모르고 그저 '변화' 자체만을 유일한 삶의 철학으로 삼는 '변화지향형' 인물이 등장한다. 말하자면 "변화라는 것이 그에게는 몸에 지닌 철학이자 처세의 원리"[38]처럼 보이는데, 삼십 세의 소장 법학사인 그는, 실질적으로 바꾸지는 못했지만, 기자에서 변호사 그리고 '부회의원'으로 이동하는 방식으로 끊임없는 사회적 지위 변화의 열망을 드러냈다. 그가 변화에의 열망에 사로잡히게 된 내막을 따져보는 것보다 중요한 것은, 그런 인물을 바라보는 지식인 주인공의 내면적 공감이다. "의원이 되어야 면목이 서고 행세를 할 수 있다고 거듭 되풀이하는 그의 조바심이 내 일만 같이 마음속에 살아 나왔"(179쪽)다는 주인공의 고백이 드러내는 내면은 유동하는 사회 구조

37. 채만식, 「잡어(雜魚)」, 『인문평론』 3호, 1939. 12, 190~191쪽.
38. 이효석, 「일표(一票)의 공능(功能)」, 『인문평론』 창간호, 1939. 10, 178쪽.

속에서 변화에 몸을 맡기고 싶은 충동에 사로잡히지 않는 조선인을 찾기 쉽지 않았음을 단적으로 보여준다.

사회적 지위나 정체성의 변경을 요청받는 이러한 상황은 사회질서의 지속 가능성과 안정성이 보장되지 않은 상황이 불러오는 공포를 수반한다고 할 수 있을 것이다.[39] 그 때문에 그 변화는 계급 혹은 민족과 같은 전체의 지향과는 무관한 것이자 철저하게 개인적 차원에 한정된 것이라고 해야 한다. 말하자면 그것은 시대 변전 앞에서 지향을 알지 못하고 헤매는 인간 존재의 일상화된 자기 긍정이자 극단적 자기 상실의 표현인 것이다.

정비석의 「삼대」의 주인공 '형세'가 그러하듯이, '변화에의 충동'이 종종 "세상을 부정하고 회의하고 하는 것보다 현실과 함께 춤추면서 살아간다는 것이 얼마나 아름다운 것인가"(정비석, 163쪽)를 역설하는 방식으로 표출되는 것은 이러한 정황과 무관하지 않다. 그 선택은, 옳고 그름의 판단을 할 수 없으며 미쳐 돌아가는 것처럼 보이는 '시대의 격변' 앞에서 모두가 절감하게 되는 정서 즉 "미친 사람들과 함께 떠들고 고함치고 하지 않으려면 그 자신의 생을 포기하는 수밖에 딴 도리가 없을 것"(정비석, 161쪽) 같다는 판단에서 나온 것이었다. 자의든 타의든 현실을 긍정하는 것에 대한 일말의 희망과 현실에 몸을 던지는 것 외에 다른 방법을 알지 못하는 자포자기적 정서가 공존하고 있었던 것이다.

변화에 몸을 맡기려는 욕망이 종종 '돈'으로 상징되는 자본의 힘에 따르려는 방식으로 표출되기도 하는 것 역시 이러한 맥락과 연관되어

---

39. 근대가 내장한 공포에 대한 분석은 지그문트 바우만, 『유동하는 공포』, 함규진 옮김, 산책자, 2009 참조.

있다. 말하자면 전시의 일상을 산다는 것은 사회의 재편을 통해 자본의 논리를 피부 체험으로 받아들일 수밖에 없게 되었음을 뜻하는 것이다. '포-타블' 축음기에서 흘러나오는 '당고'(탱고) 혹은 등화관제를 빌미로 의붓딸의 애인들을 유혹하고자 하는 욕망(하는 주체), 재벌가의 딸을 통해 신분 상승을 도모하고자 하는 욕망, '돈'으로 움직이는 세계에는 협잡과 음모가 끼이기 마련임을 꿰뚫어 보고 그런 변화에 몸을 실어 일생일대의 기회를 잡아보고자 하는 협잡꾼의 욕망(「사랑의 수족관」), 희망의 땅 북지로 상징되는 '돈'과 자신의 과거 전부를 바꾸어보려는 투기적 욕망(「잡어」) 등이 보여주는 것처럼, 어쩌면 지향을 알 수 없이 변화 자체만을 요청하는 그 세상은 참된 사랑이 결과적으로 죄악이 되어버리고, "실되게 살아보겠다는 것도 결국은 허황한 꿈"(채만식, 「잡어」, 181쪽)으로 판명되는 시공간일지 모른다.

그리고 바로 그렇기 때문에 역설적으로 그런 시공간을 살아내야 한다는 절박한 현실이, '생활의 낙오자'가 되지 않기 위해서는 '거리의 풍속'을 따르거나 책임에 대한 의식이 없는 세계로 나아가게 하고, 북지라는 미지의 공간을 희망을 제시해주는 미래의 시공간으로 받아들이게 하는 것일지도 모른다. 당연하게도 도시와 시골의 구분 없이, 의사가 메스를 집어 던지고 변호사가 법복을 벗어 던지거나 심지어 소설가까지 금광을 향해 달려갈 수밖에 없게 되는 현상도 지향을 알지 못한 채 유동하게 만드는 이른바 '변화에의 열망'에 사로잡힌 사회 분위기와 무관하지 않은 것이다.

위계의 유동화, 잉여의 가시화

일상화된 이 변화에의 열망은 어디에서 왔는가. 지금까지 살펴보았듯 전시체제가 불러온 다층적인 경제상황이 그 한 축이라면, 다른 한 축은 '내선일체'로 요약되는 일본발 식민정책에서 나왔다고 해야한다. '내선일체'라는 식민정책은 전 사회를 유동적인 상황에 놓이게한 또 하나의 동력이었다. '내선일체'를 기조로 하는 동화정책이 실천차원에서 어정쩡한 입장을 반복할 수밖에 없었던 것은 동일성과 차이를 둘러싼 딜레마 때문이었다.[40] '내선일체'론이 기대면서 활용한 논리는 사회적 위계질서 특히 위계질서로 계열화된 인종적·계급적·젠더적차별화 원리였다.

'내선일체'는 식민지의 위상을 내지의 지평으로 끌어올리는 것을의미했기 때문에, '내선일체'론의 전면적인 유포 과정은, 그 실현 가능성과는 별개로, 조선반도에 위계질서의 변동 가능성을 타진해볼 수있게 하는 역설의 계기를 마련해주었다. 가령, '내선일체'의 구체적 실천을 위해 미나미 총독이 허락했던 총독 면회 시간을 활용해서 동아청년 운동의 필요성이 제기되거나 조선사회에 반드시 실시되어야 할조항들로 다음과 같은 것들 ― 제1항 행정재판제도 실시의 요망, 제2항 조선인 판검사의 증원 요망, 제3항 사법부 각장관의 문호 개방 요망[41] ― 이 요청되었을 때, 여기서 만나게 되는 것은 식민 통치 이념의 빈틈을 겨냥

---

40. 새삼 강조할 필요도 없이, 정체성 정치의 복합적 딜레마를 담고 있는 동화정책은 식민 주체와 피주체 사이의 관계에 대한 불안정한 논의 틀을 내장하고 있다. 진정한 일본인이 되는 것을 지향하는 '내선일체'는 조선인의 일본인 되기를 궁극의 목적으로 삼는 논의이지만, 조선인이 일본인이 되기 위해서는 즉, 정체성의 합일을 이루기 위해서는 역설적인 차이를 인정할 수밖에 없는 이율배반의 논리를 피할 수 없기 때문이다. 동일한일본인이라 해도 그 안에는 위계화된 질서에 입각한 다른 일본인이라는 논리가 개입되어 있기도 하거니와, 무엇보다 복잡한 문제는 일본인과 조선인의 차이를 인정하자면조선인의 정치, 경제적 자치를 위한 주장들을 인정하지 않을 수 없으며, 반대로 차이를부정한다면 동화정책의 근간 자체가 정당성을 획득할 수 없는 상황에 놓이게 된다는점에 있었다. '내선일체'를 식민 주체뿐 아니라 피식민 주체들도 서로 다른 맥락에서 이해하고 활용하고자 했던 것은 동일성과 차이를 둘러싼 이 본래적인 딜레마와 연관되어 있었다고 해야 할 것이다.

41. 「총독회견기(總督會見記)」, 『삼천리』 10권 5호, 1938. 5, 33~4쪽.

한 피식민 주체의 역반응 지점이었다. 말하자면 (식민주체가) 전시체제를 유지하기 위해 동원하고자 했던 피동적 존재인 그들이 지배정책의 균열을 파고들면서 식민지적 피압박 민족이 아니고 당당한 세계적 대국민으로서의 갱생으로 나아갈 "도道"[42]를 마련하고 있었음을 포착하게 되는 것이다. 조선인의 시선으로 재영토화될 때의 내선일체론은 사회 각계각층을 향한 차별철폐론으로 이해될 수 있는 중층적이고도 균열적인 지점들을 드러내는 것이다.

이때 좀 더 엄밀하게 들여다보아야 할 지점은, 위계질서의 논리가 일본인과 조선인 사이뿐만 아니라 조선인 내부에도 관철되고 있었다는 점이며, 이를 통해 조선인은 역설적으로 식민지 조선인이라는 단일한 틀로 포괄되지 않는 다른 측면을 보여주게 된다는 사실일 것이다. 말하자면 위계화된 질서를 뚜렷하게 표명하기 위해서는 불가피하게 식민지 조선인이라는 틀이 차별적이고 이질적인 존재들로 구성된 복합체임을 앞서서 드러낼 수밖에 없었다고 해야 하는 것이다.

물론 여기서 '식민지 조선인'이라는 단일한 규정틀이 식민지 시기를 통틀어 단 한 번도 구현된 적도 실현될 수도 없는 이념형의 틀이었을 뿐임을 반복해서 강조할 필요는 없을 것이다. 오히려 식민 주체와 피식민 주체를 둘러싼 정체성 정치와 관련해서 주목해야 할 점은 '내선일체'로 대표되는 동화정책의 딜레마가 불러온 효과이다. 요컨대, 위계질서를 통해 유포되는 동화의 논리는 한편으로 '식민지 조선인'이라는 단일한 틀의 허구성을 증명하는 역설의 논리가 되었으며, 무엇보다 매우 이질적인 개별의 존재방식들, '민족' 혹은 '계급'의 이름으로 다 포괄할 수 없었던 잉여의 지점들, '식민지 조선인'의 범주를 구성하는 구

---

42. 같은 글, 41쪽.

체적 형태를 들여다볼 수 있는 틈을 열어주었다.

'불타오르거나 체념하는' 욕망의 군상들

1939년 8월 1일부터 1940년 3월 3일까지 『조선일보』에 연재되면서 현실의 변화를 소재로 직접적으로 차용했던 김남천의 소설 「사랑의 수족관」이 포착했던 것이 바로 이 견고한 위계질서를 진동하게 만드는 욕망의 다양한 역동들이었다. 「사랑의 수족관」에서 서사의 표층을 채우고 있는 것은, 반복되는 일상만 남은 모던한 도시풍경과 민족과 계급 지표가 사라진 자리에서 부각되는 개인의 오롯한 욕망이었다. 「사랑의 수족관」에서는 전체에서 개인으로, 사상에서 욕망의 주체로 전환되는 장면들이 포착되고 있었던 것이다. 이 소설의 서사가 일견 애정선 위에 놓여 있는 관계도를 중심으로 진행되는 것처럼 보이는 것은 그래서이다.

돌로 만든 대문을 넘어서서 낯익은 정원을 바라보면서도 어쩐지 기분이 그전 같지가 않았다. 경희를 모르던 때나 경희를 알고도 아무런 특수한 관계가 이루어지지 않았을 때처럼 마음이 평상되지 않은 것이다. 이 집의 주인, 이 굉장한 저택의 주인의 딸이 저의 애인이라고 생각하면 그것이 진정 같지가 않고 허망된 꿈처럼 현실감이 감소되어 버린다.

(참말로 그것은 허망된 망상이나 아닌가?)

(경희는 확실히 내의 애인인가? 그는 나에게 사랑한다는 확증적인 표시를 하였는가?)

이런 생각도 일어난다. 그러나 아무리 머리를 털고 생각하여도 이경희는 틀림없는 그의 애인이었다.

(그러면 이경희는 이 집의 딸임에 틀림이 없는 것일까? 확실히 그는 이 집 주인의 딸인가?) 그것임에 틀림이 없었다. 『대홍』재벌의 이신국씨, 그의 딸임에 틀림은 없었다. 그러나 이런 생각을 되풀이하면서도 어딘가 자기 자신이 이러한 환경에 어울리지 않는 것 같은 거리감距離感을 느끼지 않을 수는 없었다.[43]

이경희가 당대의 일류실업가의 맏딸이란 것을 몰랐던 것은 아니었다. 그가 얼마나 호사스러운 생활을 하고 있을런지 그것을 전혀 알지 못하고 그의 동무가 되고 탁아소의 협동자가 되었던 것은 아니었다. 그것을 몸으로 느끼고, 머리로 생각하면서 그의 친구가 되었고 그의 조력을 받아 오는 것이 아니었던가. 그러나 그때에 아무렇지도 않고 그전날은 아무런 잡념이 끼이지 않던 것이 김광호, 이 한사람의 청년의 위치가 결정된 자태로 그의 앞에 나타날 때에 강현순의 생각은 저자신도 어떻게 할 수 없게 자꾸만 비틀어져 나가는 것이었다.
…
나는 그의 친구 될 자격이 없는 여자였다. 신분이 다르다! 그는 대부호의 영양. 나는 의지할 곳 없는 하나의 직업여성. 내가 어이 그의 우인이 될 수 있으며 그의 사업의 협동자가 될 수 있을 거냐[44]

개별적인 존재들의 관점에서 정념의 네트워크처럼 보이는 관계도는 한편으로는 철저하게 위계화된 질서에 기반한 것이기도 했다. 협잡과 음모를 통해 입신출세를 성취하고자 하는 청년군이든, 직업과 생

43. 김남천, 『사랑의 수족관(水族館)』, 인문사, 1940, 276~277쪽.
44. 같은 책, 428쪽.

활에 집중하면서 모든 것에서 시선을 거두어 버리고자 하는 청년군이든, 그들의 욕망의 벡터는 위계질서 속에 놓인 그들의 자리에 대한 인식에서 출발하고 있었던 것이다. 그러나 동시에 그 관계도는 위계적 질서를 유지하거나 교란하고 더 나아가 재배치하려는 욕망의 벡터를 보여주는 것이기도 했다. 이러한 측면에서 이 소설이 담고 있는 테크놀로지에 대한 기대는 위계화된 질서에 나타난 균열을 해결하려는 방안 모색으로도 이해될 수 있을 것이다. 말하자면 이 소설을 통해 우리가 확인하게 되는 것은 지금껏 살펴본바, 전시라는 현실이 불러온 불안한 진동과 그 효과인 것이다.

물론 '이경희'로 상징되는 위계질서의 최상층을 향해 있는 인물들의 욕망의 벡터는, 주인공인 '김광호'를 두고 '이경희'와 연적이 되는 순간 "신분이 다르다!"(428쪽)는 깨달음을 얻게 되는 양재사 '강현순'을 통해서도 알 수 있듯, 구체적인 위계질서의 변이를 불러올 실행 차원으로 나아가지 못하고 순치되어버린다. 그들의 욕망은 '미망'·'망령'·'환상'에 불과한 것으로 판명되고 위계질서는 재고착되고 마는 것이다. 그러나 그럼에도 위계화의 유동성을 포착하고 있는 「사랑의 수족관」으로 대표되는 이 시기의 소설을 통해 읽어내야 하는 것은, 한 번 열렸다가 다시 닫혀버리는 국면 전환의 단면들이 아니라 그 틈으로 비어져 나온 욕망의 움직임들이다. 물론 그 움직임들의 가치는 들끓는 욕망에 불타오르는 군상들과 "일종의 능동적 체관"(김남천,「맥」)에 이른 '욕망이 소거된' 청년들이 공존했던 그 순간들 자체를 보여준다는 데 있는 것이기도 하다.

'사이보그-되기'의 역설 혹은 대용품 근대정신의 아이러니

1941년 7월 23일에 총력연맹회의실에시는 내선內鮮에시 유력한 신문집지사 인사를 초청하여 성전완수와 총력운동의 전개에 대한 분투를 당부한 바 있다. 문화부에서는 고도 국방국가체제의 완수를 목표로 하고 청신하고 건전한 국민문화의 종합적 발전을 기하기 위해 다음과 같은 발전 방안을 결정하여 제출한 바 있다.

1. 과학사상科學思想의 보급普及을 기期함, 2. 국민교화國民敎化의 철저徹底를 기期함, 3. 예술오락藝術娛樂의 정화淨化를 기期함, 4. 출판문화出版文化의 쇄신刷新을 기期함, 5. 생활문화生活文化의 질실質實을 기期함, 6. 실천요강實踐要綱의 구현具現을 기期함.[45]

과학사상을 보급하고 국민교화를 강화하면서 풍기단속을 강화해가고자 하는 이러한 방안의 세부 항목을 언급하는 것만으로도 확인할 수 있는바, 이 항목들은 전시체제로의 효과적인 전환을 위한 욕망의 제어기제들이다. 이 항목들을 통한 '국민문화' 수립의 궁극적 지향은 욕망이 소거된 '사이보그'의 생산으로 향하고 있었다. 철저하게 개인의 욕망을 소거하고 전체의 일부로서 자신의 위치 감각만을 의식하고자 하는 그런 인물을 '사이보그'라 명명하는 게 가능하다면,[46] 김남천의 「사랑의 수족관」에서 사회의 위계질서를 회의와 고민 없이 온전히 내면화하고자 하는 테크노크라트인 '김광호'는 전시체제가 만들어내고자 하는 바로 그런 인물형이라고 할 수 있다. 그는 신분 상승 열망에서 애욕에 이르는 들끓는 욕망을 분출하는 인물들(송현도·은주·

---

45. 「정보실(情報室) ― 우리 사회(社會)의 제사정(諸事情)」, 『삼천리』 13권 9호, 1941. 9, 77쪽.
46. 「사랑의 수족관」에서는 이런 현대청년이 '니힐리스트'로 명명된다. 같은 책, 240쪽.

신주사 등)과는 대척적인 자리에 놓인 존재였다.

기억해야 할 것은, 이러한 판단이 지금껏 언급해왔던바 '변화 국면을 어떻게 바라볼 것인가'의 문제와 긴밀하게 연관되어 있다는 점이다. 「사랑의 수족관」에서 '김광호'가 욕망을 소거하고자 한 태도는 "어디 먼 곳, 색채도, 자극도, 소란한 소리도 없는 곳, 청춘도 오락도 없는 곳"[47]으로 향하고자 했던 「낭비」의 주인공 이관형이 보여주었던 적극적인 의미의 '선택' 즉, 욕망이 들끓는 공간에 등 돌리고자 하는 자발적인 선택이나 거부와 다르지 않다는 것이다. 그렇다면 영화배우에 대한 기호조차 빠르게 바뀌어가는 시대를(「낭비」) 배경으로 한 그들의 자발적인 욕망 소거를 어떻게 의미화해야 하는가.[48] 탈-욕망적 주체의 등장을 제국이 원하는 사이보그의 출현으로만 볼 수는 없으며, 자기 상실의 소용돌이 한가운데에서 자기를 지키고자 하는 '타락한·저항적' 존재의 등장으로 이해해야 하는 것은 아닐까. 힘겨운(그리고 매우 미약한) 거부 행위일 뿐이지만, '타락한·저항적' 불균질의 존재야말로 욕망의 소거를 통해 자기를 지키는 방식, 즉 '사이보그-되기'의 역설적 의미망을 관통하고 있다고 해야 하는 게 아닐까.

물론 새로운 주체의 등장 혹은 '사이보그-되기'의 의미를 따지는 것보다 더 중요한 것은 '변화 국면'을 맞이하고 있는 식민지 주체들의 반응에 대해 고정된 의미를 부여할 수는 없음에 대한 분명한 인식일

---

47. 김남천, 「낭비」 3회, 『인문평론』 7호, 1940. 4, 297쪽.
48. 이에 대해 단언적 평가를 내리기는 쉽지 않은데, 여기에는 식민자와 피식민자 사이와 같은 이질적인 시각차가 불러오는 불균질한 국면이 은폐되어 있기 때문일 것이다. 즉 '변화를 요청하는 시대'에 대한 입장들, 거기에는 변화를 추인하거나 받아들이는 맥락 즉 관점에 따른 해석 차이가 존재한다고 해야 하기 때문이다. 이러한 복잡한 구도를 염두에 두고 보자면, 욕망을 소거한 새로운 주체의 등장 또한 복합적인 의미망 속에서 섬세하게 고찰될 필요가 있다.

것이다. 경제-일상-문화라는 국면이 만들어낸 부정합의 틈새들, 인쇄 매체를 통해서는 좀체 포착하기 어려운 엘리트 지식인 범주의 바깥 혹은 그런 존재들을 생활세계에 기반한 실정적positive 상으로 구현하기는 쉽지 않다.[49] 이는 단지 연구대상의 제한성 때문만은 아니다. 부정합의 틈새는 식민자와 피식민자의 시선이 불러오는 불일치뿐 아니라 그 내부의 이질적 시선을 전제하는 중층의 불일치 구조에서 발생하는 것이자 포착되는 것이기 때문이다.

그럼에도 분명한 것은 「사랑의 수족관」의 김광호가 그러하듯이 지원병으로 지원한 청년들 역시 불균질한 욕망 구조 안에 존재했음을 새삼 재고할 필요가 있다는 점이다. 그들은 '욕망의 소거'를 욕망하는 방식으로 혹은 반대로 '변화에의 충동'으로 상징되는 외부의 욕망을 욕망하는 방식으로 – 그것은 때로 생존의 열망이거나 자포자기적 절망이었으며, 또한 입신출세 욕망이거나 처세의 일환이기도 했는데 – '욕망하는 혹은 욕망을 소거하는' 영역이라는 차원에서 그 의미가 끝없이 탈구되는 전환 국면의 언저리에 존재하고 있었다고 해야 하는 것이다.

'스프는 국책산업'이다, '순모는 없다'고 대단한 선전을 하는 바람에 자칫 대용품이 진품보다 더 낫다고 생각하는 세상이 되었지만, 그래도 대용품은 역시 대용품이라 진품을 사용하던 정신으로 대용품을 사용하면 양말도 이틀이면 헤지고 양복은 주름투성이가 되어 낙담하게 될 것이다.

대용품의 근대정신

---

49. 역사학계가 보여준 그간의 연구 역시 이른바 '중간지배층'으로 분류될 수 있는 조선 엘리트의 회색지대적 성격 분석에 집중되어 있다. 『역사와현실』 63호(2007)에 실린 〈특집 : 일제하 조선인 엘리트의 사회적 기반과 정체성〉 논문 참조.

그러면 어떻게 그런 번거로움에서 벗어날 수 있을까. 먼저, 대용품을 애용하자는 격언에서 시작되어야 한다. 대용품은 20세기에 커다란 지지를 받아 탄생한 근대적 산물이므로 과거의 사고방식을 가지고 사용하는 것은 맞지 않다. 새로운 병기에는 새로운 병기로 대항하지 않으면 당연히 영국과 프랑스처럼 참담한 패배로 끝나게 될 것이다.

예를 들어 양말의 경우 목면은 험하게 신어 늘어지더라도 "모처럼의 인연으로 사용해 주시는 것이니 좀 더 분발해 봅시다."라고 해서 꽤 오래가지만, 이것이 만일 스프사의 물건이라면 전혀 딴판이다. "에이, 심하군. 구멍이나 나라."라며 허약한 대용품은 금방 너덜너덜해지고 만다. 종이처럼 얄팍한 인심이라고 한탄해도 소용없다. 이것이 근대적 산물 특유의 개성이니 말이다.[50]

「아가씨들을 위한 페이지」라는 제목 아래, "멋의 심리학", "대용품의 근대정신", "근대아 중의 우량아"라는 소제목으로 이루어진 위의 인용문은 『모던일본』 1940년 조선판에 실린 전시체제가 만들어낸 근대적 상품 소개의 일부이다. 흥미로운 것은 '여성전용면'(레이디 팩스)의 혁신적 근대성을 강조하는 '근대아 중의 우량아'와 달리, 인용문의 상품 소개에서는 경쾌한 어조의 풍자와 조롱의 뉘앙스가 함께 담겨 있었다는 점이다. 정동연구자인 권명아가 전시동원체제의 통제 시스템이 내장한 갈등 지점들을 이른바 '골칫덩이들'로 명명하면서 강조한 바 있듯,[51] 소극적으로 시도된 일탈로 보이는 이러한 지점들의 의미에 대해서는 전시체제라는 맥락과의 상관성 속에서 좀 더 적극적으로 해

---

50. 「아가씨들을 위한 페이지」, 『모던일본』 11권 9호, 조선판, 1940. 8. (『모던일본과 조선 1940』).
51. 권명아, 『역사적 파시즘』의 2장 참조.

명해볼 필요가 있다. 당연하게도 이러한 지점들은 잡지 등의 인쇄 매체에서 주변부적 지면만을 차지하고 있으며, 잡아채기 쉽지 않은 이질적인 지점들을 그저 뉘앙스의 차원에서만 전하고 있었을 뿐이다.

대용품이 적극적인 지지를 받고 있는 근대적 산물이라는 점, 따라서 대용품에 대해서는 근대적 사고방식으로 접근해야 한다는 점을 강조하고 있으면서도 위의 인용문은 문면에서 대용품의 부실함뿐만 아니라 근대정신 일반의 맹점까지 지적하는 이중의 뉘앙스를 표현한다. 이러한 표현을 두고, '식민-피식민'과 같은 시각의 불일치를 보여준다는 점에서 전시체제기의 유동성을 가시적으로 문면화한 예외적인 지점으로 보아도 좋을 것이다.[52]

바로 이 예외적인 지점을 통해 전시체제가 강화되면서 틈새 없는 통제 시스템이 구축되어갔던 1940년대 전후를 둘러싸고 '통제와 협력 혹은 수탈과 저항'이라는 틀을 관통하는 복합적 일상의 일면이 포착된다고도 할 수 있을 것이다. 이러한 접근 방식이야말로, 하르투니언 Harootunian을 빌려 말해보자면, 불균등한 시간성에 대한 일상적 사회 경험이자 사회적 실존이 생산되는 조건이나 그 양식으로서의 반식민지적인 것에 대한 적절한 접근법이라고 할 수 있을 것이다.[53]

---

52. 물론 이러한 표현을 근대에 대한 추종과 한 몸을 이루었던 근대 부정이자 근대 초극 작업의 일환으로도 이해해볼 수 있다.

53. 해리 하르투니언, 『역사의 요동』, 윤영실·서정은 옮김, 휴머니스트, 2006 참조.

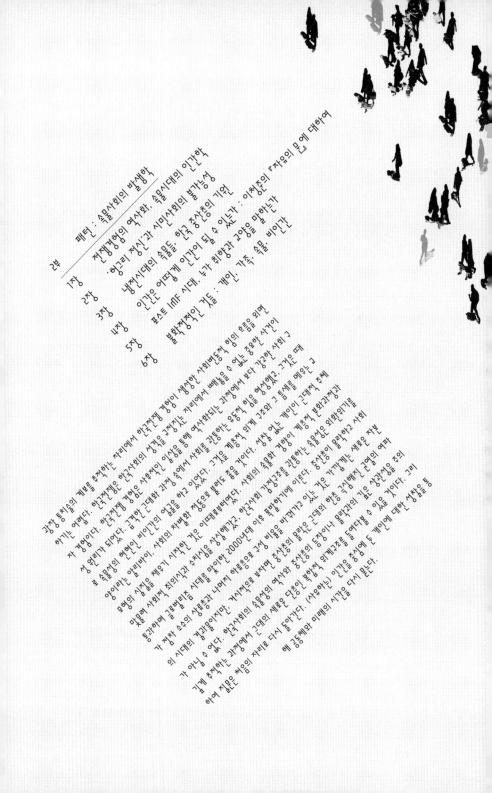

1장

전쟁경험의 역사화, 속물시대의 인간학

> 제르진스키가 살았던 시대에, 사람들은 대체로 철학을 어떠한 실제적 중요성도 없는 것으로, 심지어는 대상조차 없는 것으로 생각하였다. 그러나 사실 어떤 시대에 한 사회의 구성원들이 어떤 세계관을 가장 널리 받아들이고 있는가 하는 것은 대단히 중요한 문제이다. 그 세계관이 그 사회의 경제와 정치와 풍속을 좌우하기 때문이다.
>
> — 미셸 우엘벡, 『소립자』

근대와 속물 : 사회적 속물화, 속물성의 일상화

근대 주체에 대한 이해방식과 관련해서, 신분제의 붕괴 이후로 세계를 설명해줄 선규정적 존재 규정력이 없는 상황이 배태한 허영심과 모방 욕구가 근대적 자기 구성 메커니즘을 추동하는 동력이 되었음을 떠올려볼 수 있다. 이러한 관점에서 보면 속물성을 근대인의 구성요건 가운데 하나로 이해하는 방식도 과도한 것은 아니다.[1] 속물적 문

---

1. 근대화의 부정적 속성이 발현되기 시작한 1970년대 이후 한국사회의 성격을 사적 맥락 속에서 논의할 수 있는 틀을 마련하기 위해 속물성이라는 용어를 채택한다. 이때 속물성은 실정성을 담지한 용어는 아닌데, 속물성이 한국사회의 형성 메커니즘을 파악하기 위해 동원하는 용어이기 때문이다. 분석의 주된 관심은 개인의 속물화 여부보다는 한국사회의 속물화 경향으로, 바로 이 시대적 조건과의 조응 속에서 역사적으로 구성된 사회적 속성을 포착하기 위해 애매하고 모순된 특성을 포함하는 '속물성'이라는 용어를 애덤 스미스가 자본주의 사회의 도래 이후 공동체의 존재방식의 변화를 논의하면서 활용한 사회적 감정으로서의 도덕 감정, 구체적으로는 죄의식과 수치심의 문제로

화의 심각성은 루소나 칸트에 의해서도 논의된 바 있는데, 이러한 사실은 속물적 문화가 신분제가 해체되고 사회문화적 개방성이 강해지던 18세기 초·중엽 근대성의 문화 지평에서 자연스럽게 발현된 것이었다는 반증이 아닐 수 없다. 말하자면 속물주의는 근대 일반의 속성인 동시에 "평등과 사회적 개방성"이라는 근대의 민주적 성격이 불가피하게 생성시킨 "반평등주의적이고 폐쇄지향적이며 반민주적인 문화 경향" 즉, "근대가 이룬 사회문화적 민주화의 성과"이자 "그 성과가 낳은 거의 불가피한 함정 또는 역설"[2]인 것이다.

속물성이 근대화의 불가피한 부산물이며 이에 따라 속물성이 근대사회의 피할 수 없는 구성요건이 되고 있음을 인정하고 보면, 급격한 사회변동을 겪었던 한국사회에서 속물성이 사회적 속성 가운데 하나가 되었음을 유추하기는 어렵지 않다. 실제로 해방과 전쟁, 분단과 급격한 근대화를 겪은 한국사회에서 개별자의 속물화에 그치지 않는 사회의 속물화가 확산되고 있었다. 구체적으로는, 경제적 자본화와 이념적 자유화 경향의 결합으로 부의 축적을 통한 새로운 계층인 중산층이 폭넓게 형성되기 시작했고, 개인의 욕망에 대한 가치가 달라지기 시작했으며 출세나 이기주의에 대한 인식에도 변화가 생겨났다.

자유주의에 입각한 경제체제와 속물성 증가의 상관성을 서울에 나타난 히피족 현상과 연결시킨 다음과 같은 언급이 흥미롭기도 한데,

---

범주화한다. 사회를 결속시킬 수 있는 사회적 감정인 죄의식과 수치심의 상실을 사회의 속물화의 계기로서 파악하고자 하는 것이다. 애덤 스미스, 『도덕감정론』, 박세일·민경국 옮김, 비봉출판사, 2010 (초판: 1996) 참조. 이러한 방법론을 통해 근대화 또는 산업화로 통칭되는 1970년대 한국사회의 다층적 속성들을 세분해서 다룰 수 있는 용어를 마련할 수 있을 것으로 기대한다.

2. 장은주, 『인권의 철학』, 새물결, 2010, 408쪽.

미국美國은 자본주의資本主義 나라이다. 자본주의는 자유自由경쟁을 기빈으로 한 경제체제이고, 자유경쟁은 출세出世·능률能率·이기주의利己主義를 조장하고 정신적精神的인 가치價値까지를 물질적物質的 가치로 환원해서 보려는 경향을 낳는다. 또 자본주의가 원숙하면 중산층中産層이 늘어나고 생활生活이 안정安定된 중산층中産層은 특유特有의 속물근성俗物根性도 아울러 배양한다. 체면體面의 존중尊重, 과학科學의 숭배崇拜, 숫자數字 숭앙崇仰 등.

히피들이 나타내고 있는 양상樣相은 이런 사회체제社會體制가 가져오는 부작용副作用에 대한 반발로 간주할 수가 있다. 체면존중體面尊重의 풍습은 목욕의 거부와 더러운 복장服裝으로 능률주의能率主義나 공리주의功利主義는 일의 거부와 거지행세로, 기성도덕旣成道德은 성性의 개방開放으로, 남녀男女의 차差는 누가누군지 분간을 못하게 길러서 늘어뜨린 머리로, 과학科學 숫자數字 논리論理의 숭배崇拜는 LSD가 자아내는 환각幻覺으로, 고도高度의 조직화組織化는 조직組織의 부재不在로 맞서고 있는 것이다.[3]

이러한 언급을 통해, 자본주의가 고도화되면서 발생하는 각종 변화의 저변에서 돈이 배타적 가치 우위를 획득하는 현상과, 이에 따른 '속물적 자기주의'와 '비전 없는 이기주의'의 범람이 시작되었으며, 동시에 그 반작용으로서 속물성에 대한 비판이 본격화되었음을 확인할 수 있다.[4]

---

3. 나영균, 「히피족(族)」, 『경향신문』, 1968.8.10.
4. 『속물시대』의 작자인 신석상이 1970년에 문학에서 4·19 정신의 탈각을 지적하면서 규정한 바 있듯이, '속물적 자기주의'(俗物的 自己主義)와 '비전 없는 이기주의(利己主義)'의 범람은 4·19 정신의 상실을 가져올 사회적 조건이 되고 있었다. 신석상, 「4·19와 문학(文學)」, 『경향신문』, 1970.4.21.

히피의 등장을 자본주의가 발전하면서 형성되는 중산층에 대한 반발로 이해하는 이러한 방식은 자본주의 발전을 추구하는 동시에 그 부작용을 고려해야 했던 한국형 근대화의 이중과제가 가졌던 중요한 특질의 일면을 시사한다. 따라서 한국사회에서 속물이 마냥 부정적으로만 폄훼될 수는 없다고 해야 하는데, 적어도 한국에서 속물이 등장하고 사회적 속물성이 가시화된 1970년대에는 속물이 무조건적 비판의 대상만은 아니었던 것임이 분명하다. 한국사회에서 사회적 속물성은 아직 도래하지 않은 시대감정이었으며, 아쉽게도 등장과 함께 비판되어야 할 사회의 마음이었던 것이다.

시대감정으로서의 속물성

속물성의 범람과 그에 대한 비판의 양상을 1970년대 대표적 문화상품인 문학을 통해 확인하기는 어렵지 않다. 1975년 출간된 신석상의 소설집 『속물시대』(관동출판사)를 우선적으로 언급할 수도 있을 것이다. 『속물시대』는 1975년 한 해 동안 꾸준히 국내소설 부문 베스트셀러 순위를 지켰던 소설집으로, 개별 소설을 통해 지역별 출신 성분에 따라 눈에 보이지 않는 차별이 이루어지던 한국사회 풍경의 일면(「속물시대」)을 포착하거나 1970년에 발생한 정치 스캔들('정인숙 사건')을 우회적으로 다루는 등 소설을 통해 직접적인 의미의 정치성을 표방하고자 했다.[5] 1975년 당시 금주의 베스트셀러 순위에 오르던 소설 목록에 최인호의 『바보들의 행진』, 조선작의 『영자의 전성시대』, 김정한의 『인간단지』, 조해일의 『아메리카』, 황석영의 『객지』가 포함되어

---

5. 『속물시대』는 시대 현실에 대한 강도 높은 비판적 성격으로 대통령 긴급조치 9호에 의해 판매금지 목록에 포함되었다.

있었음을 고려해보자면,[6] 소설적 완성도와는 별개로 표제작을 제목으로 한 『속물시대』가 주목을 끌었다는 사실은 '속물성'에 대한 당대적 관심의 크기를 가늠하게 한다.

『속물시대』가 포착한 속물성의 일면은 무엇이었는가. 1972년 『월간중앙』 4월호에 게재되었던 신석상의 「속물시대」는 일간지 사설에서 다룰 법한 정치사회적 의제를 소설 형식을 빌려 다루면서, 삼선개헌과 같은 사건에 대한 직접적 언급을 서슴지 않았고, 사건화되지는 않았으나 사회 구성원을 지배했던 시대정신의 부정적 일면을 '속물성'이라는 규정 속에서 포착했다. 소설에서는 정부 산하기관(민주통일공사) 발간 월간지의 편집 담당자인 주인공('민후식')이 들여다본 사회의 실상 즉, '반공만을 애국'으로 착각하는 시대 경향이 사회적 배제 논리와 결합해 있는 형국으로 그려진다.

가령, "내가 동부 전선에서 중위로 있을 때, 어느 날 대대장이 일금 오천 원을 잃었어. 신상 카드를 조사하여 전라도 출신 사병만 십여 명을 붙잡아 놓고, 마구 족치지 않았겠어. 그런데, 바로 그 사람들한테서 돈이 나왔단 말야. 참 신통하더군. 하하하…"[7], "음! 전라도야. 서울서 전라도 사람이 욕먹는 것은 태도가 분명치 않고 거짓말을 잘하기

6. 「금주의 베스트셀러」, 『매일경제』, 1975.2.18, 1975.4.8, 1975.4.29, 1975.5.6, 1975.7.29 참조. 중앙도서전시관과 광화문서적센터가 집계한 1975년 총결산 베스트셀러 목록 가운데 부문별로 5위까지의 목록을 살펴보면 다음과 같다. 국내 소설 부분에서 관심을 끌었던 작품은 『캘리포니아 90006』(홍의봉, 청구서림), 『바보들의 행진』(최인호, 예문관), 『영가』(최인호, 예문관), 『이마』(김성한, 퇴계학연구원), 『속물시대』(신석상, 관동출판사), 해외소설로는 『생의 한가운데』(루이제 린저, 문예출판사), 『갈매기의 꿈』(리처드 바크, 문예출판사), 『잃어버린 시간을 찾아서』(마르셀 프루스트, 문학출판사), 『잔잔한 가슴에 파문이 일 때』(루이제 린저, 범우사), 『어린왕자』(생텍쥐페리, 문예출판사)가 있었다. 「75 베스트셀러 판도(辦道)에 큰 변화(變化)없어」, 『매일경제』, 1975.12.30.
7. 신석상, 「속물시대」, 『속물시대』, 신세계, 1994, 118쪽.

때문이오. 미스터 민은 물론 그렇지 않을 줄 믿으니 잘 해주시오. 그렇지 않으면, 나와 함께 있을 수 없습니다."[8]와 같은 발언들을 통해 1970년대 전후 한국사회에서는 반공이라는 말이 우산이 되면 사회 부조리의 핵심인 부정부패도 문제가 안 되며, 심지어 지역차별론이 아무렇지도 않게 유포될 수 있었음이 짚어진다.

작가는 이러한 시절 세태를 '돈과 권력'만이 유의미해진 세상으로 압축하면서 사기와 배신, 수치와 모욕이 횡행하는 세상의 속성을 '속물성'으로 명명했다. 소설에 의하면, 점차 시대는 아파트·텔레비전·냉장고·자가용·가정부 등 물질적 가치에 따른 타인과의 비교가 강요되면서 '돈과 권력'이라는 획일적 가치에 의한 인정구조만이 유일하고도 강고한 것이 되고 있었다(「미필적 고의」).『속물시대』는 사회에 널리 유포되던 시대인식을 포착하고 나아가 속물화를 넘어선 속물성의 일상화 경향을 보여주었다.「미필적 고의」에서 주인공이 가난해도 가족이 함께 있을 수 있는 삶에 행복이 있다고 생각하는 아내의 만류를 뿌리치고 전쟁 중인 베트남에 가고자 했을 때, 주인공의 의식을 통해 가시화된 것은 속물적 가치의 일상화가 아닐 수 없다.

「미필적 고의」는 이념과 민족 문제로 뒤얽힌 '월남전'에 대한 휴머니즘적 접근을 허용하지 않는다. 소설은 오히려 주인공에게 '월남전'이 "붐에 편승하여 한몫 잡지 못하면, 다시 그런 기회가 없을" 그런 것 즉, 부로 압축되는 출세와 계층 상승의 유일한 사다리로 이해되고 있었음을 가감 없이 보여준다(「미필적 고의」, 282쪽). '월남전'에 대한 이러한 이해를 통해서도 엿볼 수 있듯, 어쩌면 1960~70년대 한국사회에서 '자폭을 할 줄 아는 속물'로서의 '거룩한 속물' 즉, 성찰성을 내장한 '속

---

8. 같은 글, 119쪽.

물'(김수영)이 존재할 수 있었던 것도 속물성의 일상화에서 기인한다고 해야 하는지 모른다. 이는 사회적 속물화의 강고함을 역설적으로 재확인하게 하는 대목이라고 해야 하는데, 속물성의 일상화가 야기한 문제는 이러한 경향 속에 "속물권"(「속물시대」, 146쪽)으로부터의 탈출 불가능성을 승인하는 수치와 좌절의 무드까지 포함되어 있었다는 점에서 심각성을 더한다. 성찰 없는 개인이 점차 근대적 주체 모형의 실질을 채우기 시작했음을 말해주는 것이기 때문이다.

시민의 자격, 속물

『연세춘추』에 실렸던 박태순의 소설 「속물과 시민」에서 확인할 수 있는 것은 속물이 시민의 속성을 채워가던 과정의 일면이다. 「속물과 시민」은 '속물 ≒ 시민'이 한국사회에서 근대적 주체의 존재방식으로 안착하면서 주체의 속물성이 근본화되고 상시화되고 있음을 보여준다.

> 장영필이 아들 때문에 낭패를 본 뒤를 이어 여자로 인해서 망신살이 뻗쳐 경찰서에를 들락거리게 되었다더라, 하는 소문이 무쇠골의 시민들 사이에 쫙 퍼졌다.
> "아 그…돈만 아는 속물?"
> 대보 목욕탕 주인 김황호가 은세계 다방에 앉아 이렇게 말하자
> "돈 뿐인가? 그 친구는 다른 것도 아는 게 아주 많지."
> 하고 새나라 슈퍼마켓 주인 임진해가 받았다.
> "살난 사람들의 세계도 알고 권력의 세계도 알고 환락의 세계도 알고…우리 같은 소시민들하고는 달라서 그는 대시민이었을끼구만."
> "대시민 좋아하네. 그는 속물이야 속물. 자린고비 같은 속물이 잘도

놀아난다 했더니 기어이 제 꼴값을 한거여."[9]

한국사회의 속물화 경향과 관련해서 이 소설의 유의미함은 속물이 돈과 권력, 환락의 세계 한복판에 존재한다는 사실의 재확인에만 있지 않다. 이 소설은 1970년대를 통과하면서 한국사회에서 '속물'과 '시민'의 거리가 좁혀진 사정, 심지어 속물이 모범시민과 별다르지 않은 존재가 되는 역전 장면을 포착한 점에서 주목을 요한다.

소설의 주인공 장영필은 표면적으로 보자면 시대가 요구하는 근대적 주체의 대표이자 건실한 시민의 전형이 아닐 수 없다. 이른바 성실·각고·근면·성공·출세의 대명사였던 장영필은 1970년대를 거치면서 유지 중의 유지이자 도시 새마을운동의 기수였고, 각종 지도위원·선도위원·대책위원·개발위원을 두루 겸하는 덕망가였다. 더구나 그는 전쟁고아 출신으로, 나이 서른 초반에 적지 않은 재산을 모아 지역사회 발전에 앞장섰던 존재다. 겉모습으로만 보자면 그는 한국사회가 요청한 신인류의 전형이다. 그러나 그의 외연과 실상의 차이는 컸고, 그 격차가 단지 장영필이라는 한 인물의 것만은 아님을 보여주었다는 데 이 소설의 미덕이 있다. 그에게 따라붙던 덕망가라는 외연의 실상은 1972년 10월 유신이 선포된 후, 그가 대통령을 뽑는 대의원 선거에 출마하고 당선된 사실에서 그 실상의 전모를 추정할 수 있기도 하다. 이후 확인된 바에 따르면, 그는 고용인이나 가난한 친지들로 구현된 약자에게 한없이 야박했으며 동시에 자신보다 조금이라도 위에 있는 사람들에게 공경을 다했던 사람, 출세지상주의의 전형적 면모를 갖추고 외연을 철저하게 가장하는 인물이었다.

9. 박태순, 「속물과 시민」, 『연세춘추』, 1984.11.19.

소설은 징영필이 여자에게 돈을 떼이고 아들에 의해 건물을 헐값에 날렸을 뿐 아니라 사기죄에 휘말린 상황을 다루면서,[10] 이러한 상황이 어떻게 이해되고 처리되는가를 보여주는 방식으로 당대 사회인식의 일면을 재확인시킨다. "속물이 시민들 위에 나서면 그게 언제 어떤 방식으로든 들통이 나기 마련"[11]임을 확신하는 사람들의 기대를 소설은 쉽게 저버린다. 소설에서 이 사건은 '선량한 시민 장영필이 사기를 당하여 곤욕을 치를 뻔했으나 진상이 백일하에 드러나 결국 재산과 명예를 되찾았으며, 선량한 시민을 골탕 먹이려던 사기꾼 일당은 처벌을 받게 되었다'는 식으로 전말이 정리된다.

당대 사회 구성원의 인식이 활자 매체를 통해 정리된 것으로 처리되었음은 의미심장하다. 속물성의 시대적 강고함이 보다 확정적이었음을 말해주는 것이다. 장영필과 같은 이들이 여전히 거들먹거리려도 괜찮은 세상이 계속될 것이라는 비관적 전망인 동시에 "잘난 사람에게는 잘난 대접, 못난 놈에게는 못난 취급"[12]이라는 모토가 전쟁과 유신 시대를 거치면서 한국사회를 구조적으로 움직이는 동력이 되고 다수의 인생론의 실질이 되었다는 사실의 확증이기 때문이다. 이러한 방식으로 소설 「속물과 시민」은 1970년대를 거치면서 속물이 "위대한 대시민"[13]의 유사어가 되고 있음을 보여준다. 속물화가 야기하는 가치 역전 과정을 확증해주는 동시에, '시민과 속물'이 한 존재의 겉과 속을 채우며 일체를 이루는 위선적 존재론의 전면화를 짚어준다.

---

10. 세금 문제로 타인의 명의로 계약해두었던 황금빌딩을 아들이 복덕방과 짜고 제3자에게 전매한 사건에 연루된다. 그가 뒤를 봐주던 요정을 하던 여자는 보증금과 권리금까지 남에게 넘기고 돈을 챙겨 달아났다.

11. 박태순, 「속물과 시민」, 『연세춘추』, 1984.11.19.

12. 같은 글.

13. 같은 글.

전쟁경험의 역사화

그렇다고 1970년대를 거치면서 뚜렷해진 한국사회의 속물화 경향을 근대화 과정이 수반하는 부정적 속성으로만 볼 수는 없을 것이다. 급격한 근대화를 겪어야 했던 한국사회의 특수 사정을 고려하더라도 한국사회의 개별적 속성에 대해서는 형성 메커니즘 검토를 통한 보다 세심한 탐색이 요청된다. 한국사회의 속물성이 근대화의 성과가 낳은 역설적 부산물이라면, 속물성의 가속화는 한국사의 굴곡과 무관하지 않으며, 무엇보다 한국전쟁이 불가피하게 야기한 사회변화와 긴밀하게 연관되어 있다. 한국사회의 속물성과 관련하여 한국전쟁의 영향을 좀 더 세심하게 검토해야 하는 이유가 여기에 있다.

한국전쟁의 애도

한국사회는 한국전쟁을 어떻게 애도했는가.[14] 이 질문은 한국전쟁

---

14. 이와는 별개의 접근으로, '소농사회론'을 논거로 '전통 대 근대'의 대결구도를 넘어선 새로운 한국사회론의 거점을 마련하고 있는 역사학자 미야지마 히로시(宮嶋博史)의 연구 또한 염두에 둘 만하다. 그는 양반론을 통해 조선시대가 경쟁이 심한 사회였음을 주장한 바 있는데, 이는 한국사회의 역사적 특이성으로서 고려해볼 만한 사안이다. 동아시아의 사회변동을 둘러싸고 최대의 분수령이 전근대와 근대 사이가 아닌 소농사회 성립 전후 즉 전통 형성 이전과 이후에 놓았다고 보는 그는, 동아시아에서 소농사회가 성립되면서 형성된 사회구조의 여러 특징이 종래 '전통'이라는 말로 일괄적으로 통칭되어 왔으나, 이는 실상 14~17세기에 걸쳐 일제히 형성된 것이며 무엇보다 그 전통이라는 것의 대부분이 근대 속에서 끊임없이 되살아나고 때로 강화되고 있음을 지적한다. 특히 이와 관련해서 주목할 연구로 양반의 세습 신분 여부, 즉 조선이 강고한 신분사회였는가를 묻는 양반론을 거론할 수 있을 것인데, 이에 관해 그는, 관직을 세습할 수 없었으나 양반으로서의 사회적 지위는 세습 가능했던 조선시대 양반 지위의 특이성을 지적했으며, 과거제가 지속되었던 사정과 과거를 통한 급제자의 수가 매우 적었다는 사실 등을 통해 조선시대 한국사회가 일본이나 프랑스에 비해 훨씬 경쟁이 심한 사회였음을 주장했다. 미야지마 히로시, 『미야지마 히로시, 나의 한국사 공부』, 너머북스, 2013, 80~1쪽 그리고 153~190쪽.

자체에 대한 관심의 환기만을 겨냥하지 않는다. 그것은 한국전쟁 경험의 일상화에 대한 물음이며, 동시에 한국사회가 전쟁을 어떻게 기억하고 그 상흔을 어떻게 역사화했는가, 즉 한국전쟁의 역사화가 한국사회의 성격 형성에 미친 영향에 관한 물음이다.[15] 거시적 차원에서 보자면, 한국전쟁의 가장 크고 결정적 상흔은 한반도에서 분단이 고착된 상황으로 남겨졌다. 남북의 거주자는 말할 것도 없이 38선을 지도 위에 그려진 선이나 땅 위에 세워진 철책일 뿐으로 생각했던 월북인이나 월남인에게 있어 그들의 삶을 근본에서 뒤흔든 계기는 월경 경험 자체보다 종전 이후 직면해야 한 월경의 금지였다. 결국 한반도에 두 체제가 고착되면서 월경의 불가능성은 해방과 한국전쟁으로 붕괴되어버린 한국사회의 체제 내적인 재편 촉구의 작동 기제가 되었다.[16] 남북의 체제 대립과 함께 이데올로기적 색채를 띠고 있기도 한

---

15. 한국사회의 성격을 한국전쟁과 그것이 초래한 분단체제와의 연관성 속에서 논의하는 대표 논자로는 김동춘을 들 수 있다. 김동춘, 「분단과 한국사회」, 『분단과 한국사회』, 역사비평사, 1997, 13~36쪽 참조.

16. 한국전쟁은 무엇을 위한 누구의 어떤 전쟁이었는가. 지금까지 이 질문이 반복되는 것은 그만큼 세계사적, 정치사회적 국면에서 한국전쟁이 갖는 의미가 복합적이기 때문일 것이다. 한국전쟁은 분명 국가의 분단 상태를 극복하고자 하는 시도 즉 통일국가에 대한 열망이 불러온 재화(災禍)였으며, 내전적 성격으로 비극성이 극심한 전쟁이었다. 그러나 한국전쟁의 의미를 내전적 성격으로만 한정할 수는 없는데, 거기에는 냉전체제의 극단적 대결구도 속에 놓인 자본주의 진영과 사회주의 진영의 더 이상 밀릴 수 없는 최전선에서의 지역적 대리전의 성격 또한 포함되어 있기 때문이다. 이러한 사정에 주목하면서 한국전쟁 전문가인 박명림은 종전 60년을 맞이한 한국전쟁의 의미를, 지역전이자 국제전으로, 남한과 북한, 이승만과 김일성으로 대표되는 세계적 체제전쟁이자 이념전쟁 그리고 진영전쟁으로 되새긴 바 있다. 또한 그는 한국전쟁의 의미에 대한 논의만큼 주의 깊게 다루어져야 할 문제, 한국전쟁이 결국 국가 또는 민족으로서의 헤게모니를 다투던 한반도에 무엇을 남겼는가에 대해서도 주목한 바 있다(한국전쟁의 의미와 영향에 관해서는 박명림, 「한국전쟁 깊이 읽기 ①:한국전쟁은 우리에게 무엇이었나?」, 『한겨레』, 2013.6.25;「한국전쟁 깊이 읽기 ②:한국전쟁은 도대체 무엇을 남겼는가?」, 『한겨레』, 2013.7.2 참조). 그의 지적이 아니더라도 한국전쟁의 가장 크고 결정적인 상흔은 한반도에서 분단 상황의 고착이다. 북과 남의 체제의 의식 차원의 경직성이 극심

'남남갈등'도 전쟁, 휴전, 분단으로 이어지는 일련의 사건적 시간 속에서 점차 극심해질 수밖에 없었다.[17]

한국전쟁이 한국사회에 미친 영향에 관한 논의는, 우선 인구학적 이동 문제에서 시작되어야 한다. 전장과 후방이 구분되지 않았던 한국전쟁은 기록에 남을 정도로 대규모 인구학적 변동을 야기했다. 남한만 한정해서 말해보더라도 인구의 비율과 성분을 바꾼 월남 인구의 유입과 피난 이동 등을 통해 급격한 사회변화가 촉진되었다. 무엇보다 한국전쟁은 특수 계층을 제외한 다수 일반의 안정적 생활 기반을 파괴했고 결과적으로 사회적 지위와 생활수준의 실질적 몰락을 불러왔다. 이런 하강 이동의 경험이 기독교에 대한 몰입과 호전적 반공주의를 불러왔음은 말할 것도 없고, 지역 공동체의 붕괴와 전통적 윤리나 가치체계의 급속한 붕괴를 야기하기도 했다.[18]

한국전쟁은 사회의 불의에 무기력하고 사회적 이슈에 무관심한

해진 것은 당연한 수순이었다. 남한에서 가장 강한 반공·반북 이념이, 북한에서 가장 강한 반미·반남 이념이 전후 체제의 지배 이데올로기로 자리 잡게 된 것은 분단의 고착으로 귀결된 한국전쟁의 가장 나쁘고 결정적인 영향이었다. 결과적으로 내부의 어떤 체제 대안적 실험 가능성이 봉쇄되기 시작하자 이념적으로 경직된 체제와 문화가 남북 각각에 움직일 수 없는 통치 이념으로 자리하게 되었다. 거시적 차원에서 보자면, 해방과 한국전쟁을 거치면서 인구사회학적, 물적 구성의 전면적 변경과 재배치를 통해 새로운 삶의 지반이 마련되어야 했다. 이로부터 추동된 한국사회의 유동성의 힘은 남한의 도시화, 개방화, 다원화를 크게 촉진한 측면이 있는 반면 정치적으로 점차 양극단으로 향해, 한국사회를 획일적인 이데올로기에 의해 외연 확장을 차단당한 폐쇄적 사회로 치닫게 한 측면이 있다. 경계 넘기에 관한 한, 한국전쟁의 성격과 한국사회에 미친 영향은 북으로 남으로 이동한 사람들의 삶을 내부의 경계 넘기와 무관하게 외적으로 규정해 버리고 그에 대한 파악을 어렵게 한 점으로 압축된다. 한국전쟁 이후, 월경은 이후의 월경 불가능성에 의해 반복적으로 의미 변형을 거쳐야 했다. 경계 넘기를 두고 자의와 타의를 따지는 것은 불문곡직하고 연좌적 혐의를 묻는 것만큼이나 불합리하다. 그런데 월경의 불가능성은 이 불합리의 상시적 시행을 종용한다.

17. 손호철, 「분단과 남남갈등 60년」, 『해방 60년의 한국정치』, 이매진, 2006, 16~33쪽.
18. 김동춘, 「한국전쟁과 지배이데올로기의 변화」, 『분단과 한국사회』, 60~61쪽.

개인의 등장을 촉진했다. 한국전쟁이 개인과 사회에 남긴 상흔을 파헤쳤던 박완서의 소설이 말해주듯(대표적으로 『나목』[1970], 『그해 겨울은 따뜻했네』[1983] 등), 한국전쟁을 경험하면서 한국사회에서 공동체에 대한 상상력의 최대치는 가족 단위를 넘지 않게 되었다. 한국적 근대화는 이른바 정치적 행위자라고 할 수 있는 계급적 주체가 형성되지 못한 상황에서 국가 단위의 자본축적에 매진한 경향이 있다.[19] 사회의 재생산이 철저하게 개인과 개인의 확장체인 가족 단위로 이루어지게 된 것도 사회 복지 시스템이 미비했던 이 시기로부터다.

한편, 한국전쟁이 갖는 내전적 성격은 한국사회에 깊은 이데올로기적 트라우마를 남겼으며, 가족 중심주의와 결합하여 한국사회에서 살아남는 일이 미래 구상을 통해서가 아니라 생존과 보존으로 축소되는 경향을 야기했다.[20] 결과적으로 한국전쟁이 불러온 개인적·사회적 죄의식이 한국사회의 전반적 기조를 냉소로 일관하게 했으며,[21] 타인에 대한 공감력을 저하시키고 이기주의가 팽배하게 만들었다. 공동체에 대한 무관심 속에서 개별인들은 현세적 문제에 집중하게 되었고, 점차 사회는 '돈'이라는 획일적 가치에 지배받게 되었다. 한국 중산층의 형성과 한국사회 속물성의 심화가 긴밀한 상관성 속에서 결합되어 간 것은 이러한 사정에 의해서다.

죄의식과 수치심이라는 최저선

한국전쟁 경험과 한국사회 성격 형성의 관련성에 대한 검토는 우

---

19. 손호철, 「한국전쟁과 이데올로기 지형」, 『한국전쟁과 남북한 사회의 구조적 변화』, 경남대학교극동문제연구소, 1991, 14쪽.
20. 강인철, 「한국전쟁과 사회의식 및 문화의 변화」, 『근대를 다시 읽는다 1』, 역사비평사, 2006, 393쪽.
21. 김동춘, 「분단과 한국사회」, 『분단과 한국사회』, 20~22쪽.

선 전쟁 경험 자체가 개인에게 미친 영향에 대한 고찰로부터 시작되어
야 한다. 그러나 이 작업의 한계는 비교적 뚜렷하다. 이 작업은 구체적
전쟁 경험에 고착된 일면적 고찰로 협소화될 가능성을 피하기 어렵
다. 전장과 후방이 따로 없었던 한국전쟁 경험은 개인의 실존뿐 아니
라 삶의 지향까지도 전면적으로 바꿔놓았다. 한국전쟁은 사회에 전방
위적 변화를 불러왔고 이전과는 다른 주체 구성에 결정적 영향을 미
쳤다. 또한 한국전쟁의 영향은 사후적 애도 작업을 통해 보다 강화되
었다. 전쟁 경험은 이후 일상을 통해 그 경험이 역사화되는 과정에서
보다 강고한 사회구성 원리가 되었다. 한국전쟁의 영향은 역사화 과정
에 대한 다면적 고찰로서 재구축될 필요가 있는 것이다. 한국사회의
속물성 형성 매커니즘에 대한 고찰을 위해 사회의 유지와 개인의 행
위 지평을 마련해주는 사회적 감정 즉, 애덤 스미스Adam Smith식의 도
덕 감정에 관심을 기울이고자 하는 것은 이러한 요청에서다. 당겨 말
하자면, 한국전쟁의 영향관계를 사회감정인 죄의식과 수치심 상실 양
태와의 관련 속에서 고찰해볼 때, 한국사회에서 전쟁 경험은 공공적
문제에 무관심하며 공동책임 의식이 부재한 형태의 사회 형성이 시작
되는 역사적 계기였다고 해야 한다.

　죄의식과 수치의 감정은 자아의 고양이나 위축과 연관된 감정이
자, 철저하게 타인의 시선에 의해 활성화되는 감정이다. 죄의식과 수치
의 감정은 자아이상과의 간극이 만들어내는 개별적 감정인 동시에 집
단적 동의에 의해 남용되거나 소거될 수 있는 감정인 것이다.[22] 애덤
스미스가 『도덕감정론』에서 언급했던바, 누군가가 타인이 "자신을 어
떻게 볼지 의식하면서 그런 시각으로 자기 자신을 바라본다면, 그는

---

22. 게오르그 짐멜, 『짐멜의 모더니티읽기』, 김덕영·윤미애 옮김, 새물결, 2005, 227~240쪽.

자신이 그들에게는 다른 어떤 사람보다 특히 나을 것이 없는 수많은 사람들 중의 하나에 불과하다는 사실을 깨닫게" 될 것이다. 그리고 "만약 그가 이런 원칙으로 행동한다면 공정한 방관자도 그의 행위원칙에 공감하게 될 것이고, 이처럼 방관자의 공감을 얻는 것이야말로 그가 무엇보다도 가장 바라는" 바가 될 것이다. 애덤 스미스는 우리가 이러한 전제를 수용한다면, 즉 "보다 신성한 정의의 법을 위반한 사람이 세상 사람들이 그에 대하여 품고 있는 감정들을 이해할 수 있게 되면", 우리는 "수치심·공포·그리고 경악 등의 모든 고통들을 느낄 수밖에 없게 된"[23]다고 언급한 바 있다.

　말하자면, 공동체의 눈이 우리를 그저 '본다'는 상상만으로 죄의식과 수치심을 느끼며 행위의 적절성을 의식하게 되는[24] 메커니즘이 공동책임의식에 기반한 사회유지를 가능하게 해준다고 판단하는 것이다. 자아 내부에 성찰적 대타자를 설정함으로써 행위의 적절성을 스스로 가늠할 수 있게 한다는 애덤 스미스의 도덕 감정론은, 자본주의 사회의 도래 이후 공동체의 존재 방식 변화와 사회구성 방식을 고민하면서 마련된 논의다. 바로 이점은 애덤 스미스의 도덕감정론이 급속한 자본주의적 사회로의 전환을 겪고 있던 1970년대 한국사회의 성격 파악을 위해 유용하게 활용될 수 있는 근거가 된다. 근대적 감정 가운데에서도 죄의식과 수치심은 그간 사회적 순응에 기여하는 감정으로 논의되곤 했는데,[25] 이러한 사정은 역설적으로 자본주의 사회의 초기 형태를 논의하는 자리에서 죄의식과 수치심이 탁월한 사회감정으로 작용했음의 방증일 것이다. 죄의식과 수치의 최저선이 구축되는

23. 애덤 스미스, 『도덕감정론』, 157~159쪽.

24. Agnes Heller, *A Theory of Feelings*, Lexington Books, 2nd ed., 2009(1979), p. 76.

25. J. M. 바바렛, 『감정의 거시사회학』, 176~186쪽.

과정을 추적함으로써 사회의 속물화 일단을 포착하는 일이 가능해지는 것이다.[26]

기우 삼아 덧붙이자면, 감정 관련한 논의에서 재차 강조해두고자 하는 것은, 감정의 형성과 흐름에 대한 관심이 직접적이고 배타적으로 존재의 개별적 특성의 형성 과정에 모아져 있는 것은 아니라는 점이다. 오히려 그 검토는 사회에서 뚜렷하게 가시화하기 어려운 관계적 국면을 포착하는 데 유용하다고 할 수 있다. 사회적 관계의 성격을 포착하기 위해서는 감정의 흐름과 감정적 속성 자체보다 그것이 흐릿해지고 억압되는 계기에 주목할 필요가 있다. 이른바 '2차적 죄의식'으로 명명 가능한 것들, 누군가를 감정적으로 다치게 한 것에 대한 죄의식이나 존재 자체가 타인에게 폐가 된다는 사실에 대한 수치심(부끄러움)은 표정이나 몸짓으로 외화되지 않지만 사회를 유지하고 움직이게 하는 동력으로서 작동할 수 있기 때문이다.[27] 죄의식과 수치심의 발현 자체가 아니라 그것의 최저선이 어떻게 형성되고 있는가에 대한 고찰이 초점화되어야 한다는 맥락에서 보자면, 한국사회의 속물화 경향과 관련해서 한국전쟁 경험은 죄의식과 수치심이라는 사회감정의 상실을 야기한 주요 계기였다고 말할 수 있다.

---

26. 아울러 사회적 수치나 무시당한 감정에 내포된 잠재력은 정치적, 문화적 외부 조건의 상태에 따라 정치적, 도덕적 신념으로 나아갈 수도 있다. 악셀 호네트, 『인정투쟁』, 문성훈·이현재 옮김, 사월의책, 2011, 262쪽.

27. Agnes Heller, *A Theory of Feelings*, p. 77.

2장

'헝그리 정신'과 시민사회의 불가능성

> 심리학적 행위인 속물은 일종의 철학의 산물이다. 그 결과인 속물주의는 하나의
> 중요한 사회적 현상이다.
>
> ─ 필립 뒤 뷔 드 끌랭샹, 『스노비즘』

한국전쟁 경험이 죄의식과 수치심이라는 사회감정의 상실을 야기한 주요한 계기라는 사실은, 한국전쟁이 이후 한국사회의 감정구조를 틀 짓는 결정적 계기가 되었음을 말해준다. 한국사회의 성격 형성을 둘러싼 다면적 검토를 위해서는 한국전쟁의 경험과 함께 그 경험이 역사화되면서 기억되고 애도되는 과정에 대한 고찰이 함께 이루어져야 한다. 강용준, 박완서, 이문구 등 한국전쟁과 그 여파를 본격적으로 다룬 소설들은 전쟁 경험이 한국사회의 감정구조 형성 과정에 미친 지대한 영향을 확인할 수 있는 적절한 사례라고 할 것이다. 소설들이 포착한 당대 현실은 전쟁 경험의 역사과 과정에서 사회의 성찰성이 점차 상실되는 과정을 차가운 눈으로 확인하게 한다. 사회의 속물화 경향이 일상화되면서 계층적 분화 과정과 맞물려 죄의식과 수치심이 상실되어가는 서로 다른 양상을 확인할 수 있다.

속물 정상화의 알리바이, 애도 불가능한 전쟁 경험의 병리화

한국전쟁 경험이 이후 한국사회에 급격한 변화를 야기했다고 할 때, 그 변화에 모두가 쉽게 적응한 것은 아니다. 변화에 적응하는 것을 유일하고 정상적인 방법으로 수용한 것도 아니다. 그 변화의 주요 속성 가운데 하나를 속물화 경향으로 요약할 수 있다면, 변화에 적응한 이들이 사회의 주동 세력이 되면서 한국사회에서 속물이 빠르게 정상성의 모형이 되기 시작한 반면, 속물성을 쉽게 획득할 수 없거나 그에 대한 거부감이 심한 경우 병리학적 성향을 띠면서 사회 주변부적 존재로 밀려났다.

일본 『요미우리신문』이 선정한 1971년 '세계10대소설'이기도 한, 『창작과비평』 17호(1970년 여름호)에 실린 강용준의 소설 「광인일기」狂人日記는 전쟁 영웅이었던 '조대위(조순덕 대위)'가 전쟁이 있었던 1950년대 이후로 1960년대에 시작된 시류 풍조에 녹아들지 못하고 일상에 적응하지 못한 채 간첩단 사건에 연루되는 등의 괴이한 인생 행보 끝에 뇌기능 상실자로 판정받게 되고 결국 자살에 이르게 되는 과정을 회상의 방식으로 기술한다. 「광인일기」는 1960년 『사상계』에 「철조망」을 발표하면서 등단한 이래, 한국전쟁 참전 경험과 포로수용소에서의 경험을 바탕으로 전쟁이 인간에게 미친 영향을 다각도로 포착해 온 강용준의 소설적 경향과 행보를 같이하는 소설이다.[1] 「악령」 등의 소설에서 작가는 전쟁 일반이 인간에게 미치는 영향을 두루 살핀다. 「광인일기」에서도 한국전쟁 당시 제법 전공戰功을 세우고 평판이 좋았던 '민대령'이 고향에서 자신의 부친이 우물 속에 생매장되었음을 확인한 이후로 성격이 일변한 사정을 서술한다. 그러면서도 「광인일기」에서는 전쟁 이후 한국사회의 속물성이 강화된 사정을 보다

1. 김주연, 「강용준의 6·25 소설」, 『광인일기』, 예문관, 1974 참조.

구체적으로 다룬다. 무엇보다 이를 개별자들의 문제로 돌리지 않고 사회와의 교호관계 속에서 포착한다.

손쉽게 파악되지 않는 개인의 내적 변화와 시대적 감정구조의 변화를 포착하기 위한 작가의 시도는 조대위의 병리학적 증상과 시대와의 상관성을 언급하는 다음과 같은 대목에서도 확인된다.

> 그렇지만 자네가 예의 자폐적自閉的인 우울한 파과형破瓜型의 상태에서 망상형의 공격성으로 옮아앉게 된 구체적인 심리적 동인은 무엇인가. 그것은 모르겠다는 것이다. 그 사이 자네는 개인적으로 이혼을 했고, 어린애를 낳았다가 죽었고, 다시 노모의 사망을 겪었고(자네가 결혼한 다다음해, 그러니까 자네들이 이혼한 그해 가을에 자네의 노모는 노쇠병으로 사망하였다), 또 사회적으로는 '귀하신 몸'의 자유당 전성기와 '최루탄 세대'가 있었으나, 그 어느 것도 자네의 증상과 무관하다고는 말할 수 없는, 반면 4·19 같은 의미에서 그 어느 하나도 구체적으로 지적하여 자네의 증상에 결정적으로 영향을 미쳤다고 단언하기가 퍽 난처하다고 주간지는 변명하고 있다.[2]

특히, 거제도 포로수용소 시절 경험에 기반한 소설 「악령」을 통해서도 확인할 수 있듯, 신체적 훼손이나 「악령」의 주인공이 앓는 정신질환인 "관계망상"과 "죄업망상"[3]은 전쟁이 주체의 정신에 미친 영향과 관련해서 의미심장한 시사점을 던진다. 소설에서 전쟁 경험은 오물통에 담긴 잘린 다리와 발가락으로 압축되는 살육과 무참한 폭력 그

---

2. 강용준, 「광인일기」, 『광인일기』, 예문관, 1974, 71쪽.

3. 강용준, 「악령」, 『광인일기』, 117쪽.

리고 생생한 공포로 구현된다. 소설은 그 경험이 현재를 사는 이들에게 미친 신체적, 정신적 영향을 통해 끊임없이 반추될 수밖에 없음을 세심하게 짚고, 오물통 속에 담긴 훼손된 신체로 포착된 폭력과 살상의 구체적 현장성을 통해 주인공이 복합적 의미의 죄의식에서 쉽게 벗어나기 어려웠음을 설득력 있게 보여준다. 또한 어떤 식으로든 처리가 불가능한 그 죄의식이 급기야 주체의 정상적 일상을 불가능하게 만들며, 결과적으로 죄의식에 사로잡힌 주체를 정신질환자나 사회의 주변부적 존재로 만들고 마는 상황을 보여준다.

소설에서 권력과의 야합을 통한 '욕된 생'을 사는 이[속물]가 정상성의 범주에 놓인 존재로 다루어진다면, 정신적 질환은 대개 그 범주에 속하지 않거나 오히려 대척점에 놓인 이들의 존재론적 특징으로 모아진다.[4] 「광인일기」에서도 '조대위'의 정신질환과 자살은 전쟁기 영웅이었던 그의 과거와 긴밀하게 연동되어 있다. 그런데 흥미롭게도 '조대위'가 실성해서 자살한 이유를 추적하는 형식을 취하고 있음에도, 「광인일기」에서 전쟁 경험의 영향을 반추하기 위해 선택된 인물은 '조대위'의 삶을 다양한 정보들을 통해 재구성하고자 한 서술자 '나'(최대위)다. 과거에 전쟁을 함께 겪었던 시절에 대한 회상을 비롯하여 의학적 진단, 주간지 기자에 의해 허구적으로 재구된 기록을 통해 '나'는 '조대위'의 삶에서 누락된 부분을 채우고자 노력하는데, 그의 노력은 소설 전체로 보면 어떤 성과물도 얻지 못한다. 끝내 '조대위'의 삶은 나에게 풀리지 않는 의문으로 남게 된다. 그럼에도 소설에서 '나'는 '조대위'의 삶의 굴곡을 이해하려는 노력을 지속하는데, 그것은 소설에서

---

4. 강용준, 「일요일」, 『광인일기』, 144쪽. 이는, 강용준이 소위 전쟁문학 혹은 전후문학이라 불리는 소설들에서 폭넓게 이루어지던 인간성 상실의 측면에 천착하면서도 그만의 관점을 마련하고 있음을 특징적으로 보여주는 지점이다.

'조대위'가, "어느 틈에 순응주의자로 전락하고 사회적 희극과 얄량한 항락에 젖어 들고 있는 '나'"가 대면해야 할 "거울" 장치가 되고 있다는 사실과 무관하지 않다.[5]

참으로 어처구니가 없다. 사람이 심한 긴장상태에 직면하게 되면 이에 대한 신체적인 증상으로서 심박수心拍數의 증가나, 좀 더 심하면 수족의 마비 같은 현상을 나타낸다. 말하자면 하나의 정동자격情動刺激이 가해질 때 이에 대하여 신체는 여러 가지 기질적氣質的인 반응을 나타내는데, 이것을 심신의학心身醫學에서는 신체언어身體言語라고 부르는 모양이다. 그러니까 자네의 그 이인증離人症이나 뒤로만 처져 도는 은폐벽 따위는 자네의 심리상태를 일반적인 통념으로의 말[言語]로써 세상에 고지告知하는 대신 신체적인 증세로써 나타내고 있었다는 얘기다. 그렇다면, 이런 온갖 증상들도 포함한 총체로서의 자네의 모든 생존상의 기복起伏이나, 그리고 굉장히 소심하면서도 파렴치할 정도로 무사안일주의에 젖어서 피부적인 쾌락이나 일삼는 이 메마르고 무책임한 나의 생활태도 — , 그러면 그것은 이른바 사회언어社會言語인가.
같은 식으로 자네의 죽음 — , 이것은 그러면 존재언어存在言語인가. 바보, 바보.[6]

강용준은 언어화되지 않거나 신체적 증상으로서만 나타나는 사회적 규율권력의 일면에 대한 포착의 중요성을 강조하고 있으며, '조대위'와 '최대위'가 모두 "모양만 다른 같은 내용의 다른 꼴들"(「광인일

---

5. 정명환, 「불행과 비극」, 『창작과비평』, 1975년 봄호, 147쪽.
6. 강용준, 「광인일기」, 『광인일기』, 95쪽.

기」, 94쪽)임을 포착한다. '아무래도 정상인이 아닌 듯한' "언제나 뒤로만 처져 돌아가고, 어딘지 정신이 나간 사람 같고, 뒤룩뒤룩 눈을 굴리고, 맥풀없이 흔들흔들거리고, 그래서 항상 웃음거리의 대상"(「광인일기」, 13쪽)이 되어버린 '조대위'의 일상 부적응의 의미를 좀 더 세심하게 들여다보는 한편, 부적응의 역방향 즉 일상 적응이 의미하는바 또한 적시한다. 구체적으로 「광인일기」는 '조대위'의 삶을 결혼한 부인과의 대비 속에서, 다른 한편으로 군대 동료였던 화자 '최대위'와의 대비 속에서 의미화하고 있으며, 그것은 소설 내에서 '등신·병신·바보와 속물'의 구도로 가시화된다.

가급적이면 안이하게, 그리고 나는 생활을 엔조이할 줄 알고 있었다. 이것은 내가 미국에서 4년을 썩고, 또 계속해서 미국인 회사에 근무하게 된 덕분이 아닌가 싶지만, 요컨대 나는 이 땅에서 50년대가 끝나고 60년대가 시작되는 그 어정쩡한 시류의 풍조를 즐길 줄 알고 있었다. 자네의 출현이 혹시 나로 하여금 어떤 영상을 유발해 내도록 작용하고, 또 내가 그 영상에 집착하여 심각을 가장하며 이러쿵저러쿵 이 사회의 병폐를 얘기해 본다고 하더라도 그것은 어디까지나 하나의 소시민적인 고독을 조작해내기 위한 수단으로서만 그렇게 하는 데 지나지 않는다. 글쎄, 따지고 보니 그렇다. 세상만사란 원래가 그런 법이거니, 그러나 깊이는 말려들지 않으려고 극히 조심하면서 적당히 멋으로만 잠겨보는 것이다. 그러니 여기서 내가 자네를 가리켜 '바보'라고 말하고, '그럴 수가 없다' 하고 말해 보아도 결국 그것은 옹색한 샐러리맨의 어설픈 제스처에 지나지 않는다.[7]

---

7. 같은 글, 34~35쪽.

주간지가 전해주는 바에 의하면 결혼 후 자네들은 종종 언쟁을 하였는데, 이런 경우 자네는 곧잘 자네의 여자를 기리켜 '속물'이라고 욕을 하였고 이에 대하여 자네의 여자는 '병신'이라고 응수하고 나왔다 한다.[8]

전쟁이 끝나고 서구화 특히 미국화되는 사회변화의 흐름을 탄 '나'가 '어정쩡한 시류의 풍조'를 즐길 줄 알게 되는 것, 세상만사가 원래 그런 법이라는 식의 냉소를 가장해 그런 흐름의 동력에 대한 판단정지와 비非개입의 태도를 취하는 것, 이렇게 사는 것이 아니라면 '등신·병신·바보'가 되던 세상의 일면이 포착되고 있다고도 할 수 있는바, 「광인일기」에 의하면, 그 '속물성'이라는 것은, 일상적 차원으로 살펴자면, 샐러리맨의 일상과 그리 다르지 않다. 가령, 그것은 "아침 여덟시에 출근하여 그저 고만한 상황과 늘 대하는 면면들의 한정된 대인관계 속에서 타이프를 짓고, 미국인의 눈에서 과히 벗어나지는 않도록 속에는 없지만 적당히 미소를 짓고, 회사의 발전을 위한다는 생각은 모르고라도 하는 일이 없이 오로지 커미션 나올 구멍만을 생각하고, 그러면서도 뒷일은 시끄럽지 않아야 할 터이니까 굉장히 소심하게 이를 다루"(「광인일기」, 54쪽)는 날의 장기적 반복일 뿐이다.

서술자('나'/'최대위') 자신이 고백하고 있듯, 반복되는 일상의 강고함은 전쟁의 의미와 그것이 사회와 인간에 미친 부정적 영향을 떠올리게 하는 '조대위'와 같은 사람의 출현으로는 흔들리지도 반성되지도 않는다. 돈과 쾌락을 목적으로 하는 삶은 그의 일상이자 오랜 반복이 축적해 놓은 습관과도 같이 견고한 것이기 때문이다(「광인일기」, 93쪽).

---

8. 같은 글, 64~65쪽.

금력만능시대에 모든 것이 화폐 가치로 환산되고 정당한 가치의 지불이 곧 윤리가 되는 이러한 구조 속에서는, 개인의 영달과 쾌락을 위한 어떤 행위도 개인에게 죄의식이나 양심의 가책을 불러일으키지 않는다. 전쟁 경험으로 압축되는 인간성 상실의 참혹함에 대한 '조대위'의 경험은 '나'('최대위')에 의해 인간성을 상실해가는 사회변화의 저지선으로서 탐색되지만, 결국 그러한 탐색의 실패를 통해 소설은 '조대위'의 삶을 비정상의 자리에 밀어 넣고 '나'의 삶의 방식인 속물성에 정상성의 표지를 허락하는 알리바이로 만들고 만다. 반복되는 '습관'이 되면서 속물성이 더 이상 어떤 성찰도 불가능한 일상 자체가 되어버렸음을 「광인일기」는 그렇게 선언한다.

계층 위계의 도덕 감정적 재구, 회귀하는 회한 정지의 시간

'우리'에서 '나'로

한국전쟁 경험이 '우리'라는 공동체 의식을 붕괴시키고, '나' 혹은 '나'의 작은 단위 확장체인 '가족'을 중심으로 한 전환적 의식을 낳았으며, 결과적으로 이기주의적 속성을 띤 생활원리를 내면화하게 했음은 주지의 사실이다. 박완서의 소설은 이러한 변화에 관한 수많은 소설적 전거를 제공한다(『나목』[1970], 「부처님 근처」[1973], 「지렁이 울음소리」[1973], 「카메라와 워커」[1975] 등).

전쟁 경험을 즉물적으로 포착했던 1950년대 서사에서도 '우리'에서 '나'로의 인식전환 국면과 이기주의적 생활습속은 적지 않게 포착된다. 가령, 이범선의 소설 「몸 全體로」(1958, 『사상계』 5월호)는 전쟁과 피난 경험이 '우리'에서 '나'로의 전면적 인식 전환의 계기였음을 보여준다.

백사장, 그건 꼭 '우리'라는 말과 같은 것이 아닐까요. 그저 수없이 많은 모래알, 그것이 어쩌다 한 곳에 모였을 뿐, 아무런 유기적 관계도 없이. 안 그렇습니까? '우리', 참 좋아하고 또 많이 쓰던 말입니다. 우리! 그런데 피난 중에 저는 그만 그 말을 잃어버렸습니다. 폭탄의 힘은 참 위대하더군요. 저는 돌아온 이 서울 거리에서 '우리' 대신 폐허 위에 수많은 '나'를 발견했습니다. 나, 나, 나, 나, 나, 나. 정말 한강의 모래알만치나 많은 '나'… 9

고등학교 영어교사인 주인공은 전쟁 통에 피난민 생활을 하면서 극심한 굶주림 끝에 딸을 잃고 거지와 다름없는 생활을 하면서 세상에 더 이상 '우리'라는 인식이 존재하지 않음을 깨닫게 되고, 아들에게 권투를 가르친다는 명목으로 자신의 세계인식을 생활원리로서 전수하고자 한다.

전쟁 직후의 이러한 인식은 거리감을 두고 바라보는 청년의 시선을 통해 포착되고 있는 점에서도 감지할 수 있듯, 경험의 특수성에 입각한 개별적 인식에 더 가까웠다. 박완서의 소설은 해체된 공동체 일원인 개인들의 속성을 추적하고 폭로하는 데 그치지 않고, 전쟁 경험을 가족 이데올로기의 생산과 재생산 과정으로 구현하며,[10] 이를 통해 그것이 한국사회의 중산층 형성과 밀접하게 연관된 속물성의 기원이 되었음을 짚어낸다.

박완서의 소설은 한국전쟁을 반복적으로 기억하고 역사화하려는 시도를 통해 한국사회가 참회조차 불가능한 시대를 맞이하게 되었음

9. 이범선, 「몸 전체(全體)로」, 『현대한국문학전집』 6, 신구문화사, 1981, 321쪽.
10. 권명아, 「〈가족의 기원〉에 관한 역사소설적 탐구」, 이경호·권명아 엮음, 『박완서 문학 길찾기』, 세계사, 2000, 299쪽.

을 폭로한다. 한국사회에서 '우리'라는 인식이 존재하기 어렵게 된 이유, '나'의 다른 이름들 즉 '나의 확장체'와 '변이체'만 남게 된 이유가 과거의 그 시간에 담겨 있음도 아울러 상기시킨다. 한국전쟁을 다룬 박완서의 소설들이 남한사회의 중산층 형성에 관한 충실한 보고서라고 할 수 있다면, 그것은 박완서의 소설이 한국사회의 총체적 속물성과 그 근원을 다시 들여다보게 하기 때문일 것이다.[11]

계급감정, 도덕감정

한국사회에서 누군가가 아이들의 기성회비조차 제대로 낼 수 없던 가난에서 쉽게 탈출했다면, 그것은 근면하고 성실한 삶의 태도 때문이 아니라 이른바 '강남바람'을 타고 마구 오르기 시작한 "땅값"[12] 덕분이었을 가능성이 높다. 경제 부흥기였던 1960~70년대는 "우연히 손을 댄 땅장사"가 누군가를 "벼락부자로 만들어놓"기도 하던 시절이었다.[13] 이전이라면 상상도 못 했을 부를 누리며 돈을 통해 '사치할 수 있는 권리'를 얻었다 해도 그것은 예기치 않은 순간에 주어진 행운에 가까운 것이기 쉬웠다. 돈을 통해 가파른 계층 상승에 성공한 이들이 가난하지 않은 현실에 행복감을 느끼면서도 "의연한 기품"(「세모」, 13쪽)을 잃어버렸다고 생각하거나 가난의 대물림으로 반복될지도 모를 계층적 낙오에 대한 두려움을 떨치지 못했던 것은, 그들의 부가 외부의 조건 변화로부터 주어진 것이자 낙차 큰 우연적 획득물이었던 사정 때문이다.

---

11. 이 책의 2부 6장 「냉전시대의 속물들, 한국 중산층의 기원」 참조. [소영현, 「한국 중산층의 형성과 한국전쟁이라는 죄의식」, 『그해 겨울은 따뜻했네』 2권, 세계사, 2012, 364쪽.]
12. 박완서, 「세모」, 『부끄러움을 가르칩니다』, 문학동네, 1999, 20쪽 (『여성동아』 1971. 3).
13. 박완서, 「어느 시시한 사내 이야기」, 『부끄러움을 가르칩니다』, 254쪽 (『세대』 1974. 5).

하층민에 대한 공포가 중산층 형성의 이면적 토대가 된 것도 이러한 사정과 연관되어 있었다. 급격한 계층 변화 속에서 누구에게나 능력만큼의 계층 상승 기회가 주어져 있었지만, 그 변동 속에서 모두가 상대적 박탈감에 시달려야 했고 그 간극이 불러오는 감정 즉, 열등감과 복수심(시기심, 질투심)에서 누구도 자유로울 수 없었다. 박완서의 소설에서 포착되는 계층적 위계 문제는 바로 이 공포심과 복수심의 대결로서 표출되었다. 박완서의 소설은 하층민에 대한 공포가 역설적으로 중산층의 형성을 추동하고 결속력을 강화했음을 보여주었다. "돈을 조금 주고 일을 많이 시키는 것", "셰리와의 간교한 '쇼부', 관료에의 아첨, 수지맞는 일이라면 염치 불구하고 송사리의 분야까지 넘보는 대자본의 파렴치한 촉수, 동업자 간의 너 죽고 나 죽자 식의 경쟁"[14], 즉 '아랫사람을 부리는 법'이 어떤 도덕적 회의나 부끄러움 없이 '자수성가한 부모에서 자식에게로' 자연스럽게 전수될 수 있는 근간에는 "사람 부리는 사람끼리는 서로서로 의리를 지켜 가며, 정보를 교환해 가며 드난꾼을 다스려야 한다"[15]는 식의 강고한 계층의식이 자리하고 있었음을 가감 없이 폭로했다.

이처럼 박완서의 소설은 상승과 하강의 낙차가 커짐에 따라 계층적·계급적 위계가 도덕을 구성하는 감정 문제로 재구되는 과정을 보여준다. 중산층의 계층적 감정은 상층과 하층 사이의 관계에서 도출된 것으로서 복합감정체의 성격을 가진다고 해야 한다. 이는 물론 '맨션'이라는 이름의 고급 아파트를 중심으로 중산층의 계층적 평준화가 이루어지고 있던 사정과 무관하지 않다.[16] 가령, "남보다 잘 살기 위

---

14. 같은 글, 244쪽.
15. 박완서, 「창 밖은 봄」, 『엄마의 말뚝』, 세계사, 1994, 352쪽.
16. 박해천, 『콘크리트 유토피아』, 자음과모음, 2011, 237~239쪽.

해, 그러나 결과적으론 겨우 남과 닮기 위해 하루하루를 잃어버"[17]리게 되는 상황이 불러온 것은 상실감과 계층적 자기혐오인데, 이런 감정은 「닮은 방들」(『월간중앙』 1974. 6)에서 아파트 생활을 시작한 이후로 아파트 생활자들이 일상과 의식, 문화가 점차 보이지 않는 작은 경쟁 속에서 결국 같아지게 되는 사정에 대한 신체적 반응으로서의 '메스꺼움'으로 표현되기도 했다.

　중산층을 다루는 박완서 소설의 의미는 사회적 부의 급격한 축적과 함께 점차 세분화되고 격차가 심해지는 계층적 분화가 야기한 복합감정 즉 상층을 향한 열망과 하층에 대한 공포를 상시적으로 몸으로 겪어야 하는 상황이 적나라하게 포착된 데 있다 해도 지나치지 않을 것이다. 애덤 스미스가 『도덕감정론』에서 강조했던 '거울-자아'looking-glass self motif로서의 성찰적 시선이 시장적 교환관계 문제의 해결에 대한 고심 속에서 모색되었음은 이미 지적한 바 있다. 근면과 절약, 신중함과 같은 근대정신의 수행에 대한 적절한 보상이 부와 명예 획득이라는 의미의 성공으로 이해되는 과정에서 도덕감정은 근대적 자본주의 체제가 수립되는 과정에서 생겨난 빈틈에 대한 방책 역할을 떠맡았던 것이다.[18]

회한 불가능한 사회

　물론 박완서의 소설은 한국사회의 계층적·계급적 위계가 도덕감정 문제로 재구되는 과정과 함께 그것이 전쟁 경험의 역사화를 통해 이루어진다는 점도 간과하지 않았다. 전쟁이라는 특수한 시공간에서

---

17. 박완서, 「닮은 방들」, 『부끄러움을 가르칩니다』, 284쪽.
18. 애덤 스미스, 『도덕감정론』, 209~215, 309쪽 ; Jack Barbalet, "Smith's Sentiments(1759) and Wright's Passion(1601)", *The British Journal of Sociology* 56(2), 2005.

일곱 살 꼬마가 아귀같이 먹어대던 다섯 살배기 동생을 피난민 대열 속에서 놓친(사실상 의도적으로 손을 놓아버린) 사건이 야기한 죄의식과 불안의 사후적 영향력을 다루고 있는 『그해 겨울은 따뜻했네』를 통해 우회적으로 전하고 있듯, 계층의 도덕 감정적 위계화는 계층 내부의 라이프 스타일의 동질화를 야기한 급속한 근대화의 결과만은 아니었다.

소설 속에서 전쟁 당시의 경험은 피난길에 짐이 된다면 자신들을 위해 어린아이 하나쯤 아무렇게니 버릴 수도 있었던 야만의 시절로, "난리통의 모든 사람들은 공모자였"고 "인두겁을 쓴 짐승"이었으며(39쪽) 심지어 동생을 버리는 일을 어른들의 암묵적 동의 속에서 실행할 수 있었던 때로 환기된다. 그러나 전쟁이라는 특수상황에서 용인된 (범죄라고 불러도 좋을) 사건이 일상이 회복된 시간에도 용인될 수 있는 것은 아니다. 공동체의 도덕이 무용한 것이 되고 개인적 윤리가 행동지침이 되지 못하던 때를 지나서, 이전과는 다르지만 그러나 일시적 일탈로부터는 벗어난 새로운 질서가 회복되는 때에 범죄적 사건은 반추될 수밖에 없으며 은폐된 죄의식과 불안은 끝내 들추어질 수밖에 없다.

『그해 겨울은 따뜻했네』는 전쟁이 언제 있었냐는 듯 옛날얘기가 되어가고 있었고, 굶주림에 대한 기억이 까마득히 희미해져 먹을 것을 빼앗기기 싫어 동생을 일부러 내다 버린다는 것은 상상도 할 수 없는 시절이 왔으며, 모두가 비인간의 상황에 놓였던 그 시절의 그 사건에 대해 잊고 있으며 관심도 없을지라도, 사회 전체의 차원에서 그 사건이 야기한 죄의식과 불안이 해소되지는 않았으며 망각되지도 않는 것임을 '수지'의 동생 '수인/오목'에 대한 반복된 외면을 통해 확인시킨다.

'수지'가 동생을 찾기 위해 고아원 순례를 하면서도 막상 동생을 발견했을 때 혈육임을 밝히지 않았다는 사실에 주목해보면, 동생 '수인/오목'을 버렸던 '수지'가 이후 동생을 반복적으로 버리는 행위는 개인적 차원이 아니라 사회적 수준에서의 회한remorse의 실패의 사례로 보아야 한다. 애덤 스미스가 과거의 행위가 도덕적으로 옳지 않았다는 감각에서 기인한 수치심, 그 행위 결과에 대한 비애, 그 행위로 인해 고통받은 사람들에 대한 동정, 그리고 스스로 인정할 수 있을 만큼의 처벌에 대한 두려움의 복합적 작용인 회한을 강조한 것은, 공동체의 일원으로 하여금 사회윤리의 회복으로 나아가게 하는, 회한이 갖는 힘 때문이다.[19] 그런데 회한 작용을 통해 질서의 회복으로 나아가지 못한 과격한 에너지 즉, 후회로 이어지는 죄의식은 과거에 들어붙어 해소되지 않는 원한이 되며 결국 죄의식을 야기한 대상 자체에 대한 과도한 분노로 표출된다.[20] '수지'가 동생을 외면하는 행위는 이 회한이 불가능한 불가역의 사회가 도래하고 있음의 신호로서 이해되어야 하는 것이다.

부끄러움의 상실

사실 수치심이나 죄의식의 포기는 「부끄러움을 가르칩니다」(『신동아』, 1974.8.)나 『그해 겨울은 따뜻했네』(『한국일보』, 1982~1983 연재)가 보여주듯, 한국전쟁을 통과한 한국사회와 그 일원 다수가 부득이 체득해야 했던 삶의 원리 가운데 하나였다.

어느 날 어머니가 발작적으로 울음을 터뜨리더니 가슴을 풀어헤치고

---

19. 애덤 스미스, 『도덕감정론』, 160~161쪽.
20. 도미야마 이치로, 『전장의 기억』, 임성모 옮김, 이산, 2002, 84쪽.

맨살을 드러냈다. 희끗희끗 비늘이 돋은 암갈색의 시들시들한 피부가 늑골을 셀 수 있을 만큼, 가슴에 찰싹 달라붙어 있고 어중간히 매달린 검은 젖꼭지가 몇 년 묵은 대추처럼 초라하니 말라비틀어져 있었다. 어머니는 그 가슴을 손톱으로 박박 할퀴며 푸념을 했다. 누웠던 비늘이 일어서며 흰 줄이 가더니 드디어 붉게 핏기가 솟았다. 끔찍한 모습이었다.

"이년아, 똑똑히 봐둬라. 이 인정머리 없는 독한 년아. 이 에미 꼬락서니를 봐두란 말이다. 어디 양갈보 짓이라도 해 먹겠나. 어느 눈먼 양키라도 덤벼야 해먹지. 아무리 해먹고 싶어도 이년아, 양갈보 짓을 어떻게 혼자 해먹니. 우리 식구 다 굶어 죽었다, 죽었어. 이 독살스러운 년아, 이 도도한 년아. 한강물에 배 떠나간 자국 있다던? 이 같잖은 년아."[21]

작은 일에도 얼굴이 달아오르고 그런 자신이 부끄러워 더욱 얼굴을 붉혔던, '타인의 시선'이라는 이름의 윤리를 내면화한 감수성은 당장 굶어죽을 상황 앞에서 아니 몸을 팔지 않고서는 목숨을 부지하기 어려운 상황 앞에서 외면되어야 할 것이었다. 자신의 딸을 양갈보를 시키지 못해 분통을 터뜨리는 어머니 앞에서, 딸을 팔아먹지 않고서는 가족의 목숨을 부지하기 어려운 상황 앞에서, 수치심이나 죄의식은 발현되어서는 안 될 것으로 은폐되고 억압되어야 했다. 그리하여 결국 '남의 이목을 가리지 않는' 돈과 명예에 대한 기갈은 「부끄러움을 가르칩니다」의 주인공의 전남편들을 통해 입증되듯, 중농 수준의 농사꾼에게든 서정적 향토애로 넘치는 지방대학 강사에게든 별다른 차이가 없이 누구나의 것이 된다. 부끄러움의 감정은 알맹이는 퇴

---

21. 박완서, 「부끄러움을 가르칩니다」, 『부끄러움을 가르칩니다』, 317쪽.

화된 채 기껏해야 귀부인다운 품위를 갖춘 옛 친구에게서 '계산된 포즈'로서만 남게 되었고, 망각했던 부끄러움을 감지하는 감수성은 일본인 관광객들에게 소매치기를 주의하라는 일본어를 통해서나 급작스럽게 되살아날 뿐이다. 개별자를 비추는 거울로서의 성찰적 시선은 국가와 국민이라는 범주에서나 환기되고 사회의 일원들 안에서는 더 이상 감지되지도 작동하지도 않게 된 것이다.

난리통의 현재화, 회한 상실의 시대

『그해 겨울은 따뜻했네』에서도 전쟁 통에 동생을 버린 사건과 그로부터 야기된 죄의식이 철저한 망각의 대상으로 치부되는데, 이때 해소되지 않는 죄의식을 반복적으로 은폐하려는 시도는 이후의 삶의 방식을 지속시키기 위해 피해 갈 수 없는 절차가 되어버린다. 반대로 "죽기 아니면 살기"만이 선택될 수 있었고 "살기 위한 선택은 아무리 비인간적이라도 정당했"던 그런 "난리통"(39쪽)을 계속 현재화하는 것, 그것만이 죄의식을 외면할 수 있는 유일한 방책이 되고 있었다고 말할 수도 있다. 그런데 '수지'가 동생을 반복적으로 부인한 행위는 죄의식의 망각을 위한 개별자의 몸부림만은 아니라는 점에서 주목을 요한다. '수지'는 '수인/오목'이 혈육임을 끝내 밝히지 않을 뿐 아니라 그녀가 자신의 삶으로 깊숙이 개입해 들어오는 것에 강한 거부감과 불안감을 느낀다. 전 사회가 계층적 상승에의 열망, 즉 출세욕과 성공욕으로 들끓는 시대로 진입하면서, 중산층으로서의 안정성을 확보해가던 '수지'와 '수철' 가족은 고아로 자란 동생 '수인/오목'의 가족 찾기를 하층민의 상승 욕망으로 규정하는 동시에, 자신들의 계층적 안정성에 대한 위협으로 받아들였던 것이다. 작가는 죄의식과 그것을 불러온 사건에 대한 기억을 지워버리려는 '수지/수철'의 시도가 계층적 자기보존 행위임을 지적하고, 핏줄의 힘을 가볍게 떨치게 되는 계층 위계화와 그로 인한 계층 상호 산의 감정적 위계를 포착하면서 계층적 지기보존의 행위가 갖는 위선을 폭로한다.

박완서의 소설에 의해 죄의식과 수치심이 상실된 상황으로 짚어진 1970년대 한국사회의 일면은, 말하자면 (시민)사회를 유지하기 위한 감정복합체의 기능이 작동하지 않고 있었음을 시사한다. 연대·공공성·인륜성의 추구라는 도덕적 지향을 가진 시민성의 획득은 가족주의의 외피로 둘러싸인 계층적 자기보존 의식에 의해 포기되거나 거부되어야 할 덕목이 되고 있었던 것이다.[22] 박완서의 소설을 통해 그 전환국면은 근대 이래로 한국사회에서 근대 주체를 형성한 주된 동력이었던 입신출세 욕망이 돈을 최고의 가치로 여기는 시대 풍조와 결합하면서 비교에 의한 우위 외에 남는 것이 없는, '죄의식이 없고 부끄러움도 모르는' 회한 상실의 장면으로 포착되고 있었다.

모럴 정지의 아비투스 : 기회주의적 생존술과 관망하는 무기력

전락의 삶과 사회감정의 파탄

말할 것도 없이 1970년대 한국사회에 대한 '부끄러움 상실'의 포착이 박완서 소설에서만 이루어지는 것은 아니다. "나는 가정적으로 불우하고 고생을 겪었던 객지생활 속에서 성녀이 되었던 만큼 인생의 겉껍질이라 할까, 인생을 포장해 놓는 형식이라 할까, 그런 것에 대해 느끼는 게 있지요. 나 자신을 속이고서라도 출세하고 싶고, 부자집 사위되고 싶고, 그 뭐라더라 '하면 된다' 따위의 수작을 읊어 보고 싶기도

---

22. 김동춘, 「시민권과 시민성」, 『서강인문논총』 37, 2013, 33~35쪽.

했지요."[23] 박태순의 소설 「좁은 문」의 '장찬승'의 고백에서 확인할 수 있듯, 자신의 한 몸을 위한 생존방식을 체화해야 했던 사정, 즉 가난한 농촌 집안의 자식으로 태어나, 전쟁 때 아버지를 여의고 어머니를 따라 홀아비의 후살이로 들어가야 했기에 타향을 선택할 수밖에 없던 사정은 사회 전반에서 보편적인 것에 가까웠다.

이런 의미에서 보자면, 한국전쟁이 일상 차원에서 모두에게 남긴 당면 과제는 오히려 빈곤 문제였다고도 말할 수 있다. 먹고사는 문제인 가난 자체와 함께 빈곤은 가족들 간에도 악다구니밖에 남지 않은 삶의 바닥과의 대면을 의미했다. 1970년대 중반을 지나고 있었어도, 가족이라는 이름의 가난으로부터 도망쳐서 자신의 가정을 꾸리고자 한 남자가 가족이라는 이름의 집을 끊어내고자 할 때, 그 숨겨진 사정은 대개 삶의 근간을 파괴한 전쟁 경험과 결부되어 있기 마련이었다.

주정뱅이 아버지, 연탄가루에 닦이어서 언제나 번들거리는 지게와 작대기, 그리고 벗어 걸어 논 새까만 작업복, 그러한 작업복에서는 언제나 연탄가루와 고약한 냄새가 풍기었다. 하지만 아버지는 언제나 술에 곤드레가 되었으므로 그것이 더럽다는 사실을 잊는다. 그것은 어머니의 경우도 마찬가지이다. 하루 종일 봇짐장사를 하였으므로 집에 들어오기가 바쁘게 큰 대자로 누워 코를 골기에 바쁘다. 그러나 한 달이면 절반가량은 싸움판이 벌어진다. 그것은 대개는 신세타령부터 시작하는 싸움이다. 어머니는 못난 남편을 타박하기에 열을 올리고 아버지는 자기가 못났다는 열등감을 때우려고 결국엔 주먹다짐이 오고 가고 집안의 온갖 집기가 와장창하고 부서지는 판이 된다.[24]

23. 박태순, 「좁은 문」, 『신생』, 민음사, 1986, 95쪽.

한국전쟁은 생과 사를 가르는 폭력적 시공간이었으며, 그 폭력성은 월남 혹은 월북의 방식으로 삶의 근거지를 상실하고 뿌리 뽑힌 존재가 되도록 강제한다는 점에서 파괴적이었다. 회복할 수 없는 전락의 경험이 전쟁 경험의 당사자뿐 아니라 다음 세대로까지 유전되었기 때문이다. 1975년 『창작과비평』에 실린 소설 「우리 며느리」를 통해 확인할 수 있듯, 누군가가 사무를 볼 정도의 학식도 있었으며 실제로 북쪽에서는 한때 사무원을 했다 해도, 전쟁 통에 남한으로 와서는 결국 연탄 나르는 지게꾼이 될 수밖에 없는 것이 현실 사정이었다. 가난과 악다구니만 남은 계층적 전락을 피하기 쉽지 않았던 것이다. 부모나 형제를 남처럼 여기게 되거나 "아내와 나를 중심으로 해서 무엇인가를 꾸며 보고 싶"은, 이른바 핵가족을 이루고자 하는 욕망과 그것이 이끈 욕망의 연쇄들, 즉 "돈을 벌거나 출세를 하는 길"[25]에 대한 열망은 말하자면 전쟁이 야기한 전락의 삶이 추동한 것이었다.

이문구의 소설 『장한몽』[26]이 관심을 두는 인물들 다수는 이 전락의 실상을 외면하고 싶을 정도로 적나라하게 체현한다는 점에서 관심을 끈다. 1960년대 중후반 마포의 공동묘지를 경기도 광주로 옮기는 과정과 작가 자신의 이장 공사판 경험을 바탕으로 한 소설인 『장한몽』에서 공동묘지 이장 사업에 인부로 흘러든 이들은 하층계급을 위한 제도나 기구의 혜택에서도 배제된 존재들이다.[27] 이문구 초기 소설의 상당 부분이 떠밀리듯 고향을 떠나 도시로 진입해서 밑바닥 인

---

24. 박용숙, 「우리 며느리」, 『창작과비평』, 1975년 가을호, 47쪽.

25. 같은 글, 48쪽.

26. 이문구, 「장한몽」 1·2·3·4, 『창작과비평』, 1970년 겨울호~1971년 가을호.

27. 인물의 입을 빌려 육체노동 외에 생존수단이 없는 날품팔이야말로 권익 보호를 위한 단체와 집단이 절실히 필요하다고 강조될 정도로, 그들은 무능하고 가난하며 사회적 신분이 불안정했다.

생을 살게 된 인물들로 채워져 있는데, 전락의 삶의 전시장처럼 여겨지는 『장한몽』에서는 전쟁에 의한 가족의 파괴와 고향에서 내쳐진 수다한 삶의 사연이 사설처럼 풀려 나온다.

소설은 그들의 전락이 단지 경제적 차원만이 아님을 짚어낸다는 점에서 한국사회의 성격 고찰을 위한 유의미한 통찰을 준다. 전쟁을 통한 죽음과 기아의 공포 체험은 개별 존재들의 생존본능을 뚜렷하게 강화했으며,[28] 전쟁이 야기한 삶의 전락은 사회구조를 묶는 끈인 사회감정의 파탄을 불러왔다.

박완서의 소설에서 스스로에게 던지는 당부처럼 강조된 "어떡허든 우리도 한밑천 잡아 한번 잘살아봅시다"[29]라는 식의 다짐의 의미나 이범선의 소설에서 "슬쩍슬쩍 남이 보지 않을 때 손으로 공을 집어다 구멍에 밀어넣는"[30] 방식으로 살아야 한다는 선언의 의미가 결국 삶에서 무엇까지를 용인하게 하는가에 관한 한, 이문구의 『장한몽』이 보여주는 것은 비인간화의 극한 지점이다. 이는 사실 이문구 초기 소설의 두드러진 특징으로, 그러한 특징의 집약적 압축판이라고 할 수 있는 『장한몽』을 통해 생존에의 요청에 따라 개인적·사회적 모럴의 작동이 정지하는 지점을 확인할 수 있다.[31]

부정부패의 일상화

일상 층위에서 모럴의 작동정지 상태는 부정부패의 일상화로 말

---

28. 유영익, 「1950년대를 보는 하나의 시각」, 『사상』, 1990년 봄호, 43쪽.
29. 박완서, 「부끄러움을 가르칩니다」, 『부끄러움을 가르칩니다』, 307쪽.
30. 이범선, 「몸 전체(全體)로」, 『현대한국문학전집』 6, 신구문화사, 1981, 324쪽.
31. 황종연, 「도시화·산업화시대의 방외인」, 『작가세계』, 1992년 겨울호, 61쪽 ; 임경순, 「내면화된 폭력과 서사의 분열 — 이문구의 『장한몽』」, 『상허학보』 25, 2009, 313쪽.

해질 수 있다. 해방 이후 일상생활에서 기회주의가 판치는 부조리한 현실이 유행어 '사바사바', '모리배', '얌생이' 등을 통해 선명하게 드러나고 있었다면,[32] 『장한몽』에서는 기회주의적 생존술이 1960~70년대를 거치면서 피할 수 없는 생활 습속이 되었음을 확인할 수 있다.

> 관공서에서 해결지어야 할 일을 돈이 없어 못한다면 그 사람은 이미 볼장 다 봤다고 해도 지나친 말이 아닐 것이다. 동회서기는 동회서기 만큼만 머이면 되고 경찰관은 경찰관이 바라는 만큼을 먹이면 될 거였다. 가는 데마다 도둑놈 소굴인 줄 아는 이상 뇌물의 상식선인 '공무원 십진법'은 지켜야만 될 게 겨우 되게 될 세상이며 상배 형편으로선 엄두를 내지 못한 거였다.
>
> …
>
> 오직 할 수 없어 못할 뿐이었다. 그는 그 숱한 오일육 무리 가운데서 친구요 친척이며 친하게 아는 사람 하나가 없었고, 공화당 당원도 아니기 때문이었다. 돈, 돈, 상배는 틈틈이 돈만 찾았다. 담당 공무원에게 바치는 뇌물이 법정 수수료의 열 갑절이라서 '공무원 십진법'이라 부르는 만큼, 그만한 준비는 갖추고 나서 착수해야 될 일이기 때문이었다.[33]

5·16 이후 박정희가 혁명 공약 가운데 하나로 부정부패 일소를 내세웠던 것은 우연이 아니며, 실질적으로 이승만 정권을 무너뜨린 결정적 계기로 부정부패를 거론하는 것도 과장은 아니다. 원조를 기반으

---

32. 주창윤, 「해방 공간, 유행어로 표출된 정서의 담론」, 『한국언론학보』 53(3), 2009, 374~376쪽.
33. 이문구, 「장한몽」 3, 『창작과비평』, 1971년 여름호, 283쪽.

로 했던 1950년대 한국경제는 '귀속재산 불하', '원조물자의 배분', '특혜 금융 할당'의 방식으로 국가 중심 부정부패의 온상이 되었다. 고위 공무원과 여당 정치인을 향한 '사바사바'가 말해주듯, 부패는 '제한된 재화와 무한한 욕망의 불균형'보다는 원조경제와 소수 특권층, 즉 경제적 이권을 둘러싼 특권의 편중과 연관되어 있었다.[34] 한 국가나 사회의 부정부패의 수준이 반드시 정치체제나 경제발전 수준과 비례관계를 유지하는 것은 아니지만, 식민지에서 해방되고 국가기구가 정비되는 과정에서 한국사회는 부정부패가 만연할 수 있는 구조적 조건들을 구비하고 있었다. 권력형 부패와 정치 부패뿐 아니라 정부의 모호하고도 불투명한 각종 규제와 통제 활동이 다양한 사회활동을 통해 부정부패 행위를 하나의 규범적 사회행위로서 확산시키고 있었던 것이다. 이런 상황에서 부정부패 자체가 사회적 관행으로 일상화되어 총체적 부정부패 상태가 악순환처럼 지속될 수밖에 없었다.[35]

공적인 부정부패와 사적인 비인간화

『장한몽』은 다수의 인물을 통해 총체적 부정부패가 개인들에게 어떤 영향을 미쳤는가를 불편할 정도로 적나라하게 기술한다. 가령, 누군가는 전쟁 통에 가족의 복수를 위해 살인을 하고도 정당한 징치懲治였다고 자임하고('구본칠'), 과거 협잡선거를 도운 대가로 개발사업의 이권을 얻고 '반공방첩팔이'를 하던 누군가는 무덤을 파면서 나온 그릇을 후일 장사를 할 때 사용하기 위해 모은다('박영감'). 결혼식장

---

34. 고지훈, 「2012년, 부패, 선거 그리고 수치심」, 『역사와현실』 83, 2012, 6~18쪽.
35. 이러한 사정은 2000년대 이후에도 그리 크게 호전되지 않았다. 한국은 세계적으로 부정부패 정도가 심한 국가에 속하는데, 특히 한국은 공공부문의 부정부패 정도가 심각하며, 고위층, 소위 엘리트층의 부정부패가 만연한 국가로 인식되고 있다. 김두식, 「세계화시대의 부정부패의 사회학」, 『한국사회학』 38(1), 2004, 4~12쪽.

에서 '오백 원을 부조하고 이백 원'을 기슬러 받을 정도로 셈법만을 중시하는 누군기는 간질병에 걸린 자식의 병 치료를 위해 '해골물'을 찾는 여인에게 가짜로 조제한 물을 팔아먹는다('이상필'). 누군가는 마음에 둔 여자에게 선물할 비용을 마련하기 위해 무덤에서 꺼내진 유골의 머리카락을 잘라 파는 일도 서슴지 않는다('왕순평').

"머리카락 잘라다 팔아먹는 것쯤이야 이해를 하자면 충분히 이해할 수 있는 일이겠죠. 증산·수출·건설이 이 땅의 윤리로 돼 있는 판이니까."

"폐품 이용이라고 생각해 둬야겠군."

상배는 그런 말밖엔 더 할 말이 있겠느냐 싶어 한 말이었다. 눈만 뜨면 들리고, 보이는 게 모두 증산· 수출·건설이란 아우성이 판치는 세상이니 그만한 일도 양해사항일 수가 있겠던 것이다.

"지금 우리가 하는 공사도 공동묘지 면례에 뜻이 있다고 보기보다는 일종의 황무지 개간사업이란 점에 비중을 둬야 할 세상이거든요."

마가는 평소 '생각하는 생활'이란 걸 해 오기라도 한 듯 제법 점잖은 음성으로 얘기하고 있었다.

"송장 머리카락이라도 끊어다 수출하는 게 국가에 공헌하고 밥도 먹는다… 그런 점에선 권장할 만한 일이다. 뭐 그런 겁니까."

상배는 자기가 가진 상식 쌈지엔 없는 내용이므로 어리둥절한 채 그렇게 물었다. 마가는 아무런 부담도 받지 않은 투로

"두어 썩히느니 보담은 개발을 해야죠. 먹고 살자는 사람 입에 귀천이 있나요. 천원이 돈이면 십원짜리도 돈이죠."

상배는 감탄할 수밖에 없었다. 인부들 가운데 그중 낫다는 마가가 그런 생활 방식을 가지고 있음에 비춰 다른 인부들 사정인들 오죽하랴

싶던 거였고, 나아가 그네들의 마음가짐에 견줘 자기 자신의 일상^{日常}이 얼마나 협수룩하고 허약했으며, 평범했던가 하는 반성이 일방 두렵기까지 하던 것이다. 뿐더러 본받고 싶을 만큼이나 부럽기도 했다. 그네들의 그런 사고와 생활방식의 건강함과 솔직함에 열등감을 얻기도 했고, 그네들이 가진 생활 영역의 단순성 및 일방적인 윤리관이 어느 누구의 논리보다도 고차적인 실천이 아닐까 싶기도 하던 거였다.

"운전수가 교통순경 곗돈 내게 해주는 거나, 문방구점에서 초등학교 선생들이 집 사게 해주는 게나, 썩는 송장이 우릴 먹여 살리는 게나 다 마찬가지 아닙니까."[36]

유골의 머리카락을 돈으로 환산하는 인식의 근저에 자리한 것은 "증산·수출·건설"을 우선적으로 선취해야 할 임무로 이해하는 근대화의 왜곡된 논리다. 공동묘지 면례가 "황무지 개간 사업"으로, 유골의 머리카락을 잘라다 파는 일이 "폐품 이용" 등으로 해석되는 다소간 자조적인 이러한 이해법에 따르면, 죽음은 생존을 위해 손쉽게 돈으로 환산될 수 있는 어떤 것일 뿐이게 된다. 이러한 인식은 상배식으로 이해하자면, 속물근성에서 우러난 처우법이자 나이가 들고 거래를 염두에 두어야 하는 생활인이 되고 나면 종내 많은 사람들이 하는 일, "시추^{時趨}에 알맞게 적응하는 것"[37]과 다르지 않았다. 이처럼 공적인 차원에서 만연한 부정부패는, 뇌물과 송장의 효용 가치를 동일시하는 인식의 일면을 통해 확인할 수 있듯, 사적 차원에서 인간성 상실을 무감각하게 받아들이게 하는 심각한 폐해를 낳으며 광범위하

36. 이문구, 「장한몽」 4, 『창작과비평』, 1971년 가을호, 563~564쪽.
37. 이문구, 「장한몽」 1, 『창작과비평』, 1970년 겨울호, 630쪽.

게 확산되었다. 이러한 경향을 두고 사회 유지를 가능하게 하는 본래
적 인간성의 상실을 언급하지 않을 수 없다. 『장한몽』에서는 사회 전
반에 퍼진 윤리의식의 타락과 인간성 상실의 참혹한 면모가 포착되는
동시에 수치심과 죄의식 망각의 계기들이 역사적 회고를 통해 서사화
되고 있었다.

'헝그리정신'을 용인하게 된 사정

윤리의식을 상실하고 이기적 속성만을 가지게 된 인물군에 대한
우회적 고발은 『장한몽』에서 현실로부터 일정한 거리를 유지하고 어
떤 판단이나 개입도 하지 않는 존재인 '김상배'를 통해 이루어진다. 개
별 인물의 행위에 대한 판단기준처럼 존재하면서 그 자신이 전체를
관망하는 인물인 '김상배'는 소설에서 산만하게 흩어져 있는 에피소
드를 아우르는 구심점 역할을 한다. 그렇다고 소설 내에서 '김상배'가
인간 본성을 회복시킬 수 있는 거울 기능을 맡을 존재로서 기대되지
는 않는다. 오히려 '김상배'는 자신을 포함한 사회 전체의 삶에서 한
뼘쯤 거리를 유지하고 무기력한 태도와 관망하는 자세를 견지한 존재
로, 소설 내에서 사회현실에 적응하기는커녕 근대 문물에도 설익어 쓰
일 데라고는 없는 위인으로 치부된다.

물론 그의 무기력이 태생적인 것은 아니다. 소설에 의하면, 그에게
서 삶에의 의욕을 빼앗은 결정적 계기는 전쟁 경험이다. 그가 겪은 전
쟁은 1950년 여름에 겪은 봉변에 가까운 아버지의 죽음, 형의 이념적
변신과 죽음, 어머니의 죽음이라는 비극의 연쇄를 의미했다. 동네 만
석꾼네 마름으로 젊은 시절을 보내고 그 집 종산 산지기 노릇을 하면
서 농사를 짓고 살던 아버지는 '난리가 났다'는 소식에도 별다른 반응
을 하지 않았고 따로 피난을 떠나려고 하지도 않았다. 농사나 짓는 가

난한 자신은 전쟁과 무관하게 살 수 있으리라 생각했기 때문이다. 하층민이 긴긴 역사를 살아낸 방식대로 그저 '적당히 만세만 잘 부르면 된다'고 생각했던 것이다. 그런 그가 논에 물을 대러 갔다가 만세를 잘 못 불러 죽음을 당하게 된다. 인민군인 줄 알고 만세를 불렀으나, 읍 내 경찰들이 괴뢰군 복장으로 위장한 채 마을로 들어왔던 것이다. 그 렇게 길가에서 개죽음을 한 사람이 열다섯이나 되었으나, 죄 없이 목 숨을 잃은 사람들은 하소연할 곳이 없었다.[38]

이것이 '김상배'가 겪었던 전쟁 경험의 전부는 아니었다. '상배'의 삶 을 전격적으로 뒤바꾼 변화는 아버지의 어이없는 죽음 이후에 벌어 졌다. 소설 내에서 '대남공작대원'으로 명명되는 인민군 쪽에 의해 가 족은 "애국자 유족"으로 호명된다. 그들은 "상배네를 마치 지하당원으 로 두더지 활동을 하다 예비금속에 의해 처형된 사람의 유족이나, 노 출되지 않았던 보련(保聯)의 잔류자 가족과 같이 취급하려 들던 거였다. 민청이나 여맹원들도 상배 모친 앞에선 정중하고 겸손한 자세로 굽신 거렸다."[39] 열 살 위인 형은 점차 인민군의 끄나풀이 되어 갔다. 그리고 인천상륙작전이 시작되자 가족은 목숨 부지를 위해 피난을 떠나지 않을 수 없었다. 어머니가 잡혀갔고, 반죽음 상태가 되어 경찰서에 풀 려나왔는데, 그사이에 형이 잡혀가서 고문을 당하다가 죽었다는 소 식을 듣게 된다.

최만생이 조카와 오대머리 아들은 상부와 초등학교 동창이었노라며
자진해서 찾아와 그간의 경위를 들려주곤 했던 것이다. 그 두 사람이

---

38. 이문구, 「장한몽」 4, 『창작과비평』, 1971년 가을호, 578~583쪽.
39. 같은 글, 587쪽.

전한 말에 의하면 상부는 취조실 마룻바닥에서 고문으로 죽었다고 했다. 그리고 그때 그런 방법으로 죽어나간 부역자는 하루 한 사람 꼴이었으며, 그 시체들은 한 트럭분이 되도록 모았다가 한두릅으로 엮어 소벵이 바닷가가 사리 때가 되길 기다려 차에 실어다 내버렸다고 했다. ··· 경찰관들은 상부 시체를 내다 버릴 때에도 트럭 위에서 노래를 부르며 술을 마셨을 거였다. 신라의 달밤과 통일행진곡을 번들여 부르며, 사형시킨 시체를 호송하는 장쾌함과 애국심에 불타 우렁차고 신명나게 불러 밤의 정적을 깨어 파도 소리를 이겨냈지 싶었다. 그 전이나 그 후나 시체를 처분하러 올 때마다 모두들 술이 거나해져 가지고 노래를 목이 쉬도록 부르더라고 소벵이 개펄에다 템마를 매어 두고 김과 미역을 따서 살아왔던 작은외삼촌은 말했던 것이다.

여담이지만 그로부터 상배는 강화도 이남 경기 연안에서 나왔다는 생선이나 해물들은 고향을 등지기까지 십여년 동안 무슨 일이 있어도 입에 대질 않았었다. 누가 홍어를 사다 다루노라니 홍어 내장 속에 사람 불알이 들어 있었다더라거나 국을 끓인 민어 가운데 토막 속에서 사람 발가락이 튀어나왔다느니 하고 그 무렵만해도 그런 소릴 흔히 들은 터였고, 상부의 **뼈**와 살도 모두 고기밥이 됐으리란 생각에 차마 입에 댈 수가 없던 것이다.[40]

참혹 그 자체를 살아내면서 집으로 돌아왔으나 집에는 남은 게 아무것도 없었다. 간장 고추장 단지까지 이웃이 가져가 버린 후였다. 소설은 누가 무엇을 언제 어떻게 가져갔으며 먹어 치웠는지를 소상히 밝힌다.

---

40. 같은 글, 596쪽.

마을 사람들끼리는 누가 뭘 집어다 먹었는지 서로 알고 있나 보았다. 논밭의 곡식들은 치안대에서 와 유치장에 가둬 둔 부역자들 급식용으로 뿌리째 뽑아갔고, 간장이니 고추장 단지 따위의 부엌살림들은 순경이나 형사들이 실어갔다고 했다.

혼인잔치 감으로 기른 중돼지와 닭 열다섯 마리는 치안대 청년들이 잡아다 먹었고 밀가루 한 독은 구장 여편네가 여갔으며, 장독 속에 들었던 모시 두 필과 광목 세 필은 대한 청년단 단장이었던 김준배 마누라가, 역시 혼인에 쓰려고 뽑아다 뒀던 국수 쉰 근은 박병창 형사 주임 어머니가 손자 시켜 자전거로 실어갔다고 했다. 두 마지기 목화밭을 뿌리째 들어간 건 둔목 사는 의용소방대 대장 김창식이가 머슴 시켜 한 짓이며, 헛간에 쌓았던 장작 서른 평은 모퉁이집 장복이 아버지가 저다 땠다고 했다.[41]

그들이 얼마 전까지 평생을 함께할 작은 공동체의 이웃이었음은 말할 것도 없다. 잔치를 위해 마련해두었던 곡식과 옷감을 가져다 먹고 쓰고 땔감을 가져다 때는 것을 전쟁기 궁핍한 생활이 불러온 불가피한 상황이라고만 말할 수는 없는데, 형인 '상부'의 죽음을 포함해서 이웃이 공동체의 이름으로 그 일원에게 가한 폭력을 상기하자면, 이웃의 행위는 '상배' 가족의 불운에 대한 외면이자 망각의 처사라 하지 않을 수 없다. 앞선 인용문을 통해 확인할 수 있듯, 부역자 색출을 하고 고문을 가하고 사형당한 시체를 트럭 분으로 처리하는 일이 친족과 이웃의 눈앞에서, 또는 친족과 이웃의 손에 의해 일어났음을 『장한몽』은 담담하게 기술한다. 어머니와 함께 마을로 다시 돌아왔지만,

---

41. 같은 글, 594~595쪽.

'상배'가 공동체의 일원으로 다시 복귀할 가능성은 거의 없었다. 이미 공동체는 깨졌고 쉽사리 회복될 수도 없었다. '상배' 가족으로 대표된 비극적 개인사는 한국전쟁이 결국 어떻게 공동체의 일원들을 뿔뿔이 흩어놓고 고향 땅을 떠나게 했는가라는 역사적 전환의 국면을 압축적으로 보여준다는 점에서 한국전쟁의 사회문화사적 의미까지를 담지한다고 할 수 있다.

이러한 대목을 통해 '김상배'가 현실에 개입하지 않으려는 태도의 내력은 충분히 이해된다. 그렇다고 '김상배'가 보여준 관망의 태도를 긍정적 삶의 자세로 승인하기는 어렵다. 어떤 의미에서 현실과 거리를 두고자 하는 '김상배'의 태도는 기회주의적 생존술을 내면화한 이들과 마찬가지로, 전쟁 경험의 결과이자 인간 본래의 공감 능력에 대한 불신을 보여준다.[42] '먹고살기 위해서는 무슨 일이든 할 수 있어야 한다'는 식의 기회주의적 생존술이 전락한 하층민에게서 생존을 위한 유일한 방책이 되고 있었다면, 삶 자체로부터 거리를 유지하고 그저 무기력으로 일관하는 생존술 또한 전락의 경험이 낳은 쌍생아적 생존술이 아닐 수 없다. 후자의 생존술은 무기력한 태도로 전자의 생존술을 폭넓게 용인하게 하는 토대가 되었다는 점에서 더욱 문제적이라고 해야 한다.

1960~70년대에 사회적·계층적 간극이 빈곤이라는 물질적 차원의 것으로 치환될 수 있는 것이었다는 점에서, '먹고살기 위해서는 무슨 일이든 할 수 있어야 한다'는 식의 요청이 후자 식의 태도에 의해 폭넓

---

42. 애덤 스미스는 타인의 고통이나 슬픔에 공감하는 능력을 인간의 이기적 속성에도 불구하고 부인될 수 없는 인간 천성으로 강조한다. 그는 공감 능력이 '인간의 본성' 가운데 모든 원시적 감정들과 마찬가지로, 도덕적이거나 인자한 사람에게만 있는 것이 아니라고 본다. 애덤 스미스, 『도덕감정론』, 3쪽.

게 받아들여진 측면이 있음을 간과해서는 안 된다. 무기력한 관망의 태도가 허용한 '헝그리 정신'에 대한 한국사회의 이해와 용인은 속물적 인간형을 한국형 근대적 인간상으로 주조하는 사회문화적 토대가 되었다고 해야 하는 것이다.[43]

강요된 평등과 시민사회의 불가능성

한국사회의 속물성은 근대 일반의 세속화 과정에서 점차 확대되어간 중심과 주변들의 격차를 사회의 일원들 각자가 내면화하는 과정에서 한국사회의 주요 속성으로 형성되었으며 그 격차를 극복하고자 한 노력들 가운데에서 두텁게 안착되었다. 바로 이런 점에서 1960~70년대에 두드러진 한국사회의 속물성(의 팽창)을 폐기되어야 할 사회의 부정적 속성으로 일방적으로 매도하기는 어렵다. 사실상 1960~70년대 한국사회의 속물성은 '잘살아보세'라는 변형된 입신출세 욕망과 그것을 가능하게 할 수단으로서의 부정부패를 포괄하는 의미영역이었으며, 사회변동의 긍정적·부정적 동력을 동시에 지칭하는 말이었다.[44]

---

43. 말하자면 한국사회에서 살아남기 위해서 "사람들은 사회 상태 속에 구현된 만인의 만인에 대한 투쟁의 자연상태에서 처절한 생존경쟁을 견뎌 내어야 했으며, 그러기 위해서는 예컨대 '줄서기'를 잘해야 했고, 환경에 자신을 무조건적으로 맞출 줄 알아야 했으며, 또 무엇보다도 자신을 실제보다 과장해야 했고 다른 사람을 희생시켜서라도 자신의 우월성과 사회적 유용성을 드러내고 또 그렇게 할 수 있는 모든 수단을 이용할 수 있어야 했다. 그렇게라도 세상으로부터 인정받지 못한 사람에게는 체계적인 모욕과 무시가 뒤따르며, 심지어 생존의 가능성 자체를 박탈당할 위협마저 가해졌기 때문이다. 달리 인정받을 길이 없었고, 그렇게라도 인정받지 못하면 생존이 불가능했다. 속물이 되어야만 우리는 살아남을 수 있었던 것이다. 생존의 이데올로기와 터무니없이 좁은 문화적 인정 지평의 악순환적 상호작용, 바로 이것이 우리 사회를 지배하는 유례없이 전면적인 속물주의적 근대 문화의 비밀"인 것이다. 장은주, 『인권의 철학』, 416쪽.

한국사회의 속물성은 급속한 근대화의 부정적 효과에 노출된 한국사회가 한국전쟁 경험을 역사화하는 과정에서 강화되었다. 한국전쟁 경험으로 한국사회는 전반적 삶의 붕괴와 전락에 의한 역설적 의미의 평등사회적 성격을 마련해야 했으며,[45] 개별적으로는 구체적인 죽음과 기아라는 공포 체험에 의해 극단적 생존 의식을 강요받았다.[46] 근대화 정책에 대한 평가를 단선적으로 내리기는 쉽지 않으나, 빈곤이라는 이름으로 구현된 사회 구성원 사이의 역설적 평등은 경제 발전을 기조로 한 초기 근대화 정책이 광범위한 지지와 암묵적 동의를 이끌 수 있었던 물적 토대라고 하지 않을 수 없다.

역설적 평등이 구현된 사회적 정황은 고등교육을 획득 가능한 자본으로 여기게 하는 경향을 부추겼는데, 사회의 물질적·제도적 자원들이 새롭게 마련되어야 한다는 시대적 요청은 교육자본의 시대적 효력을 극대화하고 있었다. 이에 따라 1960~70년대에는 교육자본의 획득을 통한 개인의 사회적 계층 상승이 동시적으로 사회 자체의 발전이라는 거대한 기획 속에서 의미를 부여받을 수 있었다.[47] 이른바 '한강의 기적'이라는 이름으로 가진 것 없는 하층민이 교육자본의 획득을 통해 사회의 상층부로 수직상승할 수 있는 가능성이 열린 시대였

---

44. 일상의 층위에까지 확장된 세계의 속물성을 포착한 1960년대 문학에 의하면, 근대화의 속성이 근대 주체의 속물성의 강화로 표출되었다. 고봉준, 「속물의 계보학」, 『유령들』, 천년의시작, 2010, 372~373쪽.

45. 유영익, 「1950년대를 보는 하나의 시각」, 『사상』, 1990년 봄호, 46쪽; 송호근, 『한국의 평등주의, 그 마음의 습관』, 삼성경제연구소, 2006, 107~109쪽 참조.

46. 유영익, 「1950년대를 보는 하나의 시각」, 『사상』, 1990년 봄호, 43쪽. 다른 한편 이러한 경험은 한국사회에 기독교로 대표되는 종교의 확산을 야기하는 한편, 신앙체계의 샤머니즘화를 촉진했다. 김흥수, 「한국전쟁의 충격과 기독교회의 기복신앙 확산에 관한 연구」, 서울대 대학원(박사), 1998, 5장 참조.

47. Wright C. Mills, *White Collar*, Oxford University Press, 2002, pp. 259~260.

던 것이다. 교육을 통해 근면과 성실, 자기규율로 대표되는 자본주의 노동윤리를 내면화하면서 즉, 노동을 통해 자신을 '입증'하면서 명실 상부한 근대 주체가 탄생하고 있었다고 말할 수도 있다. 이러한 과정에서 근검절약이나 쾌락의 억제 등으로 구체화된 노동의 존엄성이라는 논리는 이후 특정 계급에 한정되지 않고 전 존재의 실천적 윤리가 되었다.[48]

물론 이때 계층 상승을 위한 유력한 획득자본인 고등지식과 고등교육의 위력이 강화되는 한편, 그 효과의 부정적 측면도 거론되기 시작했다. "공부 열심히 해서 훌륭한 사람 되어라"라는 말이 "초등학교에 입학한 날로부터 학교 마치는 날까지 부모와 스승으로부터 수없이 들어온 말"임에도, "훌륭한 사람"에 대한 충분한 합의가 이루어지지 않았음을 지적하는 소설의 한 대목을 통해서도 분명하게 드러나듯, "훌륭한 사람이라는 것"이 "손에 때 묻히지 않고 턱으로 사람을 부리는 '권력출세' 일변도"가 되어가는 추세를 막을 수 없었다. 이에 따라 "공부하라는 말은 곧 '출세하라'는 말", "보다 많은 사람을 '지배'하라는 말"로도 이해되기 시작했다.[49]

---

48. 이런 의미에서 보자면 사회적 계층 상승을 독려한 선전선동의 후방적 동력 가운데 노동의 존엄성이 보편적 가치가 되어간 과정을 빼놓을 수 없을 것이다. 이때 노동의 존엄성 가치의 보편화와 관련해서 기억해야 할 것은, 그것이 갖는 담론적 이중성의 측면이다. 노동의 존엄성은 노동을 통해 주어진 조건이나 여타 사회적 계층차를 극복할 수 있는 원동력 즉 평등사회의 기초 원리로서 작용하는 한편, 그 논리 자체는 평등사회의 실현을 더욱 불가능하게 하는 것이었다는 사실이다. 사회가 모든 존재의 존엄성을 존중했다 해도, 노동의 존엄성은 사실 매우 불평등한 결과를 갖는 가치이다. 그것은 이미 자체로 경쟁적일 뿐 아니라 특정 소수에게만 성취될 수 있는 것이고, 무엇보다 비교우위에 의해서만 가치를 평가받을 수 있는 것이다. 격차가 강조될수록 노동의 존엄성도 강조되지만 노동의 존엄성은 상대적 박탈감이라는 말로 번역 가능한 사회적 격차를 결코 해결할 수 없음을 기억해야 한다. 리처드 세넷, 『불평등 사회의 인간 존중』, 유강은 옮김, 문예출판사, 2004, 83~84쪽.
49. 신석상, 「미필적 고의」, 『속물시대』, 신세계, 1994, 298쪽 (『다리』, 1972년 7월호).

교육이 본래 목적이라고 해야 할 '건전한 시민사회 형성'과는 무관한 '출세와 지배만의 야망인'을 양성하고 있음이 실제 현실의 일면으로서 지적되고 있었고, 사회 전체가 개인의 이해관계와 충돌하는 공공적 문제들의 해결에 미숙해지는 경향을 띠게 되었다. 연쇄적 반응으로서 타인에 대한 무관심과 겹쳐 있는 개인적 생존에 대해 집중된 관심은 종친회·향우회·동창회 등에 기반한 연고주의와 패거리 문화를 가족이나 소규모 공동체의 주된 특성으로 자리 잡게 했다.[50] 사회 구성주체로서의 개인의식이 충분히 마련되지 못한 상황에서, 근대적 시민의식이 형성되어야 할 자리에 전근대적 공동체 의식이 전통의 이름으로 놓이게 되었으며, 그런 의식이 사회를 구성하는 도덕의 실질을 채우게 되었다.

이처럼 1970년대를 거치면서 근대화의 부정적 효과들이 사회 전반에 걸쳐 가시화되었다. 1970년대 초 경제성장의 둔화와 함께, 특히 3차 5개년 계획이 실시된 1972년 즈음부터는 경제구조의 불균형성이 심화되었다. 경제구조의 불균형성은 그즈음 심지어 한국사회가 해결해야 할 가장 심각한 문제 가운데 하나가 되고 있었다. 무엇보다 농촌과 도시, 농업과 공업 사이의 자본 배분의 불균형이 심각한 수준에 이르고 있었다.[51] 이는 1960~70년대에 걸쳐 이루어진 경제성장이 농촌과 주변부, 즉 변두리의 자본과 노동력이 도시로 유입되면서 가능했던 대도시 중심의 성장이었음을 역설적으로 말해준다. 농촌사회의 붕괴와 함께 농촌과 도시의 일상에서 경제적·문화적 격차가 극심해지고 있었는데, 한국사회의 속물성은 그 도농 간의 격차와 함께 도시

50. 강인철, 「한국전쟁과 사회의식 및 문화의 변화」, 『근대를 다시 읽는다 1』, 394쪽.
51. 김병걸, 「한국소설과 사회의식」, 『창작과비평』, 1972년 겨울호.

내의 중심과 변두리 삶 사이의 격차와 같은 수많은 격차가 겹쳐지고 중첩되는 과정에서 증폭되고 있었다.

요컨대, 한국사회의 속물성은 전쟁 경험을 통해 역설적 평등사회가 된 한국사회에 불균형적이며 격차가 극심한 계층적 위계가 다시 뚜렷해지기 시작한 1960~70년대를 거치면서 본격화되었고 중첩된 격차를 극복하려는 시도들 속에서 심화되었다. 한국사회의 속물성 문제가 사회에 대한 무관심과 공동책임의식 부재로 모아진다고 할 때, 1960~70년대는 한국사회의 급속한 발전의 시대였던 동시에 사회 차원의 도덕감정을 상실함으로써 이후 한국사회가 고질적으로 반추하는 문제, 즉 개인과 국가 사이의 매개 공간에 대한 고민과 국가가 전유한 공공적 문제에 대한 질문이 본격적으로 지펴진 시기라고 해야 한다.

3장

냉전시대의 속물들, 한국 중산층의 기원

한국사회와 중산층 형성의 기원

한국전쟁이 한국사회와 개인에게 미친 영향을 떠나서 박완서 소설에 대해 말하기는 어렵다. 바꿔 말하는 것도 가능하다. 한국문학에서 한국전쟁의 의미를 박완서만큼 오랫동안 깊이 천착한 작가도 드물다. 물론 박완서 소설의 가치를 한국전쟁의 의미 규명 작업에 한정할 수만은 없다. 그러나 한국전쟁에 대한 박완서의 반복적 되새김질은 전쟁 이후 한국사회의 밑그림을 그려볼 수 있는 중요한 실마리를 제공한다.

등단작인 『나목』(1970)에서 『한발기(목마른 계절)』(1971~1972), 『그 많던 싱아는 누가 다 먹었을까』(1992), 『그 산이 정말 거기에 있었을까』(1995)에 이르는 장편소설은 말할 것도 없이, 「세상에서 제일 무거운 틀니」(1972), 「부처님 근처」(1973), 「지렁이 울음소리」(1973), 「카메라와 워커」(1975) 등의 단편소설을 통해 박완서는 전쟁 경험의 참혹함을 되새기는 작업에서 멈추지 않고 한국사회에 새겨진 전쟁의 흔적들을 차근차근 되짚었다. 한국전쟁이 개인에게 가한 폭력이나 그로 인한 공동체 붕괴의 면모들을 규명하고, 그러한 방식으로 한국사회를 부조한 동력으로서 한국전쟁의 의미를 규명하였다.

미군 PX 아래층 한국물산 구역의 초상화부를 중심으로 한 전쟁기 서울의 모습과 전쟁의 여파를 겪었던 인물 군상들을 스케치한 등단작 『나목』에는 전쟁의 의미를 해부한 흥미로운 에피소드가 있다. 전쟁기에도 지속되었던 미군 PX에서의 크리스마스 파티는 그 파티의 의미와는 별개로, 전쟁이 바꿔놓은 인간관에 대한 인식 변화의 단면을 엿보게 한다. 따지자면 콜라와 팝콘을 무한정으로 제공하는 파티의 의미는 비교적 간명하다. 파티는 전쟁을 겪고 있는 한국인의 불행을 싼값에 위안하는 시혜의 장이자 미국 문화의 풍요로움과 자유로움의 의미를 유포하는 역설적 통로였다. PX에서 일하는 한국인이 벌 떼처럼 몰려든 파티장은 북쪽의 적화남침 야욕을 막아주는 든든한 군사적 우방인 미국의 흔들림 없는 위상을 확인할 수 있는 공간이었다. 그런데 그렇다면 파티를 마련한 자들이 전하고자 했던 이면의 의미가 수용자들에게 그대로 전달되었을까. 『나목』이 포착한 것은 그 격차였다.

> 그가 자못 험악하게 노리고 있는 쪽을 보니, 바의 주방에서 홀을 향해 뚫린 창구로 대여섯 명의 GI들이 머리가 비좁게 끼어서 홀 내의 아귀다툼, 문자 그대로의 아귀다툼을 흥미진진하게 관람하고 있었다. 그중에는 아래층 담당의 마스터 사진도 끼어 있고, 그들은 자기들이 연출한 연극의 기대 이상의 성과에 만족한 듯이 득의의 미소를 짓고 있었다.[1]

---

1. 박완서, 『나목』, 세계사, 2012, 97쪽.

'파티장' 풍경을 둘러싸고 전기공인 '황태수'와 주인공인 '이경'의 이해와 인식은 사뭇 달랐다. 값싼 위로에 열광하는 PX 사람들을 들여다보는 미군에 대한 '황태수'의 감정은 민족·국가 차원과 결부된 치욕과 분노에 가까운 것이었다. 그러나 들여다보는 GI와 벌떼처럼 모인 한국인은 '경아'에게 그저 '포만한 자와 굶주린 자'의 차이로 이해될 뿐이었다. '이경'에게 전쟁은 민족·국가 단위가 아니라 개인이 겪어야 할 불평등한 불운 경험이었다. 전쟁 중이어도 피난처인 부산에서 김장을 하고 학교에도 다니는 큰집 식구들과 달리, 오빠들이 죽었고 엄마가 삶의 활기를 잃었으며, '경아' 자신은 생계를 위해 미군 PX에서 일을 해야 했다. 전쟁이 불러온 차별적 불운의 경험은 전쟁에 대한 이해를 일상적 층위로 끌어내렸고 개별적 차원의 것으로 흩트리고 있었다.

전쟁의 불운이 무차별적으로 흩뿌려지는 동안, 큰댁 식구와 오빠들을 숨기는 일이 '우리(가족·집안)'의 일이자 '우리 집' 일이었던 시절을 지나, 세상을 바라보는 프리즘이 '우리 가족'에서 점차 '나 혹은 나의 가족'으로 축소되고 있었다. 전쟁을 거치면서 공동체에 대한 인식이 희미해졌고, '나'라는 개체에 대한 인식이 뚜렷해졌다. '나'와 나의 확장체인 '나의 가족'이 부각되면서, '나와 나의 확장체'(나의 가족)가 한국사회에서 생존을 위한 마지막 보루로 이해되는 경향이 강화되었다.

물론 '황태수'와 '이경'의 전쟁에 대한 입장은 상충되기보다는 서로 상보적인 것에 가깝다. 전쟁 이후 한국사회의 성격 형성과 관련하여 '황태수'의 민족적·반공적 입장이 한국사회에서 이데올로기적 구속력으로 작동하게 되었다면, '이경'의 입장은 일상 층위의 속물성 유포의 원형지로서 영향력을 행사하게 되었기 때문이다. 박완서의 문학에서 전쟁 체험은 '우리'에서 '나'로 변모해간 한국사회의 공동체 인식의 변모를 보여주는 중요한 단서다. 전쟁체험이라는 계기를 통해 박완서의 소설은 해방 이후 한국사회가 재구되는 과정과 한국전쟁의 긴밀한 영향관계를 포착한 정신사적 기록물로서의 가치를 담지한다.

'욕된 죽음'과 냉전시대의 속물들

애도 불가능한, 욕된 죽음

박완서의 글쓰기 작업에서 한국전쟁은 '참혹한 죽음'을 의미한다. 아버지, 오빠, 올케(「부처님 근처」, 「카메라와 워커」 등)로 대표되는 가족의 예기치 못한 '죽음'은 오래도록 애도되지 못한 채 정신적 상흔을 남긴 '참혹함' 자체로 포착된다. 그런데, 엄밀하게 말하자면 이 '참혹함(참혹한 죽음 혹은 죽음의 참혹함)'에는 두 층위의 의미가 병존한다. 전쟁기 국민이 겪어야 하는, 이해할 수도 예측할 수도 없는 "까닭 없이 죽어야 하는 일"[2] 자체가 '참혹함'으로 불려 마땅하다. 그들의 죽음은 인본주의적인 생명의 소중함이라는 인류애적 관점에서 참혹한 죽음이다. 동시에 '참혹함'에는 이데올로기적으로 은폐되어야 할 '욕된 죽음'이라는 의미가 담겨 있다. 전쟁으로 인한 무차별적 죽음이 불러오는 참혹함이 한편에 있다면, 이데올로기적 제약 아래에서 죽음을 경험하고 견디고 망각해야 했던 이들이 겪은 '참혹함'이 다른 편에 놓여 있다.

박완서 소설이 포착한 '참혹함'에는 전쟁 일반이 가지는 폭력적·비극적 성격과 함께 대리전이자 내전이라는 특수한 성격이 결부되어 있다. 그리고 사실상 경험과 기억을 구술하는 형식으로 이루어진 박완서의 소설은 '참혹함'의 경험이 '구술하는 이'의 것이기도 하다는 점

---

2. 박완서, 「카메라와 워커」, 『부끄러움을 가르칩니다』, 문학동네, 1999, 362쪽.

을 포착하는 데 주력하는 편이다. 「부처님 근처」에서 아버지와 오빠의 죽음은 좌익, 아니 빨갱이로서의 죽음이라는 데에 '참혹함'이라는 명명의 이유가 놓여 있다. 좌익운동에 가담하던 끝에 친구의 총에 맞아 죽음을 맞이한 오빠와 "빨갱이로서 매 맞아 죽은 아버지의 죽음"[3]은 '반동으로서의 죽음'이었고, 전쟁기인 당시의 상황에서 "그리 떳떳치 못한 욕된 죽음"이었으며 "당시의 상황으론"(106쪽) 결코 애도되어서도, 될 수도 없는 죽음이었다.

전쟁이 끝난 후에도 상황은 크게 달라지지 않았다. 분단된 한국사회에서 그들의 죽음은 아주 오랫동안 애도는커녕 떠올려서도 안 되는 이데올로기적 금기였으며, 꼴깍 삼켜져야 할 치욕이자 다른 불운을 야기할지도 모르기 때문에 덮어야 했던 '불운의 진앙지'였다. 아버지와 오빠는 산 사람도 죽은 사람도 아닌 채로 애도될 수도 망각될 수도 없었다. 아니 애도 없이 망각해야 할 존재들이었다. 그렇다고 그들의 죽음을 경험과 기억에서 지워버리는 일이 실제로 기능했던 것은 아니다. 그들의 죽음은 살아남은 자들에게 벗어날 수 없는 망령처럼 덧씌워질 수밖에 없었는데, 결과적으로 애도 없는 망각의 시도는 살아남은 자들에게 깊은 죄의식을 남기게 되었다. "내가 삼킨 죽음은 여전히 내 내부의 한가운데 가로걸려 체증처럼 신경통처럼 내 일상을 훼방 놓았다. 나는 여전히 사는 게 재미없고 시시하고 따분하고 이가 들끓는 누더기처럼 지긋지긋해 벗어던질 수 있는 거라면 벗어던져 흠뻑 방망이질을 해주고 싶었다"(112쪽)는 고백형 진술은, 죄의식이 애도되어야 할 대상에 대한 부채로만 남겨진 것이 아니라 살아남은 자들의 생기까지 소거했음을 말해준다.

---

3. 박완서, 「부처님 근처」, 『부끄러움을 가르칩니다』, 107쪽.

끝나지 않는 애도와 그 의미

박완서의 소설은 한국전쟁 자체의 의미보다 전쟁의 사후적 영향에 좀 더 천착한다. 「부처님 근처」와 「카메라와 워커」 등이 보여주듯, 예기치 못한 죽음 자체에 대한 후속 처리보다는 떠도는 원혼에 대한 처리 방식에 관심을 기울이는 편이다. 그렇기에 「부처님 근처」가 보여주듯, 20여 년을 체증처럼 전쟁의 망령에 사로잡혀 있었고 그로부터 고통받았음을 고백하면서도, 종교적 애도 행위에 대해 '고백·구술하는 이'의 입장에 긍정적이지만은 않았다. "재수 불공, 요란한 벽화를 배경으로 비단 방석을 깔고 지폐를 한 삼태기나 안고 앉았던 불상, 여신도들의 광적이고도 주술적인 몸짓의 절, 초와 만수향의 엄청난 낭비와 탁한 공기, 보살님들의 수다, 시주한 사람들의 이름이 시주한 액수에 비례한 크기로 초석마다 기둥마다 새겨진 산신당과 칠성각"(119쪽)은 모두 '역겨운 신트림'을 부르는 철저한 냉소의 대상이었다.

공정하게 말하자면, 아버지와 오빠를 애도하려는 어머니의 시도 자체를 거부하지 않는 데서도 확인할 수 있듯, 작가의 망령에 대한 처리 방식이 냉소에만 머물렀던 것은 아니다. 애도 행위가 결국 '나'와 '나의 가족'의 일신상의 안녕을 위한 것이기에, 무엇보다 "둘레의 열심스런 율동으로부터 고립할 용기가 없었"(94쪽)기에 "마치 매스게임의 일원이 된 것처럼" '절을 하고 또 하고 또 해야' 했다. 그녀들의 애도는 억울한 죽음에 대한 애도이자 철저한 자기보존 욕망의 표출이었던 것이다.

전쟁에 대한 피해의식과 그것이 야기한 자기보존 욕망을 동시적으로 보여준다는 점에서 「카메라와 워커」의 관심 또한 전쟁이 한국사회의 형성에 미친 영향에 모아져 있었다. 「카메라와 워커」에서는 자기보존 욕망이 전쟁으로 고아가 된 조카 즉 '나의 확장태'에 대한 책임의식으로 표출되었다는 점에서 특징적이다. 살아남은 자인 '어머니와 나'가 조카에게 바라는 삶, "대기업에 취직해서 안정된 생활을 누리고 예쁜 색시 얻어 일요일이면 카메라 메고 동부인해서 야외로 놀러 나갈 만큼"(364쪽)의 삶은, 표면적으로는 안정 지향적 삶에 대한 보편적 희구처럼 보이기도 한다. 그러나 심층에서 그것은 일차적으로는 '나'의 오빠인 조카의 아버지의 삶과의 차별화를 전제한 것이고, 전쟁에서 살아남은 자들의 후속 세대를 향한 전언, 즉 사회가 요청하는 룰에 따르는 삶의 방식에 대한 권유다. 전쟁이 불러온 조카의 불운이 '뿌리 내린' 삶을 통해 해소되기를 바라는 마음은, '나'를 중심으로 한 보존 욕망이 '나의 확장태'들에게 그대로 전이되고 있음을 단적으로 확인시키는 대목이다.

물론 살아남은 자들의 자기보존 열망이 의도만큼 손쉽게 실현될 수는 없었다. 가령, "계집애처럼 앞뒤에 라인이 든 야한 빛깔의 와이셔츠에 줄무늬 합섬 바지에, 반짝거리는 구두를 신고 대담하고 권태로운 시선으로 아무나 아무거나 마구 얕잡으며 빙빙 다방에서 당구장으로, 탁구장에서 오락실로 날이 저물면 맥주홀이나 대폿집으로 쏘다니다가 밤늦게 흐느적흐느적 들어와서도 뭐가 미진한지 라디오의 음악 프로를 최대한의 볼륨으로 틀어 온 집안의 정적을 무참히 짓이기던 녀석"(370쪽)에게 기성사회로의 진입은 쉽사리 성취될 수 없는 것이었다. 무엇보다 토목과 건설 붐이 일었던 1970년대 한국사회는 전쟁 이후 풍미했던 뒷거래 문화, '사바사바'와 '와이로'로 지탱되는 곳이자 "기술이니 정직이니 근면이니 하는 것"(379쪽)에 의해서는 아무것도 얻지 못할 곳이 되고 있었다. 기성사회로의 진입은 어려워지고 있었고 사회의 속물성은 심화되고 있었다. 전쟁 경험과 그것이 남긴 상흔이 희미해지고 있었지만, 충분히 애도되지 못한 죽음의 의미가 망령처럼 한국사회의 기저에 깔려있었기 때문이다.

한국사회 재편의 동력

움켜쥔 일곱 살, '1951년의 겨울'이라는 죄의식

『그해 겨울은 따뜻했네』는 1970년대, 아니 현재까지의 한국사회를 떠받치는 정신적 트라우마로서의 한국전쟁의 성격을 짚으며, 밝고 안정적인 삶이 죄의식의 담합 위에 세워진 것임을, 한순간 무너져내릴지도 모른다는 불안과 공포에 의해 간신히 유지되는 것임을 보여준다. 무엇보다 소설에서는 층위 깊은 죄의식에 대한 고백을 만날 수 있다. 전쟁 공포에서 벗어났으며 전쟁의 상흔을 애도하려는 시도가 이루어진다 해도, 한국사회에서 여전히 죽음을 삼키는 일들이 아무렇지도 않게 행해지고 있음을, 아니 모두가 원죄 의식을 나눠 갖고 어두운 담합 현장으로서의 일상을 유지하고 있음을 폭로한다. 한국사회의 속물성이 한국전쟁이 야기한 탈일상적 상황에 의해 속수무책으로 당해야 했던 불운의 결과물이 아니라 오히려 내면으로부터 공모한 결과임을 말하고 있는 것이다. 트라우마로서의 한국전쟁을 다루는 박완서의 소설 가운데에서도 소설이 불러오는 불편함이 매우 크다고 할 수 있다면, 그것은 "난리통의 모든 사람들이 공모자였"으며 그때의 우리 모두가 "인두겁을 쓴 짐승"[4]이었음을 고백함으로써 『그해 겨울은 따뜻했네』를 통해 작가가 노출한 공모의 구조와 폭로의 강도 때문이다.

『그해 겨울은 따뜻했네』에서 포착된 전쟁 체험과 끝나지 않는 반추가 자아내는 불편함은 우선 한국사회의 원형적 틀을 마련한 한국

---

4. 박완서, 『그해 겨울은 따뜻했네』 1권, 세계사, 2012, 39쪽.

전쟁 경험이 아이들의 것이었다는 사실에서 온다. 소설은 아이가 겪은 전쟁 체험과 그 여파를 포착함으로써 아이들의 성장 과정을 한국 사회의 변모 양상과 겹쳐놓는다. '수지'와 '오목/수인'이라고 하는 두 아이의 삶을 송두리째 흔들어버린 것이라는 점에서, 이때의 '아이가 겪은 전쟁'이란 단지 아이의 '눈'으로 본 전쟁을 의미하지 않는다. 가족의 해체를 경험한 것에서 나아가 '버리는–버려진' 경험을 통해 아이들은 전쟁의 트라우마로부터 벗어날 수 없는 존재가 된 것이다.

자기보존을 위한 변명에 의해서든 허위의식에 의해서든 소설에서 반복적으로 강조되듯, 문제는 전쟁이라는 난리 통에 비인간적 행위를 서슴지 않았다는 사실 자체에 있지 않다. 일곱 살 소녀인 '수지'가 두 살 어린 여동생 '오목/수인'을 내다 버렸다는 사실은 기억의 조작에 의해 생사의 갈림길에 서야 했던 사람들이 처한 긴박한 정황에 의해 다소 약화될 수도, 흐릿해질 수도 있을 것이다. "난리중의 혼잡 속에서 동생의 손을 놓은 게 아니라 놓쳤다고 생각할 수도 얼마든지 있었다. 그때의 상황으로 보나 그때의 연령으로 보나 놓은 것보다는 놓친 게 훨씬 자연스러웠다"(1권 42쪽). 그러나 그때의 정확한 사정에 대해 아무도 알지 못하며 관심도 없을지라도, 심지어 '수지' 자신이 정황에 입각한 변명 논리를 정교하게 다시 만들어낸다고 할지라도, 동생을 버린 행위가 야기한 죄의식까지 모두 소거되지 않는다는 데에 문제의 본질이 놓인다.

죄의식은 그들의 속물적 삶을 유지할 수 있는 유일한 변명이기에 과거의 시간으로부터 귀환하는 것인 동시에 자발적으로 재생산해야 하는 것이기도 했다. 죄의식이야말로 동생을 버리고 이룬 삶에 대한 유일하게 가능한 윤리적 자기단죄의 가능성이기 때문이다. 전쟁 트라우마가 불러온 해소되지 않는 죄의식을 둘러싸고 『그해 겨울은 따뜻했네』가 포착한 것은 자기변명으로도 해소되지 않는 죄의식이 이후 떼어낼 수 없는 그들 삶의 일부, 아니 한국사회의 성격 형성을 둘러싼 주요 구성요소가 되었다는 사실이다.

죄의식 너머에

그런데 살아남은 자들, 용케 전쟁의 참화를 피한 자들에게 남겨진 것이 죄의식뿐이었을까. 전쟁 흔적으로서 죄의식을 외면한다고 해서 삶의 지반을 뒤흔드는 위험요소 전부를 제거할 수 있었을까. 전쟁이 조성했던 인간성 상실의 시공간이 뿌리칠 수 없는 죄의식의 근원이라고 할 때, (그것이 가능하다면) 전쟁 통에 뒤틀린 것들을 제자리로 돌려놓음으로써 한국사회가 안고 있는 많은 문제들을 해결할 수 있었을까. 작가는 결코 그렇지 않음을 말한다. 뒤틀린 시공간을 되돌릴 수 없을 뿐 아니라, 전쟁의 상흔을 망각하고자 하는 그 누구도 시공간의 복원을 원하지 않는다는 사실을 적나라하게 폭로한다고 해도 좋다. 『그해 겨울은 따뜻했네』가 전쟁의 상흔에 대한 기록일 수만은 없는 이유가 여기에 있다.

'오목/수인'을 찾고 나서도 가족의 일원으로 받아들이지 않고 익명의 독지가로 남기를 고집했던 오빠 '수철'과 마찬가지로, 언니 '수지'는 전쟁고아를 수용했던 고아원을 찾아다닌 끝에 만난 '오목/수인'이 동생임을 굳이 확인하려 하지 않는다. '오누이의 집'에서 만난 '목이'가 '오목이'임을 확인하지 않고 반신반의인 채로 놓아두려 했다. "그게 오목이를 찾고 싶은 마음을 위해서도 찾기 싫은 마음을 위해서도 똑같이 유리했기 때문"(1권 60쪽)이라고, 그 마음은 "오목이의 손목을 일부러 놓아 잃어버리고 난 일곱 살 적의 심리 상태와도 일맥상통하는 것이었"(60쪽)다고 말하기에 이른다. 그러나 엄밀하게 말하면 이 고백은 민을 만한 것이 못 된다. '수철'과 '수지' 남매의 '오목/수인'에 대한 이중적인 행동은 순수한 죄의식에 의한 것만은 아니었기 때문이다.

'오목/수인'에 대한 그들의 두 번째 외면이 "도시가 농촌보다 한 발 앞서 전진前塵을 씻고 급속한 건설과 복구에 성공하고 바야흐로 번영의 단계로 접어들면서 탐욕스럽게 도시권을 넓혀갈 60년대 중반"(46쪽)의 일이었음을 떠올려보아도 좋다. 땅장사와 브로커가 판을 치는 그런 시절로 접어들고 있었으며, 땅도 사람도 모두 예전의 가치를 상실해가던 시절이었다. 바야흐로 '자선사업 고아원'에서 '부동산 투기'의 시대로 옮아가고 있었고, 무엇보다 고아에 대한 인식이 전쟁의 불운에 의한 희생자에서 "잘 사는 세상이 싸지른 똥 같은 부도덕, 그 부도덕이 싸지른 똥 같은 불륜의 씨"(73쪽)로 재규정되고 있었다.

그 광고가 날 무렵, 너는 꽃봉오리가 무색하게 아름답고 청순한 여고생이었다. 나는 너를 고생도 모르게 키웠지만 이 세상에 악이 있다는 것도 모르게 키웠다고 장담할 수가 있지. 그뿐 아니라 그때 난 이미 결혼해서 아이가 있을 때였다. 어려서 부모를 잃었으니만큼 난 내 가정을 끔찍이 사랑했다. 정체 모를 고아를 내가 애써 가꾼 오붓한 가정에 들이고 싶지가 않았어. 그 애의 경력을 보렴. 가정의 기억이라곤 없이 어려서부터 고아원으로만 전전한 아이 아니니? 그런 애의 빗나가고 헐벗은 정신세계를 상상해 보렴. 솔직히 말해서 난 싫더라. 그야 생각하고 또 생각했지. 결국 긴가민가한 것을 위해서 확실한 희생까지를 각오해야 한다는 게 얼마나 어리석은 짓이라는 걸 깨달았다.[5]

---

5. 박완서, 『그해 겨울은 따뜻했네』 2권, 세계사, 2012, 48~49쪽.

그 시간 동안, 죄의식에서 연원한 것이지만 '수철'/'수지' 남매와 '오목/수인' 사이에는 극복할 수 없는 결별의 시차 즉, 계급적 위계가 형성되었다. 전쟁의 불운을 피한 '수철'은 전쟁이 끝나고 안정기에 접어든 한국사회에 무리 없이 안착했으며, 이른바 '행복'을 구가하는 가족을 꾸리면서 중산층의 대표로서 손색없는 기반을 마련했다. '오목/수인'은 밝고 편안하고 행복한 그들 가정에 얼룩이 될 존재였다. 따라서 '오목/수인'을 가족으로 받아들이기를 거부한 행위는 죄의식이 불러온 자기기만이 아니라 차라리 '오목/수인'으로 대표되는 사회계층에 대한 은폐된 공포심의 표출에 더 가깝다.

그것은 '소수의 잃어버린 지난 시간'의 희생을 통해 '다수에게 약속된 미래의 시간'(1권 95쪽)을 선취하고자 하는 중간계층의 자기 보존욕망인 동시에 '지난 시간'을 과거에 영원히 봉인함으로써 '미래의 시간'에 흠집으로 남을지도 모를 얼룩을 제거하려는 간교한 계층 의식의 표출인 것이다. 그리하여 '수지'가 그러했듯 "난만한 꽃밭을 병충해로부터 지켜야 할 원정으로서의 사명감"(150쪽)까지 거론하면서 '수철'은 잃어버린 동생을 모르는 척하는 일에 정당성을 부여하기에 이른다. 여기에 양심의 가책 따위는 들어설 여지가 없었다.

이렇게 본다면, 영악한 자기기만적 기획으로서 미디어 매체를 활용하고 고아원 순례에 발품을 팔면서 잃어버린 동생을 극진한 마음으로 찾고자 했으면서도, '수철'과 '수지'가 '오목/수인'을 찾을 수 있는 가능성 앞에서 매번 망설였으며 심지어 찾았다는 사실을 외면하기에 급급했던 것은 실로 당연했다. 결과적으로 그들 자신까지 속일 수는 없음을 잘 알고 있었는데, 자기기만 위에 세워진 풍요로운 삶이 안정적이기는커녕 "너무나 하찮은 충격에도 견디지 못하고 근본적으로 흔들"(55~56쪽)리는 것임을 매번 확인해야 했기 때문인 것이다.

가능성의 시대와 그 욕동

불안이나 공포와도 맞닿아 있는 한국사회의 유동성과 관련해서 『그해 겨울은 따뜻했네』는 한국사회의 성격을 도시화 과정의 결과로서 포착하는 동시에 그 형성 과정을 인물들의 관계망을 통해 보여준다는 점에서 흥미롭다. 가령, 두메산골에서 읍내를 거쳐 소도시에서 고등학교 시절을 보내고 서울에서 고학으로 대학을 마치고 유수한 기업의 신입사원으로 발탁된, '노모'의 '출세한' 아들인 '인재'는, '오목/수인'에게 서울 하늘 아래 떠 있는 '붙잡아야 할' 무지개였다면, '수지'에게는 낭만적 연애 감정을 유지하게 해준 '이질감'이자 "끝내 동화될 수 없는 신분의 차이"(171쪽)의 현현물이었다. '오목/수인-인재-수지'의 관계가 아니더라도 소설 내에서 인물의 관계는 다양한 형태로 망구조를 형성했는데, '인재-수지-기욱', '일환-오목/수인-인재', '노모-인재-수지' 등의 구조에서 확인할 수 있듯, 인물의 관계망은 패턴적 상동성을 보여준다.

인물의 관계망은 상위의 관계망인 '오목/수인-수지/수철' 구도의 변주 형태라 할 수 있는데, '수지'와 '오목/수인'이 놓인 자리를 비교해 볼 때 뚜렷해지듯, 인물의 관계망에서 중심에 놓인 인물들은 양측으로 상징되는 계층적 의식 사이에 놓인 유동적 욕동의 구현체였다. 반복적으로 변주되는 관계망 구도가 일방향적 벡터를 가진다는 점에서 망구조는 유동적이면서도 수평적인 것이기보다 수직적인 것이었고 당연하게도 상층지향적인 것이었다. 전 사회가 농촌에서 도시로, 하층에서 중상층으로 이동하고자 하는 욕망에 사로잡힌 시대이며, 담론뿐 아니라 일상의 층위에서도 부의 축적이 급속도로 진전되고 계층 상승이 누구에게나 허용되었던 이른바 '가능성의 시대'였던 것이다.

물론 『그해 겨울은 따뜻했네』가 포착한 것이 다양한 인물 관계망을 통해 구현된 사회의 이동가능성과 계층상승적 욕망의 추이만은 아니었다. "서울 하늘에서 무지개를 본 젊은이는 수도 없이 많았지만 무지개에 도달한 사람은 누구인가?"(209쪽). 모두가 위를 쳐다보며 달리게 된 시간을 맞이했지만, 모두가 상층을 향한 사다리를 마련할 수도 올라탈 수도 없었다. 소설은 '오목/수인'의 욕망의 좌절을 통해 상층으로 올라갈수록 아래로 난 사다리를 '걷어찰 수 있는' 힘이 더 막강해진다는 강고한 사실을 새삼 확인시킨다. 말하자면, 『그해 겨울은 따뜻했네』는 한국전쟁의 상흔을 뒤로한 채로 개발시대 한국사회에 팽배했던 욕망구조뿐 아니라 실제로 그 욕망이 실현되는 일방향적 편향성을 정확하게 포착함으로써, 유동적 욕망이 실제로는 계층 구도의 위계를 강화해갔음을 보여준다. '가능성의 시대'에 진입한 한국사회의 일면을 포착한 동시에 그 가능성이 누구에게나 허용된 것이 아니었음을 가감 없이 폭로한다.

'가능성의 시대'임을 염두에 두고 보자면 그리 놀랄 일도 아닐 터, 이런 맥락에서 폭로가 불러오는 불편함은 '수철'과 '수지'의 기만적 행위만이 아니라 '오목/수인'의 상승욕망에 의해서도 유발된다. '오목/수인'은 전쟁 통에 가족을 잃은 기억을 '수철/수지'와는 전혀 다른 방식으로 왜곡·굴절시키고 있었다. 따지자면 기억의 왜곡이라기보다 없어진 기억을 상상된 이야기로 채운 형국이라고 해야 하는데, 자신의 가족에 대한 '오목/수인'의 상상력은 전형적인 가족 로망스의 형식을 취하고 있었다.

'부잣집에서 귀여움을 독차지하고 자란 외딸'이라거나 난리 통에 고아가 된 것이 자신의 잘못 때문이라는 식의 내러티브를 반복적으로 재구성하면서 다른 삶에 대한 꿈꾸기를 지속했는데, 근본적으로 '오목/수인'의 꿈꾸기는 고아로서의 자신의 처지에서 벗어나고자 하는 열망이었다. 다른 한편으로 그것은 미래의 연인을 통한 계층 상승의 욕망으로 구체화되었다. '오목'이 희구하는 삶, 가족과 집에 대한 열망은 상실한 가족에 대한 회복 열망인 동시에 자신의 가족을 꾸리고 싶다는 미래의 시간을 향한 열망이었다.

'우리도 잘살 수 있다'는 캐치프레이즈가 한국사회를 초고속 진보의 시간 위에 올려놓은 동력의 대표 격으로 거론될 수 있다면, '수철'과 '수지'의 '오목/수인'에 대한 외면은 그 캐치프레이즈가 모든 계층에 공평한 영향력을 행사했던 점과도 무관하지 않다. '수철/수지'가 중산층에 안정적으로 안착한 자신들의 삶을 지키려 한 동시에 그 안정성의 불안 요소인 '오목'을 외면하고자 했다면, 중산층을 향한 열망에 불탔던 '오목' 또한 다르지 않았다. 자신이 속한 계층에 대한 귀속 의식을 버리고자 했을 뿐 아니라 '고아'로 상징되는 계층 전체와 자신을 구별하고자 한 '오목'의 계층의식이, '여대생'으로 상징되는 상류계층에 대한 '열망과 그에 대한 자신의 열등감이라는 이중의식과 결합해 '오목'의 내면을 보다 복잡하게 구조화하고 있었기 때문이다.

> 왜 못 쳐. 내가 도망쳐 보일 테니 오빠 구경만 해. 오빠도 내가 재작년에 고입검정고시에 합격한 건 알지? 이번엔 대입검정고시 차례야. 난 꼭 여대생이 돼 보일 테야. 오빠가 사장되는 것보다 내가 여대생되는 게 훨씬 빠를걸. 지금 나 있는 데가 월급은 많지 않지만 말도 못하게 학구적인 분위기야. 점잖고. 내 시간도 얼마든지 가질 수 있어. 내 공부방은 또 어떻구? 영화에 나오는 호텔방처럼 근사해. 와보는 아이마다 날더러 출세했다구 은근히 샘을 내는 모양이지만 내 출세는 아직아직 멀었어. 나는 처음부터 걔네들하곤 달랐으니까. 나는 꿈이 크거든.[6]

고아원에서 같이 자라 보일러공이 된 '일환'의 애정을 거부하고 나아가 고아끼리 어울리기를 바라는 '세상 사람들의 상식'에 적의를 불태우거나, 가정교사와 식모 일을 겸했던 '미순이네'에서 부리는 사람(전파사 점원 박군)과 짝지으려는 일을, 한 등급 낮은 하인 가족을 만들려는 계략으로 이해하고 격렬하게 저항한 '오목'의 태도는, 시대적 상식에 대한 거부나 가족 로망스에 의한 자의식의 일환이라기보다 계층 상승 욕망의 변형태이자 '우리도 잘살 수 있다'는 캐치프레이즈의 내면화의 방증인 것이다.

'구별짓기'라는 계층의식

물론 '오목'에 대한 이러한 평가는 공정하지 않다. '오목/수인'은 끝내 '수철'과 '수지' 가족의 일원으로 받아들여지지 않으며, 사회의 일원으로 안착하기 위해 꿈꾸었던 그녀의 작은 소망들도 좌절되고 만다. 그녀의 소망은 노력 여하로 성취될 수 있는 것이 아니었으며, 그렇기에 '인재'와의 사랑에 걸었던 희망도 '오목'의 거짓말을 폭로한 '수지'에 의해 깨졌다고 할 수만은 없다. 오히려 '오목'의 소망을 좌절시킨 숨겨진 힘은 세련된 위선의 얼굴을 한 중간계층의 철저한 '구별짓기' 의식이었다고 해야 한다.

"운전기사 버르장머리를 그 따위로 길들여서 어쩔 셈이에요?"
수지가 젖은 머리를 빗질하면서 말했다.
"왜 천 기사가 당신한테 무례하게 군 일이라도 있었나?"
"제까짓 게 감히 나한테 어떻게 무례하게 굴어요? 당신을 우습게볼까

---

6. 박완서, 『그해 겨울은 따뜻했네』 1권, 123~124쪽.

봐 그러는 거예요. 나 보기에 그 사람, 하인 의식이 없어요."

"하인 의식?"

기욱이 씹어뱉듯이 말했다.

"그래요, 하인 의식이요. 왜 내 말이 뭐 틀렸나요? 하긴 천 기사 나무
랄 일도 아니죠. 당신이 상전 의식이 없으니까 천 기사가 하인 의식이
없을 수밖에. 위신을 좀 지켜요."

"당신 같은 박애주의자, 자선사업가가 그런 인간 차별하는 소릴 함부
로 해도 되는 거야?"

…

"그렇지만 나는 고아를 내 집까지 끌어들이진 않았어요. 내 아이들하
고 고아들을 같은 식탁에 앉힐 생각 같은 건 추호도 없다구요. 대사
회적인 관심과 내 아이들에 대한 사랑하곤 엄연히 다르다는 전제하
에 행동해왔어요."[7]

'하인의식'에 관한 '수지'와 남편 '기욱' 사이의 언쟁은 얼핏 둘 사이
의 하층민에 대한 인식 차이를 보여주는 것처럼 오해될 수 있다. 그러
나 사실 18세기를 거쳐 19세기에 유럽의 전 사회를 장악하게 된 중간
계층과 마찬가지로, '수지'와 '기욱' 사이에 놓인 사소한 차이는 중간계
층의 유기적 성격을 잘 보여주는 내적 차이에 가깝다. '수지'에 대한 분
노를 '오목'의 육체를 통해 해소해버리는 '인재'와 교양과 윤리를 강조
하는 '기욱'의 구별짓기 의식은 본질적으로 그리 다르지 않다. '수지'와
'기욱'으로 대표되는 필요·합의가 만들어낸 관계는 그 필요·합의라는
아비투스를 다음 세대에게 전수하면서 더욱 강고한 구조를 마련하게

---

7. 박완서, 『그해 겨울은 따뜻했네』 2권, 157~159쪽.

될 것이다. 그렇기에 '기욱'이 출세한 여자인 '수지'에게 "성실하고 이해성 깊은 남편으로서의 액세서리 역할"을 하는 삶, 즉 그들의 결혼생활을 포기할 가능성은 거의 없다고 보는 편이 맞다(167쪽). 경제적 위계질서에서 벗어나 점차 권력을 통한 신분 상승의 길을 개척하는 '수지'와 소유와 취미를 혼동하면서 내면세계를 구축하고자 하는 '기욱'의 태도는 중간계층의 다면성을 보여주는 대표적 사례인 것이다.

중산층의 계층의식을 보다 강고하게 한 원동력은 상층을 향한 열망과 아울러 하층의 상승 욕망을 차단하려는 단절의식이다. 아래로난 계층 상승의 사다리를 걷어차는 일, 그것이야말로 중산층이 반드시 실현해야 할 계층의식의 본질인 것이다. 의식 층위에서는 전쟁이 남긴 상흔을 지우는 과정으로 현현되었지만, '오목/수인'을 외면하게 했던 '수철'과 '수지'의 무의식의 근저에 놓인 것은 바로 이 계층의식이다. 때문에 '수지'는 끝내 '오목'을 동생 '수인'으로 받아들이지 않는다. 아니, 할 수 없었다. '수지'가 '오목'을 허용할 수 있는 최대치는 '오목'이 자신을 신분 상승용 '끄나풀'로 여기는 수준까지인 것이다. '오목'의 남편 '일환'을 중간계층의 끄트머리로 진입할 수 있게 하는 동아줄 역할을 떠맡음으로써, '수지'는 죄의식을 재생산할 필요를 스스로 제거해버렸다고 말할 수도 있다. 여기에 전쟁이 망가뜨린 혈연 의식에 대한 회복욕이나 한국전쟁이 유발한 죄의식에 대한 해소욕은 끼어들 여지가 없었다.

참회 불가능한, 망각 이후의 삶

결과적으로 『그해 겨울은 따뜻했네』가 상기시킨 것은 '수지'와 '수철'로 대표되는 중산층의 속물성과 그 시발점으로서 한국전쟁과의 상관성이다. '수지'와 '오목/수인'의 관계를 한국사회의 재편 과정을 보여주는 매우 불편한 사례로 채택하면서, 한국사회가 한국전쟁으로 인한 혈연 공동체의 해체를 경험했고 계급적 위계구조로 재구되었음을 보여주었다. 죄의식을 청산할 수 있는 마지막 순간에 '오목/수인'을 또다시 외면하는 '수지'의 행동은 '욕된 죽음'을 통해 구축된 한국사회의 현재를 자체로서 승인하고 있음을 보여준다. 여기서 대면하게 되는 것은 참회의 가능성마저 제거해버리는 근원적 속물성이다. 소설에 따르면, 한국사회는 전쟁의 기억을 일련의 과정을 거치면서 지워갔고, 그 결과로서 배제와 선택의 연쇄로 이루어진 중산층의 삶의 논리를 현재까지 이어지는 한국사회의 성격의 원형적 기조로 삼게 되었다.

이렇게 본다면, 해소되지 않는 죄의식을 끊임없이 재소환했던 '수지'의 행동 패턴이야말로 속물적 행동양식의 전형이라 하지 않을 수 없다. 물론 '수지'의 행동 양식을 그녀의 것으로만 볼 수는 없다. 한국사회의 성격을 주조한 속물성의 영향력을 재확인하는 자리에서 '수지'가 버린 '오목/수인'이 사실 '우리'가 버린 '오목/수인'임을, '우리'의 공모가 거기서 그렇게 시작되었음을 인정하지 않을 수 없기 때문이다. 죄의식까지 망각하거나 삭제한 '수지'가 열어젖힌 세상에서는 더 이상 자선사업가와 같은 세련된 위선이 동원될 필요도, 죄의식이 야기한 균열에 불안해할 필요도 없다. '오목'의 죽음은 한국사회가 죄의식을 망각했을 뿐 아니라 참회 불가능한 단계로 접어들었음을 선언하는 암울한 상징, 즉 상징적 죽음인 것이다.

『그해 겨울은 따뜻했네』는 한국전쟁의 상흔을 철저한 망각의 세계에 봉인함으로써 한국사회가 참회조차 불가능한 시대를 맞이하게 되었음을 차갑게 포착한다. 한국사회에 '우리'라는 인식이 존재하기 어렵게 된 이유, '나'의 다른 이름들 즉 '나의 확장체'와 '변이체'만 남게 된 이유가 과거의 그 시간에 담겨 있음을 아울러 상기시킨다. 한국사회의 총체적 속물성과 그 근원을 다시 들여다본다는 점에서 한국전쟁을 다룬 박완서의 소설들은 남한사회의 중산층 형성 과정에 관한 충실한 보고서다. 그 가운데서도 『그해 겨울은 따뜻했네』는 한국사회의 추악한 속물성에 들이대는 피할 수 없는 거울이자 그 기원과 과정을 반추하는 불편한 보고서다.

4장

인간은 어떻게 인간이 될 수 있는가

이청준의 『자유의 문』에 대하여

위태로운 평형상태

이청준의 『자유의 문』은 울퉁불퉁한 소설이다. 지리산 골짜기에 은둔한 노인과 한 소설가의 만남으로 시작되는 소설은 은둔한 노인의 세계와 그 세계를 찾아 노인을 방문했던 두 사람의 실종을 추적하다가 결국 지리산 골짜기에까지 이르게 된 소설가의 세계가 이질적 층을 이루며 공존하는 모습을 보여준다. 이들 양자의 세계 외에도, 소설 전체가 전쟁과 종교, 예술과 문학, 개인과 전체, 신념과 사랑 등 다양한 이념의 쟁투로 채워져 있다. 분류하자면 관념적 성격이 강한 소설이지만, 이념 자체가 소설의 관심사는 아니다. 따지자면 『자유의 문』은 인간이 만들어낸 이념이 인간에게 미치는 효과에 대한 보고서에 가깝다.

이청준 소설의 특장인 액자구조 형식과 다중적 관점은 소설적 개성으로 고평되거나 서사력 결핍으로 비판되곤 했는데, 이런 양가적 판정은 『자유의 문』에도 고스란히 적용될 수 있다. 소설에서 내부 사건들은 과학 실험실의 결과들처럼 개별적 단서로서만 제공된다. 소설에는 모눈종이 위에 찍힌 수많은 점들처럼 가깝고도 먼 위치에 놓인 사건들이 불규칙적으로 나열되어 있는데, 사건들 자체로는 작가의 의도라고 할 수 있는 어떤 선분이나 도형이 그려지지 않는다. 가령, 소설 내부를 이루는 두 개의 범죄 사건과 사건의 배후를 추적하던 '양기자'와 '구형사' 두 사람의 실종, 그리고 그 배후로 추정되는 이의 행적 사이에서 사건적 연결고리는 뚜렷하지 않다. 사건들 사이에는 거리가 있으며 사건들 내부에도 틈새가 있다.

노인의 세계와 소설가의 세계를 연결시키는 가장 밑바닥에 놓인 사건들 역시 충분히 해명되지 않은 채로 제시된다. 부정축재를 일삼고 부도덕한 사생활을 즐겨오던 구 정치인이 피해자인 강도상해사건이 있고, 인천 부두하역장에서 조합 문제에 얽힌 한 사람의 자살사건이 있다. 강도상해사건의 범인인 '최병진'의 신상을 조사하고 그의 범행원인과 배후를 따져보던 '양기자'가 있고, 조합 관련 자살사건의 당사자 '유민혁'의 신상과 행적, 자살원인을 따져보던 '구형사'가 있다.[1] 소설은 노인의 세계와 소설가의 세계가 만나는 시점 이후로, 파편적인 단서들을 각기 다른 방식으로 연결해보려는 인물들을 차례로 등장시키면서 다른 그림을 펼쳐 보인다. 서사는 그들의 존재와 행위가 자체로 또 하나의 단서가 되는 과정 속에서 진전된다. 각기 다른 시공간에서 일어난 사건들과 그 사건을 구성하는 인물들의 관계망이 가시화되는 과정 자체가 소설의 내용이자 내적 형식을 이루게 되는 것이다. 소설이 담지하고자 하는 의미를 그 얼개 혹은 얼개가 구축되는 과정

---

1. 소설에서 두 사건은 기이한 면모를 보여주는 것으로 다루어지지만, 거리를 두고 바라보면 두 사건에 사회적으로 센세이셔널한 면모는 많지 않다. 유례없는 폭력성을 담지한 사건도 거대 조직의 비리를 폭로하는 사건도 아니다. 사회적 여파가 그리 크지 않은 사건인 것이다.

을 통해 구현하고자 하는 흥미로운 시도가 아닐 수 없다.

그런데 바로 이런 소설작법으로 인해, 『자유의 문』에서 단서들에 대한 사후적 의미화 작업이 갖는 해석적 타당성은 여타의 소설에서보다 더 엄중하게 요구된다. 그것 없이는 소설 속에서 흩뿌려진 점과 같은 사건들 사이의 상관성이 설득력을 얻기 어려운 것이다. 이런 점을 염두에 두고 보자면, 소설이 그 해석적 설득력을 충분히 확보했다고 말하기는 쉽지 않다. 소설에서 각기 다른 두 사건의 중심인물인 '최병진'과 '유민혁' 사이에는 꽤 많은 유사성이 있었던 것으로 '사후적으로' 해석된다. 그러나 신분을 밝혀줄 분명한 원적지가 없다거나 두 사람 다 별다른 이유 없이 독신으로 살아왔다는 사실 혹은 범죄자임에도 '공의'의 성격을 엿보인다거나 죽음에 대한 두려움이 없다는 사실 등으로 미루어 "아무래도 두 사람은 어떤 보이지 않는 그물망에 연결되어 있었던 인물들임에 분명해 보"(106쪽)인다고 독자가 판정하기는 쉽지 않다. 연관성이 희미한 두 사건을 묶어서 생각하게 되는 것은 우선 소설 내 인물인 '구형사'의 우연한 상상을 통해서다. 두 사건과 각기 다른 사건을 추적한 두 인물 사이의 상관성은 최종적으로 '주영섭'이라는 인물에 의해 '발견'되고 '설명'된다.[2]

인간의 삶을 구원하려는 노력이 그 자체로 제어할 수 없는 폭력이 될 수 있음을 말하면서도, 사후적 의미화 작업의 폭력성을 소설작법을 통해서도 성찰하고자 한 작가의 시도는 흥미로운 소설적 몸피를

---

2. 실종된 '양기자'를 쫓던 '구형사'마저 돌연 실종된 후, 그들의 흔적을 찾아 나선 '주영훈'이 새로운 실마리를 발견하는 것은 어느 날 우연히 만난 중학교 동창 '조효준'에 의해서다. '유민혁'의 신상을 파악할 수 있는 실마리는 '유민혁' 사건 관련 스크랩을 검토하던 '주영훈'이 그때 마침 그를 방문한 동창 '조효준'을 통해 얻게 된다. 그러고도 풀리지 않던 '양기자'와 '구형사'의 실종에 관한 실마리는 '구형사'의 잠바 주머니에서 나왔다는 명함을 부인한테 건네받고 나서야 풀려나가기 시작한다.

만들어냈다. 하지만 삶의 층위에 흩어져 있는 수많은 사건들, 파편적으로만 존재하는 에피소드들은 소설가-인물('주영섭')의 사후적 의미화이자 소설적 상상을 통해서나 간신히 하나의 이야기가 될 수 있었다. 더구나 사후적 의미화 작업은 인과적 연쇄를 이루면서 안정화되지 않으며 우연적이고 일시적으로만 존재한 후 환영처럼 곧 사라져버린다. 독단적이고 일방적이며 폭압적인 의미화 작업을 피하는 과정이 어떻게 가능한가에 대한 모색의 길, 사후적으로 의미가 만들어지는 그 과정을 따르는 일이 『자유의 문』 독서의 주된 즐거움이긴 하지만, 작가의 고심에도 불구하고 일시적일 뿐인 환영-의미가 사라지고 나면 소설은 흩뿌려진 단서들과 사건들이 만들어낸 울퉁불퉁함으로만 남게 된다. 말하자면 『자유의 문』은 치명적 매혹과 소설적 실패의 기로에 놓인 위태로운 평형상태인 것이다.

인간 탐구, 전쟁에서 종교까지

『자유의 문』을 채운 이야기는 어디로부터 발원했는가. '백상도'의 과거 회상 속에서 언급되었듯, 이 모든 이야기의 시작점은 전쟁, 좀 더 정확하게는 한국전쟁이다. 직접적인 소재로 다루든 전쟁 경험의 여파를 다루든, 이청준 소설에서 전쟁은 한국사회에서 이후의 삶의 자리를 재편한 전환적 계기다. 전쟁이 야기한 실질적이고 직접적인 공포, 가령 '전짓불' 트라우마(「소문의 벽」)와 같은 공포에 대한 포착은 말할 것도 없이, 이데올로기에 대한 회의와 조직이나 기관을 포함한 집단적인 것에 대한 불신, 집단에 맞서는 개인과 개인의 자유에 대한 신뢰의 태도를 통해 이청준은 전쟁이 한국사회에 미친 직간접적 영향을 포착해왔다. 『자유의 문』에서도 그 기조는 그대로 유지된다. 셋째 마당에 가서야 그것도 20장 가운데 한 챕터에 해당하는 분량일 뿐임에도, 짧은 이야기 속에서 '백상도'라는 한 인간의 삶을 전면적으로 바꿔놓은 것이 다름 아닌 한국전쟁임을 분명하게 확인할 수 있다.

종종 전쟁을 소재로 한 소설을 전쟁소설로, 한국전쟁의 참화와 전쟁 경험이 이후의 삶에 미친 영향을 반복적으로 검토해 온 작가를 전쟁작가로 명명하기도 하지만, 전쟁은 특정 소설이나 특정 작가의 소재로 환원될 수 없는 공적 사건이자 매번 새롭게 해석되어야 할 역사적 국면이다. 한국전쟁은 해방 이후 새롭게 형성되던 한국사회의 성격을 틀 짓는 중요한 계기이며, 매번 새롭게 의미화된 사건이다. 이후 수많은 작가들이 직간접적으로 한국전쟁 경험을 복원하고 재현하며 반추했으며, 그 과정에서 한국전쟁의 의미가 좀 더 두터워졌고 한국사회의 성격에 대한 이해의 가능성도 폭넓게 열렸다. 특히 1970년대를 거치면서 많은 작가들이 한국사회가 보여주는 급변하는 면모들을 전쟁 경험의 여파 속에서 살펴보았다. 이청준의 소설은 세계의 세속화에 전면적으로 맞서지도 그렇다고 쉽게 젖어들지도 못하는 존재들, 온전한 의미의 개인의 영역을 마련하려고 부단히 노력하면서도 전체나 집단과의 '관계' 아니 전체나 집단을 억압적 힘이나 저항해야 할 부정성으로 인식하면서 대결의식을 견지해야 했던 그런 존재들을 통해 전쟁 경험의 여파를 추적해왔다.

전쟁은 너무도 많은 젊은 목숨들을 죽음의 나락으로 떠밀어붙였다. 자의에서든 타의에서든 한번 그 죽음의 길목으로 들어선 젊은이들은 자기 죽음의 값이나 이유 한번 조용히 가려볼 틈이 없이, 또는 억울한 불평의 소리 한마디 남길 틈이 없이 줄줄이 사신死神의 어두운 아가리 속으로 떠밀려 들어갔다. 어떤 지휘관들은 그것을 자랑스런 구국과 정의의 싸움이라고 했지만, 그리고 더러는 무가치한 사상 간의 싸움이라고도 했지만, 전투를 치르는 전장의 사병들에겐 애초에 그런 데데한 명분 따위는 없었다. 병사들에겐 무슨 애국심이나 사상성보다도 맹목적인 복수심과 자기 죽음의 차례가 있을 뿐이었다.[3]

그 모두가 사람들이 제정신을 잃고 만 무지와 무명의 탓이니라. 제정신을 잃고 나니 숨어 있던 탐욕과 질투심·증오심만 미쳐 날뛰게 된 세상, 남에 대한 이해나 우애 대신에 까닭 없는 시샘과 미움과 잔학성만이 판을 치게 된 세상… 누구들은 이번 싸움을 빈자로 억눌려온 사람들을 위한 싸움이요, 그래서 사람의 유혈이 불가피한 사상의 싸움이라고 하더라만, 그렇듯 많이 배우고 크게 아는 사람들의 생각까지는 잘 알 수가 없다만, … 이 싸움에도 무슨 사상이 있다면 그건 아마 그 눈이 먼 시샘과 미움과 잔학성들이 제멋대로 놀아난 굿잔치판을 꾸며준 그 무지와 맹목의 멍석깔이 사상이라고나 해야 할는지…[4]

『자유의 문』에서도 전쟁 경험의 여파는 소설 전체에 드리워져 있다. 국군으로 복무했던 '백상도'에게 전쟁은 이름만 남은 죽음들(171쪽)이나 죽음의 자리를 몰랐던 젊은이들, 가짜 유골함으로 돌아온 이들로 상징되는 "뜻없는 줄죽음"(177쪽)의 비극이었다. 전쟁을 순서도 의미도 없는 죽음의 행렬로 보는 인식은 인간의 삶에 대한 피할 수 없는 허무감을 불러오는데, 이후 '백상도'의 삶 전체를 채우는 무드가

---

3. 이청준, 『자유의 문』, 문학과지성사, 2016, 177쪽.
4. 같은 책, 185~186쪽.

된 그 허무감은 그의 삶에 대한 태도를 결정하는 결정적 동력이 된다.

공동체 내에서 '백상도'의 가족이 참화를 겪게 되는 상황을 전하면서 작가는 사람들이 제정신을 잃고 마는 사태, 무지와 맹목, 증오심과 질투심만 판을 치게 되는 상황, 눈이 먼 시대의 억울한 희생이 넘치는, 인간을 더 이상 인간이라 부르기 어려운 상황이 어떻게 극복될 수 있는가, 그러한 상황에서의 탈출은 가능한가를 묻는다. 그 답안 찾기와 관련해서 전쟁이라는 미친 소용돌이 속에서 자신의 가족이 몰살되었음을 알게 된 '백상도'가 귀대 후 신의 세계로 진입하는 장면은 주목을 요한다.

전쟁의 참상이 미처 수습되기 전인 1953년에 신학교에 들어가 목사를 지망하게 된다는 것은 무엇을 의미하는가. 현실 세계에서 겪는 전쟁의 참상 자체와는 차원을 달리하는 지점, 관념으로서의 전쟁에 보다 관심을 기울이는 작가는 신과 종교의 문제에 대해서도 작가 식의 이해법을 분명히 한다. 『자유의 문』에서 신이나 종교는 신에 대한 믿음 혹은 서로 다른 신을 두고 형성된 서로 다른 믿음의 길을 뜻하지 않는다. 작가식 이해법에 따르면, 신이나 종교는 인간의 차원을 넘어선 영역을 가리키지만, 그것은 선험적 절대자의 얼굴로 선재하지 않는다.

어찌 보면 그것은 그 주님에의 믿음을 위하여 인간에의 믿음을 버리는 일처럼도 보였다. 자신의 이름으로는 아무것도 증거할 수 없고, 자신에게로 돌아갈 수도 없음은 곧 인간에의 길을 닫아버리는 것뿐 아니라, 바로 그 인간에 대한 믿음과 인간 자체를 부인하는 것과도 같았다. 하지만 이곳에서는 그것이 진정 인간을 위해 행하고 세상을 움직여나가는 정결스런 힘으로, 그 인간의 삶의 마당으로 돌아가는 길이었다. 그것은 누구보다 세례자 요한의 길을 숭상하고 그것을 전도의 교리로 삼고 있는 이들 교회(그것은 차라리 하나의 교단이라 할 수 있었다)의 절대계율이었다.[5]

『자유의 문』에서 전쟁과 종교는 이청준식의 전쟁과 종교이며, 그 것은 인간과 인간 너머의 차원에 대한 대결로서 그려진다. 소설에서 전쟁 경험의 여파에 대한 탐색이 신념 체계로서의 종교에 대한 것으로 대체될 수 있는 것은, 이청준의 소설세계 속에서 전쟁과 종교가 욕망하는 인간의 다면에 대한 포착으로서 인식되고 있기 때문이다. 전쟁이든 종교든 그것들은 소설에서 인간에 대한 이해로부터 발원되는 것이자 그 이해가 가닿아야 할 것으로 상정된다. 이렇게 보면 '주영훈'의 이야기와 '백상도'의 이야기의 대결은 그들의 인간에 대한 이해의 대결이자 충돌인 셈이 된다.

구원과 실천 : 개인의 이름으로, 익명의 개별자로

『자유의 문』에서 이루어지는 인간 탐구는 인물의 전쟁 경험에서 시작되며 무엇보다 인간에 대한 관념적 이해에서 시작된다. 그렇다고 그 인간 탐구가 전적으로 관념적 차원에서만 전개된 것은 아니다. 흥미롭게도 '백상도'의 삶으로 구현된 인간 탐구는 사회의 가장 낮은 곳에서 이루어지는 구원과 실천의 형태를 띠었다. 사회의 불의가 개인의 이해타산을 넘어선 자리에서 정의의 이름으로 응징되며, 무엇보다 부두하역장, 간척사업장, 도로공사나 댐공사 현장, 탄광촌처럼 더 이상

---

5. 같은 책, 207~208쪽.

밀릴 수 없는 데까지 밀린 이들이 모여드는 사회의 가장 낮은 곳이 들추어졌다.

소설은 '백상도'를 통해 ('정완규'의 이름으로) 인간임을 망각한 사람들의 삶 깊숙이 개입하고 구원을 위한 실천의 의지를 보여주었다. 갖은 속임수와 책략에 의한 악랄한 착취가 지속되는 간척사업장과 "사고와 노름질과 술판과 계집질, 거기에 부랑자들의 주먹질, 노략질, 사기행각들이 곁들여"(233쪽)지는 탄광촌에서 실천적 인간 탐구를 실현하고자 했다. 소설은 '백상도/정완규'를 통해 "한마디로 죄악과 절망이 난무하는 무도장"(233쪽)의 면모, 특히 사람의 목숨값을 판돈으로 노름과 내기를 일삼는 비-인간의 면모와 인간의 가치에 무심하게 만드는 그와 같은 중독적 삶의 비극적 풍경을 상세하게 다루었다.

구원자로서의 삶이 실패했음을 증명하는 사례로 환기되고 있음에도, 고발적 성격이 강하게 드러나는 탄광촌 사람들에 대한 보고에 집중해보자면, 얼핏 익명의 구원자로 산 이들의 삶과 그 삶으로 구현된 구원 행위에서 1970~80년대 진보신학의 이름으로 이루어졌던 인권운동이나 산업선교 혹은 위장취업을 통해 노동현장에 뛰어들었던 학출들의 실천적 삶까지 연상하게 되는 게 사실이다. 그럼에도 엄밀하게 말하자면, 『자유의 문』이 환기하는 탄광촌의 면모는 산업선교나 노동운동에서의 그것과는 좀 다른 결을 지닌다고 해야 한다. 어쩌면 이 미묘한 질감의 차이에 구원자의 삶이 끝내 실패로 귀결한 근본 원인이 놓여 있는지 모른다.

의도와는 무관하게 소설에서 사회의 가장 낮은 곳의 일상은 전쟁이 불러온 참혹한 현실과 그리 다르지 않은 것으로 다루어진다. 인간임을 망각한 삶이란 제정신을 잃고 이기심이나 증오심, 끝나지 않을 복수심의 소용돌이에서 헤어나지 못하는 삶이며, 이런 삶은 전쟁이 끝난 후에도 인면수심의 상태를 사는 지금 이곳에서 지속되거나 반복되고 있다는 것이 작가의 판단이다. 소설에 의하면 간척장이나 탄광촌의 풍경은 전쟁이 야기한 인간 상실의 풍경을 재현하는 것과 다르지 않다.

이러한 이해법은 현실에 대한 관념화된 인식의 결과로 오해되기 쉽다. 하지만 그 이해법은, 역사적 조건과 상황적 맥락을 최소치로 소거하고 그 내부의 인간에 대한 관심을 최대치로 확장할 때 좀 더 분명한 정당성을 확보하게 된다. 말하자면 현실을 인간과 그를 둘러싼 조건(환경) 즉, 인간-자연의 구도 속에서 이해하고 그 중심에 인간을 놓게 되면 전쟁의 참혹상과 인면수심의 탄광촌 풍경은 흡사해지거나 동일해질 수 있는 것이다. 여기에 작가의 현실 이해의 핵심이 놓여 있다고 해야 하는데, 작가의 현실관에 의거해보면, 소설에서 세계의 구원이 개인의 이름으로, 익명의 개별자의 형태로 이루어지는 사정에 대한 이해가 가능해진다.

『자유의 문』에서 사회의 가장 낮은 곳에 대한 구원적 실천이나 소설적 개입은 철저한 개별자의 이름으로 이루어진다. 이청준은 이데올로기의 광풍에 휘둘리지 않고 인간으로서의 자존감을 포기하지 않으며 거대 권력에 쉽게 굴복하지 않는 존재와 그가 행하는 두려움 없는 행위에 찬사를 보내왔다. "종종, 함께 싸우고 함께 이루어내는 일이 역사의 이름으로 행함인 데 비하여, 혼자 싸우고 이루어나가는 일은 작고 외로운 대로, 그의 인간의 이름으로 해서인 때문"에 자유인의 초상에 찬사를 보내며 『자유의 문』이 그런 이를 위한 소설임을 밝힌 바 있기도 하다.[6] 이러한 이청준의 작업의 의미는 여전히 유효하다. 그러나

6. 이청준, 「자유인(自由人)을 위한 메모」, 『자유의 문』, 나남, 1989, 8쪽.

짚어보았듯, 그 의의는 역사적 조건과 상황적 맥락 속에서 다소간 조정될 필요가 있기도 하다.

신학교 출신인 '최홍진'과 '유종혁'은 왜 자신의 이름과 그 이름으로 스스로의 존재를 입증할 수 있는 세계를 버리고 '최병진'과 '유민혁'으로 살아갔는가. '백상도'가 자신의 이름을 버리고 '정완규'로 살면서 간척사업장, 차부의 검표원, 탄광촌을 전전한 이유는 무엇인가. 왜 그들은 이름을 지운 채 세계의 구원자가 되어 흔적 없이 사라지는 길을 자처했는가. 세속의 삶을 살면서 정의를 구현하고 세계를 구원하고자 한 그들의 자발적 헌신의 동기는 무엇인가. 소설에서 신학생 가운데 어떤 이들이 왜 불의와 비참으로 채워진 세상에서 익명의 구원자가 되고자 했는가는 뚜렷하게 밝혀지지 않는다. 그런데 따지자면, 그런 삶이 그것을 선택한 이들에게 쉽게 허여되는 것도 아니었다. '최병진'의 외로움을 위로하며 자살 직전에 남긴 '유민혁'의 유언성 쪽지 ─ 쪽지의 내용은 다음과 같다. "형제여! 외로워하지 말라. 그대의 무죄함을 내가 먼저가 주님께 고하리라. 그대가 자임한 큰 죄의 참 죄인을 내가 일찍부터 알고 있은즉"(101쪽) ─ 가 입증하듯, 그들이 존재 증명에의 내밀한 욕망까지 비워내기는 쉽지 않았다. '백상도'의 사례는 자발적 선택에도 불구하고 그들의 삶이 '끼인' 삶으로, 즉 익명의 삶을 살지도 구원자로서의 삶을 완수하지도 못한 채 끝나게 될 것임을 암시하기도 한다.

『자유의 문』은 그들의 선택 동기를 다루지 않는다. 자발적 헌신의 동기는 소설적 관심사가 아니다. '백상도'를 통해 소설은 선한 목적이 교조적 이념이 되어버린 장면에 주목한다. 이런 점에서 『자유의 문』은 선한 이념은 없다는 인식과 그런 이념에 의거한 선한 행위의 필연적 실패를 전면적으로 다루는 소설이기도 하다. 그러나 관점을 달리하자면, 그들의 구원 행위의 실패보다 중요한 것은 그들에게 자발적 헌신을 선택하게 한 역사적 맥락과 상황적 조건이 아닐 수 없다. 맥락과 조건 즉, 환경과의 영향 관계에 비교적 무심한 『자유의 문』이 그들의 현실에 대한 교정과 구원에의 열망에서 실패만을 예견하게 되는 것은 어쩌면 당연하다고 해야 하는데, 작가 이청준이 조형한 구원자들과 그들의 실천적 행위의 실패는 철저하게 그 시대와의 상관성 속에서 되짚어져야 한다.

인간중심주의의 시대적 소임

그러니 이제 되물어져야 한다. '최병진' 사건을 추적하던 '양기자', '유민혁' 사건을 조사하던 '구형사', 탄광촌의 현실을 고발하려던 '성기자'는 왜 '백상도/정완규'에 의해 살해되어야 했는가. '백상도'의 연쇄적 살인 행위는 어떻게 이해되고 판정되어야 하는가. 왜 신의 뜻은 범죄의 형식으로 구현되어야 했는가.

"하긴 그건 어쩌면 어르신의 허물이기보다 어른신네 교회의 그 도저한 교리, 계율의 운명 탓인지도 모르겠습니다. 굳이 신앙적인 교리와 상관이 되지 않는 경우라 하더라도 그에 비견할 혹종의 신념체계란 그 속성이 거의 다 그러니까요. 어떤 신념체계든 그의 습득 과정엔 우선 정보의 일방성과 반복성이 절대적이거든요. 어른께서 그 기나긴 기도 속에 세상과 연을 끊고 오로지 실천선과 절대선에의 길, 주님에의 길만 몰입하셨듯이 말씀입니다. 그 동기가 어떤 개인이나 소수에서 비롯됐든, 하나의 신념체계가 우리의 현실적 삶에의 주장이 되려면 그 신봉자들에 대한 자기 확신과 침투, 일사분란한 집단화에의 과정이 필요하게 되지요. 그에 따라 그의 신봉자들을 위한 집단적 행위의 계율을 마련해나가게 마련이구요. 뿐더러 어른께서도 이미 경험해오셨듯이, 그렇게 일단 사람들 가운데에 명분과 입지를 마련한 신념체계는 서서히 그 같은 자기 체제의 유지·강화를 위한 엄격한 독단성과 교조성을 띠면서, 그 목적을 차츰 추상화시켜나가기 예삽니다. 그리고 때로는 행위의 목적보다 그 행위의 계율이 더 높이 존중되고 강화되어가기도 하구요, 그런데 문제는 그 행위의 계율이 행위의 목적을 완전히 압도하고 나설 경웁니다. 행위의 계율이 목적을 압도하기 시작하면, 그 집단의 신념체계도 이젠 하나의 교조적 계율체계로의 변질이 불가피해지고 마니까요. 목적의 추상화에 따른 일방적 맹목화, 행동의 집단화에 따른 계율의 절대화⋯그런 과정 위에 그 신념체계는 일테면 일종의 집단 이데올로기로서의 특성을 갖추어가게 된다는 말씀입니다. 그런데 그 집단 이데올로기의 가장 큰 특성이 무엇입니까. 오히려 당연한 일일지도 모르지만, 우리 삶에서의 개별성의 부인, 바로 그것 아닙니까. 그리고 우리들 개개인의 삶에 대한 사랑과 그의 독자적 진실성의 부인, 혹은 폄하와 죄악시 — 그것 아니겠습니까. 다시 말해 하나의 집단 이데올로기로 변질된 신념의 체계에선 어떤 개인이나 그 개별적 삶에 대한 사랑이 깃들 여지가 없다는 말씀입니다. 집단의식과 신념의 거대한 흐름 앞에, 그 준엄한 행동의 계율 앞에 그것은 한낱 예외적인 사안으로 도외시될 뿐이지요. 한다면 그 예외적인 개인, 아니 우리 삶 전체의 기초로서의 개별성, 구체적 실체로서의 모든 개인에게 그 사랑이 없는 신념의 체계나 계율은 무엇입니까. 그것은 우리 삶에 대한 무서운 폭력일 수도 있는 것이지요⋯"[7]

---

7. 같은 글, 293~294쪽. 이는 소설 내 작가의 입을 빌려 전하는 이청준 자신의 입장이기도 하다. "우리의 삶 가운데에 일정한 신념의 체계가 얼마나 값지고 소망스러운 것인지는 새삼스레 이를 바가 없을 것이다. 한마디로 그것은 우리 체험과 지식의 이성적 결정체

어쩌면 작가 이청준이 작중 작가인 '주영섭'의 입을 빌려 『자유의 문』을 통해 전하고자 한 메시지의 거의 전부라고 할 수 있을 위의 발언에 의하면, '백상도'의 범죄 행위에 대한 판정은 분명해진다. 작가 이청준이 '백상도'를 통해 환기하고자 한 것은 이념의 독단성과 교조성이다. 세계 구원이라는 선한 목적이나 대의에 헌신적인 실천 행위에도 불구하고, 끝내 이념이 되어버린 구원의 뜻은 인간의 개별적 삶을 억압하거나 심지어 폭력적으로 소거하는 끔찍한 결과를 낳게 된다. 작가는 인간이 인간을 위해 만들어낸 이념이 결과적으로 인간에게 미치는 영향이 얼마나 참혹한가에 대해 비판한다.

이념의 독단성에 대한 작가의 비판은 전적으로 타당하다. 그러한 비판을 인간에 대한 사유의 진전을 통해, 사건들과 단서들에 대한 해석을 통해 이야기 형식으로 만들어내려는 시도는 고평되어야 한다. 어떤 면에서 『자유의 문』은 '백상도'의 '끼인' 삶이 불러온 질문의 연쇄, 어떻게 인간이 될 수 있는가를 반추한 과정의 기록이기도 하다. 그러

로서 우리 삶을 모양새 있게 떠받들어주는 정신의 지유요, 이 사회를 이끌어가는 가치관의 근거이자 실현력의 연료봉과도 같은 것이다. 그것이 없는 삶이나 사회는 어떤 지향의 목적이 있을 수 없는 동물적 본능계의 혼동상을 빚게 될 것이다. / 하나의 신념체계에는 그러므로 그만한 정신의 넓이와, 이 세계와 삶에 대한 탄력적이고 광범위한 이해를 요구한다. 이는 보편적 삶과 보편적 세계에 대한 우리의 보편적인 이해와 가치관 위에서라야 비로소 신념다운 신념의 생산적인 체계가 창출될 수 있으며, 그 삶과 세계에 대한 이해의 범위에는 앞서 두 예화들에서 볼 수 있는 바 우리 인간의 비극적 생존조건과 정신의 한계에 대한 뼈아픈 성찰, 그로부터의 연민·사람의 자각 단계까지도 넓게 포함되어야 한다는 이야기다. / 그렇지 못할 경우, 어떤 검증 과정도 거치지 않은 짧은 지식과 피상적이고 단순한 인간의 이해 위에 함부로 급조된 신념체계, 더욱이 어느 개인적인 삶의 실현방편이나 특정집단의 목적성취의 수단으로 날조된 독선적·배타적·맹목적 신념체계(그 실은 온전한 신념의 체계라기보다 허황스런 아집의 자기주장과 방어의 궤계[詭計]에 불과할 터이지만)들은 그 개인과 집단 밖의 대다수 사람들의 삶이나 이 사회에 대해 어떤 기여는커녕 위험하기 그지없는 모험주의를 전파·전염시키거나 혐오스럽고 파괴적인 집단성 폭력만을 횡행시킬 뿐일 것이다." 이청준, 작가후기 「죽음 앞에 부르는 만세소리」, 『자유의 문』, 열림원, 1998, 281~282쪽.

나 이런 질문과 반추, 이념적 독단성에 대한 비판이 타당함에도 불구하고, 앞서 지적했듯, 이야기 전개와 논리적 판정의 근저에 세계의 중심에 철저한 개별자인 인간이 놓여 있으며 인간에 대한 논의가 모든 것의 판정 기준이 된다는 인식이 전제되어 있다.

이러한 인식은 작가 혹은 인물의 전쟁 경험이라는 상황적 맥락을 환기하지 않는다면 정당화되기 어렵다. 바꿔 말하자면 오늘날에는 근본에서 반추되고 성찰되어야 할 인식이라고도 할 수 있다. 인간과 인간 아닌 것의 대립 구도로 세계를 이해하는 방식으로는 소설에서 '주영섭'의 발언을 통해 강조되던 그 '불가시不可視의 영역'에 대한 포착에 이르기 쉽지 않다. '백상도'의 인간-되기 혹은 인간 탐구가 결국 실패로 귀결하게 되는 것은, '주영섭'의 판단과는 달리 ('백상도'에 의해) 도그마가 된 계율이 성찰적으로 검토되지 못해서가 아니라, 소설이 그런 인식의 밑바닥에 깔려 있는 인간중심주의에 대한 성찰까지를 담아내지 못했기 때문이다.

물론 이 실패를 작가 인식의 한계로 치부할 필요는 없다. 『자유의 문』은 인간의 이기심과 탐욕, 증오심과 폭력성을 넘어선 인간-되기의 실패를 보여줌으로써, 바로 이 지점에서 역설적으로 인간이 온전히 개별자인 채로만 존재할 수는 없다는 엄연한 사실을 입증하기 때문이다. 의도와 무관하게 『자유의 문』은 공의와 정의에 대한 논의가 개별자의 차원에서만 이루어질 수 없으며 공동체에 대한 논의로 나아갈 수밖에 없음을 환기한다. 소설에서 백상도를 통해 시도되었던 인간 탐구의 결과적 실패는, 작가 이청준을 틀 짓고 『자유의 문』으로 구현된 하나의 시대인식이 그 소임을 다하고 시대적 한계에 봉착했음을 보여주는 명백한 증거라고 해야 하는 것이다.

5장

포스트 IMF 시대, 누가 취향과 교양을 말하는가

저급하고 조잡하고 천박하며 타산적이고 비굴한, 한마디로 자연스런 기쁨을 부인하는 것, 바로 이것이 문화의 성역을 구성한다. 그리고 이것은 은연중에 세속의 천한 사람들은 영원히 접근할 수 없는 승화된 즐거움, 세련되며 무사무욕하며 대가를 바라지 않으며 우아하고 단순한 쾌락을 누릴 수 있는 사람들이 우월하다는 사실을 재삼 확인해준다. 예술과 문화 소비가 애초부터 사람들이 의식하건 아니건 또는 원하든 그렇지 않든 사회적 차이를 정당화하는 사회적 기능을 하게 되는 것은 바로 이 때문이다.

— 피에르 부르디외,『구별짓기』

취향이라는 문턱

　한국사회에 신분제가 남긴 위계구도의 흔적과 경제적 불평등이 한국전쟁을 계기로 일거에 해소된 사정은 역사의 아이러니라 할 만하다. 전쟁 통에도 주어진 운명을 바꾸는 예측 밖의 삶이 없지 않았겠지만, 전쟁 이후를 사는 대개의 삶이 전락을 경험해야 했고 그간의 삶의 기반을 상실한 채 빈곤으로 평등한 사회의 일원이 되어야 했다. 평등사회라 할 만한 이 역설적 백지상태가 사회의 대대적 재편의 소용돌이 속에서 자신의 능력으로 신분 상승을 꾀할 수도 있다는 성공 담론을 형성하고 학력자본의 가치를 권장하는 시대를 불러오기도 했다. '하늘은 스스로 돕는 자를 돕는다'는 식의 근면하고 성실한 태도와 노력을 고평하는 '자조론'self-help이 유행하고 '개천에서 용 나는' 한강의 기적이 손에 잡힐 듯한 미담으로서의 힘을 발휘하게도 했다.

그러나 계층적 격차가 세대로 유전되고 그 연쇄의 인력이 강고해진 오늘날은 말할 것도 없이, 전쟁 이후 근대화에 힘입어 급격한 사회변동을 겪었던 1960~70년대에도 신분 상승은 상상만큼 흔한 일이 아니었다. 학력자본이 아니라면 계층 간 간극은 쉽게 좁혀지지 않았고, 그나마도 좁힐 수 있는 것은 경제적 격차에 해당하는 것이었다. 1960년대 사회변동의 열린 가능성과 신분적 제약에서 벗어난 개인의 발견이 만들어내는 낭만적 사랑의 신화를 집합감정으로 포착했던 청춘영화 〈맨발의 청춘〉(1964)[1]이 보여주었듯, 전쟁으로 깡패가 된 청년과 외교관 딸 사이의 사랑을 가로막은 것은 경제적인 제약 그 이상의 것이었다.

영화에서 여주인공 '요안나'의 가족이 그들의 사랑을 반대하면서 청년 '서두수'에게 전한 반대의사의 전언은 흥미롭게도 청년을 집으로 초대하고 차린 서양식의 식탁으로 가시화되었다. 청년에게 손의 청결을 위해 마련된 식전 물이나 순서와 용도를 알 수 없는 식기구들은 좁힐 수 없는 계층적 간극을 실감하게 하는 문턱이었다. 실질적으로 여주인공의 가족이 청년에게 환기한 것은 물잔과 술잔을 구별하고 음식에 따라 적절한 식기구를 사용하는 능력이나 서양식의 식사법 자체가 아니었다. 청년을 서양식 식탁 앞에 세운 것은 청년의 교양 없음을 질타하기 위해서였다. 여주인공의 가족은 식탁 위에 놓인 식기구의 적절한 용도를 모르는 것이 밥상에서 후루룩 소리와 함께 국을 들이켜는 행동처럼 예의 없고 교양 없는 행위임을 청년에게 우회적으로 알리면서 계층 간 간극을 수치로서 실감하게 했다.

---

1. 김기덕 감독, 〈맨발의 청춘〉, 신성일·엄앵란 출연, 1964.

계층 간 차이는 이렇듯 교양의 유무로 달리 이해되기도 하는데, 〈맨발의 청춘〉에서의 교양이라는 이름의 서양식 식사법도 계층적 '구별짓기'를 위한 기호로서의 의미를 갖는 것이다. 따라서 계층 구조의 하단에 놓인 이들은 결코 그 문턱을 넘을 수 없다. 문턱의 효용은 차이를 만들어내는 데 있으므로, 문턱의 실질적 내용물은 필요에 따라 언제나 새롭게 구축될 수 있다. 결과적으로 계층적 위계 구조 사이에 놓인 그 문턱은 언제까지나 넘을 수 없는 문턱이자 차이로 남게 되는 것이다.

교양이라는 알리바이

하위 계층의 시선 앞에 놓인 '문턱'이 계층 간 '차이'라면, 문턱의 다른 이름을 '문화'라 칭하는 것도 가능할 것이다. 취향이 보다 개별적인 선택의 가능성을 열어둔다면, 문화는 집합적 취향이라는 면모를 취하게 될 터인데, 이를 부르디외Pierre Bourdieu식으로 문화실천과 학력자본, 출신계급 간의 밀접한 상관성 속에서 이해해 봐도 좋을 것이다. 부르디외는 교육에 의해 형성되고 취향으로 착색되어 이미 교양이 구비된 상태를 일러 문화로 보았고, 문화를 교양화 과정과 동일시하기도 했다.[2] 따지자면 1960년대 프랑스 사회를 대상으로 한 그의 연구는 시대적, 공간적 차원에서 재조정될 필요가 있기도 하다. 관점 사이의 불일치의 지점이라 해야 할 칸트 미학에 대한 부르디외의 해석은 재검토되어야 하는 것이다.[3] 그럼에도 문화실천과 출신계급의 상관성이나

---

2. 피에르 부르디외, 『구별짓기』, 최종철 옮김, 새물결, 2005, 37쪽.
3. Tony Bennett, "Culture, Choice, Necessity", *Poetics* 39, 2011, pp. 530~546.

학력자본이 갖는 유의미성과 이를 토대로 한 문화자본의 불평등한 배분에 관한 부르디외의 통찰 자체에 이의를 제기하기는 어려울 듯하다.

계급과 문화의 긴밀한 상관성 이면에 놓인 이데올로기를 들여다본 스웨덴 영화 〈퓨어〉(2010)[4]가 단적으로 보여주듯, 어느 날 유튜브 YouTube를 통해 모차르트의 레퀴엠을 접하고 그 아름다움에 빠져들면서 그간의 자신의 삶의 방식과 결별하고 음악에 대한 순수한 열정을 불태운다 해도, 하위 계층의 열정은 그들 자신의 것으로도 순수한 것으로도 결코 인정받지 못한다. 클래식 음악에 빠져든 여주인공 '카타리나'가 콘서트홀을 방문하는 일이나 음악회에서 황홀경을 경험하는 일은 남자친구에게 의탁하지 않고서는 노숙 외에 살길이 없는 하류층 여성을 바라보는 시선 속에서 그저 '이해될 수 없는 것'으로 치부될 뿐이다. 말할 것도 없이 클래식 음악을 향한 그녀의 순수한 열정은 상류 계층에게도 취향이자 교양으로서 승인받지 못한다.

영화 〈퓨어〉는 고급문화에 대한 그녀의 열정을 '순수하고 아름다운 것'에 대한 열정이자 '상류 계층의 고급한 것'에 대한 갈망으로, 그 사이에서 줄타기하는 충동이자 균열을 내장한 복합적인 것으로 다룬다. 영화는 끝내 그녀의 열망이 갖는 복합적 유동성의 의미를 확정 짓지 않는다. '순수하고 아름다운 것'에 대한 열망을 자신이 속한 계층에 대한 거부이자 신분 상승에의 열망에서 분리해내지 않는다. 영화는 고급문화를 기준으로 저급문화를 고급한 것의 결핍으로 의미화함으로써, 영화의 배경에 '고급/저급' 문화의 위계적 구조를 은밀하게 배치한다.

---

4. 리사 랑세트(Lisa Langseth) 감독, 〈퓨어〉, 알리시아 비칸데르(Alicia Vikander)·사무엘 프뢸레르(Samuel Fröler) 출연, 2010.

영화는 문란한 삶과 대중문화를 하위 계층의 것이자 천박한 것으로 인식하는 시선에 어떤 교정도 가하지 않고, 하위 계층의 문화에 대한 뚜렷한 관심을 드러내지도 않는다. 그렇다고 영화가 그 위계구조 자체에 아무런 관심도 드러내지 않는 건 아니다. 사실상 영화는 '카타리나'의 열망을 '순수하고 아름다운 것'에 대한 취향이나 교양의 이면을 폭로하는 기제로 활용한다. 영화는, 클래식에 대한 열정에 사로잡힌 '카타리나'가 콘서트홀에서 임시직을 얻는 행운을 거머쥐고, '순수하고 아름다운 것'으로 향한 통로로 여겨지는 콘서트홀의 지휘자 '아담'에게 빠져드는 과정과, '아담'이 '카타리나'를 유혹하기 위해 카라얀이나 키르케고르 혹은 쇼펜하우어를 수컷의 과시적 장식으로 활용하는 장면을 함께 배치한다. 흥미롭게도 잠시의 일탈적 유흥에서 빠져나가려는 '아담'에게 맹목적으로 달려드는 '카타리나'에 의해 키르케고르의 일절인 '용기만이 살길이다'는 다른 삶을 꿈꾸게 하는 응원의 메시지가 된다. '카타리나'에 의해 비로소 그 말은 종이 위에 새겨진 잉크나 정신의 활동을 자극하는 문장이 아니라 삶을 움직이는 철학 본연의 힘을 가지게 되는 것이다.

키르케고르의 일절이 현실을 변혁하는 동력이 된 바로 그 순간에, '아담'은 '카타리나'의 열정 앞에서 예술과 삶의 불연속성을 환기한다. '아담'은 도서관에서 클래식 음악을 듣고 쇼펜하우어를 읽는 노력을 기울인다 해도 계층 간 간극이 결코 좁혀질 수 없음을 '카타리나'에게 확인시킨다. 이를 두고 아담의 자기기만적 면모가 폭로된 장면이라고 말해도 좋다. 허위의식을 두른 '아담' 자신은 고급문화나 까다로운 취향이 열정만으로 획득될 수 없음을 '카타리나'에게 확인해두었다고 여길 수 있지만, 사실 '아담'이 드러낸 것은 계층적 정당화에 동원되는 고급문화라는 이데올로기의 맨얼굴이자 사회적 불평등의 재생산에 기여하는 고급문화의 교묘한 술책이다. 영화 〈퓨어〉는 문화가 계층 간 간극의 해소 불가능성을 정당화하는 알리바이로써 활용되는 장면을 보여주면서, '순수하고 아름다운 것'을 둘러싼 상류 계층의 허위의식을 폭로한다.

모방 충동과 차이화 : 중산층의 계급적 정체성

학력자본이 미학적 취향을 몸에 새길 수 있는 능력을 증폭시킨다는 사실은 한국사회를 두고 보더라도 부인하기 어렵다. 교육 기간이 반드시 질을 담보하지는 않지만, 오랜 교육이 미적 취향을 아비투스로서 습득할 수 있을 확률을 높이는 게 사실이다. '문턱'이 종종 뛰어넘기 어려운 계급적 격차를 역설적으로 확증하게 되는 것은, 시간과 노력의 절대치가 학력자본의 획득을 위해 불가피하게 요청되기 때문이기도 하다. 그 존재증명은 *거기*에 투여되어야 하는 시간과 노력에 의해 역설적으로 입증되는 것이다. 종종 계통 없는 독서나 맥락 없는 취향이 교양으로서 승인되지 못하는 것은 그래서다.

유한계급을 논하면서 베블런Thorstein B. Veblen이 언급한 바 있듯, 취향과 교양은 시간과 노력의 투여와 깊은 상관성을 갖는다. "확실히 여기서 중요한 것은 많은 노력과 비용을 들여야만 체면이 구겨지지 않을 만큼 능숙하게 유한계급의 예의범절을 구사할 수 있다는 사실이다. 바꾸어 말하면, 돈벌이나 여타 실용적 목적에 전혀 부응하지 않는 관계나 예의범절을 더욱 능숙하게 구사하고 또 그것들을 고도로 습관화했다는 증거를 더욱 뚜렷하게 보이는 사람일수록, 그것들을 익히는 데 암묵적으로 필요한 시간과 자산을 더 많이 들"이고 "결과적으로는 더 높은 명성을 획득"하게 된다. 그리고 "그러한 예법을 파생시킨

과시적 여가는 예법에 맞는 소비용 물품들을 고르는 법이나 그것들을 예법에 맞게 소비하는 방법 같은 것을 익히는 힘겨운 품행 훈련이나 취미 교육 내지 교양 교육으로" 발전하게 된다.5 베블런의 말을 빌리지만, 취향과 교양은 시간과 노력을 비생산적인 영역에 투여할 수 있는 이들에게 허용된 것이다. '세련된 취미, 예절, 생활습관'이 상위 계급의 일원임의 증거가 되는 것은 이러한 과정을 거쳐서다. 교양계급의 형성을 둘러싼 이러한 메커니즘은 취향과 교양의 습득에 생산성과 노동 효용성을 거부하는 태도가 덧붙어 있음을 말해주는 것이기도 하다.

교양 교육에 막대한 관심을 가지고 있으며 취향에 민감한 계층은 사실 중간층이다. 계층적으로 중간에 놓여 있기도 한 경제적 중간층인 '중산층'이 한국사회에 형성되기 시작한 1970년대의 한국소설이 보여주는 것은, 경제적 부의 획득만으로는 부족한 계급적 정체성 마련의 장면들이다. 한국전쟁이 만든 역설적 평등사회의 일면은 모두에게 신분 상승의 기회가 열린 사회처럼 보이는 착시를 연출했다. 이는 거꾸로 말하자면, 한국사회에 '돈'으로 상징되는 물질적 풍요 이외의 '정신적 사치와 낭비'라는 의미의 계층적 정체성이 희박하거나 없는 것에 가까운 상태였음을 말해주는 것이기도 하다. 베블런이 '치밀한 모방과 체계적 훈련'에 의해 생산되는 교양계급의 형성을 논하면서 덧붙여 언급했듯, 교양계급의 형성 과정은 형식적이고 기계적인 모방으로 인해 기이한 결과물을 불러오기도 한다. 세상에는 속물근성의 발로로 알려진 과정을 통해 중간 과정이 생략된 채 태생과 예법을 날조하면서 이른바 명문가임을 자처하는 수많은 졸부 가문과 혈족이 등장하게 되는 것이다.6

---

5. 소스타인 베블런, 『유한계급론』, 김성균 옮김, 우물이있는집, 2005, 81~82쪽.

전통적 치마저고리가 아니라 양장이 보다 세련된 것으로 인식되었던 근대 이래로, 근대적인 것에 가치 우월적 표지가 덧붙는 후발 근대 국가인 한국에서라면, '속물 교양'이라는 말이 압축적으로 함의하듯, 그나마도 도스토옙스키를 읽어내는 교양과 모차르트에 감동받는 감성도 '의식적으로' 습득된 것이라고 해야 한다. 박완서 초기 단편들 곳곳에서 확인할 수 있듯 한국사회에서 교양과 취향은 사후적으로 만들어져야 하는 것이자 뚜렷한 모방의 대상 없이 그저 상호 모방의 사슬 구조로 이어지는 문화적 획일화로 귀결할 수밖에 없는 것이었다.

처가살이로 스스로 위축감을 느끼던 주인공이 아파트로 분가를 한 후 앞집과의 관계에서 겪게 되는 에피소드를 담고 있는 박완서의 단편 「닮은 방들」[7]이 다루는 것도 따지자면 중산층의 취향이 근본에서 모방충동으로 이루어져 있음에 관해서다. 물론 모방충동은 그저 흉내 내는 것만을 의미하지 않는다. 「닮은 방들」은 주인공이 아파트의 일원이 되어, 알뜰하고 아기자기한 동화 속의 방처럼 꾸며진 앞집 여자네를 흉내 내지만, 그 모방충동에 숨겨진 욕망이 "그 여자네 방보다 더 멋있게 꾸미려"(280쪽)는 것, "결과적으론 겨우 남과 닮기 위해 하루하루를 잃어버"(284쪽)리는 삶이 되어버리더라도 남들보다 조금쯤 잘살게 되는 것으로 향해 있음을 보여준다. 소설은 아파트로 상징되는 근대화의 일면이 분화와 세분화의 이름으로 사실상 문화의 획일화 경향을 부추기고 있는 측면을 드러내며, 획일화를 거부하려는 욕망의 불온성에 주목한다. 그 갈피에서 중산층의 계급적 정체성이 모방과 차이화의 메커니즘으로 이루어져 있음을 은밀하게 폭로한다.

---

6. 같은 책, 82쪽.
7. 박완서, 「닮은 방들」, 『부끄러움을 가르칩니다』, 문학동네, 1999.

천국, 혹은 텅 빈 : 중산층 후속 세대의 몰락

경제적으로 진전된 삶을 살게 된 중산층 1세대 이후의 삶은 어떠한가. 젊은 작가 김사과의 소설은 한국사회에서 그 후속세대가 어떤 난국에 처했는가를 보여준다는 점에서 흥미롭다. 1970년대 소설들이 포착하고 있듯, 학력자본을 획득하고 농촌을 떠나 도시로 진입한 근면하고 성실한 '자수성가' 세대는, 공정하게는 아니라 해도 자기규율 노력을 보상받으며 사회의 주류 쪽으로 점차 한발씩 내딛는 삶을 살아왔다. 김사과의 소설은 중산층 후속 세대의 삶을 통해 그렇게 형성된 중산층이 이제 몰락의 길 위에 놓여 있음을, 그 몰락이 후속 세대에 의해 속도감 있게 진전되고 있음을 홍상수 영화 풍으로 기록한다. "그 여름 케이가 뉴욕에서 경험한 것은 특별한 것이 아니었다. 그것은 경제적 자유주의의 확산과 인터넷의 발달로 인해 서양과 일부 아시아 국가의 중산층 젊은이들 사이에 퍼져나간 삶의 양식으로, 전후 부흥기가 남긴 마지막 한 조각의 케이크였다. 즉, 케이를 포함한 이 젊은이들은 20세기에 대량생산된 중산층의 마지막 세대, 혹은 몰락하는 중산층의 가장 첫번째 세대였다."[8]

마약과 파티로 점철된 세계, 현실의 쓴맛을 피할 수 있는 그 세계가 바로 천국이라 여기는, 진보와 성취의 가능성이 희박해진 세대의 일원인 '케이'는 모방충동의 무한 루프가 만들어낸 문화가 그저 텅 빈 가짜일 뿐임을 알고 있음에도, 「닮은 방들」의 그녀들처럼 부러워하거나 분노하면서 모방도 불가능한 모방을 꿈꾸는 것 외에 중산층의 불안에서 벗어날 가능성을 발견하지 못한다. 그러니까 그들은 "대체로

---

8. 김사과, 『천국에서』, 창비, 2013, 91쪽.

서울 시내의 대학에 재학 중인, 서울에 살거나 혹은 지방에서 상경한 중산층 젊은이들. 요약하자면 소시민 그 자체"로, "자신을 둘러싼 소시민들을 바라보며 그들과 똑같이 취급될까봐 불안해하면서도 한편으로는 그 안락한 소시민의 세계에서 탈락할까봐 조마조마해"(95쪽)하는 그런 존재들일 뿐이다.

작가는 '케이'의 입을 빌려 중산층과 그 후속세대를 두고 다음과 같이 자조한다. "그 소시민적 불안을 잠재우기 위해 그들은 무엇을 했는가? 그들은 취향을 선택했다. … 촌스럽고 돈밖에 모르는, 하지만 그렇다고 부자가 될 재능도 용기도 없는 소심한 사람들의 세계. 모든 것을 타인의 눈을 통해 선택하는 사람들의 세계. 유행하는 노래를 듣고, 유행하는 텔레비전 쇼를 보고, 유행하는 정치적 입장을 지지하는 멍청이들"(95쪽). 『천국에서』는 마약과 파티로만 채워진 날들을 살고 있지만 그 가짜 달콤함을 벗어나서는 한순간도 자신의 공허를 견딜 수 없는 세대들, '이미 완벽하게 일회용이 되어 버린 파산한 삶을 외면하지 못하고 값싼 즐거움으로 도피하고 있으면서도', "여전히 자신에게 선택권이 있고, 자신이 무언가를 선택했다고 믿"(95쪽)는 이들, 모든 것으로부터 거리를 유지하는 냉소주의가 아니고서는 순식간에 붕괴될 텅 빈 삶을 그저 버틸 뿐인 이들을 통해 중산층 후속세대들의 몰락을 들여다본다.

요즘 써머의 페이스북은 각종 아트 파티에서 제시와 함께 찍은 사진으로 가득했다. 케이는 부러웠다. 사진을 넘기는 동안 점차 부풀어오른 그 부러움은 결국 분노로 이어졌고, 하지만 그러다 문득 그 모든 게 아주 먼, 자신과는 아주 먼 일로 느껴졌다. 하지만 다시 부러움이 되돌아왔고, 그것은 더 크게 부풀어올라 다시 분노로 이어져…이게 요즘

케이가 써머의 페이스북을 방문할 때마다 반복되는 심리상태였다.[9]

이따금 케이는 과외를 하며 엿보게 된 돈 많은 사람들의 일상에 대해서 지원에게 말해주었다. 그들이 사는 집이 어떤지, 어떤 대화를 하는지, 냉장고에는 뭐가 들어 있는지, 어떤 옷을 입고 무엇에 어떻게 돈을 쓰는지. 지원은 처음에는 놀라워했고, 그 다음에는 화를 냈고, 그리고 체념한 채 우울해하며 다시는 그런 이야기를 하지 말기로 약속했으나 그 약속은 잘 지켜지지 않았다.[10]

'케이'가 되고 싶은 '경희'와 '세련되게 젊음을 탕진하는' 백인 여자애 '써머'의 삶 사이에 계급적 문턱이 있음을, '잠실' 사는 중산층이었다가 잠깐 전락해서 인천으로 밀려난 경험이 있는 '케이/경희'와 애초부터 밑바닥 삶을 살았던 옛 친구 '지원' 사이에 넘을 수 없는 계급적 문턱이 있음을 보여주면서, 소설 『천국에서』는 그런 '문턱' 따위는 쉽게 넘을 수 있는 것이라 '말하는'(그러나 깊은 내면에서 진심으로 그렇게 '생각하지는 않는') '한경희'의 허위의식에 그녀 스스로 대면하게 한다. 넘을 수 없는 계급적 문턱의 존재를 세련되게 인정하고 나면, 그녀는 영원히 계속될 듯한 완벽한 평화로운 풍경 속 주인공이 될 수 있다. 이미 몰락은 시작되었고 모든 것이 무너져 내렸음에도, 이곳에서 자신의 진짜 행복에 관해 묻지 않고 평화로운 풍경 안에 있기 위해 무엇을 잃어버렸는지 생각하지 않는다면, 그녀에게 일상이 바로 천국이 될 수도 있다. 이 모든 것이 가짜일 뿐임을 견딜 수만 있다면.

---

9. 같은 책, 99쪽.
10. 같은 책, 272쪽.

소설은 그녀에게 이 모든 것이 허위의식일 뿐임을 스스로 알게 하고 다른 선택의 가능성을 찾게 한다. 『천국에서』가 한국 중산층 몰락의 보고서 이상의 의미를 갖게 되는 것은 허위의식 앞에서의 그녀의 선택 덕분이다. 소설은 '케이/경희'가 취향과 문화로 아름답게 포장된 계급적 허위의식 사이를 뚫고 달려가는 것으로 끝을 맺는다. 그녀의 선택을 탈주라 불러도 좋다면, 그것은 뉴욕발 뉴스가 그녀에게 어떤 선택을 촉구했다는 점에서일 것이다. '케이'는 연이은 충격 사건에 뒤이어 밀반입한 총기를 소지한 청년들이 검거되었고, 그 가운데 한 청년이 뉴욕에서 함께 시간을 보냈던 '댄'이었음을 알게 된다. 그 소식을 접하면서 '케이/경희'는 '댄'의 것과 다르지 않을, 출구를 찾지 못하고 부풀어 오르던 자신 내부의 순수한 분노와 적의를 문득 알아채게 된다. 뉴욕시의 시장을 저격할 예정이었는지 증권거래소에서 테러를 벌일 예정이었는지도 확실하지 않았으며 성공 가능성도 거의 없었던 사건을 계획한 '댄'의 허술하고 안이한 시도가 그러했듯, '케이/경희'의 허위의식에 대한 도전의 결과에 마냥 희망을 걸 수는 없다. 내내 확인해왔듯이 계급적 위계를 세련되게 가린 덮개를 들추고 보면, 취향의 이름이든 문화의 얼굴이든 거기서 만나게 되는 것은 언제나 새롭게 만들어지는 문턱, 유연하면서도 강고한 차이화의 술책이기 때문이다.

'지원'에게로 달려가는 '케이/경희'는 무엇을 할 수 있을까. 거기에는 어떤 새로운 길이 만들어질까. '댄'의 기획만큼 즉흥적이고 허술하며 뚜렷한 방향성을 갖지 못한 것이기에, '케이/경희'의 선택이 야기할 어떤 성공적 결과를 낙관하기는 어렵다. 그럼에도 평화로운 풍경을 찢고 바깥으로 나아가고자 한 그녀의 선택을 응원하지 않을 수는 없다. 적어도 그것은 영화 〈퓨어〉의 '카타리나'만큼이나 아니 그보다 더 온몸을 건 계급 간 경계로의 돌진이자 알 수 없는 미래로의 투신이기 때문이다.

취향의 없음, 혹은 하위자의 취향에 대하여

「닮은 방들」이나 『천국에서』에서 계급적 취향이 만들어지는 과정이나 〈퓨어〉의 '카타리나'의 열망을 냉소하는 '아담'의 태도가 입증하듯, 문화와 교양의 본질에는 차별화의 욕망이 새겨져 있다. 클래식 음악이 록이나 힙합보다 고급하다는 판단은 클래식 음악이 아니라 그것을 향유하는 집단에 의해 마련되는 것이다. 교양과 취향을 채우는 내용은 유행처럼 끊임없이 몸을 뒤채이고 의식하지 못한 사이에 금세 바뀌는 것이기도 하다. 교양이나 취향은 차이화의 알리바이다.[11]

그런데 이렇게 문화와 교양을 차별화 자체로 놓고 보면, 취향은 끝내 차별화에 의해 배제되는 이들의 것일 수는 없게 된다. 영화 〈퓨어〉로 돌아가 보자. 영화에서 '카타리나'는 결국 시간과 노력을 투여하고 무엇보다 '아담'을 창문 바깥으로 밀어버리는 '용기'를 발휘해 자신이 속한 계층에서 벗어난다. 이를 통해 신분 상승이란 단지 경제적 자산

---

11. 퀴어가 까다로운 입맛을 가지고 있다거나 탁월한 요리 능력을 발휘할 수 있다는 생각이 뚜렷한 근거 없는 차이화의 결과임을 짚고 있는 다음과 같은 우엘벡(Michel Houellebecq) 소설의 일절을 떠올려보아도 좋을 것이다. "허 그건 정말 정말 일급비밀이야, 우리 예쁜이 아가씨. 사실 동성애자들은 애초부터 요리를 엄청 사랑했거든. 하지만 아무도 그런 얘기를 입 밖에 내지 않았지. 정말 다들 입을 꽤 다물고 있었다니까. 그러다가 프랑크 피숑이 미슐랭 가이드에서 별 세 개를 받은 게 결정적 계기가 됐을 거야. 성전환자 요리사가 미슐랭에서 별 세 개를 받아내다니, 그게 정말 확실한 신호탄이 됐어… 그는 술을 한 모금 들이켜더니, 이내 과거 속으로 빠져드는 듯했다. 그는 아주 신이 나서 떠벌렸다. "그다음엔 물론 모두 잘 아는 그 일이고! 장 피에르 페르노의 커밍아웃은 그야말로 모든 걸 뒤바꿔놓은 폭탄이었지!"(미셸 우엘벡, 『지도와 영토』, 장소미 옮김, 문학동네, 2011, 98쪽). 퀴어와 '세련된, 첨단의, 혁신적' 취향의 상관성은 애플사의 CEO 팀 쿡의 커밍아웃의 결과가 말해주듯, 별다른 상관성이 없다. 오히려 그 상관성은 팀 쿡이 속한 사회적 위치에 의해 확정되거나 조율되는 것에 더 가깝다고 해야 한다.

이나 학력자본의 획득만이 아니라 스스로를 모욕하고 경멸하는 시선을 '제거'함으로써 완성되는 것임을, 그것이 상징적이고 실제적 살해 과정에 의한 것임을 냉정하게 보여준다. 바로 그런 점에서 그녀의 '용기'가 만들어낸 것이 과연 '순수하고 아름다운' 세계로의 진입을 의미하는지에 대해 영화 〈퓨어〉는 불편한 앙금을 남긴다. 역설적으로 영화는 '카타리나'의 '순수하고 아름다운 것'에 대한 열망을 통해, 취향이 사회적 위상의 (무)의식적 표현이라는 인식 역시 만들어진 것이자 특정한 계층의 시선에 의해 덧씌워진 것임을 폭로한다.

영화는 계층의 위계가 삶의 수준까지 결정한다는 전제를 '카타리나'의 엄마와 남자친구를 통해 가시화함으로써, 그들의 삶을 쓰레기와 같은 것을 먹고 마시며 듣고 입는 것으로, 통속적일 뿐 아니라 천박한 것으로 만들어버린다. 그런데 '카타리나'에 의해 경멸과 저주의 대상이 된 이 '쓰레기와 같은' 취향에 대한 판정 혹은 그러한 판정을 가능하게 한 기준은, 따지사면 그녀 사신의 것이 아니며 그녀에 의한 것도 아니다. 아무래도 '카타리나'의 선택을 두고 묻지 않을 수 없는 것은, 하위 계층의 취향에 대해 상류 계층 혹은 고급 취향의 부정태로서가 아니라면 그 자체로 실정적으로는 아무것도 말할 수 없는가에 관해서다. 실제로 한 번도 체계적으로 표현된 적 없는 하위자의 문화는 거의 언제나 심지어 그 옹호자들에 의해서도 지배적 미학을 파괴하거나 축소시키는 것으로 이해되어왔다. 그러니 이들에게 통속이거나 ('대중문화'라는 형태로의) 자기파괴적 회복 말고 남은 게 있다고 해도 좋은가.[12]

하위자를 두고 그간 대중 혹은 민중이라는 범주로 그들의 취향과

---

12. 피에르 부르디외, 『구별짓기』, 100쪽.

문화를 발견하려는, 뉘앙스를 달리하는 시도들이 있었다. '고급/저급'의 논의와는 다른 차원에서 취향 논의에 민감도가 높은 계층이 중간층임을 이미 언급했거니와, 한국사회에서 문화적 차이가 논의되고 취향의 집합체인 교양 내부의 계급적 위계에 관심이 모아지기 시작한 때는 중산층이 형성되던 시기와 정확하게 겹친다. 한국에서 1970년대를 거치면서 중산층과 대중/민중 문화에 대한 관심이 폭발하기 시작한 것은 우연이 아니다. 대중사회 이후 출현한 대중의 문화이자 미디어에 의해 만들어진 문화를 대중문화로 보는 관점에는, 대중이 문화적으로 쉽게 조작될 수 있는 존재라는 전제가 은폐되어 있다. 이러한 관점 내부에 '이미자'가 아니라 '남진'을 선택하는 취향들이 다수 내포되어 있었다 해도, 이러한 관점은 하위자의 문화가 결과적으로 촘촘하게 위계화된 계급을 안정화하는 알리바이 역할을 하게 될 것임을 암암리에 전제한다. 아이돌 가수의 노래가 아니라 인디밴드 음악만을 듣는다 해도, 막장 홈드라마가 아니라 마니아를 부르는 완성도 높은 단막극만을 선호한다 해도, '미드'(미국드라마)나 '영드'(영국드라마)만을 선택적으로 시청한다 해도 그 미묘한 차이는 이러한 관점에 의해서는 포착되지 않는다. 그간 이러한 관점이 재고될 때 함께 복원된 것은 '전통'이라는 이름과 연관된 것이었고, 그것은 민속문화나 민중문화로 명명되기도 했다. 대중문화의 통속성과 그 효과로서의 조작성에 저항하기 위한 '대항문화'로서 1980년대를 거치면서 한국에서 풍물, 탈춤 등이 새롭게 고평되었던 사정을 환기해보아도 좋을 것이다.[13]

여기에는 하위자의 문화 생산자로서의 역할, 대중문화 내에서의

---

13. 한완상·오도광·박우섭·석정남·김윤수, 「좌담: 대중문화(大衆文化)의 현황(現況)과 새 방향(方向)」, 『창작과비평』, 1979년 가을호 참조.

취향과 기호의 의미, 하위자의 문화적 정체성에 대한 자기 발화의 가능성 등 다양한 논점들이 산재해있다. 각기 따로 논의되어야 할 만큼 다루기 쉽지 않은 문제들이다. 그런데 이 문제들이 충분히 논의된 이후라면 하위자의 취향에 대해 말할 수 있을 것인가. 계급과 취향의 깊은 상관성에 대한 부르디외의 통찰은, 경제적 불평등이란 문화적으로 포장됨으로써 지속가능한 것이 되며 계급적 위계는 개인의 결단에 의해 쉽게 재편되기 어렵다는 사실을 확인하게 해주었다는 데 의의가 있다. 이러한 통찰은 정치경제적 평등의 실현이 사회문화적 민주주의의 실현과 깊이 연관된다는 점을 재환기해주기도 한다.

그러나 한 개인의 문화적 정체성이 계급적 위계로만 구성될 것을 상정하는 것은 현대사회에 대한 지나치게 단선적인 이해이자 뉴미디어 시대의 전환적 의미에 대한 과소평가가 아닐 수 없다. 계급과 문화의 느슨한 상관성에 대한 사회학적 통찰은 그런 관점이 내장한 단순화의 위험에 대한 주의를 통해 보강될 필요가 있는 것이다. 이렇게 보면 하위자에게 계급적 정체성에 입각한 '단일하거나 일관된' 문화와 취향이 존재할 것이라는 인식적 전제야말로, 하위자의 문화와 취향의 복합적이고 다층적인 국면에 대한 지나친 단순화거나 거친 왜곡이 아닐 수 없다. 문화와 취향이 그저 차이화만을 의미하지는 않는다. 더구나 계급적 경계가 만들어낸 '단일하고 일관된' 문화는 더 이상 없다. 이 점을 누락한 논의는 1970년대와 80년대를 거치면서 엘리트 지식인들이 민중문화라는 이름으로 호명하면서 행했던 그 시행착오를 고스란히 반복하게 될 수도 있다. 따라서 개인의 취향과 계층적 문화 사이에는 꽤 많은 차별적 맥락이 존재한다는 점에도 시선을 두어야 한다. 계급과 취향의 상관성에 대해서는 그 사이에 존재하는 젠더적, 인종적, 지역적, 미디어 차원의 보다 세분된 추가 질문이 요청되는 것이다.

6장

불확정적인 것들

개인, 가족, 속물, 비인간

개인은 어디에

칭찬은 고래도 춤추게 한다. 누군가와 함께 생활을 시작하면서부터 싸우고 이겨야 하는 경쟁 논리를 내면화하게 하는 한국사회에서 유용하고도 맞는 말이다. 한국사회에서는 존재의 가치가 내면에서 발생하지 않으며 오히려 상호 간의 인정 욕망이 존재의 독립성과 자립성을 확보해주는 것으로 이해되는 경향이 많기 때문이다. 그런데 바로 그렇기에 고래도 춤추게 한다는 칭찬은 한국사회에서 씁쓸하게도 매우 폭력적인 말이나 행위가 되기도 한다. 칭찬이 개인의 특이성^{singu-}larity에 대한 인정이기보다 집단 내의 특정인에게 행해지는 차별화의 다른 이름이기 쉬우며, 누군가를 새로운 인간으로 태어나게 하는 칭찬이라는 축복이 다른 이들에게 상대적 절망을 야기하는 저주의 말이나 행위가 될 수 있기 때문이다. 사실상 칭찬의 기이한 역설은 한국사회의 특성과 무관하지 않다. 한국사회에서 개인이라는 말이 본래의 규범적 성격에도 불구하고 온전히 확립된 적이 없는 것은 언제나 개인이 공동체적 가치의 선험적 우선성 속에서 논의되었기 때문이다. 이는 문학계를 포함해서, 폭넓은 의미의 사상계와 문화계를 돌아보아도 크게 다르지 않다.

개인이 공동체와의 연관 속에서 이해되어야 한다는 말은 자체로 는 타당하다. 개인의 범위를 규정하거나 개인의 이름으로 허용되는 영 역에 대한 논의가 전체와의 상관성 속에서 구성되는 것임을 기억한다 면, 온전한 독자성으로서의 개인을 상정하는 것 자체가 잘못된 접근 법일 수 있다. 그럼에도 한국사회는 말할 것도 없이 반영 관계에 놓여 있는 문학계나 사상계에서 개인에 대한 사유가 심도 깊은 국면을 맞 이한 적이 있었는지 묻게 되는 것은, 그간 공동체의 지향이 그 구성원 으로서의 개인을 선규정한 측면이 많기 때문이다. 한국사회는 인권에 대한 감수성이 무딘 편이며 사적 영역 혹은 개별자로서의 인권을 침 해당하는 일에 무심한 편인데, 무딘 감각의 저편에서 공동체의 이익 이 우선해야 한다는 식의 희생 의식이 내면화되어 있는 경우가 많은 것이다. 그리하여 묻게 된다. 한국사회에서 개인은 무엇인가 아니 무엇 이었는가.

재배치 혹은 구성물

개인을 사유한다는 것은 개인과 개인들로 이루어진 집합체의 관 계를 묻는 일이다. 이에 따라 '공동체와 사회'로 구분될 수 있는 집단 자체의 성격 고찰이 우선적으로 요청된다. 느슨하게 말하자면 '개인 들의 집합체'로서의 집단의 성격을 강조하면서 공동체를, 구조적 성격 을 강조하면서 사회를 거론할 수 있지만, 게마인샤프트/게젤샤프트 혹은 공적 영역/사적 영역 등의 개념이 그러하듯, 개념적 구분은 분리 될 수 없는 현상에 대한 편의적·관념적 구별에 가까우며 학술적으로 그 사용 경계는 유연한 편이라고 해야 한다.[1] 개인의 자유를 논의한다고 해도 허용되는 자유의 범위를 두고 적극적/소극적 자유의 구분이 필요하다. 에리히 프롬Erich Fromm의 '~로부터의 자유'가 이사야 벌린Isaiah Berlin에게서 '~을 향한 자유'로 이해될 수도 있을 때, 문제는 더 복잡해진다. 긴 논의를 줄이자면, 중요한 것은, 개인에 대한 논의라는 것이 고정되고 고립된 개인이라는 접근법으로는 결코 시작될 수 없다는 사실이다. 이에 따라 개인은 구성되는 것으로서 이해될 필요가 있으며, 오해를 줄이자면 이때 구성되는 개인은 역사적 맥락 속의 개인이라고 해야 한다.

개인이 근대 전후의 시공간에서 뚜렷한 범주를 마련했음은 대체로 동의된 바다. 그런데 개인의 등장이 곧 '근대적' 개인의 등장으로 이해되면, 개인이 전근대와 근대를 단절시키는 결절점으로 오해될 수 있다. 전근대에서 근대로의 이행의 표지로서 개인의 등장을 의미화할 때, 공동체의 해체와 개인의 등장을 인과론적 선후관계 속에서 이해하기 쉽다. 이러한 이해 방식은 때로 폐기해야 할 것으로 때로 회복해야 할 것으로 공동체를 호명하는 자리에서 매번 확인되듯, 사회의 공동체적 성격을 근대 이전의 것으로 간주해버리게 된다.

발전론적 시간론이 불러오는 부작용이 적지 않지만, 무엇보다 문제는 '공동체나 사회'와 개인을 별개의 분리된 것으로 '이해 혹은 오해'하게 만드는 점이다. 개인의 '등장 혹은 발견'을 '전근대에서 근대로'의 전환기적 현상으로 이해하거나 오해할 때, 근대 이후로 개인에 대한 논의가 매번 새로운 전기를 마련했으며 공동체와의 상관성 속에서 다른 규정력을 확보해왔음을 간과해버리기 쉽다.

---

1. 사회학에서라면 개념과 관련한 좀 더 상세한 구분이 덧붙어야 할 것이다. 여기서는 문학에서의 개인·사회·공동체 문제에 집중한다.

개인의 등장은 공동체에서 개인으로의 이동이 아니라 공동체와 개인의 관계 구조 혹은 그 규정력과 성격이 매번 달라지는 것을 뜻한다. 그 과정은 근대 이전의 사회적 관계망에서 분리된 단독자로서의 개인의 등장인 동시에 개인이 근대적 사회구조 속에 재배치되는 과정이라는 중층적 구도 속에서 이해되어야 한다. 개인과 '공동체나 사회'의 관계가 어떻게 변형되면서 '다른' 개인에 대한 열망과 '새로운' 개인에 대한 규정이 생겨나게 되었는지에 관심을 기울여야 하는 것이다. 개인은, 등장하는 것이 아니라 재배치 결과를 이르는 다른 명명인 때문이다. 따라서 서구적 정의를 개인에 대한 논의의 기준점으로 삼을 수는 없으며, 특정 시기에 구성된 것을 다른 시기에 재배치되고 있는 개인의 면모를 파악하기 위한 원본으로 채택할 수도 없다. 개인에 관한 논의에서는, 특히 과정 즉 맥락적 사유가 강조되어야 한다.

'한국'사회 이해법

'한국'사회의 경험을 특수태로서 강조하던 시절이 있다. 문학계의 흐름에 비추어보자면 '민족문학'에 대한 관심이 높았던 시절과 시기적으로 겹친다. 이후로 한국'만'의 역사적 문맥에서 한국사회의 변이를 이해하는 관점이 세계사적 조망력을 통해 확장되어야 한다는 필요성이 강조되었고, 그런 요청이 한국사회의 전환적 경험에 대한 객관적 조망 가능성을 열어준 것이 사실이다. 나비효과로서의 글로벌리즘의 위력에 대한 과도한 인식이 편만해 있으며, 그 결과로서 한국사회의 경험을 세계사적 경험 속에서 해소시켜버리는 경향이 적지 않은 것도 사실이다. 이에 양자의 관점 사이를 진자추처럼 움직이면서 균형점을 찾아가는 것이 한국사회의 역사적 경험이나 변화에 대한 온전한 평가를 가능하게 하는 길이 아닐까 유추해본다. 그저 중간적 지점을 발견해보자는 발상이라기보다 비판적 시야의 지속적 확보를 우선시하는 태도라고 말해도 좋다. 급변하는 세계사적 문맥을 염두에 둘 때, 스스로를 객관화할 수 있는 거리를 지속적으로 만들어내지 않는다면, 과거로부터 오늘까지 유동적으로 움직여온 한국사회에 대한 보다 실제적이고도 비판적인 검토가 불가능하지 않은가 우려하게 되기 때문이다.

근대, 한국사회, 개인

굴곡 많은 한국사는 공동체의 해체를 여러 차례에 걸쳐 경험했으며 (앞서 언급했듯 맞물린 현상은 아니지만) 이전과는 다른 주체의 등장을 반복적으로 경험해왔다. 한국사회의 변화를 둘러싸고 세 번의 전환국면적 계기를 거칠게나마 거론해볼 수도 있을 것이다. 말할 것도 없이 개인과 공동체의 관계에 대한 전면적인 변화는 세 번의 계기적 국면들과 밀접한 연관을 갖는다. 식민지 경험, 한국전쟁, 외환위기는 한국사회의 전면적 변화를 강제한 피할 수 없는 역사적 사건들이다.

물론 식민지 경험을 두고 보더라도 국권을 상실한 경험과 회복하고자 한 시도들이 가져다준 사회변화의 영향력은 서로 달랐다. 따지자면 상실의 경험보다는 회복하고자 한 쪽, 예컨대 3·1운동 등을 통해 개인과 공동체의 관계를 둘러싼 보다 근본적인 변화가 야기되었다. 해방의 경험이 이와는 전혀 달랐을 것임도 충분히 유추 가능하다. 개인과 공동체의 관계를 재설정하는 계기로서 '신국가 건설'이라는 지향이 전면적으로 혹은 절대적으로 작동한 것은 아닐 것이다. 하지만 식민지를 경험한 시대가 '신국가 건설'과 그 토대로서 경제적·사회문화적 건설이라는 요청에서 자유롭지 못했던 것은 분명하다. 계몽의 주체였던 이광수든 거기에 저항했던 김동인이든 그들이 창조한 문학이 보여주었듯이, 식민지 경험은 민족이나 국가 층위에서 공동체에 대한 상상을 지속하게 만들었다.

그런 상상 방식에 균열이 생긴 계기는 한국전쟁이다. 한국전쟁은 한국사회에서 사회의 불의에 무기력하고 사회적 이슈에 무관심한 개인의 등장을 촉진했다. (지금껏 충분히 언급해왔듯) 한국전쟁을 거치면서 '우리'에 대한 인식은 급격하게 '나'와 '나'의 확장체인 '가족'의 범주로 축소되었다. 전방과 후방이 따로 없던 한국전쟁의 경험은 '생존을 위해서는 무엇이든 할 수 있다'는 인식이 사회 전반에 유포될 수 있는 토대가 되었고, '나'의 생존을 최우선으로 하는 태도는 공동체의 공공적 이슈에 무심한 탈정치적 태도를 야기했으며, 죄의식과 수치심을 상실한 속물적 태도를 불러왔다. 급격한 경제 성장과 함께 속물성은 한국사회의 주류적 특질 가운데 하나로 자리매김되기에 이르렀는데, 이후 경제성장의 둔화와 함께 그 부정적 속성들이 글로벌리즘 시대를 맞이하여 사회문제로서 대두되기 시작했다.

한국사회가 자본의 논리에 억눌린 채 저항은커녕 사회에 대한 지도 그리기 자체가 불가능한 시대에 진입하게 되는 것은 1997년 외환위기를 겪으면서다. 정치의 시대로부터 경제의 시대로의 이행이라는 거대한 전환을 맞이하면서 살아남는 것으로서의 생존 이외에 개인의 범주에 남은 의미가 많지 않게 되었다. 공동체 차원의 보다 심각한 사회문제에 직면하게 되었으나 그 모든 것이 개별적으로 직면하고 견뎌야 하는 불안이나 공포로 처리되어야 할 지경에 이르게 된 것이다. 김훈의 『남한산성』(2007)으로 대표되는 냉소주의와 그것이 불러온 사회의 극단적 동물화·속물화는 한국사회가 공동체에 대한 사회적 상상이 거의 불가능해진 시대로 완전히 진입했음을 알리는 시그널이라 보아도 좋다.

　물론 철저한 수동태로서의 개인 이외의 것을 떠올리기 어려운 와중에도 생존을 위한 보루로서 가족의 의미가 다시 아니 여전히 강조되는 경향을 보여주는 한편 '촛불집회', '용산사태'나 '세월호 참사'에 대한 대응, 희망버스에 이르는 경험의 축적이 가족이나 민족 혹은 국가로만 제한되었던 공동체에 대한 상상에 새로운 틈을 만들어내고 있다. 그럼에도 어떤 경우든 근대 초기로부터 지속되었던 개인에 대한 관심을 점차 부정적으로 인식하게 한 역사적 귀결을 보여준다고 할 수 있다. 현재 우리는 정치경제적이고 사회문화적인 독립체로서의 '개인'으로 존재하기 이전에 생존권을 보장받아야 할 인간으로서의 존재 가능성을 다시 질문할 수밖에 없는 처지에 놓여 있다.

탈-근대와 조각난 개인 혹은 파편들

　물론 한국사회의 눈에 띄는 변화 가운데에서 현실 사회주의 체제의 몰락으로 상징되는 세계사적 전환과 함께 사상계 변화의 소용돌이를 일으켰던 1989년에서 1991년 사이 시간 경험의 중요성을 간과하기는 어렵다. 1990년대 한국문학이 재-발견한 득의의 영역 가운데 하나가 근대적 개인이라면, 그 실체는 낭만적 천재 개념을 환기하는 개성적 존재라기보다 여성, 어린이, 이방인 등에 이르는 계급적·젠더적·인종적 타자들에 가깝다. 1990년대 전후를 거치면서 민족과 국가 혹은 총체적 한국사회라는 공동체적 상상의 폭력성과 직분론에 의거한 사회적 배치의 위험성이 비판적으로 검토되었다. 분리된 개별체로서의 개인의 영역이 최고조로 부풀어 올랐던 시절이었고, 공적 영역에 진입하지 못한 삶의 부스러기들이나 시장논리에 의해 계량화되지 않는 불확정적인 것들을 말할 수 있게 되는 일, 이성의 억압적 힘에 눌렸던 감정과 육체를 재발견하는 일, 개인적인 것의 가치를 재구성하는 일[2]이 문학적 과제로서 부상했다. 공동체의 구성 원리에 대한 비판이 심화된 동시에 구성적 인자들에 대한 관심이 강화되었다. 2000년대 이후 한국소설에 등장하는 비인간들 — 외계인, 유령, 시체, 로봇, 게임 캐릭터, 좀비 등 — 은 타자의 얼굴을 복원하려는 움직임에 생존을 위협받는 현실의 무게가 결합되어 등장한 조각난 개인 혹은 그 파편들이었다.

바깥 혹은 내부의 차이

공동체의 미래 기획이 억압한 개인을 타자의 이름으로 복원하고 재발견해온 기조는 1990년대 이후로 현재까지 큰 변화 없이 유지되고 있다. 탈민족·탈이념·탈근대 지향으로 모아졌던 근대에 대한 다각도의 비판적 검토가 개인과 공동체의 관계에 대한 다른 접근법을 마련해왔다. 그 가운데 유의미한 것으로 공동체의 기원적 속성에 대한 문제제기도 있었다. 그러나 현실 사정이 눈에 띄게 나아졌다고 말하기는 쉽지 않다. '세월호 참사'를 처리하는 한국사회의 수준까지 언급하지 않더라도, 사드THAAD(고고도미사일방어체계) 배치를 두고 냉전시대로 역사를 되돌리는 듯한 행보를 취했던 한국 정부당국의 태도에서 엿볼 수 있듯, 개인이나 지역이 집단과 민족 그리고 국가를 위해 희생을 감수해야 할 존재나 영역이라는 인식은 한국사회에서 여전히 압도적 힘을 발휘하고 있다. 이러한 사정은 공동체에 대한 비판적 검토가 지금껏 이루어졌지만 앞으로도 여러 층위에서 다각도로 지속될 필요가 있음을 환기한다.

---

2. 소영현, 「연대 없는 공동체와 '개인적인 것'의 행방」, 『상허학보』 33, 2011 참조.

공동체에 대한 비판적 검토는 공동체의 기원적 속성이 갖는 폭력성에 대한 폭로로서 이루어져야 하며, 동시에 공동체를 유지하기 위해 동원되는 희생 담론에 대한 문제제기의 형태로 이루어져야 한다. 무엇보다 이 작업은 지금 이곳과는 '다른' 공동체의 가능성에 대한 신뢰와 전망 속에서 이루어져야 한다. 개인의 복원이라는 과제와 연관지어 말하자면, 개인에 대한 사유는 배제와 폭력 없는 공동체에 대한 상상 속에서 이루어져야 하는 것이다. 인간이 이성적 존재일 뿐 아니라 감정적 존재이며, 그것이 인간을 넘어선 인류에 대한 상상을 가능하게 하는 계기임을 강조한 이광수의 '동정'론이 이미 보여주었듯이,[3] 근대적 개인에 대한 강조는 개인 안에 바깥과 연결된 통로로서 감정영역이 부각되는 과정과 맞물려 있다. 이것이 공동체에 대한 관심이 감정연구와 맞물리게 되는 주된 이유이기도 하다.

돌이켜보면 해체된 공동체와 새롭게 구축된 공동체, 분리되어 나온 개인과 재배치된 개인 사이의 틈새 혹은 미정형의 시공간에 대해 지금껏 한국사회가 여유로운 시선으로 유연하게 대처한 때를 떠올리기는 쉽지 않다. 그럼에도 굴곡 많은 한국사나 압축적 경제성장으로 요약되는 한국사적 특수성이 새로운 공동체를 구성해 갈 개인들에 대한 사회적 불신의 결정적 알리바이가 되던 시절은 이제 서서히 과거의 시간이 되고 있다. 물론 따지자면 우리는 이제야 겨우 개인의 다른

---

3. "동정(同情)이란 나의 몸과 맘을 그 사람의 처지(處地)와 경우(境遇)에 두어 그 사람의 심사(心思)와 행위(行爲)를 생각하여 줌이니, 실(實)로 인류(人類)의 영귀(靈貴)한 특질(特質) 중(中)에 가장 영귀(靈貴)한 자(者)다. 인도(人道)에 가장 아름다운 행위(行爲)-자선(慈善)·헌신(獻身)·관서(寬恕)·공익(公益) 등(等) 모든 사상(思想)과 행위(行爲)가 이에서 나오나니, 필연(果然) 인류(人類)가 다른 만물(萬物)에 향(向)하여 소리쳐 자랑할 극귀극중(極貴極重)한 보물(寶物)이로다." 이광수, 「동정」, 『이광수전집』, 삼중당, 1966, 559쪽 (『청춘』 3호, 1914).

얼굴들을 발견하고 있을 뿐이다. 당연하게도 이것이 개인에 대한 논의가 가닿아야 할 궁극의 지점이 될 수는 없다. 그럼에도 구성된 것으로서의 개인을 재발견해가는 과정은 거기에 탈-위계적이고 비-차별적인 사회에 대한 열망이 담겨 있기에 지금껏 지속된 것이었음이 분명하다.

보편적 범주로서의 개인이 누락한 지점에 대한 포착은 서로 다른 개인'들' 사이의 관계 설정에 대한 고민 없이는 반쪽짜리 논의가 되기 십상이다. 새로운 공동체에 대한 탐색은 타자 혹은 개인'들' 사이의 내적 차이에 대한 탐색이 되어야 하는 것이다. 어쩌면 불가능한 시도일지 모르는 일, 개인의 내적 차이에 대한 관심을 심화시키는 동시에 차이'들' 속의 보편적 지층을 마련하려는 일, 그것이 개인에 대한 사유가 현재 직면한 가장 중요한 난제인 것이다.

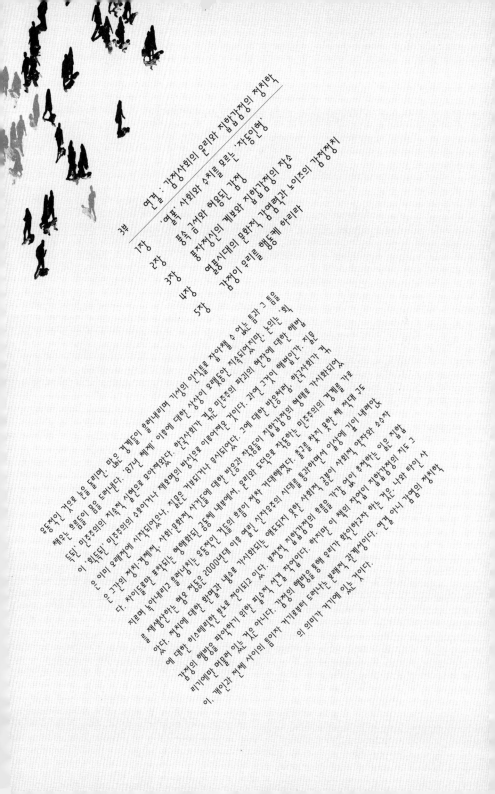

1장

'열폭' 사회와 수치를 모르는 '자동인형'

> 군중, 그러니까 인간들의 집결, 접촉, 서로 간의 이끌림은 사회성의 전개에 해롭기
> 보다는 훨씬 더 이롭다. 그러나 모든 곳에서와 마찬가지로 여기에서도 보이는 것
> 은 보이지 않는 것을 생각하지 못하게 한다.
>
> — 가브리엘 타르드, 『여론과 군중』

'집합적' 주체 혹은 감정에 대하여

> 도덕과 질서와 교양과 친절이 정당한 세계에서 약탈과 노략질과 폭력과 쓰레기
> 가 정당한 세계로
>
> — 편혜영, 『재와 빨강』

집합적 주체의 가능성을 재빠르게 감지한 이들은 언제나 그들을
경계의 눈으로 바라본 이들이었다. 대중문화의 생성을 통해 입증된
대중에 대한 관심이 전면적으로 일어나기 이전의 사정도 크게 다르지
않다. 집합감정으로 가시화되는 '대중-주체'[1]가 결코 개별적 개인들의

---

1. 이들은 시민, 민중, 군중, 계급, 대중, 다중에 이르는 다양한 이름을 갖는다. 때로 수동
   적인 통치의 대상으로 능동적인 변혁 에너지의 거점으로 호명의 주체와 거점에 따라 이
   질적 이름으로 불리지만, 그들의 이름 자체보다 중요한 것은 그들이 규정하는 새로운
   삶의 범주에 대한 이해일 것이다. 말하자면 '대중을 어떻게 정의할 것인가'보다 중요한
   것이야말로 '대중을 어떻게 드러낼 것인가', 즉 그들이 만들어낸 새로운 삶의 원리를 포

연산적 합으로 환원될 수 없음을 움직일 수 없는 사실로서 선언한 군중심리의 대가 귀스타브 르 봉Gustave Le Bon의 경우만 보아도 그렇다. 집합적 주체의 가능성이란 대개 무의식에 지대한 영향을 받는 이들로, 과민성·충동성·유동성과 같은 단순하고 과잉된 감정에 휘둘리는 존재들이라는 규정과 연관된다.

실질적으로 '대중-주체'를 의식을 가진 인격을 상실하고 무의식의 지배를 받으며, 감염과 전달을 통해 감정과 사상의 일체화를 경험하는 이들, 무엇보다 즉각적 행위성의 성격을 가진 이들로 압축하고, 이러한 관점에 의거한 '대중-주체'를 자신의 의지와 무관하게 움직이는 '자동인형'으로 일축하고자 했음이 『군중심리』(1895)를 통해 르 봉이 강조하고자 한 일면이었음은 분명하다.[2]

그럼에도 르 봉이 역설적으로 강조한 점이야말로 집합적 주체에 대한 이와 같은 일방적인 이해의 위험성이었다. 무의식에 지배받는 '자동인형'의 집합체가 '무사무욕, 희생의 감수, 공상적 혹은 현실적 이상을 위한 절대적 헌신 등을 통한 예기치 못한 윤리적 미덕을 보여준다는 점'을 간과한 채로 집합적 주체의 본성을 전면적으로 파악하기는 불가능하다. 집합적 주체는 하나의 문명이나 패러다임이 생명주기를 다하는 기미를 동물적 감각으로 기민하게 포착하고 행동으로 현실화한다. 그런 점에서 집합적 주체의 본성에 대한 명확한 포착 없이는 그들이 이끄는 역사철학적 궤적의 대해서는 포착은커녕 상상조차 하지 못한 채 문명이나 패러다임의 끝과 대면하게 될 수 있는 것이다.

착하기 위한 새로운 질문법인 것이다. 김성일, 『대중의 형성과 문화적 실천의 고원들』, 로크미디어, 2007; 『문화사회 3: 우리 시대의 대중』, 문화과학사, 2008 등 참조.
2. 귀스타브 르 봉, 『군중심리』, 차예진 옮김, W미디어, 2008, 31쪽.

열풍시대와 집합감정의 행방

> 우리의 관측으로부터 도출된 결론은 대개 미숙한 것이다. 왜냐하면 우리에게 잘 보이는 현상들 뒤에는 제대로 보이지 않는 다른 현상들이 있고, 또 그 뒤에는 어쩌면 전혀 보이지 않는 현상들이 존재할 것이기 때문이다.
>
> ─ 귀스타브 르 봉, 『군중심리』

황우석 사태, '타진요' 사태, 촛불집회, 나꼼수 열풍, 안철수 열풍, '일베' 소요까지, 지난 10여 년을 '대중-주체'의 격렬한 유동성을 확인할 수 있는 열풍의 시대로 명명할 수 있다면 이를 두고 뉴미디어의 혁신이 야기한 결과로 보아야 할까, 한국사회가 내장한 어떤 변화의 조짐으로 보아도 좋을까.

반추하자면, 2012년 한해가 한국사회의 미래를 가늠할 수 있는 전환적 기점이었음을 부인하기는 어렵다. 좁게 보면 그 시기는 (이명박 정부 시기의) 퇴행을 거듭했던 한국사회의 정치적 수준과 사회의 경직성, 경제적이고 사회문화적인 삶의 질적 저하에 대한 해소와 완화를 가능하게 할 시간이었다. 넓게 보면 해방과 전쟁을 겪은 한국사회가 안고 있는 분단과 그로 인한 이데올로기적 편향성의 극적 모순이 새로운 삶의 지평에 대한 선취로 이어질 수 있는 모멘텀이기도 했다.

2011년부터 이어져 온 사회변화에 대한 정치사회적 열망이 그러한 가능성에 대한 희망을 점치게 했다. 미네르바 사건을 포함해서 강정 해군기지 반대운동, 쌍용차 해고노동자 복직투쟁, 용산 재개발 참사 등 21세기를 살고있는 우리의 현실감각을 무색하게 할 사건들이 연이어 한국사회에서 일상처럼 벌어지고 있었으나, 다른 한편으로 반동처럼 '촛불집회', '나꼼수 열풍' 등의 가시적 현상을 통해 1987년 이후로 한국사회에 획득되었다고 오해되었던 민주주의에 대한 새로운 논의가 뜨겁게 재개되었고, 그간 망각되고 배제되었던 시민과 사회 그리고 공공성에 대한 관심이 확대되기 시작했다.

뼈아프게 되새길 수밖에 없는바, 사회변화에 대한 열기와는 무관하게(열망에도 불구하고) 사회변혁의 시도가 쉽게 성취될 수 없는 것임을 (몇 차례의 민주주의 실험을 통해) 우리는 새삼 확인해야 했다. '지식인과 좌파' 그리고 '정체를 가늠할 수 없는 대중'의 패배라는 진단을 피할 수 없는 상황에 직면해야 했다. 거울 방에 갇혀 엄정한 현실 감각을 갖추지 못했던 '지식인과 좌파'의 안이함을 비판하거나 자기비판할 수 있을 것이며, 이른바 '50대의 보수화'로 요약되는 반동 세력의 주적화를 통해 납득할 수 없는 상황에 대한 합리적 이해 근거를 마련할 수도 있을 것이다. 어떤 진단과 평가를 덧붙인다 해도 부정할 수 없는 사실은, 레드콤플렉스를 벗어던진 2002년의 광화문 광장을 원년으로 삼는 새로운 집합 주체의 등장에 대한 기대 수준을 하향조정할 필요가 있다는 점이다. 좀 더 비극적으로 말하자면, 보수적 완고함으로 가시화된 현실의 부정성이 그만큼 뿌리 깊으며 강고하다는 의미로 이해되어야 하는지도 모른다.[3] 한국사회의 미래 구상을 위한 보다 근본적인 원인 탐색이 요청되는 것은 이러한 이유에서다.

확실성의 없음과 부유하는 삶

> 안전장치는 그 자체가 선악으로 평가될 수 없으며, 넓은 의미에서 자연적이라 필연적이고 불가피한 절차로 여겨지는 세부사항에 근거해 기능한다.
>
> — 미셸 푸코, 『안전, 영토, 인구』

---

3. 그러나 이러한 이해 근거의 타당성은 차치하고라도, 이러한 분석을 통해서는 향후 5년의 한국사회와 그 이후의 삶에 대한 어떤 뚜렷한 전망도 내놓기 어렵다.

대중적 집합감정의 행방과 관련해서 지금 이곳의 현실을 두고 1997년 IMF 구제금융 사태가 불러온 사회의 전변과 그것으로 통칭되는 신자유주의의 편재한 영향력을 거론하지 않을 수는 없을 것이다.[4]

돌이켜보건대, 1997년의 끝자락부터 시작된 시간은 한국사회에 강도 높고 광범위한 변화를 불러왔다. 노동의 유연화라는 미명 아래 확산되었던 '비정규직화'로의 경사는 '대중-주체'에게 가정과 국가의 파산 가능성이 불러온 충격을 피할 수 없는 삶의 조건으로 내면화하게 했다. 삶의 지속성과 확실성은 더 이상 가능하지도 존재하지도 않게 되었다. 누구에게든 지속적으로 안정된 생계를 유지하는 일이 당연하지도 용이하지도 않은 상황이 되자, 우리의 생애주기는 단기적이고 일시적인 계획만으로 채워지기 시작했다. 사회의 일원이 되기도 전에 장기 실업자군으로 분류되어버린 청년들은 말할 것도 없고, 재취업이 불가능한 실업과 (권고에 더 가까운) 이른 퇴직 그리고 벗어날 수 없는 비정규직의 악무한은 대기업의 CEO도 피해 갈 수 없는 우리 모두의 미래가 되어버렸다.

자본가와 노동자라는 구도는 단기적 시간 단위의 반복 속에서 축적 없이 생을 연명해야 하는 삶의 부유성을 끝낼 수 없으며, 그로부터 야기되는 내장을 흔드는 불안을 잠재울 수 없다. 계급(경제) 문제는 이 사회가 처한 난국의 최종심급임이 분명하지만, 지금 이곳에서 사회의 모순은 계급 본래의 모습으로 등장하지 않는다. 계급과 성별, 인종과 지역의 위계가 복합적으로 뒤엉킨 채 손쉽게 해결되기 어려운 사회모순으로 우리 앞에 모습을 드러낸다. 노동을 하면서도 생계의 위

---

4. 물론 이보다 앞서 1987년 이후 정치적 민주화가 야기한 사회적 다원주의의 부정적 효과와도 깊이 연관되어 있다.

협에 시달리는, 사회의 안전망 바깥에 놓인 노동자인 프레카리아트precariat, 정신노동과 육체노동의 구별을 무화시키는 지식 노동자인 코그니타리아트cognitariat, 정보화 시대의 비숙련 노동자인 사이버타리아트cybertariat가 양산되고 있다.

그러나 노동환경과 사회적 조건의 변화, 근본적인 삶의 불안정성이 양산하는 이들을 그저 노동자라고 말하는 것은 적절하지 않다. 1%와 99%의 삶의 간극이 한없이 벌어지고 있으며, 정규직과 비정규직 사이도 노동(자)라는 동일한 범주로 다룰 수 없을 만큼 그 골이 깊어간다. 2,700만여 명의 노동자 가운데 비정규직 노동자가 절반에 육박한다.[5] 정규직과 비정규직의 문제 역시 계급모순이라는 대립축으로는 해결의 실마리도 마련하기 어렵다. 외모나 체격, 실력이나 학력 차, 뒷배 따위가 정규직과 사내 하청의 운명을 가른 게 아님[6]을 우리는 잘 알고 있다.

사회의 안전망에 대한 어떤 기대도 무용한 것이자 부질없는 것이라는 인식과 함께, 모두의 관심이 개인이나 확장된 개인으로서의 가족에 집중되는 것은 당연하게 보이기까지 한다. '대중-주체' 모두가 복합모순을 개별적으로 떠안고 점처럼 흩어질 수밖에 없는 것이다. 제어할 수 없을 만큼 무서운 속도로 공유되던 열망의 분위기가 순식간에 차갑게 식어버리고 어느 순간 예상치 못했던 부정적 감정으로 폭발하기도 한다. 손쉬운 예상과는 달리 집합적 감정의 움직임은 학력과 계층, 연령과 세대 사이에서 뚜렷한 변별점을 보여주지 않으며 제어되지 않는 유동성 자체로서 흘러넘치고 괴어들거나 이동한다. 역설적으로

---

5. 2020~2022년 사이, 코로나 시대로 증대된 불확실성을 기업은 비정규직 사용으로 대처해왔다.
6. 임인택, 「둘 중 한 명은 비정규직 … 누구일까요?」, 『한겨레』, 2013.8.7.

이러한 현상이야말로 확실성이 사라진 시대와 부유하는 삶의 강력한
증거라고 해야 할지 모른다.

불안과 공포의 정치공학적 맥락

> 21세기 초의 문화적 상상력을 틀 짓는 것은 희망이 아니라 공포이다.
> — 프랭크 푸레디, 『우리는 왜 공포에 빠지는가?』

우리를 슬프게 하는 것들, 낙오의 위기, 배제의 불안, 고립의 공포. 유치원생에서 노인에 이르기까지 누구도 피할 수 없으며 감지하지 못한 사이에 우리의 의식 전부를 잠식해간다. 과장 없이 말한다 해도 한국사회는 현재 불온한 집합감정으로 채워져 있다.

오해를 줄이기 위해 덧붙여두자면, 한국사회를 감싸고 있는 집합감정의 흐름은 이성과 의식이라는 대쌍 원리에 입각한 일방향적 속성의 힘을 가리키지 않는다. 이 집합감정을 파악하기 위해서는 유동성으로서의 사회적인 것의 포착에 집중해야 한다. 이를 위해 '감정의 구조'structure of feeling 개념을 활용한 레이몬드 윌리엄스의 작업을 참조하는 것도 가능할 것이다. '형성-완료'된 과거의 것에 대한 사후적 평가를 거부하고 '현재적이고 동적인 것'을 파악하고자 하면서도 윌리엄스는 명시적인 관계나 입장으로는 쉽게 파악되지 않는 지점들이 사회적인 것으로 규정되기 이전의 것 즉 개인적인 것으로 파악되는 방식의 한계를 극복해보고자 했다. '우리는 과정 속에 놓인 사회적 체험을 한다. 그러나 이 체험은 사회적인 것으로 채 인식되지 못하고 사적인 것, 개인 특유의 것, 심지어 고립된 것으로 간주된다. 분석에 의해 그 자체의 구조와 위계를 파악할 수 있지만, 그것은 정형화된 제도와 형성물

속으로 흡수되어 버리는 최종 단계에서나 파악된다.' 이런 틀 속에서
윌리엄스가 강조한 '감정'은 행위가 되기 이전의 사회적 유동성을 지칭
한다.[7] 그것은 주체나 대상 어느 한쪽에 속하지 않을 뿐 아니라 둘 사
이의 매개 공간에 존재하지도 않는 '비인칭', 즉 언어와 의식의 바깥에
존재하는 잠재성으로도 바꿔 말할 수 있다.[8]

　　이 '현재적이고 동적인 것'을 두고 말하자면 불안과 공포가 만연한
시대라는 표현은 현대사회의 특징을 설명하는 대표적 클리셰라 할 수
있다. 개인이 직면하는 공포와 공포 담론의 인플레이션을 구분할 필
요는 있을 것이다. 하지만 현대사회는, 확실성이 사라진 시대 자체가
야기하는 불안이나 국가 차원의 제도적 장치가 불러오는 공포를 피
하기 어렵다. 더구나 그 공포는 단지 심리적인 것에 그치지 않고 개별
신체에 가해지는 구체적인 것일 가능성이 높아지는 추세다.

　　한국사회를 둘러보자. 말할 것도 없이 한국사회에서는 공공적
인 것의 붕괴 정도가 극심하다. 하지만 정의와 치안 원칙은 이 사회의
99%를 채우는 이들을 위해 작동하지 않는다. 따지자면 법의 집행력
이나 사회의 안전 관리 시스템이 못 믿을 것이 된 사정보다 문제적인
것은 그것이 사회의 특정한 부류들을 위해서만 존재이유를 갖는다는
사실일 것이다. 이런 관점에서 보면 정반대로 공공의 영역에 대한 관
리 시스템이 잘 갖추어져 있는 상황 자체가 오히려 공포의 진짜 원인
이라고 해야 하는지도 모른다. 법의 집행이나 사회의 안전 관리 시스
템은 '대중-주체'가 아니라 1%에 속하는 특정 부류들을 위해 철저하

7. 레이몬드 윌리엄스, 『이념과 문학』, 160~166쪽.
8. Ben Anderson, "Modulating the excess of Affect", Melissa Gregg and Gregory J. Sei-
　　gworth eds., *The Affect Theory Reader*, Duke University Press, 2010, p. 161 [벤 앤더
　　슨, 「정동의 과잉 조절하기」, 『정동 이론』].

게 시스템화되어 있음을 우리는 상시적으로 깨닫는다. 대개 특정 부류는 공공적 시스템을 초월한 곳인 시스템 바깥에 존재한다. 공공적 시스템은 특정 부류를 위해 존재하는 기구이자 '대중-주체' 전체를 통치하는 안정화된 기구인 셈이다.

특정 부류라는 표현에는 좀 더 분명한 설명이 덧붙어야 하는데, 그 표현은 고정된 존재를 지칭하는 말이 아니기 때문이다. 그/그것은 '돈'으로 상징되는 자본의 힘이자 실체로 존재하지 않는 유동하는 형상이라 해야 한다. 공권력을 무력화하는 무소불위의 힘이 권력의 핵심부를 장악하는 데에 있다면, 그 장악하는 힘이야말로 명실상부한 '돈'의 힘이 아닐 수 없다. 돈과 결탁한 권력 앞에서 '진실'이 설 곳은 없고, '진실'은 은폐되거나 왜곡되고 끝내 밝혀지지 않는다.

1990년대 이후 점차 왜소해진 시민운동의 여파로, 현재 시민사회를 위한 어떤 기구의 존속 유지도 어려운 상황이다. 개인 혹은 개인의 확장태인 가족에게 가해진 제도적·사회적 폭력으로부터 자신을 지키는 일은 쉽지 않으며, 언제 어떻게 직면하게 될지 모를 폭력에 대비할 수 있는 비책이 따로 마련되기도 어렵다. 삶의 근간을 흔드는 불안정성과 장기화된 불안, 그리고 불안과 한 짝처럼 신체에 가해지는 직접적 폭력의 공포가 피할 길 없이 지속될 수밖에 없다. 재난이나 범죄가 상시적으로 발생할 수 있다는 인식, 그로부터 누구도 안전하지 않다는 인식은 곧바로 우리 모두가 언제 어디서든 재난과 범죄의 희생물이 될 수 있음을 내면적 공포로서 각인시킨다. 위험사회를 살고 있다는 인식이 강해질수록, 무차별적 희생자가 될 수도 있다는 인식도 강해진다. 사회의 위험의식의 고조와 연관된 전반적인 변화와 관련해서 기억해두어야 할 것은, 위험의식에 대한 유난한 강조가 특정한 정치사회적 맥락 속에서 이슈화되곤 했다는 사실이다.[9] 이러한 사정은 가령,

'정의사회 구현'을 유난히 강조하고 '범죄와의 전쟁'을 선포했던 과거 정권들이 어떤 속성을 보여주었는가를 떠올려 본다면 쉽게 이해될 수 있을 것이다.

공공성의 퇴조와 복수의 사사화

세상엔 균형이 필요하지. 한쪽만 억울한 일을 당한다면 균형은 무너져. 당신 인생에도 균형이 필요하다고 생각하지 않아?

— 〈상어〉, KBS, 2013, 3화

2000년대 후반부터 문학을 포함한 대중문화계 전반에서 사회현실의 부조리를 다루는 서사물이 지속적 관심을 끌어왔다. 공권력의 붕괴를 고발하는 일은 동시대 감각과 소통해야 하는 대중문화의 본래적 관심사라고 해야겠지만, 최근 서사물은 사회고발 프로그램의 서사 버전이라 해도 좋을 만큼 고발과 비판의 강도가 세며 대개 복수라는 사적 폭력을 동원한다는 점에서 특징적이다.

영화 〈추격자〉(2009), 〈악마를 보았다〉(2011), 〈두 개의 문〉(2012), 〈더 테러 라이브〉(2013), 드라마 〈추적자〉(2012), 〈유령〉(2012), 〈상어〉(2013), 〈시그널〉(2016), 〈원티드〉(2016) 등에서 힘없는 시민, '빽' 없는 민중에

---

9. 프랭크 푸레디의 특별히 흥미로운 지적 가운데 하나가 바로 이와 연관된 점이다. 그에 따르면 초기의 국면에서 희생자 운동과 그에 연동한 희생자의 정치화는 정치적 스펙트럼상 우파와 매우 밀접하게 연계되어 있었다. 그의 지적에 좀 더 주의를 기울여야 하는 것은, 그의 비판의 의도가 희생자 문화에 대한 비판가의 우파적 성격을 지적하는 데에만 놓여 있지 않기 때문이다. 오히려 그의 지적은 희생자 문화의 제도화가 서구에서 왜 1980년대라고 하는 레이건과 대처 시대에 본격화되었는가로 우리의 주의를 돌린다. 프랭크 푸레디, 『우리는 왜 공포에 빠지는가?』, 박형신·박형진 옮김, 이학사, 2011, 209쪽.

게 공권력은 믿을 만한 것이 못 된다. 공권력의 무력함이 고발되는 한편, 이 서사들이 주목하는 것은 '개인적으로' 이루어지는 진실의 추구와 사건의 해결 즉 복수다. 힘없는 시민과 '빽' 없는 민중이 겪게 되는 고통이 '개인적으로만' 처리될 수 있다는 믿음을 이러한 서사는 전제한다. 분노는 쌓여가지만 해결의 기미는 보이지 않기 때문이다. 대중서사물에서 공권력의 붕괴가 적나라하게 고발되고 사적 복수의 불가피성이 설파되는 것은 우연이 아니다.

사회현실의 부조리를 파헤치고 직접적 해결을 시도하는 이러한 서사들을 부정의한 현실에 맞선 '대중-주체'의 정의에의 갈망 혹은 그에 대한 반응으로 규정할 수 있을 것이다. 하지만 이러한 이해는 일면적으로만 맞다고 해야 한다. 사실 정의 자체가 어떤 행위로 표출되지 않는 경우가 적지 않다. 적극적 선positive good을 창출하지 못하는 경우가 태반이라고 말하는 것도 과장은 아니다. 종종 우리는 이웃을 해하지 않는 소극적 미덕만으로 아무 일노 하시 않고 조용히 앉어서 정의의 모든 준칙들을 이행하기도 하는 것이다.[10]

이러한 정의 자체의 한계를 고려하고 보면, 우리가 처한 난망한 상황은, 무엇이 옳고 그른가에 대한 인식 불가능성이 아니라 '어떻게 부정의를 입증할 것인가'의 문제에 누구도 답할 수 없는 사정이 불러온 것이라 해야 할지도 모른다. 우리는 지금 보이지 않고 잡히지 않는 적과 싸우는 것이 아니라 너무 뚜렷하고 큰, 사실상 우리의 일상 전체를 장악하고 있는 전면적 불의와 마주하고 있는 것이다. 때문에 소소한 선악의 이분법적 구도 속에서는 이 서사물들이 포착하고 있는 난망한 상황을 이해할 수 없다. 연쇄 살인마를 쫓으며 희생자를 구출하기

---

10. 애덤 스미스, 『도덕감정론』, 154쪽.

위해 몸을 던지는 영화 〈추격자〉에서 주인공의 주된 관심사는 희생자의 생명이나 인권이 아니었다. 애초에 출장안마소를 운영하는 그가 상상한 추격의 대상은 영업을 방해하는 업계의 경쟁자쯤이었을 뿐이다. 더구나 의도야 어찌 되었든 연쇄살인을 막으려는 주인공의 노력에도 불구하고 끝내 실종자의 희생을 막아내지는 못한다. 2009년 용산 참사에 관한 다큐멘터리 영화 〈두 개의 문〉은 재개발을 저지하기 위해 저항한 이들뿐 아니라 진압을 담당했던 경찰들도 공히 공권력의 희생자임을 천명한다.

사회의 안전망이 붕괴된 사회에서는 재난과 범죄의 희생이 무차별적으로 일어나지만, 무고한 희생은 충분히 애도되지 못한 채 개별적 분노로 남겨진다. 이유 불문의 선과 악의 구도가 성립되지 않는 것은 말할 것도 없고, 사적인 차원에서 행해지는 정의 실현은 그들 자신의 삶의 기반과 관계 전부를 파괴하는 것이라는 점에서 우울하고도 고통스러운 것일 수밖에 없다. 정의의 실현에 도달할 수 없는 행위들, 가해자에게 똑같은 고통을 전하려는 시도조차 행위 주체의 삶 전체를 포기하거나(〈악마를 보았다〉), 믿었던 세계의 붕괴를 목도해야 하는(〈추적자〉) 일이 된다. 사적 복수의 당사자뿐 아니라 그 복수를 위해 선택된 희생자이자 복수의 실패를 지켜보아야 하는 〈더 테러 라이브〉의 주인공이 자신의 손에 남겨진 폭탄 테러범의 버튼을 누르고야 마는 장면은 급기야 사적 복수의 밑바닥에 깔려 있는 공멸에의 열망이 만천하에 누설되고 있음을 시사한다고 해도 좋다.

애도 없는 공분

자기애는 '이기심'(self-love)이 아니다. 자기애는 오히려 우리가 세계 속에서 우리 자신을 지탱할 수 있다는 신념인 '자기신뢰'(self-confidence)로 표현될 수 있다.
— 리처드 세넷, 『불평등 사회와 인간 존중』

왜 '개인적으로만' 복수하는가. 왜 공멸을 선택하는가. 왜 연대하지 않는가. 공적인 많은 것들의 지반 붕괴와 함께 개인이 그저 날 개인으로만 존재해야 하는 처지를 둘러싸고, 변형된 형태의 다양한 질문이 가능하지만, 해답을 찾기는 쉽지 않다. 기억해두어야 할 것은, 연대의 부식과 쇠퇴가 독단적인 개인주의 문화의 출현과 병행하는 것은 아니라는 사실이다. 개인화의 증대와 연대의 약화는 인과의 연쇄처럼 묶여서 사유되는 경향이 있지만, 우리가 미처 발견하지 못하는 해답은 공동체에 대한 새로운 상상 자체가 아니라 그 방법 모색 속에서 찾아져야 한다.

애도되지 못한 사회적 공분은 대중 내의 타자에 대한 분노로 전이되고 개인의 내부에서 열등감으로 폭발된다. 사회적 불안과 공포가 극심해질수록 정치에 대한 환멸과 냉소가 사회적 약자와 소수자에 대한 히스테릭한 분노로 표출된다. 시체時體의 표현으로 '열등감 폭발'의 줄임말로 사용되는 '열폭'은 학벌이나 능력이 자신보다 뛰어난 타인에게 느끼는 질투의 과장된 표현이다. 이 말의 흥미로운 용법은 열등감이 분출하는 순간과 분노의 감정이 뜨겁게 분출하는 순간을 함께 지칭한다는 데 있다. 말하자면 과도한 열등감에 시달리는 순간은 동시에 히스테릭한 반응으로서의 분노나 적개심과 같은 적대적 감정이 폭발하는 순간인 것이다.

자기계발서의 인기는 한풀 꺾였지만, 매뉴얼대로 따르기만 한다면 당신도 성공할 수 있다는 달콤한 유혹의 노래는 여전히 편재한다. 가령, 다음과 같은 거짓 유혹들. '하루에 일정 분량의 짧은 시간만 꾸준히 무언가에 할애하고 시간과 노력을 투여한다면 당신의 미래는 곧 핑크빛으로 물들 것이다. 당신의 현재의 행복을 조금만 유예한다면 머지않아 당신에게 그 극기의 보상이 주어질 것이다.' 이 성공의 매뉴얼을 따르는 일 자체가 사실상 누구에게나 가능한 일이 아니다. 그런데 안타깝게도 우리는 실패의 매뉴얼을 가지고 있지 않다. 실패 이후에 우리는 어떤 선택을 할 수 있으며, 실패는 어떻게 극복되는가. 다시 매뉴얼대로 따르는 일을 시작하기만 하면 되는가. 실패의 매뉴얼이 없다는 사실보다 서글픈 것은 성공 매뉴얼에 충실한 삶을 선택한다고 해도 우리가 그 거짓 유혹의 맨얼굴을 알지 못해서는 아니라는 사실이다. 울며 겨자 먹기식으로 이것조차 믿지 않으면 더 이상 삶의 무게를 견딜 수 없기에, 대개는 알고도 속거나 스스로를 속일 수 있을 만큼 믿고 싶어서 매뉴얼로 향할 뿐이다.

그러니 어쩌면 질문은 처음부터 잘못된 것인지도 모른다. 아무리 열심히 살아도, 매뉴얼의 디테일에 목숨을 걸고 충실해도, 획일적 기준이 절대적인 이 사회에서는 언제나 한 명의 일등과 나머지만 존재할 뿐이다. 그러니까 실패를 극복하는 매뉴얼 따위는 애초에 있을 수 없다. 거의 모두가 '나머지'로 분류되는 평가법에 따라 우리 모두는 실패할 예정인 것이다. 그보다 참혹한 사정은 성공의 매뉴얼을 위한 원환구조 속에 발을 들이고 나면, 아무도 더 이상 다른 가능성으로 눈을 돌릴 수 없게 된다는 사실이다. 애도 되지 못한 공분은 끝내 애도될 수 없게 되는 것이다.

사회적 공분의 처리법에 대한 고민과 함께 무엇보다 우선되어야 할 것은 이러한 상황이 드러내는 집합감정의 면모에 대한 적확한 인식이다. 대중이 종종 대중 내부에 분할선을 긋고 타자의 타자들을 억압했다는 식의 대중에 대한 오해는 과연 적확한 이해였는가. '희망버스'

에 올랐던 이들이 그간의 분류법에 의해서는 포착되지 않는 유령들이었음을, 시민이나 대중, 노동자라는 구분법으로는 충분히 설명되지 않는 존재들이었음을, '타진요'나 '일베' 소요의 중심에 무지하고 몽매하기만 한 천박한 취향이 자리하고 있는 것만은 아님을 직시해야 할 때인 것이다.

수치를 모르는 '자동인형'

> 이것이 바로 회한(remorse)이라고 적절하게 불릴 수 있는, 인간이 느끼는 감정들 중에서 가장 두려운 감정의 본질이다. 이것은 과거의 행위가 도덕적으로 옳지 않다고 하는 감각에 기인하는 수치심, 그 행위의 결과에 대한 비애, 그 행위로 인하여 고통을 받는 사람들에 대한 동정심, 그리고 자신에게 대하여 모든 이성적인 존재들이 갖는 분개에 정당하다는 인식에서 생겨나는 처벌에 대한 두려움과 공포심으로 구성된다.
>
> — 애덤 스미스, 『도덕감정론』

감정의 지평에서 살피자면 열등감과 질투심은 성공을 위한 매뉴얼의 동력이다. 이것은 개별적인 것이자 사회적인 것이다. 이 감정들이 충분히 태워지거나 휘발되지 않을 때 사회에 어두운 그림자 감정이 드리워지게 된다. 그러니 이 열등감과 질투심을 어떻게 처리할 것인가에 대한 고민이 개인적으로 또 사회적으로 필요한 것이다. 그런데 현재 우리는 열등감과 질투심을 어떻게 처리할 것인가에 대한 답안을 가지고 있지 않다. '열폭'의 이중적 사용법을 통해 확인할 수 있었듯, 열등감과 질투심은 결과적으로 애도되지 못한 사회적 공분이다. 이러한 사정으로부터 추정컨대, 우리는 '자율적인' 개인으로 살고 있지 않다고 해야 할지 모른다. 아니 생존이라는 하나의 방향을 돌진하는 '자동인형'의 삶을 살고 있는 것은 아닌지, 자본을 소비하는 자유를 가졌을 뿐임에도, 나뉠 수 없는in-dividual 충만한 존재로 스스로를 '망상'하고 있는 것은 아닌지 되물어야 할지 모른다. 우리 스스로가 성공의 매뉴얼을 다시 쓰는 '자율적' 연루와 공모의 '자동인형'이라는 사실에 좀 더 진지한 태도로 대면해야 하는지 모른다.

가령, 다음과 같은 인디음악은 신자유주의에 대한 우리의 공모와 거리두기의 모순을 정확하게 보여준다.

보이스 비 엠비셔스

마음을 넓게 가지고 야망을 품고 세상을 바라봐 볼까

마음을 넓게 가지려면 어느 정도 생활의 여유가 뒷받쳐주면 좋겠지

역시 돈이 좀 필요해

물질적인 삶에서의 행복보다 나는 정신적으로 행복한 삶을 추구하는 한 사람

그런데 한 끼를 먹어도 마트에 쌓여있는 것들은 정신만으론 먹을 수 없더라고

조금은 돈이 필요해 참아내야 해 노력해야 해 근면해야 돼

성실해야 돼 부지런해야 돼 말 잘 해야 돼 키도 커야 돼 빽 있어야 돼

게다가 착하기까지 해야 해

난 난 돈이 필요해

난 난 돈이 필요해 right now

…

물질만이 지배하는 더러운 세상 인생의 치트키따윈 없겠지

필요 없어 필요 없어 give me the money give me the money 난 난 돈이 필요해

난 난 돈이 필요해 now 난 난 돈이 필요해 right now

give me the money ···.[11]

내 시급보다 비싼 카라멜 마끼야또

너보다 달콤한 애를 찾을 수가 없어서

매일매일 먹고 싶은 걸

그 첫 느낌을 잊을 수가 없어

내 시급보다 비싼 카라멜 마끼야또

고급스러운 너가 점점 부담이 돼

왜 이렇게 비싼건지 그래도 포기할 순 없어 ··· 어떡해 끊을 수 없어

한잔에 사르르 녹아드는 내 맘

때문에 짜증난 내 기분이 풀려버리네 ···.[12]

요컨대, 정신적 행복을 추구하는 존재인 동시에 "시급보다 비싼 카라멜 마끼야또"의 달콤함을 아는 존재가 우리임을 인정한 채로, 근대 사회를 사는 인류가 피할 수 없는 인정욕망을 승인한 채로, 알면서 외면한 진실과의 대면 이후 무엇이 가능한지에 대해 다시 고민해야 하는 것이다. '그렇게 살지 않겠다는 의지'가 요청된다고 말하는 것으로 끝낼 수 없는 고민이다. 어쩌면 그렇게 당위를 반복하는 사이에, 세상은 우리의 예측과는 매우 다른 논리로 움직여 나가기 시작한 게 아니었을까. 바틀비의 선택법 이외에 해답은 없다는 식의 답안 마련 방식이 불러온 외면하고 싶은 효과가 아니었을까. 진보라는 이름의 공간

---

11. 크라잉넛, 〈Give Me The Money〉, 2013.
12. 하현곤팩토리, 〈내 시급보다 비싼 카라멜 마끼야또〉, 2013.

이 한국사회의 돌연한 싱크홀로 남겨진 것은 이러한 사정과 연관되어 있는 것이 아니겠는가.

'자동인형'임을 인식하는 것에서 그치지 않은 채, 냉소의 바깥은 어떻게 상상되는가. 나는 부끄러움의 회복을 요청해본다. 모든 감정의 발현과 이동이 그러하지만, 특히 부끄러움의 감정은 타인의 시선에 의해 생겨난다. 도덕감정을 논했던 애덤 스미스의 진의를 의심해야 하며, 수치심이 사회적 순응에 기여할 뿐 아니라 보다 근본적인 차원에서 자본주의적 사회로의 전환을 촉진하기 위한 중재물임을 잊지 말아야 한다. 그럼에도 부끄러움의 권역과 최저선이 언제나 집합감정의 층위 조정의 결과로서 유지된다는 사실을 환기하는 일은 여전히 중요하다.[13] 해소되지 않는 인정욕망과 갈 곳을 잃은 죄의식의 상호작용에 의한 집합적 동의 없이는 부끄러움은 발현될 수 없다. 권력과 돈의 기이한 결합이 지속적으로 생산하는 애도되지 못한 사회적 공분과 그것을 동력 삼아 유지되는 '열폭'사회에서, 부끄러움의 회복은 신자유주의적 주체의 감수성 회복과 연관되어 있다는 점에서 공분의 예기치 못한 향배를 이끄는 전환적 계기가 될 수 있지 않을까.

---

13. 게오르그 짐멜, 『짐멜의 모더니티읽기』, 227~240쪽.

2장

풍속 금서와 허용된 감정

    텔레비전만 켜도 속옷에 가까운 옷만 걸친 10대 아이돌이 섹시 춤을 추는 시대다. 익숙해지지는 않지만 피하기도 쉽지 않다. 스무 살은 족히 차이가 나는 젊은 청년들과 유부남, 유부녀의 '사랑' 이야기가 영화나 TV 드라마에서 주가를 올리고 있기도 하다. 자신의 성적 즐거움을 위해 술집이나 클럽에서 일하는 『즐거운 사라』(1991)의 여대생 '사라'나 10대와 섹스를 하고도 대낮에 나이가 이십여 년이나 차이 나는 여자아이의 손을 잡고 거리를 걸어 다닐 자신이 없는 『내게 거짓말을 해봐』(1996)의 '제이'의 일면이 대대적인 사회 충격으로 논의되었던 시절이 있었다. 그리 낯설 것도 없는 지금 이곳의 풍경에 비춰보자면 격세지감이 아닐 수 없다. 풍속을 해친다는 이유로 문학 활동을 범죄로 판정하고 그것을 근거로 특정 책을 '판금(판매금지)'하는 것 자체의 법리적 타당성은 따로 논의되어야 할 것이지만, '법석으로' 음란한 작품으로 판정받으며 저자가 구속되기까지 했던 이 몇 권의 책을 여전히 구할 수 없는 게 지금 이곳의 현실이기도 하다.

    표현의 자유에 관한 한국적 후진성을 논하려는 것은 아니다. 불과 100년도 안 된 시절에 유부녀가 사랑을 찾는 소설인 『채털리부인의 연인』이 영국에서 외설 시비에 휘말렸고, 1928년에 첫 출간되었던 이 작품이 영국에서 재출간될 수 있었던 것은 이후로 30년도 더 지난 1960년에 이르러서였다. 한때의 금서가 베스트셀러가 되거나 명작으로 후일 재규정되는 일도 드물지 않다.『채털리부인의 연인』이나 플로베르의『보바리 부인』은 말할 것도 없고 톨스토이의『크로이처 소나타』, 레마르크의『서부전선 이상 없다』, 헤밍웨이의『무기여 잘 있거라』, 조이스의『율리시스』, 보카치오의『데카메론』, 모파상의『여자의 일생』, 뒤마의『춘희』등 수많은 작품들이 한때 '판금'되거나 재판에 부쳐졌고 후일 명작의 반열에 올랐다.[1]

금서와 풍속 금서

국가가 금서로 판정한 서적 일반은, 한국의 특수한 역사의 결과물이라고도 할 수 있다. 대개 〈국가보안법〉상 '이적표현물죄'에 해당했다. '치안유지와 풍속괴란'이 금서 책정의 대표적 준거였으나, 불온서적은 '계급의식을 고취하는 용공작품', '반국가단체인 북한을 찬양하거나 고무, 동조한 작품' 등을 가리켰다. 요약건대, 국가체제를 뒤흔드는 위험한 작품이 금서가 되었다. 특히 파쇼적 정권 유지에 혈안이 되었던 유신시대(1972~1979)에는 국가안보를 저해하거나 긴급조치를 위반한 서적, 반체제적이고 사회비판적인 서적들이 강력하게 단속되고 금서 처분되었다. 시대의 변천에도 그 이후로 체제 비판적 서적에 대한 검열이 금서 판정의 주요 사유가 된 기조는 바뀌지 않았다. 군사정권 아래에서 도서 발간과 수입에 대한 사후 규제기구로 '한국간행물윤리위원

1. 한승헌,『권력과 필화』, 문학동네, 2013, 334~335쪽.

회'가 운영되었는데, 간행물의 유해성 여부를 심의해오다가 〈출판문화산업진흥법〉 개정과 함께 한국출판문화산업진흥원에 소속된 현재까지도 심의의 대상과 내용은 크게 달라지지 않았다. 금서를 두고 엄밀히 말하자면, 한국에서 '풍속괴란'에 직접 해당한 금서가 많지 않았다는 말이다. 대중문화에 대한 검열과 삭제, 판금 판정과는 다른 차원에서, 문학적 '외설과 음란'의 표현에 대한 제한선 논의도 드물었다. 문학작품의 음란 시비로 작가가 구속까지 된 예는 거의 없거나 있다해도 형량이 가벼운 편이었다. 선례에 비해 마광수의 『즐거운 사라』와 장정일의 『내게 거짓말을 해봐』에 내려진 조치는 특별한 사례다.

1991년 1월 12일, 법원은 (지나친 폭력과 정사 장면의 묘사 때문에) 미풍양속을 해쳤다는 이유로 『바람과 불』을 출판한 자유시대사 대표 김태진을 구속하고 출판등록을 취소했다. 1991년 서울문화사에서 출간된 『즐거운 사라』는 '퇴폐적인 성에 소설'이라는 이유로 간행물윤리위원회로부터 제재를 받았고, 출판사는 자진해서 소설을 수거하고 절판시켰다. 1년 후에 청하출판사에서 개정판을 내놓았는데,[2] 1992년 8월 출간되어 2달여 동안 12쇄를 판매하는 기염을 토했다. 법원은 1992년 10월 29일에 『즐거운 사라』를 판매금지에 처하고 저자인 마광수와 이를 출판한 청하출판사 대표 장석주를 음란물 제작 및 판매 혐의로 구속했다. 1997년 5월 30일에는 『내게 거짓말을 해봐』의 저자 장정일을 같은 혐의로 구속했다. 책을 발행한 김영사는 책을 회수하고 판매를 중단했다.[3]

---

2. 저자는 결말을 수정하고 문장을 다듬었음을 밝혀두었다. 마광수, 「작가의 말」, 『즐거운 사라』, 청하, 1992, 361쪽.
3. 장동석, 『금서의 재탄생』, 북바이북, 2012, 228쪽 ; 김길연, 「한국 금서의 시대별 양상 연구」, 서경대 대학원(박사), 2013, 125쪽.

법과 '외설(음란)'

1992년 10월 29일 『즐거운 사라』의 저자 마광수는 강의 중에 긴급 체포되어 서울구치소에 수감된다. 형법 제244조의 음란물 조항에 저촉되어 『즐거운 사라』는 "성욕을 자극·흥분시키고 사회 일반인의 정상적인 성적 수치심과 선량한 성적 도의관념을 해치는" 음란소설로 판정된다. 마광수는 소설을 통해 '인간의 사회적 자아가 아니라 개인적 자아의 측면에 주목하고자 했고, 개인적 자아의 중요한 일면인 성문제를 허심탄회하게 다루고 싶었음'을 밝혔다. 이를 통해 "정치·사회·문화 전반에 걸쳐 이중적 사고방식에 기인하는 보수적 억압의 논리만이 판을 치"는 시대상황에 대한 문제제기의 계기로 삼고자 했음을 강조했다.[4] 또한 그는 법정에서 문학을 법의 잣대로 재는 일 자체의 부당함과 구속수사라는 극한적 방식이 표현의 자유에 위협이 된다는 점을 지적했고, 작품을 통해 무분별한 성의 탈선을 용인하고자 한 것이 아니라 문학을 통한 카타르시스의 기능을 강조하고자 했음을 역설했다. 언론을 중심으로 한 사회 각계각층에서 논란이 있었으나, 1992년 12월 28일 재판부는 저자와 출판사 사장에게 각각 징역 8개월에 집행유예 2년의 형을 선고했다.[5]

장정일의 『내게 거짓말을 해봐』에 내려진 조치의 수순도 거의 동일하다. 간행물윤리위원회가 '음란판정'을 한 후 당국에 조치를 요구했고, 검찰의 전격 구속수사가 시작되었다. 『즐거운 사라』와 마찬가지로 『내게 거짓말을 해봐』는 '남녀 사이에 벌어지는 온갖 문란한 변태

---

4. 마광수, 「작가의 말」, 『즐거운 사라』, 362쪽.
5. 한승헌, 『권력과 필화』, 91~95, 350~352쪽.

적 성행위를 묘사해놓은 상스럽고 퇴폐적인 소설', '스스로 문학이기를 포기한 도색작품'이라는 판정을 받았다.[6]

형법 제243조 및 제244조에서 말하는 '음란'이라 함은 정상적인 성적 수치심과 선량한 성적 도의관념을 현저히 침해하기에 적합한 것을 가리킨다 할 것이고, 이를 판단함에 있어서는 그 시대의 건전한 사회통념에 따라 객관적으로 판단하되 그 사회의 평균인의 입장에서 문서 전체를 대상으로 하여 규범적으로 평가하여야 할 것이며, 문학성 내지 예술성과 음란성은 차원을 달리하는 관념이므로 어느 문학작품이나 예술작품에 문학성 내지 예술성이 있다고 하여 그 작품의 음란성이 당연히 부정되는 것은 아니라 할 것이고, 다만 그 작품의 문학적·예술적 가치, 주체와 성적 표현의 관련성 정도 등에 따라서는 그 음란성이 완화되어 결국은 형법이 처벌대상으로 삼을 수 없게 되는 경우가 있을 수 있을 뿐이다.[7]

'건전한 성적 풍속이나 성도덕' 유지라는 추상적 개념을 남용하여 그처럼 안이하게 '공공복리'의 내용을 넓게 잡는다면 결과적으로 헌법상 표현의 자유는 유명무실해질 수밖에 없습니다. 국민기본권의 하나인 표현의 자유가 무제한일 수가 없듯이 그 자유에 대한 제한에도 엄연한 한계가 있는 것이며, 따라서 '건전한 성적 풍속이나 성도덕'과 같이 개념과 실체가 막연한 풍속론, 도덕론을 가지고 본 건 피고인(의 소설)을 처

---

6. 같은 책, 255쪽.
7. [음란문서제조·음란문서판매] 대법원 2000년 10월 27일 선고 98조 679 판결, 장정일의 소설 『내게 거짓말을 해봐』에 해당하는 판결로, 간행물윤리위원회에 소개된 법원주요 판례의 한 사례다. www.kpec.or.kr/kpec/main.asp

벌하는 이유로 삼는다면 이것은 결국 헌법상 보장된 언론 출판의 자유(헌법 제21조 제1항), 학문과 예술의 자유(헌법 제22조 제1항), 국민의 자유와 권리는… 법률로선 제한될 수 있으나 자유와 권리의 본질적인 내용을 침해할 수 없다는 원칙(헌법 제37조 제2항), 언론·출판은… 공중도덕이나 사회윤리를 침해하여서는 아니 된다는 한계조항(헌법 제21조 제4항)의 법리를 잘못 이해한 탓이라고 아니할 수 없습니다.[8]

앞선 인용문은 간행물윤리위원회에 소개된 법원주요판례의 한 사례로, 장정일의 소설 『내게 거짓말을 해봐』에 해당하는 2000년의 판결의 일부다. 후자의 인용문은 1994년 『즐거운 사라』 사건 당시 한승헌 변호사가 작성한 상고이유서의 일부다.

쟁점은 '외설이나 음란'의 규정과 관련된다. 상고이유서의 논거이기도 했듯, '정상적인 성적 수치심과 선량한 성적 도의관념'을 침해하는 것을 '음란'으로 규정할 때, 여기서 작동하는 기준인 '그 시대의 건전한 사회통념'이 추상적이고 모호한 표현임을 새삼 강조할 필요는 없을 것이다. 모호한 표현임을 인정하고 그럼에도 '음란'에 대한 규정이나 판정이 가능하다고 보더라도, 그 규정 주체가 법의 집행자들이면서도 그들이 내세우는 기준이 '시대의 건전한 사회통념'에 놓인다는 사실을 간과하기는 어렵다. 법의 집행자들의 판정의 면면에는 집합적 주체의 감정이 허용되거나 금지될 수 있는 것이라는 논리, 그것이 법의 이름으로 규제되어야 할 것이라는 논리가 전제되어 있다. 유신시대 이후로 집합적 사회감정에 대한 엘리트적 우월주의는 여전히 견고했으나 그것을 유지하고자 한 논리는 모순적이었다. 법의 집행자의 논리에 따르

---

8. 한승헌, 『권력과 필화』, 185쪽.

면 '외설적이거나 음란한' 소설이 존재한다기보다 '외설적이거나 음란한' 집합적 사회감정이 존재했는데, 그것을 기준으로 소설의 '외설이나 음란'이 규정된다는 공회전의 논리가 반복되었다. 분명한 것은 이러한 '외설이나 음란'의 규정 방식은 법의 집행자들조차 '외설이나 음란'의 판정 기준이 집합적 사회감정에 해당하는 것임을 승인하고 있음의 방증이라는 점이다.

이런 사정을 염두에 두자면, 사법부의 '음란' 개념이 1918년 다이쇼 시대의 판결에 뿌리를 둔 1951년 일본 판례를 복사한 것[9]이라는 사실 자체는 '사회통념'으로서의 '음란' 판정과 관련하여 해소되거나 재고되어야 할 심각한 문제 가운데 하나라 하지 않을 수 없다. '시대'라는 말이 적시하고 있듯, 그 시대를 사는 이들에 의해 조정되고 재조정되는 집합적인 것이라는 의미에서, 사회통념은 '정상적인', '선량한' 혹은 '건전한'과 같은 규율논리를 내상한 형용사와 어울리지 않는 영역이다. 정의로운 사회를 위한 최저선의 합의라는 점에서 법의 자리는 사회의 움직임과 사회적 감정 변화에 기민해야 한다. 말할 것도 없이 집합적 사회감정의 변화와 유동하는 집합적 감정의 실체는 시대와 공간에 따라 매번 재규정되어야 할 것에 가깝다. '음란'의 재규정은 오늘날의 집합적 감정의 위치에 대한 확인 작업이 되어야 하는 것이다.

표현의 자유와 집합적 사회감정

문학적 '외설이나 음란' 표현을 두고 법이 문학작품의 가치와 의미를 평가하는 일이 가능한가를 질문하는 일은 가능하다. 그러나 따지

---

9. 같은 책, 95쪽.

자면 문학작품의 '예술성과 외설성'에 대한 법정 판결이 가능한가의 여부는 그리 중요한 문제가 아니다. 오히려 문제는 법정 판결의 문제가 되면서 생겨나는 부수효과에 있다. 문학적 표현의 자유에 관한 한계선은 비평이 논의해야 할 일이다. 표현의 자유를 법정 문제로 다루는 순간, 한 편의 작품에 대한 판정이나 제재는 그 작품을 배태한 사회 전체에 대한 제재가 된다. 내부 검열 기제를 만들 수밖에 없기에 문학을 포함한 예술적 표현의 가능성은 전반적으로 위축될 수밖에 없으며, 사회 전반에 걸쳐 상상력의 경계도 제한될 수밖에 없다. 문학은 사회를 가체험하게 하는 구체적 사례라는 점에서, 창작자의 활동 반경에 가해지는 제약은 결과적으로 문학의 가치를 손상시키거나 축소시키게 된다.

문제는 여기서 끝나지 않는다. 집합적 감정으로서의 사회 윤리를 법적으로 판정할 수 있는 사례로 다룬 마광수나 장정일 작품을 '판금'한 사태는, '판금'을 통한 위협이 사회 전체의 윤리를 규율할 수 있는 메커니즘이 될 수 있음을 시사한다.[10] 시대와 사회가 허용하는 윤리의 범위가 금서나 '판금' 도서를 만들어낸다. 그러나 금서의 역설은 풍속 금서 논란이 부조리한 시대 윤리의 일면 고발에 한정되지 않음을 말해준다. 풍속 금서 논란은 금서로 지정된 작품이나 법의 제재까지 받아야 했던 작품들이 그 존재로서 시대적, 사회적 감정 집합체의 허용치를 확장하고 재승인하는 기능을 했음을 역설한다. 집합적 감정에 대한 사회적 존중은 수동적으로 주어지는 것이 아니며 존중에 대한 인정투쟁을 통해 획득되어야 할 사안임을 말해주는 것이다.

---

10. 『내게 거짓말을 해봐』 관련 사건의 변호를 맡았던 강금실의 회고의 말을 빌려 권명아가 강조하고 있듯이, '음란성'은 작품이나 장정일이라는 저자에게서 찾아지는 것이 아니라 사람들의 "마음속"에 있는 것이다. 이른바 '음란성' 판정도 저작에 대한 "사람들의 반응을 형법으로 재구성하는 문제"인 것이다. 권명아, 「소년범, 작가, 음란범」, 『음란과 혁명』, 285쪽.

3장

풍자정신의 계보와 집합감정의 장소

유동성과 현장성의 복원

민족문화 유산의 재인식이라는 시대적 요청과 함께 판소리가 학분적 탐구 대상이 된 이후로, 김태준(『조선소설사』, 초판 1933, 증보판 1939), 김재철(『조선연극사』, 1939), 정노식(『조선창극사』, 1940), 이병기(『국문학개론』, 1961), 김동욱(『한국가요의 연구』, 1961 ; 『춘향전연구』, 1965), 신재효본을 발굴하고 정리한 강한영, 판소리의 구조적 특질에 대한 새로운 관점을 제시한 조동일, 음악적 연구에 집중한 이보형, 판소리의 서사적 구조가 지닌 독자적 원리를 밝힌 김흥규에 이르는 판소리 연구 40년을 돌아보는 자리를 통해, 1970년대까지의 연구사를 검토하면서 김흥규가 새로운 연구의 요청으로서 강조한 것은 판소리의 독자적 영역 확보와 그에 입각한 판소리 연구의 독립성이었다. 김흥규는 그간 판소리가 판소리계 소설과 고전소설 일반과 함께 연구되었으며, 그에 따라 기록문학인 판소리계 소설이나 현장예술적 총체성이 제거된 창본이나 사설과 '구비문학인 판소리'가 구분 없이 연구되었던 점을 지적했고, 판소리 자체의 존재방식과 성격 고찰로의 연구 방향 전환을

촉구했다.[1]

판소리의 독자성 확립과 판소리 연구의 전문화와 세분화에 대한 김흥규의 이러한 요청을 개별 연구자의 입장으로 치부할 수만은 없다. 이는 1970년대 전후로 사회 전반에서 이루어지던 근대화의 일환으로서, 대학 안팎을 넘나들며 이루어진 학술장 수립 과정이자 '민족'과 '전통'에 대한 관심을 중심축으로 하는 '한국적인 것(민족적인 것)'의 수립이라는 시대적 요구로서 이해되어야 한다. 연구사의 방향 전환에 대한 이러한 요청은 이후 적극적으로 수용되어 판소리의 발생적 기원과 판소리의 범주 확정을 골자로 하는 연구사적 성과로서 축적되었다. 특히 상반된 요소들로 이루어진 판소리의 성격 구명과 그것에 기초한 판소리 범주의 재구축 작업으로 구현되어왔다. 한국 고유의 문화에 대한 관심이 전 지구적으로 확장되는 문화의 세계화 시대를 맞이하여 판소리의 의미와 그에 대한 연구의 지향에도 새로운 관점이 요구된다는 점을 고려하자면, 그간의 작업이 야기한 역설적 위험성을 짚어보아야 할 시점이다.

판소리 범주의 재구축 작업은 자칫 문화유산(무형문화재 제5호)으로서의 판소리를 정전화하는 작업으로 귀결할 수 있다. 판소리의 역사적 유의미성에 대한 강조가 창악으로서의 판소리 전수에서 나아가 창작 판소리의 공연화나 한류의 영역 확장, 연동한 다채로운 공연화, 컨버전스 시대의 미디어 산업화, 그리고 그로부터 파생된 영화·연극·오페라·무용·애니메이션이나 만화·웹툰 등의 판소리 문화콘텐츠화, 디지털 아카이브 구축과 판소리 사전 편찬, 교육 프로그램이나 앱

---

1. 김흥규, 「판소리 연구사」, 『판소리의 이해』, 조동일·김흥규 엮음, 창작과비평사, 1978, 325~342쪽.

개발로 이어지는 것은[2] 한편 반가운 일이다. 그러나 판소리의 역사화가 자칫 판소리를 역사적 문화 유물로서 고립시키고 그 의미를 화석화하는 작업이 될 수 있는 상시적 위험을 염두에 둘 필요가 있다. 판소리를 지켜야 할 전통 자산의 자리에 놓을 때 판소리는 현대적 변용의 대상이 되지만, 시대와 호흡했던 판소리 특유의 유동성과 현장성을 누락시킬 때 판소리의 현대화는 판소리의 정전화를 가속화할 수 있다. 그 과정에서 판소리 자체는 트랜스 미디어 시대의 콘텐츠 원료 이상이 되지 못한 채 확장과 발전이 불가능한 유물로 고착될 수도 있다. 결과적으로 판소리의 다층적 특질을 획일화하게 하는 역설에 처할 수 있는 것이다.

판소리의 문화적 현대화

판소리의 현대화는 판소리 범주에 대한 질문을 안고 있다는 점에서 자체로 판소리 범주의 재구축 작업과 직결되는 문제다. 판소리의 현대화나 현대적 변용이 규정된 틀에서 논의될 수 없는 이유가 여기에 있다. 현대화의 대상이 무엇인가에 대한 질문이 곧바로 '판소리란 무엇인가'라는 판소리 자체의 성격 규명 논의로 이어지게 되는 것이다. 판소리의 발굴 및 복원, 판소리의 연행적 재연, 판소리 서사의 현대적

---

2. 김기형, 「창작판소리 사설의 표현특질과 주제의식」, 『판소리연구』 5, 1994; 김기형, 「또 랑광대의 성격과 현대적 변모」, 『판소리연구』 18, 2004; 최동현, 「판소리 문화 콘텐츠에 관한 연구」, 『판소리연구』 22, 2006; 김동건·최운호, 「판소리 자료의 디지털 아카이브 구축 현황과 방안, 그리고 전망」, 『판소리연구』 25, 2008; 최동현, 「판소리의 세계화에 관하여; 가능성을 위한 시론」, 『판소리연구』 26, 2008; 이명진, 「판소리 콘텐츠의 애니메이션화 연구」, 『판소리연구』 27, 2009; 채수정, 「학교 교육 안에서의 판소리 교육 현황과 실태」, 『판소리연구』 30, 2010 등.

활용, 판소리 단위 장면의 모티프적 활용, 창과 아니리와 같은 형식적 특질의 차용, 사설의 문체적·리듬적 활용, 판소리 정신의 현대적 구현, 현대문학의 전통적 자원으로서의 정서와 리듬 등 일관된 틀로 분류할 수 없을 정도의 현대화 가능성이 열려 있다고 할 수 있는데,[3] 이러한 가능성의 폭이 곧 판소리 고유의 성격 범위를 말해주기도 하는 것이다.

김흥규가 작성한 〈판소리관계연구논저 목록〉[4]의 분류 − 판소리 일반, 장르론, 신재효, 판소리사, 문학적 연구(주제·의식, 인물, 문체, 미적 특질, 소재 및 삽입요소, 작품론, 개별 작품론), 음악론, 창자·연희론, 자료·서지·회고·증언, 창극, 유사연희, 현대적 수용 − 를 통해, 그간 마련된 판소리의 범주와 판소리 연구 대강의 스펙트럼을 확인할 수 있다. 체계를 갖춘 틀은 아니지만 이후의 작업들도 대체로 이 분류를 크게 벗어나지 않는다고 보아도 좋다. 이 분류에 의한 연구들 가운데 큰 비중을 차지하는 것은 문학 영역의 연구다. 세계화 추세에 따른 보편적 측면을 강조하면서 판소리의 현대화 작업이 음악적 요소에 집중하고 있지만, 이러한 일부 연구를 차치하고 보면 여전히 판소리 연구에서는 문학 영역이 주를 이룬다. 1900년대 전후를 기점으로 한 시기 구분에 입각해 연구 대상을 구분하고 있는 (한)국문학의 분과학문적 특성과도 무관하지 않은바, 대개 고전문학 분야를 중심으로 이루어져왔으며, 현대문학 분야에서는 근대문학에 덧붙어있는 잉여적 요소를 해명하기 위해 판소리에 관심을 기울여왔다.

1990년대 이후로 이루어진 '근대성'modernity에 대한 폭넓은 재고

---

3. 이진원, 「판소리 〈춘향가〉의 현대적 재창조에 관한 연구」, 『판소리연구』 19, 2005 ; 이경수, 「판소리의 현대적 변용 가능성에 대한 시론」, 『판소리연구』 28, 2009 등.
4. 김흥규, 「판소리 연구사」, 『판소리의 이해』 참조.

작업의 여파로서 그간 문학 범주의 자명성이 회의에 부쳐졌고, 문학과 문학 아닌 것 사이의 경계가 희미해졌다. 이러한 흐름에 비추어 판소리에 대한 논의도 문학적 관심에서 나아가 좀 더 확장된 시야를 마련할 필요가 생겨났다. 앞서 김흥규가 1970년대 중반에 요청했던 연구 경향의 방향 전환이 정반대의 방향으로 되돌려질 필요가 있다고 말할 수도 있다. 무엇보다 전문화되고 세분화된 연구는 종합적이고 통합적인 시선의 확보로 재정립되어야 한다. 현대문학에서 활용이 가장 많은 판소리는 '춘향가'로, '춘향가'의 여러 대목들은 현대시의 모티프로 활용되곤 했다.

> 詩를 쓰되 좀스럽게 쓰지 말고 똑 이렇게 쓰렸다
> 내 어쩌다가 붓끝이 험한 죄로 칠천에 끌려가
> 볼기를 맞은시도 하도 오래라 삭신이 근질근질
> 방정맞은 조동아리 손목댕이 오물오물 수물수물
> 뭐든 자꾸 쓰고 싶어 견딜 수가 없으니, 에라 모르겠다
> 볼기가 확확 불이 나게 맞을 때는 맞더라도
> 내 별별 이상한 도둑 이야기 하나 쓰겠다.[5]

"시를 쓰되 좀스럽게 쓰지 말고 똑 이렇게 쓰렸다"로 시작되는 김지하의 「오적」이 "북을 치되 잡스러이 치지 말고 똑 이렇게 치렸다"로 시작되는 세창서관판 「흥보전」의 첫 대목을 연상시키며, 「오적」의 마지막 대목인 "허허허 / 이런 행적이 백대에 민멸치 아니하고 人口에 회자하여 / 날같은 거지시인의 싯귀에까지 올라 길이길이 전해 오것다"

---

5. 김지하, 「오적」, 『오적 ─ 결정본 김지하 시전집 3』, 솔, 1993, 25쪽.

가 「흥보전」의 마지막 대목인 "그 일흠이 백세에 민멸치 아니할뿐더러 광대의 가사의까지 올나 그 사적이 백대의 전해오더라"를 연상시키는 것은 익히 알려져 있기도 하다.

이러한 성과에도 불구하고 판소리의 현대적 변용 논의가 시, 소설, 희곡, 연극 등 하위 세부 장르의 경계를 넘어서는 시야를 확보한 경우는 드물다. 판소리의 일면적 특질을 중심으로 한 연구는 판소리의 역사적 계승의 측면을 충분히 짚어내지 못하고 있다. 이는 연구의 시기적 일방향성이 갖는 한계와도 무관하지 않다. 고전문학과 현대문학을 단절적으로 이해하는 관점은 판소리의 계승에 관한 풍부한 이해를 어렵게 하는 문제적 면모다. 분과 내의 세분화된 영역에 고립되어 있거나 분과 학문의 경계 내에 갇혀 있는 시야를 극복할 수 있는 총괄적 시야가 마련될 때, 판소리의 현대화에 대한 새로운 고찰은 문학 연구 영역에서 여전히 한국문학 연구가 해결해야 할 주요과제 가운데 하나인 근대단절론 극복에 새로운 시야를 제공해줄 수 있을 것이며, 판소리 연구의 문화적 탐색 가능성을 열어줄 수 있을 것이다. 시대와 호흡하면서 종합예술로서의 가치를 마련했던 판소리는 문학적 연구의 틀에서 벗어나서 다양한 문화적 현대화 가능성을 가늠해보는 자리에서 보다 풍부해질 수 있는 것이다.

1970년대 · 김지하 · 「오적」

김지하 「오적」의 의미[6]는 종합문화예술로서의 판소리의 계승과

---

6. 1970년 5월호 『사상계』에 발표한 「오적」이 처음부터 문제가 되었던 것은 아니다. 이후 신민당 기관지 『민주전선』에 작품 전문을 게재했는데, 이를 두고 뒤늦게 「오적」이 '북괴의 선전활동에 동조한 것'으로 보고 김지하를 반공법 위반으로 체포했다. 아울러

복원 가능성을 보여주었다는 점에 있다. 박동실 명창의 '역사가'나 박동진 명창의 '성서판소리'와 같은 창작 판소리 실험이 있으며, 공옥진의 창무극, 연극적 측면을 강조하는 현대적 변용으로서 창극, 서사마당극 등의 시도가 있었고, 김지하의 담시를 판소리로 부른 임진택에의해 사회운동과의 결합 가능성이 시도되었다. 창작 판소리에 대한 관심은 〈또랑광대 전국연합회〉의 결성으로 이어지기도 했다. 다른 한편으로 판소리의 단위 장면을 시적 모티프로 차용하거나 서사를 변형시키고 사설을 문제로 차용하는 등 다양한 문학적 변용이 지속되었다. 이러한 현대화 작업의 가능성을 새롭게 열어준 계기는 바로 1970년대에 김지하를 통해 시도된 '담시'였다.[7]

『사상계』 발행인과 편집인, 『민주전선』의 편집인 등이 구속되었고 『사상계』는 판매금지되었으며 결국 『사상계』는 9월에 등록 취소되면서 폐간되기에 이르고 『민주전선』도 압수 처분된다. 6월에 사건이 국회에서 문제가 되자, 여야 총재 타협으로 한 달 만에 판사 직권으로 풀려난다. 1972년 4월 「비어」가 실렸던 가톨릭계 종합지 『창조』가 반공법 위반으로 기소되고, 『창조』는 판매 금지되었고 발행인 유봉준 신부와 주간 구중서가 연행되었다. 1974년 1월 '긴급조치'가 발표되고 유신체제를 반대하는 인사들이 군사재판에서 처벌되는 초법적 상황이 벌어지자, 김지하는 1974년 4월 24일 '민청학련사건' 관련해서 구속되어 사형선고를 언도받는다. 사형 구형이 있던 7월 10일 전후로 일본을 중심으로 김지하를 돕기 위한 국제적 움직임이 활발히 전개되었고, 이때부터 세계적으로 이름난 지식인들이 김지하의 석방을 요구하는 호소문에 서명하고 개별 국가별로 구원활동을 시작했다. 이러한 내외의 압력으로 김지하와 함께 긴급조치 위반자들은 1975년 2월 대부분 풀려났다. 1975년 2월 15일 형 집행정지로 출감한 김지하는 그간 옥중에서 겪은 일을 1975년 『동아일보』에 「고행-1974」(3회, 2월 25일~27일)이라는 글로 발표하는데, 인혁당과 민청학련 사건의 진상을 널리 알린 이 글이 문제가 되어 1975년 3월 14일 반공법 위반 혐의로 재수감된다. 김지하의 「양심선언」이 국내외로 퍼져나가 양심수의 대표적 인물이 되었고, 〈아시아·아프리카작가회의〉 주관의 로터스상 특별상이 수여되는 등, 세계 각지에서 김지하의 구명을 위한 운동이 이루어졌으나, 김지하는 1982년에야 출감하게 된다.

7. 아울러 판소리로 공연된 임진택의 작업의 의미가 크다 하겠다. 〈분씨물어〉(糞氏物語)의 개칭인 〈똥바다〉, 〈오적〉, 〈소리내력〉, 〈오월광주〉로 이어진 임진택의 작업을 계기로 창작판소리 작업은 새로운 국면을 맞이한다. '또랑광대'의 활동과 함께 2001년 전주산조페스티벌에서 개최된 제1회 '또랑깡대 콘테스트'의 수상작인 박태오의 〈스타대전〉과 김명자의 〈슈퍼댁 씨름대회 출전기〉는 큰 반향을 일으켰으며, 이후 젊은 창작판소리 운

「오적」이 되살리고 있는 판소리적 성격[8]을 차치하더라도, 문학 내의 세부 장르 구분이나 문학과 문학 바깥 즉, 문학과 정치의 경계를 가로지르는 '담시'를 창작함으로써, 김지하는 판소리를 (재)발견하는 동시에 판소리 현대화의 한계를 뚜렷하게 보여주었다. 판소리의 현대화와 관련해서 김지하 「오적」의 문학적 성취 이상의 의미를 읽어내야 하는 이유가 여기에 있다.

조동일과 심우성이 주도했던 〈우리문화연구회〉 활동을 하면서 전통문화에 관심을 가지게 된 김지하는 한 편의 시 안에 이야기를 담는 '담시'에서 판소리 고유의 특질을 다양하게 활용했다. '담시'의 이름으로 발표되었던 「오적」은 이후 김지하 자신에 의해 '단형 판소리'로 명명된 바 있다. 실제로 판소리의 현대화는 『청맥』으로부터 동학혁명에 관한 장편서사시를 청탁받았던 때로부터 '문학과 정치'의 형식적 간극 해소를 위해 김지하가 스스로에게 부과했던 과제 가운데 하나였다. 민담, 서사민요, 판소리 양식의 수용을 통해 이루어진 담시라는 형식 실험은 1970년대에 주로 이루어졌으며, 대표작으로 「오적」(1970), 「앵적가」(1971), 「비어」(1972)[9], 「똥바다」(1974), 「오행」(1974)이 있다.[10]

동은 유동성과 현장성을 되살리는 새로운 흐름을 만들고 있다. 현재 개별 작품에 대한 연구도 축적되는 중이다.

8. 임진택, 「살아있는 판소리」, 백낙청·염무웅 엮음, 『한국문학의 현단계』 2, 창작과비평사, 1983, 335쪽. '「오적」은 아니리로 나가다가 다섯 도둑이 시합을 벌이는 장면에서 창으로 들어가는데, 거들먹거리는 내용 및 수다스러운 정경은 중중머리 장단이나 잦은 몰이 장단으로 엮어나갈 만한 대목이다. 도둑시합이 끝나고 오적을 잡아들이라는 어명이 떨어지면 포도대장이 꾀수를 잡아다 족치는 장면이 이어지는데, 빠른 잦은몰이 장단으로 다루어질 대목이다. 특히 포도대장이 꾀수를 신문하는 대목은 판소리 사설에서만 발견되는 구비 전승형 문체로 이루어져 있다.'

9. 1972년 4월 가톨릭계 잡지 『창조』에 실린 「비어」는 세 편의 담시로 이루어져 있다. 이농 탈향 시대인 1970년대 이농민이자 판자촌 주민 안도의 사연을 그린 「소리내력」, 대연각 화재를 배경으로 상류사회의 허위와 위선을 폭로한 「고관」, 권력과 종교의 문제를 다룬 「육혈포 숭배」가 그 세 편이다.

「오적」의 판소리 계승의 면모는 구성·형식·사설 등 다양하게 지적되지만, 판소리 전통은 실상 풍자정신에 모아져 있었다. 「오적」은 작품만으로는 그 의미 맥락이 충분히 다 드러나지 않는데, 그것은 '풍자 대상을 상정하는 풍자정신'이 「오적」을 특징짓는 존재론적 특질이기 때문이다. 「오적」은 오적의 풍자 대상에 대한 이해 없이 의미의 완성이 불가능한 작품이다. 판소리의 재발견은 「오적」을 1970년대 풍경 속으로 되돌릴 때 아니 정치적 맥락이나 사회 현실 위에 겹쳐 놓을 때 분명해지는 것이다.

한일회담 반대 투쟁이 점차 활기를 잃어가는 와중에 부정 선거와 3선 개헌 등 1960년대 중후반부터 점차 군사독재의 장기화가 기도되었다. 동백림 사건, 〈민족주의비교연구회〉 사건 등 반체제적 움직임에 대한 탄압이 극심해졌고, 하층민의 일상적 삶의 피폐화가 체제를 위협할 정도로 심각한 수준에 이르고 있었다. 이를 단적으로 보여주는 사건으로 1970년 11월 평화시장 노동자 전태일의 분신과 1971년에 벌어진 광주대단지 사건을 들 수 있다. 노동권 보장과 사회정의의 실현을 부르짖었던 전태일의 분신과 함께, 서울의 판자촌 사람들을 경기도 광주에 강제 이주시켜 물도 전기도 공급하지 않은 채 모아놓자 철거민들이 생명 유지가 어려운 극심한 빈곤 상태에서 관공서에 불을 지르면서 저항한 사건은 박정희 정권의 폭력적 억압이 일상적 삶의 영위조차 불가능하게 할 정도로 심각한 수준이었음을 알리는 전환적 사건이었다. 이러한 현실의 모순을 「오적」은 재벌, 국회의원, 고급공

---

10. 김지하의 「오적」과 '담시'로 명명된 이후 작업들을 두고 논자에 따라 다른 명명법이 논의된 바 있다. '판소리 시', '단편 판소리', '혼성모방적 패러디', '판소리계 담시', '판소리 패러디' 등. 송영순, 「김지하의 〈오적〉 판소리 패러디 분석」, 『한국문예비평연구』 23, 2007. 앞서 언급했듯이 세분화, 전문화를 목표로 하는 장르 구분과 명명 작업은 총괄적 시야 속에서 통합적으로 논의될 필요가 있다.

무원, 장성, 장차관에 대한 비판과 풍자를 통해 누설하고 있었다. 그렇게 정치를 문학화·문화화하고 있었던 것이다.

풍자정신과 집합감정의 공간

신새벽 뒷골목에 네 이름을 쓴다 민주주의여
내 머리는 너를 잊은 지 오래
내 발길은 너를 잊은 지 너무도 너무도 오래
오직 한가닥 있어 타는 가슴 속 목마름의 기억이
네 이름을 남 몰래 쓴다 민주주의여

아직 동 트지 않은 뒷골목의 어딘가
발자욱소리 호르락소리 문 두드리는 소리
외마디 길고 긴 누군가의 비명소리
신음소리 통곡소리 탄식소리 그 속에 내 가슴팍 속에
깊이깊이 새겨지는 네 이름 위에
네 이름의 외로운 눈부심 위에
살아오는 삶의 아픔
살아오는 저 푸르른 자유의 추억
되살아오는 끌려가던 벗들의 피 묻은 얼굴
떨리는 손 떨리는 가슴
떨리는 치떨리는 노여움으로 나무판자에
백묵으로 서툰 솜씨로
쓴다.

숨죽여 흐느끼며

네 이름을 남 몰래 쓴다.

타는 목마름으로

타는 목마름으로

민주주의여 만세[11]

1982년 석방된 이후로 1963년부터 1975년까지 발표된 시를 모아
발간한 김지하의 『타는 목마름으로』에 실린 표제시 「타는 목마름으
로」의 전문이다. 1980년대를 거치면서 한국에서 이 시는 시라기보다
노래가사로 더 많이 기억된다. 이러한 사정 역시 김지하 시의 서정성이
갖는 음악성의 결과라기보다 김지하 시가 놓인 시대적 정황과의 관련
속에서 이해되어야 한다. 토속어와 시사용어의 종횡무진한 구사로 시
어의 범위를 넓히고 판소리 형식의 활용을 통해 현대문학과 전통의
간격을 좁히며 시의 사회적 비중을 확대했다[12]는 김지하의 「오적」에
대한 백낙청의 평가에서 강조된 점 역시 시대적 현실의 시적 언어화에
놓여 있었다. 말하자면 「오적」을 통해 확보된 판소리의 유동성과 현
장성은 공연이 이루어지는 무대이자 서사의 틀(김동욱, 서대석, 김흥
규)로서의 '판'의 다층적 의미를 포괄할 뿐 아니라 집합감정이 가시화
되고 소통될 수 있는 공간으로서의 의미를 갖는 것이다.

문학을 넘어선 문화적 차원으로 보자면, 그간 판소리에서 가장
소홀히 다루어진 지점은 시대 현실과의 상관성이다. 음악성이 가미된
이야기 형식의 활용을 통해 당대성이 복원되고 있고 음악적 공연을

---

11. 김지하, 「타는 목마름으로」, 『타는 목마름으로』, 창작과비평사, 1982, 8쪽.

12. 백낙청, 「민족문학의 현단계」, 『창작과비평』, 1975년 봄호, 21쪽.

통해 유동성과 현장성의 현대적 계승이 이루어지고 있는 것은 분명하지만, 김지하의 「오적」을 통해 뚜렷하게 가시화된 풍자정신은 사실상 판소리의 현대화 과정에서 누락된 영역이자 김지하에 의해 새롭게 발견된 영역이라고 해야 한다. 김수영의 시에 대한 비판적 검토를 통해 밝히고 있듯이 김지하가 현대시의 자원으로서 복원하고자 한 민예와 민요, 판소리로 대표되는 전통은 '풍자와 해학'의 면모다.

김지하는 그것이 민중적 비애를 품을 때 유의미한 것임을 강조했다. 민중, 민중적인 것이 무엇인가에 대한 질문이 따로 덧붙어야 하겠지만, 김지하가 민중적인 것에 입각한 풍자를 강조할 때 그것은 풍자의 방향성에 대한 강조에 가까웠다. 김지하는 부패한 권력으로 대표되는 비판 대상을 향한 풍자만이 민중적인 것의 구현임을 역설했다.[13] 김지하 담시의 풍자성은 판소리 사설의 활용을 통해 확보될 수 있었다. 판소리 사설을 통해 서술자의 비판적 태도를 유지하면서도 비판의 대상인 시대 현실에 대한 풍자적 태도를 효과적으로 확보할 수 있었던 것이다.[14]

김지하에 의해 복원된 판소리 고유의 성격을 풍자정신으로 요약할 수 있다면, 이는 민중적인 것에 대한 김지하의 지향과는 실상 어긋난 면모를 가진 것이기도 하다. 이후 민중 서정과 생명 사상에 대한 강조로 나아간 김지하의 행보에 비추어보아도 확인할 수 있듯, 김지하에게서 포기될 수 없는 '전통'은 '한국적인 것'으로서의 비판적 지성이자 풍자적 정신이었다. 시대 현실이라는 물질성을 작품 속에 끌어들임으로써, 반대로 작품을 통해 사회 현실이라는 구체성에 눈 돌리게

---

13. 김지하, 「풍자냐 자살이냐」, 『시인』, 1970년 7월호.
14. 강영미, 「김지하 담시의 판소리 수용양상 연구」, 고려대 대학원(석사), 1995.

함으로써, 김지하의 풍자정신은 판소리의 유동성과 당대성을 복원하면서 정치와 문학의 균형감을 마련할 수 있었다. 현실 정치를 문학화하면서 랑시에르적 의미에서 정치성을 확보할 수 있었고, 이른바 감각의 재편 가능성을 엿볼 수 있었던 것이다. 이후 이 비판 정신과 비판의 대상 즉 풍자 정신과 시대 현실 사이의 균형이 깨지자 판소리의 활용도 활기를 잃게 되는데, 그때 김지하의 비판정신이 내장한 추상성은 오롯이 그 모습을 드러내게 된다.

김지하의 담시 실험이 포착한 것은 문학과 정치의 틈에 놓인 '무엇'이었고, 그 틈은 말하자면 가시화되지 못한 채 떠돌던 집합감정의 장소였다. 김지하의 담시에서 판소리의 성격은 그 언로를 봉쇄당한 집합감정의 분출과 그것의 포착을 가능하게 한 유용한 요소였던 것이다.[15]

---

15. 흥미롭게도 그러한 풍자의 면모는 김어준·정봉주·주진우·김용민 진행으로 이루어졌으며 경이로운 인기를 이끌었던 팟캐스트 프로그램 〈나는 꼼수다〉(2011.4.27~2012.12.18)와 그에 대한 열풍을 떠올려보게 한다. 언어와 음성적 요소의 적절한 활용을 통한 풍자정신을 통해 그간 단절된 것처럼 보였던 김지하의 담시 정신의 귀환을 〈나는 꼼수다〉 열풍에서 떠올려보아도 좋을 듯하다.

4장

열풍시대의 문화적 감염력과 노이즈의 감정정치

대중매체는 대규모로 잠재화한다. 그러나 잠재적인 것은 억제된다. 그리고 잠재적인 것의 발생과 그 한정은 모두 미디어의 문화-정치적 기능의 부분으로, 다른 장치들에 연결된다. 미디어가 송신하는 것들은 불확정성의 위반들이다.

— 브라이언 마수미, 『가상계』

풍자만이 시인의 살 길이다. 현실의 모순이 있는 한 풍자는 강한 생활력을 가지고, 모순이 확농하고 있는 한 풍자의 거친 폭력은 갈수록 날카로워진다. 얻어맞고도 쓰러지지 않는 자, 사지가 찢어져도 영혼으로 승리하려는 자, 생생하게 불꽃처럼 타오르려는 자, 자살을 역설적인 승리가 아니라 완전한 패배의 자인으로 생각하여 거부하지만 삶의 고통을 견딜 수가 없는 자, 삶의 역학(力學)을 믿으려는 자, 가슴에 한이 깊은 자는 선택하라. 남은 때가 많지 않다. 선택하라, '풍자냐 자살이냐.'

— 김지하, 「풍자냐 자살이냐」

탈정치의 일상과 민주주의 위기의 안팎

최장집은 『민주화 이후 민주주의』의 서두를 이렇게 시작한다. "한국 사회에서 민주주의는 사회의 다양한 갈등과 이익을 정치적으로 표출하고 대표해 대안을 조직함으로써, 한편으로 대중 참여의 기반을 넓히고 다른 한편으로 정치체제의 안정에 기여하는 본래의 기능을 하지 못하고 있다. 한국 민주주의는 기존의 냉전 반공주의의 헤게모니와 보수 편향의 정치 구조에 그저 얹혀 있는 외피에 불과한 것이 되고 말았다. 그 결과 특권적 기득 구조와 계급 구조는 심화되었고 사회의 공동체적 기반은 더욱 약화되었으며 개인의 삶도 황폐화되었다."[1] '민주화 이후 민주주의'를 말하기 위해 그가 한국사회의 문제로서 지적한 것은 낮은 투표율로 대표되는 참여와 대표성의 위기, 보수 편향 정치적 대표 체제의 강화, 교육과 계급의 구조화와 연동한 계급 간 불평등 구조의 심화, 중앙의 초집중화와 지방의 배제가 야기한 한국사회의 질적 저하의 면모다. 그는 민주화 이후의 한국사회가 심지어 질적으로 더 나빠졌음을 지적했다.[2]

최장집이 지적한 한국사회의 면모는 아무도 부인할 수 없는 한국사회 실상이다. 민주화와 자유화의 물결 속에서 정치의 혼미와 무능을 틈타 재력과 전문성, 여론 조작력 등을 가진 관료(검찰이나 모피아 등), 재벌, 토건족, 언론집단 등의 정치사회적 힘이 급성장했으며[3], 그리하여 사회적 유대의 절연으로 이른바 '무도덕적 가족주의'amoral familism라 부를 만한 성향이 강화되었고,[4] '자기계발에의 의지'라는 새로운 정치적 합리성이 한국사회를 지배하게 되었다.[5] 공공적 생활보장도 치안에 한정된 안전의 의미로, 일상의 영위도 생존을 위한 서바이벌의 의미로 치환되었다. 생산과 재생산 구조 전반에서 한국사회의

---

1. 최장집, 박상훈 개정, 『민주화 이후 민주주의』, 후마니타스, 2010 (초판 : 2002), 19쪽.
2. 같은 말을 반복하자면, "계급 긴 불평등 구조는 훨씬 빠른 속도로 심화되어 왔으며, 괴거 교육과 근면을 통해 가능했던 사회이동의 기회는 크게 줄어들었다. 어느덧 서울의 강남을 중심으로 상층계급 문화가 발전하고 소득과 교육의 기회가 점차 정비례하는 현실이 되었다. 그러면서 중산층 상층의 특권화된 사회 부분과 나머지 서민이라고 할 수 있는 사회 부분 간의 괴리는 심화되었다."(같은 책, 8쪽).
3. 김대호, 「2013체제는 새로운 코리아 만들기」, 『창작과비평』, 2011년 가을호, 104쪽.
4. 김종엽, 「더 나은 체제를 향해」, 『창작과비평』, 2011년 가을호, 20쪽.
5. 서동진, 『자유의 의지 자기계발의 의지』, 돌베개, 2009, 365쪽.

질적 저하가 심화되면서 현 체제의 지속불가능성이 역설되고 있다. 민주화 이후 한국사회에 전면적 체제 재편이 요청된다는 논의가 진영과 입장을 떠나서 폭넓은 동의를 얻고 있는 것이다.

생존을 위한 일상의 지속마저 가로막고 있는 거대한 힘은 신자유주의 광풍으로 요약되는 경제적인 것임이 분명하다. 그러나 적대적 전선이 뚜렷하지 않은 구조적 폭력 시대에 처해 저항의 전환적 국면을 마련하기는 쉽지 않다. 구조적 폭력의 하중을 대체로 개별자로서의 개인이 감당해야 할 형국이 되었기 때문이다. 그렇다고 시장의 위협에 처한 개인이 국가로부터 보호받을 수 있으리라 가정하기도 쉽지 않다. 알다시피 국가와 시장은 보다 효율적 이익창출 구조를 위해 오히려 은밀하면서도 노골적인 방식으로 그 연계를 강화하고 있다. 이런 맥락은 경제적인 층위의 보이지 않는 힘에 대항하고 더 나은 체제를 상상하기 위해 정치적인 것과 사회적인 것에 대한 관심이 좀 더 역설될 필요가 있음을 말해준다. 정치의 새삼스러운 중요성이 환기되어야 할 때인 것이다.

지식인들이 담당해 온 새로운 체제에 대한 상상과는 별도로 일상경험의 수준에서 새로운 체제에 대한 상상은 가능한 것일까. 이 물음은 민주주의의 원리에 맞게 시장과 국가를 재조직할 수 있는 방법(최장집, 262쪽)에 대한 질문일 것인데, 이는 곧 획득된 민주주의를 어떻게 지속하거나 실현시켜나갈 것인가에 관한 질문이기도 하다. 이와 관련해서 최장집은 정당정치의 가능성을 환기하고 거기에 주목할 것을 강조했다. 정당정치의 가능성에 관한 한 여기에 어설픈 견해를 덧붙일 필요는 없을 것이며, 이러한 판단의 정치공학적 가치와 정당성에 대한 검토는 정치학 영역이 담당할 몫으로 남겨두어도 좋을 것이다.

짚어두어야 할 분명한 점은, 정당정치의 확립과 쇄신에 민주주의의 구체적 실현이라고 할 수 있는 새로운 체제로의 길이 놓여 있다는 최장집의 판단이 극심해진 일상과 정치의 분리 문제에 대한 그 자신의 고심의 해결책이라는 사실이다. 일상과 정치의 분리가 구체적으로 사회적 기반 없는 정치적 대표 체제와 대표되지 못한 채 부정적 방식으로 저항하는 비투표 유권자 사이의 균열(최장집, 41쪽)로 가시화되고 있다는 판단을 통해 그가 역설하고자 한 것도 일상을 영위하는 다양한 주체들의 '대의'가 대표성을 획득하지도 뚜렷하게 수렴되지도 못하고 있음에 대한 환기였다고 해야 하는 것이다.

일상과 정치의 분리라는 이런 상황은 새로운 체제에 대한 다수의 열망이 특정한 개인에게 과도하게 투여되는 기현상을 불러일으키기도 했다. 가령, '안철수 현상'이나 〈나꼼수〉[6] 열풍은 한국사회가 보여준 과도하고 기이한 열망 표출의 대표적 사례다. 탈정치화된 일상 자체가 한국 민주주의의 위기라고 말할 수도 있을 것인데, 이는 거꾸로 민주주의에 대한 논의가 일상과 정치의 단절면 '사이'에 소통의 길을 내는 일로부터 시작될 수 있다는 말로 바꿔 표현될 수도 있겠다. 물론 일상과 정치의 '사이'는 결코 공간적 위치성이나 제도 혹은 언어 규약과 같은 단일한 층위의 권역으로 설명될 수 없다.

그럼에도 '안철수 현상'이나 〈나꼼수〉 열풍을 통해 그 '사이'에 대한 일상적 주체들의 분노와 절망의 수위가 높으며 그 '사이'에 통로를 만들고자 하는 열망 즉, 새로운 체제에 대한 열망이 그만큼 강렬하다는 점만은 분명한 사실로서 확인해둘 수 있다. 〈나꼼수〉 열풍에는 일상생활 속에서 발생하는 '다른' 의견들, 요구와 불만과 개선책 그리고

---

6. 〈나는 꼼수다〉(이하 〈나꼼수〉)는 김어준·정봉주·주진우·김용민 진행으로 2011년 4월 27일부터 2012년 12월 18일까지 총71회(총 33회, 호외 12회, 특별공지 1회, 봉주 25회) 이루어진 팟캐스트 프로그램이다.

사회를 움직이는 법적·제도적 차원의 연계성 회복에 대한 관심이 집합감정7의 형태로 녹아 흐르고 있었던 것이다.

당겨 말하자면, 〈나꼼수〉의 등장과 그것이 야기한 열풍 현상은 의회 내 절차적 민주주의의 위기를 단적으로 말해주는 것이자, 일상적 주체가 정치에 개입할 수 있는 조건과 경로가 봉쇄되었음을 보여주는 반증이라고 해야 한다. 〈나꼼수〉는 B급 농담과 잡담을 통해 봉쇄된 통로를 적나라하게 노출했을 뿐 아니라 일상과 정치의 경화된 경계를 뒤흔드는 효과를 불러일으켰다. 의도와 무관하게 〈나꼼수〉는 한국 의회 민주주의의 위기 현장에서 소통 가능한 민주주의의 실현에 대한 성찰과 실천을 촉구했다.

'사사로운' 방송과 '유동하는' 미디어

〈딴지일보〉에서 제작한 〈나꼼수〉는 김어준(딴지일보), 정봉주(전 국회의원), 주진우(『시사IN』 기자, 8회부터 합류), 김용민(시사평론가)이 만들어낸 팟캐스트 방송 프로그램이다. '가카헌정방송'을 표방하는 B급 정치풍자 뒷담화인 〈나꼼수〉는 엄청난 위력으로 방송 자체에 대한 열광을 이끌고 팬덤을 형성하며 사회적 영향력을 행사했다.8 〈나꼼수〉에 관한 그간의 논평이나 연구들이 한결같이 강조하듯, 〈나꼼수〉 열풍의 근본 원인은 정치적 문맥과 뉴미디어적 맥락 속에서 찾아진다.9 우선 〈나꼼수〉 열풍의 세대적 주체로서 30대가 거론되었던

---

7. 감정(감성, 정동 : emotion, affect)은 개별적/집합적, 정적/동적 의미를 모두 포괄하기 위해 문맥에 따라 혼용한다.

8. 2011년 7~8월 국내 및 세계 팟캐스트 다운로드 1위를 기록하며 큰 관심을 끌게 된다.

9. '나꼼수'와 '나꼼수 현상'을 '미디어 퍼포먼스'와 '사회극'의 관점에서 접근한 한 학위논문에서 지적되었듯이, 〈나꼼수〉에 대한 학술적 연구는 언론·미디어 연구 영역과 문화 연

것은 청년 세대가 뉴미디어에 친근한 사정과 밀접하게 연관된다.[10] 기술-법적 규제의 시차와 지리적 스케일의 적절한 활용[11]에 기반한 〈나꼼수〉 열풍은 말 그대로 '언제 어디서나'(가상)세계와의 접속을 가능하게 한 스마트 기기가 대중적으로 보급된 사정과 마침 선거철을 앞두고 출구를 찾지 못한 정치권에 대한 불만이 축적되고 증폭된 결과라 할 수 있다.[12]

이러한 조건이 만들어낸 우연적 사건으로서 〈나꼼수〉는 스마트폰 이용자 1,000만 시대를 맞이하면서 팟캐스트 플랫폼의 접근성이 높아진 상황을 기반으로 회당 최고 700만 건 이상의 다운로드가 이루어지는 폭발적 인기를 구가했다. 이를 두고 대안적 언론 공간의 형성을 논의하는 경우도 많아졌다.[13] 〈나꼼수〉가 기성 언론이 담당해야 했던 정치사회적 의제 설정의 역할까지 떠맡게 되면서, 여기서 제공한 뉴스거리를 기성 언론이 역-전달하는 웃지 못할 상황까지 연출되었

구 영역을 중심으로 확산되고 있지만 향후 다양한 학문 분과에서 좀 더 많은 연구가 축적될 필요가 있다. 안종수, 「미디어 퍼포먼스 '나는 꼼수다'와 선거의 사회극」, 한양대 대학원(석사), 2014.

10. 김정혜, 「서울 지역 20대 유권자의 팟캐스트 이용과 정치참여에 관한 연구」, 동국대 대학원(석사), 2012 ; 이정기·금현수, 「정치팟캐스트 이용이 온·오프라인 정치참여에 미치는 영향에 관한 연구」, 『한국언론학보』 56(5), 2012 ; 이동희·황성욱, 「정치 팟캐스트 콘텐츠 〈나는 꼼수다〉의 이용 동기와 온·오프라인 정치참여」, 『미디어,젠더&문화』 26, 2013 ; 이기형 외, 「청년세대가 진난하는 정치·시사분야 팟캐스트 프로그램의 역할과 함의」, 『언론과사회』 21(4), 2013. 등.

11. 권규상, 「 정보사회의 권력관계와 대항권력의 형성」, 『정보와사회』 23, 2012, 67~71쪽.

12. 김세옥, 「주류 언론에 대한 불신, '나꼼수' 인기 비결」, 『PD저널』, 2011. 9. 9 ; 진중권·정재승, 「나꼼수, 독보적이거나 독이거나 VS 이것은 저잣거리 서민들의 이야기」, 『한겨레21』 881, 2011.10.12 ; 문현숙·권귀순, 「정권의 빗나간 종편사랑, 언론을 벼랑에 내몰다」, 『한겨레』, 2011.12.27 ; 이기형 외, 「"나꼼수현상"이 그려내는 문화정치의 명암」, 『한국언론정보학보』 58, 2012 ; 이광석, 「디지털 세대와 소셜 미디어 문화정치」, 『동향과전망』, 2012년 봄호 등.

13. 정철운, 「요즘 대세, '나는 팟캐스트다'」, 『PD저널』, 2012.1.9.

다. '혁명적 시민저널리즘으로 주류 언론이 하지 못한 역할을 해냈다' 는 평가를 받으며 2011년 21회 '민주언론상'을 수상하기도 했다. 〈나꼼수〉로 대표되는 팟캐스트 방송은 미디어 형식 실험에서 나아가 이후 전혀 다른 미디어 환경을 이끄는 토대가 되었다.

〈나꼼수〉를 두고 대안 언론으로서의 가능성을 논의할 수 있다면,[14] 그것은 〈나꼼수〉가 미디어의 공/사 구분에 대한 질문을 던졌기 때문일 것이다. 현재의 뉴미디어적 상황은 점차 공적 영역과 사적 영역 사이의 경계가 흐릿해지는 쪽으로 이동해가고 있다. 경계의 불확정성을 현실적 조건으로서 승인하지 않을 수 없게 된 것이다. 그럼에도 따지자면 정치적 국면에서 공적 영역과 사적 영역 사이의 경계는 여전히 굳건한 편이다. 〈나꼼수〉가 가로지른 또 다른 경계는 여기에 있다고 해야 하는데, 뉴미디어적 환경에서 정치를 논하면서 〈나꼼수〉는 두 영역 사이의 불균형이 야기한 단절점을 가시화함으로써 한국의 의회 민주주의가 은폐하고 있는 제도와 일상의 간극을 가로질러 민주주의에 대한 새로운 성찰의 계기를 제안하게 되기 때문이다.

하위문화적 향유 대상이던 '정치에 관한 잡담'을 통해 〈나꼼수〉는 공적 미디어와 사적 미디어로 구분되는 전통적 미디어 경계를 재고하게 하는 결과를 이끌었다. 〈나꼼수〉는 공(共)적 미디어들이 소홀히 다루거나 의도적으로 누락시킨 지점들에 대한 소개와 고발 혹은 폭로를 통해 공(共)적 미디어의 누락 지점을 '보충'하는 역할에 그치지

---

14. 〈나꼼수〉를 대안 언론으로 평가할 수 있는가의 여부는 별도로 다루어져야 할 문제이다. 언론계의 평가로는 이경운, 「정치 팟캐스트 「나는 꼼수다」에 관한 언론보도 프레임 연구」, 고려대 대학원(석사), 2012; 윤태진, 「의도된 '편향적 보도' 대안적 뉴미디어로 영역 구축, 팟캐스트의 등장과 저널리즘 지형 변화」, 『신문과방송』 499, 2012; 원숙경·윤영태, 「대항공론장에 관한 연구: 〈나는 꼼수다〉를 중심으로」, 『사이버커뮤니케이션학보』, 29(3), 2012 등을 참고할 수 있다.

않고, (의도와 무관하게) 오히려 정치권력에 포박되어 제구실을 하지 못하던 공공적 미디어의 기능 회복을 촉구했다. 말하자면 '사사로운' 방송('1인 미디어')인 〈나꼼수〉는 '공공의/비-공공의' 미디어 경계를 뒤흔들면서 현실과 청취자의 반응에 재-반응하는 '유동하는' 미디어의 성격을 보여준 것이다.

〈나꼼수〉를 통해 확인된 '사사로운' 방송의 사회적 파급력은 '사사로운' 방송에 대한 관심과 실천의 새 장을 열어젖혔다. 취향을 드러내는 일반인은 말할 것도 없고 공공적 영역의 담론을 주도하던 지식인, 정치인, 언론인, 법조인 등이 앞다투어 사적 발언의 기회를 마련하기 시작했다. 〈나꼼수〉는 그들을 팟캐스트에 직접 뛰어들게 하는 한편, 〈나꼼수〉의 청취자들을 다양한 팟캐스트 방송에 친숙하게 만들었다. 인터넷 언론인 〈민중의소리〉가 팟캐스트에 적극적으로 뛰어들었고, 〈나꼼수〉의 경제편인 〈나는 꼽사리다 : 나꼽살〉, 해직 PD와 기자가 만든 뉴스 〈뉴스타파〉, 파업한 방송사의 노조가 만든 방송 〈파업채널 M〉, 〈파업채널 리셋 KBS〉, 정당을 기반으로 한 방송 〈저공비행〉, 김종배의 〈이슈 털어주는 남자 : 이털남〉, 〈시사통〉, 〈노유진의 정치카페〉 등이 생겨났고, 팟캐스트 방송의 송수신을 가능하게 하는 플랫폼이 만들어졌다. 팟캐스트 방송을 활용하는 생산·소비자의 영역도 다양해졌다. 그럼에도 이후의 팟캐스트 방송은 대개 '사사로운' 진행 방식인 〈나꼼수〉의 성격을 크게 벗어나지 않았다. 현재 팟캐스트 방송은 누구에게나 열린 말하기 욕망을 실현시킬 수 있는 완전히 새로운 미디어 형식으로 자리매김하기에 이르렀다. 이 과정에 이르기까지 〈나꼼수〉의 영향력이 지대했음을 쉽게 부인하기는 어렵다. 〈나꼼수〉는 말하자면, 개별적 발언의 통로를 마련한 생산자들은 말할 것도 없고 팟캐스트에 친숙해진 다양한 청취자들에게도 언론과 미디어의 공/사

구분에 대한 다른 감각을 마련하게 한 것이다.

그러나 이것이 〈나꼼수〉에 대한 논의의 전부가 될 수는 없다. 〈나꼼수〉가 미디어의 공/사 구분에 질문을 던진 것임이 분명하지만, 좀 더 세심하게 따져보면 '1인 미디어'의 새로운 가능성을 〈나꼼수〉 전후의 시공간 속에서 논의하는 것은 타당하지 않다. 사실 〈나꼼수〉 이전부터 존재했던 파워블로거나 다양한 SNS의 영향력을 떠올려 볼 때, '1인 미디어'의 가능성은 이미 충분히 확인된 것이기도 하다. 미디어의 공/사 구분에 대한 재고가 상당히 이루어지고 있었다고 말하는 것도 가능할 것인데, 이에 따라 기성 언론과의 대립 구도 속에서 〈나꼼수〉 열풍을 이해하는 방식은 그 타당성 면에서 재질문이 필요한 시점인 것이다. 〈나꼼수〉를 대안적 언론으로 위치 지으려는 관점은 〈나꼼수〉를 정치적 문맥 속에 자리매김하고자 하는 관점과 톱니처럼 맞물려 있다. 이러한 관점은 〈나꼼수〉가 권력에 의해 제 기능을 상실한 언론의 빈 곳을 채운다는 측면을 인정하고 바로 그 자리에서 〈나꼼수〉의 의미나 한계를 발견한다. 〈나꼼수〉의 가능성을 논의하지만, 이는 〈나꼼수〉의 정치적 가능성과 한계를 '1인 미디어'의 진화 과정 즉, 미디어 존재 방식의 발전이라는 틀로 한정해서 검토하려는 접근법인 것이다.

〈나꼼수〉는 〈딴지일보〉의 어떤 진화다. 김어준의 2000년대 프로젝트가 〈딴지일보〉라면, 2010년대 프로젝트가 〈나꼼수〉다. 그런데 나는 지금껏 〈나꼼수〉를 청취한 적이 없다. 듣기 싫어서가 아니라, 필요를 느끼지 못해서다. … 비유하자면, 〈나꼼수〉는 정치전문지다. 올해 총선·대선 일정과 맞물리는 특수매체다. 한국의 종합일간지는 삼라만상을 종합하는 게 아니라, 주로 청와대·정당·기업·법조 등 권력기관의 동향을 종합하는 방식으로 진화했다. 즉 '종합뉴스'를 내걸지만, 실제로는 '권력자 관련 전문 뉴스'를 다뤄왔다. 〈나꼼수〉의 영역과 기성 언론의 영역은 서로 겹친다.… 〈나꼼수〉 열풍은 바로 이 상황에서 비롯한다. 기자에게 매력을 주지 못하는 바로 그 지점에서 〈나꼼수〉는 평범한 사람들을 사로잡았다. 〈나꼼수〉에 대한 기성 언론의 불편한 심경도 이와 관련이 있다. 전혀 다른 세상을 보여준 〈딴지일보〉를 경계하거나 냉소한 기성 언론은 없었다. 반면 〈나꼼수〉는 끊임없이 기성 언론을 성가시게 한다. 기성 언론이 독점적으로 다뤄온 이슈를 전혀 다른 방식으로 드러내기 때문이다.

…

〈나꼼수〉 열풍의 핵심은 그들이 본격 정치 뉴스를 다룬다는 사실에 있다. 30대 이하에게 〈나꼼수〉는 〈월간조선〉이다.… 〈나꼼수〉가 극우 월간지와 똑같다는 이야기가 결코 아니다. 〈월간조선〉과 〈나꼼수〉 모두 기성언론의 기계적·중립적 정치보도에 기갈난 대중에게 뒷이야기, 주요(배후)인물, 사건 사이의 큰 맥락, 맥락을 파악할 비평적 관점, 더 나아가 진위, 선악, 흑백을 분명히 하는 '정파적 관점'까지 제공하면서 독창적인 정치 보도 콘텐츠를 생산하고 있다. 두 프로젝트는 보수와 개혁, 노년층과 청년층, 두꺼운 활자매체와 기동력 있는 팟캐스트 등으로 구분되지만, 각각 나름의 성공을 거두었다.[15]

기성 언론이 기득권이나 권력층과의 관계 때문에 다룰 수 없었던 (결과적으로 다루지 않았던) 이슈들을 〈나꼼수〉가 재활용하고 재맥락화하는 방식을 강조함으로써, 이런 관점은 〈나꼼수〉를 기성 언론의 반대편에 위치 지우는 동시에 기성 언론과의 쌍구조 속에서 다룬

---

15. 안수찬, 「30대 이하에게 '나꼼수'는 '월간조선'이다」, 『한겨레』, 2012.3.5.

다. 〈나꼼수〉를 기성언론의 짝패로서 설정하는 것이다. 이런 평가의 의미를 충분히 인정하면서도 〈나꼼수〉에 대한 온당한 평가는 이러한 평가틀 자체로 시선을 돌리는 작업에서 비로소 본격화될 수 있다고 해야 한다. 앞서 지적했듯, '1인 미디어'의 차원에서 〈나꼼수〉의 가능성 에 주목하는 관점은 분석 프레임의 동일성으로 말미암아 〈나꼼수〉의 영향력을 기존의 공/사 미디어 구분 관습 내부로 되돌려 평가하게 한 다. 미디어의 공/사 구별 문제는 종종 생산 주체의 공/사 차이 문제로 이해되곤 하지만, 실상 '1인 미디어'의 문제성은 사적 주체가 생산한 미 디어라는 점이 아니라 새로운 유통과 소비의 장이 마련된다는 점에서 도출된다. '1인 미디어'의 가치는 영향력과 효과 즉, 유통과 소비의 장 을 중심으로 평가되어야 하는 것이다. 이러한 전환적 관점에서 보자 면 〈나꼼수〉의 의미를 '1인 미디어'의 가능성으로 규정하는 것도 문제 이지만, 무엇보다 문제는 〈나꼼수〉를 대안 언론으로 위치 지우고자 하는 이러한 분석틀이 미디어의 생산과 소비·유통을 둘러싼 복잡한 맥락을 전혀 고려하지 못한다는 점에 있다.

한미FTA에 관련하여 여의도 공원에서 콘서트를 연다고 했을 때 그 동안 방송에서 보여주던 80% 부족한 모습이 어느 정도 충족이 될 것 으로 생각을 했지만, 역시나 한미FTA에 대한 얘기는 너무나 부족하 고 진행자들의 신변잡기와 개인기가 대부분의 시간을 때워 버렸습니 다. 그나마 각 정당을 대표한 의원들과 전 의원이 한미FTA에 대한 발언을 하면서 분량이 늘었을 뿐입니다.
물론 이런 것도 필요하기는 합니다. 그런데 이것이 동력이 되지 못하 고 일회성 이벤트로 그치게 된다는 것이 안타깝습니다. 어제 모인 3~5만 정도의 인원은 그저 나꼼수를 즐기기 위해서 나온 사람들이 많습니다. 집회였다면 거기 모였던 사람의 10~20% 정도 밖에는 모이지 않았을 것입니다. 그곳에 모인 사람들이 한미FTA 비준에 반대하고 한나라당과 MB정권에 항의하는 목소리를 낼 수 있도록 동력이 돼 주어야 하는데 그러지 못한 것 같습니다. 최효종 고소사건 이후 개콘의 시청률이 크게 오른 것과 크게 다르다는 느낌이 들지 않는 것은 나꼼수가 그냥 웃다가 흩어지는 것이 돼 버렸고, 정부와 한나라당에게 아무런 임팩트를 주지 못했다는 것입니다. 오히려 그들에게 하루의 휴식이 주어진 것이나 다름없었습니다.[16]

〈나꼼수〉를 통해 대안언론의 가능성을 발견하고자 한 시도가 별다른 성취를 얻지 못한 사정은 그 의미를 '콘텐츠'를 중심으로 가치화하려는 접근법이 드러낸 한계와도 무관하지 않다. 〈나꼼수〉를 사적인 이해득실 논리를 떠난 '정치적 투사 집단'으로 위치 지우는 시선도 이로부터 배태되었다고 해야 한다. 이러한 분석은 '진화형 1인 미디어'로서의 가치를 온전히 평가하면서도 그 의미를 드러낼 수 있는 분석틀을 뚜렷하게 마련하지는 못한 사정이 만든 결과다. 이는, 인용문을 통해 확인할 수 있듯이, 그간의 〈나꼼수〉에 대한 비판이 패턴화된 형태로 반복된 원인이기도 하다.

돌이켜보건대, 〈나꼼수〉에 대한 사회적 관심과 〈나꼼수〉의 사회적 영향력은 두 번의 기억할 만한 극적인 전환 국면을 연출했다. 2011년 4월 28일 첫 방송이 시작되고 채 2개월도 지나기 전에 예상치 못한 폭발적 반향을 이끌었다. 그러나 '4·11 총선'(2012년 4월 11일 19대 국

---

16. SOAR, 〈나꼼수 여의도 콘서트에 대한 한계와 씁쓸함〉, http://bbs1.agora.media. daum.net/gaia/do/debate/read?bbsId=D115&articleId=1735763

회의원 총선거)을 거치면서 〈나꼼수〉에 대한 관심은 당혹스러울 정도로 순식간에 냉각되었다.[17] 꾸준히 정치적 이슈를 다루었으며 심지어 점차 더 현실 정치에 깊숙이 개입했음에도, 〈나꼼수〉에 대한 반응은 가파른 경사의 꺾은선 그래프를 그렸다.[18] 열광의 원인 못지않게 냉각의 원인 또한 흥밋거리가 아닐 수 없는데, 우선 짚어둘 점은 두 번의 국면 변이를 통해 확인할 수 있듯, 〈나꼼수〉에 대한 관심이 전적으로 정치적 이슈를 다룬 점에서 비롯된 것은 아니라는 사실이다. 〈나꼼수〉 열풍과 이후의 급작스러운 냉각이 의미하는 바는 무엇인가. 정치적 이슈를 다룬 대안적 언론으로 이해하는 관점으로는 이른바 '열풍 시대' 이후로 특정한 대중문화나 사회적 운동 차원에서 지속적으로 반복된 이 급작스러운 열광과 냉각에 대한 충분한 설명 논리를 마련하기 어려울 것임이 분명하다.

일상과 정치 '사이': 정치풍자놀이, 농담·잡담, '씨발'이라는 노이즈[19]

---

17. 이러한 사정이 곧 선거에서의 〈나꼼수〉의 영향력 약화를 의미하는 것은 아니다. 19대 총선에서 서울지역 20대의 투표율이 높았던 주요 원인 가운데 하나는 〈나꼼수〉였다. 허재현, 「감동의 투표율」 64% 서울 20대에 무슨 일이」, 『한겨레』, 2012.4.13.
18. 이명박 대통령의 임기가 만료된 2012년 2월까지 예정되었던 한시적 방송임에도 채 1년이 되기 전에 급작스럽게 대다수의 관심사에서 멀어졌다.
19. 필자는 지난 2011년 10월 26일 서울시장 및 지방 보궐 선거 결과를 보면서 〈나꼼수〉 열풍의 원인과 의미를 분석한 바 있다 (「경계와 위계: '나꼼수', 민주주의, 그리고 비평에 관하여」, 『문학웹진 뿔』, 2011.10.31 ; 「경계와 위계, 민주주의와 비평」, 『프랑켄슈타인 프로젝트』, 봄아필, 2013, 141~151쪽). 앞선 분석을 토대로 이 글에서는 이후의 방송분에 대한 청취자들의 관심도 변화를 고려하고, 〈나꼼수〉 열풍이 일상의 층위로 끌어내린 한국 민주주의적 위기 국면과 민주주의에 대한 새로운 사유 가능성을 짚어보면서, 〈나꼼수〉의 분석을 문화적 감염력의 의미와 비평적 기능에 대한 논의로 확장한다.

〈나꼼수〉 열풍은 다루었던 정치적 이슈의 진위 여부보다 청취자들에게 불러일으킨 공감력의 차원에서 주목될 필요가 있다. 특정한 감성적 흐름이 사회 내부에서 증폭되기 위해서는 인간의 공감능력이 활용되어야 하는데, 이런 맥락에서 보면 일상과 정치의 단절면 사이에 놓인 채 정치에서 배제되었다는 소외감에 시달리던 다수의 대중이 〈나꼼수〉를 통해 감정적 위안과 공감을 얻었다고 말하는 것도 가능하다. 정치에서 배제된 이들의 분노, 절망, 좌절, 무기력한 감정들이 외화될 수 있는 계기이자 외화된 감정들이 서로 교류할 수 있는 장이었던 것이다.[20]

나꼼수의 흥행 이유는 무엇이라고 보는가?
당연히 가카. 거기 더해 애티튜드. 쫄지 말라는. 그러한 태도 자체가 절설한 위로가 되는 시대다. 그래서 웃으면서 운다. 그리고 네 사람이 각기 살아온 삶. 자기 콘텐츠는 결국 자기가 삶을 상대하는 태도로부터 나온다. 정보는 그 위에 얹히는 토핑일 뿐이다.
마지막으로 화법. 자신이 얼마나 옳고 똑똑한지를 입증하기 위한 화려한 화술이란 의미가 아니라 애티튜드, 정보, 해학, 캐릭터, 진심이 화학 결합해 만들어내는 합목적적인 전달력. 전달되지 않는 메시지는 아무리 많은 사람이 모여 크게 외쳐도 독백일 뿐이다.(김어준)[21]

어떤 분이 이런 말씀을 하시더라고요. 공안폭력에 기절한 민중을 웃음으로 깨웠다고. MB정권의 꼼수, 욕망에서 비롯된 우스운 본질을

---

20. Brennan Teresa, *The Transmission of Affect*의 「서론」 참조.
21. 고재열, 「부르고 싶은 초대 손님? 오직 가카」, 『시사IN』 212, 2011.10.15.

짚어냈잖아요. 나라를 완전히 사유화하는 형편이다 보니까 분개한 거죠. 그런 국민의 마음을 위로해준 측면이 있는 거예요. 김어준 총수 같은 경우에 가장 중요시하는 것이 논리보다 감성이거든요. 감성은 결국 공감이에요. 국민들이 무엇에 분노하는지 슬퍼하는지 힘들어하는지 헤아리면서 그 가운데서 이 사람들의 입장에 응답할 수 있는 미디어 운동을 생각해온 거죠.(김용민)[22]

〈나꼼수〉에 열광하는 이들은 방송을 개별적으로 찾아 들어야 하는 수고로움을 마다하지 않을 뿐 아니라 널리 유포시키는 일에 자발적으로 동참했다. 더구나 그들은 여기에서 이루어지는 '뒷담화' 형식을 일상 차원에서 공유하려는 경향이 강했다. '꼼수', '가카', '깔때기', '꼬깔콘', '가카는 절대 그럴 분이 아니시다', '여러분 이거 다 거짓말이라는 거 아시죠' 등의 유행어나 문장들이 생산되었다. 공식 팬카페가 만들어졌고, 개별 진행자를 위한 팬카페도 개설되었다. 팬미팅이 이루어지고 국내뿐 아니라 해외 곳곳에서 공개 콘서트가 열렸다. 앞서서 요약하자면, 〈나꼼수〉가 이끈 폭발적인 반응은 감정을 고리로 하는 문화적 감염력에서 기인했다. 한국적 소셜 미디어가 대개 심리적 연대감이나 감정선을 연결하면서 감정적 연대의 관계망을 형성한다는 점에서 유난히 특별한 현상은 아니었지만,[23] 그럼에도 〈나꼼수〉의 문화적 감염력과 〈나꼼수〉가 '정제되지 않은 소리·음성'으로 채워져 있다는 사실 간의 연관성 자체는 좀 더 주목되어야 할 지점이라고 해야 한다.

〈나꼼수〉가 마련한 공감력의 위력은 상당 부분 언어형식의 틀 깨

---

22. 홍유진·김용민, 「청춘, 나꼼수로 정치와 소통하다」, 『인물과사상』, 2011년 12월호, 25~26쪽.
23. 이광석, 「디지털 세대와 소셜 미디어 문화정치」, 『동향과전망』, 106~107쪽.

기가 불러온 효과이다. '무엇을 말하는가'가 아니라 '어떻게 말하는가'의 효과 분석이 의미 해명의 관건인 것이다. 〈나꼼수〉 열풍은 전달하고자 하는 메시지의 하중이 아니라 그 하중을 단번에 날려버리는 전달 방식에 놓여 있었다. 진행자들은 정치 문제를 포함한 다양한 시사적 이슈를 다루면서도 '뒷담화' 형식으로 비속어를 뒤섞어 순서도 맥락도 없이 마구 떠들어대는 예측 불허의 방식을 취했다. 비공식적으로 이루어지는 잡담 형식이 그러하듯, 이야기는 특정한 주제 없이 여기서 저기로 두서없이 흘러가고, 시간제한이 따로 없기에 그날그날의 사정에 따라 잡담 시간은 고무줄처럼 늘였다 줄었다 하는 비규칙-탈규칙으로 일관했다. 시시껄렁한 '뒷담화'나 '팩트'와 '팩트' 사이를 이어붙인 근거 없는 '소설', 배틀처럼 이어지는 '자랑질'이 사실상 〈나꼼수〉를 틀 짓는 근간 형식이었다 해도 과장은 아닐 것이다.

규칙 없이 마구 떠드는 불친절한 '잡담이나 의미 없는 소리'는 흥미롭게도 '애청자-중독자'에게 금기와 성역 없는 말놀이의 해방감을 제공했다. 가령, 〈나꼼수〉 1회는 'BBK 사건'을 '서태지·이지아 이혼 사건'과 연결시켜 그럴듯한 '정치소설'을 쓰는 것으로 시작하는데, 그러면서도 진행자들은 그들의 잡담이 골방 수다일 뿐임을 강조하는[24] 방식으로 미디어 윤리를 가볍게 따돌린다. 그들 스스로 매번 강조했듯, 〈나꼼수〉는 '객관적이고 공정한 태도로 정치적 의제를 둘러싸고 입장 차이를 확인하는 방식이 아니라, '가카에게 헌정하는 방송'이라는 뚜렷한 의도 아래에서 정치적 의제를 다루는 서로 다른 캐릭터를 만들

---

24. 돌이켜보건대, 이 소설 쓰기 잡담을 들으면서 전적으로 말도 안 된다고 생각하기는 쉽지 않았다. 우리가 이미 충분히 상식적으로 납득하기 어려운 '말도 안 되는' 현실 상황에 직면해 있었기 때문이다. 이것이 바로 〈나꼼수〉 열풍에 기입된 우연적(아니 필연적) 기폭제였다.

고 진화시킴으로써(「경계와 위계」), 정치풍자에 리얼버라이어티쇼 형식을 결합시켜 정치에 대한 관심이 대중적으로 소비될 수 있는 통로를 열어주었다. 그 자체로 정당성과 타당성에 대한 질문을 몰고 오면서 예측불허의 방식으로 일상과 정치 '사이'에 길을 낸 것이다. 구체적으로 입말과 욕설, 저속한 표현 등을 통해 정치를 둘러싼 경건하고 엄숙한 이미지를 깨뜨리고 일상과 정치의 관계를 재편할 수 있는 새로운 의사소통 체계의 필요성을 역설했다. 〈나꼼수〉가 새로운 민주주의의 가능성을 환기할 수 있었던 것은 이러한 지점에서였다.

패러디송과 간주곡 등 다양한 형식의 문화 콘텐츠를 제공함으로써 〈나꼼수〉는 자체로 즐길 수 있는 오락적 성격도 갖추고 있었다. '팩트'와 '소설'의 경계를 넘나드는 동안, 〈나꼼수〉는 정치풍자 특유의 무거움을 걷어내고 '잡담'을 '잡담'이자 '정치풍자-놀이'의 국면으로 이끌었다. 잡담들 사이의 웃음소리는 정치담론의 무거움에 대한 조롱 효과를 발휘했으며, 정치를 일상 층위로 끌어내림으로써 정치와 대중적 시선의 눈높이를 조절할 수 있는 틈을 만들어냈다. 그리고 이 과정에서 의회 민주주의가 야기한 대중의 소외감이 위무될 수 있는 가능성도 열렸다고 할 수 있다. '쫄지마 씨발'이라는 일종의 추임새는 〈나꼼수〉의 문화적 전복성을 압축하고 있다고도 할 수 있는데, 이 추임새를 통해 정치에서 소외된 일상적 주체를 위로하고 또 정치로의 새 길을 촉구할 수 있었던 것이다.

〈나꼼수〉가 짧은 기간 동안 많은 이들의 관심을 불러 모을 수 있었던 것은 '잡담·소음'의 효율적 활용 덕분이기도 하다. 기성의 청각 틀에서 쉽게 포착되지도 규정되지도 않는 '잡담·소음'은 적대전선을 수립하기 쉽지 않은 시대에는 유용한 비판전략으로 활용될 수 있다. 요컨대, 〈나꼼수〉가 '잡담·소음'을 통해 '말하는 방식'으로 일으킨 효과는 체제 균열의 지점을 가시화하고 매끈하게 봉합된 그 균열의 지점을 일상적 주체들에게 감지할 수 있는 것으로서 전달한 데에서 찾을 수 있다. 특히 '마구 떠들어댄다'는 행위의 의미에 좀 더 유의해보면, 〈나꼼수〉에서 통제가 쉽지 않은 소음이자 거슬리는 잡음으로서의 '잡담 혹은 소음'이 만들어낸 전복성은 기성의 방식과는 다른 지점에서 정치적 효력을 마련해낼 수 있는 방법적 가능성으로서 유의미하게 검토될 필요가 있다. '각-잡고' 권력에 저항하지 않으며 그저 '뒷담화'를 '마구 떠들어대면서' 낄낄거렸을 뿐임에도, 진행자 가운데 한 사람을 감옥에 보내고 모두를 재판에 회부시킬 정도로 그들의 '마구 떠들기 즉 잡담'에 대한 권력층의 반응은 신경질적이었다. 이런 점에서 〈나꼼수〉는 자체로 '낄낄거리면서' 즐기면 되는 '잡담'에 불과했지만 그저 '잡담'만은 아니기도 했던 것이다. 기득권과 권력에는 신경질적인 노이즈로 작용하면서 일상적 주체에게는 진영 논리를 뛰어넘는 연대의 가능성을 열어주었던 것이 바로 〈나꼼수〉의 문화적 감염력의 효과인 것이다.

집합적 사회감정의 정치적 가능성

미국사회를 대상으로 급격한 사회변동의 실질을 파악하고자 했던 데이비드 리즈먼David Riesman의 시도(『고독한 군중』)의 의미를 반추하면서 메스트로비치Stjepan G. Mestrovic가 지적했던 '탈감정사회'의 도래는 전 지구적으로 강화되는 불가역의 현상임이 분명하다. 전 지구적 시장만능주의의 치명적 결과는 "문화적 빈곤이 아니라 감정적 빈곤"이라고 할 때, 경제만능주의 사회의 도래와 함께 추상화되고 경화된 감정만 남으면서 감정의 소통이 기계화되고[25] 감정은 계급적 위계에 따라 사회적으로 착취될 뿐[26]이라는 지적이 비단 미국사회에만 해당하는 진술은 아닌 것이다. 이런 사정에 비추어 보자면, 규격화된 감정의 틀 아래로 흐르던 사회감정의 실체를 가시화했다는 점에서 〈나꼼수〉의 의미는 새삼 강조되어도 좋을 듯하다. 그것이 야기한 사후적 효과에 대해서도 지속적 관심을 기울일 필요가 있어 보인다. 집합적 사회감정과 그것의 움직임에 주목함으로써, 사회감정이 구성원의 행위에 강력한 영향력을 행사한다는 점을 토대로, 감정과 정치의 관계성에 기초한 사회 변화의 가능성을 타진해볼 수 있을 것이기 때문이다.[27]

〈나꼼수〉 열풍은 형성된 속도보다 더 빠르게 약화되었다. 탈경계적이고 탈권위적 '태도'를 취했던 〈나꼼수〉의 '비키니시위 논란'(2012년 1월)[28]과 〈나꼼수〉 일원이 현실 정치에 개입한 사건(2012년 4·11 총선 출마 선언)[29]을 계기로, 순식간에 〈나꼼수〉는 대중의 관심 시야에서 밀려

---

25. 스테판 G. 메스트로비치, 『탈감정사회』, 65쪽.

26. 앨리 러셀 혹실드, 『감정노동』, 33~37쪽.

27. 감정사회학과 감성정치의 학적 요청에 대해서는 박형신·정수남, 「거시적 감정사회학을 위하여」, 『사회와이론』 15, 2009 ; J. M. 바바렛 엮음, 『감정과 사회학』 등 참조. 특히 집합감정과 정치의 상관성을 중심으로 한 논의에 관해서는 메이블 버레진(Mabel Berezin), 「안전 국가 : 감정의 정치사회학을 향하여」, 『감정과 사회학』 ; 메이블 버레진, 「감정과 정치적 정체성」, 『열정적 정치』 참조.

28. 「'나꼼수' 비키니 논란 가속」, 『한겨레』, 2012.1.30 ; 김어준 인터뷰, 『한국일보』, 2012.2.2. 2012년 1월 20일 비키니시위 사진이 업로드된 이후로, 2012년 1월 26일에 언론에 사진이 보도되면서 '비키니시위 논란'이 공론화되었고 1월 27일 주진우 기자의 접견 민원서신 문구가 트위터에 공개되자 다음 날부터 공지영, 진중권 등 〈나꼼수〉 지지자들조차 〈나꼼수〉 측에 공식적 사과를 요청하면서 사회적으로 폭넓은 논란거리가 되었다. 2월 6일 선언된 삼국카페(〈소울드레서〉, 〈화장발〉, 〈쌍화차코코아〉)의 지지철회 공동성명은 〈나꼼수〉의 대중적 영향력에 결정적 타격을 입힌 계기였는데, 2월 10일 김어준이 공식적 사과 없이 논란에 대한 입장을 밝히면서 사건은 일단락되었다. 김수진 외, 「농담과 비키니, 나꼼수 사건을 바라보는 조금 다른 시선」, 『페미니즘 연구』 12(1), 2012.

29. 〈나꼼수〉 진행자의 1인인 김용민이 제19대 총선 서울 노원구 갑 지역구에 출마했다 낙선한 사건이다. 「'나꼼수' 김용민, 출마 결심한 이유는?」, 『한겨레』, 2012.3.14.

나고 말았다. 〈나꼼수〉 열풍이 〈나꼼수〉로 하여금 새로운 문화 영역을 개척하게 한 동력이었음을 부인할 수는 없지만, 〈나꼼수〉에 대한 관심이 급격하게 사라진 격절의 국면에서 뚜렷해진 것은 "쾌락의 농담공동체"가 드러낸 "현실과 가상 사이의 간극"[30]이었다.

〈나꼼수〉 열풍이 잦아든 현상을 두고, 점차 뚜렷해진 팟캐스트의 정파성과 편향성의 문제로 치환하거나 사건 자체의 의미나 사건 발생 이후 〈나꼼수〉 측이 보여주었던 부적절한 대응방식의 문제로 환원하는 방식, 이에 따라 〈나꼼수〉의 편향성과 선정성 혹은 음모론적 시각의 위험성이 가시화된 계기로 이해하거나, 그러한 평가가 〈나꼼수〉에는 없는 요소들에 대한 윤리적 판정에 불과하다는 옹호('그럼에도 난 〈나꼼수〉를 응원한다' 식의 평가) 등 그 평가는 엇갈린다. 그러나 양자 모두가[31] 〈나꼼수〉 열풍이 급격하게 잦아든 현상에 대한 온전한 이해와는 거리가 먼데, 그것은 논란이 된 두 사선을 포함해서 이후 불거진 김용민의 '막말 파문'을 통해 알 수 있듯, 〈나꼼수〉에 대한 열광의 이유가 곧 〈나꼼수〉에 대한 비난의 근거였음을 총괄적으로 파악하지 못한 관점이기 때문이다.

여기서 우선적으로 세심하게 들여다보아야 할 것은 논점이 변경되는 장면 자체다. 탈권위와 탈경계의 의미망 속에서 이해되었던 〈나

---

30. 김수진, 「아이디 주체(ID Subject)와 여성의 정치적 주체화」, 『한국여성학』 29(2), 2013, 11쪽.

31. 유숙열, 「나꼼수의 '음담패설'… 김어준은 어디로 갔나」, 『오마이뉴스』, 2012. 2. 4; 이영주, 「〈나꼼수〉를 다시 말하기」, 『문화과학』 70, 2012; 오경미, 「나꼼수 비키니 시위 논쟁, 이렇게 끝나도 될까?」, 『여/성이론』 26, 2012; 김수진, 「아이디 주체(ID Subject)와 여성의 정치적 주체화」, 『한국여성학』. 여기에는 "뉴미디어와 여성의 정치적 주체화의 상호관련성" 문제(김수진, 2쪽), "연쇄시위를 통해 정치적 주체로서의 여성, 그리고 자신의 신체를 정치적 표현의 수단으로 활용하는 문제"와 "여성의 정치적 표현(신체)을 시각적 쾌락의 대상으로 바라본 남성 중심적 시각"의 문제가 뒤얽혀 있다(오경미, 137쪽).

꼼수)의 비공식적 언어문법이 순식간에 페미니즘과 현실 정치라는 문맥 속에서 재맥락화되고, 그와 맞물려 그 언어문법은 진보/보수라는 기성의 정치적 프레임 내부로 밀려들어 가 전복적 의미를 상실하고 윤리적 평가의 대상이 되어버렸다. 〈나꼼수〉 진행자들의 입장에서 '잡담'과 '낄낄거리는 태도'의 다른 형식에 불과한 것으로 이해되었던 아니 이해했을 수도 있는 '비키니시위' 논란과 '김용민의 출마 선언'이 더 이상 그들의 의도대로 의미화되지 못하고, 두 사건은 오히려 현실의 진영 논리를 〈나꼼수〉 깊숙이 불러오는 계기가 되었다. 스스로 넘고자 했던 바로 그 권위와 엄숙성의 세계로, 그것이 유지되는 경계 내부로 밀려들어 가게 된 것이다. 왜 〈나꼼수〉가 놓인 정치적 프레임은 순식간에 변해버린 것인가. 그것은 강고한 기성정치 프레임의 복원력 때문인가 〈나꼼수〉 자체로부터 내발한 문제인가.

　분명한 것은 〈나꼼수〉를 둘러싼 관심의 급격한 변이를 〈나꼼수〉의 문제로만 한정해서는 한국사회에 미친 〈나꼼수〉 현상의 의미를 폭넓게 이해하기 힘들다는 점이다. 〈나꼼수〉 열풍은 영화 〈변호인〉(2013)이나 〈명량〉(2014), 〈국제시장〉(2014)에 쏠렸던 관심이나 '안철수 현상', '일베 소요', '안녕들 하십니까 대자보 릴레이', '세월호 참사'가 불러온 애도 등 일련의 열풍들과의 상관성, 좀 더 정확하게는 그러한 열풍이 순식간에 차갑게 식어버리는 사태와의 상관성 속에서 논의되어야 한다. 따라서 집합적 사회감정이야말로 바로 그 "감정을 무시할 수 없는 사회적 삶, 그리고 더 나아가 정치적 삶을 구성"[32]한다는 점을 염두에 두면서 〈나꼼수〉에 대한 관심의 추이를 시대 감정의 집합적 행보라는 차원에서 다룰 필요가 있다. 〈나꼼수〉 열풍과 급격한 무관심은, 정치

---

32. 메이블 버레진, 「안전 국가」, 『감정과 사회학』, 69쪽.

나 체제 내부로 흡수되지 못한 집합적 사회감정이 어떻게 다른 세계와 체제를 지향하게 되는가를 확인하게 하는 동시에, 그 사회감정을 새롭게 열린 가능성에 대한 손쉬운 타협으로만 볼 수는 없다는 사실을 말해주는 것이다.

〈나꼼수〉는 대의제 민주주의가 야기한 일상과 정치의 간극을 가시화했으며, 그 간극을 인지하는 집합감정의 흐름에 주목하게 했다. 그간 정치에서 배제되었던 일상 층위의 새로운 체제에 대한 열망이 위로부터의 민주주의 개혁이나 그간의 보수/진보 진영 논리와 같은 기성의 방식과 틀에서 맞춤한 형식을 마련하지 못하고 들끓는 에너지가 되어 유동하고 있음을 인지하게 했다. 〈나꼼수〉가 민주화 이후 민주주의의 실제에 대한 비판적 질문으로서의 의미를 갖게 된 것은 기성 정치와 정치적 담론의 엄숙주의와 권위주의에 대한 비판이 불러온 호응을 통해 역설적으로 입증된 비다. 〈나꼼수〉는 정치적 민주화가 일상적 민주화로 지속되고 확장되었는가를 묻는 걸쇠 역할을 한 것이다.

특히 〈나꼼수〉에 열광했던 집합적 사회감정의 중심에는 〈나꼼수〉의 언어 활용과 그것이 불러온 기성 언어문법을 향한 전복성이 놓여 있었다. 그 전복성이 집합감정의 흐름으로 가시화된 정당정치에 대한 비판의 기능을 수행한 것이다. 그러나 풍자의 상상력이 풍자 대상이 그어놓은 한계선 바깥에 대한 상상으로 곧바로 이어지지는 않으며, 한계선에 대한 환기에 그치게 되는 경우가 더 많은 게 사실이다. 환기의 효력을 과소평가할 필요는 없을 것이며, 〈나꼼수〉를 계기로 한국 사회에 뚜렷하게 가시화된 집합적 사회감정의 역동성이 갖는 의미를 축소 해석할 필요도 없을 것이다. 하지만 풍자적 유머가 만들어내는 경계의 유연성이 새로운 틀로 대체되지 못할 때, 그 유연성이 쉽게 경화되고 마는 풍자적 유머의 제한적 효력을 간과해서도 안 될 것이다.

실상 〈나꼼수〉에 대한 관심의 급격한 소멸은 바로 이 지점, 실정적 대안으로 나아가지 못하고 다시 현실의 진영 논리에 휘말릴 수밖에 없는 풍자적 비평의 한계와 무관하지 않다고 해야 한다.

언로가 막힌 민주주의 위기 국면에 놓인 이들에게 〈나꼼수〉가 통쾌함과 위안을 전할 수 있었다는 것은, 역설적으로 현재 우리의 삶이 '정치풍자-놀이'로도 위로될 수 있을 만큼 삶 전체가 위축되어 있으며, 상시적 비판의 가능성이 일상의 국면에서 협소하게만 열려 있음을 시사한다. 〈나꼼수〉 열풍과 열기의 급격한 냉각을 통해 입증되었듯, 풍자적 유머의 제한성은 〈나꼼수〉가 현재에 기반해서 명확하게 알지 못하고 상상하지도 못할 미래를 불러오기 위한 비판[33]으로서의 기능을 충분하게 허용하지는 않았으며, 비평적 언어의 공동화 상황이 여전히 지속되고 있음을 역설적으로 입증했다고도 할 수 있다. 집합감정을 통한 일상 차원의 민주주의 실현 가능성을 가늠하게 했음에도 〈나꼼수〉 열풍과 급격한 냉각은 비평 언어의 부재가 부른 사태임이 분명하다. 분출된 집합감정이 정치나 체제 구현으로 수렴될 수 없던 사정이 비평 공간과 비평 언어의 개발과 무관하지 않다는 사실을 직시할 필요가 있는 것이다.

부기

역설적으로 '열풍'의 연쇄는 특정한 하나의 '열풍' 자체가 아니라 '열풍'을 지속하게 하는 것 쪽으로 눈 돌리게 한다. 돌이켜보건대, 〈나꼼수〉의 의미는 오랫동안 지속되었던 일상과 정치의 단절면이 만들어

---

33. 미셸 푸코, 「비판이란 무엇인가」, 이상길 옮김, 『세계의문학』, 1995년 여름호, 125쪽.

내는 들끓는 유동적인 것을 외화하게 하는 계기였다는 점에 있다. 분노, 절망, 좌절, 무기력이 외화되고 증폭되면서 감염의 정치력을 행사할 수 있음을 확인하게 한 것이다. 그러나 보이지 않고 말해지지 않았던 그 유동적인 것이 〈나꼼수〉 팀이 상상했던 바로 그 우파 정치에 대한 반발에서 온 것은 아니었으며, 오히려 정치에 대한 폭넓은 혐오와 닿아있었다는 점이 당시에는 간과되었다. 이런 점에서 기존 정치판과 접속하려는 순간 〈나꼼수〉 열풍이 급작스럽게 냉각된 것은 그리 놀랄 일이 아니다. 기성 정치판과 정치인에 대한 혐오는 아래로부터 분출된 힘이 만들어내는 새로운 정치라고 해야 할 것인데, 이 유동적인 힘은 여전히 제대로 된 길을 마련하지 못하고 진동하고 있다고 해야 한다. '역대급 비호감' 선거로 명명되었던 지난 20대 대통령 선거는 정권 심판과 주택 그리고 젠더 이슈로 격돌했지만, 양당의 대통령 후보가 전문 '정치인'이 아니었다는 사실은 특기할 만한 깃으로서 환기되어야 한다. 의회 민주주의의 위기에 대한 폭넓은 공감대기 후보 개인과 주변의 도덕적 흠결이나 의혹들에도 불구하고, 묻지도 따지지도 않는 투표권 행사를 촉구했다. 이러한 현상까지를 포함해서, 다시 확인하게 되는 것은 여전히 들끓는 유동하는 힘이다. 우리는 일견 예상된, 그러나 충분히 예상하지는 못했던 다른 시대로 접어들었다. 그러나 과연 그렇다고 할 수 있을까.

5장

감정이 우리를 행동케 하리라

감정들은 분명 ─ 부분적일지라도 ─ 사회 정의에 대한 강렬한 비전을 내포하고 있으며, 정의로운 행동에 대한 강력한 동기를 제공해준다.

─ 마사 누스바움,『시적 정의』

'죽느냐 사느냐'의 시대를 통과한 사회에서 죽음은 잊히지 않고 치워져야 하는 것이었다. 그러나 2014년 4월 16일, 죽은 자식을 가슴에 묻기를 거부한 부모들은 '산 사람은 살아야지' 대신 '잊지 않겠다'는 구호를 걸었고, 죽음을 존중해서 생명을 지키는 새로운 길을 열었다.

─ 홍은전,『그냥, 사람』

국가의 실종을 묻다[1]

1. 본래 세월호 참사 이후 백여 일이 지난 시간에 발표된 글의 수정본이다. 당시 덧붙였던 프롤로그 성격의 서두를 현장 기록의 의미로서 남긴다. "0. 사회적 애도를 위하여 : 세월호 참사 이후 백 일의 시간이 흘렀다. 참사 당시 허둥대던 대처와 참사 이후의 허술한 수습 앞에서 우리는 여러 차례 참담함을 금할 길 없었다. 그사이 대체로 참사의 충격은 옅어졌고 우리의 슬픔도 묽어졌다. 우리는 각자의 일상으로 돌아왔다. 4·16 참사가 우리에게 던진 무거운 질문을 안고 돌아왔다. 질문에 질문을 더하면서 우리는 진상을 낱낱이 들추어내고 그 책임 소재를 엄정하게 묻는 일을 '세월호 특별법'이나 특검 등을 통해 앞으로도 쉼 없이 지속해야 할 것이다. 참사 자체를 한국사회가 날것으로 드러낸 치부로서 승인하고 그것을 봉인될 수 없는 현재로서 되살기도 해야 할 것이다. 끊임없이 4·16 참사가 남긴 질문의 의미를 되새기면서 철저한 진상조사를 촉구하는 진정성 있는 압박 작업도 해나가야 할 것이다. 한국사회는 참사를 반복하는 잔혹극 시대를 탈출하기 위해 (언제나 불충분하며 끝내 실패할지도 모를) 사회적 애도의 가능성에 프로메테우스의 정신으로 도전해야 할 것이다. 사회적 애도의 주체와 대상은 물을 것도 없이 한국사회 자체다. 한국사회가 겪은 돌이킬 수 없는 거대한 상실에 직면해서, 이 상실에

세월호 참사로부터 국가의 침몰을 실감하게 되는 것은 과장된 감각이 아니다. 세월호 참사로 우리는 한국사회의 추악한 맨얼굴을 준비 없이 만나야 했다. 잘 짜인 각본에 의한 비극처럼 침몰하는 배의 총책임자가 구조에 관한 아무런 조치 없이 가장 먼저 배를 탈출했고, 침몰의 기미를 감지한 탑승객들의 신고에 해경은 신속하게 대응하지도 배 안에 갇힌 이들을 골든타임 안에 구조하지도 못했다. 국민을 죽게 내버려 둔 국가라는 불명예의 이름으로, 세월호 참사는 국가적 재난 가운데서도 오래도록 기억해야 할 비극적 사건이 되었다.

재난에 대처하는 국가의 무능을 따지는 일보다 참혹한 것은 세월호 참사의 책임을 당일의 대처에 한정해서 따질 수 없다는 점에 있다. 이미 충분히 지적되었듯이 세월호 참사는 예견된 참사였다. 적절한 조처 없이 배의 일부가 증축되었고, 허용치 이상의 화물이 배에 실렸으며, 운항이 부적설한 배가 제새 없이 운항을 지속했다. 항시 도사리는 안선에 대한 무감각이 관행처럼 퍼져 있고, 이 모든 깃을 허용한 부실 행정이 사고의 가능성을 증폭시켜왔다. 세월호 참사 자체와 사건의 후속 조처 과정에서 드러난 각종 비리 그리고 그에 관한 논의를 통해 한국사회의 총체적 부실이 만천하에 공개되었다. 돈의 논리, 이익과 효율이라는 이름의 자본의 논리가 총체적 부실을 떠받치는 지지대 역할을 하고 있었다.

의해 한국사회가 전적으로 달라져야 하고 바뀔 수 있음을 믿는 자리에서, 또한 상상할 수 없는 변화가 일어날 것임을 알면서도 그러한 전변을 기꺼이 받아들일 것을 동의하는 자리에서(주디스 버틀러, 『불확실한 삶』, 양효실 옮김, 경성대학교출판부, 2008, 47쪽), 사회적 애도는 거기서 비로소 시작될 수 있을 것이다. 2014년 4월 16일로부터 백 일이 지난 지금 이곳의 사정은 사회적 애도를 위한 첫발을 과연 내디딜 수 있는 상황인가를 근저로부터 묻게 한다. 우리가 분노와 부끄러움과 죄의식으로 뒤덮인 슬픔에 온전히 빠져들 수 없는 까닭은 무엇인가. 사회적 애도의 시도조차 불가능하게 만드는 것은 무엇인가. 4·16 이후의 삶을 꿈꾸는 것은 과연 가능하기나 한 것인가."

세월호 참사를 두고 '이것이 나라인가', '사람이 사는 사회인가'라는 탄식의 소리가 높았다. 세월호 참사가 불러온 가장 심대한 질문 가운데 하나는 국가에 관한 것이다. 국가적 재난 앞에서 '가만히 있으라'는 명령의 목소리로 국민을 '죽게 내버려' 두었고, 사고를 수습하고 사후적으로 대처하는 자리에서 국가가 지켜야 할 국민이 따로 있는 듯 굴었다. 진심을 담은 참회와 책임의 수용, 그리고 후속조처로서의 엄정한 진상조사는 국가의 최소한의 임무로서, 인문학의 이름으로 이 자리에서 촉구될 필요까지도 없는 일임이 분명하다. 그 당연한 의무를 전혀 낯선 것처럼 되새기듯 반복해야 하는 것이 지금 이곳의 실정이다. 비록 짧지만 피로 쓴 민주주의의 역사를 가진 이 땅에서 국가가 망각한 국가의 임무를 국민의 이름을 환기하고 촉구해야 하는 일, 이것이야말로 '세월호' 침몰로 끝나지 않는 한국사회의 더 큰 참사라 하지 않을 수 없다.

세월호 침몰이 대형 참사가 되는 시간 동안, 사후적으로 참사를 수습했던 백 일의 시간 동안 국가는 어디에도 없었다. 세월호 특별법 제정을 두고 국회가 보여준 여야의 정쟁과 엄정한 진상조사를 요구하는 희생자 가족의 피맺힌 요청을 외면하는 정부의 고위직 관리와 부서의 책임자 그리고 정치인의 행태는, 국민이 국가의 안전 시스템에 의해 보호되어야 할 존재가 아니라 그것을 위협하는 존재로 판단하는 인식오류의 결과가 아닐 수 없다.

공공적 상상력을 묻다

책임폭탄은 돌고 돌고 돌고

그런데 이러한 사태를 두고 국가의 실종을 탄식하는 것이 타당한가를 되짚어보지 않을 수 없다. 권위를 누리고 권력을 행사하며 의무와 책임을 지엽 말단으로 돌리는 이 국가는 통치원리로만 존재하는 21세기형 국가의 전형으로도 보이기 때문이다. 따지자면, 일상 속에서 투명하게 기능하는 권력의 작동장치가 오늘날 국가의 가장 본래적 모습이 아니었던가. 그렇다면 이제 우리는 참사의 책임을 어디에 물어야 하고 어떻게 추궁해야 하는가. 투명한 권력장치가 아니더라도 국가 단위 참사의 원인을 뚜렷하게 밝히는 일은 쉽지 않다. 총체적 부실의 비극적 분출이라는 점에서 세월호 참사의 원인 추적은 녹록지 않다. 이후로도 다각도로 찬찬히 책임 소재를 따져야겠지만, 특정 누군가나 난맥상인 비리와 부조리의 특정 대목을 꼬집어 책임을 묻기 쉽지 않은 것이다.

사고 이후 50일이 지난 6월 6일에서야 국가의 수장은 '우리 사회의 비정상적인 적폐들을 바로잡아서 안전한 나라, 새로운 대한민국을 만들어갈 것'을 선언했다. 그러나 대국민 사과를 통한 '적폐'와의 전쟁을 선언한 지 채 보름도 지나기 전에, 통치권자는 참사의 책임을 지고자 국가를 대표해서 사의를 표명했던 총리의 유임을 결정했다. 사의를 표했던 총리가 사후 수습을 위한 총리의 자리로 되돌려진 사태는 무책임의 태도로 일관하는 국가의 후안무치의 극치가 아닐 수 없으며, 국가라는 이름으로 세월호 참사에 대한 '책임 없음'을 선언한 것이라 보아도 무방할 듯하다.

자동연쇄반응처럼 국가는 승객들의 안위는 안중에도 없이 가장 먼저 배를 탈출한 세월호 선장과 선박직 승무원에게 법적 책임 이상의 것을 물었으며, 세월호 선사인 청해진해운의 실소유주로 추정되는 회장 유병언과 그 일가에게 책임을 물었고, 즉각적인 체포 작전에 돌입했다. 승객의 안전을 최후까지 책임져야 하는 이들과 선박 사고의 직접적 관련자들의 책임 추궁과 적법한 처벌이 이루어져야 하는 것은 당연하다. 그러나 누구도 이번 참사의 책임이 그들에게만 있다고도, 그들의 처벌을 통해 전부 해소될 것이라고도 여기지 않는다.

절체절명의 위기에 직면한 생명체의 선택으로 순순히 인정한다 해도 승선했던 단기 알바생은 말할 것도 없이 끓는 기름을 뒤집어쓰고 머리를 다친 채 쓰러져 있는 동료조차 외면하고 배에서 도망쳤던 선장과 선박직 승무원들의 비정함을 옹호하기란 쉬운 일이 아니다. 그럼에도 여전히 단기적으로만 쓰이고 쉽게 교체되는 비정규직 선장에게 배와 승객의 안전을 저버린 책임 전부를 묻는 일은 가혹하다.[2] 불경한 표현이 될 수 있음을 무릅쓰고 말하자면, 이 사회에서 정규직과 비정규직, 계약직의 위계는 희생자의 목숨값에도 적용될 만큼 존재가치의 결정적 판정 기준으로 작동하고 있다. 세월호 참사를 통해 노동의 아르바이트화와 비정규직화 사태의 심각성은 노골적으로 가시화되었다. 하지만 참사의 '책임'을 묻는 자리가 아니고서는 점차 주요 관심사에서 밀려나, 참사가 한국사회에 던진 주요 문제로서는 다루어지지 않는 실정이다.[3] 영역과 사안의 엄밀한 검토 없이 국가가 담당해야 할 공공적 기능을 민간자본 쪽으로 떠넘기는 정책 기조와 그에 따라 비정규직, 계약직 직원을 전 사회의 말단에 배치하게 한 사회구조적 원인이 질문되지 않는 것이다. 참사의 책임이 곳곳에서 표피적으로만 다루어지고 있음을 보여주는 일면이 아닐 수 없다.

---

2. 승객과 함께 배를 버린 행동은 계약직의 여부가 아니라 직업윤리 차원에서 논의되어야 할 문제라는 주장도 무시할 수 없는 타당성을 갖는다.

3. 선박 업무든, 철도 업무든, 소방 업무든, 비정규직, 파견직 업무 처리가 불러올 문제점에 대한 논의가 개별적으로 이루어졌지만, 세월호 참사를 계기로 비로소 뚜렷하게 가시화된 한국사회의 당면과제들 가운데 지금 당장 돌파구가 마련되어야 하며 더 엄청난 파국을 이끌지 모를 문제로서 다루어지지는 않았다.

유병언 체포 작전 경우도 다르지 않다. 국가 안보를 위협하는 대간첩 체포 작전이 이보다 더할까 싶게 검찰과 경찰이 총동원되어 대대적인 검거 작전이 이루어졌으나, 바로 그 시기에 유병언이 이미 사망했던 것으로 밝혀져 작전의 허술함이 허탈함을 안겨주었다. 공공적 권력의 신뢰하기 어려우면서 허술한 면모들이 적나라하게 노출되면서 세월호 참사가 한국사회에 안겨준 절망감이 강도를 더해가는 중이다. 한국사회에 그간 축적되어온 공공적 권력에 대한 깊은 불신의 면모는 전 국민을 탐정놀이에 빠져들게 하는 유병언 사망 사건에서 극단적 형태로서 드러났다. 사건 관련해서 조사 발표된 내용에 대한 의심이 도처에 난무하며, 음모론과 조작설마저 거칠게 부풀어 올랐다. 검찰과 경찰은 심지어 이미 사망했을지도 모를 도주자를 검거하기 위해 이례적으로 수사기간을 연장하는 우스꽝스러운 상황까지 연출함으로써, 유병언 체포 작전을 국가와 공공 권력의 유령 추격전이라는 희대의 쇼로 마감했다.

속속 밝혀지고 있는 해양경찰과 해군, 해양수산부의 엇박자 대응속에서 우리는 구조와 수습을 위한 어떤 국가 조직에서도 공공적 성격을 충분히 발견할 수 없으며, 심지어 공적 주체로서의 기능을 상실하고 있었음을 의심해야 할 정황들과 대면해야 했다. 참사의 법적·윤리적·정치적 책임을 따지는 일에서 회피할 수 없는 국가의 책임이 보다 뚜렷해진 것이다. 이에 본래 국가의 전유물이 아니었으나 국가가 장악해버린 공공성에 대한 논의의 재가동을 요청하지 않을 수 없다. 시민운동이 안정적으로 뿌리내리지 못한 한국사회에서 그간 안이하게 국가의 전유를 알고도 문제 삼지 않았던 회피의 대가는 뼈아플 만큼 치명적이다. 모든 것이 사사화되는 이 지옥 같은 사회에서 우리는 어떻게 개인의 이기적 영토 바깥을 꿈꾸는 공공적 상상력을 회복할 수 있는가.

이후 조사가 진행되었지만 사건의 전모가 보다 뚜렷한 실체로서 밝혀졌다고 말하기 어렵다. 사실상 은폐되었던 어떤 진실이 보태진다 해도 결과적으로 '유병언을 잡아라!'라는 명령의 수행이 희대의 코믹 활극으로 막을 내렸다는 사실이 뒤집히기는 어려울 듯하다. 말할 것도 없이 세월호 참사의 주범을 유병언으로 지목했던 국가의 목소리-명령은 아무런 효력 없는 잡음이 되고 말았다.

무책임의 책임 구조

국가적 재난 앞에서 국가는 도대체 어디에 있었는가. 국가는 무엇인가라는 질문에, 국가는 '유병언을 잡아라!'는 명령으로 답했고 책임의 소재를 판정했다. '유병언'으로 압축된 자본의 부조리한 힘에 세월호 참사의 근본 원인이 있음을 선언했다. 국가는 명령의 목소리를 통해 스스로의 책임을 외면하고 자본 쪽을 책임의 당사자로 지목했다. 희대의 코믹 활극이 끝난 바로 그 자리에서 국가의 책임 회피 전략은 만천하에 실패로서 그 모습을 드러냈다. 회피의 제스처는 공권력의 명령 수행 과정에서 어처구니없는 방식으로 들통났으며, 국가가 모면하고자 한 책임은 회피 시도의 책임까지 더해져 국가 자신에게 더 크게 되돌려졌다. 한국사회가 정치적이고 사회적인 재난들에 대처해온 방식인 책임 소재의 폭탄 돌리기식 해법이 더 이상 효력을 발휘하지 않게 되었음이 분명해졌다. 그 결과로서 국가적 재난에 임시 미봉책으로 대처해오는 사이에 한국사회가 거대한 무책임의 책임 구조를 이루게 되었음을 확인하게도 되었다.

세월호 참사에 아무도 책임지지 않으려는 상황에서, 말단과 하부로 책임을 돌리는 와중에, 21세기 리바이어던의 앞뒷면일 국가와 자본이 서로에게 책임의 비중을 떠넘기는 자리에서, 지금 현재 우리는 무책임 구조의 어떤 공백에 내던져져 있음을 깨닫지 않을 수 없다. 국가나 제도의 개선, 글로벌 자본주의에 대한 비판만으로 한국사회의 체질 개선이 어렵다고 판단되는 것은 한국사회가 점차 이 무책임의 책임 구조를 뚜렷하게 강화하고 있음을 감지하게 되기 때문이다. 이 사회는 어떻게 책임의 돌림 릴레이를 끝낼 수 있는가. 왜 책임을 폭탄처럼 돌리는 상황에 놓이게 되었는가. 고도로 압축된 근대화를 위해 은폐하고 억압해야 했던 면모들의 귀환을 두고, 진지한 재고가 반복된 질문을 통해 이루어지지 않는다면, 더 나은 사회와 삶을 상상할 수 있도록 우리에게 허락된 최종시한을 그냥 흘려보내게 될 것이다.

국가와 자본의 교차로에서, 한국사회를 묻다

1997년 구제금융 사태 이후로 한국사회는 글로벌 자본주의 체제 내부로 내던져졌다. 연대해야 할 이웃을 생존을 위한 경쟁자로 만드는 체제 논리가 일상에 착색되면서 우리 모두는 체제 논리를 적극적으로 수용하거나 거부하면서 점차 괴물이 되어갔다. 세월호 참사를 목격자로서 겪어야 했던 사정이 아니더라도, 우리가 희생자와 실종자 그리고 가족을 포함한 피해자에게 일정한 죄의식을 갖게 되는 것은, 우리 역시 의도와 무관하게 체제 논리의 추진력이 되어왔음을 부인할 수 없기 때문일 것이다.

자본에 의한 일상적 삶의 변형이 더 이상 버티기 어려운 수준에 이르고 있는 것이 사실이다. 2000년대 중반 이후로 경제로의 궤도 수정의 결과물에 대한 비판적 검토가 이루어지고, 글로벌 자본주의 기획의 허구성이 폭로되며, 대항할 수 있는 거점에 대한 논의가 본격화되고 있다. 비판은 진행 중이며 점차 강도를 높이는 중이다. 그러나 따지자면 이러한 비판은 글로벌 자본주의를 한국사회의 외부에 놓인 힘으로, 즉 외부에서 한국사회를 부정적으로 타격한 힘으로 상정한다는 점에서 재고가 요청된다.

이러한 비판에는 한국사회의 건강성이 국가부도 사태 이전의 시기로 되돌려지거나 혹은 좀 더 거슬러 올라가 해방과 전쟁, 분단 이전으로 되돌려진다면 회복될 수 있을 것이라는 가상적 역사환원론이 전제되어 있다. 그 역사적 계기들이 사회의 일원이었던 우리의 의식구조를 점진적으로 변화시킨 사정, 그것이 결과적으로 한국사회의 성격을 전면적으로 개조한 과정에 대한 정직한 대면 없이, 자본 쪽을 한국사회의 순결성을 파괴한 외부적 힘으로 지목하는 순간, 국가와 자본과 우리의 책임 가운데 어느 것도 뚜렷하게 분리해내지 못하게 될 것이다.

깨진 거울-눈, 세월호

세월호 참사는, 말하자면 한국사회에 미친 글로벌 자본주의의 영향에 대한 비판에서 나아가 한국사회 전반에 대한 근본적 성찰을 요청하는 깨진 거울-눈이자, 해방 이후 전쟁을 겪으면서 구축된 한국사회의 성격 자체에 대한 총괄적 조망을 요청하는 전환국면이다. 지금 이곳의 한국사회를 주조해온 동력이 국가와 자본의 기이한 결합으로부터 발원했음을 좀 더 냉정하게 돌아보지 않는다면, 한국사회의 미래를 점칠 수 있는 가능성도 희박하다고 해야 하는 것이다.

돌이켜보면, 한국인들은 국가적 재난 앞에서도 쉽게 분노하지 않으며 잘 참고 잘 견디는 편이었다. 재난 앞에서 국가의 명령에 대체로 따라야 한다고 믿었다. 한국인이 겁 많은 초식동물의 습성을 가졌거나 '유순한' 통치대상이었기 때문이 아니다. 해방과 전쟁을 겪으면서 전근대적 의미의 사회적 구조 원리가 파괴되는 와중에 전 사회가 빈곤의 나락에 떨어지는 강제적 평등화 경험을 해야 했고, 그 반동처럼 '한강의 기적'으로 대변되는 상승과 발전도 경험해야 했다. 이러한 일련의 경험 구조는, 특정 개인이 '개천에서 용 난' 신화적 주인공인가의 여부와는 무관하게 성공 신화를 사회 전체에 실감 가능한 집합감정으로서 널리 나눠 갖는 촉매가 되었다.

바로 이런 사정으로 한국사회는 이후로도 오랫동안 사회 전체가 성공 신화의 재연 가능성에 대한 희망을 쉽사리 포기할 수 없었다. (지지율 차원에서 국민 절반 이상의 동의를 얻고 있다고 보기 어렵고 그런 의미에서 반쪽짜리에 불과할지라도) 이명박과 박근혜 정부에 걸었던 기대의 밑바닥에는 성공 신화의 재연에 대한 열망과 함께 (그것도 경제적 측면이라는 지극히 일면적인 영역에 해당하는 것이기는 하지만) 한국사회가 여전히 성장 가능하다는 믿음이 깔려 있었다. 반대로 말하자면, 그 지지율은 성공 신화의 재연이 가능하다면 기꺼이 국가의 명령에 따르겠다는 암묵적 동의의 표심이었다. 가정과 학교를 통해 사회의 일원 전부가 근면하고 성실하며 절제하고 조절하는 규율원리를 내면화했고, 그러는 사이에 우리는 노동하는 주체로서 재탄생해 온 것이다.

끝에서 본 성공신화와 노동윤리의 신성성

자기규율적 삶의 재구조화를 통해 이러한 규율원리의 내면화가 정점에 이르게 되자, '속도와 경쟁'은 이 사회에서 생존자가 되기 위한 유일무이한 삶의 원리로 부상하기 시작했다. 글로벌 자본주의하에서 근대 이후 형성된 노동윤리의 신성성에 대한 숭배가 노력의 가치를 결과물(수월성)로서 평가하는 전도를 불러왔고, 노동할수록 빈곤의 수렁에 더 깊이 빠지는 노동과 삶의 분리가 야기되었다. 노동윤리의 신성성에 대한 믿음이 계층적 위계와 사회적 불평등을 심화시키는 동력이 되고 있음에도, 스펙 쌓기 형태로 변주된 '노력하는' 삶에 대한 고평의 태도가 근본에서부터 비판되거나 폐기되기 어려운 것은 이러한 사정과 깊이 연관된다.

이 과정에서 우리는 행복과 안정이 주는 만족감을 잃어버리게 되었고, 나아가 푸코식으로 말하자면, 인간으로서의 존엄은 말할 것도 없이 어떤 개별적 표식도 상실한 채 사회 전체의 흐름으로서만 조절되어야 하는 대상 즉, 통계 숫자('인구')로만 남겨지게 되었다. 이렇게 해서 우리는 국민 사이에 위계와 분할이 뚜렷해지고 그 가운데 누군가는 비용과 효용의 논리에 따라 그저 '죽게 내버려두는' 조절의 권력이 뚜렷하게 모습을 드러내는 장면과 마주하게 되었다.[4] 그러니 어쩌면 세월호 참사 앞에서 국가의 실종을 묻는 일은 애초에 답이 없는 잘못된 질문이었는지 모른다.

'생존방법의 정당화'와 '변화의 추구' 덕분에, 우리는 6·25란 '그라운드 제로'에 던져진 최악의 상태에서 '한강의 기적'을 이루었다. … 그럼에도, 영광과 자신감의 뒤편에는 당연히 그늘과 회의가 스밀 수밖에 없음도 인정하지 않을 수 없다. 그 관대한 '정당화'는 부도덕도 용인했고, '변화의 추구'는 이른바 '새것 콤플렉스'로 왜곡되었다. 우리의 '압축 성장'은 이 성급한 성장주의의 박력 속에 매우 불편한 진실을 키우고 있었던 것이다. 절대빈곤보다 더 문제적인 '상대적 빈곤감'의 확대,

---

4. 미셸 푸코, 『사회를 보호해야 한다』, 박정자 옮김, 동문선, 1998, 283~287쪽.

창의와 근검의 미덕에서보다 부패와 비리의 유착으로 가능해진 부의 축적, 문어발 경영으로 추태를 보이는 재벌 기업들의 탐욕, 크고 작은 거래에서의 '갑'의 횡포 등 갖가지 악덕들을 모은 천민자본주의의 횡포가 오늘의 한국적 발전에 동력이 되었다는 혐의를 지우기 어렵다. …'세월호 사태'는 가깝고 먼 원인에서부터 생명들의 구조 현장, 후속 조처들, 정계와 관계기관 간의 대책에 이르기까지 우리의 '압축성장'이 키운 갖가지 부정적 성격들을 가림 없이 보여준다.[5]

박정희 시대로부터 '잘살아보세'라는 구호 속에서 은폐되거나 허용되었던 부정과 부조리가 그의 딸의 시대에 종말을 고하고 있음을 돌이킬 수 없는 비극적 사건을 통해 대면하게 되었다고 말할 수도 있을 것이다.[6] '가만히 있으라'는 통치의 목소리가 야기한 참혹한 사태는, 국가의 명령에 따르는 일이 더 나은 삶을 보장해주지 않을 뿐 아니라 통치의 목소리가 오히려 산 자를 '죽게 내버려 두는' 것임을 비극적 방식으로 깨닫게 한 계기다. 집단 무의식으로 공유되었던 그 집합 감정의 망상성이 만천하에 폭로된 일종의 문턱인 셈이다. 이렇게 볼 때, 성공 신화의 주된 동력인 노동윤리의 신성성에 대한 본격적 회의가 시작되어야 하며, 그 신성성을 형성한 역사적 기원이 되짚어져야한다.

감정의 행방을 묻다

---

5. 김병익, 「6·25에서 60년, 뒤돌아봐야 할 '세월(호)'」, 『한겨레』, 2014.6.27.
6. 한국사회의 문제적 현주소에 대한 비판적 기원 검토 작업의 일환으로 압축적 근대화가 시작된 1970년대 전후의 시기에 주목하고자 하는 일련의 연구들은 이런 점에서 유의미하다.

슬픔과 분노

세월호 참사는 우리를 충격과 분노에 앞서 제어되지 않는 슬픔의 바다에 밀어 넣었다. 한국사회의 총체적 부실이 돌이킬 수 없는 증명처럼 도래한 참사 자체의 성격 때문이기도 하지만, 무엇보다 구조할 수도 있었던 이들을 무고하게 희생시킨 어처구니없는 부실 대처의 탓이 크다. 미디어를 통해 스펙타클로서 전시되는 죽음의 순간을 '함께' 했고, 그러면서도 우리는 삶과 죽음의 경계를 넘고 있던 이들을 위해 아무것도 할 수 없었다. 한국사회가 불구적 사회의 회생을 위한 최종 출구로 여기는 청소년 세대의 희생이 컸고, 침몰해가는 배 안에서 구조 가능성을 의심하지 않던 이들이 단 한 명도 죽음을 피할 수 없었으며, 결과적으로 아이들을 포함한 희생자가 죽어간 시간을 생중계로 목격해야 했던 비극적 상황으로 우리는 저항할 수 없는 슬픔에 휩싸였다. 이후 희생자들이 남긴 문자와 영상 기록을 복구된 형태로 접하면서 희생자의 고통과 공포를 상상적으로 반복해서 겪게 되었으며 ─ 애덤 스미스가 『도덕감정론』에서 무도한 폭도나 냉혹한 범죄자까지도 인간이라면 가지고 있는 본성이라고 강조했던 감정의 교류와 이입을 통해7 ─ 미디어 테크놀로지 혁신이 증폭시킨 타인의 고통에 공감하는 본성 자체로 우리는 더 깊은 슬픔에 침잠하지 않을 수 없었다.

인간 공통의 본래적 취약성에 다가갈 수 있게 하는 슬픔을 통해 사회적 애도의 가능성을 가늠했던 주디스 버틀러Judith Butler가 강조했듯이, 깊은 슬픔은 우리를 사회로부터 고립시켜 고독한 상황에 가두기보다 더 깊은 곳으로부터 인간의 공동체적 의존성과 윤리적 책임을 반추하게 한다. 슬픔은 우리가 생의 출발지에서 종착지에 이르기

---

7. 애덤 스미스, 『도덕감정론』, 3~12쪽.

까지 서로 연결되어 있음을 알게 하며, 무엇보다 '우리'를 횡단하는 것
이 이성적으로는 온전히 논증될 수 없는 관계성임을 알게 해준다.[8]

우리가 행동과 그것을 추동하게 하는 힘 '사이에 함께'in-between 놓
여 있음을 알게 해주는 것이 깊은 슬픔만은 아니다. '가만히 있으라'는
명령에 따르며 국가의 호의를 믿었으나 죽음을 피할 수 없었던 이들
의 무고함에 우리는 분노했고, 국가의 실종과 공공적 권력의 허술하
고도 야비한 행태, 책임 회피에 골몰하는 국가와 사회 상층부의 뻔뻔
함에 분노했다. 우리의 분노는 슬픔만큼 크다. 분노 표출의 정당성을
개체와 공동체 전체에 끊임없이 되묻게 한다는 점에서,[9] 우리는 슬퍼
하고 분노하지만, 그 강도만큼 우리들 사이에 놓인 사회적이고 관계적
인 면모를 역설적으로 재확인하게 된다고 말할 수 있다.

속물성, 죄의식, 공공감公共感

관계성과 그에 대한 기대를 상실할 때 공동체의 일원은 급격하게
개별화되고 사회 전체는 급속하게 속물화된다.[10] 사회 전체의 정치
사회적 발전 방향과 갈등하지 않으며 진보의 전초기지 역할을 했던
1990년대까지와 달리, 사회의 속물화는 국가가 조절 권력이 되고 자
본의 논리와 불가분의 관계로 결합해온 2000년대 이후로 사회적 갈

---

8. 주디스 버틀러, 『불확실한 삶』, 49~50쪽.
9. 애덤 스미스, 『도덕감정론』, 65~66쪽.
10. 앞서 검토해왔듯이, 해방과 전쟁 이후 한국사회의 형성 메커니즘을 고찰하기 위해 속
    물성의 역사적 분화 과정을 고찰하는 일은 유용하다. 속물성은 근대화의 긍정적·부정
    적 속성이 가시화되기 시작한 1970년대 이후로 현재에 이르는 한국사회의 어떤 일면을
    잘 설명해준다. 속물적 개인이 근대사회에서 언제나 존재했던 대표적 인간 유형 가운데
    하나라면, 1970년대 전후로 한국사회에서 그런 유형은 '잘살아 보세'라는 논리와 입신
    출세 담론에 힘입어 점차 사회 전체가 추구해야 할 대표적 인간형으로서 입지를 굳혀
    왔다. 전쟁 경험과 긴밀하게 연관되어 있는 한국사회의 속물화 경향도 강화되어왔다.

등을 부추기는 부정적 속성이 되고 있다.

사회의 속물화의 가장 두드러진 특징 가운데 하나가 관계성 자체와 그것에 대한 기대의 상실로 압축된다면, 상실의 징후는 죄의식이나 수치심으로 구축되는 사회윤리적 최저선이 사회 전반에서 저하되고 그에 대한 민감성이 약화되는 경향으로 드러난다. 사회의 일원 99%가 근미래에 공멸하거나 죽음에 이르게 될 상황임에도 어느 누구도 '속도와 경쟁' 원리를 쉽게 포기하지 못한다는 점에서 사회 일원의 관계성에 대한 감각의 상실은, 심각한 수준에 이르고 있다.

이런 면을 두고 보면, 우리의 깊은 슬픔과 거대한 분노가 일깨운 것은 죄의식이나 수치심으로 구축되는 사회윤리에 대한 무뎌진 민감성이며 관계성에 대한 마비된 감각이다. 공공감公共感 11이라 불러도 좋을 이 사회윤리적 최저선에 대한 감각 회복은 그간 관행의 이름으로 용인되었던 성찰성의 상실을 반추하게 할 계기가 될 수 있을 것이다.

"미안합니다 잊지 않겠습니다", "지켜주지 못해 미안합니다", "미안합니다 미안합니다 잊지 않겠습니다", "잊지 않겠습니다 미안하고 또 미안합니다", "잊지 않겠습니다 행동하겠습니다", "잊지 않겠습니다 가만히 있지 않겠습니다" … . '미안하다, 잊지 않겠다, 가만히 있지 않겠다'는 문구는 세월호 참사 추모를 위한 자리를 채웠고 전국에 설치된 합동분향소의 노란리본 위에 새겨졌으며 진상규명을 위해 광장에 모인 이들이 든 팻말이 되었다. 각자에게 깃든 미안함의 동기는 서로 다를 것이며,12 잊지 않고 행동하겠다는 '약속'의 강도도 다를 것이다. 그

---

11. 공공감이란 공통의 감정이 아니라 동일한 대상의 문제에 가깝다. 사회적 결속력이 발휘되려면 우리의 감정들이 동일한 대상에 묶여 있어야 하며, 그래야 그 대상은 정동적 대상으로서의 가치를 축적할 수 있다. 사라 아메드, 『행복의 약속』, 75쪽.

12. "소위 기성세대들은 본인들이 사회를 이끌고 있다는 자의식과 이런 세상을 만들었다는 죄의식의 콜라보레이션으로 '우리 모두가 반성' 같은 말을 하는 것 같은데, 이제 그

럼에도 쉽게 구체화되지도 형상을 갖추지도 못하는 '죄의식이자 책임감이고 슬픔이자 분노'일 감정의 총체가 '미안하다, 잊지 않겠다, 가만히 있지 않겠다'라는 문구로 고이면서 집합감정으로 가시화되고 있음은 분명하다.

인간의 행위는 충동이나 감정, 정서 등과 무관한 자리에서 추동되지 않는다. 물색없는 감정 연구자의 주장이 아니라 인문지성사에서 두루 합의된 입장이다. 행동이 필요하다는 판단이 아니라 행동을 추동하는 힘이 바로 불평등에 대한 혐오의 마음 즉, 수치심이나 죄의식, 동정심이나 질투심, 이타주의나 감정이입, 시기나 분노, 증오나 공감과 같은 정서, 감정, 그리고 열정인 것이다.

우리의 오해와 달리 감정 연구자들의 감정 강조는 합리성과 감정, 이성과 감성의 이분법적 사고로부터 출발하지 않는다. 오히려 그간 외면하던 두 영역 사이의 분리 불가능성과 연속성에 주목한다. 연쇄적이고 순환적인 이성과 감성 사이의 작동이 표정이나 몸짓 혹은 행위로 표출되는 것임을 강조한다. 감정과 행위의 관계에서 이보다 중요한 것은, 정치적 평등을 민주주의의 기본 전제라 여기는 로버트 달Robert

---

런 자의식과 죄의식은 내려놨으면 좋겠다. 자의식과 죄의식이 지나치면 중2병이 된다. '기성세대', '안(NOT) 기성세대' 가릴 것 없이 민주주의 국가의 주인이다. 기성세대든 안 기성세대든 서로를 동등한 파트너로 대접하며 더 나은 국가를 함께 만드는 데 집중해야 할 때다. 우리 스스로가 진짜 국가의 주인이 되면, 그때는 우리 모두의 반성과 책임을 운운할 수 있을 것이다. 분명한 건 지금은 아니라는 거다."(최서윤/격월간 『잉여』 편집장, 「'모두의 책임'이라며 책임주체를 물타기 말라」, 『경향신문』, 2014.5.18.) 모두에게 책임이 있다는 말이 책임을 묻고 따지는 일보다 앞서서는 안 된다는 한 청년의 발언은 한국사회의 성격에 대한 역사적 조감의 요청이 기성세대의 것이며, 한국사회의 현재의 추악성에 대한 일말의 죄의식과 수치심에 사로잡히는 이들 역시 기성세대임을 가시화한다. 이러한 주장이 갖는 시야의 협소성을 인정한 채로 그럼에도 그것이 기성세대의 책임을 묻는 일에 그치는 것이 아니라 한국사회의 미래를 위한 행보에서도 여전히 이니셔티브를 포기하지 않으려는 기성세대의 무의식에 대한 지적으로 이해할 필요는 있다.

A. Dahl이 강조한 바 있듯이, 타인이나 공동체 혹은 인류를 위한 행위를 순전한 이기심만으로도 공감력만으로도 설명할 수 없다는 점이다.[13] 감정이라는 프리즘이 환기해주는 것은 나와 타인 사이, 개인과 전체 사이의 틈이자 거기로부터 드러나는 본래적 관계성인 것이다.

새로운 시대감정을 찾아서

시대의 문턱을 넘는 시대윤리의 구축이 회피할 수 없는 과제로서 요청되고 있다. 국가와 자본의 책임 회피 무한루프에 갇힌 한국사회의 탈출구를 마련하기 위해 우리의 책임을 자임하는 일은 부적절하고 비합리적인 행위일지 모른다. 그럼에도 사회적 합의를 염두에 두고 죄의식과 수치심 회복을 긴급처방처럼 한시적으로 주력해볼 필요가 있다. 그간 우리는 자본이 부추기는 경제적 자유를 획득하기 위해 모든 자유를 스스로 헌납하고 통계와 좌표로 환원되어 국가의 통치 권력에 기꺼이 호응해왔으며, 승자독식과 각자도생의 논리에 살과 몸을 구겨 넣으면서 생존자로 남고자 했다. 그 끝에서 세월호 참사와 대면했고 지옥문의 끝자락을 쥐게 되었다. 우리가 알게 된 것은 무엇을 어떻게 할 것인가가 아니라 우리가 어떻게 지금 이곳에 서 있게 되었는가이다. 지옥문의 끝자락에 서서 우리들 각자에게 귀속된 책임을 어떻게든 받아들이는 일이야말로 가라앉은 국가-배를 구조할 수도 있는 마지막 기회가 될 것이다.

우리의 슬픔과 분노에 깊이 침잠하는 일, 현재 한국사회의 사회윤

---

13. 이기심을 넘어선 행위, 공동체를 위한 행위가 타인에 대한 전적인 공감(empathy · sympathy) 속에서 추동되는 것은 아니다. 오히려 공감의 한계는 생명체로서의 인간이 살아가기 위해서 반드시 필요하다. 로버트 앨런 달, 『정치적 평등에 관하여』, 김순영 옮김, 후마니타스, 2010, 51~59쪽.

리적 최저선을 되돌아보는 일, 참사를 둘러싼 우리의 연루의식과 정면으로 대면하는 일, 그간 국민, 시민, 민중, 군중, 대중…등 호명하는 이들의 이해와 관심에 따라 수많은 이름을 가져야 했던 범주인 집합적 감정의 행방을 가늠해보는 일, 이러한 작업의 축적을 통해 사회윤리적 최저선 마련을 위한 새 길을 낼 수 있으리라 기대해본다. 국가 실종 앞에서 그럼에도 가능하다면, 사회적 애도는 그 길 위에서나 시작될 수 있을 것이다.

광장의 젠더와 혐면의 기록과 싸쳐 : 1996-2016, 혁면의 기록과 기어대

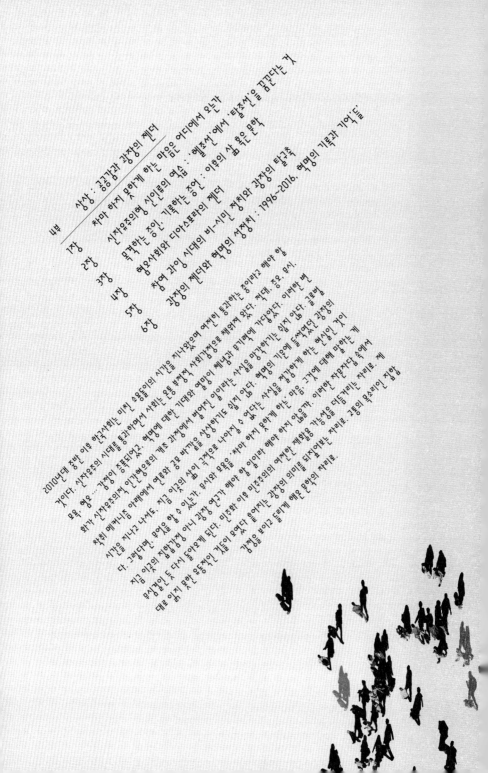

1장

차마 하지 못하게 하는 마음은 어디에서 오는가

"사람이란 제 아무리 날구 뛰어도 이 세상에 형적 없이 그러나 세차게 주욱 흘러가는 힘, 그게 말하자면 세상 물정이겠는데, 결국 그것의 지배 하에서 그것을 따라가지 별 수가 없는 거다." "네?" "쉽게 말하면 계획이나 기회를 아무리 억지루 만들어놓아도 결과가 뜻대루는 안된다는 말이다."

— 채만식, 「치숙」

이성은, 우리 대부분이 생각하거나 바라는 것처럼 순수하지 않고, 감정과 느낌은 적어도 이성의 요새를 침범하는 공격자가 아니며, 좋든 나쁘든 그것들(이성과 감정 및 느낌)은 서로 그물처럼 연결되어 있다는 것이다. 감정과 느낌으로 주로 표현되는 생물학적 조절 메커니즘이 이끌어주지 않았다면, 인간의 이성 전략은 진화 단계에서나 어느 한 개인에서도 발달하지 못했던 것이다. 더욱이 이성 전략이 형성되고 난 후에도, 효과적인 이성의 배치는 상당 부분 느낌을 지속적으로 경험하는 능력에 달려 있는 것처럼 보인다.

— 안토니오 다마지오, 『데카르트의 오류』

감정과 공공선

2010년대 이후 감정에 대한 학계와 출판(독서)계의 폭넓은 관심은 데카르트 이래의 사유에 대한 회의와 반성 그리고 그에 대한 보충적 반응의 일환이다. 감정에 대한 관심은 과도한 이성중심주의에 대한 균형잡기 시도다. 크게 보면 그렇다고 말해도 좋다. 하지만 아카데미 안팎에서 급격하게 늘어난 감정에 대한 관심을 두고 말하자면 충분한 이해법이 아니다. 당장 한국사회를 두고 보더라도, 이성적 사유가 보다 적극적으로 요청된다고까지 말해야 할 정도로 불합리하거나 비합리한 지점들이 많다. 감정에 주목한 철학이나 심리학에 대한 수요가 급증하고 있지만 사회 전반에서 감정이 주목받는 것은 합리성에 입각한 사회에서 이성적 활동이 과도한 탓이 아니다. 감정에 대한 불균형한 이해를 왈가왈부하는 것 자체가 지금 이곳의 감정을 둘러싼 관심을 이해할 수 있는 적절한 통로도 아니다. 따지자면 직면한 현실적 위기를 해결하려는 각종 시도에서도 '이성·감성'이나 '합리성·감정'이 마냥 대립적 개념으로 이해되고 있지도 않다.

'아는 것'과 '행동하는 것' 사이

뇌과학자 안토니오 다마지오Antonio Damasio는 정상적인 감정표현을 방해하는 뇌의 일부가 손상되면 동시에 사회적 행위의 장애가 유발된다는 연구 결과를 통해 사회적 관례나 윤리적 판정 능력에서 감정이 유의미하게 작동한다는 점을 밝힌 바 있다.[1]

1848년 25세의 공사 감독(피니아스 게이지)이 머리에 큰 부상을 남긴 폭발 사고를 겪은 후, 절제를 알고 활력적이며 유능했던 사람에서 지적 능력을 잃고 동물적 욕구를 가진 사람으로 전변한다. 그는 육체적 능력이나 기술 면의 손상이 없음에도 전혀 다른 사람이 되어 끝내 자신의 이전의 삶으로 돌아가지 못한다. 실직을 하게 되고 정착

---

1. 감정의 기능이 뇌의 특수한 중추와 연결되어있다는 전제하에, 감정의 인지적 성격을 실험적으로 입증한 다마지오의 연구가 갖는 의의를 인정하면서도, 사례 연구를 넘어선 일관성을 확보하고 있는가에 대해서는 학계에서 신중하게 판단하고 있기도 하다. 마사 누스바움, 『감정의 격동 1』, 218~226쪽.

하지 못한 채 기이한 삶을 살다 결국 그는 발작 증세로 젊은 나이에 사망하고 만다.

다마지오는 감정에 대한 관심에서 이 환자의 사례에 주목했고, 이후 자신의 연구를 통해 앞선 연구의 누락 지점을 채운다. '게이지'의 뇌에 대한 연구가 축적되면서 '게이지'는 뇌의 전두부 피질이 부분적으로 손상되면서 '자신의 미래를 계획할 수 있는 능력, 습득한 사회적 규범에 따라 행동하는 능력, 생존하기 위해 가장 유리한 행동을 결정하는 능력'을 상실했음이 밝혀졌다. 다마지오는 담당한 환자 가운데 '게이지'와 가장 유사한 환자인 '엘리엇'을 통해 앞선 연구의 누락 지점인 '행동에 미치는 감정의 영향'을 고찰했다.[2]

감정의 작동에 관한 인식 변화는 경제학 분야에서도 뚜렷하다. 다마지오의 연구에 힘입어 영향력을 넓혀가는 행동경제학적 인식에 입각하자면, 무엇이 합리적 선택인가를 '아는' 것과 합리적 선택을 '하는' 것은 다른데, 그 '아는 것'과 '행동하는 것' 사이의 작동을 가능하게 하는 게 감정이다.[3] 전통적 경제이론의 전제인 '합리적 기대'와 '효율적 시장'의 작동이 현재의 경제위기의 원인에 대한 충분한 답안이 될 수 없음을 선언한—감정 경제학으로 명명해야 할—새로운 경제이론은 자신감·공정성·부패와 악의·불신·착각·이야기를 통한 감정의 전염과 같은 특성들을 고려하지 않고서는 경제 위기의 기저에서 작동하는 주된 동력을 포착하지 못한다고 단언한다.

공공선과 사회감정

---

2. 안토니오 다마지오, 『데카르트의 오류』, 1, 2, 3, 4장, 31~136쪽.
3. 도모노 노리오, 『행동경제학』, 이명희 옮김, 지형, 2007, 291쪽.

얼핏 감지되었겠지만, 구체적이고 실질적인 위기 대처법을 고민하며 감정에 관심을 기울이게 된 연구들이 주목하는 것은, 엄밀하게는 감정 자체가 아니다. 가령, 감정경제학의 관심은 불공정과 무규칙이라는 원칙 아닌 원칙이 야기하는 사회적 위기의 면모다. "경제는 자유경기가 되어야 하고 가장 작은 정부가 최선의 정부이며, 정부는 최소한의 역할만 수행해야 한다는 사람들의 생각"과는 정반대로, 감정적 요소를 고려하는 새로운 경제이론은 공공선의 실현을 위한 조정의 측면을 강조한다. 공공성을 담보하는 주체가 존재해야 하며, 전체를 통어할 게임의 규칙이 그 권위로부터 만들어져야 한다는 입장을 견지하면서, 감정적 요소가 "공공선을 위해 창의적으로 발휘되도록 통제되는"[4] 환경을 조성할 때, 전 세계의 정치경제적 위기가 제어될 수 있다고 역설한다.

'유전자와 문화는 공진화한다'는 대전제 아래, 행동경제학은 협력 행동의 진화에 주목하고 자손에게 유전적으로 전달되는 협력 관계를 유지하고 촉진하는 능력인 사회감정에 관심을 기울인다. 사회감정에 대한 강조 자체보다 흥미로운 것은 감정의 유효한 기능을 사회의 공공성의 차원에서 발견한 측면이다. 감정 자체에 대한 관심으로 해소되어 버리기도 하지만, 점차 증폭되어온 감정에 대한 관심은 공공선의 회복을 상상하게 할 실마리가 사회감정의 작동 속에 있다는 판단이 만들어낸 사회의 자정적 움직임 가운데 하나다.

물론 집합적 사회감정에 대한 관심만으로 위험 수준에 도달한 한국사회의 각종 문제들에 대한 해결책이 곧바로 마련되는 것은 아니다. 감정의 프리즘은 한국사회의 문제를 간명하게 드러내 주는 유효

---

4. 로버트 J. 실러·조지 애커로프, 『야성적 충동』, 268~269쪽.

한 장치쯤으로 이해하는 편이 적절하다. 가령, 한국문단을 중심으로 말해보면, 2015년 6월 제기된 표절 시비가 예기치 못한 논의로 이어지면서 한국문단은 꽤 혼란스러운 시간을 보내야 했다.[5] 문단을 중심으로 한 많은 논의들이 이어졌지만, 시야를 좀 넓혀보면, 표절 사태는 문단 내의 적폐의 분출인 동시에 한국사회가 지금 겪고 있는 혼돈 양상의 문단 버전에 가까운 면모를 보여주었던 게 사실이다.

갑질 논란이나 '헬조선', '탈조선', '금수저·흙수저' 계급론 등으로 표출되는 신-신분사회화 현상과 이로부터 야기되는 문제들이 다각도로 제기되고 있으며, 순식간에 문단권력 문제로 비화된 표절 시비 역시 부정적 사회감정이 요동치고 있는 한국사회의 혼돈 양상을 걷어내고는 충분히 설명되기 어렵다. 당연한 말이지만, 이러한 사정은 지금

---

5. 도서 정가제 시행, 출판사의 사재기 논란, 경영권 분쟁 등 지속적으로 한국문단을 둘러싼 출판환경이 열악해지고 있는 상황에서 지난 6월 제기된 표절 시비는 기이한 광풍의 열기를 띠며 마녀사냥식 논란으로 확산된 바 있다. 인터넷 미디어에 게재된 글의 확산은 빨랐는데, 더구나 논의에 참여한 많은 이들이 SNS를 통해 개인적 의견을 공적으로 표명하면서 그 여파는 상상초월의 상황을 불러왔다. 표절 시비와 혐의가 제기된 작가를 둘러싼 언론과 문단, 독서계의 각기 다른 입장이 존재했으나, 다양한 의견이 있는 그대로 피력되기는 어려운 상황이었다. 표절이란 무엇이며, 소설에서 표절이란 어떻게 다루어져야 하는가를 둘러싼 논의가 다각도로 요청되고 있었지만, 윤리적 단죄의 분위기가 차분한 논의를 압도했고 일종의 공포 정치 분위기가 조성되어 자유롭게 의견을 개진하는 분위기 자체가 형성되기 어려웠다. 더구나 그간의 논의는 표절 시비 자체보다 그것을 비호한 세력에 대한 비판으로, '그런 세력'이라 불리는 이들의 반박으로 갈래화되면서 적과 아군의 진영 구도로 증폭되는 양상을 보였다. 표절 시비와 문학권력 비판 관련해서는 문단 내부의 불합리나 불공정의 문제로 다루어지거나 1970년대 전후로 형성된 한국의 계간지 시스템과 문학 출판사가 형성한 특수성의 시대 부정합적 면모의 표출로서 이해되었다. 작가와 창작에 대한 인식의 지체 차원으로도 다루어졌고, 전 지구적 자본화의 영향으로 이루어진 창작과 출판의 상업화 현상으로도 이해되었다. 이러한 분석은 전적으로 온당하다. 문제는 이러한 논의를 통해 표절 시비와 문학권력 비판론이 한국문단과 문학장 쇄신의 모색으로 나아가야 한다는 합의점을 마련한 듯 보이면서도, 내부의 논의가 재정비되는 순간 곧바로 재-과열되는 랙 현상을 보여주었다는 점이다. 표절 시비에 관한 한 이 글의 관심은 이 랙 현상에 집중되어 있음을 밝혀둔다.

이곳의 분권화된 지엽적 문제가 사회적 문제와 따로 존재하기 어려운 복합적인 것임을, 그 해법도 내부에서만 찾아지기 어려운 상황임을 추정하게 한다.

부정적 사회감정

2015년 늦가을에 『나의 라임 오렌지 나무』의 주인공 '제제'를 성적인 코드로 해석한 노래 한 곡이 논란을 일으킨 일이 있다. 작품에 대한 다소간 '불편한' 해석이라는 그리 크지 않은 문제가 순식간에 논리적 비약을 통해 사회가 용납할 수 없는 불의로 다루어지게 되었다.

물론 창작과 해석의 자유는 있습니다. 그렇지만 학대로 인한 아픔을 가지고 있는 다섯 살 제제를 성적대상으로 삼았다는 것은 매우 유감스러운 부분입니다. 표현의 자유도 대중들의 공감 하에 이뤄지는 것입니다. 제제에다가 망사스타킹을 신기고 핀업걸 자세라뇨… 핀업걸은 굉장히 상업적이고 성적인 요소가 다분합니다. 그리고 제제가 순수하면서도 심한 행동을 많이 하는 이중적 모습을 보이는 것도 결국은 심각한 학대에 따른 반발심과 애정결핍에 따른 것입니다. 선천적으로 형성된 것이 아닌 학대라고 하는 후천적 요인에서 나온 것이죠. 이를 두고 제제를 잔인하고 교활하다고 하는 것은 잘못된 해석이라 생각이 듭니다.[6]

출판사가 SNS(페이스북)에 올린, 원작을 훼손했다는 유감의 표명

---

6. 〈도서출판 동녘〉 페이스북 게재 글 중에서, 2015.11.5.

이 순식간에 '5세 롤리타'의 상품화 시도에 대한 정당한(이른바 '옳은') 비판으로 비화된 것이다. 여가수의 사과에도 수그러들지 않던 과열된 윤리적 비판 양상은 결국 11월 10일 출판사에서 해석의 다양성을 존중하지 못한 점에 대해 사과한 「도서출판 동녘 공식입장」이라는 제목의 페이스북 게재 글로 일단락되었다.

마녀사냥과 여성혐오

'표절 시비'와 '제제 사태'를 함께 놓고 보자면, 마녀사냥식으로 비화된 '비판'의 성격을 이해할 수 있는 몇 가지 단서를 발견할 수 있다. 우선, 사건의 발생에서 일단락되는 과정까지 논의의 거점이 인터넷 미디어를 포함한 SNS 공간이었음을 주목하지 않을 수 없다. 인터넷망을 통한 정보의 확산 속도는 그간의 미디어에 의한 확산 속도에 비할 바 아니다. '잉여질'과 '병맛문화'로 대표되는 루저문화가 인터넷 공간을 기반으로 확산되면서 신상 털기와 같은 마녀사냥식 비판문화 광풍이 휘몰아치기 시작했다. 비판에서 혐오로 옮겨간 이러한 경향은 2013년 전후로 뚜렷해진 '일베 현상'에서 한 극단을 보여주었고, 젠더·이념·지역·인종 차별(여성·좌파·전라도 출신·이주 노동자)의 형태로 드러나던 부정적 사회감정의 흐름이 점차 젠더화된 감정인 여성혐오로 수렴되었다. 20여 년에 걸친 신자유주의의 한국화로 사회적 양극화가 극심해진 상황에서 출구가 막힌 정치적 열망이 타자와 약자에 대한 낙인과 혐오로 끓어올라 분출되고 있었다. 민주화와 평등의 실현으로 권리를 찾기 시작한 타자에 대한 기성사회의 공포가 가장 뚜렷하게 가시화된 타자인 여성에게로 쏠린 형국이다.

한국사회에서 존재 자체가 기득권일 수 있는 가능성의 범주가 '남성'의 이름으로 결집된 것으로도 볼 수 있다. 여기서 주목할 것은 실질적 '기득권'을 상실할지도 모른다는 사회적 공포나 사회 변화를 거부하는 부정적 감정의 흐름이, 여성에 대한 혐오 감정으로 결집되는 사이에, 실제로는 사라지거나 희석된다는 점이다. 혐오 감정은 애초에 그것을 불러온 구조적 원인인 실질적 '기득권' 세력에는 타격을 입히지 않으며, 오히려 타자들 사이로 그 내부의 위계를 통해 위계의 상층부에서 하층부로 흘러내리는 전이 양상을 보여준다. 부정적 사회감정의 흐름은, 불행하게도, 시의적 표현을 빌리자면, 사회의 상층부 '기득권'이 원하는 것인 '을들의 싸움' 형국을 만들어버리는 것이다.

타자로 범주화된 주체들 가운데 여성은 가장 먼저 정체성 투쟁에 나섰고 '군가산점 논란'(1999)이나 '여성부 출범'(2001) 등 실질적인 제도 변화를 가져온 바 있다. 이러한 변화에 대한 '불편한' 감정은 여성에 대한 혐오이지만 단지 여성에 대한 혐오는 아니며, 사회 재편에 따른 기득권 세력의 불안과 공포의 반영임을 역설적으로 시사한다. 여성혐오는 생물학적 진영 논리라는 저차원적이고 지나치게 단순한 형태로 이루어지는 듯 보이지만, 다양한 범주로 세분될 수 있는 반-타자적 감정의 결집을 가능하게 할 한국사회의 약한 고리로서 이해되어야 한다.

비판의 윤리화

인터넷 문화와 결합된 혐오 발언이 강화되는 현상과 함께, '표절 사태'와 '제제 사태'는 문화 영역으로 확산된 '비판의 윤리화'의 뚜렷한 경향을 보여주는 사례이기도 하다. 인터넷 공간을 거점으로 한 비평의 민주화 혹은 대중지성화는 비판이 갖는 지도적 성격을 꽤 많이 소거함으로써 위계적 관계에서가 아니라 동일 지평에서 비판적 담론이 형성될 수 있는 가능성을 열어주었다. 그러나 누구나 어떤 비판적 입장이든 개진할 수 있는 상황은 비판적 견해의 공존을 가능하게 하는 동시에 비판의 정당성 확보를 위한 또 다른 기제를 요청하게 했다. 점차 인터넷 공간을 통한 비판이나 그것의 빠르고 폭넓은 유포를 염두에 둔 비판은 비판의 정당성을 윤리적 지점에서 마련하기 시작한 것이다.

2005년 인터넷 공간을 뜨겁게 달궜던 '개똥녀 사건'은 그 사건의 실체보다 이른바 누리꾼을 설득할 수 있는 '논리를 갖춘' 비판이었다는 점에서 주목된다. 마녀사냥식 비판의 원조 격인 이 사건은 '공중도덕을 어지럽히는' 존재에 대한 윤리적 비판이라는 점이 비판의 정당성의 근거가 되었고, 이 윤리적 정당성이야말로 수많은 누리꾼이 인신공격적 비난과 혐오의 감정, 신상 털기와 같은 개인 정보를 함부로 다루는 일의 위험성과 폭력성에 눈감게 한 근거가 되었다. 비판 자체보다 그것의 거대한 증폭을 가능하게 한 동력이 무엇인가를 따져보자면, 혐오에 순식간에 동조하게 한 부정적 감정의 흐름에 혐의를 두지 않을 수 없는 것이다.[7]

문화적 문제로 가시화된 현상들 속에서 인터넷 문화와 결합한 부정적 사회감정의 흐름에 주목해야 하는 이유가 여기에 있다. 비판의 윤리적 성격으로 인해 손쉽게 시비의 진영으로 구도화되는 이러한 비판문화에서는 비판의 논리적 근거나 타당성이 무용화되지는 않지만, 비판의 대상을 열등한 존재로 전락시키고 거기서 고유한 개성을 제거하게 된다. 궁극적으로 비인간화를 목표로 하는 비판의 낙인 행위를 막기는 쉽지 않은데, 이에 따라 결과적으로 애초의 비판적 기능조차 상실하게 되어 버린다.[8] 비판문화에 감정이 결부되면서 벌어지는 이러

---

7. '표절 사태'나 '제제 사태'가 기이한 광풍의 성격을 띠었던 현상은, 우선 수많은 다양한 의견이 공존할 수 있는 상황에서 비판적 논의를 수용하거나 혹은 거기에 개입하려는 이들의 '판단'에 영향을 미치는 요소로서 사회감정이 그만큼 중요해졌음을 말해준다. 하지만 그보다는 이 현상들이 인터넷 공간의 비판문화와 그 비판의 윤리적 성격과 밀접하게 결부되어 있다는 점이 보다 중요한 문제로서 다루어져야 한다.

한 현상 속에서 점차 '어떻게 부정적 사회감정을 조절하거나 거기에 대항할 것인가'가 시급한 현안이 되고 있음을 되새길 필요가 있다.

온전한 속물이 되는 법, 명랑소녀 '탈조선' 성공기의 전언

신-신분사회와 한국문학

한국사회에서 점차 심각해지는 신분사회적 성격을 감정적 위계로 포착한 소설이 적지 않다. 돈이 위계구조를 결정하는 최종심급임이 분명하지만, 오늘날 돈의 얼굴은 수만 개이고, 그래서 위계구조를 결정하는 요인도 수만 개다. 부모의 재력, 출신 성분, 학력, 성별, 인종이 각기 따로 또 여러 요소들과 결합되어 위계구조를 공고히 하는 요인으로 작동한다. 김금희의 『센티멘털도 하루 이틀』(2014)이나 김의경의 『청춘파산』(2014)을 채운 인물들이 보여주듯 청년이라고 다 같은 청년이 아니고 노인이라고 다 같은 노인이 아니다. 합리성으로 설명되지 않는 현실의 부조리를 감정이라는 매개로 도해하는 경향이 최근 한국 소설의 한 흐름 가운데 하나라면, 그 가운데에서도 뚜렷한 경향성을 보여주며 유의미한 영역을 마련한 것은 퇴행 중인 한국사회의 신분제적 성격을 폭로하는 소설들이다.

권여선, 편혜영, 구병모의 최근 소설이 구조적 폭력의 감정적 위계화 경향을 폭로하고 있으며, 감정이 교환가치가 된 현실과 감정 착취의 젠더적 측면을 김숨과 김이설의 소설이 짚고 있다. 보이지 않는 현실의 일면, 혹은 너무 흔해서 문학적 시야에 포착되지 못한 현실의 일면에 대한 환기와 재현 그리고 폭로가 개인 혹은 사회의 무드까지 포

---

8. 마사 누스바움, 『혐오와 수치심』, 395~403쪽.

함한 감정을 매개로 이루어지고 있다. 이러한 폭넓은 경향성 속에서도 특히 관심을 기울여야 할 것은 비판문화를 통해 드러나는 부정적 사회감정의 흐름과 최근 한국문학 사이에 존재하는 연관성에 관해서다. 사실 이 연관은, 소설에서 매개를 통한 현실의 텍스트화로서의 성격이 강화되어야 한다거나 한국문학의 유의미한 존속을 위해서는 문학을 더 이상 기성의 문학 범주로만 다룰 수 없다는 식의 함의를 갖는 데에서 그치지 않는다.

한국을 떠나는 청년들

한국문학의 부진이 떠들썩한 가운데에서도 두루 널리 읽힌 소설인 장강명 작가의 『한국이 싫어서』는 부정적 사회감정의 흐름을 적확하게 파악하고 그것에 반응한 소설이라는 점에서 주목된다.9 소설 깊

---

9. 『한국이 싫어서』의 유의미한 점이 여기에 있다. 따지자면, 청년의 입을 빌려 한국사회의 출구 없는 지옥의 면모에 대한 소설적 구현에 관심을 기울인 작가가 없지 않다. 들끓는 정념으로 표출되든 무정념한 기계 인간으로 포착되든 신자유주의적 통치술이 인간을 개조한 사례에 관해 소설적으로 제시하고 있는 경우는 많다(이에 관해서는 소영현, 「그나마 남은 비평의 작은 의무」, 『올빼미의 숲』, 문학과지성사, 2017에서 상세히 논의한 바 있다). 그런데 대개 그것은 지나치게 개별화되어 세대 혹은 시대 전체를 감싸는 무드임에도 집합적 면모로서 다루어지지 않은 편이다. 믿을 수 없는 화자의 이야기처럼 주관화된 김사과의 「영이」의 세계를 가득 채운 것은 정념들이다. 소설 전체를 관통하는 뚜렷하고 분명한 것은 폭력만 존재하는 세계에서 스스로를 지키기 위해 자신을 잘게 쪼개고 텅 빈 존재가 되어야 한 영이의 정념과 그것이 야기한 고통의 즉자성을 전달하고자 하는 열망이다. "아빠가 술을 마시면 엄마는 욕을 하고 아빠는 엄마를 때리고 둘은 싸운다. 한 문장으로 쓰면 될 것을 나는 왜 이렇게 많은 문장을 쓰고 있나. 왜냐하면 백 문장에는 백 문장의 진실이 있고 한 문장에는 한 문장의 진실이 있기 때문이다. 당신의 고통과 나의 고통이 다른 것처럼, 열 시간의 고통과 십 분의 고통이 다른 것처럼, 백 문장의 진실과 한 문장의 진실은 다르다. 이것은 아주 고통스러운 광경이기 때문에, 한 문장 — 삼초의 고통이 아니라 천 문장 — 삼천초의 고통을 안겨줘야 한다. 그래야만 당신도 느낄 수가 있기 때문이다. 나는 읽는 당신을 원하지 않는다. 느끼는 당신을 원한다. 아주 오래 느끼는 당신을 원한다. 당신은 아주 오래 느껴야 한다. 한 번 더 사는 것처럼 느껴질 만큼 오랫동안 말이다. 그래야 영이가 당신 마음속에 오래도록, 영이가

은 곳에 두고두고 곱씹어야 할 대목들이 숨겨져 있는 것도, '한국이 싫어서' 한국을 떠난 '이민'족의 삶에 예기치 못한 반전이 있는 것도 아니지만, 흥미롭게도 『한국이 싫어서』는 공감대를 형성하면서 독서대중의 폭넓은 호응을 불러왔다.

그 호응의 실감은 어디로부터 왔는가. 아마도 그것은 언론을 통해서만 접했던 청년 세대의 공통감각이 인물과 사건으로 구현된 이야기로 만들어진 점에서 비롯되었을 것이다. 돌이켜보면, 추억거리처럼 아련할 수 있는 외국 생활 초반의 실수와 문화적 차이가 불러온 오해를 무용담이라고 해도 좋을 에피소드 사이에 양념처럼 곁들이면서 가볍게 친목을 위한 담소를 나누는 듯한 화법으로 『한국이 싫어서』는, 중국 공략 비즈니스 팁을 제공하는 소설 조정래의 『정글만리』(2013)가 그러하듯, 정보와 재미를 동시에 제공하는 인포테인먼트 소설 영역을 개척했다. 정착의 삶을 걷어치우고 유목하는 삶을 선택한 여행족의 블로그 기반 여행 기록물이 그러하듯, 소설은 고통스러울 수 있는 위험천만의 선택을 놀이공원의 롤러코스터를 탄 것과 같은 짜릿하고 즐거운 체험으로 바꿔버린다.

가벼운 읽을거리로서의 독서 재미와 함께 『한국이 싫어서』에 대

죽고 내가 죽은 뒤에도, '영원히' 살아남을 것이기 때문이다."(김사과, 「영이」, 『02영이』, 창비, 2010, 24~25쪽). 소설에서 고통스러운 광경을 이토록 간절히 되살리고 싶은 것은 존재의 역설적인 열망 때문이다. 고통에의 공감에 대한 깊은 절망이자 구원에의 절박한 요청이 '느껴 달라'는 호소로 표현된 것이다. '공감'을 요청하는 절박함은 그것대로 기억해둘 만한 진정성을 가졌지만, 그러나 소설을 통해 전달하려는 '진실'이 개체를 넘어서지는 않는다는 점을 짚어둘 필요는 있다. 물론 김사과의 소설이 이러한 내적 고통을 들여다보고 공감을 요청하는 상태에 지금껏 머물러 있는 것은 아니다. 계급 간 차이가 고착되고 있는 현실을 구현하고 위계를 가로지르려는 시도의 불가능성을 승인하면서도, 김사과의 소설은 '그럼에도 불구하고'의 태도로 실패를 예견하면서도 위계에 도전하는 시도를 보여줌으로써 가령 『천국에서』와 같은 소설에서 진전된 세계인식을 마련하고 있다.

한 독서대중의 호응은, 무엇보다 한국 청년들이 공유하고 있는 사회 감정의 포착에 능란한 면모에서 찾아진다. 『한국이 싫어서』는 한국이라는 신-신분사회에서 탈출해서 한국에서는 불가능한 신분 상승의 신화를 호주를 배경으로 다시 쓴다. 빈곤한 삶 자체보다 빈곤에서 벗어난 삶을 꿈꿀 수 없는 현실이 만들어내는 출구 없는 지옥을 보여주면서, '노오력'이 아니라 '노오오오력'을 쏟아도 부모의 신분과 집안이라는 조건을 극복할 수 없다는 '금수저 흙수저' 계급론을 소설적 실감으로 구현하는 동시에, 계급 결정론에서 벗어난 '노오력'을 통한 성공담을 경쾌하게 풀어놓는다. "한국에 남아 있었더라면" '노오오오력'을 쏟아붓고도 결국 삶의 막장으로 떠밀리고 전락에 전락을 거듭하게 될 것이며, 한국의 '2등 시민'에게 "그런 거대한 톱니바퀴에 저항"[10]하는 것은 불가능할 것이라는 판단 아래, '계나'와 '재인'의 입을 빌려 소설은 지옥에서 탈출하는 방법은 아주 간단하다고, 그저 지옥을 떠나기만 하면 된다고 속삭이듯 넌지시 조언한다.

그런데 청년이 실감하는 한국사회의 '헬조선'적 면모가 리얼하게 재현된 반면, 『한국이 싫어서』에서 한없이 지연된 삶을 사는 '한국 청년'을 만나기는 쉽지 않다는 게 이 소설에 관한 누락시킬 수 없는 진실 가운데 하나다. "한국에서는 경쟁력이 없는 인간"이면서도 그런 주제에 까다롭기는 더럽게 까다로운(11쪽) '계나'나 패션 아울렛 매장에서 본사 직원의 부당한 대우에 당당하게 맞섰던 점원 '엘리'는 말할 것도 없고, 어학원 출석에 불성실한 듯 보였지만 새벽 빌딩 청소로 생계를 꾸렸던 '재인'까지 『한국이 싫어서』에서 이민을 선택한 청년들은 "지금의 생활이 주는 안정감과 예측 가능성이 너무나 소중"하고 "상황을

---

10. 장강명, 『한국이 싫어서』, 민음사, 2015, 28쪽.

바꾸고자 하는 의지 자체가 없는"[11] '헬조선'을 사는 청년들과는 달리, 과감하게 모험을 떠나고 그 위험부담만큼의 수익을 얻은 이들로 재규정된다. 아마도 바로 여기에 『한국이 싫어서』가 신자유주의 통치술을 선전하는 자기계발서와 크게 다르지 않은 이유가 놓여 있다고 해야 할 것이다.

> "언니도 음악 하는 남자랑 사귀는 건 좀 아니라고 생각해?"
> "아무래도 한국에서 밴드 하는 게 돈벌이가 되는 일은 아니니까…."
> …
> "언니라면 내 편이 되어 줄 거라고 생각했는데."
> …
> 난 그냥 가만히 있었다. 내 생각에는 그거랑 이거는 완전히 다른 문제거든. 내가 호주에 간 것은 내 신분이 오를 가능성이 있는 방향으로 한 일이야. 예나가 베이시스트와 사귀는 게 별로 높지도 않은 걔의 신분을 더 떨어뜨릴 가능성이 높고. 냉정하게 생각해 봐. 20대에 그런 게 벌써 정해져. 30대가 되면 바꾸는 게 쉽지 않다.[12]

사회적 지위를 획득한 전 남자친구와의 재결합을 포기하고 다시 호주로 떠나면서, '계나'는 자신의 선택이 온전히 자신의 행복을 위한 것임을 거듭 강조한다. 하지만 동생 '예나'의 남자친구를 두고 '계나'가 곱씹는 셈법에서 엿볼 수 있듯, 소설은 공간 이동에도 불구하고 아니 보다 더 강력하게 '계나'의 삶이 신자유주의적 통치술이 요청하는 자

---

11. 같은 책, 120~121쪽.
12. 같은 책, 123~124쪽.

기계발과 자기관리에 철저하며, 바로 그런 의미에서 속물의 삶을 구현하고 있음을 역설적으로 보여주게 된다.

　민족과 국가에 등 돌리는 청년들의 사회감정을 통해 '헬조선'에 대한 비판적 폭로에 성공하고 있으면서도, 소설은 가족과 민족, 국가에 얽매이지 않고 철저하게 '자유로운' 개인이 되어 온전한 개인을 실현한다는 것의 실체를 보여준다. '헬조선'의 면모를 타국 땅에 이식함으로써, 신자유주의가 꿈꾸었던 바로 그 이상적 인간형을 보다 온전한 형태로 구현하게 되는 것이다. 이런 인간형에 대한 호응이야말로 한국사회를 휘감고 있는 시대감정의 민낯이라고 해야 하는데, 『한국이 싫어서』가 사회감정을 적확하게 포착했음의 의미는 여기에 있는 것이다. 폭로의 이면에서 소설 『한국이 싫어서』가 '탈조선'에 성공한 호주 이민 정착기이자 자기계발 통치술의 온전한 실천법 소개서가 되는 것은 이런 이유에서다.

자유민주주의를 보완하라, 모욕과 무시의 사회감정으로

　『한국이 싫어서』의 제안은 부정적 사회감정에 얼마나 적절한 답안인가. 한국사회를 휘감고 있는 부정적 사회감정에 대해 인문학은 무엇을 말해야 하는가. 무엇을 말할 수 있는가. 소설이 권하는 대로 이 시대가 요청하는 완전체 인간형이 되려면 이곳을 떠나기면 하면 되는가. 아쉽게도 한국이 싫다고 모두가 한국을 '실제로' 떠날 수 있는 것은 아니다. 그저 의지 문제로 치부될 수 없다는 건 굳이 언급할 필요도 없을 것이다.

현대 자유민주주의의 재활용 가능성

3·11 도호쿠 대지진 이후 일본사회에서 감지된 변화의 가능성을 전망한 저서 『사회를 바꾸려면』(2012)에서 인문학자 오구마 에이지小熊英二가 주목한 것은, '그럼에도 불구하고' 정치체로서의 현대 자유민주주의의 재활용 가능성이다. 그에 의하면, 현대 자유민주주의가 유용한 정치체가 되기 위해서는 데모와 사회운동을 통한 보완이 필요하다. 결함 많은 정치체라는 말이다. 홉스·로크·스미스·벤담·밀 등 영국에서 발흥한 사상이 자유민주주의의 사상적 기초가 되었다고 보는 오구마 에이지는, 이성을 지닌 인간이 계약을 통해 권력을 만들어 자연법을 지킨다는 발상, 권력으로부터 자유로운 것이 좋다는 사상, 모두 함께 권력을 만드는 것이 좋다는 사상, 개인이 이기적으로 이익을 추구할수록 세상은 공존공영하게 된다는 사고, 쾌락의 합이 최대가 되는 사회가 가장 행복하다는 사상의 복합물이라는 점에서 현대의 자유민주주의는 해소되지 않는 난점들을 본래부터 내적 한계로서 포함하고 있음을 지적한다.

그의 지적이 아니더라도, 가령, 하나로 묶어 말하곤 하는 자유민주주의에서 자유주의와 민주주의가 양립되기는 쉽지 않으며, 경제적 자유주의와 최대 다수의 행복이 동시적으로 획득되기도 어려운 게 사실이다. 개별적인 자유와 평등을 유지한 채로 '우리'를 만들어내고 '우리'의 '대의'를 표출하는 일이 쉽사리 이루어질 리도 없다. 그의 말마따나 어떤 면에서 "원래 자유주의와 대의제와 민주주의, 이 세 가지를 조합한다는 것 자체가 무리"인지 모른다. "인류 역사상 특정한 사회조건 아래에서 100년 정도 그렇게 유지되는 시대"[13]가 예외적으로 있었을 뿐인지 모른다.

---

13. 오구마 에이지, 『사회를 바꾸려면』, 전형배 옮김, 동아시아, 2014, 166쪽.

사상적 결함 논의와 함께, 현대 자유민주주의에 대한 오구마 에이지의 논의 가운데 흥미로운 것은, 자유민주주의의 정착 조건에 대한 그의 검토와 관련해서다. 그의 질문은, 유럽 사상적 맥락에서 최선의 정치체로 상상되지 않았던 민주정이 어떻게 미국에서 안정적으로 뿌리내릴 수 있는가, 즉 자유민주주의는 '어떤 사회조건' 속에서 안정된 정치체로 정착될 수 있는가로 요약된다. (그의 논의를 핵심만 간추리자면,) 토크빌의 논의를 빌려, 오구마 에이지는 자유민주주의가 초창기 미국이라는, 역사적으로 특수한 조건 속에서 안정적으로 정착될 수 있었다는 점을 지적한다. 바꿔 말하면, 초창기 미국과 달리 "재력과 지위에 격차가 벌어져 있고, 지역사회에 권한이 주어져 있지 않고 허다한 역사적 연고가 얽혀 있고, 이념적 결속도 잘 안 되는 사회"에서라면, 자유민주주의의 성립이라는 것이 상상만큼 쉽지는 않다는 말이나.[14] 세계의 거의 모든 국가들이 미국과는 다른 상황에 놓여 있음을 염두에 두자면, 자유민주주의가 전 세계적에서 유포되고 안정적으로 확립될 것이라는 믿음 자체가 환상에 가까운 것인지 모른다고 그는 에둘러 말한다.

그렇다고 오구마 에이지가 자유민주주의의 정치체로서의 기능성을 모두 거둬들인 것은 아니다. 계급과 젠더 정체성 정치가 불가능한 상황이 사회운동의 위력을 감소시키고 있으며, 따라서 계급과 젠더의 연대를 거점으로 한 변혁의 힘을 기대하기는 현실적으로 어려운 상황이지만, 사회 전반에서 공유되고 있는 무시와 모욕의 감정을 두고 위력적인 사회운동의 동력이 될 수 있을 것으로 판단한다. 각기 다른 사회구조를 반영한 비판적 사회운동의 거점은 차별적이지만, 지구적으

---

14. 같은 책, 165쪽.

로 공통된 상황, "비정규 고용노동자와 독신자가 증가하고, 고학력임
에도 좋은 직업을 얻지 못하는 사람이 많아지고, '무시당하고 있다'고
느끼는 사람들이 늘어나, 좋은 의미에서나 나쁜 의미에서나 글로벌화
와 정보기술의 발달에 직면한 상황"[15]임이 분명할 때, 이런 상황이 감
정적 가교를 통한 전 지구적 연대를 가능하게 해주지 않을까 기대하
는 것이다.

　일본에서도 그러하듯, 한국에서 비정규직의 정의는 뚜렷하지 않
다. 위키피디아에 따르면 OECD조차 임시적 노동자temporary worker 정
도로 규정하고 있을 뿐 보다 구체적 정의를 마련하고 있지 않은데, 그
럼에도 대개 '비정규직'은 자신이 일하는 직장에서 정년을 보장받지
못한 채, 일정 기간 동안만 일시적으로 일하는 노동자를 가리킨다.[16]
'비정규직'이라는 말이 일용직, 임시직, 파트타임, 파견, 아르바이트 등
으로 불리던 임시직 노동자를 총칭하는 용어에 가깝다는 점에서, '비
정규직'은 임시적 노동자에 부여된 집합적 정체성의 이름이며, 오구마
에이지에 의하면 무시와 모욕을 겪는 이들의 이름이자 사회적 변혁을
가능하게 할 새로운 동력의 이름일 수 있는 것이다.

비정규직, 무시와 모욕의 공동체

　현재 한국사회에는 무시가 횡행하고 모욕이 들끓는다.[17] 상시적인
모욕과 무시가 점점 견딜 수 없는 수준으로 치닫고 있다. 대학 졸업

---

15. 같은 책, 375쪽.
16. '한국에서는 2002년 7월의 노사정위원회에서 한시적 혹은 기간제 근로자, 시간제 근
　　로자, 비전형 근로자를 가리켜 비정규직으로 정의했다.' 위키피디아의 '비정규직' 항목
　　참조. https://ko.wikipedia.org
17. '존재 가치가 부정당하거나 격하될 때 갖게 되는 괴로운 감정들'인 수치, 모욕, 굴욕, 모
　　멸 사이의 경계를 긋는 사실상 어렵다. 김찬호, 『모멸감』, 1~2장.

후 아르바이트 삼아 시작했다가 삼 년째 버스 검표를 하는 최진영의 소설 「봄의 터미널」(2015)의 주인공은 핸드백을 흔들어 종아리를 치며 "학생 저기 저 짐 좀 실어줘", "이봐, 학생. 짐 좀 넣어달라니까"를 반복하는 여자의 말에 대꾸하지 않는다. 끝내 "젊은 놈이 돼먹지 못하게 돈 참 쉽게 번다고" 쏘아붙이는 말을 듣고야 만다. "내가 만약 사람이 아니라 아주 비싼 기계라면, 최신형 스마트폰이라면 사람들이 지금보다 나를 살살 대하지 않을까. 내가 망가지거나 고장 나면 보상을 해야 하니까. 하지만 내가 비싼 기계가 아니라 싼 기계라면, 2G폰이라면 지금과 다를 바 없을 것이다. 그러니 기계냐 사람이냐보다 중요한 건 싸냐 비싸냐의 문제인가. 나는 싼 인간인가. 그래서 어떤 이들은 내게 당연하다는 듯 반말을 하고 명령을 하고 무시하는 걸까. 그들의 눈엔 내 이마빡에 찍힌 바코드와 가격표가 보이는 걸까. 자기들끼리 결정 내린 시장가격이. 나는 흔해서 싼 인간. 학생이라 부를 수 있는 젊고 만만한 박리다매형 인간.… 나는 김밥 천국의 김밥도 못 되고 그냥 단무지 같은 존재인가. 돈을 더 내지 않고도 더 달라고 당당히 말할 수 있는. 더 달라고 해놓고도 고스란히 남겨도 아깝지 않은."[18] 무시와 모욕이 불러온 분노를 곱씹고, 상대가 먼저 반말을 하고 자신을 함부로 대했다고, 그건 부탁을 가장한 명령이었다고, "모욕적이었"다고 항변의 말을 찾으면서도 해소될 수 없는 무시와 모욕의 감정은 현실적 행동으로 쉽게 이어지지 않는다.

청년뿐 아니라 세대를 초월한 수많은 이들이 '비정규직'으로 살고 있으며, 단 한 번도 정규직이 된 적 없는 '비정규직'이 그조차 지속할 수 없는 시대로 떠밀리는 중이다. 그런데 오구마 에이지의 전망과

---

18. 최진영, 「봄의 터미널」, 『한국문학』, 2015년 가을호, 115~116쪽.

는 달리, 사회변혁의 기미는커녕 비정규직을 위한 법안은 제대로 마련되지도 처리되지도 못하는 중이다. 끝내 '정식' 교사가 되지 못하고 '정규' 노동이 될 수 없는 노동으로 인생을 채워야 했던 손보미 소설 「임시교사」의 임시교사는 어떤가. "그때, 아직 그녀가 젊었던 시절에 그녀는 '정식'교사가 되기 위한 시험을 계속 준비했어야 했다. 그녀는 자신의 부모, 그 무능했고 자신에게 기대기만 했던, 그렇지만 자신이 너무나 사랑했던 부모를 떠올렸다. 그리고 동생 부부, 그들에게도 자식이 있었지만 P부인은 그 애를 본 적이 없었다. 그녀에게도 좋았던 시절이 있었다. 그녀가 사랑했고 그녀를 사랑했던 남자들이 있던 시절. 끝나지 않을 거라고 믿었던 시절, 결국 그녀의 곁에 아무도 남지 않게 되었지만 그건 ─ 누구라도 그러하듯이 ─ 그녀가 선택한 삶이 아니었다. 하지만 그녀는 잘못된 일들이 언젠가 아주 조그마한 사건을 통해 한순간에 해결될 것이라고 믿었다."[19]

중산층 가족의 틈을 메우는 임시교사이자 돌봄노동자였던 'P부인'의 경험이 보여주듯, 무시와 모욕은 상시적이었지만 그것이 가해와 피해의 구도 속에서 주고받은 것으로 뚜렷하게 가시화되지는 않는다. 외국에 간다는 거짓말에 감싸인 채 예고 없는 해고가 이루어질 때, 'P부인'이 겪게 될 것은 무시와 모욕이라기보다 부끄러움과 다르지 않을 굴욕감이다. 구조의 차원에서 결정되는 일일 뿐이므로 'P부인'은 자신의 존엄을 지킬 어떤 선택도 할 수 없지만, 'P부인'의 시선이 구조적 모순에까지 가닿기는 아마도 어려울 것이다.[20] 개인의 시선에 의해 사회의 구조적 모순이 낱낱이 드러나기 쉽지 않으며, 개인이 겪는 무시와

19. 손보미, 「임시교사」, 『우아한 밤과 고양이들』, 문학과지성사, 2018, 116~117쪽.
20. 김현경, 『사람, 장소, 환대』, 문학과지성사, 2015, 159~165쪽.

모욕의 구조적 성격이 가시화되는 일도 간단치 않다. 그러니 무시와 모욕을 겪는 주체들의 연대를 상상하는 건 꽤 어려운 일이다. 중산층 가족의 틈을 메우는 데 없어서는 안 될 노동이었음에도 'P부인'의 경우가 그러했듯, 그것은 필요할 때 임시로 쓰이다가 손쉽게 버려질 수 있는 노동력이자 수시로 교체될 수 있는 노동력이다. 그런 노동력의 소유자란 언제든 곧 망각되어 흔적도 남기지 않을 존재-도구이기 때문이다. 아니 신자유주의하의 노동이 그렇게 다루어지기 때문이다.

성찰의 시간 : 차마 하지 못하게 하는 마음에 관한 인문적 해법

어쩌면, 십 년째 암 투병 중인 어머니, 간병과 집안일을 맡아보는 아버지와 함께 숨죽여 살아왔고, '햄버거 체인점, 패밀리 레스토랑, 도서 대여점, 전단 붙이기, 마트 알바'를 해왔으며 상업계 고등학교를 나와 졸업반 때 취업을 해서 지금껏 일자리를 전전하며 살아온 황정은의 소설 「양의 미래」(2013)의 인물이 그러하듯, 대개의 '비정규직'으로 시간을 이어 붙이듯 사는 이들에게는 무시와 모욕에 무감해지는(무감해지려는) 방식이 유일하게 스스로를 지킬 방책으로 공유되고 있는지 모른다.

서점 근처에서 발생한 여학생 실종 사건의 마지막 목격자였던 그녀는, 서점 앞에서 시위를 하던 여학생의 어머니에게 하고 싶은 말, "아줌마 어쩌라고요. 내가 얼마나 바쁜지 알아요? 내가 여기서 얼마나 많은 일을 하는지 알아? 날씨가 이렇게 좋은데 나는 나와 보지도 못해요. 종일 햇빛도 받지 못하고 지하에서, 네? 그런데 아줌마는 왜 여기서 이래요. 재수 없게 왜 하필 여기에서요. 내게 뭘 했느냐고 묻지 마세요. 아무도 나를 신경 쓰지 않는데 내가 왜 누군가를 신경 써야 해?

진주요, 아줌마 딸, 그 애가 누군데요? 아무도 아니고요, 나한텐 아무도 아니라구요"[21]를 한마디도 하지 못한다. "나는 여전하다"는 말로 "여전히 직장에 다니고 사람들 틈에서 크게 염두에 두지 않을 정도의 수치스러운 일을 겪는다. 못 견딜 정도로 수치스러울 때는 그 장소를 떠난 뒤 돌아가지 않는데, 그런 일은 물론 자주 일어나지는 않는다. 다음에 다른 동네로 이사를 가게 되면 그 동네에도 아카시아 나무가 많기를 소망하고 있다. 그러나 아카시아가 단 한 그루도 없는 동네에 살게 되더라도 나는 별 불편 없이 잘 적응해갈 것이다"(61쪽)라는 말을 대신하며, 어디에도 하지 못한 이런 말들을 곱씹으며 견디듯 살아낼 뿐이다.

그러면서도 그녀는 실종된 여학생과 함께 있던 남자들 그리고 그들 사이에 흐르던 이상한 기류에 '불편해했음'을, 그 기류에 자신이 개입해야 하는가를 고민했던 순간을 끝내 잊지 못한다. 삶에서 겪어야 했던 수치심이 "부끄러웠어도 대수롭지 않다고 여길 수 있는 부끄러움"(40쪽)일 뿐이라고 결국엔 견딜 수 있는 것들이었다고 말하면서도, 조금은 쉽게 정리한 그 '불편했던 마음', 가령 "나는 관두자고 마음먹었다. 성가시고 애매한 것투성이였다. 그들이 본래부터 알던 사이일 거라고 여기는 것이 편했다. 누가 알겠나. 나는 남의 일에 참견할 정도로 한가롭지 못하다. 내가 무슨 판단을 했나를 생각해볼 겨를도 없이 나는 판단을 마쳤고 몸을 돌려 그날의 매출을 전산 자료로 정리하며 퇴근할 준비를 했다. 어느 순간 고개를 들어 바깥을 내다보았을 때는 이미 그들이 가버린 뒤였다."(54쪽)와 같은 대목에서 포착되는 어떤 마음을 쉽게 떨치지 못한다.

21. 황정은, 「양의 미래」, 『아무도 아닌』, 문학동네, 2016, 59쪽.

"오랫동안 나는 그 일을 생각해왔다"[22]로 시작하는 황정은의 소설 「웃는 남자」(2014)의 그를 스스로 암굴과 같은 방에 가둔 것도 떨칠 수 없는 그 '불편한 마음'이었다. 그것의 실체가 부끄러움인지 죄의식인지, 항변인지 속죄인지 혹은 분노인지 참회인지는 그리 중요하지 않다. 무더웠던 여름의 버스 정류장에서 급작스럽게 바닥에 쓰러진 노인이 있었고, 마침 기다리던 버스가 당도해 별다른 생각 없이 버스를 탔던 그는, 누군가 조치를 취했거나 쓰러졌던 노인이 툭툭 털고 일어났을 거라고 생각하면서 정류장에서 멀어졌지만, 노인에 대한 생각을 완전히 떨칠 수 없었으며, 달라지는 것이 없음에도 오히려 오랫동안 "고통스럽게 그것을 곱씹"(178쪽)고 있었음을 고백하고야 만다.

'그때' 다른 조치를 취했더라면, 버스가 늦게 왔더라면, 바로 그 자리를 떠나지 않았더라면 … 끝없는 생각을 이어가지만, '그때'가 떨칠 수 없는 고통이 된 것은 그의 행위가 "판단이고 뭐고 없이" 이루어진 무심無心 중의 것이라는 사실 때문이었다. 그의 아버지가 죽음을 목전에 둔 직원에게 그러했듯, "그냥 하던 대로." 아무 생각 없이. "결정적일 때 한 발짝 비켜서는 인간은 그다음 순간에도 비켜서고 …"(184쪽) 그렇게 될 뿐이라는 사실을 생각의 되새김질 속에서 고통스럽게 확인하게 되었기 때문이다.

어떤 외부적 이념에 의해 문학 세계가 선규정될 수 없으며, 그런 방식은 가능하다 해도 이야기의 외피를 쓴 이념으로 귀결될 뿐이고, 그런 문학이 갖는 한계가 자명할 것임에는 분명하다. 하지만 문학의 이념화에 대한 거부가 문학의 공공적 성격 전부를 배제하는 것으로 치부되어서는 곤란하다. 세계를 통어하는 시야 마련이 쉽지 않지만,

---

22. 황정은, 「웃는 남자」, 『아무도 아닌』, 문학동네, 2016, 165쪽.

그것이 시대적 통찰의 시선을 방기해도 되는 문학적 알리바이가 되어서도 곤란한 것이다.

시대가 요청하는 한국문학을 두고 말하자면, 아무래도 좀 더 필요한 것은 사회적 상상력이라고 해야 한다. 지금 이대로 살게 된다면 우리 모두가 맞이하게 될 삶에 대한 것이거나 이대로 살지 않는다는 것은 과연 어떤 것인가를 둘러싼 사유에 가까운 것으로서의 상상력 말이다. 무시와 모욕의 연대나 (수치의 사회적 양태에 가까울) 죄의식의 긍정적 발현을 지속적으로 기대해야 하지만, 동시에 이곳을 가득 채운 문제들을 시시비비도 제대로 따지지 못한 채로 흘러가 버리게 놔두지는 말아야 하기 때문이다. "내 잘못이 무엇인가. 내가 잘못한 것이 무엇인가. 뭔가 잘못되었는데 … 그 잘못에 내 잘못이 있었나. 잘못이기는 한가 … 아니다 잘못이다. 그게 잘못이 아니라면 무엇이 잘못인가. 나는 어쩌면 총체적으로, 잘못된 인간인지도 모르겠다. 나는 어떤 인간인가."[23]

일상적으로 오가던 버스 퇴근길에 당한 급작스러운 사고로 생사의 갈림길에서 사랑하는 사람의 가냘픈 몸이 아니라 자신의 낡은 가방을 부여잡았고, 그런 자신을 용서하지 못하는 한 남자가 자신을 암굴에 가둔 채 생각을 거듭한다. '자신은 어떤 인간인가'에 대해, '인간이란 무엇인가'에 대해. 무시와 모욕이 횡행하는 시대의 한가운데에서 그것을 '차마 하지 못하게 하는 마음'은 어디에서 오는가. 무시와 모욕이 이 시대의 사회감정이 되어버린 원인과 그것이 사회변혁의 동력일 수 있음을 짚는 게 지금 이곳의 사회학의 할 일이라면, 무시와 모욕을 차마 하지 못하게 하는 마음, 그것에 대해 말하는 게 지금 이곳의 문

---

23. 같은 책, 177쪽 (강조는 인용자).

학과 인문학의 할 일이라 해야 하지 않는가.

황정은의 소설은, 말하자면 지나치게 가혹한 윤리적 염결성廉潔性을 요청하는 인물들을 통해, 부정적 사회감정으로 차고 넘치는 한국사회를 향해 그렇게 인문학적 해법을, 인문학적으로 구현된 사회적 상상력을 제안하고 있다고 해야 하지 않는가. 기우 삼아 덧붙이자면, 작가 황정은의 제안은 모두가 죄의식을 나눠 가져야 한다는 의미가 아니라 무엇이 왜 문제인가에서 시작되어 결국 인간이란 무엇인가로 귀결하는 생각을 각자 오랫동안 지속해야 한다는 의미로, 오랜 시간에 걸친 깊은 성찰이 필요하다는 의미로 전해져야 한다.

2장

신자유주의형 신인류의 역습

'헬조선'에서 '탈조선'을 꿈꾼다는 것

절이 싫으면 중이 떠나는 거다.

— 오찬호, 『진격의 대학교』

"저도 안다고요. 충분히. 아저씨 세대에 비해서 제 세대가 훨씬 여유로운 거 저도 안다고요. 근데, 그래서요? 저보고 어떡하라고요? 그게 제 탓이에요? 말씀하셨잖 아요, 제 탓이 아니라고. 그럼 저보고 어떡하라고요?"

— 김사과, 『천국에서』

한국사회 성찰론, '헬조선'이라는 마술부대

2010년 중반을 거치면서 청년들이 '헬조선(hell+朝鮮)'론을 통해 한국사회의 퇴행적 면모를 전면적으로 비판하기 시작했다. 인터넷 디시인사이드(역사갤러리/주식갤러리)에서 조선시대를 비하하는 용어로 사용되다 2015년 중반 언론의 핫이슈가 된 '헬조선'은, 국가와 사회에 대한 청년들의 극도의 혐오가 불러온 말이다. '헬조선'론은 '견디면 암이고 못 견디면 자살'[1]인 경쟁 정글인 이 땅에서 입시, 취업, 결혼으

---

1. 조동주, 「지금 SNS에서는 : 왜 2030의 한국은 '헬조선'이 됐을까」, 『동아일보』, 2015.

로 대표되는 생애주기의 주요 계기마다 청년, 아니 우리 모두가 목숨을 건 전쟁을 치러야 하는 절체절명의 위기를 살고 있음을 비명처럼 전한다. 애초에 극심한 취업난에 내몰린 청년들에 의해 지펴졌지만, '헬조선'론은 한국사회 비판에서 전방위적이다.[2]

사실 대한민국을 '헬조선'이나 '망한민국', '불지옥반도'/'지옥불반도'(지옥불이 치솟는 반도半島)로 명명하는 일이 전에 없는 낯선 일은 아니다. 표현법은 달랐지만 이곳이 지옥이라는 절망적 인식과 이에 대한 전면적 비판은 적어도 근대 이후만 따져보아도 꽤 긴 연원을 갖는다. '미개한 국민성'과 '후진 시스템'에 대한 비판인[3] '헬조선'론은 다소간 과격하고 자극적인 표현이나 이미지가 동원되고 하위문화적 놀이 성격을 띠고 있음에도,[4] 한국사회에 대한 전면적 반성과 사유를 요청하는[5] 사회비판 담론의 계보 위에서 이해될 필요가 있다. 이전 시

7.10 ; 곽아람, 「Why : 망한민국·헬조선 … 우리 청년들은 왜, 대한민국을 지옥으로 부르게 됐나」, 『조선일보』, 2015.8.21.

2. 하지율, 「[누리꾼 탐구생활⑦] '죽창' 들고 '탈조선' 꿈꾸는 2030, 도덕적인 훈계는 안 먹혀」, 『오마이뉴스』, 2015.8.6 ; 윤병찬, 「'흙수저'가 꼽은 대한민국이 '헬조선'인 74가지 이유」, 『HOOC』, 2015.9.19 ; 김원, 「〈미생〉에서 〈송곳〉으로」, 『실천문학』, 2015년 겨울호 ; 「군대문화·갑질·여성혐오 … 정치·조직·일상에 만연한 '미개'」, 『경향신문』, 2016.3.22 ; 문강형준, 「픽미업」, 『한겨레』, 2016.2.26 ; 문강형준, 「자소서는 어떻게 '자소설'이 되는가」, 『한겨레』, 2016.4.29.

3. 박은하, 「헬조선에 태어나 노오오오오력이 필요해」, 『경향신문』, 2015.9.4.

4. '헬조선'론은 담론만으로 전모가 파악되지 않는다. 강고해지는 '금수저·흙수저'의 위계와 이로부터 야기되는 분노와 적대감, 좌절감이 '죽창 앞에선 모두가 평등하다'는 문구를 내세운 웹사이트 개설(www.hellkorea.com)로, '흙수저 키우기', '흙수저 빙고', '내 꿈은 정규직'과 같은 인디게임 개발로도 이어졌다.

5. 웹사이트 〈헬조선〉 운영자가 인터뷰에서 다음과 같이 밝힌 바 있다. "우리 사이트에 충격을 받으셨거나, 마치 혁명을 외치는 사이트인 양 착각하시는 분들, '절이 싫으면 중이 떠나라'고 막 이야기하실 참이었던 모든 분께 한 말씀 더 올리겠습니다. 언론을 보면 한국이 얼마나 살기 좋은 곳인지 홍보하는 숫자들이 가득합니다. 경상수지가 어떻고 한국인 평균 수명이 얼마나 길고 국가 신용 등급이 얼마나 높은지 등 말이죠. 그러나 님이 정해놓은, 이처럼 몸에 와 닿지 않는 행복 기준에 지금 젊은이들은 절망하고 있습니

대의 사회비판 담론이 그러했듯, 청년 주도의 청년론에 가깝지만 세대
론으로 국한될 수 없는 것이다.

그간 한국사회의 갈등과 모순의 주적의 자리에 신자유주의라는
이름의 금융 자본주의가 불려나왔다면, 신자유주의라는 국적 없는
주적의 자리를 '헬조선'이라는 신조어가 채우게 되었다. '헬조선'론의
미덕은 한국사회 전반에 흩어져 있는 문제들을 서로 유관한 관계망
속에서 바라볼 수 있게 한 점이다. 신자유주의 통치술의 미시화 전략
으로 파편적으로 인지되던 한국사회의 모순들, 노동·교육·주거 등 긴
급한 해결이 요청되는 문제들이 '헬조선'의 이름으로 한자리에서 논의
되기 시작했다. SNS 공간은 말할 것도 없고 일간지나 주간지, 사회비
판적 계간지에서 '헬조선'론에 대한 관심이 두드러진다.[6] '헬조선'론을
통해 신자유주의라는 모호하고 실체가 불투명한 비판 대상에 현실적
무게가 얹히면서 사회비판의 실질적 가능성이 좀 더 뚜렷해졌기 때문
일 것이다.

물론 '헬조선'론은 '헬조선'이라는 용어로 이 땅의 적체된 문제들
을 한 자루에 쓸어 담아 그 자루만 버리고 나면 모든 문제가 단번에

다. 이렇게 살기 좋은 나라에서 왜 삼포세대(사회·경제적 압박으로 인해 연애·결혼·출
산을 포기한 세대)니 오포세대(삼포세대에 더해 집과 친구까지 포기한 세대)니, 이제는
N포세대(계속 포기할 게 늘어남을 상징하는 말)라는 말까지 나오겠습니까. 사실 포기
라는 말조차 허망합니다. 포기하려면 기회라도 있어야 하는데, 지금 젊은이들은 기회
조차 부여받지 못하는 사람이 태반입니다. '헬조선'이라는 자극적인 키워드를 사용하
는 이들을 한국사회는 이해할 필요가 있습니다." 이대희, 「'헬조선' 사이트 운영자 "노오
오오력해봐야…"」, 『프레시안』, 2015.8.6.

6. 『실천문학』, 2015년 겨울호 특집 『미생』에서 『송곳』으로 ; 『세계의문학』, 2015년 겨울
호 〈특집 : 헬조선, 왜 한국인은 한국을 싫어하는가〉 ; 『황해문화』 2016년 봄호 〈특집
'헬조선 현상'을 보는 눈과 문화비평〉이 기획되었고, 『경향신문』에서 창사 70주년 기
획 '부들부들청년'으로 20~34세 청년 103명을 다섯 차례 만난 초점집단면접 결과 검
토가 시리즈로 연재되었고(2016.1.2.~3.25), SBS에서 스페셜기획 「헬조선과 게임의 법
칙 ― 개천에서 용이 날까요?」(2016.5.8)이 방영되었다.

해결될 수 있을 듯한 착각을 불러일으키는 게 사실이다. 한국사회의 문제적 면모들에 대한 혐오와 조롱으로 채워진 채 그 대안으로 '탈조선'이 거론되고, '탈조선'이 한국사회에서의 이탈 즉, 이민의 문제로 한정되는 '헬조선'론의 구조는 그러한 착각을 부추기는 '헬조선'론의 함정이기도 하다. 그러나 '헬조선'론이 사회비판 담론의 계보 위에서만 온전히 이해되지 않는 것은 '탈조선'론으로 손쉽게 귀결해버리는 '헬조선'론의 독특한 논의구조 때문이다. 왜 '헬조선'론이 '탈조선'론의 얼굴로 순식간에 바뀌어버리는가에 대해서는 좀 더 세심하게 들여다볼 필요가 있다. '헬조선'론이 아직 몸체를 확인할 수 없는 시대 변화의 징후로서 읽혀야 하는 이유가 바로 그 '헬조선'론의 기묘한 논의구조 속에 숨겨져 있기 때문이다.

'헬조선'론이 말한 것과 말하지 않은 것

노오력, 미개, 흙수저, 이생망(이번 생은 망했다), 노답, 벌레(충), 노예, 탈출, 인정 등 '헬조선'론에서 주로 활용되는 용어는 '헬조선'론이 근대정신의 중심을 이루었던 담론들, 입신출세주의, 노력론, 수양론, 교양론의 조롱임을 말해준다. '하늘은 스스로 돕는 자를 돕는다'는 사무엘 스마일스Samuel Smiles의 어슴이 근대의 시대정신을 대변하는 격언이 된 것은, 신분제가 해체된 세계에서는 개인이 균등한 기회를 부여받고 '노력'을 통해 자신의 기량을 발휘하면 누구에게나 '성공'의 가능성이 열린다는 신념이 널리 공유되고 있었기 때문이다. '헬조선'론은 한국의 성장체제를 지탱해온 이념적 동력인 근대정신에 대한 불신을 환기하고, '개천에서 용 나는' 입신출세주의의 담론적 효용이 임계치에 달했음을 보여준다.

풍자와 조롱이 갖는 비판적 해부의 날카로운 면모와 무관하게, 풍자와 조롱은 그 대상이 한정한 범주 너머를 상상하기 쉽지 않다. '헬조선'론이 대안적 비판담론인가에 대한 판단은 유보될 수밖에 없는 것이다. 그럼에도 '헬조선'론을 채우는 풍자와 조롱이, 그간 미봉적으로 봉합되었던 근대정신의 균열과 모순의 면모들로 향해 있으며 근대정신이 전면적으로 재고되어야 할 것으로 대상화되고 있음에 대해서는 좀 더 음미할 필요가 있다. '헬조선'론은 근대정신의 정당성이나 옳고 그름이 아니라 그 시대적 유효성이 임계점에 이르렀음을 환기하는 한국사회의 자성적 거울론으로 이해되어야 한다.

근면하고 성실한 태도로 '노력'을 다해도 하류인생의 삶이 바뀔 가능성이 없으며 노동을 할수록 더 가난해지는 '워킹푸어' 시대에 직면해서, '헬조선'론은 점차 계층을 가로지르는 신분 상승이 어렵고 상대적으로 세습 신분이 강화되는 신-신분사회의 도래에 대한 날카로운 인식을 담고 있다. 그런데 '미개한' 사회를 벗어나기 위해 노력하는 태도의 무용함과 불가능성을 지적하고 그런 인식에 조롱을 가하고 있음에도, '헬조선'론에서 '이후'의 삶에 대한 관심을 발견하기는 어렵다. 이를 두고 좌절과 포기의 무드를 읽어내고 '헬조선'론으로 표출하는 사회비판의 수동성과 무기력성을 비판하는 논의들이 적지 않다. 근대적 의미의 성장과 발전 논리에 대한 신뢰를 거두지 못했고 전면적인 비판-수행성을 마련하지 못하는 것이 '헬조선'론의 어정쩡한 위상 때문으로 지적되기도 한다. 그런데 과연 그러한가.

한국사회에서 논의가 필요한 많은 문제가 순식간에 진영논리로 환원되고 편가르기 싸움이 되는 경향이 심해지고 있다. 사이비 진영 논리일 뿐인 좌파와 우파, 보수와 진보의 대결구도 속으로 모든 논제가 휩쓸려 들어가, 어떤 문제도 이성적으로 검토되기 쉽지 않은 상황이다. '헬조선'론도 예외는 아니다. 그러나 엄밀하게 들여다보자면, '헬조선'론의 기묘한 논의구조에 대한 이해는 진영논리의 대결구도 속에서는 충분히 이루어지기 어렵다. 진영논리의 대결구도를 넘어선 '헬조선'론의 성격 파악이 '헬조선'론에 대한 온전한 이해의 관건인 것이다.

'헬조선'론이 보여주는 혐오와 조롱의 면모는 그 동력의 기원에 대한 진지한 물음으로 이어지기 전에, 미래를 선취해야 할 청년에 대한 진영 간 입장 차이로 환원되는 양상을 보여주있다. 그간 '헬조선'론은 나라를 탓하고 부모를 탓하는 나약한 세대의 철없는 징징거림으로 혹은 이제 막 시작된 각성된 청년들의 사회구조적 비판의 일환으로 이해되었다. '헬조선'론을 전자의 관점으로 이해하는 논의들이 압도적으로 많은 반면, 이에 대한 청년들 자신의 발화는 많지 않은 편이다. 청년들은 대개 '헬조선인'의 사례로서 호명되는 편이다. 비판에서 서로 다른 입장을 취하지만, '헬조선'론은 '헬조선'을 운운하는 이들이(이때 '운운하는' 주체는 대체로 '청년'으로 상정된다) 이전에 비해 순응적이고 수동적이며 소극적인 존재들이라는 판단을 공유하며, 무엇보다 현실을 타개할 실질적 행동력이 부족하다는 점을 공통적으로 지적한다.[7]

흥미롭게도 '헬조선'론은 '청년세대'를 단일한 범주로 호명할 수 있다는 착시를 불러오고, 이 착시의 연쇄작용은 '헬조선'론을 기성세대와 청년세대의 대결 구도 속에 밀어 넣는다. 실제로 청년의 입장에서

---

7. 박정자, 「유럽행 난민」, 『동아일보』, 2015.9.5 ; 김광일, 「늙는다는 것은 벌(罰)이 아니다」, 『조선일보』, 2015.9.22 ; 노경목·박상용, 「나라 탓하는 '헬조선', 부모 탓하는 '흙수저'」, 『한국경제』, 2015.10.14 ; 김윤덕, 「나는 '흙수저'라 좋다」, 『조선일보』, 2015.12.23 ; 박노자, 「'헬조선'에서 민란이 일어나지 않는 이유」, 『한겨레』, 2015.9.29 ; 박권일, 「'헬조선', 체제를 유지하는 파국론」, 『황해문화』, 2016년 봄호 ; 장하성, 「'헬조선'을 '헤븐 대한민국'으로」, 『중앙일보』, 2016.1.12 ; 이혜리·김원진, 「"분노하라, 행동하라", "징징대지마라, 도전하라" 언론도 두얼굴」, 『경향신문』, 2016.1.15.

분노와 좌절, 조롱의 대상은 '○86'으로 묶이는 이른바 '아저씨(아재)' 즉 성별, 나이, 지위, 학벌이 '힘'이라 믿는 이들, '어린 여자'와 '철없는 아들'에게 맘대로 훈계할 자격이 있다고 믿는 이들로 지칭되기도 했다.[8] '헬조선'론이 내세우는 용어 가운데 '죽창을 들자'는 말에는 사회적 구조에 대한 분노가 담겨 있지만, 거기에는 기존 운동권의 이미지를 희화화하는 유머코드도 내재해 있다는 한 청년 논객의 언급이 말해주듯, '헬조선'론의 의미는 진영논리와는 다른 맥락을 담고 있었다.[9] 이 맥락을 좀 더 따지기에 앞서 여기서 눈여겨봐야 할 점은, '헬조선'론을 대상화하려는 작업이 반복될수록 논의를 둘러싼 세대적 대결구도의 성격이 점차 강화된다는 사실이다. '헬조선'론이 '세대론'의 범주로 휩쓸려 들어가는 것은 '헬조선'론의 착시의 지점을 들여다볼 전환적 시선이 아직 마련되지 않았음을 역설적으로 말해준다.

청년의 토폴로지

공동체의 미래를 위해 기성세대가 채택했던 삶의 원리에 대한 후속세대의 혐오와 비판은 한국소설에서 부모에 대한 책임 묻기의 형태로 등장한다. 우선 짚어둘 것은 이 혐오와 비판을 세대 간 대결구도로 보아서는 곤란하다는 점이다. 더 이상 계급, 성별, 지역을 초월한 '청년세대'는 없다. IMF 구제금융 사태의 여파가 뚜렷해지기 시작한 2000년대 중반 이후로, 중산층의 몰락에 따른 빈부격차의 심화는 청

---

8. 문강형준, 「'아저씨'적인 폭력」, 『한겨레』, 2015.9.25; 송윤경·이혜리, 「"독선적이고 정체된 386세대" 이제 그들은 주인공이 아니다」, 『경향신문』, 2016.3.2; 김원진·이혜리·이효상, 「정당들, 평소엔 외면 선거 땐 '표몰이' 이용 "청년 정치인은 '삐끼'다」, 『경향신문』, 2016.3.18; 김원진, 「출마했더니 질문이 "아가씨가 왜…"」, 『경향신문』, 2016.3.19.

9. 노치원, 「'헬조선'이 그렇게 궁금하세요?」, 『중앙문화』, 2015.12.7.

년'세대'의 파탄을 야기하게 되는데, 이후로 청년'세대'의 '동질성'은 청년세대 '내부'의 계급적, 지역적 위계로 대치되고 분화되기에 이른다. 한국사회의 위계구조는 대학 내의 위계구도로 변환·반복되고 청년세대 '내부'에서 반복되고 있다. '49대 51'의 비율로 가시화되고 있는 한국사회의 대책 없는 분열의 양상과 1% 대 99%로 심화되고 있는 차별적 신분의 위계화 양상이 청년'세대'에 의해 재연되기 시작했고,[10] 이후로 거기에 젠더적 대결구도가 덧붙여졌다.

한국사회에서 청년을 둘러싼 세대 간 경계는 계급 간 경계로, 젠더 간 경계로, 그 위계구도에 서울과 지방 아니 수도권과 비수도권의 위계구도가 겹쳐지는 형태로 사회 전체의 위계화를 반복한다. 김금희의 소설[11]이 포착한 지방 청년의 일상 풍경은 동일한 학령기의 청년들이라 해도 그들 사이에 교차점 없는 시차가 존재하고 있음을 말해준다.[12] 김금희의 소설은 서울 변두리에서의 삶조차 허용되지 않으며 애

---

10. 이렇게 볼 때 『우리는 차별에 찬성합니다』(오찬호, 2013), 『진격의 대학교』(오찬호, 2015) 등 한국사회가 처한 난국에 대한 논의가 대학생과 대학으로 집중되는 것은 타당하다. 오해를 줄이기 위해 덧붙이자면, 대학과 대학생에 대한 논의가 대학 바깥이나 대학생이 아닌 존재들을 배제하지 않는다. 가령, '고졸' 청년 역시 학벌사회라는 인식틀 내에 위치하며 그 차별적 위계를 고스란히 경험하는 존재다.

11. 김금희, 『센티멘털도 하루 이틀』, 창비, 2014.

12. 얼핏 그들의 삶은 도시 변두리의 여느 청년의 것들과 크게 다르지 않다. 사업에 실패한 아버지가 도망자 신세로 살고 서류상 남남인 엄마 가게에 빚쟁이들이 찾아오며, 농창 가운데 누군가는 과외를 셋이나 뛰고 논술 채점 아르바이트를 하다가 스물여섯 젊은 나이로 죽기도 한다(『너의 도큐멘트』). '정육점 직원, 간호조무사, 대리운전기사, 마트 계산원, 애견 미용사, 보험설계사, 요가 강사, 물리치료사'들과 이웃이었던 누군가는 미래에 대한 아무런 계획도 없이 재수생과 연애를 하고 임신한 아이를 혼자 지우기 위해 병원을 드나들며 삼수생 생활을 시작하기도 한다(『센티멘털도 하루 이틀』). 그런데 그런 일상에 임하는 청년들의 태도는 여느 청년들의 것과 같지 않다. 사고로 아버지를 잃고 친모에게 버려진 존재라 해도, 양할머니와 함께 곧 철거를 한 계절 앞둔 집에서 살고 있다 해도(『집으로 돌아오는 밤』), 김금희의 소설에서 이 모든 상황은 완전한 절망으로 규정되지 않는다. 집을 떠나 돌아오지 못하는 이들로 가득 차 있음에도 그들에게 "궁금한 것도 기대되는 것도 없다는 식의 무기력한 포즈"(『아이들』, 115쪽)만 남

초에 더 나은 삶에 대한 희망이 없는 이들이 부모세대의 가난을 물려받으면서 어떻게 희망 없음의 일상을 살고 있는지 엿보게 한다.

어릴 때 살던 아파트 단지 아이들 사이에서 혼자만 실업계 고등학교에 간 것에 대한 분풀이는 유년의 친구가 이끈 다단계 회사에서 신기루 같은 희망에 들뜨는 방식으로나 시도될 뿐이다. 대학도 못 간 자기 인생에 대한 책임을 아버지에게 따져 물었을 때, 아버지가 "침착하고 위엄을 강조한 목소리로" "나는 네가 상상할 수도 없는 나이부터 일을 해왔다"고 말하면서 "공장을 다니면서도 지각 한번 한 적이 없다. 공장에서도 성실로 따지면 내가 사장을 해야 한다고 해. 사람은 그렇게 사는 거다. 그렇게 허황되게 사는 게 아니야."(「아이들」, 128쪽)라고 말할 수 있는 것도 그들이 애초부터 어떤 가능성도 남겨져 있지 않은 시공간을 살아왔기 때문이라고 해야 한다.

김금희 소설에 등장하는 아버지와 같은 삶은 황정은의 「상류엔 맹금류」(2013)나 『계속해보겠습니다』(2014)에서 확인되듯, 도덕적 정당

아 있을 뿐임에도, 정치적으로 올바른 인식을 가지고 있으나 삶에서 그저 무능할 뿐인 「센티멘탈도 하루 이틀」의 '김'이 회상하는 아버지의 사연이 은밀하게 전해주듯, ― "어둠속에서 김의 아버지는 볼 수도 들을 수도 냄새를 맡을 수도 없었다. 심지어 꼬집어도 감각이 없었다. 그래서 김의 아버지는 앞으로 살 수 있을까가 아니라 대체 지금 살아 있는 걸까를 고민했다고 했다. 그러다 보니 어둠이 사라지고 "거기 있나?" 하고 누군가 외치는 소리가 들렸다(「센티멘털도 하루 이틀」, 66쪽)." ― 거기에는 어떤 온기가 남아 있다. 그들의 태도에서 희망과 온기를 감지할 수 있는 것은 아마도 그들이 지금 모두 집을 떠나 있음에도 여전히 그들에게 추억을 담은 집에 대한 기억이 있으며 그 기억이 등불처럼 집으로의 귀환을 안내하고 있는 듯 보이기 때문이다. 일말의 희망과 온기, 미래에 대한 열린 전망은 사실상 최근 한국소설에서 거의 찾아지지 않는다. 청년이 등장하는 소설에서는 말할 것도 없다. 오히려 비극적으로 과장하지 않는 절망의 상상력이나 과거 혹은 미래 혹은 공동체에 대한 어떤 사유도 거부한 채 감각의 실재성에만 몰입하는 청년들이 넘쳐나는 편이다. 김금희의 소설이 포착한 희망과 온기는 이전의 시선에서 보자면 반갑고 환영해야 할 것이지만, 그것을 곧이곧대로 희망과 온기로 읽을 수 없는 것이 지방 청년들이 처한 현실인 것이다.

성에도 불구하고 빈곤과 무능이 가장 큰 죄가 된 지금 이곳에서는 책임 추궁과 윤리적 정당성이 되물어지는 대상이 되었다. 그들의 거부혹은 저항은 전면적인 형태를 띠지 않으며, 오히려 소극적이고 방어적이며 다소 퇴행적 면모를 보이는 게 사실이지만, 그 질책은 국가폭력에 희생된 부모를 향해서도 멈추지 않는다.[13] 물질적으로 혹은 심리적으로 방치되었던 아이들이 부모 세대가 다하지 못한 책임을 추궁하기시작한 것이다.

부모의 적이 되어 부모를 거부하는 아이가 등장하는 박민정의 소설 「옛날 옛적 미국에서」[14]가 되짚어보는 것은 IMF 구제금융 사태로인한 삶의 전락이 어른들에게 무엇을 용인하게 했으며 어떤 불의를실행하게 했는지, 그 후속 세대가 어떤 상처를 불치병처럼 삶의 내부로 받아들여 감내하는 삶을 살게 했는지에 관해서다.

민주적이라는 말 참 좋지요. 그러나 그건 허상입니다. 아버지께서는아시겠지요. 위급 상황에서 누구도 민주적일 수 없어요. 민주적인 방식이라는 게 결국 만들어 내는 건 바보 같은 결과물일 뿐이고요. 독재가 왜 필요했는지 아버지는 아시잖아요. 저는 허울 좋은 민주적 방식을 외치던 공립학교의 교사들과는 너무나 다른 선생님의 방식에

---

13. 권여선, 『토우의 집』, 자음과모음, 2014.
14. 늦된 아이를 걱정하던 부모가 아이를 '미국학력 인증기관'이라는 교회와 연계된 국제학교에 보낸 후, 말도 제대로 못 하던 아이는 부모에게 장문의 편지를 보낼 수 있을 만큼 발전하는 모습을 보여준다. 그런데 그 국제학교는 실상 미국에는 가본 적도 없는 시골 여상 출신이 세운 가짜 학교였음이 밝혀진다. 소설에서 진짜 문제는 국제학교를 둘러싼 사기행각이 밝혀진 이후에 발생한다. 아이들이 집으로 돌아가기를 거부하는 일이 발생하는데, 그것이 사기꾼에 의한 감금이 아니라 아이들이 자발적으로 선택한 거부였기 때문이다. 「옛날 옛적 미국에서」는 그 아이들 가운데 하나인 '제나'가 왜 집으로 돌아가기를 거부했는가를 밝히는 소설이다. 『유령이 신체를 얻을 때』, 민음사, 2014.

항상 안도를 느끼고 행복을 느낍니다. 선생님께서는 결코 의견을 묻지 않으세요. 아무것도 강요하지 않으시고, 저희 스스로 그걸 원하게끔 만들어 주십니다. 선생님이 지시하신 모든 것은 놀랍게도 저희가 원하는 모든 것이 되어 있어요. 저희 자신도 의식하지 못하는 가운데에요.[15]

그러나 어머니, 아버지, 모르시겠지요. 저는 큰아버지보다 어머니와 아버지가 더욱 원망스러워요. 도저히 이해할 수도 없고, 이해해서도 안 되는 일이에요. 저는 고작 아홉 살이었어요. 우리 가족이 큰아버지에게 받은 도움이 아무리 크다 한들, 저를 그런 식으로 내어주시면 안 되는 것이지요. 어머니, 아버지가 큰아버지의 세탁소에서 일하는 동안 사촌오빠들이 제게 했던 짓을 생각하면 저는 아직도 몸서리가 쳐집니다. … 아직도 의혹은 풀리지 않았어요. 어떤 방식의 용인이었든 어머니, 아버지가 저에 대한 그들의 추행을 모른 척했다는 건 분명한 사실이라고 생각합니다. … 여름 한철의 짧은 여행일 뿐이었어요. 우리 가족의 미국 시절은. 덮어 버린다고 없어지지 않아요. 어머니, 아버지가 저를 때리고 만진 것과 다름없다고 생각합니다.
이제라도 아셔야겠지요. 제가 전부 알고 있었다는 걸.
우리의 대공황 시절이었어요.[16]

생존을 위해 약자의 희생이 불가피하다는 사회적 합의하에 폭력을 사회적으로 용인하는 것은 정당한가. 공동체를 유지하기 위한 불

15. 박민정, 「옛날 옛적 미국에서」, 『유령이 신체를 얻을 때』, 131~132쪽.
16. 같은 글, 137~138쪽.

가피한 악으로 용인되어도 좋은가. 그것을 통해 공동체는 살아남았다고 과연 말할 수 있는가. 한국사회는 정치적으로 퇴행하고 경제적으로 전락하는 시절을 살아내면서 청년들이 아이에서 단박에 '속 깊은─세상 물리에 트인─차가운 사회의 뜨거운 맛을 알게 된' 과정, 즉 순식간에 아이를 숨겨버리고 어른인 척하는 아이들을 키워내는 데 집중해왔다. 그러나 시대윤리를 깊이 내면화한 청년들을 가시화하는 시각화 정치가 지속되는 동안, 그러한 삶 이외에 청년에게 어떤 삶이 허용되었는지, 다른 선택을 한 청년들의 실제 삶이 어떠했는지는 교묘하게 누락해왔는지 모른다. 그 아이들이 어떤 상처를 품고 살아왔는지에 대해, 어떤 경험을 통해 왜소하고 소극적이며 자학적인 청년이 되었는가에 대해, 살아남기 위해 용인되었던 폭력이 얼마나 위험한 결과를 예기하고 있는가에 대해 우리가 아는 바가 많지 않은 것이다.

박민정의 소설은, 그 상처를 말하는 것에서 그치지 않고, '사회적 합의'라는 이름으로 지키고 싶었던 '공동체의 어떤 면모'가 기성세대의 바람과 달리 지켜지지도 않았을 뿐 아니라, 오히려 그 상처의 봉합과 은폐 시도가 공동체 전체를 상상할 수 없었던 파국으로 치닫게 하고 있음을 보여준다고 해도 좋을 듯하다. 이렇게 본다면, 청년들의 상처는 공동체 전체의 상처이며 공동체 전체가 돌이켜 기억하고 반복해서 따져 물어야 할 폭력의 최저선의 문제이고, 무엇보다 공동체의 미래를 가늠하게 하는 은폐된 흑점이라 해야 한다. 부모에 대한 책임을 묻는 이런 장면들을 퇴행적 문제 해결법으로 치부해서는 곤란하다. 그것은 후속 세대들이 한국사회에 보내는 강력한 위험신호로 읽혀야 한다.

예상과는 다른, 코즈모폴리턴의 출현

'헬조선'론은 지금 이곳의 시스템과 그것을 마련한 기성세대, 운용 동력인 권위주의를 전면적으로 조롱하지만 대안적 제안을 담고 있지 않다. '헬 = 조선'에 대한 대안적 논의가 지옥 탈출, 즉 '탈조선'론으로만 채워져 있는 것은 그래서다. 앞서 지적했듯, 부정적 사회감정의 흐름에 대한 적실한 반응인[17] 장강명의 소설 『한국이 싫어서』는 주인공 '계나'가 '헬조선'에서 '탈조선'을 감행하는 데에서 시작된다. 삶의 터를 바꾸는 다소간 무거운 국경 넘기 문제를 다루고 있음에도, 아니 바로 그렇기 때문인지 파란만장 이민 성공기인 『한국이 싫어서』는 시종일관 경쾌하다. "두 마디로 요약하면 '한국이 싫어서'", "세 마디로 줄이면 '여기서는 못 살겠어서'"[18] 떠밀리는 심정으로 한국을 떠났으나, 이후 '계나'는 다시 한번 자발적으로 한국을 떠난다.

한국을 떠나 타국에서 영주권과 시민권을 얻는 일, 한국 국적을 포기하는 일, 타국의 국민이 되는 일이 간단하고 단순하게 처리될 일은 아닐 것이다. 소설은, 유쾌한 블로그 글쓰기 형식을 취하고 있음에도 '계나'의 '탈조선' 감행이 직면하게 될 문제에 대해 비교적 균형감을 잃지 않는다. 전 세계 어디든 사람이 사는 곳이 별다르지 않다는 것, 불편하고 위험하거나 부당한 일들을 도처에서 맞닥뜨릴 수 있다는 것, 타국의 시민권을 획득하는 일은 상용 국어를 바꾸는 일이자 인종적 차별문화에 깊이 진입하는 일임을 담담하게 기술한다. '헬 = 한국' 탈출을 마냥 낭만적으로만 그리지는 않는다.

---

17. 장강명의 『한국이 싫어서』(민음사, 2015)에 대해서는 이 책의 4부 1장 「차마 하지 못하게 하는 마음은 어디에서 오는가」에서의 논의를 토대로, 이 장에서는 『한국이 싫어서』에 도사린 '탈조선'론의 면모를 집중적으로 다룬다.
18. 장강명, 『한국이 싫어서』, 10쪽.

국외자라는 게 참 서럽구나, 그런 생각을 했고, 나는 이곳에서는 평생 국외자겠구나, 그런 체념도 했지. 그런데 난 한국에서도 국외자였어. 나더러 왜 조국을 사랑하지 않느냐고 하던데, 조국도 나를 사랑하지 않았거든. 솔직히 나라는 존재에 무관심했잖아? 나라가 나를 먹여 주고 입혀 주고 지켜 줬다고 하는데, 나도 법 지키고 교육받고 세금 내고 할 건 다 했어.

내 고국은 자기 자신을 사랑했지. 대한민국이라는 나라 그 자체를. 그래서 자기의 영광을 드러내 줄 구성원을 아꼈지. 김연아라든가, 삼성 전자라든가. 그리고 못난 사람들한테는 주로 '나라 망신'이라는 딱지를 붙여 줬어. 내가 형편이 어려워서 사람 도리를 못 하게 되면 나라가 나를 도와주는 게 아니라 내가 국가의 명예를 걱정해야 한다는 식이지.[19]

흥미롭게도 한국을 떠나는 순간 영원한 '국외자'로서 살게 될 것임을 예견하면서, 주인공 '계나'가 환기하는 것이 한국사회에 대한 혐오와 거부감이었음은 주목할 만한 사안이다. 그녀의 회한은 한국에서도 자신이 '국외자'였음에 대한 확인에서 생겨난다. 국가를 대상화하는 듯한 이런 인식보다 흥미로운 것은 '계나'에게 호주가 노후 대책이나 실적이 큰 투자처로 ― "지명인 나더러 시민권을 딴 다음에 한국으로 돌아오라고 했어. … 호주 영주권을 우리 노후 대책으로 삼자는 거였지. 호주 국민이 되면 놀고 있어도 실업 연금 따박따박 나오고 큰병 걸리면 병원비 다 지원되거든. 집 처음 살 때는 2만 달러쯤 돈이 나오고, 대학생 자녀 학비도 몇만 달러가 지원되고, 하여튼 좋아. 호주 영주권 가치가 한국 돈으로 10억 원

19. 같은 책, 170쪽.

쯤 된대."[20] ─ 인식된다는 사실이다. 그녀에게 '한국에서 호주로'의 이동은 국경을 넘는 일이기보다는 실업 연금, 의료비, 주거비, 교육비를 지원받을 수 있는 복지권(영주권)의 획득 가능성에 가깝다. 국가 단위의 호주와 한국이 아니라 그녀 자신이 관심을 둔 행복조건이라는 기준에서의 호주와 한국이 비교되고 있는 것이다.

그녀가 보여주는 국가관을 두고, 1990년대 '헬조선'을 부르짖으며 '탈조선'을 시도했으나 민족과 인종에 대한 피해의식을 떨칠 수 없었던 세대, "황색인이라는 콤플렉스에 시달리면서, 백인을 저주하면서, 그러면서 코스모폴리탄이 되려고 했"[21]던 세대를 뒤로하고, 2010년대 중반의 한국에서 "신분이 오를 가능성이 있는 방향으로"[22] 움직이기 위해 한국에서 호주로 훌쩍 떠날 수 있는 그런 세대의 등장을 말해도 좋은가. '계나'는 '트랜스내셔널' 시대에 맞춤한 코스모폴리턴임이 분명하지만, 우리의 예상과는 전혀 다른 코스모폴리턴이다. '계나'는 "지금의 생활이 주는 안정감과 예측 가능성" 때문에 불편하고 괴로운 상황을 적극적으로 바꾸려 하지 않는 '헬조선'의 잔류인들을 비난하는 동시에 동생이 미래의 삶을 예측하기 어려운 인디밴드 연주자를 남자친구로 선택한 것에 대한 우려를 표명한다. 호주 정착을 원하면서도 '노력'(예를 들어, 영어공부)을 게을리하거나 불성실한 태도를 보이는 이들에게는 비난의 시선을 던진다. '계나'의 시선과 발언을 통해 『한국이 싫어서』는 약간의 모험심과 도전정신이 있다면 누구에게나 '탈조선'의 가능성이 열려 있음을 강변하지만, 신자유주의 맞춤형 근대정신으로 무장하고 '계나'가 실행한 '탈조선'은 실상 장소를 이동한 '헬조선'의 이

---

20. 같은 책, 142쪽.
21. 장정일, 『아담이 눈 뜰 때』, 미학사, 1990, 57쪽.
22. 장강명, 『한국이 싫어서』, 123쪽.

식과 다르지 않다.

이렇게 보면, 장강명에 의해 '헬조선'을 벗어날 수 있는 해법처럼 제시된 이민 성공담은 에누리 없이 '개천에서 용 난' 주인공들의 여느 '성공 스토리'와 다르지 않게 된다. 장강명의 『한국이 싫어서』는 한국의 미래 구상이 불가능한 절망적 현실을 포착하고 지금 이곳의 시대감정에 발 빠르게 반응함으로써 시대와 소통하는 문학의 가능성을 보여주면서도, 결과적으로 '일베'이거나 '잉여'로 존재할 수밖에 없었던 이 땅의 청년들의 삶을 누락시키고 자기계발의 미덕을 홍보하고 신자유주의 통치술의 내면화를 권유하면서 호주를 배경으로 성공신화를 다시 쓰고 결과적으로 근대정신의 여전한 유효성을 선언하게 된다. 그렇게 무수히 많은 자기계발서 더미 위에 던져진, 또 한 권의 소설 형식 자기계발서 매뉴얼이 되는 것이다.

신자유주의 통치술의 부수효과, 신인류의 역습

장강명의 『한국이 싫어서』가 근대정신을 유포하는 계몽서사의 변형태이자 역설적 의미에서 신자유주의 자기통치술의 교본임을 지적하는 것보다 우선되어야 할 것은, 이 소설이 의도와 무관하게 시민권 혹은 국가와 국민이 취사선택될 수 있는 상품처럼 이해되고 있음을 보여준다는 사실일 것이다. '헬조선'론은 사회의 모순과 한계를 가시화하는 통찰의 시선임이 분명하지만, 미래 구상의 면모로 보아, 이전과는 전혀 다른 사회비판론인 것이다. 개인적으로 사회적으로 '헬조선'론의 어디에서도 미래 구상을 발견할 수 없다. 미래에 대한 '희망'이 없는게 아니라 미래에 대한 '구상'이 없다.[23] '헬조선'론에 미래 구상이 없다는 것은, 『한국이 싫어서』의 '계나'가 보여주듯, 시민권이 버리고 취할 수 있는 대상으로 인식되기 시작하면, 이 땅에서의 미래를 구상할 특별한 이유가 사라진다는 것을 뜻한다. 이곳의 문제는 다른 시민권을 찾아 이곳을 떠나기만 하면 해결될 수 있는 것이 된다.

　체제 비판과 변혁적 투쟁이 시대변화에 따라 변질되고 희미해지며 실천적 운동이 세상을 변화시키기 못하고 개인의 희생이라는 결과물만을 남길 뿐임에도, 비판담론의 계보가 새롭게 다시 구축될 수 있었던 것은 사회비판의 저변에 깔린 공동체의 미래에 대한 희망이 끝내 사라지지 않아서였다. 조금만 거슬러 올라가 봐도, 1980년대 운동권이 1990년대를 만나면서 보여준 '시대와의 시대착오적 불화'의 면모를 솔직하고 가식 없이 기술한 공지영의 소설 『고등어』가 보여주듯, 수줍은 청년을 열사로 만들고 유쾌한 청년을 고문의 후유증에 시달리게 하며 빛나는 청춘을 허무한 죽음에 이르게 했음에도, 그 시절을 두고 "자기만 위해서 살지 않을 수도 있는 거구나, 이토록 이타적인 공동체를 이룰 수도 있는 거구나. 사람으로 태어난 것이라는 게 참 대단한 거구나"[24]라고 생각하는 이들이 있었다. 상처와 환멸만을 남겼을 뿐임에도 절망하지 않는 사람들, 잊지 않는 사람들, 죽어간 친구와

---

23. 오해를 줄이기 위해 덧붙이자면, 현실의 층위에서 미래에 대한 희망이 존재하지 않는다거나 공동체를 위한 개별자들의 노력이 실질적으로 사라졌다고 말하려는 게 아니다. 세월호 참사의 현장인 팽목항을 지키고, 제주 해군기지 건립이나 밀양 송전탑 건설을 반대하며 위안부 소녀상을 지킨 청년들을 떠올려보더라도, 청년들에게 희망과 미래가 없다는 말은 사실에 부합하지 않는다. 정반대의 경우에 대해서도 말할 수 있을 것이다. 아사이신문사에서 펴내는 월간지 『논자』(論座) 2007년 1월호에 31세 청년 아카기 도모히로(赤木智弘)가 「희망은 전쟁」이라는 글을 기고한 바 있다. 전쟁이라도 일어나지 않는다면 더 이상 미래를 꿈꿀 수 없다는 선언은 일본 지성계를 충격에 빠뜨렸다. 다소간 종말론의 성격을 띠고 있으며 비판의 겨누어야 할 대상이 잘못되었다고 해야 하지만(권혁태, 『일본의 불안을 읽는다』, 교양인, 2010, 357~362쪽), 그러나 분명한 점은 여기에서도 다른 미래에 대한 열망이 드리워져 있었다는 것이다. '헬조선'론에 미래 구상에 대한 단서를 발견할 수 없음은 이러한 비교 맥락에서이다.

24. 공지영, 『고등어』, 웅진출판, 1994, 130쪽.

미쳐간 친구와 그런 사람들을 기억하는 이들이 있으며 시대의 부채를 잊지 않은 이들이 이후의 시대를 이끌어 갈 것이라는 믿음이 있었다.[25] "그건 … 바로 인간에 대한 신뢰"(131쪽)였다.

'헬조선', '탈조선'론에 미래 구상이 없다면, 우선 그것은 이 인간에 대한 신뢰가 상실되었음을 의미한다. 그러나 그보다 주목할 사실은, 태어나면서 주어진 권리이자 의무의 원천인 국민이라는 이름을 싫어도 견뎌야 할 것으로 생각하지 않는 이들이 등장하기 시작했다는 점이다. 국가와 개인의 관계에 대한 역진逆進 불가능한 변화의 기미를 포착할 수 있는데, 국가, 민족, 혹은 조직을 위한 개인의 희생을 무작정 강요하기는 어려운 시대가 되고 있는 것이다.

2015년 9월 JTBC의 조사에 따르면, '한국이 싫어서 다른 나라로의 이민을 생각해본 적 있냐'는 질문에 2만 1천 명의 응답자 중 88%가 '있다'로 답했다. 2000년대 중반부터 감소 추세던 이빈에 대한 관심이 늘고 있으며 이민을 고려하는 연령내도 낮아지고 있다. 이민은 국내뿐 아니라 글로벌한 이슈 가운데 하나다. 전 세계적으로 양질의 삶을 추구하는 이들이 국가를 취사선택하는 경향이 증가하고 있는 것이다.[26] '탈조선'이 '이민'의 형태로 실행될 수 있다면, 이는 자본과 기

---

25. "아니요. 절망하지 않은 삶들도 있어요. 잊지 않는 사람들, 죽어간 친구와 미쳐간 친구와 그런 사람들을 기억하는 이들…그들이 곧 이 나라를 이끌어가게 돼요. 이제 곧 우리 세대에게서…그래요. 형 말대로 우리 세대를 거치느라 운전면허 하나 따지 못했던 젊은이들…그들이 대통령이 되고 그들이 예술가가 될 거라구요. 가짜들 말구 진짜들…그것두 권력이라구 운동하지 않는 불쌍한 친구들 주눅들게 하면서 거들먹거렸던 사람들 말구, 이제 와서 어리석었다고 그 세월 전체를 매도하는 인간들 말구. 진짜들. 끌려가는 친구들도 있는데 미안해서, 정말 미안해서 테니스채를 사놓고 한번도 치지 못했던 친구들, 고시공부하다가 도서관 밖의 집회 바라보고는 머리를 싸매고 그날은 그냥 집으로 돌아갔던 사람들… 길거리에 누워서 끌려가지 않으려고 서로서로 사슬을 얽어매고 울었던 그 친구들." 공지영, 『고등어』, 225~226쪽.
26. 이향영·백선아, 「시시콜콜: '헬조선' 떠나려는 2030」, 『머니위크』, 2016.2.26.

술, 언어 등 다른 시민권의 획득 가능성에 열려 있는 계층에게나 허용되는 것임이 분명하다. 하지만 현실에서의 제도적 탈주 여부나 '탈조선'을 누가 하느냐, 할 수 있느냐, 얼마나 현실성이 있느냐를 따지는 일은 '탈조선'론이 야기한 문제에 대한 적절한 대응이 아닌지도 모른다.

'절이 싫으면 중이 떠나라'는 폭력적 말로, 제도와 사회에의 순응을, 자기계발을 통한 '정규적' 삶의 포기를, 신자유주의가 꿈꾸었던 새로운 인간형으로의 재탄생을 강요당했던 이들의 반격이 '탈조선'의 이름으로 시작되고 있음을 감지할 필요가 있다. '헬조선·탈조선'론으로 구현된 한국사회에 대한 전면적 비판은 미래 구상 자체도 폐기한 전혀 다른 담론적 지평을 열고 있는 것이다. 이를 두고 '살게 만들고 죽게 내버려두는' 신자유주의 통치술이 일상을 미시적으로 장악해가면서 발생한 부수효과라 말해도 좋다. 공동체를 파괴하고 내부 구성원을 모두 개별화해서 자기책임의 족쇄로 순치시키려는 신자유주의 통치술은 이 땅에 사는 모든 이들을 무한경쟁의 지옥에 밀어 넣었고, '죽게 내버려둔' 지옥을 통과하면서 '혼밥'을 즐기고 친구 없이도 자족하며 공동체의 소속감 없이도 자유로운 이들을 '살게' 했다. 자기계발에 철저한 개별화된 존재의 발명에 집중한 신자유주의 통치술은 국가(국민)나, 시민을 취사선택의 사안으로 여기는 새로운 인종을 만들어내는 중인 것이다. 적어도 의식 차원에서라면 국경 넘기를 자유롭게 상상하는 전혀 다른 인간형이 출현했다고 말해도 지나치지 않을 것이다. 한국사회의 '글로벌 스탠더드'로의 도약을 위한 불가피한 선택으로 역설되고 있었지만, 실상 신자유주의 통치술의 요청으로 등장한 신인류가 한국사회의 미래를 상상하는 자리에서 역설적으로 최대 위협이 되는 흥미로운(아니 비극적인) 상황을 목도하게 되는 것이다.

당연한 말이지만 시민권을 취사선택할 수 있는 신인류의 삶은 체제와 제도의 조율과 단련에 유용한 자극이 될 노마드적 삶이나 새로운 공동체의 구상을 가능하게 할 협정적 삶과는 전혀 관련이 없다.[27] 이 땅에서 '노오력'을 거듭해도 '2등 시민'인 이들이 국경 바깥으로 떠밀리듯 내쳐진다면, 결과적으로 남겨진 자들이야말로 끝없이 떠밀리는 자들이 아닐 수 없다. 실질적으로 시민권의 취사선택이 가능한 시대가 열리는가의 여부와는 무관하게, 근대 혹은 민족국가를 둘러싼 인식의 봉인이 깨지고 국가와 시민권에 대한 대상화가 시작된다는 것은, 지금 이곳의 삶을 개선하기 위한 시도의 필요성이 현저하게 약화되는 것임을 의미한다. 애국심에 호소하면서 사회의 모순과 불합리한 면모들을 임기응변식으로 봉합하고 알면서도 속고 속이는 미봉책은 일시적 효과도 기대하기 어렵다. 공동체를 살리기 위한 비판적 실천 운동의 동력을 마련하기도 그것을 지속적으로 이어가기도 어려워지는 것이다.

국가와 개인의 관계에 대한 역전적 인식의 결과가 악몽인 것은, 그런 인식의 연쇄반응이 한국사회를 탈출구 없는 지옥으로 남기는 것에서 끝나지 않는다는 데 있다. 자칫 민족국가 '이후'에 대한 상상이 가로막히게 될 수 있으며, 우리의 상상과는 전혀 다른 의미의 '트랜스-내셔널' 시대가 열리게 될지도 모른다. 공동체, 민족, 국가에 대한 전혀 다른 상상이 시작되지 않는다면, "제 세대는 (외국으로) 탈출을 원하는 자들이었다고 생각한다. 사회에 대한 총체적 환멸 속에서 그들은 은밀하게 이 사회를 저버리는 것으로 복수하기를 원했다. 하지만 인터넷과 영어가 필수품이 된, 어학연수와 유학이 일상화된 요즘 시대 외국이란 더 이상 그런 식의 탈출구가 아니다. 서열화된 메인스트림의

27. 지그문트 바우만, 『이것은 일기가 아니다』, 이택광·박성훈 옮김, 자음과모음, 2013, 57쪽.

정점일 뿐이다. 일테면, 뉴욕에서 성공하기. 그것은 과거의 '미국으로 이민 가기'와 다르다. 왜 더 이상 탈출은 희망이 될 수 없는가. 탈출하지 않아도 이곳에서 그것을 누릴 수 있기 때문에? 혹은 탈출해서 잃을 것이 너무 많기 때문에? 아니, 탈출은 불가능하기 때문이다. 어딜 가도 이 구축된 세계에서 빠져나갈 수 없기 때문이다."[28]라는 김사과의 말처럼, 탈출구는 없고, 이제 더 이상 탈출은 불가능해질 수 있다.

어정쩡한 타협을 시도하는 것은 절망의 끝을 직시하는 자세보다 오히려 위험하다. 핀이 어긋난 접근법의 조정이 필요한 것이다. 전혀 다른 시각으로 '헬조선·탈조선'론이 울리는 경고의 메시지에 귀 기울이려는 노력이 절실히 요청되는 때다. 그러나 어쩌면 탈출 불가능성이라는 판단 혹은 그로부터 야기되는 전율과 공포는, 신인류의 삶이 예측을 벗어난 방향으로 움직이고 있음을 인지하지 못하거나 그 의미를 기성의 시선으로만 파악하는 데에서 오는 것인지 모른다.

---

28. 김사과, 『0 이하의 날들』, 창비, 2015, 107쪽.

3장

목격하는 증인, 기록하는 증언

이후의 삶 혹은 문학

> 돌려 말하지 마라
> 온 사회가 세월호였다
> 오늘 우리 모두의 삶이 세월호다
>
> — 송경동, 「우리 모두가 세월호였다」

모든 몰락하는 것들

문학을 둘러싼 추문이 줄을 이었고 문단 내 치부가 고발되었다. 표절 사태나 문단 내 성폭력 사태를 두고 문학의 사회적 위상이 낮아지고 문단의 문화적 입지가 약화된 탓으로 진단하기도 한다. 한 소설가의 표절 여부 논란이나 드러나지 않았던 문단 내 성폭력 사건이 각종 포털뉴스와 SNS 플랫폼상에서 떠들썩하게 다루어졌다. 문단 내에서 발생했지만 문단 밖에서 더 격렬하게 분노했다. 문단의 협소해진 위상과 약화된 힘이 불러온 문단 시스템의 내부 붕괴로만 치부하기는 어려운 상황이다. 사회적 관심은 예상보다 컸고 우리는 이러한 상황에 대처할 준비가 전혀 안 되어 있었다.

2016년 대한민국을 송두리째 뒤흔든 대통령 스캔들은 초고속 경제발전을 이뤄오면서 근대에서 초근대, 탈근대 시대로의 진입을 외치고 있는 한국사회가 실은 얼마나 낙후된 사회인가를 보여주었다. 그럼에도 이러한 사정에 비추어 문학장이 우리의 예상보다 낙후된 공간이었던 부끄러운 사정이 양해되지는 않을 것이다. 문학장에 잔존하는 관행이 용인되어도 좋을 미덕으로 치부되는 와중에 일련의 사태들도 발생했다고 할 수 있다면, 부러 문제 삼으려 하지는 않았던 우리 모두가 관행의 암묵적 지지자였다는 비난도 다 물리치기는 어려울 것이다.

무언가를 해보아야겠다는 의욕보다는 참담함이 앞서지만, 이성적으로 냉철하게 바라보면 절망적인 상황이기만 한 것은 아니다. 문단 내 일련의 사태로 문학장 전체가 위축되었지만, 견고한 관습이나 강고한 힘으로 인식되던 문단논리의 민낯이 드러나고 문단 내 비합리적 관행이 폭로되었다. 문제의 해결은 문제가 무엇인가를 아는 데에서 시작된다. 문단 내 은폐되었던 부정적 면모가 이제 비로소 '문제로서' 드러나기 시작했다. 일련의 사태를 계기로 문단 내 비합리적이고 부정의한 면모가 일소되리라 믿는다면 적폐의 관성에 대한 안이한 대처가 될 것이다. 하지만 적어도 아무런 사건도 발생하지 않았던 때보다는 희망적 상황이다.

세월호 참사 이후로 우리는 서서히 진행되는 몰락을 살고 있다. 시민으로서 세월호 참사를 통과하지 않은 일상을 상상하기 어렵듯이, 세월호 참사를 통과하지 않은 문학을, 쓰기와 읽기를 상상하기 어렵다. 의식 여부와는 상관없이 세월호 참사 이후로 모든 한국문학이 '세월호 이후의 문학'이 되었다. 표절 사태나 문단 내 성폭력 고발 사태는 세월호 참사 이후 서서히 진행되던 몰락이 문단 쪽에 나타난 징후였음을 뒤늦게 확인하게 된다. 불안한 기대와 함께 몰락의 끝 아니 이후에는 무엇이 있는가를 묻게 되지만, 문학 아비투스의 질긴 미련에 휩쓸리지 않으려면 몰락하는 것들을 회피하지 않고 오래도록 깊이 살펴보아야 한다.

거짓말의 세계와 텅 빈 윤리

한국사회를 충격에 빠뜨린 대통령 스캔들로 세월호 참사 이후로 가속화된 몰락이 실체를 드러내는 중이다. 권력의 잔혹하고 무정한 면모나 비리의 광범위하고 전면적인 면모도 놀랍지만, 주권자와 측근 권력자들의 후안무치의 태도와 그들이 보여준 국정농단의 저급한 면모는 경악스럽다 못해 절망스러울 정도다. 한일 위안부 문제 졸속 합의나 역사 교과서 국정화 논란, 사회 전 분야에 걸친 블랙리스트 작성과 실질적인 불이익 행사 등 수다한 부정의하고 불법적인 일들을 스스럼없이 행해 왔다. 한국사회는 국가권력의 수뇌부들이 연이어 구속되는 사태를 지켜봐야 했다.

일일이 언급할 수 없을 만큼 수많은 부정과 불의가 그것도 상식을 벗어난 방식으로 이루어졌지만, 그렇다 해도 그것이 범죄인 한, 진실은 밝혀질 것이고 옳고 그름은 판명될 것이다. 지금이 아니라도 역사와 함께 진실은 떠오를 것이다. 치죄의 여부에 대해서라면 그리 우려하지 않아도 될 것이다. 그런데 국정농단 사태 자체가 아니라 불의와 부정의한 범죄 행각을 두고 당사자들이 취하는 입장에는 충분히 납득되지 않는 의문점이 발견된다.

세월호 참사 이후에 무슨 말을 어떻게 해야 하는지 알지 못한 채 침묵의 말을 찾는 불가능의 시간을 견뎌야 했지만,[1] 지금 우리가 처한 상황이 그보다 덜 난감하다고 하기 어렵다. 국정농단 사태의 주역들을 통해 우리는 진실 앞에서도 진실을 부인하는 이들을 만나고 진실을 진실로 입증해야 하는 기이한 상황에 맞닥뜨렸다. 지금껏 보지

---

1. 이광호, 「남은 자의 침묵」, 『문학과사회』, 2014년 겨울호.

못한 후안무치의 태도로 사실과 진실 앞에서 한 치의 망설임 없이 거짓말을 일삼는 이들이 있음을 낯설게 확인해야 했다. 시민적 공통감각에 의한 '안다는 것과 모른다는 것'의 의미가 산산조각 나는 시간이었다.

안다는 것과 모른다는 것의 전복적 혼용을 전제로 한 그들의 망설임 없는 거짓말은 어디에서 온 것일까. 그들의 거짓말이 윤리와 법의 자리를 혼동하면서 지속되고 있는 건 아닐까. 윤리감각을 전부 상실한 듯한 그들의 태도는 어떤 몰락의 전조라고 해야 하는가. 수십 년간 아우슈비츠에 대한 철저한 사유를 불가능하게 한 개념적 혼동 가운데 하나로 아감벤Giorgio Agamben이 지적한 것은 윤리와 법의 혼동이었다.

우리의 오해와는 달리, "법의 유일한 목표"는 "판결"이며, 판결은 "진실과 정의와는 무관한 것"이다. 법에서 "진실과 정의가 있어야 할 자리를 판결이 차지하고 있"기 때문에, 법에 의한 참에는 거짓과 불의도 포함된다. 처벌은 말할 것도 없고 "정의를 확립하"거나 "진실을 입증하는" 것은 "판결의 목적"이 아니다. 이렇듯 "(모든) 법의 본질이 재판"이고 "모든 정의가 (그리고 법에 오염되어 있는 도덕이) 오로지 법정의 정의일 뿐"일 때, "(법의) 집행과 위반, 결백과 유죄, 복종과 불복종은 모두 경계가 불분명해지고" 그 의미도 무화된다.[2]

그렇다면 한 치의 망설임 없는 거짓말이나 명백한 증거 앞에서 부인되는 진실은, 당장의 위기를 모면하기 위한 주권자의 궁여지책이 아니라, 공동체의 기율이 사라졌음을 알리는 위험신호로 이해되어야 한다. 거짓말 잔치는 우리가 공동체의 기율이 파괴된 자리에서 법으로

---

2. 조르조 아감벤, 『아우슈비츠의 남은 자들』, 정문영 옮김, 새물결, 2012, 24~25쪽.

지탱되는 삶을 살고 있음을 말해준다. 상식과 비상식, 옳고 그름이 법 앞이 아니고서는 따질 수 없는 것이 되었음을 거짓말 성채를 견고하게 쌓은 그들이 알려준다. "윤리는 유죄와 책임을 인식하는 영역이 아니다." "유죄나 책임을 떠맡는다는 것은 (때때로 필요한 일일 수 있지만) 윤리의 영토를 떠나 법의 영토로 들어가는 것이다."[3] 주권자와 측근 권력자들의 거짓말은, 윤리의식을 상실한 결과가 아니라 참과 거짓을 따지는 일이 공동체의 상식으로는 불가능한 일이 되었음을 알려주는 나쁜 전조이다. 반대로 말하자면, 공동체를 지탱하는 참과 거짓의 경계는 언제든 자의적인 재의미화의 대상이 된 것이다.

세월호 참사가 세월호 이후 새로운 윤리를 요청해왔다. 우리가 어떻게 고통과 절망과 분노, 은폐된 진실에 다가갈 수 있는가, 과연 그것이 가능한가에 관한 성찰의 요청이었다. 그러나 그 성찰이 애초에 불가능한 것이었음을 우리는 알지 못했다. 언어의 상실과 말의 부서짐에 절망하던 때에도 우리가 여전히 믿었던 것과 은폐된 것들이 끝내 밝혀지리라는 상식과 그 상식의 힘으로 드러날 진실의 존재 여부가 거짓말을 일삼는 주권자와 측근 권력자에게는 아무런 의미도 없는 것임을 우리는 알지 못했다.

◇

주권자와 측근 권력자가 거짓말을 일삼는 태도는 어딘가 낯익다. 세월호 참사를 다시 떠올려보라. 기시감을 떨치기 어렵다. 박민규가 조목조목 짚었듯이, "해경이든, 언론이건, 국정원이건, 청와대건 … 어쨌거나 공공의 주체"들은 "너무 많은 거짓말을 했다." "서슴없이 했다."

---

3. 같은 책, 33쪽.

"전 국민이 지켜보는 앞에서 국민을 상대로 거짓말을 했다. 다 바꾸겠다고", "성역 없는 수사를 하겠다고", "구조에 최선을 다한다고", "사상 최대 규모의 수색전을 벌인다는 사상 최대 규모의 거짓말을 했다."[4] 세월호 참사 이후 법정 공방에서 거짓말과 진실의 은폐, 사실의 조작이 아무렇지도 않게 일어났고 세월호 사고 당시 승선한 선원들이나 승객의 구조에 임했던 이들, 공공의 이름으로 사고를 수습해야 했던 이들에게서 거짓말이 횡행했다.[5] 법적 책임 공방 속에서 의도든 아니든 기록의 조작과 은폐, 그것을 위한 조직적 거짓말이 난무했다. 회피하고 싶지만, 거짓말이 주권자와 권력자만의 것이 아님을 우리는 알고 있다. '윤리의 요청이 법정의 정의로' 치환되는 시대가 불러온, 거짓말을 일삼는 태도와 거짓말이 난무하는 상황이 한국사회 곳곳에서 프랙탈 구조로 반복되고 있었다. 그 거짓말은 어디에서 온 것인가. 다시 묻지 않을 수 없다.

한국에서 대형 참사는 드문 일이 아니다. 한강을 잇는 거대한 다리가 출근 시간에 거짓말처럼 내려앉았고, 강남의 백화점 건물 전체가 통째로 무너지는 사고가 있었다. 탑승 인원을 초과한 페리호의 침

---

4. 박민규, 「눈먼 자들의 국가」, 『눈먼 자들의 국가』, 문학동네, 2014, 59~60쪽.

5. 피의자 신문조사에서 수많은 사례들을 발견할 수 있다. "검사 : 조타수 조준기 진술에 의하면 해경 경비정이 오는 것을 보고 1항사 강원식이 피의자에게 "이제 퇴선해야 되겠습니다"라고 이야기하자 피의자가 "그럼 영업부에도 연락하고 퇴선하라"고 하여 퇴선하게 된 것이라고 하는데 어떤가요. / 이준석(세월호 선장) : 네, 맞습니다. 경비정이 오는 것을 보고 제가 퇴선 명령을 한 것은 사실입니다. … 검사 : 피의자 이준석, 강원식, 신정훈, 김영호는 이준석이 퇴선 명령을 내려 김영호가 무전기로 퇴선하라고 말을 하였다는데 어떤가요. / 박한결(세월호 선원) : 이준석은 퇴선하라고 명령한 적이 없고 김영호가 무전기로 퇴선하라고 한 적도 없습니다." 진실의 힘 세월호 기록팀, 『세월호, 그날의 기록』, 진실의 힘, 2016, 565~566쪽 (선원사건, 검찰 강원식 3회 피의자신문조서 (2014.5.2), 수사기록 8324쪽 ; 선원사건, 검찰 박한결 10회 피의자신문조서(2014.5.12), 수사기록 15399~15400쪽).

몰 사고가 있었고 화재로 인한 지하철 참사가 있었다. 사고의 조짐이 있었으나 무시되었고 대피를 위한 조처는 취해지지 않았으며 구조의 책임을 다해야 할 이들이 가장 먼저 사고 현장을 탈출했다. 부실공사, 부정부패, 안전불감증이 복합적으로 결합된 참사가 반복되었다. "우리 이대로 정말 괜찮은 거냐는 질문은 이전부터 꾸준히 있어왔고, 정말은 괜찮지 않다고 말해주는 일들도, 말하자면 조짐들도 꾸준히 있어왔으"[6]므로, 주권자와 권력자 그리고 공공의 주체에게 세월호 참사도 진상 규명과 보상 문제로 '처리'될 수 있는 사고의 하나였는지 모른다.[7]

그러나 세월호 참사는 세월호에 타고 있었으며 영문도 모른 채 수장되어야 했던 우연한 존재들의 참혹한 죽음 이상을 의미한다. 세월호 참사는 대상화할 수 있는 사고가 아니라 "트라우마적 사건"[8]이다. 배가 침몰하면서 생명이 수장되는 장면을 전 국민이 손 놓고 지켜볼 수밖에 없었다. 세월호 참사가 정부(국가) 주재의 진상 규명이나 가해자-피해자 사이의 책임 공방과 보상 문제로만 한정될 수 없게 되었다. 우리 모두가 참사의 '증인'으로서 사건에 개입되어 버렸기 때문이다. 애도의 완수인 트라우마 극복은 사건의 진실을 둘러싼 "진상규명"[9]을 통해 이뤄질 수 있지만, 진상규명의 주체인 "정부(국가)는 도리어 상황

---

6. 황정은, 「가까스로, 인간」, 『눈먼 자들의 국가』, 문학동네, 2014, 59~60쪽.
7. 세월호 참사가 불운한 사고가 아니라 국가의 침몰을 상징하는 사건이 된 것은 침몰 사고에 대한 국가(공공적 주체)의 부적절한 대처의 탓이 크다. 2015년 한국문단에 불어닥친 표절 사태는 그 자체로 문단 내 퇴행적 인식과 제도적 관행이 은폐해왔던 억압적 면모의 분출이었다고 할 수 있을 터, 표절 사태가 문단 내의 비판적 논의를 넘어서 사회적 공분을 부르는 문제로 급변하고 거론된 작품의 표절 여부가 문단권력과 문학제도 전반에 대한 전면적 재고의 문제로 변모한 것은 출판사와 관련 편집위원들의 표절 사태에 대한 부적절 대처의 탓이 크다. 공공의 자리에 부여된 권한과 책임을 두고 어느 누구도 권한과 책임의 공공적 면모에 대해 상기하는 자는 없었다고 말할 수 있다.
8. 김종엽, 「이해와 이데올로기 사이에서」, 『경제와 사회』 104, 2014, 83쪽.
9. 정혜신·진은영, 「이웃집 천사를 찾아서」, 『창작과 비평』 2014년 겨울호, 165쪽.

의 작인으로 연루되어"[10] 있고, 우리 또한 '목격자-증인'으로서 세월호 참사에 깊이 연루되어 있다. 밝힐 수 없는 '세월호 7시간'이 밝혀질 수 없는 사정은 세월호 참사의 사건성을 외면하고 불운한 사고로 바라보려는 시선이 불러왔다.

검사 : 피의자는 사고 직후도 배의 경사가 심해 이동하기가 어려웠다고 하였지요.

이준석(세월호 선장) : 네, 그렇습니다.

검사 : 그런 상황이라면 넓은 선내에 대기하고 있는 승객들은 더 이동하기가 어려웠을 것으로 생각되는데 어떤가요.

이준석 : 네, 그렇게 생각됩니다.

검사 : 사고 직후 배에 익숙한 선원들조차도 이동하기가 어려운 상황에서 승객들로 하여금 계속 선내에 대기토록 시키면 나중에 구명정이 도착한다고 하더라도 승객들 입장에서는 배를 빠져나올 수 없는 것 아닌가요.

이준석 : 네, 그렇습니다.

검사 : 그런데 왜 승객들로 하여금 계속 선내에 대기토록만 지시를 한 것인가요.

이준석 : (이때 피의자가 묵묵부답하며 아무런 대답을 하지 않음)[11]

---

10. 김홍중, 「마음의 부서짐」, 『사회와 이론』 26, 2015, 148쪽.

11. 이러한 진술을 두고, 기록팀은 "이준석과 선원들이 조타실에서 탈출하던 시각, 조타실 옆 갑판의 스피커에서 "더 이상 밖으로 나오지 마시기 바랍니다"라는 선내 방송이 울려 퍼졌다. 이준석은 그런 안내방송을 시정하지 않았다. 탈출한 후에도 해경들에게 선내 상황을 알리지 않았고 승객을 구조하려는 어떤 시도도 하지 않았다. 이준석의 변명은 뒤늦게 만들어낸 거짓말로 판단할 수밖에 없다."고 보았다. 진실의 힘 세월호 기록팀, 『세월호, 그날의 기록』, 557~558쪽 (선원사건, 검찰 이준석 4회 피의자신문조서 (2014.4.30.) 수사기록 7902~7904쪽.)

김경일의 목소리는 다급했지만, 123정은 여전히 세월호와 500미터 정도 거리를 둔 채 지켜보고만 있었다. "123 직원들이 안전 장구 갖추고 여객선 올라가" 보라는 해경청장과 서해해경청장의 지시에 "올라갈 길이 없"다고 거절했다. "그 근처에 어선들도 많고 하니까 배에서 뛰어내리라고 고함치거나 마이크로 뛰어내리라고"하는 김문홍(목포해경서장)의 지시에는 "침수되어가지고 좌현 쪽으로 뛰어내릴 수 없"다면서 "항공에 익한 구조"를 하라고 답했다. 답답해진 김문홍이 "그니까 항공구조는 당연히 하는데", "우현 쪽 난간 잡고 올라가서 뛰어내리게 해서 바다에서 구조할 방법을 빨리 검토해. (중략) 뛰어내리게 조치하라구"라며 거듭 독촉하자 마지못해 "일단 1번님이 지시한 대로 좌현 쪽에서 한번 해보라고 계도하겠습니다"라고 대답했다. 그러고는 아무 것도 하지 않았다. 여전히 지켜보기만 했다. 대원들도 "계도"하지도 않았고 승객들을 향해 방송을 하려는 시도도 하지 않았다.[12]

세월호 참사 관련 기록들, 가령 『세월호, 그날의 기록』에 담긴 수많은 사실과 공방들은 끊임없이 '왜'라는 질문을 불러온다. 왜 막을 수도 있었을 사고를 참사로 만들었고, 구할 수도 있었을 생명을 죽어가도록 내버려 두었는가. 법의 심문 앞에서 침묵으로 일관되었던 공백의 자리가 거짓말로 채워졌다. 왜 거짓말을 했는가는 당사자만이 답을 알고 있을 것이다. 진실공방이나 스스로도 알지 못한 무의지적 행위에 대한 변명은 법 앞에서 법의 방식대로 판명될 것이다. 그러니 우리가 물어야 하는 것은 왜 거짓말을 하는가, 즉 거짓말을 하는 이들의 개별 사정이 아니다. 권한과 책임의 어디쯤에서 거짓말로 메워야 할

---

12. 진실의 힘 세월호 기록팀, 『세월호, 그날의 기록』, 290~291쪽.

틈이 벌어지고 있었던 것일까. 주권자와 권력자 그리고 공공의 주체가 거짓에 거짓을 보태는 조작된 말들을 동원해야 했던 이유는 무엇일까. 왜 거짓말이 필요했던 것일까. 거짓말 대신 거기에 무엇이 놓여 있어야 했는가. 거기에 우리의 무엇이 채워지게 되었는가.

몰락 이후의 문학 혹은 삶

무너져 내리는 삶을 두고 문학은 무엇을 할 수 있는가, 무엇을 해야 하는가. 문학이 세계와 인간에 대한 상상인 한, 삶과 문학 사이에 놓인 거리와 시차를 피할 수 없다. 삶의 의미가 텍스트가 되기 위해서는 되새김질의 시간이, 전체를 조망할 거리가 필요하다. 애초에 삶과 문학 사이의 시차와 거리는 문학을 삶의 모나드로 만든다. 아니 만들어왔다. 적어도 삶을 깊이 있게 성찰하고 좀 더 나은 삶을 상상하는 문학이라면 시차와 거리를 고민해야 했다. 그러나 이제 더 이상 문학이 삶의 모나드라고 말하기 어렵다. 문학과 삶 사이의 시차나 거리가 더는 가능하지 않은 것이다.

(기업의) 자유를 최대한 보장하고 국가의 기능을 최소화하는 신자유주의의 이상이 삶에 깊이 침윤되어 우리의 일상이 되는 동안, 공공의 책임과 권한이 최소화되었고 사회적 위기가 각자의 몫으로 돌려졌다. 사회에서 개인들의 이해관계가 충돌하는 지점들, 개인의 책임으로는 돌릴 수 없는 빈 곳들이 더 많이 드러나고 있으며, 사회 구성원 모두의 삶을 위협하는 위험요소가 되고 있다. 금융화된 자본의 위력은 보이지도 잡히지도 않는 신용이 가치를 결정하고 실체 없는 예측만으로 현실뿐 아니라 미래의 삶이 구성되는 시대를 이끌고 있다. 자본주의가 새로운 단계로 들어섰다는 말이다.

조직의 아웃소싱화에서 금융 알고리즘에 이르기까지 "매우 복잡한 전략과 전문화된 혁신"[13]으로 국지적인 동시에 전 지구적인 차원에서 이루어지는 착취와 배제 메커니즘은 심플해지고, 거대한 복잡계 자체가 된 축출의 동력은 구조적이고 체제적이다. 국가 단위로 이루어지는 착취와 배제에 대한 국지적 비판으로는 국가, 인종, 젠더, 계급의 복합적 영향 관계 속에서 체제의 변두리로 내몰리는 우리의 삶을 제어할 수 없다.[14] 세계 전체를 조망할 수 있는 가능성이 점차 협소해졌다면, 이제 세계는 시작과 끝을 알 수 없는 약탈의 괴물이 되었다. 개인의 자격으로, 또는 전문가들이 힘을 모아 진실규명을 위한 노력을 지속하고 있음에도 세월호 참사를 둘러싼 진실이 더 많은 의혹 속으로 밀려들어 가는 것은 세계의 이러한 복잡성의 체제화 경향과 맞물려 있다.

삶과 문학 사이의 거리가 무너져 내린 이후로 한국문학은 통시적, 공시적 조망 시도를 접어두고 개인의 차원으로 눈높이를 낮춰왔다. 달리 말해, 한 개인의 시야 안에서 세계를 구성하거나 내면에 새로운 세계를 구축하는 방식으로 '거리'가 사라진 시대를 버텨왔다. 그사이에 한국문학이 협소화되고 왜소화되었으며 역사적 스케일을 잃어왔다고 비판받았지만, 좁은 시야 속에서도 세계를 구성하려는 시도가 다양한 방식으로 이루어졌다. 삶과 문학 사이의 시차가 낮고 좁은 시야 속에서나마 그 조망의 가능성을 열어주었던 것이다.

세월호 참사가 한국사회뿐 아니라 문학장에도 참사인 것은, 개인의 몫으로 다 돌려지지 않는 사회의 위기가 개인의 바깥 즉 공공의 영

---

13. 사스키아 사센, 『축출 자본주의』, 박슬라 옮김, 글항아리, 2016, 31쪽.
14. 사스키아 사센, 『축출 자본주의』 참조.

역에서 사회를 위협하는 위험으로 되돌려지고 있기 때문이다. 그 결과로서 가까스로 유지되던 삶과 문학 사이의 시차 혹은 장막이 찢겨졌다. 세월호 참사를 겪으면서 시인과 작가들이, 말의 허무와 공허에 시달리고 말이 흩어지고 부서지는 시간에 직면해야 했다. 삶에 시민-증인으로서 개입·연루된 상황에 대한 시인과 작가들의 존재론적 반응이 아닐 수 없다.

낮고 좁은 시야가 마련한 협소하고 제한적인 세계를 두고 한국문학의 무능이 지적되곤 하지만, 낮고 좁은 시야가 만들어낸 세계의 수준에 대한 비난과 낮고 좁은 시야 자체에 대한 질타는 구분되어야 한다. 삶 전체를 조망할 수 있는 시선이 확보되던 시절의 방법론(가령, 리얼리즘)이 그대로 다시 원용될 수는 없으며, 시야가 좁아진 시대에도 가능할 세계 구성의 방법이 조정과 개발을 통해 마련되어야 하는 것이다. 2000년대 중반 이후로 삶은 문학 깊숙이 육박해 들어왔으며, 삶과 문학 사이의 시차는 점차 무력해져 왔다. 세월호 참사로 삶과 문학 사이의 시차 붕괴를 더 이상 외면할 수 없게 되었다.

시차가 사실상 유지되기 불가능한 시대이다.[15] 말하자면 문학이 삶과 자율적 관계를 맺고 있다거나 삶이 문학이 되기 위해서는 문학적 원리로 재편되어야 한다는 논리는 더 이상 유효하지 않다. 삶과 문

---

15. 가령, 다음과 같은 대목을 보라. #문단_내_성폭력 해시태그 운동에 이르러서는 돌이킬 수 없는 폭력적 삶/문학의 민낯을 피할 수 없게 되었다. "문단 내 성폭력은 결코 개별적인 일, 단순히 개인의 일이 아니다. 출판계 전체가 귀를 기울이고 지속적으로 방향을 모색해나가야 한다. 지금의 폭로는 아직 빙산의 일각에 지나지 않는다. 우리가 아직 모르는 고통이 그만큼 많고 그것을 외면하고 지내온 만큼 더 많이 아파야 할 것이다. / 이러한 상황에서 문학 작품 속에 드러난 여성성, 젠더적 의의에 대해 말하고, 그것과 페미니즘에 대해 말하는 것이 대체 무슨 소용일까. 그건 얼마나 기만적인 행위일까. 상처받고 그 기억 때문에 아파하는 많은 여성들이 가슴속에 품어왔을 절망을 생각하면 그럴 수 없다." 백은선, 「침묵은 아무것도 밝히지 못한다」, 『문학과사회』, 2016년 겨울호, 208~209쪽.

학이 등치되어야 한다거나 삶이 곧 문학이라고 말하려는 것이 아니라, 삶과 문학 사이의 관계가 이전과는 다른 방식으로 존재해야 하며, 우리가 그러한 존재방식에 대한 시대요청 앞에 세워져 있다고 말하려는 것이다.

증인의 자리

전체를 조망할 수 없는 시대임에도 전체를 조망하고자 하며, 낮고 좁은 시야 속에서도 우리가 처한 삶의 위기를 깊게 들여다보려는 한국문학은, 피할 수 없는 목격자-증인의 자리를 기꺼이 받아들이려 하는 듯하다. 이러한 경향을 다큐멘터리 형식이나 르포문학의 등장으로만 한정할 필요는 없으며, 이러한 경향이 한국문학의 위상을 좀 더 협소화하고 특수화한다고 오해할 필요도 없다.

가령, 주목받는 신인 소설가에서 단숨에 한국문학을 이끌 차세대 소설가가 된 장강명의 소설들(『표백』, 『열광금지 에바로드』, 『댓글부대』, 『한국이 싫어서』 등)을 보라. 한국소설이 재미없다는 편견을 깨는 소설가로 거론되지만, 장강명 소설의 주요 특징 가운데 하나는 현실에 대한 다큐멘터리적 시선과 르포적 성격이다. 독자의 호응을 얻고 있지만 소설 다수가 문학상 수상작이라는 사실은 재미만을 추구하는 문학으로 분류되어 문단 내에서 배척되고 있다고 말하기도 어렵게 한다.

이것이 문학의 미래인가라는 질문에는 유보적으로 답할 수밖에 없지만, 새로운 시도의 의미와 성과를 애써 축소할 필요도 없을 것이다. 하지만 대체로 한국문학은 여전히 딜레마적 상황에 놓여 있다. 낮고 좁은 시야만 허락되며, 전체를 조망할 수 있는 시선은 불가능한데도, 시대는 체제의 위험을 관통하는 복합적인 시야를 요청한다. 이 딜레마적 상황의 탈출구를 마련하기 위해 삶과 문학 사이의 새로운 관계방식이 모색되고 있다. 좀 더 구체적으로 말해보면 삶에 관한 한, 가해자도 피해자도 아니지만 그렇다고 관찰자이기만 한 것도 아닌, 즉 목격자-증인의 자리를 기꺼이 떠맡음으로써, 문학-하는-자의 위치를 삶과의 관계 속에서 마련해보려는 시도들이 이어지고 있다.

이기호의 소설 「권순찬과 착한 사람들」(2015)[16]이 보여주듯, 한국 문학은 무엇이 잘못되었으며 무엇이 문제인가를 묻지 않고는 문장과 문장을 이을 수 없으며 삶이 문학이 될 수도 없음을 깨달아가는 중이다. 가해-피해의 구도에서 벗어나 있는 불운한 사건에 대해 우리는 일상적으로 어떤 태도를 취하는가. 사채 빚에 몰린 어머니가 왕래가 없던 아들에게 도움을 청하지만, 아들(권순찬)의 도움을 받지는 못하고, 어머니는 살고 있던 방 보증금을 빼고 어렵게 돈을 융통해 빚을 갚고 스스로 목숨을 끊고 만다(소설의 중반부에서 도움을 청한 어머니가 그의 새어머니였음이 밝혀진다). 그사이에 모자란 돈을 마련해 사채업자에게 송금을 했던 아들은 전후 사정을 알게 된 후 해결을 위해 사업자의 주소지로 찾아온다. 하지만 주소지에는 사채업자인 아들의 연락처를 알지도 못하는, 유모차에 의지해 폐지를 주우러 다니는 할머니가 살고 있을 뿐이다. 불운한 피해자만 있는 이 상황을 두고 우리는 무엇을 할 수 있는가. 평화를 사랑하는 선의를 가진 대개의 사람들이 그러하듯, 아파트 주민들은 성금을 마련해서 그들을 돕고자 한다. 그렇게 순조롭게 해결되기를 바란다. 그러나 그들의 염원과는 달리 그는 선의를 받아들이지 않고 '진상규명'을 원하는 뜻을 굽히지 않

16. 이기호, 『누구에게나 친절한 교회 오빠 강민호』, 문학동네, 2018.

다가 결국 주민 신고로 잡혀간다.

　이 소설은 목격자-증인인 나의 관점으로 서술된다. '나'는 왜 대상을 모르는 화를 내며 알 수 없는 무력증에 빠진 채 아무것도 써지지 않는 시간에 시달려야 했는가. 권순찬은 왜 이곳에 왔으며 무엇을 기다렸는가. 돈을 거부한 그의 태도는 왜 '모든 선의를 거부하는' 불편한 태도로 오해되는가. 아파트 주민 아니 우리의 무엇이 권순찬을 끝내 노숙자 쉼터로 내쫓고 마는가. 불운한 상황에 놓인 이들에 대한 선의는 진정 불운한 그들을 위한 것인가. 우리는 왜 애꿎은 사람들에게만 화를 내게 되는가. 무엇이 잘못된 것일까.

　이기호의 「권순찬과 착한 사람들」은, 안타깝지만 성가신 것에 대한 선의만 갖고는 무엇이 잘못된 것인지 알 수 없음을, 부재하는 가해자의 자리까지 조망하지 않고서는 애꿎은 사람들에게만 화를 내게 된다는 것을 보여준다. 무엇보다 그러한 조망 없이 문장과 문장을 이어 붙인 이야기로는 넘치는 불운한 삶에 대한 보고 이상의 문학이 될 수 없음을 전한다. 돈이 갈등 해결의 우선적 수단이 된 현실과 구성원의 선의만으로는 사회적 위기가 해소될 수 없는 사정, 그리고 부재하는 가해자의 자리를 누락시킴으로써 아무도 무엇이 문제인지 볼 수 없게 된 상황을 두루 살피며, 목격자-증인의 자리가 어떻게 마련되는지를 보여준다. 그것이 어떻게 증언이자 기록이 되는가를 이야기로 전한다.

　물론 부재하는 가해자의 자리에 시선을 두는 것으로, 조망하는 시선의 폭을 좀 넓히는 것으로 증인의 소임이 완수되는 것은 아니며, 무형의 책임이 해소되는 것도 아니다. 가령, 한강의 소설 「눈 한 송이가 녹는 동안」(『창작과비평』, 2015년 여름호)은 복합성의 체제이자 불합리한 구조에 의한 희생을 목격한 증인들이 17년이나 지난 후에도 아니 삶이 끝난 곳에서도 무형의 책임에 대한 부채에서 벗어나지 못하는 사정을 전한다. 「눈 한 송이가 녹는 동안」은 죽은 뒤 3년이나 지난 후 한 영혼이 나(k)를 찾는 장면으로 시작한다. 무람없이 지낼 수 있을 만큼 익숙한 사이지만 속내를 나누지는 않는 회사 동료였을 뿐, 가족도 연인도 아니며 잠시 동안 그 무엇인 적도 없던 나를 찾은 이유는 무엇인가. 왜 그(임선배)는 나에게 왔는가.

그들 사이에 풀어야 할 오해나 상처를 품은 사건이 놓여 있던 것은 아니다. 하지만 그들은 인건비를 줄이기 위해 미혼여성을 고용하고 결혼을 하면 퇴사하는 사규를 엄격하게 적용했던 직장에 함께 몸담았던 적이 있고, 사규에 반발했던 두 번의 실패한 노조투쟁을 방관자로서 관찰자로서 또 목격자로서 겪은 적이 있다. 당시에는 몰랐지만, 한 달에 걸친 출근투쟁 끝에 퇴사한 그의 동료 여사원(윤선배)의 자리에 내가 채용되었고, 이후 나는 출근투쟁으로 회사의 승복을 얻어냈으나 따돌림이 심해 공황장애까지 경험하다가 이직한 선배(경주언니)를 지켜봤다.

법적 논리로만 보면, 실패한 노조투쟁에 관한 한 그들은 가해자도 피해자도 아니다. 그들에게는 어떤 법적 책임도 물을 수 없다. 따지자면, 경주언니가 투쟁하는 동안 회사에는 그도 나도 없었다. 그럼에도 그들은 질 게 분명한 싸움에 자신을 던지고 누구와도 나눌 수 없는 고통을 겪어야 했던 이들을 외면하지도 잊지도 못했다. 오래도록 회사에 남을 수 있던 그가 이직을 하고 편집독립권을 위한 파업 끝에 업무 복귀하지 않고 그곳을 떠나는 선택을 했다. 본격적으로 글을 쓰기 위해 퇴직한 이후로 나의 글쓰기는 그 고통에서 벗어난 적이 없다. 삼국유사에서 모티프를 가져온 노힐부득과 달달박박의 성불에 관한 희곡을 완성하지 못한 사정도 오래 묵은 부채감과 닿아 있다.

아마도 그 부채감은 그녀들의 난관과 고통을 목격하면서 생겨난 것이자 스스로를 증인의 자리에 세우면서 만들어진 것이리라. 언어로 안 되면 몸짓으로라도 그녀들의 고통에 다가가려 하면서도, 고통 때문이 아니라 "그 고통의 바깥에 있다는 사실"(한강, 319쪽) 때문에, 멈춰서서 더는 쓰지 못한 채, 그녀들을, 그녀들의 이야기를, 그 고통을 "매일 생각"하고 "날마다 생각"했던 것이리라(한강, 299쪽).

폭염의 버스정류장에서 갑자기 쓰러진 노인을 기억하며 버스 사고로 연인을 잃은 남자가 스스로를 암굴에 가두고 목격자–증인의 책임을 오랫동안 곱씹는 황정은의 소설 「웃는 남자」(『아무도 아닌』, 문학동네, 2016)가 묻는 것도 법 앞의 죄의 여부가 아니라 인간의 윤리이다. 자신의 잘못이 무엇인가를 묻고, 그저 방관자일 수밖에 없었던 상황에 항변을 늘어놓아도, 그러한 책임의 부인이 뭔가가 잘못된 상황 자체의 변명이 되지는 않는다는 엄연한 사실을 짚고, 무언가가 잘못된 사정에 자신의 완전무결한 결백을 주장할 수 있는가를 묻는다. 오랫동안 곱씹고 반추한 끝에 목격자–증인의 자리를 기꺼이 떠맡고자 하는 나(도도)의 고백처럼, 생각할 겨를도 없이 무의식적으로 개입을 거부하고 한 발 뒤로 물러서면서 우리의 연루는 은폐되고 우리의 불편함과 죄의식이 소거되어 버리는 것은 아닐까. 그런 인간이 되어가는 게 아닐까. 황정은의 「웃는 남자」는 그렇게 묻고 답한다.

그러니 목격자이자 방관자인 우리에게 아무런 잘못이 없다는 말, 가해자도 피해자도 아닌 목격자–증인에게 책임이 없다는 말은 잘못된 말이다. 「눈 한 송이가 녹는 동안」의 'k'나 황정은의 「웃는 남자」의 '도도'가 "오랫동안" "그 일을 생각해왔"(황정은, 165쪽)다는 고백은, 그들의 부끄러움이나 죄책감에 대한 고백이 아니다. 그것은 "무엇이 왜 문제인가에서 시작되어 결국 인간이란 무엇인가"로 귀결하는 생각을 오랫동안 지속해야 한다는 의미로,[17] 삶에 연루된 우리의 책임을 환기하는 것이자 내가 입을 다물어도 터져 나오는 고통의 목소리들에 길을 내어주는 일이다.

끝내 고통에 닿지 못하지만,

지금도 k씨는 평화로워 보여.

아니요, 불가능해요. 이 세상에서 평화로워진다는 건, 지금 이 순간도 누군가 죽고.

나는 재빨리 입을 다물었다.

누군가 뒤척이고 악몽을 꾸고.

내가 입을 다물었는데 누가 말하는지 알 수 없었다.

누군가 이를 악물고 억울하다고, 억울하다고.

간절하다고, 간절하다고 말하고.

누군가가 어두운 도로에 던져져 피흘리고.

누군가 넋이 되어서 소리 없이 문을 밀고 들어오고.

누군가의 몸이 무너지고. 말이 으스러지고. 비탄의 얼굴이 뭉개지고."[18]

이렇게 증인의 다른 책임을 다하게 되는 것이다.

새로운 경험 빈곤의 시대로

---

17. 이 책 4부 1장 「차마 하지 못하게 하는 마음은 어디에서 오는가」 참조.
18. 한강, 「눈 한 송이가 녹는 동안」, 『창작과비평』, 2015년 여름호, 321쪽.

우리가 삶에 목격자-증인으로 연루되어 있음을 인정하는 일, 낮고 좁은 시야가 허락하는 최대한의 세계를 그려보려는 일, 그렇게 길을 내어 고통의 목소리인 집합감정을 보이고 들리게 하는 일, 이것은 우리의 경험 가치를 초기화시킬 때에 가능한 일이다. 이것이 이후의 문학/삶이라 단언할 수는 없어도 여기에 이후를 상상할 수 있는 밑그림이 있음을 부인할 수 없다. 우리는, 말하자면, 벤야민Walter Benjamin이 세계사적 전쟁을 경험한 세대의 상태를 두고 "경험의 빈곤"[19]으로 명명했던 그런 상황에 놓여 있다. 경험은 있으나 그 유용성은 완전히 바닥난 상태로, 경험에 기반한 상식과 그것이 만들어낸 삶 차원에서의 교양은 아무런 쓸모가 없어졌다. 그러니 "단순해지자"(황정은, 166쪽). 경험의 빈곤이 우리를 처음부터 다시 시작하는 데로 이끈다. "새롭게 시작하기, 적은 것으로 견디어내기, 적은 것으로부터 구성하고 이때 좌도 우도 보지 않기."[20] "새로운 야만성"을 요청했음에서 확인할 수 있듯, 경험의 빈곤에서 재출발해야 한다는 벤야민의 제안은 우리의 지금 이곳의 전부를 전면적으로 성찰해야 한다는 선언이다. 그 자신이 짚어두었듯이, 경험의 빈곤에 대한 인식은 지금까지 없던 새로운 경험에 대한 동경이 아니며, 무지나 무경험은 더욱 아니다. 경험의 빈곤은 삶에서 멀어진 경험이 문화의 이름으로 경화되고 그것이 역설적으로 삶 자체를 집어삼켜 버리게 되는 상황, 상식이 무용화된 상황에 대한 긴급한 환기이다.

---

19. 발터 벤야민, 『역사의 개념에 대하여』, 최성만 옮김, 도서출판 길, 2008, 174쪽.
20. 같은 책, 174쪽.

4장

혐오사회와 디아스포라의 젠더

우리는 모두 필연적으로 스스로가 '무엇인지 확실히 알 수는 없는' 것의 피해자
이자 방관자이며, 가해자였다는 점을 기억한다.

— 고양예고 문창과 졸업생 연대 〈탈선〉, 「게르니카를 회고하며」

우리가 어떤 사람인지 결정하는 것은 우리가 망각하고 있는 타자의 존재이다. 바
꿔 말하면 우리는 그와 같은 특권적인 망각을 가능케 하는 장 — 미리 망각된 장
— 에 서 있다는 것이다. 그리고 누구를 망각하고 있는지 — 그것은 또한 우리가
어떤 사람인지의 문제이기도 하다 — 는 우리가 말을 하는 바로 그 행위에 의해
비로소 명백해진다. 아무 말도 하지 않으면 거기서 무엇을 망각하고 있는지 알
수 없다. 그래서 우리는 우리 자신이 누구를 망각하고 있는지 알기 위해 말해야
만 한다. 그리고 우리가 그와 같은 망각 속에 살아갈 수 있는 특권적인 위치에 있
다는 것을 알기 위해서라도 말해야만 한다. 또 그와 같은 망각을 가능하게 하는
역사적, 사회적, 물질적 여러 조건을 명확하게 밝히고 그것을 해체하기 위해서라
도 우리는 말해야만 한다.

— 오카 마리, 『그녀의 진정한 이름은 무엇인가』

징후로서의 여성-혐오

2015년 5월 17일에 발생한 강남역 살인 사건은 여성혐오가 말의
범주를 넘어서서 사회적 범죄로 가시화되었음을 보여주는 상징적 사
건이다. 공용화장실에서 희생자를 기다리며 잠복한 끝에 '여성'을 살

해한 이 사건을 두고 사회적 공분이 들끓었다. 강남역 살인 사건은 여성혐오 범죄라는 규정을 둘러싸고 진보와 보수의 대결 논리 속에서 은폐되었던 한국사회의 위계와 차별의 면모가 뚜렷하게 가시화된 계기이다. 왜 지금 혐오인가. 누가 누구를 혐오하는가.[1] 유사 이래 여성혐오가 없었던 시공간을 상상하기 어렵다. 공공연하게 여성은 공적 주체이기는커녕 인간 범주에도 속하지 않았던 시대가 오래도록 지속되었다. 근대 이후로 여성이 시민으로서의 권리를 법적으로 획득한 시대인 현재에도 여성은 사회를 유지하는 구성적 외부임을 부인하기 어렵다.[2] 민주주의의 핵심 정신인 평등과 자유가 여성을 포함한 사회적 타자에 대한 혐오를 공유하면서 유지된다는 주장이 과도한 것만도 아니다.[3] 온라인과 SNS 플랫폼상에서 극심한 여성혐오는 어제오늘의 일이 아니지만, 따지자면 그것이 금융자본의 세계화에 의한 한국 남성의 쇠설에 의한 것만은 아니며, 한국사회의 특수한 현상만도 아니

---

1. 혐오와 여성혐오, 여성혐오 범죄는 어떻게 구분되는가. 함께 쓰이고 있지만, 혐오는 혐오발언(hate speech)이나 혐오범죄, 증오범죄와 구분되어야 한다. 혐오발언(hate speech)은 "인종, 민족, 국적, 성별, 성적 지향과 같은 속성을 갖는 소수자 집단이나 개인에게 그 속성을 이유로 가하는 차별표현"이므로, 성폭력과 마찬가지로 폭력의 문제로 다루어져야 한다(모로오카 야스코, 『증오하는 입』, 84쪽). 이에 대해서는 전문가들에 의한 법적 규제 논의가 있다. 물론 혐오발언을 두고 모두가 규제를 만능 해법으로 여기는 것은 아니다. 언어의 수행성과 소통성을 고려하는 주디스 버틀러의 경우에는 법적 규세의 억설석 효과를 우려한다. 수디스 버틀러, 『혐오 발언』, 88~138쪽.
2. 성적이지 않은 남성 간 유대가 성적인 것을 억압한 남성 사이의 유대이며 호모소셜(homosocial) 속에는 호모섹슈얼(homosexual)한 욕망이 포함되어 있다는 점을 들어, 호모소셜과 호모섹슈얼을 연속체로서 이해해야 한다는 이브 세즈윅(Eve Sedgwick, *Between Men*, 1985)의 인식에 기대어, 우에노 치즈코는 젠더가 '남성이 아닌 이' 즉, 남성이 되지 못한 자인 여자를 배제함으로써 유지되는 경계임을 고발한다. 여성혐오를 근대사회 유지를 위한 필연적 구성물로 보는 우에노 치즈코에 따르면, '범주 폭력'에서 벗어나기 쉽지 않은 사회적 약자인 여성의 입장에서 여성혐오 바깥을 상상하기는 매우 어렵거나 거의 불가능하다. 우에노 치즈코, 『여성 혐오를 혐오한다』, 31~37, 156쪽.
3. 자크 데리다, 『불량배들』, 이경신 옮김, 휴머니스트, 2003, 131~143쪽.

다. 온라인과 SNS 플랫폼상의 담론이 현실에 미치는 영향은 증가하고 있지만, 현실로 넘어오면서 폭력의 수위나 그에 대한 감각은 대개 낮아지는 편이다.[4] 실상, 경제적 조건이 악화되면 사회적 타자에 대한 부정적 감정은 증폭된다.

이러한 복잡한 상황을 염두에 두고, 왜 지금 여성혐오가 문제인가를 묻는다면, 우선 체제와 자본이 결합하면서 재편되고 강화되어온 가부장제 때문임을, 여성혐오가 사실상 가부장제의 상시적 일면이자 그것을 통해 유지되는 것임을 짚어두지 않을 수 없다. 그간 여성의 사회 진출이 급속도로 진전된 동시에 여성차별의 강도가 극심해진 상황의 결과인 것도 사실이다. 하지만 한국사회의 대표적 타자인 여성의 범주가 그리 단일하거나 획일적이라고 말할 수는 없다. 한국사회 내에서도 여성 내부의 계급적인 위계나 지역적, 인종적 위계가 점차 심화되고 있다. 여성혐오가 여성혐오만은 아닌 지점을 내포하고 있는 것이다.[5]

혐오할 대상을 필요로 하는 구조적 차원의 사회문제와 한국사회에서 혐오가 대표적인 사회적 타자인 여성에게로 집중되는 현상은 구분될 필요가 있다. 그 차이를 세심하게 구분하지 않으면 사회적 타자에 대한 배제의 표현인 혐오 프레임에 휩쓸려 사회적 타자 내부에 놓

---

4. 윤보라, 「일베와 여성혐오」, 『진보평론』 57, 2013 ; 윤보라, 「온라인 페미니즘」, 『여성이론』 30, 2014 ; 김수아, 「온라인상의 여성 혐오 표현」, 『페미니즘연구』 15(2), 2015 ; 윤보라, 「김치녀와 벌거벗은 임금님」, 윤보라 외, 『여성혐오가 어쨌다구?』, 현실문화, 2015 ; 정인경, 「포스트페미니즘 시대 인터넷 여성혐오」, 『페미니즘연구』 16(1), 2016 ; 한희정, 「이주여성에 관한 혐오 감정 연구」, 『한국언론정보학』 75, 2016.

5. "혐오를 '당하는' 사람은 언제나 약자다. 유대인 혐오, 동성애자 혐오, 전라도 혐오, 장애인 혐오는 있어도 그 반대는 없다." 말하자면 여성혐오는 "'약자' 일반에 대한 혐오의 다른 버전"이다(문강형준, 「묻지마 살인이 아니다」, 『한겨레』, 2016.5.20). 따라서 통칭 여성혐오로 불리지만, 부정적 집합감정인 혐오가 왜 지금 부각되는지, 어떻게 페미니즘과 접속하게 되는지, 무엇이 어떻게 여성혐오인지 좀 더 세심하게 살펴볼 필요가 있다.

인 차별적 위계를 포착할 수 없게 된다. 여성혐오에 대한 혐오('여혐'')와 남성혐오('남혐')가 일면으로는 구분되기 어렵다는 사실을 짚으며 류진희가 언급했듯, 거울로 되비추며 여성혐오의 혐오성을 드러내려는 시도들에 조심성 없는 인종혐오가 겹쳐 있음을 외면하기 어렵다.[6] 강남역 살인 사건을 두고 성 대결 구도를 강화하고 조장하는 것은 '여성'의 죽음을 그 자체로 인정하지 못하는 남성과 사회 전체이지만,[7] 한국사회에서 들끓는 혐오 분위기를 여성혐오의 문제로만 봐서는 문제해결의 실마리를 찾기 힘들다는 데에 이 문제의 복잡성이 놓여 있다.

젠더에 대한 정희진의 언급을 빌려 말해보자면, 여성혐오는 "모든 곳에 공기처럼 편재하는 가장 오래된 제도이지만 동시에 특정한 사회적 조건에서만 작동하는 편향적인 정치적 산물"[8]이다. 사회적으로 매개된 혐오는 우리 자신에 관한 어떤 것을 우리 자신에게서 차단하려는 욕구를 반영한다. 오염에 대한 막연한 두려움과 연관되어 있지만 근본에서 우리와의 분리 불가능성이 불러오는 모종의 투사적 반응이 혐오인 것이다.[9] 계급적·젠더적·인종적 차이로 구축된, 위계구조에 의해 내적 차별이 극심해지는 상황이 만들어내는 사회감정인 혐오는, 역사적으로 축적된 집합감정이라는 점에서 대개 일상적이고 무의식적으로 발현된다.

---

6. 류진희, 「'촛불 소녀'에서 '메갈리안'까지, 2000년대 여성혐오와 인종화를 둘러싸고」, 『사이間SAI』 19, 2015, 47~49쪽.
7. 김홍미리, 「'여성이 죽는다' 호소에 "같이 문제 풀자" 응답해야」, 『한겨레』, 2016.5.21.
8. 정희진, 「편재하는 남성성, 편재하는 남성성」, 권김현영 외, 『남성성과 젠더』, 자음과모음, 2011, 16쪽.
9. 마사 누스바움, 『혐오와 수치심』, 239~240, 306~307쪽 ; 마사 누스바움, 『감정의 격동』 1, 368~377쪽.

반대로 말하면, 혐오는 즉각적으로 표현되기보다 강남역 살인사건처럼 사건화될 때에야 포착된다. 혐오를 옳고 그름을 둘러싼 윤리문제로 손쉽게 환원하기 쉽지 않은 것은 혐오가 자동화된 인식이나 사회적 통념으로 오인되기 쉽기 때문이다. 집합감정으로서 혐오는 가해와 피해의 구도 속에서 포착되기보다 불쾌하고 불편한 '막연한 어떤 것'으로만 감지되며 그런 채로 반복되고 강화되면서 굳은 관습이 되어버린다. 혐오의 위험성과 혐오에 대한 적대적 전선 구축의 최대 난점이 여기에 놓여 있다.

　　여성혐오를 성별 이분법의 관점에서 들여다보자면, 달리 말해, 계급과 인종의 관점 즉 남성 혹은 여성 범주 내부의 차이를 누락한 채 다루자면, 역설적으로 강화되는 것은 성별 이분법 자체다. 여성혐오는 여성의 문제이지만 한국사회의 타자들에게서 변주되고 반복되는 구조적이고 제도화된 차별의 표출이자 자연화된 위계구도가 만들어낸 사회문제다.[10] 미시적 현상으로서의 여성혐오 이면에 은폐된 차별적 위계구조의 중첩성을 비판적으로 살피기 위해서는, 글로벌·로컬한 동시대적 맥락에 한국사회의 갈등이 증폭된 역사적 맥락을 겹쳐 읽으면서, 한국사회에 등장한 여성혐오의 의미를 여성 범주의 내적 차이와 함께 고려하면서 다루어볼 필요가 있다. 거시적·미시적 시야의 동시적 확보를 위해 글로컬·로컬한 정치적, 경제적, 사회적 복합체에 대한 고려가 거듭될 필요가 있는 것이다. 이러한 작업 속에서, 사회적 불안을 처리하는 통치술로서의 인종혐오가 관습화된 혐오에 밑그림처럼 덧대어져 있음을 우회적으로나마 확인해볼 수 있을 것이다.

---

10. 가령, 남녀 임금 격차의 가장 큰 이유는 '그냥'이지만(박병률, 「남녀 임금격차, 가장 큰 이유는 '그냥'」, 『경향신문』, 2015.5.26.), 이런 상황이야말로 내면화된 여성혐오의 자연화임을 간과해서는 안 된다.

탈국경의 일상화, 약탈 체제의 복잡화

　동구 사회주의권의 몰락 이후로 현 체제를 둘러싼 대안적 상상력이 협소해지면서, 선후 관계를 따지기는 어렵지만, 전 지구적 자본의 위력은 한국사회에 거세게 몰아쳤고 한국사회는 세계화의 물결에 휩쓸렸다. 그것이 지구적 차원에서 이루어진 거대한 위계화의 과정이었음을, 국가·인종·젠더·지역 위계가 만들어내는 복합적 위계화의 과정이었음을 알지 못했다. 그것이 폭압적 착취였음을 일상 층위에서 깨닫게 된 것은 비교적 최근의 일이다. (기업의) 자유를 무한히 보장하는 (허울뿐인) 신체제가 공공의 영역을 점차 망가뜨린 채 방치해왔음을 우리는 세월호 참사를 계기로 피할 수 없는 진실로서 직면해야 했다.

　현재 유럽에서 시작된 탈세계화 흐름은 새로운 미래로 향한 긍정적 움직임이기보다 자본의 세계적 재편이 야기한 모순이 한계적 국면에 도달했음을 역설한다. 세계화의 주요 수혜국인 주도국에서조차 양극화와 빈부의 격차가 야기한 사회적 갈등과 불안이 사회의 근간을 뒤흔드는 수준임을 말해주는 것이다. 그러나 이러한 경향이 금융자본화의 도저한 흐름을 단숨에 역류시킬 수는 없다. 지구상의 거의 모든 국가들은 세계화와 탈세계화 흐름이 공존하는 예측하기 힘든 혼란의 소용돌이에 예외 없이 휘말리는 중이다. 세계화와 탈세계화의 흐름이 교차하는 중에도, 이주와 이동 그리고 탈국경의 움직임은 여전히 돌이킬 수 없는 경향성을 이루고 있다. 국경의 의미가 약화되고 있으며 이주의 형태도 다양해지고 있다. 더 이상 이주와 이동, 탈국경의 움직임 없는 시공간을 상상하기 어렵다.[11]

---

11. 2차 세계대전 이후로 제국·식민 체제의 재편과 함께 독립국으로의 이주와 재이주 그

세계화와 탈세계화, 탈국경의 일상화를 두고 억압과 저항, 가해와 피해, 긍정과 부정의 면모를 일방적으로 단정 짓기 쉽지 않은 상황이다. 이는 자본주의가 복합적 체제가 되어가는 오늘날의 상황과 궤를 같이한다. 글로벌 체제의 착취 메커니즘은 선명하고 뚜렷하지만, 착취구조는 복잡한 전략과 전문화된 혁신으로 시작과 끝을 알 수 없

리고 귀환이 이루어지고 국제적으로 인정되는 난민 지위가 논의되었으며, 이후로 해외 동포들에게 투자수익이나 이중국적을 보장하면서 그들을 정치적, 경제적 자원으로 활용하려는 경향도 증가했다(케빈 케니, 『디아스포라이즈is』, 최영석 옮김, 앨피, 2016, 58~61쪽). 한편으로 문화의 접면이 만들어내는 혼종성에서 새 시대에 적합한 신인류의 가능성을 기대하기도 하며, 민족과 국가 중심의 근대적 세계인식이 갖는 폭력적 속성이 성찰적으로 검토될 수 있으리라 조심스럽게 전망되기도 한다. 조망적 시야에서 보자면 국민국가의 틀은 약화되고 있으며, 국가와 국민의 함의도 바뀌고 있다. 자본과 결합한 국가가 이해득실을 내세우며 내외국인의 구별 없는 동원과 배제를 통해 사회문제를 해결하고자 하는 와중에, 예측하지 못했던 역반응으로서 귀속 국적의 강제성은 약화되고 있으며 자발적이든 아니든 국적을 취사선택할 수 있다는 유연한 태도가 사회 저변에서 형성되고 있다. 가령, '헬조선·탈조선'론이 보여주듯, 국가를 두고 순응하고 적응해야 할 귀속지가 아니라 시민권 보장 차원의 차별적 선택지 가운데 하나로 인식하는 이들이 등장했다. 취업을 위한 국적 취득·포기까지는 아니더라도 사회의 상층부에서 국경 넘어 다른 교육여건을 선택한다는 의미의 이주는 드문 일이 아니다. 동시에 반대급부처럼 지구적 차원의 보수화 경향이 뚜렷해지고 있는 것도 사실이다. 사회 구성원 간의 갈등을 조장하거나 약자에게 사회갈등의 원인을 돌리는 방식으로 체제의 모순이 전치되는 장면들이 드물지 않게 발견된다. 가령, 2015년 샤를리 에브도 테러 사건이나 2016년 도널드 트럼프 대통령 당선을 둘러싼 미국 내 갈등을 두고 표현의 자유, 극단화하는 무차별 테러, 인종 간 갈등이나 외국인 혐오와의 연관성이 논의되고 있다. 하지만 테러 위협의 전 지구적 확산은 자본에 의한 세계화가 만들어내는 국가 내, 권역 내 축적된 갈등이 사회적 약자와 타자로 떠넘겨지는 사정과 연관되어 있다. 실제로 이슬람 테러는 중동의 극단주의 이슬람 세력과 서방 보수 세력의 득세로 이어졌는데, 그 와중에 빈곤과 폭력 그리고 테러는 국가나 체제의 주변부·하층부로 더 극심한 형태로 전가되고 있다. 이렇게 보면 중동과 북아프리카 전쟁 상황의 종식을 염두에 두지 않는다면 전 지구적인 테러 위협의 확산에 대한 어떤 대책도 결국 미봉책에 불과한 것이라고 해야 할는지 모른다(김동춘, 「조롱과 테러, 파리의 두 야만」, 『한겨레』, 2015.1.21 ; 박인규, 「주간프레시안뷰 : 〈샤를리 에브도〉 테러, 웃는 자는 따로 있다」, 『프레시안』, 2015.1.24). 세계를 짓누르는 보수화 경향과는 결을 달리하는 자리에서, 미디어 환경 변화에 기반한 '로컬하고 리저널하며 트랜스내셔널한' 정보의 흐름은 이주자들이 모국과의 연계를 좀 더 강화하는 이른바 재에스닉화를 진행시키고 있기도 하다(이토 마모루, 『정동의 힘』, 223~226쪽).

는 거대한 체제를 이루고 있다. 축출^{expulsion} 개념을 통해 세계 각국에서 다양한 형태로 나타나는 글로벌 위기의 근본적 동력과 그것이 형성한 약탈적 체제를 통찰한 도시사회학자 사스키아 사센의 지적대로, "오늘날 부의 집중이 발생하는 곳"은 주권자와 소수의 권력자 혹은 특정 기업이 아니라 "다양한 요인이 한데 결합된 거대하고 복잡한 사회 구조 내부"다. 개별적이고 지엽적으로 가시화되는 약탈의 기저에 놓인 동력과 그것이 만들어내는 구조적 효과를 간과하고는, 글로벌 차원에서 확산되는 배제의 추세와 소득불평등 심화에 대처하기는커녕 그 흐름을 포착하기도 어려운 것이다.[12]

글로벌 차원의 국가 간 위계가 뚜렷해지고 있다면 개별 국가 내에서의 위계 역시 강화되고 있다. 경제적 파산, 자살률, 빈민, 이민, 난민의 증가 추세는 재편된 자본 복합체가 만들어내는 위계의 하층에서 뚜렷하다. 빈곤국에서 좀 더 극심한 체제의 변두리화가 가속화되는 동시에 세계화의 주도국 내에서도 사회적 배제와 퇴출이 심화되고 있다. 그 배제와 퇴출은 글로벌 차원에서 동시다발적으로 이루어지지만, 들여다보자면 빈틈없이 체계적이고 잔혹하다. 그 와중에 국가 차원의 부의 축적과 개별 국민의 빈민화가 동시적으로 이루어지며 무한히 세분화되는 위계구조 속에서 누구나 가해자이자 피해자가 되어 거대한 자본 복합체의 종말을 유예시키게 된다.

경제적 위축과 실업률의 증가, 중산층의 몰락과 가계의 주요 소득원인 남성 노동자의 가치 상실 즉, 근대적 남성성의 상실과 재편이 여성혐오의 주요 동력 가운데 하나로 논의되기도 한다. 하지만 세계 경제가 자본주의의 새로운 국면에 접어든 여파의 측면이 고려되지 않는

---

12. 사스키아 사센, 『축출 자본주의』, 16~102쪽.

다면, 여성혐오는 한국사회 내의 지엽적이고 특수한 문제로 혹은 남성과 여성의 성차 대결이라는 탈역사적 문제로 환원되어버리기 쉽다. 어느 쪽도 아니라는 것이 아니라, 양측의 복합작용의 결과이자 기저에 놓인 약탈적 자본 복합체의 결과임을 환기해야 한다는 말이다. 비정규직의 여성화와도 맞물린 경향 속에서,[13] 여성은 "생물학적 차이의 이름"인 동시에 "사회구조적으로 배제된 약자의 이름"[14]으로 다루어져야 하는 것이다.

비가시화 혹은 분할통치 : 내화하는 국경, 분할되는 인종

탈국경의 일상화라는 명명이 환기하듯, 민족국가의 외연은 뚜렷하지 않으며 국경의 경계는 견고하지 않다. 잘 알려지지 않았지만, 세월호 참사 피해자 가운데에는 외국인도 포함되어 있었다. 후쿠시마 원전사고 피해지역에도 외국인이 적지 않게 포함되어 있었다. 국가 단위의 참사에서 피해자 가운데 포함된 이방인이 관심 대상이 된 경우는 드물다. 외국인이 타국민 혹은 외국인(외국 국적인)을 의미하는 것으로 상상되기 때문이다. 하지만 세월호 참사 피해자나 후쿠시마 원전사고 피해자 가운데 포함된 외국인을 외국인으로만 지칭해버리는 일은 온당하지 않다.

들여다보자면, 그들을 타국민 혹은 타국적인으로 단정 지어 말하

---

13. 1997년 구제금융 사태 이후로, 한국사회의 노동 유연화, 특히 여성을 대상으로 한 노동 유연화가 급속도로 강화되었고, 노동시장에서 특수용어인 비정규직이 차지하는 비율이 점차 확대되었다.

14. 김신현경은 영화 〈부산행〉(2016)에서 가장 먼저 좀비가 되는 그 '여성(여승무원)'이 "생물학적 차이의 이름이 아니라 사회구조적으로 배제된 약자의 이름"임을 강조했다. 「KTX 여승무원이 최초의 좀비들 중 하나인 이유」, 『Littor』, 2016년 10/11월호, 30쪽.

기도 어렵다. 후쿠시마 원전사고 피해자에는 결혼이주로 일본에 온 필리핀 여성과 농어촌 노동연수로 온 이주 노동자 다수가 포함되어 있었다.[15] 세월호 참사 당시 단원고 학생들의 손에서 손으로 옮겨져 구조된 다섯 살배기 아이는 베트남 이주여성인 어머니를 포함한 아버지와 오빠를 잃었다. 피해자 5인에 포함된 러시아인 학생의 아버지는 한국인이었고, 중국인 2인은 중국 국적 조선족이었다.[16]

탈국경의 일상화는 국경의 무화를 의미하지 않는다. 오히려 국경은 경계 내부의 위계로 내화되고 있으며, 역설적으로 젠더적·계급적·인종적 차원의 복합적 위계구조로 중층화되는 추세다. 국경은 비가시화되면서 내적으로 차별화·위계화되고 있는 것이다. 탈국경의 일상화와 함께 뚜렷한 흐름을 이루는 이주의 여성화는 이 내적인 차별화와 위계화의 대표적 사례 가운데 하나라 할 것이다. 따지자면 이주하는 여성 다수가 아시아 여성이기도 한데, 유럽과 미국을 포함한 아시아 지역으로 여성들이 이주하게 된 것은 가사노동, 돌봄노동을 포함한 감정노동 영역이 급격하게 상품화된 추세와 맞닿아 있다.[17] 국경을 넘는 여성이 남성보다 많아진 현상을 의미하는 이주의 여성화는 동시에 이주 여성이 주로 가사노동이나 돌봄노동을 떠맡기 위해 국경을 넘는 현상을 의미하기도 한다는 의미에서 이주노동의 가정주부화이기도 하다.

종종 망각되지만, 여성이 떠맡는 이 노동은 산업경제에 기여하는 특수한 영역이 아니라 자본의 이윤이 창출되기 위한 선결조건이

---

15. 한홍구·서경식·다카하시 데쓰야, 『후쿠시마 이후의 삶』, 이령경 옮김, 반비, 2013, 34쪽.
16. 「외국인 희생자 시신 수습」, 『경인일보』, 2014.4.21 ; 허재현, 「베트남인 '세월호유가족' 판박짜이는 말한다」, 『한겨레』, 2014.12.27.
17. 김현미, 「글로벌 신자유주의 경제질서와 이동하는 여성들」, 『여성과평화』 5, 2010, 122쪽.

다. 이 보이지 않는 노동이야말로 "사회적으로 가장 만연해 있으면서도 가장 문제시되지 않는 억압적 차별의 중심"[18]을 이룬다. 가사노동과 돌봄노동의 외주화이기도 하다는 점에서,[19] 이주의 여성화와 이주의 가정주부화는, 이주가 단지 국경을 넘는 일이 아니라 국가적·계급적·젠더적·인종적 위계를 고스란히 경험하는 일임을 말해준다. 이때의 이주는 위계를 재편하기보다 국가-계급-젠더-인종 위계구조를 좀더 강화하게 되는 것이다.

보이지 않는 노동

식당의 홀서빙을 담당하거나 주방에서 일하는 여성, 중산층 가정에서 가사나 육아 혹은 간병을 담당하는 여성 가운데 여성 이주노동자를 만나는 일은 어렵지 않다. 이주자들은 예상보다 우리의 삶 깊숙이 들어와 있다. 그러나 한국사회에서 이들은 사실상 비가시적 존재다. 차별적 동화의 대상인 이주여성은 착하고 약하고 가엾은 존재로, 그리하여 대개 희미한 존재로 그려진다. 당연하지만 동화되지 않는 존

---

18. 이반 일리치, 『그림자 노동』, 노승영 옮김, 사월의책, 2015, 178쪽.
19. 한국어를 유창하게 구사하는 젊은 남성들이 한국의 사회문제를 토론하는 텔레비전 연예오락 프로그램이 큰 인기를 끌고 있으며, 출연자인 외국인들이 몸값 높은 방송인으로 활동하고 있는 사정에 비추어보면, 한국사회의 개방성에 긍정적이게도 된다. 하지만 '다문화'의 이름으로 호명되는 이방인들에 대해 한국사회는 여전히 배타적이고 폐쇄적이다. 이 개방적이면서 폐쇄적인 양가적 태도, "동경과 혐오의 이중주"(손희정, 「우리 시대의 이방인 재현과 자유주의적 호모내셔널리티」, 『문화과학』 81, 2015, 376쪽)는 사회적 타자에 대한 분할통치에서 활용되는 일반적 원리로 기능하고 있다는 점에서 문제적이다. 이주노동자, 탈북자, 결혼이주여성이 국경을 넘는 존재들로 특화되어 다루어지며, 피해자, 희생자, 돌봄의 대상으로 타자화되고 있지만, 국경에 대한 상상에서 오히려 역설적으로 전면화되는 것은 노동의 외주화, 가사·돌봄노동의 외주화와 함께 폭력의 외주화 경향이기도 하다. 가장 잔혹한 폭력이나 살상용 인간 병기는 북한, 중국, 동아시아라는 인종적 상상력과 결합하여 한국사회의 불안과 공포의 요인으로 호명되며, 다문화와 이방인이라는 말은 아시아 출신의 이주자에게 한정적으로 사용되는 형편이다.

재는 위험요소로 치부되며 끝내 공동체에서 축출된다.[20] 비가시적 존재에 대한 분할통치는 여전하지만, 어떤 경우든 그들의 삶이 온전한 가치와 위상을 획득하지는 못한다. 그들이 국경을 넘어 목숨을 건 도약을 시도한다 해도, 그녀들이 감당해야 할 비극은 비가시적 존재인 채로 이방인 일반의 것으로만 다루어질 뿐이다.[21]

보이지 않은 존재가 되기 때문에, 그녀들은 역설적으로 언제까지나 이방인으로만 남겨진다.[22] 이런 점에서 국경을 넘는 존재들은 국가와 계급, 인종과 젠더의 위계가 결합된 에스니시티의 관점을 피할 수 없다. 같은 언어를 쓴다 해도 한국에 도착하면서부터 그녀들은, "자신이 발음하는 게" "단순히 타지 사람이 쓰는 '노동자의 언어'일 뿐"임을 깨우쳐야 하며, "소리와 억양이 환기시키는, 어떤 냄새에 대해서도, 죽어도 완벽해질 수 없는 딴 나라말의 질감에 대해서도" 불가피하게 알 수밖에 없게 된다.[23] "한국음식을 능숙하게 요리한다고 해도" "수십 년을 눌러 살아도" "설령 한국 국적을 취득할 수 있게 된다 해도" 그녀들

---

20. 서성란의 소설 『쓰엉』(산지니, 2016)에서 10년 전 한국으로 시집온 베트남 여자인 우엔 티 쓰엉은 결국 방화범으로 몰려 공동체에서 배제된다.

21. 부모의 죽음에도 한국을 쉽게 떠나지 못하는 불법 체류자의 처지를 짚은 전성태의 「배웅」이 보여주듯, 식당의 홀서빙이나 주방일을 오랫동안 함께 했다고 해도 한국 사람인 식당 주인이 그들에 대해 아는 것은 많지 않다. 「배웅」에서 미숙은 부러 무심한 것은 아니었지만, 식당을 운영하면서 3년 동안 주방을 맡았던 외국인 불법 체류자 종업원 쏘야가 우즈베크 사람인지 카자흐 사람인지도 혼동한다. 전성태, 「배웅」, 『두번의 자화상』, 창비, 2015, 45쪽.

22. 이주여성이 분할통치를 통해서도 개별적 존재로 포착되지 않는 이러한 사정은, 오염된 학술용어임에도 디아스포라를 폐기할 수 없는 이유를 말해준다. 디아스포라는 이주의 다양한 양상에 대한 논의의 가능성을 열어주면서도, 이방인이나 이주민이라는 말에 담긴 자발성의 의미를 상대화하면서 사회적 타자에 대한 함의를 놓치지 않으려는 명명법이자, 국경을 넘는 존재들이 국가 간 위계에 의해 선규정된다는 사실을 포착하게 하는 유용한 명명법이다.

23. 김애란, 「그곳에 밤 여기에 노래」, 『비행운』, 문학과지성사, 2012, 137쪽.

은 언제나 "외국인일 뿐"이다. "그녀가 아이를 낳고 그 아이가 다시 아이를 낳더라도 이방인이라는 사실은 달라지지 않"는다.[24]

장애인과 이주 노동자 등 사회적 타자로 구성된 김려령의 『완득이』[25] 속 공동체에서 15년 만에 나타난 완득이 엄마가 베트남 사람이라는 점 자체는 특별하게 다루어지지 않는다.[26] 엄마의 등장이 불러온 충격이 엄마가 외국인이라는 사실의 완충 역할을 하는 것으로 보이기도 한다. 완득이에게 낯설기만 한 존재였던 그녀는 '그분'에서 점차 '어머니'가 되어가지만, 고향을 떠나 한국에 와서 15년을 지냈다는 완득이 엄마는 한국 국적의 소유자임에도 여전히 이방인이다.[27] 아들

---

24. 서성란, 『쓰엉』, 18쪽.

25. 2007년 제1회 '창비청소년문학상' 수상작인 김려령의 『완득이』는 청소년소설 영역의 새로운 가능성을 열어준 흥미로운 소설이자 이후 영화로도 만들어져 폭넓은 인기를 누린 문화 콘텐츠이다. 장애인 아버지와 함께 살아온 불우한 청소년의 이야기를 사회적 타자들과의 관계 속에서 경쾌하게 풀어간 소설인 『완득이』는 완득이를 통해 사회에 대한 울분과 불만을 싸움이 아니라 스포츠로 승화하면서 사회와 화해하는 모습을 보여준다.

26. 흥미롭게도, 소설은 그녀가 사기결혼을 한 사정, 결국 완득이를 떠나게 된 사연을 완득이 담임과 완득이 아버지의 입을 통해 소개한다. 그들이 '대신 말해준' 사연에 의하면 완득이 어머니의 15년은 한국에 온 결혼이주여성의 전형적 삶이라 해도 좋다. "똥주는 성남 어느 식당에 내 어머니가 있다고 했다. 그리고 내가 몰라서 그렇지, 우리 집 같은 가정이 생각보다 많다고. 좀 더 나은 삶을 위해 어린 나이에 남편 얼굴도 안 보고 먼 나라까지 시집왔는데, 남편이 장애인이거나 곧 죽을 것 같은 환자인 경우도 있다고. 말만 부인이지 오지 마을이나 농촌, 섬 같은 곳에서 죽도록 일만 하는 경우도 있단다. 그러다 보니 아이 하나 낳고 자신에게 관심이 좀 소원해졌을 때 가슴 아픈 탈출을 하기도 한다고. 남편 입장에서는 부인이 도망간 것이겠지만 부인 입장에서는 국제 사기결혼이라나. / 장애에 대한 편견이 넉넉한 나라에서, 꼴 같잖게 제3세계니 뭐니 해가며 가난한 나라 사람들을 아낌없이 무시해주는 나라에서, 어머니가 무척 힘들었을 거라고. 그럼 그 조건에 +1 해서, 어머니 없이 사는 나는 뭔가. 똥주가 위로랍시고 하는 말이, 아버지는 장애를 숨기지 않고 서류에 썼는데, 가운데에서 브로커가 그 부분을 싹 지우고 결혼을 진행시켰단다. 그러니까 아버지는 어머니를 신부로 맞기 위해 사기를 친 나쁜 사람은 아니라는 것이다." 김려령, 『완득이』, 창비, 2008, 46~47쪽.

27. 이방인에 대한 작가의 관점은 비교적 균형감을 유지한다. '외국인 노동자'에 관한 한, '나쁜-한국인-자본가'와 '착한-외국인-노동자' 구도에만 갇혀 있지 않으며 출신 성분

에게도 존댓말로 일관하는 그녀는 "가난한 나라 사람이, 잘사는 나라의 가난한 사람과 결혼해 여전히 가난하게 살고 있다. 똑같이 가난한 사람이면서 아버지 나라가 그분 나라보다 조금 더 잘 산다는 이유로 큰 소리조차 내지 못한다. 한국인으로 귀화했는데도 다른 한국인에게는 여전히 외국인 노동자 취급을 받는"(김려령, 149쪽)다. 주목할 점은 어떻게 해도 해소되지 않을 베트남 출신 이주여성의 비가시성이 완득이의 '어머니'가 되는 자리에서나 간신히 완화된다는 사실이다. 이런 점에서 보면 '가난한 나라 사람'으로, "은근히 성질도 있는"(231쪽) 그녀가 소설에서 드러낸 감정이 "미안해요. 잊고 살지 않았어요. 많이 보고 싶었어요. 나는 나쁜 사람이에요. 정말 미안해요.… 옆에 있어주지 못해서 미안해요."(80쪽)라는 내용의 편지에 담긴, 자식을 두고 떠난 어머니의 죄의식과 다시 찾은 가족에 대한 애정이라는 것은 의미심장하게 읽힌다.

보이지 않는 노동을 떠맡으면서 이주여성은 사회 내부로 안착하는 동시에 비가시화된다. 한국의 경우, 결혼을 위한 이주만이 합법인 법적 조건 자체가 그녀들의 흔적 아니 존재를 지우는 조건이자 동력

과 무관하게 사회적 약자를 위한 삶을 사는 완득이 담임에 대해서도 마냥 선하고 윤리적인 존재로 다루고 있지도 않다. 청소년을 독자로 삼는 소설임을 환기하자면, 사회적 약자에 관한 작가의 인식은 신뢰할 만한 것이기도 하다. 그럼에도 소설적 완성도와는 무관하게, 이 소설이 완득이 엄마의 15년 삶, 아니 그 이전의 삶에 무심하다는 점은 눈여겨둘 만하다. 『완득이』에서 그녀의 가족은 한국에만 존재한다. 새삼 환기할 필요도 없이, 가족은 애초에 재산 있는 계급만이 감당할 수 있는 부르주아적 함의를 갖는 개념이다. 그녀의 가족에 대한 정보가 삭제된 자리에서 남성뿐 아니라 여성을 규율해온 불평등한 권력분배의 제도화 면모를 확인하게 된다. 위계구도의 상층에 놓인 남성을 중심으로 하위의 가족들이 파괴되거나 재편될 수 있음을 은폐된 진실로서 감지하게 된다(실비아 페데리치, 『캘리번과 마녀』, 황성원·김민철 옮김, 갈무리, 2011, 158쪽 ; 실비아 페데리치, 『혁명의 영점』, 황성원 옮김, 갈무리, 2013, 69쪽 ; 마리아 미즈, 『가부장제와 자본주의』, 최재인 옮김, 갈무리, 2014, 203~234쪽).

이 된다. 자본주의와 가부장제의 공모적 작동관계를 환기하자면, 여성이 가정주부화될수록 그녀들의 노동은 무급노동 즉, 국가 단위의 생산력으로 회수되지 않는 공짜의 것이 될 가능성이 커진다.[28] 이주여성은 대개 국경을 넘으면서 가정주부 역할을 할당받는다. 가정주부가 되거나 역할에 해당하는 노동을 떠맡게 된다. 반대로 말하자면, 결혼 이주여성은 아내이거나 어머니가 아니고서는 '불법적' 신세가 되기 십상이다.[29] 지엽적으로 보이는 이주여성의 가정주부화가 (여성혐오로 구현된) 한국사회가 직면한 사회문제와 깊이 연루되어 있는 것은, 여성을 집안에 가두는 '여성에 대한 인클로저'[30]의 사회적 여파가 이주여성에게만 한정되는 게 아니기 때문이다.

젠더-계급-인종의 복합적 위계구조와 순도의 계열화

다문화와 탈국경 서사에 대한 관심이 2000년대 중반부터 가시화되었지만, 따지자면 이주 노동자, 불법 체류자는 계급적으로 인종적으로 특화된 대상으로 즉, 동정과 연민의 대상으로 포착되었다. 긍정적이든 부정적이든 관찰자의 시선에 의해 포착된 '대상화된' 존재로서 다루어졌다.[31] 이런 면에서 보자면 중국 길림성 출신 작가 금희의 소

---

28. 실비아 페데리치, 『캘리번과 마녀』, 120~121쪽 ; 마리아 미즈, 『가부장제와 자본주의』, 97~112쪽.

29. 소라미, 「합법과 불법의 경계에 선 이주여성」, 이주여성인권포럼, 『우리 모두 조금 낯선 사람들』, 오월의봄, 2013, 258쪽.

30. 이반 일리치, 『그림자 노동』, 189쪽.

31. 이수자, 「이주여성 디아스포라」, 『한국사회학』 38(2), 2004 ; 오윤호, 「디아스포라의 플롯」, 『시학과언어학』 17, 2009 ; 장미영, 「제의적 정체성과 디아스포라 문학」, 『한국언어문학』 68, 2009 ; 허병식, 「2000년대 한국소설에 나타난 다문화주의와 정체성 정치 비판」, 『다문화와평화』 6(1), 2012 ; 이미림, 「2000년대 다문화소설에 나타난 이주노동자

설은 그녀들을 가시화하는 동시에 연민과 동정의 대상이라는 시각을 벗어나 욕망의 존재로서 다룬다는 점에서 주목을 요한다.

금희의 소설 「옥화」나 「노마드」에는 빈곤한 삶에서 벗어나기 위해, 인간다운 삶을 살기 위해, 좀 더 나은 삶을 살기 위해 중국 도시로, 일본으로 한국으로, 다시 고향으로 끊임없이 이곳에서 저곳으로 떠나며 국경을 넘나드는 이들이 넘쳐난다. 금의환향을 꿈꾸며 중국을 떠나 한국에서 어떻게든 돈을 벌고자 했으나 결국 넘을 수 없는 문화의 차이나 흔들리는 정체성으로 끼인 존재임을 확인해야 하며,[32] 그렇게 그들은 정주 없는 노마드의 삶을 시작하게 된다.[33] 중국 사람과 조

의 재현 양상」, 『우리문학연구』 35, 2012 ; 연남경, 「한국현대소설에 나타난 접경지대와 구성되는 정체성」, 『현대소설연구』 52, 2013 ; 김지혜, 「다문화 소설에 나타난 이중적 환대와 교육의 문제」, 『문학교육학』 44, 2014 ; 김민정, 「전성태 소설에 나타난 주체성과 타자 인식 연구」, 『한민족문화연구』 51, 2015. 대중매체에 의한 이주여성의 재현에 대해서는 이현주, 「한국 텔레비전의 결혼이주여성 재현에 관한 연구」, 계명대 대학원(박사), 2011 ; 권금상, 「대중매체가 생산하는 '이주여성' 재현의 사회적 의미」, 『다문화사회연구』 6(2), 2013.

32. 소설의 중심인물 박철의 경우가 그러하다. 중국을 떠난 지 4년 만에 다시 한국에서 중국으로 돌아오는 길에 떠오른 상념은 다음과 같이 정리된다. "일에 대한 입장 차이 외에 박철이가 난감했던 것은 단지 같은 말을 하고 있다는 이유로 그 나라 사람들한테 무의식간에 걸었던 근거 없는 높은 기대였다. 다만 다른 점은 영어가 많이 섞인 교양있는 말투나 세련된 옷차림, 그리고 교통질서, 위생습관, 음식솜씨 등등 대체로 그런 자잘한 것들뿐이라고 어리석게 단정한 박철이는 마침내 그런 자잘한 것들이 모여 기어코 넘을 수 없는 큰 벽이 된다는 사실을 실감해야 했다. … 한국 사람들이 말하던 '중국' 조선족이라는 이름을 박철이 자신이 공식적으로 인정한 셈이 된 것이다. 이왕에 '중국산'이라면, 다만 4년이란 시간 동안 한국물로 코팅되었을 뿐인 '중국산'이라면, 정말 '중국산'답게 중국 브랜드로 살아가야 하지 않을까? 그렇게 박철이는 원천을 찾아, 꿈을 찾아 떠났던 원위치로 다시 돌아오기를 마침내 결단한 것이었다." 그러나 이미 그가 그리던 고향은 더 이상 없다. 1970년대 농촌이 그러했듯, 마을은 근대화되어 마을의 옛 모습은 거의 남아 있지 않다. 금희, 「노마드」, 『세상에 없는 나의 집』, 창비, 2015, 206~207쪽.

33. 그러나 엄밀하게 말하자면, 그것은 국경을 넘는 모든 이들이 아니라 여성에게 해당하는 말이다. 탈향과 귀향을 반복하는 남성들과 달리, 여성들은 대개 떠난 곳으로 다시는 돌아오지 못한 채 끝나지 않는 이주의 삶을 살게 된다.

선족, 한국 사람과 북한 사람(조선 사람)이 공존하는 장춘을 배경으로 이주의 일상화와 유동적 삶의 면모를 포착하는 「노마드」에서 작가는, 형편이 어렵고 내세울 만한 조건이 변변치 않은 중국 조선족 남성이 조선 여자와 살게 되는 상황을, 형편이 그리 풍족하지 않은 한국 남성과 결혼한 중국 조선족 여성의 상황과 겹쳐두고 그 중첩적 의미를 다룬다. 소설은 경제적 격차가 있는 국가(종족) 사이의 결혼을 통해 문화적 차이가 불러오는 갈등의 이면을 짚는다. 다양한 형태의 경제적 격차에 입각한 국제결혼을 두고 그러한 결혼에서 '가난한 나라 출신'이자 '돈을 주고 사 온 신부'라는 인식이 불러오는 권력의 위계가 상존하는 사정을[34], 그에 따라 결과적으로 경제적 격차가 부부관계를 준-계급관계로 변모시키는 사정을 포착한다.[35]

> 언제 어디로 튈지 모르는 조선 여자, 호영이의 색시뿐만 아니라 박철이가 한국으로 떠나기 전 이미 동네에 있었던 여러명의 조선 여자들이 지금은 하나도 남지 않았다고 했다. 아무개 색시는 시내 음식점에 다니면서 일을 하다가, 아무개 색시는 방앗간집 돈을 몇 천원 꾸더니, 또 아무개네는 세돌배기 어린 아기를 재워놓고 떠난 것이… 거푸 5년을 버틴 여자들이 없다고 했다. 이제는 더 가난한 동네 한족 여자들을 데려오는 편을 훨씬 낫게 여긴다고 했다.[36]

가족들에게 도움이 되기를 기대해서 결혼을 결정한 누나처럼 그들의

---

34. 황정미, 「이주 여성의 가정폭력 경험」, 『국경을 넘는 아시아 여성들』, 이화여자대학교 출판부, 2009, 76쪽.
35. 김현미, 「'사랑'의 이주?」, 『국경을 넘는 아시아 여성들』, 34쪽.
36. 금희, 「노마드」, 『세상에 없는 나의 집』, 220쪽.

결합에도 각자의 필요라는 이유가 먼저였을 것이었다. 호영이는 아마 '아내'보다는 우선 '여자'가 필요했을 것이고, 그 여자는 '남편'보다는 우선 '살 곳'이 필요했을 것이다. 호영이가 '여자'를 '아내'로 대우해주기도 전에 그 여자는 '살 곳'이 다른 데도 많다는 것을 알게 되었고, 이 전망 없는 '살 곳'이 평생을 같이해야 하는 '남편'이 될까 봐 두려웠을 것이다.[37]

「노마드」에서 작가는 끊임없이 이주를 거듭해야 하는 이들을 통해 "북한 사람은 중국을, 중국 사람은 한국을, 한국 사람은 미국을 동경하듯"(260쪽) 모두가 같은 욕망에 떠밀리고 있음을 본다. 이전의 모든 것이 급격하게 사라지고 모두를 이주와 정주 사이에서 떠돌게 하는 근대화에 대한 아쉬움을 품으면서도 작가는 삶의 진전에 대한 낙관을 포기하지 않는다. 그러나 작가가 들여다본 실상이 작가의 요청처럼 낙관적인 것만은 아니다. 중국 국적 조선족인 박철이 한국에서 노가다 생활을 하면서 만났던 여성들인 불법체류 중국 국적 조선족과 북한 이탈 여성을 두고 떠밀리는 삶을 사는 존재로서의 공감을 떠올리는 것은 사회적 타자에 대한 우리의 막연한 상상이자 타자'들' 사이의 관계를 간과한 안이한 이해법이다. 박철과 그 여성들 사이에서 싹튼 애정과 연민과 욕망은 젠더와 계급이 결합된 인종의 위계+조를 반복하며 거기서 한 치도 벗어나지 못한다. 조선족 여성과 애정을 나누는 조선족 남성은 한국사회 적응에 가장 힘겨워하는 북한 이탈 여성의 신산한 삶을 연민하지만, 조선족 여성의 입장에서 북한 이탈 여성은 마침내 '한국여자'가 될 가능성이 있으며 북한 이탈 남성이나

---

37. 같은 글, 222쪽.

조선족 남성보다는 "오리지널 한국남자"(241쪽)와의 결혼 가능성이 높은 존재로 상상된다. 각자의 관계를 둘러싼 이러한 오해 혹은 상상은 어디에서 연원한 것인가. 그것은 누구의 인식인가.

'오리지널 한국인'이라는 기준에 따라 젠더와 계급과 지역의 차이가 복합적으로 결합되어 만들어진 혈통의 순도 차이는 위계구조를 정교하게 하고 서로를 배제하고 거부하며 오해하거나 혹은 혐오하게 만든다. 그들이 서로 적대하게 되는 과정은 「옥화」에서 온정의 일방적 수혜자의 표상을 벗어나는 탈북 여성에 대한 당혹감을 통해 좀 더 세밀하게 다루어진다. 혈혈단신으로 목숨만 간신히 보존한 채 북한에서 국경을 넘어 중국으로 온 여성들은 그녀들보다는 자신의 처지가 좀 낫다고 여기는 이들에게 어떤 존재로 상상되는가. 그들은 서로에게로 닿을 수 있으며 서로를 이해할 수 있는가. 서로 만날 수 있는 것인가. 탈북 여성과의 관계에서 홍에게 연원을 알 수 없는 연민과 죄의식 그리고 불쾌감을 불러오는 것은 무엇인가.

중국 국적 조선족인 홍이 겪는 두 명의 불법체류 탈북자는 홍과 홍이 속한 공동체에 좋은 인상을 남기지 못한다. 아니 선의를 갈취하려 드는 후안무치의 존재들로, "인간으로서 기본적인 도덕이나 정직한 양심 따위마저 있는지 의심스러운 사람"(73쪽)으로 각인된다. 불법체류 탈북자는 그곳에서 부정적 에스니시티를 환기한다. 교회 기도 모임에서 만난 불법체류 탈북 여성은 돈을 융통해달라는 부탁을 하지만, 단호히 거절하지 못하고 고민하는 홍 자신과는 달리 그리 미안해하지도 고마워하지도 않는 무례한 태도로 일관한다. 변변치 못한 조건으로 여태 결혼을 못 한 홍의 남동생을 위해 어머니가 은밀히 데려온 조선여성 옥화는 온가족이 성심껏 아껴주었고 동생과 소소한 행복에 만족하며 살기를 바랐으나 오천 원의 차용증과 함께 가족에게 깊은 상처를 남기고 사라진다.

"사람들은 여기서 일도 하고 맘에 맞는 사람 만나 살라디만, 긴데 기실 여기서는 하고 싶은 거 아무거이두 못해요. 거기 가므는 합법적으루 뭐이나 할 수 있대니, 가야디요."[38]

때로 교회에서 만난 여자의 입으로, 때로 동생의 여자였던 옥화의 입으로 "아무도 알지 못하고 아무도 믿을 수 없는 상황"이 짓누르듯 강화하는 "자기편이 아닌 땅에서 살아가는 이들의 불안함"(82쪽)이 그들을 정주하지 못하고 떠나게 하는 것은 아닐까 가늠해보지만, 사실 홍에 의해 추정된 원인들에 우리가 충분히 동의하게 되는 것은 아니며, 거기에 우리가 알 수 없는 원인이 놓여 있다고 생각되지도 않는다.[39]

---

38. 금희, 「옥화」, 『세상에 없는 나의 집』, 83쪽.
39. 오히려 「옥화」는 홍과 그녀들 사이에 넘을 수 없는 벽이 있으며, 그것이 좀 더 가진 자와 덜 가진 자 사이의 것이지만 그것만을 의미하지는 않는다는 점을 보여준다. 그녀들은 홍이 만들어낸 표상의 범주를 넘는다. 온정과 연민의 대상이라는 타자 표상을 찢고 나와 그녀들은 스스로의 논리에 따라 자신의 삶을 꾸려가고 있음을 역설한다(백지연, 「돌아오기 위해 떠나는 사람들」, 금희, 『세상에 없는 나의 집』 해설, 275쪽). 제3세계문학 연구자 오카 마리의 지적대로, "타자와 만나기를 바라면서도, 내가 그 존재를 망각하고 있는, 망각 상태마저 망각하고 있는 타자의 시선 속에서 나의 몸짓은 언제나 나의 의도를 넘어 내가 어떤 사람인지 내가 알아들을 수 없는 말로 이야기"(岡眞理, 『그녀의 진정한 이름은 무엇인가』, 이재봉·佐伯勝弘 옮김, 현암사, 2016, 268쪽)한다. 각도를 달리해서, 자신의 시야로 포착할 수 없는 타자의 형상, 무언지 알 수 없으며 이해되지도 않는 면모들과의 대면에서 돌연 관용이라는 이름의 통치술은 그 허위의식을 누설하게 된다고 말할 수도 있다. 홍의 당혹스러움과 길게 이어지는 불쾌감을 통해 우리는 스스로의 허위의식과 대면하게 된다. 우리에게 통칭 타자이지만, 그 타자들 사이에 무수한 차이의 위계가 놓여 있으며, 이미 우리 안에도 남성과 여성의 위계가 넘을 수 없는 간극으로 구조화되어 있다. 금희의 소설 「노마드」나 「옥화」는 '타자' 혹은 그 내부의 차이를 세심하게 짚으면서 우리의 예상과 다른 '타자' 혹은 '이주여성'의 목소리를 가청 영역으로 이끌어내고 있으며 그 목소리에 다가가고자 길을 내고 있음이 분명하다. 금희의 소설은, 우리에게 들리지 않지만 그녀들의 목소리가 있으며, 그녀들의 말이 종결되

이주여성의 재현이 아니라 이주를 강제하는 자본과 국가의 논리, 그 노골적인 공모의 메커니즘은 어떻게 서사화될 수 있는가. 과연 서사화는 가능한가. 피할 수 없는 표상 폭력이 끝내 그녀의 정체를 알 수 없게 한다고 말하려는 게 아니다. 그녀들을 떠돌게 하는 힘이 그녀들 사이의 위계구조 안에서는 찾아지지 않는다는 사실을 환기해두려 하는 것이다. 금희의 소설은 여성의 이주가 그들의 자발적 욕망에 의한 것이자 가족들을 위한 선택임을 말해준다. 금희의 소설이 짚어낸 이주여성을 둘러싼 새로운 면모임이 분명하다. 그러나 이주의 강제력은 소설 내부에서는 찾아지지 않는 것이기도 하다. 그녀들을 끝없는 이주의 삶으로 밀어 넣는 힘은 자발적 욕망으로 구현된 자본 자체다.

한국 남자와 중국 여성, 조선족, 필리핀이나 일본 여성, 베트남 여성 사이에서 이루어지는 국제결혼은 국가에서 적극적으로 후원하는 정책의 일환이자 결혼 중개업을 둘러싼 거대한 이윤사업이기도 하다.[40] 경제논리에 깊게 침윤되어 있다는 점과 함께 한국사회에서 정책

지 않는 문장들, 그 말줄임표 속에 담겨 있다는 소중한 진실을 전한다. 그럼에도 소설을 통해 그들이 왜 국경을 넘었는가에 대해 우리가 그리 많은 것을 알게 되지는 않는다. 좀 더 엄밀하게 말하자면, 여전히 그녀들의 목소리는 거의 들리지 않는다. 여전히 그녀들이 누구인가는 공백으로 남겨져 있는 것이다. 그 공백은 어떻게 가시화될 수 있는가. 그것은 가능한가.

40. 이것이 비단 한국에만 해당하는 일도 아니다. 아시아와 라틴아메리카 여성과의 결혼 시장이 번성했던 1970~80년대 독일의 사정에 대해서는 마리아 미즈, 『가부장제와 자본주의』, 300~301쪽 참조. 따라서 이 사업에서 국제결혼의 성사 여부는 여성 쪽의 욕망과는 무관하다. 그녀들은 선택되는 상품으로 존재할 뿐이다. "쩜 여사의 합숙소는 호치민 시내의 수십 개가 넘는 크고 작은 합숙소 중 한 곳이었다. 중매쟁이 아줌마 손에 이끌려 합숙소로 온 처녀들은 결혼이 성사될 때까지 그곳을 떠나지 않았고 떠날 수 없었다. 처녀들은 돈을 한 푼도 내지 않았지만 결코 공짜가 아니었다. 그녀들이 먹고 자고 생활하는 데 들어가는 비용은 미래의 남편이 될 한국남자가 지불해야 했다. 쓰엉은 합숙소 고참 떼 언니에게 공동 주방에 있는 가스레인지 사용법을 배웠다. 껀저 출신 떼 언니는 틈만 나면 일층 응접실에서 한국 드라마를 보았고 혼잣말처럼 한국어를 중얼거렸지만 여섯 달이 넘도록 한국 남자에게 선택되지 못했다. 떼 언니는 합숙소에 있

적으로 지원된 이 국제결혼이 특정 계급 남성이 처한 문제에 대한 해결책으로 수행되었음을 환기할 필요가 있다.[41] 무엇이 인종과 젠더와 계급이 결합된 다양한 출신의 사람을 '오리지널 한국 남자'라는 기준 즉. 혈통의 순도를 기준으로 줄 세우게 되었는가. 분명한 것은 순도에 따라 줄 세워진 그녀'들' 사이의 차별적 위계의 메커니즘을 간과하고는, 하위의 존재에 대한 부정(배제, 무시, 모욕, 혐오) 속에서만 스스로의 정체를 확인할 수 있는 복합적 위계구조의 폭압성을 제대로 들여다보기 어렵다는 점이다.

자매애의 불가능성, 내적 격차의 모성 봉합술

여성 내부의 위계는 어떻게 파헤쳐지며 또 어떻게 봉합되는가. 한국사회에서 학력이나 능력이 없는 여성이 어떻게 생계를 꾸릴 수 있는가에 대해 특별한 상상력이 필요하지 않다. 사회의 최하층에 놓인 존재인 박카스 할머니의 일상을 담은 영화 〈죽여주는 여자〉(2016)[42]에서 그녀의 삶은 사회적 약자들과 공존한다. 영화가 갖는 사회적 메시지의 의미를 인정한 채로 짚어보자면, 긍정적이든 부정적이든 영화의 여운은 박카스 할머니의 이른바 '선행'이 불러오는 불편함에서 온다. 노인들을 '죽여주고' 필리핀 코피노 아이를 '지켜주는' 그녀의 행위는 그녀의 것이라기보다 성을 팔면서 생계를 유지하고 있음에도 그녀의 내면에 성스러운 모성이 내장되어 있음을 포착하려는 감독의 판타지적

<hr>

는 전자레인지와 세탁기 사용방법을 친절하게 가르쳐주었고 호치민 시내에 있는 야시장으로 쓰엉을 데리고 갔다." 서성란, 『쓰엉』, 145쪽.
41. 김현미, 「'사랑'의 이주?」, 『국경을 넘는 아시아 여성들』, 14~17쪽.
42. 이재용 감독, 〈죽여주는 여자〉, 윤여정 출연, 2016.

시선이 만들어낸 것처럼 여겨지기 때문이다. 왜 남성 노인들은 스스로의 존엄을 여성의 손과 몸과 마음을 빌려 지켜야만 했는가, 자신의 일상도 제대로 유지하지 못할 상황임에도 왜 그녀는 성병 치료를 받기 위해 들른 병원에서 우연히 만난 필리핀 코피노 아이를 구해야 했는가. 삼팔선 따라지로 양공주로 몸을 팔면서 살 수밖에 없었지만 그런 자신을 부끄러워하지 않으면서도 왜 그녀는 혼혈아를 낳아 입양을 보내야 했던 아픈 과거를 자신의 치부로, 죄의식으로 간직해야 했는가. 사회적 타자들에 대한 온정적 시선이 따뜻하게 배어 있는 이 영화가 그들의 삶에 대한 잔잔한 구현만으로도 사회적 환기력을 갖고 있음을 부인하기 어렵지만, 동시에 이 영화가 타자'들' 사이의 위계에 대해서는 아무런 관심이 없으며 나아가 그들 사이에 놓인 슬픔과 고통이 모성의 이름으로 봉합될 수 있을 것이라는 믿음을 새기고 있는 점은 불편한 뒷맛을 남긴다.

부러 비교의 관점에서 바라볼 필요는 없지만, 타자들 내부의 차이, 타자들 내부의 공유지점과 그럼에도 공유불능의 지점을 보여준다는 점에서 영화 〈미씽〉(2016)[43]이 파헤친 여성과 이주여성의 관계에는

---

43. 이언희 감독, 〈미씽〉, 엄지원·공효진 출연, 2016. 표층 서사로 보면, 영화 〈미씽〉은 조선족 보모가 돌보던 아이를 데리고 사라진 사건을 추적하는 이야기다. 이혼 후 싱글맘으로 사는 아이의 엄마는 되새기듯 묻는다. 아이를 데리고 보모는 어디로 간 것일까. 아이의 남편·시어머니의 입장에서 이 사건은 양육권을 두고 소송 중인 싱글맘이 보모와 짜고 아이를 빼돌린 사건처럼 보인다. 그러나 따지자면 영화의 부제인 '사라진 여자'가 정확하게 가리키고 있듯, 영화 〈미씽〉은 사라진 아이가 아니라 '사라진 여자'를 추적하는 이야기다. 급작스럽게 아이를 데리고 보모가 사라진 상황에 맞닥뜨린 싱글맘 '이지선'은 그녀의 말을 믿지 않는 공권력을 뒤로 하고 스스로 보모 '한매'의 뒤를 쫓게 된다. 이후 밝혀지는 사연은 처참할 정도로 비극적이다. 결혼이주 여성인 '김연'은 폭력적인 가부장 가정에 갇혀 아들을 낳을 것을 강요당한다. 대를 이을 아들을 필요로 하는 가부장 가족에게서 돈에 팔려 온 씨받이와 다름없는 생활을 하던 그녀가 아이를 낳았으나, 그 아이가 선천성 질환에 시달리면서 사정은 더 안 좋아진다. 아이를 다시 낳으면 된다고 생각하는 시어머니와 남편은, 아이의 병을 고치기 위한 노력을 하지 않으며 오

상대적으로 진일보한 의미가 담겨 있다. '김연/한매', 그녀는 누구인가. 한국말이 그리 유창하지 못한 '한매'는 영화에서 긴 통곡과 울부짖음, 일그러진 표정으로만 말하는 존재로 그려진다.[44] 매매춘 업소 동료에 의해 '착한 사람'으로 규정되지만, 국제결혼으로 비참한 삶을 살아야 했던 이주여성인 그녀는 영화에서 모성적 존재로서만 다루어진다. '한매'가 죽어가는 아이를 안고 병원으로 뛰어가던 도중 어두운 길 위에서 아이의 죽음을 확인하고 오열하는 장면은 긴 여운을 남기는데, 그녀의 통곡 소리는 오래도록 이어지면서 어두운 방 안에 누워 선잠을 자던 지선의 컷과 겹쳐진다. 영화에서 지선은 점차 '한매'의 고통에 찬 삶을 알게 되면서 그녀에 대한 이해를 넓혀가고, 결국 '한매'의 고통에 가닿게 된다.

이제 그녀들은 고통을 함께 나누는 존재가 되었는가. 그렇게 '지선'과 '한매'는 여성이자 엄마로서 서로의 고통에 공감하게 되었다고 말해도 좋은가. 영화에 따르면 그렇지 않다. 현실 논리에서 보자면 그럴 수 없기도 하다. 1960년대 중반 이후로 국제적 노동분업과 하청체계를 통해 세계경제 체제에 편입된 이후로, 한국사회는 공적·사적 영역에 성별 분할 인식을 결합해 여성노동을 전반적으로 하향가치화해왔으며, 이러한 구조를 유지하기 위해 여성 내부의 차이를 적극적으로 활용해왔다.[45] 여성이 어쩌다가 '잊혀지고, 무시되고, 차별받는' 것

히려 아이의 치료를 위한 그녀의 노력을 이용해 돈과 성을 악랄하게 갈취한다. 아이의 병원비 때문에 장기를 팔았으나 결국 아이의 병을 치료하지 못하고, 자신도 모르게 아이의 치료를 포기하겠다는 남편의 각서로 아이와 함께 병원에서 내쫓기며, 결국 아이는 죽고 만다.

44. 병원비를 정산하지 못해 병원 침대에서 쫓겨나 쓰레기 치워지듯 아이와 짐들이 복도에 부려졌을 때, 자신도 모르게 남편이 아이의 치료를 포기한다는 각서를 썼음을 알았을 때, 자신의 죽은 아이 재인을 김치냉장고에 넣어두고 '지선'의 아이 '다은'을 안고서 울지도 웃지도 못하는 표정으로 그녀가 무엇을 생각하고 느꼈는지 우리는 알지 못한다.

이 아니며, 여성노동이 무화되고 저평가되는 것도 다른 보편적 이론이나 정책이 '아직' 수용하지 못한 '특수한' 사정 때문이 아니다.[46] 사실상 한국사회에서 여성이 자신의 임금노동을 인정받기 위해서는 다른 (국가-계급-인종-지역) 여성의 그림자노동을 착취해야 한다. 그녀의 가사노동과 돌봄노동을 이주여성이 떠맡을 때에나 비로소 그녀는 자신의 노동을 인정받을 기회를 얻게 된다. 그림자 노동의 피할 수 없는 외주화 경향 속에서 보자면, 냉장고 안에 죽은 자신의 아이를 넣어두고, 돌보아야 할 아이를 안아야 하는 '한매'의 처지야말로, 재생산노동의 시장화가 만들어낸 해결할 수 없는 모순의 비극적 장면화가 아닐 수 없다.[47]

〈미씽〉의 울부짖는 두 여자는 아이를 잃은 엄마들이다. 그 이전에 아이를 사랑하는 엄마들이다. 그러나 아이에 대한 사랑의 단단함과는 무관하게, 아이는 엄마의 힘만으로 지켜지지 않는다. 이혼을 하고 아이를 빼앗기지 않기 위해 한 여자는 아이 얼굴을 보지 못한 날들이 이어져야 할 만큼 일을 해야 한다. 한 여자는 아픈 아이를 지키기 위해 장기와 섹스, 말 그대로 육체를 파는 일을 해야 한다. 그나마도 한 여자의 엄마로서의 삶은 다른 여자(이주여성이자 하층여성)의 돌봄노동을 착취하고 삶 전부를 갈취하고서야 간신히 유지될 수 있다.

두 여자는 같은 고통을 겪는다. 그러나 두 여자의 고통은 결코 같지 않다. 이 영화는 두 여자 사이에 놓인 고통의 국가적-계급적-인종적 격차를 포착하면서 조선족 보모가 아이를 데리고 사라진 사건이

45. 김현미·손승영, 「성별화된 시공간적 노동 개념과 한국 여성노동의 '유연화'」, 『한국여성학』 19(2), 2003, 74~82쪽.
46. 마리아 미즈, 『가부장제와 자본주의』, 63쪽.
47. 실비아 페데리치, 『혁명의 영점』, 188~193쪽.

라는 표층의 서사와는 다른 환기력을 갖게 된다. 아이를 전해 주고 바다로 몸을 던진 '한매'를 구하기 위해 '지선'이 바다로 뛰어들지만, '한매'는 그녀의 손을 뿌리치고 바다 깊숙이 침잠한다. 영화는 자신의 아이를 지키려는 결혼이주여성의 열망이 국가적-계급적-인종적 위계의 상층부에 놓인 '엄마-아이'에 대한 복수의 형식으로, 범죄의 양태로밖에 표출될 수 없음을 보여준다. 또한 동시에 그 복수와 범죄가 아이를 잃은 엄마로서 결코 완수될 수 없으며, 그나마도 자기파괴의 형태로나 종결될 수 있음을 포착한다. 영화는 그녀들이 동량의 고통에 깊이 공감하면서도 그리 손쉽게 자매애로 연대할 수 없는 사정, 여성혐오와 결합되어 있는 한국사회의 가부장제적 (노동)현실을 환기한다.

〈미씽〉이 여성혐오와 가사노동·돌봄노동에 대한 가치 폄훼가 농후한 사회가 만들어낸 비극적 사태를 여성을 중심으로 풀어내려 한 시도는 유의미하다. 그럼에도 〈미씽〉에서 여성이 모성적 존재로서 제한되고 모성의 신성성이 전면적으로 질문되지 않는 점은 아쉽다. 왜 그녀들은 자신의 삶을 지탱하기 어려운 상황에서도, 아이에 대한 책임을 방기하려 하거나 아이에 대한 사랑의 절대성을 의심하려 하지 않는가. 그녀들은 왜 엄마로서만 존재해야 하는가. 그것도 다른 엄마의 삶을 착취하면서나 가능한 삶을 말이다. 왜 그녀들의 존재 이유는 엄마가 되어야 하는가. 아마도 이때의 모성이란 국가와 인종, 계급과 젠더의 위계가 복합적으로 작용해 만들어지는 여성 내의 새로운 불평등을 은폐하는 다른 이름이기 때문이 아닐까. 이것에 대해 묻지 않고, 우리가 사라지는 여성들에 대해 무엇을 말할 수 있을까.

포스트 민주화 시대로의 이행을 위하여

광장 민주주의가 새로운 시대를 열어젖혔다. 하지만 이후를 상상하기는 쉽지 않다. 민주화 이후 민주주의 실현을 위한 한국사회의 여러 시도들이 시도로서 가치를 갖는 동시에, 무시와 모욕, 혐오가 들끓는 한국사회의 일면은 그 시도에 상응하는 실효를 거두는 일이 여전히 쉽지 않다는 사실을 확인하게 한다. 87년 민주화 이후 민주주의는 개인의 해방을 이끌었으며, 타자의 얼굴을 발견했다. 그러나 곧 경제적 함의만 남긴 채 정치성을 상실한다.[48] 타자와 경계에 대한 사유의 발견이 무엇을 의미하는가를 충분히 확인하기도 전에 IMF 금융위기는 그러한 시도의 가능성을 냉각시켰다. 한국사회에는 꽤 약화되었다고 여겨졌던 권위주의적 경향이 복권되었고 나쁜 의미의 다원주의적 경향이 강화되는[49] 반동적 상황을 사회적 난제로서 맞이해야 했다.[50]

상황의 복잡성은 강화되는 중이다. '권리 없는 자들'과 '몫 없는 자들'에 대한 확정이 쉽지 않으며 그들 사이의 관계에 대한 설정이 쉽지 않은 상황이기 때문이다. 입신출세 담론의 사회적 실현 가능성은 거

---

48. 손희정은 혐오가 시대적 집합감정이 된 사정의 한 원인을 87년 체제와 그 실패에서 찾는다. 87년 체제의 실패라기보다 제도적 민주화가 획득되었다는 것의 의미를 좀 더 엄밀하게 묻는 것이라고 해야 할 터, 서구 자유민주주의의 제도적 정착이 말하자면 신자유주의로의 진입으로 명명되는 97년 체제로의 이행을 내적으로 요청하고 있었다고 판단한다. 이러한 판단의 정당성에 대한 점검은 본격적인 논의를 통해 이루어져야 할 것이지만, 결과적으로 손희정이 강조하는 것은 모든 것의 개인화가 불러온 정치적, 경제적 공백의 (부정적) 효과이다. 손희정, 「혐오의 시대」, 『여/성이론』 32, 2015, 14~24쪽.
49. 민주화의 역설과 나쁜 다원주의의 효과에 대해서는 소영현, 「데모스를 구하라」(『하위의 시간』, 문학동네, 2016) 참조.
50. 이러한 곤경은 87년 체제가 갖는 성격, 즉 "87년 6월 항쟁에서 87년 헌법이 구성되어 대통령 선거를 향해 가기까지의 시간 속에서 이루어진 여러 사회세력 간의 타협과 조정 그리고 그때 형성된 제도적 매트릭스가 정치·경제·사회 영역에서 일진일퇴를 거듭하는 긴 교착, 나쁜 균형의 상태로 우리 사회를 몰아넣"은 결과이기도 하지만, 87/97 체제 논쟁 자체는 이 글의 관심사와는 거리가 있어 여기서는 다루지 않는다. 김종엽 엮음, 『87년체제론』, 창비, 2009, 40쪽.

의 사라졌으나, 그것은 신자유주의 이데올로기와 결합하여 노력론으로 여전한 영향력을 행사하고 있다.[51] 여기에 덧붙여 한국사회의 오래된 사회감정인 평등주의 열망은 다원주의적 정체성이 가시화되는 장을 열어주는 긍정적 힘으로 작동했으나, 결과적으로 다양한 정체성들 사이의 관계에 대한 조정에서 실효성 있는 힘으로 작동하지 못했다. 오히려 기회균등에서 분배균등의 지점으로 인식적 전환이 이루어져야 할 시기에 그러한 변화를 막는 반동적 힘으로 작동했다. 조희연을 빌려 말하자면, 87년 체제가 시대적 과제로 부여했던 민주(주의) 개혁이 새로운 가능성과 제약하에서 전면화되지 못하고 97년 체제의 제약하에서 전환을 맞게 되었다고도 할 수 있다. 말하자면 포스트 민주화 시대의 시대정신은 무엇인가라는 지향을 만들어내지 못한 채, 민주화 이후, 즉 포스트 민주화 시대로의 이행을 위한 진통을 겪으면서 지체되고 있는 것이다.[52]

탈국경의 일상화는 한국사회가 직면한 역류 현상을 추동하는 주요 동력 가운데 하나다. 탈국경의 일상화와 이주의 여성화 경향은 지금 이곳에서 민주주의 실현의 주체와 대상을 둘러싼 좀 더 근본적 질문을 촉구한다. 혐오 특히, 여성혐오는 금희의 소설이나 영화 〈미씽〉을 통해 살펴보았듯, 국가적·인종적·계급적·젠더적 차이가 복합적 영향관계 속에서 구축하는 위계구조와 그것에 의해 극심해진 내적 차별의 감정적 결과물이며, 동시에 역사적으로 축적되어 일상화된 관습적 인식의 발현이다. 여성혐오의 형식을 취하지만, 탈국경의 일상화 경

---

51. 물론 입신출세주의와 노력론에 대한 냉소와 풍자가 '헬조선'론으로 '노오력'론으로 '금수저/흙수저'론으로 노골화되었으나 한국사회에서 그 담론의 영향력 자체가 힘을 잃었다고 말하기는 어려운 상황이다.

52. 김종엽 엮음, 『87년체제론』, 81~84쪽.

향을 염두에 두고 보자면, 여성혐오의 내부에는 계급적 차이와 인종적 차이가 만들어내는 위계구조가 은폐되어 있다. 여성혐오로 표출된 사회문제는 젠더적 차원의 문제만이 아니며, 따라서 그에 대한 해법 혹은 대처는, 그 내부에 중층적으로 은폐되어 있는 계급적-인종적 위계구조에 대한 비판적 검토 없이 마련되기 어렵다.

포스트 민주화 시대로의 이행을 위해서는 사회적 타자에 대한 통치술은 말할 것도 없이 사회적 타자'들' 내부 차이의 봉합술에 대한 철저한 해부가 요청된다. 사회를 지탱하기 위해 요청되는 여성노동의 영역을 비가시화하고 그 의미와 가치를 축소하거나 삭제하는 동시에 여성 내부의 차이를 모성으로 대표되는 가부장제 이데올로기로 봉합하는 방식에 대한 철저한 해부 없이는, 한국사회는 포스트 민주화 시대로 이행하지 못한 채 민주화의 퇴행적 지체기에 좀 더 오랫동안 머물러야 할지 모른다.

5장

참여 과잉 시대의 비-시민 정치와 광장의 탈구축

사람들은 오늘을 어떻게 기억할까.

탄핵이 이루어진다면 혁명이 완성되는 것이라고 거리에서 사람들은 말했다. 동학농민운동, 만민공동회 운동, 4·19혁명과 87년 6월항쟁까지 … 한번도 제대로 이겨본 적 없는 우리가 이기는 것이다. 이 나라 근현대사에서 우리는 최초로 승리를 경험한 세대가 될 것이다. 탄핵을 바라며 거리로 나선 사람 모두에게 그 경험은 귀중하고 빛나며 벅찬 역사적 경험일 것이고 그리고 … 그렇다. 내게도 몹시 그러할 것이다. 산다는 것은 우리보다 먼저 존재했던 문장들로부터 삶의 형태들을 받는 것 … 저 문장을 빌려 말하자면 우리는 지난 계절 내내 새로운 문장을 써왔고 사람들의 말에 따르면 이제 그 문장은 완성되었다. 혁명이 이루어진 날 … 그래서 오늘은 그날일까? 헌법재판소의 파면 판결이 내려진 오늘, 누구나 말하는 것처럼 피 한방울 흘리지 않고 혁명은 마침내 도래한 것일까?

— 황정은, 「아무것도 말할 필요가 없다」

신자유주의적 논리는 불평등의 축소나 근절을 원하지 않는다. 왜냐하면, 바로 차이들을 이용하고 차이들을 바탕으로 통치하기 때문이다. 신자유주의적 논리는 다른 정상성들 사이의, 즉, 빈곤과 임시성이라는 정상성과 부유함이라는 정상성 사이외, 사회가 용인할 수 있고 감내할 수 있는 균형을 수립하고자 할 뿐이다.

— 마우리치오 랏자라또, 『정치실험』

메타적 성찰 : 광장의 탈-계보화

그리스어 만나다^ageirein에서 파생된 말인 광장^agora은 시민들이 사적, 공적 일에 관한 의견을 교환하기 위해 모이는 도시의 공공장소를 뜻한다. 민족국가 단위를 넘어선 차원에서 민주주의의 기능 복원을 주장하는 바우만Zygmunt Bauman이 언급한 바 있듯, 민주주의는 "광장agora에서 이루어지는 삶의 형식"이다. 그리스적 의미에서 광장은 폴리스의 두 영역 — 가족 공간을 의미하며 사적 이익이 형성되고 추구되는 장소인 오이코스oikos와 선출이나 지명 혹은 추첨에 의해 정해진 정치인으로 구성된 의회인 에클레시아ecclesia — 을 연결하면서 분리하는 절합의 공간이다. "모여서 이야기하는 곳, 시민과 민회가 만나는 곳"이라는 의미에서 광장은 말 그대로 부르고 모으는 민주주의의 장소이다.[1] 광장이 사적 영역과 공적 영역을 매개하는 민주주의 실천의 공간임을 강조하는 바우만의 지적을 환기하자면, 최인훈의 소설 『광장』에서 가시화된 '광장과 밀실'의 대립은 한국사회에서 낯설거나 드문 구도이다. 이때 상상된 광장이 한국사회에서 일상으로 안착된 공간이었던 것도 아니다. 오히려 한국사회에 친숙한 공공장소로서의 광장은 식민제국에 의한 총동원체제의 잔재로서 국가 주도적이고 체제 옹호적인 전시와 동원의 장소에 가까웠다.[2]

광장을 통해 구현된 민주주의의 열망이 면면히 이어졌지만, 일상의 차원에서 매개공간으로서의 광장이 기능을 시작한 것은 비교적 최근이다. 1960년 4·19혁명, 1980년 5·18광주민주화항쟁, 1987년 6월 항쟁, 2002년 효순이·미선이 추모 촛불집회, 2004년 노무현 대통령 탄핵 반대 촛불집회, 2008년 광우병 수입반대 촛불집회를 거쳐 2016년 박근혜 대통령 퇴진 촛불집회로 광장은 점차 한국사회의 정체성

---

1. 지그문트 바우만, 『부수적 피해』, 정일준 옮김, 민음사, 2013, 19쪽.
2. 하상복, 「광장과 정치」, 『기억과전망』 21, 2009, 42~47쪽 ; 김백영, 「식민권력과 광장공간」, 『사회와역사』 90, 2011, 273~274쪽.

을 규정하는 중요한 요소 가운데 하나가 되었다.

　광장의 의미는 역사적 맥락 속에서 사회적 기능을 수행하면서 복합적으로 구성되고, 시공간적 맥락과 그곳을 채운 이들에 의해 매번 새롭게 구축된다.[3] 광장은 역사적으로 시장의 성격과 정치적 공론장의 성격, 종교의례나 군중집회의 공간이자 문화예술 공간으로서의 성격을 두루 가져왔다. 한국 민주주의가 광장을 통해 진전되어 왔음을 부인하기는 어렵지만, 국가와 체제에 대한 저항의 의미가 구축되는 동시에 2002년 월드컵을 계기로 한 응원전이나 2014년 교황 방한을 계기로 탈정치적 광장문화의 계보를 마련하고 있기도 하다. 이처럼 지금 이곳의 광장의 현장성이 각종 사적, 공적 미디어를 통해 즉각적으로 다각도로 전달되고 복원되면서, 의미가 기억과 반추의 과정에서 각종 재현물을 통과하면서 매번 다시 구축되고 탈구축되고 있다.

　이렇게 보자면, 광장의 계보화 작업은 그것에 대한 메타적 작업 속에서 유의미해질 수 있다고 해야 한다. 광장의 계보화를 위해 민주주의 열망이 들끓는 공간인 광장의 풍경을 둘러보는 한편 광장 민주주의의 이름으로 다 포괄될 수 없는 광장의 주변, 그 누락의 지점을 살펴볼 필요가 있는 것이다.[4] 광장의 계보화에 대한 메타적 성찰 작

---

3. 프랑코 맨쿠소, 『광장』, 장택수 외 옮김, 생각의나무, 2009, 18~25쪽.
4. 구체적으로는, 광장의 풍경을 재현하는 최근 한국문학과 문화를 통해 변화된 광장의 의미와 이질성에 대한 포착이 가능할 것이다. 광장을 재현한 문학적·문화적 텍스트를 통과하면서 87년 이후 민주주의 실현의 장이 되어온 광장의 계보를 검토함으로써, 역사적 계보화 속에서 비정상성 혹은 비가시성의 이름으로 배제되거나 은폐되었던 주체와 영역을 재소환하고 복원할 수 있을 것이다. 오해를 줄이기 위해 덧붙이자면, 본고에서 시도하는 광장의 계보화가 광장의 모든 역사를 시기별, 계기별 연대기표로 작성하는 것을 의미하지는 않는다. 본고의 작업은 그간의 광장에 대한 재현이 결과적으로 광장을 채웠던 유동적 흐름의 전부를 포착할 수 없었으며 오히려 유동성을 고정화하고 획일화하는 방향으로 움직여왔음을 비판적으로 검토하는 데 목적을 둔다.

업, 즉 비가시적인 존재와 지점에 대한 가시화는 어떻게 가능한가. 삶을 총체적으로 지배하거나 조형하는 구조를 가시화하고, 보이지 않고 들리지 않으며 만져지지 않는 것들의 감각화를 실현하기 위해, '사이'에 놓인 것이자 움직임을 만들어내는 힘, 즉 '판단·행위' 직전의 '판단·행위-가능성'이자 현실 직전의 현실인 감정에 주목하여, 감정의 유동성을 통해 은폐된 미래를 앞당겨 상상하고 그것을 통해 정치적 변혁의 가능성을 가늠해보고자 한다.[5] 이를 통해 '광장'의 의미와 범주를 비판적으로 재고하고 나아가 광장의 계급적·젠더적 탈구축을 시도하면서 민주화 이후의 민주주의에 대한 모색 즉 포스트 민주화 시대로

---

5. 최정운은 『오월의 사회과학』에서 80년 광주에 대한 연구가 새롭게 시작되어야 한다고 선언하면서 이렇게 말한 바 있다. "5·18은 우리 역사에서 하나의 사건이 아니라 우리의 역사를 다시 시작하게 만든 사건이며, 아울러 우리 모두에게 각자 새로운 역사를 시작하게 만드는 사건이다. 단적으로 5·18은 구조주의적으로 이해할 수 있는 사건이 아니라 구조를 만든 사건이었고 모든 인간적 사회적 요인들을 다시 배열시킨 사건이었다."(최정운, 『오월의 사회과학』, 오월의봄, 2012(1999), 26쪽). 이러한 관점은 역사학적 접근법에 대한 반박에서 마련되었다. "공식 역사학적 역사 비판에 대한 반박: 관청의 문서가 가장 타당한 증거이며, 학자라면 우선 읽어야 한다는 생각은 역사학에 속은 역사가의 생각일 뿐이다. 문서란 의도적으로 역사의 행위자들이 역사가들에게 읽을 것을 강요하고 유인한 인조물에 지나지 않는다. 다행히 그들이 정직했다면 별문제겠지만 그들이 정직하지 않았다면 엄청난 대가를 치르게 될 것이다. 역사학자들이 문서의 신빙성을 판별할 수 있는 경우에도 문제는 없지 않다. 늘 문서에 기록되지 않은 사실들은 기록된 사실들보다 훨씬 많다. 이 경우 기록된 사실이 더 중요하다는 판단은 논리적으로 불가능하다. 그렇다면 기록된 사실부터 접근해야 한다는 주장 또한 문제가 없지 않다. 엄청난 양의 문서가 존재하는 경우 그 문서들을 다 읽고 나면 흰머리가 성성할 것이며 기록되지 않은 사실로 접근하는 것은 죽은 다음에야 가능할 것이다. 5·18에 관하여 군부의 비밀문서가 존재한다는 보장은 전혀 없다. 체계적인 과정을 통해 거의 모두 파괴되었을 가능성이 높다. 또한 당시 핵심적으로 참여했던 사람들이 언젠가 사실을 고백할지 무덤에까지 갖고 갈지도 알 수 없는 노릇이다. 학자가 이를 기다려야 한다는 것은 있을 수 없다."(22쪽). 그가 명시적으로 언급한 바 없으나 이러한 접근법은 감정연구 방법론과 공명한다. 감정을 통한 연구가 배제되고 누락된 것들을 포착하게 할 유일한 방법인 것은 물론 아니다. 그럼에도 감정은 개별적이고 신체적이며 주체적인 것만도 집합적이고 추상적이며 탈-주체적인 힘의 흐름(flow)만도 아니다. 방법론으로서의 감정연구에 대해서는 이 책 1부 1장 「감정연구의 도전」 참조.

의 이행을 전망해본다.

광장 민주주의 : 참여 시대와 광장의 정치성

광장의 역사 속에서 2016년 촛불집회[6]는 어떻게 (탈)-정치적으로 계보화될 수 있는가. 국민·시민·민중·대중·다중이 등장했던 열린 공론장을 새롭게 채운 주체는 누구인가. 광장에서 그들은 어떻게 가시화되었고 또 지워졌는가. 소통과 화합의 장을 채운 혐오와 무시의 면모들을 어떻게 이해해야 하는가. 광장의 이런 복합적이고 중층적인 면모는 어떤 인식틀과 방법론에 의해 포착될 수 있는가. 억압하는 힘과 그것에 저항하는 항쟁이라는 인식틀로 촛불집회의 의미를 충분히 해명할 수 있는가. 하나로 획일화되지 않는 유동하는 힘은 어떻게 사회 재편과 정치 변혁의 동력이 될 수 있는가.

2016년 10월 29일 열린 '촛불광장'이 다음 해인 2017년 조기대선을 이끌었다. 유례없는 '촛불항쟁'으로 기록될 2016년에서 2017년에 이르는 광장의 혁명적 열기는, (위태롭게 길을 열고는 있지만) 지난 70여 년간 남과 북을 가르던 장벽을 허무는 역사적 전환의 세기를 이끌고 있다. 우리는 촛불을 들고 광장에 모이는 일로 정권 아니 역사를 바꾸는 일을 해냈다. '촛불혁명'은 주권자를 권좌에서 끌어내렸다. 주권자의 힘이 대리된 것임을 다시 선언했다. '촛불혁명'은 한국사회에서 드문 승리의 기록으로 기억될 것이다.

---

6. 2016년 촛불집회를 둘러싼 명명 ─ 촛불항쟁이냐 촛불혁명이냐 ─ 이 수사적 활용 이상의 의미를 확보하기 위해서는 좀 더 논의가 축적되어야 한다. 이 글에서는 사태를 가리키는 이름으로 '2016년 촛불집회'를 주로 사용하면서, 사태로서의 '촛불집회'의 각기 다른 국면을 지칭하기 위해 맥락에 따라 '촛불광장'과 '촛불항쟁', '촛불혁명'을 함께 사용한다.

2016년 촛불집회의 가장 두드러진 특징으로 누적적이고 증폭적인 과정으로 광장의 의미가 두터워졌음을 지적해두어야 할 것이다. 촛불집회가 이제까지 가졌던 추모와 애도의 성격이 정치적 항쟁과 결합된 형태로 폭발력을 마련했다고 해야 하지만, 이 폭발력은 그럼에도 축적된 원인이 임계점에 도달해 어느 한순간 터져 나온 것이 아니라 전염되고 증폭된 결과라는 점에서 차별적이다. 떠돌던 유동하는 힘들이 영향을 주고받는 과정에서 중첩되어 우리의 상상을 벗어난 영역으로 움직여갔다. 감정의 차원에서 광장에 대한 논의가 새롭게 시작되어야 하는 것은 이러한 이유에서다.

그런데 승리의 기억 한 켠에서 '촛불혁명'의 성과가 과연 승리인가에 대한 의구심을 떨칠 수 없는 것도 사실이다. 2016년의 광장에서 우리가 성취한 것은 무엇인가. 우리는 무엇을 할 수 있었는가. '촛불광장'이 과연 누구의 것이었는가를 되묻게 되는 것은 광장을 채운 결집된 동력의 크기와는 정반대로 광장을 채우면서 그 촛불의 무력함을 느껴야 했기 때문이기도 하다. 광장을 채운 촛불의 동력은 거대했지만, 돌아보자면 그 힘은 대법원의 판결과 국회의 대통령 탄핵 절차가 적법하게 진행될 수 있게 하는 압력이 아니었는가 반추하게 된다. 촛불의 힘이 마비된 제도와 법적 절차를 실행하게 했지만, '촛불혁명'의 위대함이란 결국 민주주의의 실행이 아니라 민주주의의 '절차'를 실행하게 한 것에 있지는 않은가 되짚어보게 되는 것이다.

2008년 촛불광장을 통해 이미 확인했던바, 〈헌법 제1조〉 노래를 통한 투쟁이나 경찰버스에 불법주차차량 견인 스티커를 붙이는 행위를 두고, 체제의 이념을 오히려 자신의 것으로 수용하고 그 이념의 주인이 되고자 한다거나, 자신을 법의 주체 자리에 놓는 민주적인 시민의 주인된 태도를 전제한다는 평가가 없지 않았다.[7] 하지만 "우리가 광장에서 무엇을 할 수 있을 것인가"라는 핵심적인 질문은 2008년 촛불광장에서 마지막까지 풀리지 않는 딜레마로 남겨져 있었다.

광장의 딜레마

> 2008년 6월 10일 자정 경부터 명박산성 앞으로 대형 스티로폼이 운반되기 시작하였고, 스티로폼이 차곡차곡 쌓이며 발언대가 만들어졌다. 이는 컨테이너쯤은 언제든지 넘어설 수 있다는 것을 전달하기 위한 퍼포먼스로 준비된 것인데, 시민들 사이에서 스티로폼을 이용하여 실제로 컨테이너를 넘어가자는 주장이 제기되면서 스티로폼 논쟁이 시작되었고 이 논쟁은 6월 11일 새벽까지 계속되었다. … 컨테이너를 넘어서고자 하는 사람들은 광장에서 우리끼리 모여 있는 것만으로는 변화와 성취를 이루어낼 수 없다고 생각했기 때문에 명박산성을 넘어야 한다고 주장한 것이었다. 반면 광장에 머무르고자 했던 사람들은 비폭력노선의 견지가 촛불시위의 정당성을 지켜주는 것이며 컨테이너를 넘어선다고 해서 어떤 실질적인 변화가 이루어질 수 없다고 판단하였다. 이러한 입장이 당시 비교적 많은 시민들의 동의를 얻었으나 과연 광장에서 무엇을 성취할 것인가에 대한 분명한 전망은 만들어지지 않았다.[8]

---

7. 김종엽, 「촛불항쟁과 87년체제」, 『87년체제론』, 152~153쪽 ; 김종엽, 「촛불혁명에 대한 몇가지 단상」, 『분단체제와 87체제』, 창비, 2017, 470쪽. 김종엽은 2008년 촛불운동의 투쟁방식에서 다양한 가능성을 발견한다. 나아가 비폭력적 면모에 주목하면서 2016년 촛불혁명을 혁명의 유토피아에 가장 가까이 다가간 혁명으로 평가한다.

8. 이남주, 「21년 만의 만남, 6월항쟁과 촛불항쟁」, 참여연대 참여사회연구소 기획, 『어둠은 빛을 이길 수 없습니다』, 한겨레출판, 2008, 123~124쪽.

빛나리 무리가 산성 아래서 암중모색에 한창일 때 한편에서는 자유발언이 시작되었고 점차 뜨거운 논쟁이 되었다. 산성을 넘자는 사람들과 그런 행동은 평화를 위협한다는 사람들로 의견이 팽팽히 갈렸다. 마치 비보이들의 배틀 같은 공방을 주고받았다. 산성 아래는 폭발 직전의 화산처럼 열기로 활활 타올랐다. 양측 모두 반대편의 주장을 조금도 수용하지 않겠다는 듯 물러서지 않았다.… 좌중을 헤치고 나선 안티고네가 마이크를 잡았다.

"비폭력과 폭력은 누가 나누는 것입니까? 불의에 저항하기 위해 여기 모인 우리는 모두 정의로운 시민들입니다. 더 이상 금기를 내세우고 서로를 비난하지 말아야 합니다. 여기 모인 우리는 모두 정의의 편입니다. 저들이 그어놓은 선을 넘는 것이 오늘밤의 정의입니다."[9]

컨테이너 앞에 가로막힌 광장의 의미는 다각도로 이루어진 토론을 통해 광장에 참여하는 이들뿐 아니라 광장 너머의 시민들에게 직접 민주주의에 대한 경험을 가능하게 했음이 분명하다. 그럼에도 그것이 촛불시위의 정당성의 문제로, 뒤이어 비폭력노선의 선택 쪽으로 움직여간 것은 우연이 아니다. 광장을 채운 시민의 힘이 법적이고 제도적인 차원의 실질적 변화를 가져올 수 있을 것으로는 쉽게 전망할 수 없는 상황에서 광장의 정당성을 수호하는 수준으로 논의의 타협점을 마련할 수밖에 없었던 것이다. "광장에서 무엇을 성취할 것인가"를 둘러싼 전망의 불투명성은 사실상 2016년 촛불집회에서도 표면적인 성취와는 별개로 광장의 지반을 이루고 있었다. 2016년의 광장을 통과한 지금 이곳에서 김정아의 소설 「너무 쉬운 우리 꿈」은 2008년

---

9. 김정아, 「너무 쉬운 우리 꿈」, 『창작과비평』, 2018년 가을호, 199~200쪽.

광장의 바로 그 순간을 여전히 지속되는 딜레마적 장면으로 재현한다. 그것이 여전히 우리의 문제임을 환기한다. (비폭력적이고 평화적인 집회에 대한 시민들의 확고한 의지를 부인하기는 어렵지만) 사실 "착한 시위"로 각자의 위치를 고정하고 '존중'하는 데에서 새로운 사회가 생겨나지는 않는다.[10] 문제는 광장의 비폭력성이 갖는 순치성을 적확하게 파악한다 해도 2016년 광장의 촛불집회에서 체제 바깥에 대한 상상을 발견하기는 쉽지 않다는 데 있다.

최장집이 이미 2004년 헌법재판소가 정치적으로 중대한 사안에 대한 최종 평결을 내린 사건을 두고 민주주의 역사에서 '새로운 문제'의 등장을 알린 거대한 전환점으로 기록하고 있기도 한데, 최장집은 그 과정에서 민주주의 핵심이라 할 인민주권이 사법부의 결정에 종속되는 사태에 대한 우려를 표한 바 있다. 그의 우려는 민주주의가 민주화 이전의 기존 질서를 변화시키고자 하는 민중의 집합적 행위 없이는 가능하지 않다는 전제에서 생겨난다. '민주화의 모멘트'라 할 그 동력 없이는 기존의 권력을 가진 이들의 이해가 체제 속으로 쉽게 침투하여 확대 강화된다고 보기 때문이다. 헌법재판소에 의해 거의 모든 중요한 정치적, 공적 결정이 심사의 대상이 될 때 민주주의는 전문가의 영역으로 축소될 수밖에 없다는 것이다.[11]

2008년 광장에서 이미 기미를 드러냈던 의회기구에 대한 불신은[12]

---

10. 후지이 다케시, 「더 많은 광장을!」, 『한겨레』, 2017.1.1.

11. 최장집, 「한국어판 해설 : 민주주의와 헌정주의」, 『미국헌법과 민주주의』, 로버트 앨런 달 지음, 박상훈·박수형 옮김, 후마니타스, 2004, 7~69쪽.

12. 가령, 2008년 촛불집회에 참여했던 네티즌의 목소리를 들어보면 다음과 같다. "오프라인에서 만나는 진보정당 당원 분들에게는 좀 거리감이 있죠. 민주노동당이나 진보신당 사람들이 말은 진보를 내걸고 있지만 막상 나와서 보면 속까지 그런 것도 아니고. 보수를 견제하기 위한 진보이지 진보를 위한 진보가 아니라는 느낌이 있지요. / 어떤 쟁점이 있을 때, 그것을 이끌어 나가는 관점이나 전략이 있어야 하는데, 네티즌들보다 훨

얼핏 보기와는 달리 2016년의 광장에서도 그대로 반복되었다. 민의를 대표하는 국회의 기능이 제대로 수행되리라는 기대는 크지 않았다.[13] 일상의 민주화 실현을 위한 시민 발의가 가능했지만 그것은 새로운 법과 제도의 창출로 이어지지 않았고 재빠르게 시민의 손을 벗어났다. 시민이 문제에 대한 발의를 할 수 있지만 문제의 해결은 시민의 몫이 아닌 형식을 두고 비재현적 주체의 가능성을 검토해온 철학자 랏자라또Maurizio Lazzarato가 날카롭게 짚었듯, 이러한 참여는 결과적으로 기존의 체제에 대한 합의와 순응으로 귀결하기 쉽다. 민주화의 결과로서 참여는 증대되지만, 참여가 민주주의의 진전으로 이어지지는 않는다. 시민으로서 뭔가에 대해 적극적으로 발언하고 참여하며 가담하지만, 대표-시민의 발언으로 수렴되는 동안 다양한 시민의 고유한 말하기는 배제되고 지워지며 무효화되는데, 역설적으로 이 과정에서 체제는 개선되기보다 공고해지는 것이다.[14]

이러한 사정은 '촛불광장'을 통과한 민주주의의 미래에 대해 손쉽게 낙관하기 어렵게 한다. 2018년에 사회 전체로 확산된 미투 운동('#MeToo')은 명백하게 '촛불광장'을 거치면서 만들어진 사후적 효과임이 분명하지만, 미투 운동을 계기로 소외되고 배제되었던 이들(그들

씬 뒤떨어져 있더라고요."(희수). "정당에 대해서는 사람들이 별 기대가 없었던 것 같아요. 여야 막론하고 모든 정당이나 정치인에 대해 비판적인 시선을 던지는 사람도 있고요. 애초에 정치인들에 대한 안 좋은 시각들이 있잖아요. … 민주노동당이나 진보신당은 촛불집회 당시 열심히 도와주었다는 생각이 들지만, 실질적인 대책은 만들지 못했잖아요. 힘이 미약한 것도 있지만 정당이기 때문에 그럴 수밖에 없었을 거예요. 시민들에 의해서 만들어진 촛불에 숟가락을 얹는 것이잖아요." 「내가 몰랐던, 내게 있는 권리를 깨닫다」, 『어둠은 빛을 이길 수 없습니다』, 190~191쪽.
13. 문재인 대통령 취임 이후로 민의가 청와대 국민청원 홈페이지를 통해 표출되고 있는 상황은, 어떤 의미에서 대의제 민주주의에 대한 불신이 좀 더 깊어진 면모를 역설한다.
14. 마우리치오 랏자라또, 『기호와 기계』, 신병현·심성보 옮김, 갈무리, 2017, 207~8쪽.

의 이름이 시민이든 민중이든 다중이든)의 광범위한 참여와 역할이 확장되는 방향으로 나아가게 되었는지 단언하기 쉽지 않다. 광장을 통해 우리가 얻은 것에 대한 논의가 들끓지만 과연 그런 논의로 충분한가를 되묻게 되는 것은, 우리가 얻은 것과 함께 광장의 승리를 외치는 동안 누락되거나 배제된 것이 무엇인지, 그것이 왜 누락되고 배제되었는지를 냉정하게 인식하지 않는다면, 자칫 체제의 공고화로 귀결되는 이 불행한 역사가 반복될 수 있음을 우려하게 되기 때문이다. 광장이 역사적으로 계보화되는 과정에서 누락되거나 배제된 것에 대한 검토를 통해 광장의 탈구축과 재구축이 적극적으로 요청되는 것이다.

재편되는 광장 : 광장의 젠더와 비-폭력의 정동

그간 광장에 대한 연구는 광장을 정치적으로 성^聖화하면서 주류 역사에 편입시키는 방식으로 진행되었다. 학술적 작업으로 문화적 재현물로 다각도의 역사적 계보화 작업이 지속되었다.[15] 2016년 촛불집회에 대해서도 예외는 아니다. 2016년 촛불집회를 광장 민주주의의 역사로 계보화하려는 시도가 뚜렷하다. 흥미롭게도 그 시도는 촛불의 의미를 민주화 운동의 계보로 회수하려는 시도와 중첩된다. 여기서 "6월항쟁은 추도와 애도를 넘어 **촛불집회**라는 새로운 형태의 민주주의를 실험하는 시원"[16]이 되며, 2016년 촛불집회는 대의민주주의의

---

15. 가령, 1987년을 살았던 모든 이들, 공권력의 상징인 대공수사처장, 시신 화장 날인을 거부한 검사, 사건의 책임을 뒤집어쓰고 구속 수감된 형사, 진실을 알린 기자, 뜻 있는 시민, 대의와는 거리를 두고자 하는 '평범한' 시민 모두가 역사 속의 기능과 역할로 환원되어 버리는 영화 〈1987〉(장준환 감독, 2017)은 광장의 의미를 1987년의 충실한 재현의 이름으로 엘리트 남성 중심의 주류 역사에 편입시킨다.
16. 김성일, 「광장정치의 동학」, 『문화과학』 89, 2017, 148쪽.

한계를 교정하는[17] 한편 "87년 체제의 극복이 아니라 그것을 수호한 '보수적 혁명'"[18]으로 명명된다. 그러나 과연 그런 규정들로 충분한가.

집회의 (비)폭력성과 평화시위

'장수풍뎅이연구회', '얼룩말연구회', '범깡총연대', '트잉여운동연합', '국경없는어항회', '민주묘총', '만두노총 새우만두노조' 등과 같은 어딘가 느슨하고 다소간 유쾌한 이색깃발 현상으로 포착되곤 했던 광장의 비폭력적이고 평화적인 면모는 촛불항쟁에 대한 평가의 자리에서 촛불집회가 갖는 특별한 의미로 고평된다. "깃발은 있으나 중심은 없는 조직, 온오프라인을 연결하며 탄생했으나, 어디에도 뿌리를 내리지 않는 이들의 세계"는 이전과는 다른 광장의 풍경을 만들어냈다.[19] 그러나 동시에 그 가벼움은 손쉽게 아무것도 아닌 것이 될 수 있는 부유하는 것이었기도 한데, 그런 의미에서 앞서 언급했듯 촛불집회의 비폭력성에 대한 강박적 집착은 민주주의의 이상이 법적 절차로 환치되어버린 사정을 역설해주는 것처럼도 보인다.

1996년 학생운동의 종언을 알린 이른바 '연세대 사건' 이후 광장의 풍경을 펼치듯 겹쳐놓으며 "광장이 누락해버린 목소리들을 끌어올리"[20]는 황정은의 소설 「아무것도 말할 필요가 없다」(『문학3』 웹, 2017)에서 집회의 평화적 측면에 대한 강조는 (비폭력적이고 평화적인 집회에 집착하게 된 연원에 대해 충분히 이해하고 있음에도) "거의 강박처럼" 보이는 그리하여 불편함을 자아내는 것으로 진단된다.[21] "착한 시

---

17. 한홍구, 『광장, 민주주의를 외치다』, 창비, 2017, 17쪽.
18. 김종엽, 「촛불혁명에 대한 몇가지 단상」, 『분단체제와 87체제』, 468쪽.
19. 고태경, 「깃발은 광장에서 두 개의 이름으로 나부꼈다」, 『문학3』 2, 2017, 70쪽.
20. 강지희, 「광장에서 폭발하는 지성과 명랑」, 『현대문학』 2018년 4월호, 339쪽.

민의 정상적 시위와 착하지 않은 시민의 비정상적인 시위가 이렇게 나뉘는 것일까⋯ 세월호 유가족과 미수습자 가족들은 지난 3년 내내 착하지 않은 시민이었다는 말인가⋯ 트랙터를 몰아 서울로 올라오던 농부들은 어제 고속도로에게 경찰들에게 트랙터를 빼앗기고 머리도 터졌다는데(「안성IC 진입로에 '차벽' 세운 경찰, 전봉준투쟁단 상경 막아」, 『한국농정』 2016.11.25.) 오늘 광화문엔 또 스티커(「'차벽을 꽃벽으로'⋯ 의경들 고생 생각해 잘 떼어지는 꽃스티커 등장」, 『서울신문 2016.11.26.)가 등장하겠지 환장할 꽃 스티커가⋯"[22]로 터져 나온 화자의 반문은 집회의 폭력성 논의의 핵심을 가로지르고 있었다.

평화시위는 광장 본래의 역능이 되어야 할, 새로운 '법·제도'의 수립 즉 일상정치의 변혁이 아니라 체제 내의 발언권 획득, 달리 말해 시민의 시민됨에 대한 확인 작업으로 수렴되고 있는 것은 아닌가를 묻는다. 비폭력적이고 평화적인 집회라는 규정은 촛불집회에 참여하면서 불안과 공포를 겪어야 했던 소수자들의 자리와 촛불집회의 틀로서 포착할 수 없는 혹은 광장에 참여할 수 없는 이들의 존재를 지운다. 「아무것도 말할 필요가 없다」에서 화자의 반문은 시민·비시민의 경계에 대한 성찰로까지 우리를 밀어붙인다. 광장의 평화가 누구의 것이었는가, 그것은 누구의 관점에서 본 누구의 비폭력 평화집회였는가가 되물어져야 한다는 사실을 강력하게 한기한다.

---

21. 디지털 미디어 리터러시적 환경이 야기하는 삶과 문화의 변화를 지적하면서 평론가 김미정이 전망한 새로운 유형의 소설적 지표인 '정보 = 현실'을 담지한(김미정, 「흔들리는 재현·대의의 시간」, 『움직이는 별자리들』, 갈무리, 2019, 70~75쪽) 소설로 보이는 황정은의 「아무것도 말할 필요가 없다」에서 그런 진단은 거의 소설가 황정은의 것으로 보인다. 역사적 사건이나 언술에 대한 소설적 가공을 가급적 피하고자 하는 이런 시도의 귀결인 "소설 = 삶"의 구현이 갖는 의미에 주목할 필요가 있을 것이며, 여기서 소설에 대한 새로운 전망을 해볼 수도 있을 것이다.
22. 황정은, 「아무것도 말할 필요가 없다」, 『디디의 우산』, 창비, 2019, 303쪽.

남은 느낌들…

사실 비폭력 평화집회에 참여했던 이들 모두가 묘한 승리감을 경험하는 한편 그것으로만 다 말해지지 않는 '감지되지 않은 느낌들'을 흘려보내고 있었다. 언어화되지 않은 그 느낌은, 소설가 임현에 의하면, 비슷했던 학창 시절을 지나 이제는 사뭇 달라진 사람들이 서로 모여 "당시의 여당을 함께 비난하고, 밝혀진 국정농단 세력의 천박함을 조롱하고, 더불어 날로 나빠지는 상황들, 가령 미세먼지의 심각성이라든가, 사드 배치 문제와 사회적 약자를 대상으로 한 강력범죄, 나아가 미국의 대선 결과가 우리 사회에 미칠 다양한 악재 등을 우려"하면서도, "그런 와중에도 누군가는 조선족을 혐오한다는 것, 그러면서 동시에 트럼프를 비난한다는 것, 이민자에 대한 차별은 나쁘지만 우리의 경우는 그것과는 다르다는 어떤 모호함이" 서로 많은 것을 공유하는 기분을 느끼는 틈새로 우리를 혼란스럽게 했던 기억으로 포착된다.[23]

모두가 조금씩은 감지했던 그 혼란스러운 느낌은 이후 점차 뚜렷하게 배제나 혐오의 정동으로 구현된다.[24] 그것은 특정한 대상을 향한 혐오로, 젠더화된 형태로 구체화되었다. 가령 여성들은 "'여성이라서' 집회에 참여한 것이 아니라 '시민으로서' 광장에 나왔"[25]음에도, '여

---

23. 임현, 「아무도 싸우지 않는 광장」, 『문학3』 2, 2017, 16쪽.
24. 세월호 참사 이후 광화문에서 삭발을 한 청소년이 겪은 불편함은 그를 사람이 아니라 아이로 규정하는 상황에서 생겨났다. "이후 광화문에서 난 '대단한 애가 되었다. '청소년'이 삭발을 했다며. 어떻게 '아이'가 삭발을 하는 세상을 만드냐고 다들 말씀하셨다. 난 그들과 괴리감을 느꼈다. 난 '국민'으로서 삭발을 한 것이고, 내가 사랑하는 사람들이 거대한 권력에 상처받은 것이, 그들을 무시한 것이 옳지 않다고 생각해서 그런 것인데 말이다. 그들이 나를 공감해주는 것은 정말 감사했다. 하지만 그들이 나를 삭발한 '소녀'로 보는 것은 불편했다. '사람'으로서 대단한 것이 아니라, '청소년'이 대단하다고 생각한 것이 불편했다." 전서윤, 「우리는 광장에서 '미래'의 인물일까」, 『문학3』 2, 2017, 48쪽.
25. 김영선, 「여성은 광장에서 시민일 수 있을까」, 『문학3』 2, 2017, 33쪽.

성'이 광장에서 배척되어야 할 적폐의 이름으로 호명되는 상황을 목도해야 했다. 2016년 촛불집회를 두고 탄핵 국면에서 광장의 분노가 젠더 회로를 거치게 되는 메커니즘을 검토하면서 김홍미리는 촛불집회에 참석한 시민이 비폭력 평화시위를 주장하면서도, 여성비하적 표현을 주권자의 '권리처럼' 사용하고자 한 풍경을 두고 우려스러운 그 상황을 '적폐의 여성화'로 적절하게 명명했다. '촛불광장'이 처음부터 끝까지 젠더 통치의 장이었으며 박근혜와 최순실뿐만 아니라 '적폐의 여성화'를 통해 그것을 없애려는 혐오 정동을 경유하는 기획이었음을 지적했다.[26]

촛불광장에 모인 시민이 누구인가에 대한 근본적 질문 없는 계보화 작업은 시민의 범주에 대한 성찰을 소거하며 광장을 채운 여성을 '촛불소녀', '유모차부대'와 같은 이른바 '건전한 시민'의 범주에 속하는 존재의 이름으로 호명하게 한다. 이는 광장을 채운 여성들의 범주를 협소화하는 것이자 여성에 대한 시민사회의 포섭적 배제가 실행되고 있음을 확인하게 하는 대목이 아닐 수 없다. '촛불소녀', '유모차부대'가 광장의 새로운 주체로 부각될 수 있었던 저변에는 그런 호명이 가부장제에 의해 받아들여질 수 있는 여성의 이름이라는 사실이 전제되어 있는 것이다.[27] 스펙터클과 스캔들 사이에서 진동하는 분열적 존재이자 '아는 소녀'의 중층성을 언급하면서 조혜영이 지적했듯, 진보적 지식인에 의해 허락되고 발견된 젊은 여성의 정치적 가능성은 시민들의 광장정치가 활성화된 지난 10년간 반복된 레퍼토리였다.[28] 광장을 기

---

26. 이런 점에서, 김홍미리의 지적처럼, 혐오 정동을 추진력으로 한 촛불항쟁은 박근혜 탄핵과 정권교체라는 성과를 이루어냈지만, 보다 심층의 적폐인 젠더질서와 직면하지 않았다는 점에서 미완의 혁명이라 해야 한다. 김홍미리, 「촛불광장과 적폐의 여성화」, 『시민과세계』 30, 150~164쪽.

27. 김영선, 「여성은 광장에서 시민일 수 있을까」, 『문학3』 2, 2017, 36쪽

존의 인종적·계급적·젠더적 질서로 되돌리려는 끈질긴 역사의 미망에서 벗어나기는 실로 난망한 일인 것이다.

재현되는 광장 : 연대 없는, 광장 '근처' 혹은 청년

광장이 누락한

강유가람 감독의 다큐멘터리 〈시국페미〉Candle Wave Feminists(2017)가 보여주듯, 이런 의미에서 페미니즘 그룹 〈페미당당〉의 발의로 2016년 11월 12일 〈강남역10번출구〉와 〈지구지역행동네크워크〉가 함께 광장 내 마련한 페미존은 "모두가 단일한 정체성이라는 관점에 균열을 냈던 것"[29]으로, 광장에서 "타자로서 발견되거나 호명된 것이 아니라", "페미니스트라는 정치적 집단"으로서 "광장 내부에" 균열을 만들어낸 유의미한 시도였다.[30] 곧 사라져버리기 쉬웠던 미묘하고도 불편한 지점을 가시화했다는 점에서 민주주의의 확장과 진전을 가능하게 한 시도였다. 광장에서 페미존이 갖는 의미는 분명 반복해서 강조해도 좋을 것이다. 그럼에도 이 민주주의의 열망이 무엇인가는 메타적으로 또다시 질문되어야 한다. 누가 시민인가를 묻는 시도가 제도화된 시민 바깥을 비가시화할 위험은 상시적이기 때문이다. 교황이 방문한 광장을 다룬 두 편의 소설은 그 위험, 즉 광장에서 배제된 존재나 광장이 누락한 지점의 의미를 가시화한다는 점에서 검토를 요한다.

---

28. 조혜영, 「페미니스트 소녀학을 향해」, 조혜영 엮음, 『소녀들』, 여이연, 2017, 7쪽.

29. 우지수·이지원·이진혁·천웅소, 「대화 : 우리는 촛불을 들었다」, 『창작과비평』, 2017년 봄호, 86쪽.

30. 이지원, 「페미니즘 정치의 장, 페미존(Femi-Zone)을 복기할 때」, 『여/성이론』 36, 2017, 159쪽.

붉은 조끼를 입은 사람들 네댓이 사다리를 오르는 게 보였다. 일하는 내내 그에게 시비를 걸었던 사람들이었다. 그들은 바쁘게 오가는 사람들에게 전단을 돌리고 행진을 하고 인터뷰를 하면서 종종 그에게 짜증을 냈다.

저쪽으로 좀 가지. 우리는 인터뷰도 해야 하고 장비도 설치해야 하고 할 일이 많은데.

…

악덕 기업주의 횡포로 거리로 몰려난 우리가 다시 일을 할 수 있도록 도와 달라고 목이 쉬도록 외쳐 대면서 내 일은 엿같이 생각하는구나. 그는 생각했다. 새파랗게 어린 중학생들한테까지 굽실거리고 하소연할 줄 알면서 왜 내게만 저딴 식인가. 생각만 했다.[31]

그녀 나이 서른하나. 그녀 또래의 이들은 함께 힘을 모아 무엇 하나 바꿔보지 못했다. 세상은 그녀가 온몸을 던져도 실금 하나 가지 않을 것처럼 견고해 보였다. 무엇이 잘못된 것인지 안다고 해서 바꿀 수 있는 건 아니라는 걸 그녀는 그녀의 이십대를 통해 깨쳤다.

다수의 선한 사람들의 세상에 대한 무관심이 세상을 망친다고 아빠는 말했었다. 아빠의 말은 맞았지만 그녀는 이런 세상과 맞서 싸우고 싶지 않았다. 승패가 뻔한 링 위에 올라가고 싶지 않았다. 그녀에게 세상이란 마음에 들지 않더라도 수그리고 들어가야 하는 곳이었고, 자신을 소외시키고 변형시켜서라도 맞춰 살아가야 하는 곳이었다. 부딪쳐 싸우기보다는 편입되고 싶었다. 세상으로부터 초대받고 싶었다.[32]

---

31. 김혜진, 「광장 근처」, 『어비』, 민음사, 2016, 146~147쪽.
32. 최은영, 「미카엘라」, 『쇼코의 미소』, 문학동네, 2016, 235~6쪽.

지난 10여 년간 뚜렷하게 내면화된 기업가형 주체 모델이 한계에 봉착했음을 환기하게 하는 대목이 아닐 수 없다. 인용문을 통해 자기 계발형 인간의 편재가 만들어낸 불가역적 연대 불가능성의 한 장면을 목도하게 된다. 왜 이들은 정치적 주체가 될 수 없는가. 왜 이들은 연대할 수 없는가. 이를 두고 문화연구자 박권일은 소비자-피해자 정체성이 지배하는 세계가 된 한국사회의 성격변화를 지적한다. 시민·민중·대중·다중, 그 어떤 집합적 정체성에 앞서 소비자-피해자 정체성이 한국사회의 누구에게나 기본적 정체성의 일부로 자리 잡게 된 사정을 설명한다. 그에 따르면, 등가교환적 정의가 핵심원리로 작동하는 소비자 정체성과 순수성이 핵심원리로 작동하는 피해자 정체성은 한국 민주화 운동의 어떤 실패 혹은 절망의 경험에서 유래한 것이다. 소비자-피해자 정체성의 유포를 그는 서열과 우열이 극도로 중요한 불평등 사회에 사회적 열망으로서의 평등주의적 욕망이 외삽된 채 왜곡되어 나타나는 현상으로 이해한다.[33] 평등주의에 대한 열망의 왜곡태라는 지적에 충분히 공감하지만, 그럼에도 그것만으로 충분한가를 되묻게 된다. 과연 그들은 연대할 수 없는 존재들인가. 그렇다면 그들의 연대 불-가능성을 단언하는 것은 과연 누구(의 시선)인가. "세상으로부터 초대받고 싶"은 그들의 열망은 어떻게 의미화되어야 하는가.

세계적으로 명망 높은 종교 지도자의 광장 방문 전후의 시간을 그리는 김혜진의 「광장 근처」는 광장이 뜨거운 열기를 품고 있는 순간을 포착하면서 광장 '근처'에 있던 존재들은 누구인지, 광장의 그 열기가 그들의 삶에서는 어떤 의미이며 그들의 삶에 어떤 영향을 드리

33. 박권일, 「소비자-피해자 정체성이 지배하는 세계」, 『자음과모음』, 2018년 봄호, 254~255쪽.

우는지를 묻는다. 존재 자체로 감동을 주는 종교적 인물임이 분명한 프라하나 그의 연설은 종일 팔리지 않은 물건들로 좌판을 벌이고 광장을 지키며 일상을 사는 이에게는 어떤 의미를 전할까.

적어도 「광장 근처」의 주인공에게 그것은 그 자신의 "일과 일상"을 박살 내고, "타박상과 얼마가 될지 모르는 물질적인 손해와 안 보면 더 좋았을 것들"[34]로 남을 뿐인, 자신의 삶과는 아무런 공통점을 갖지 않는 일임이 분명해 보인다. 값어치 없는 물건들을 좌판에 늘어놓고 '일 아닌 일'을 하는 그에게 매일 어린 딸을 맡기고 작은 아이를 업은 채 종일 전단지를 나눠주는 청년이 느낀 어떤 충만감이, 그의 눈에는 그저 가짜이거나 무자각적으로 세뇌된 것으로 보일 뿐이다. 심지어 그는 그런 충만감이 소진과 연명 이외에 남은 것은 없는 자신과 같은 이들에게는 허락되지 않으며 있어봐야 삶에 아무런 도움도 되지 않는다고 생각한다.

세대 적대감

그런 인식과 판단의 연원은 어디에서 오는가. 그에 대해서는 최은영의 소설 「미카엘라」에서 '미카엘라'가 보여준 세대적 적대감을 통해 얼마간의 이해의 계기를 마련할 수 있다. 「미카엘라」는 교황이 집전하는 미사를 함께 드리기 위해 시청광장에 온 '미카엘라(수진)'의 엄마가 서로에 대한 배려 ─ 사실 배려라기보다 폐를 끼치지 않으려는 노력이라고 말해야 하는데 ─ 로 연락이 되지 않았던 하루의 시간을 두고, 그들이 왜 그토록 서로를 배려하게 되었으며 그들에게 가족이란 무엇인가를 살피게 하는 소설이다. 한복을 빌려 입고 가족에게 내릴 은총을 기원

---

34. 김혜진, 「광장 근처」, 『어비』, 165쪽.

하며 시청광장에 올라온 엄마는 매사에 감사하는 사람으로, 우둔하다고 해야 할 정도의 단순함으로 자신의 삶을 힘겹게 하는 부류의 사람이다. 그런 까닭에 사실 그녀의 감사 타령은 오히려 그녀의 초라한 현실을 되비추는 것이기도 하다. 딸인 '미카엘라'가 엄마의 감사에서 초라한 현실에 대한 기만을 느끼는 것은 그런 이유에서이다. 자신의 처지에 솔직해져서 불평하는 편이 덜 기만적이지 않은가를 생각하기 때문이다.

최은영을 포함한 2010년대 작가들, 박민정, 김금희의 소설에서도 공통적으로 확인할 수 있듯, 이러한 세대적 적대감은 아버지 가운데에서도 특히 '정의로운 어른'에 대한 반감으로 구현된다. 물론 그것을 세대적 대결 일반의 것으로만 치부할 수는 없다. 청년 작가들은 민주화 세대가 불러온 '헬조선'의 면모에 대한 비판적 정서를 공유한다. 노골적인 대립각 위에서 다루어지는 것은 아니지만, 「미카엘라」에서도 '미카엘라'와 그녀의 엄마가 사는 현재가 진보적 지식인이었던 아버지가 꿈꾸었던 미래라는 사실만은 분명하게 명시된다. 아버지의 미래에 대한 꿈이 그녀들을 현재 각자도생의 삶으로 내몰았음에 대한 우회적 비난이 뚜렷하다. 서로에게 배려의 이름으로 폐를 끼치지 않으려는 삶의 태도는 모녀의 윤리적 선택이라기보다 삶의 조건이 그들에게 부여한 주체성의 통치술이라고 해야 하는 것이다.

물론 진보적 의식을 갖춘 지식인이 일상 층위에서 보여준 (특히 경제적) 무능에 대한 세대별 입장 차이가 없지는 않다. "자신을 충분히 사랑하지 못해서 아빠 같은 사람에게 이용당하"(228쪽)는 존재로만 보이는 그녀의 엄마는 남편에 대해 다르게 판단한다. 가장 노릇에 무능했던 남편이지만, 자신이 해야 할 일에서 누구보다 근면한 사람이었다고, "그가 하는 일들이 돈이 되지 않는다고 해서 그를 무능하고 가치 없는 사람이라고 단죄할 수는 없"(228쪽)다고 여긴다. 하지만 딸에게 "아빠의 인생은 끊임없는 구직과 퇴직으로 점철되었"던 실패의 연속일 뿐이다.

'미카엘라'의 눈으로 본 아빠는 "약골 주제에 젊은 시절에는 이 땅의 노동운동에 투신하겠다며 공장에 위장 취업을 하고 밤에는 야학 교사로 일"한 무대책의 사람이다. 야학에서 만난 엄마와 아빠 사이에는 "결혼식도 신혼여행도 없"있는데, "신혼 기간에 아빠가 교도소에서 징역을 살았기 때문"이다. 아빠는 "출소한 후에 아는 사람들의 소개로 몇몇 작은 회사에 들어갔지만" 곧 그만두고 만다(224쪽). "그런 부실한 몸으로" "서울에서 큰 시위가 있으면 빠지지 않고 참여했고" "중학생이던 그녀에게 김대중 옥중 서신과 함석헌의 책들을 읽으라고 권유"했다(225쪽). 아빠는 그런 사람이다. 대의에서 옳지만 자신의 가족조차 건사하지 못한 이 무력한 진보적 지식인에 대한 후속 세대의 평가는 에누리 없이 냉정하다. "자본이 가난한 사람들을 소외시키고 있다고, 앞으로는 중산층 붕괴가 가속되고 더 많은 사람들이 빈곤 속으로 떨어지게 될 거라"(225쪽)는 밥상머리에서의 아빠의 말에 그녀는 이렇게 반문한다. "어쩌라는 건가." "지금 이 집안을 빈곤 속으로 떨어뜨리는 주범은 세상도 자본도 아니고 아빠 자신"이다(225쪽).

현재 청년 세대의 불행가 비극에 대한 책임의 전부는 아니라 해도 그 일부가 무력한 진보적 지식인에게 있다는 판단, 이는 명시적으로 말하자면 신자유주의를 불러온 87년 체제의 주역들에 대한 비판임에[35] 분명한데, 이런 비판에 직면해서 개별화되어 광장의 주변부로 밀려난

---

35. 조희연, 「'87년체제', '97년체제'와 민주개혁운동의 전환적 위기」, 『87년체제론』, 75~120쪽.

청년들을 두고 '연대 없음'의 이름으로 비난하는 것이 과연 타당한가를 되묻게 된다. 지금 이곳의 청년이 스스로를 광장의 일원이라고는 생각할 수 없게 된 것은, 좀 더 미시화된 신자유주의적 세계 바깥을 상상할 수 없게 된 현실적 상황 때문이며, 그런 상황을 만든 책임의 상당 부분은 87년 체제의 주체라 할 수 있는 '정의로운 어른'에게 지워져야 하는 것임이 피할 수 없는 사실이기 때문이다.

광장의 통치술 : 광장의 불평등과 격차의 통치술

광장의 불평등

김혜진의 「광장 근처」에서 광장에 속하지 않으며 그 바깥으로 밀려나 있다고 생각하는 그는, 시청에서 나온 단속반이 거리에서 물건을 파는 그에게 일다운 일을 하라고 충고하는 말에 강하게 반발한다.

학생 아닌가?

감독관이 묻는다.

졸업했어요.

그가 답한다.

그럼 일을 해야지.

감독관이 꾸짖는다.

일하는데요.

그가 항변한다.

이게 무슨 일이야. 진짜 일을 해야지.

감독관이 그의 물건들을 상자에 쓸어 담는다.

이것도 진짜 일인데요.

그가 상자를 잡고 버틴다.

이런 게 일이지. 내가 하는 거 말이야. 진짜 일은 이런 거야.

감독관이 강제로 물건을 압수한 뒤 떠난다.[36]

광장의 청년인 그는 그나마도 그런 자리조차 마련하지 못한 채 소진과 연명으로 삶을 이어가는 다른 청년에게 감독관의 언술을 반복한다. 가족과 헤어지지 않기 위해 매일 찜질방과 씨구려 여관을 전전하면서 자신에게 어린 딸을 맡기고 아이들 엄마가 분식집에서 일하는 동안 세 살짜리 아이를 업고 전단지를 돌리는 청년에게 "일을 해." "이런 일 말고 진짜 일을 해. 어디 기관에 애들을 맡겨. 맡기고 일을 해. 일을 해서 애들을 찾아."(154쪽)라는 말을 그대로 반복한다. 감독관에게서 그에게로 그에게서 광장의 다른 청년에게로 격차를 환기하는 언술이 이동하는 사이에, 황정은의 소설을 빌려 말하자면 "지금 우리가 우리니까… 모두가 좋은 얼굴로 한가지 목적을 달성하려고 나온 자리에서"는 쉽사리 말하기 어려운 실제 현실이 놓이고, "우리가 무조건 하나라는 거대하고도 괴로운 착각에 대해" 무언가를 말해야 한다는 내부의 압력에 직면하게 된다.[37] 공존과 화해 그리고 연대가 가능하다고 상상되는 광장의 이면인 광장의 무력함과 허위성을 목도하게 되는 것이다.

다양한 목소리가 들끓는 열린 공간으로서의 광장은 들여다보자면 "차이 체계의 최적화" 시스템을 유지하는 한 양태이기도 한 것이다. 광장은 좌판을 금지하고 처벌하는 국가의 헤게모니적 규율에 의해 관리된다. 광장의 일원일 수 없는 청년들이 스스로를 광장 '근처'의 존

---

36. 김혜진, 「광장 근처」, 『어비』, 151~152쪽.
37. 황정은, 「아무것도 말할 필요가 없다」, 『디디의 우산』, 306쪽.

재로 인식하는 것은 그래서일 것이다. 광장의 일원이 될 수 없는 청년 들도 쉽게 '우리'나 '하나'가 되기는 어려운데, 그들 사이에서도 권력의 미분적 차별화가 작동하고 있기 때문이다.[38] 광장은 중심과 주변으로 분할되지 않고 복합적 층위로 위계화되어 있다고 해야 한다. 안과 바깥의 경계는 없지만 광장 안에서 내부의 차이는 무한한 것이다. 그 분열들과 차이들의 유지와 차이들 사이의 격차의 유지에 다원적 공존으로 위장된 광장의 통치술이 놓여 있는 것이다.

　내부의 차이가 무한하기 때문에, 이 연속체 안의 수많은 상대적 불평등의 자리에 놓인 이들 가운데 누구도 안정감을 획득하거나 자기 확신을 가질 수 없다. "임시직, 실업자, 가난한 자, 가난한 노동자"를 구성하는 다양한 "경우들"과 "상황들" ― 가령, 청년을 두고 말해보아도, 청년, 불우청년, 도시 청년, 학위를 가진 청년 등 각기 다른 '경우들'과 '상황들'에 따라 다르게 구성된다 ― 이 증가하고 개인화가 심화되는 상황은 특정한 개인만을 취약성에 노출시키는 게 아니다. 이러한 상황은 실제로는 "미분적인 방식으로" 고용시장을 구성하는 모든 신분을 약화시킨다.[39] 유동적 임시성에 기반한 이 불평등의 통치술은 "노동과 실업" 사이의 대립을 "고용기간과 고용 부재 기간의 뒤얽힘"으로 대체한다.[40] 실업과 고용, 노동의 불연속성과 뒤얽힘은 광장을 재구하려는 시도를, 결과적으로 무색하게 한다.

노동 아닌 노동들

　김혜진의 소설은 그간 이런 노동 관념의 변화가 만들어내는 청년

38. 마우리치오 랏자라또, 『정치실험』, 주형일 옮김, 갈무리, 2018, 84~95쪽.
39. 같은 책, 29쪽.
40. 같은 책, 13쪽.

내부의 적대에 대해 날카롭게 환기해왔다. "뭐든 좀 하지."[41] 미래를 계획할 수 없는 단속적 삶을 사는 청년의 면모를 다루는 김혜진의 소설 「어비」에서 이 말은 탓할 곳 없는 분노로 스스로를 망가뜨려가는 청년 세대가 스스로에게 아니 거의 자신에 가까운 자신 세대에게 저주처럼 반복하는 말이기도 하다. 단기 알바 자리를 전전하면서 우연히 스치듯 만난 이들은 「어비」에서 사회적 위치나 삶에 대한 태도를 공유하면서도 스스로에 대한 오해 속에서 서로를 이해하지 못한 채 연대하지 못하는 존재들로 다루어진다.

일시적인 일, 인생을 낭비하는 일, 더 나은 일을 구하기 위해, 제대로 된 일자리를 얻기 전에 잠시 하는 일, "이런 일"은 그저 "돈이 없어서 하는 거고."(19쪽) "어디까지나 잠시만 하는 거고." "진짜 하려는 일이 아니고." "취업 준비를 하는 중"(20쪽)이라고 생각하면서 생을 끝없이 유예하는 「어비」의 나는 자신과 별다르지 않은 삶을 사는 '어비'를 동정하거나 비난하는 마음을 떨치지 못한다. 당연한 말이지만 이 불안정성은 충분히 해결 가능한 사회적, 생산적 관계의 잠정적이고 찰나적인 단계가 아니다. 오히려 불안정성은 이곳에 사는 이들이 죽음에 내몰린 벌거벗은 존재임의 증명이다. 사회적 연대를 불가능하게 하는 이 불안정성이 불러오는 최악의 사태는 스스로에 대한 인식을 불가능하게 만든다는 데 있다. 세계를 채우고 있는 불안정성은 수시로 지면하고 서로 대면하는 것임에도 정작 그 자신의 모습을 정확하게 인식하지 못하게 하는 데 있다.[42]

「어비」에서 '어비'는 일 처리가 분명하고 성실하며 부지런하지만,

---

41. 김혜진, 「어비」, 『어비』, 25쪽.
42. 프랑코 베라르디 비포, 『프레카리아트를 위한 랩소디』, 정유리 옮김, 난장, 2013, 74~75쪽.

일 처리 이상의 것, 관계를 위한 일에는 노력을 기울이지 않는다. 자신을 따라다니는 편견이나 선입견에 관심이 없으며 그래서 어떤 변명이나 해명도 하지 않는다. 공동체의 일원이 되는 일에 아무런 관심이 없는 사람으로, 관행의 이름으로 개인에게 강요되는 공동체의 규율을 거부하는 사람으로 형상화된다. 좀 더 정확하게는 다른 이들에게 그렇게 '보이는' 사람으로 그려진다.

「어비」에서 작가는 소설적 몰입을 차단하는 방식으로 성찰의 시선을 겹쳐둔다. 나의 시선으로 '어비'를 보기 시작하지만, 곧 독자는 나와 '어비'가 별다르지 않은 삶을 사는 존재들임을 알아챌 수 있다. 그렇다고 나와 '어비'가 서로를 되비추는 거울 역할을 하는 것은 아니다. 오히려 반대로 「어비」가 던지는 질문은 「광장 근처」식으로 말하자면, 광장 바깥으로 내몰리고 있는 존재인 '어비'와 함께 광장의 이데올로기를 내면화한 채 자신의 '어비'적 면모를 직시하지 못하는 화자를 경유하면서 좀 더 무거워진다. 왜 화자인 그는 음식을 먹는 모습을 보여주는 개인방송으로 돈을 버는 일에 거부감을 가지며 그런 일을 하는 '어비'를 두고 분노를 터뜨리는가. 왜 그는 '어비'를 동정하거나 비난하는 존재가 되었는가.

「어비」는 지금 이곳의 청년의 삶이 거리를 두고 보면 '어비'의 모습으로, 각자의 시선으로는 화자의 모습으로 존재하는 것은 아닌지, 분열적 존재로 살면서 앞으로 나아가는 것도 되돌아가는 것도 불가능한, 출구 없는 미로를 헤매고 있는 것은 아닌지 묻는다. 「어비」의 세계로부터 더 바깥으로 밀려난 삶을 담고 있는 「광장 근처」를 통해, 다원주의를 용인하는 윤리적 공간처럼 보이는 광장의 화합할 수 없는 분열적 차이성을 환기하며, 연대할 수 없는 격차의 사회적 조절술에 갇힌 청년들의 처지와 그 광장 자체가 생산하고 있는 불평등의 통치술을 가시화한다.

광장에서 '광장"들'로

김혜진의 「광장 근처」나 최은영의 「미카엘라」에서 광장은 흥미롭게도 광장의 일원으로 그 자리에 서 있다는 실감 외에 아무것도 볼 수 없는 상황으로 재현된다. 정치적으로 혹은 종교직으로 광장을 재운 모두가 '하나'가 되는 공간이 광장이라면, "모두가 괜찮다고 믿을 법한 말들"이 오가는 중에도, '하나'의 사이를 통과하려는 누군가에게는 틈을 내어주지 않는 곳이 광장이다. "그냥 지나가려고 하는 것뿐이라고 말해도 소용없었다. 힘들게 차지한 자리를 빼앗길까봐 모두 기를 쓰고 버티고 있었다. 뒤로 밀려나지 않으려고 악착같이 견디고 있었다. 그가 비집고 들어갈 틈은 없었다. 어느 쪽으로든 나아가려면 누군가를 밀치거나 넘어뜨리거나 아예 영원히 사라져 버리기를 바라야 했다. 인파에 사로잡혀 그가 목격한 건 그런 것이었다."[43] 「광장 근처」에서 광장 근처에 있던 거의 모든 사람들이 그러하듯, 「미카엘라」에서 미카엘라의 엄마가 시청광장에서 본 것은 그곳을 가득 메운 사람들의 등과 머리뿐이다.

"비가 내리기 시작한다. 빗줄기가 점점 굵어진다. 학교 정문 앞에 사람들이 모여 서 있다. 경찰이 있고 경찰이 아닌 사람들도 있다. 가까이 다가가려 하지만 인파에 가려 정문도, 정문 앞을 막아선 사람들도 보이지 않는다. 저 멀리 마이크를 든 누군가가 무슨 말인가를 하고 있다. 말소리는 금방 주변의 소음에 지워져 버린다. … 이봐요. 좀 비

---

43. 김혜진, 「광장 근처」, 『어비』, 162~163쪽.

켜 봐요. 조금만 비켜 줘요. 내 목소리는 거리의 소음과 사람들의 고성 사이로 흩어져 버린다. 자격 없는 문제 강사 해고하라. 누군가 외치자 나를 둘러싼 사람들이 해고하라, 해고하라 따라 외친다. 다닥다닥 붙어 선 사람들이 허공에 주먹을 휘두르며 조금씩 더 앞으로 나아가려고 한다. 숨소리가 거칠고 험악해진다. 보이지 않지만 모두들 으르렁거린다는 걸 느낄 수 있다. 금방이라도 불이 붙고 그 뜨거운 열기가 사람들을 무섭게 몰아붙일 것 같다."[44] 대형 스크린을 통해서나 볼 수 있는 교황의 모습 대신 세월호특별법 제정을 위한 서명운동 부스를 비추는 최은영의 「미카엘라」에서 그러하듯, 김혜진의 『딸에 대하여』가 주목하는 '광장'은 모두가 '하나'라고 믿는 그 광장이 아니다. 그곳은 성소수자의 권리를 위한 목소리가 있는 공간이자 목소리를 내려는 이들에게 가해지는 폭력이 가시화되는 공간이다.

광장을 재현하지만 광장 내부가 아니라 광장 '근처', 광장에는 속하지 않는다고 생각되는 공간을 비추는 김혜진과 최은영의 소설은 화합과 타협 그리고 연대의 허위를 벗겨내고 한국사회가 직면한 배제와 누락의 지점들을 드러낸다. 동시에 그것이 광장 내부로 회수되지 않는 '광장', 사적 영역과 공적 영역이 매개되는 공간으로 남겨져 있음을 보여준다. 민주주의의 이름으로 소수자들의 목소리가 소거되지 않고 공적 자리를 마련할 수 있는 가능성은 어떻게 확보될 수 있는가. 광장의 탈구축은 시민의 이름으로 회수되지 않는 지점들, 광장 내부의, 광장 근처의, 광장 바깥의, 수많은 '광장'에 대한 시야 즉, 내적 위계화를 가시화하고 폭로하는 '광장'들에 대한 시야를 통해서야 간신히 시작될 수 있을 것이다.

---

44. 김혜진, 『딸에 대하여』, 민음사, 2017, 136~137쪽.

6장

광장의 젠더와 혁명의 성정치

1996~2016, 혁명의 기록과 기억'들'

나는 재수를 거쳐 96학번이었고 서수경은 95학번이었다. 우리는 각각 서총련
(서울지역대학총학생회연합) 산하 동총련(서울동부지구총학생회연합)과 경인
총련(경기인천지역대학총학생회연합) 산하 인부총련(인천부천지역총학생회연
합) 소속으로 1996년 8월의 며칠을 연세대학교 종합관에서 보냈다. 캠퍼스를 둘
러싼 호위를 뚫고 탈출하려다가 전투경찰들에게 쫓겨 들어간 종합관에서 스스
로 바리케이드를 쌓은 채 고립되고 만 것이다. 며칠에 불과했지만 그 며칠의 인
상은 1996년 전체의 인상이 되었다. 누군가 '96년'이라고 말하면 나는 그를 돌아
본다. 그 뒤로도 많은 시간이 흘렀고 적지 않은 사건이 있었지만 1996년은 덜 삼
킨 덩어리처럼 목구멍 어디엔가 남아 있다. 오감이 다 동원된 물리적 기억으로.

— 황정은, 『디디의 우산』

기억과 역사 : '덜 삼킨 덩어리처럼 목구멍 어디엔가 남아 있는'

좀비들의 급작스러운 공격으로 시작되는 윤이형의 소설 「큰 늑대
파랑」[1]의 소설적 지반을 이루고 있는 것은 분명 종말론적 상상력이다.
「큰 늑대 파랑」은 2006년 10월 어느 일요일 정오 무렵, 이상 바이러스
때문으로 추정되는 좀비 현상이 확산되기 시작한 서울 풍경을 그린
다. 지나온 10여 년 동안 같은 꿈을 꾼다고 믿었던 친구들이 서로 다

---

1. 윤이형, 「큰 늑대 파랑」, 『큰 늑대 파랑』, 창비, 2011.

른 자리에서 세계의 종말과 죽음 혹은 피할 수 없는 감염의 위험에 처하게 되는 장면을 차례로 추적하면서, 「큰 늑대 파랑」은 구원의 여지 없는 죽음 혹은 치명적인 감염 앞에서 1990년대 대학가 학생운동의 풍경을 불러온다. 그 시공간의 어딘가에서 세계의 종말이 시작되기라도 했다는 듯이. 특별한 의무감 없이 그저 스쳐 지나갔을 뿐인 학생운동의 시위 풍경이 세계의 종말을 맞이한 순간 느닷없이 기억의 전면에 떠오르게 된 이유는 무엇인가. 지나온 10여 년의 삶은 왜 그들을 무심결에 지나쳤던 그 시공간으로 되돌리는가.

흥미롭게도 1990년대 중후반, 1996년 봄에서 여름에 이르는 시기, 아니 1996년 8월 '연세대 사건'으로도 좁힐 수 있는 1990년대 대학가 학생운동에 대한 회상은 「큰 늑대 파랑」만의 것이 아니다. 혁명의 기억이 배제한 것들을 환기하고 혁명의 기록에 대한 고민을 담고 있는 황정은의 소설 『디디의 우산』(2019)에서 2016년 촛불광장과 2017년 정권교체로 이어진 혁명의 시간은 1996년 8월의 '연세대 사건'에 대한 기억 위에서 서술된다. 2016년의 혁명을 통과한 인물이 혁명의 기록에서 지워진 그 시간을 지금 이곳의 혁명의 시원으로 불러오게 된 이유는 무엇인가. 세계에 대한 낙관적 전망이 불가능하다는 감각으로 팽배한 2006년에, 시민 대중의 손으로 직접 정권을 바꾸는 역사적 현장의 한복판을 지나는 2016년 즈음에, 왜 윤이형과 황정은은 1996년의 그 시공간을 떠올리는가. 현실에 대한 어떤 판단이 그 시공간을 불러왔는가. 아니 그 시간을 기억하는 행위와 재현의 수행은 현실에 대한 인식을 어떻게 재편하는가.

그들의 기억의 환기에 주목하게 되는 것은, 사실 1996년 8월 '연세대 사건'이 학생운동의 차원에서도 한국사회에 미친 영향의 차원에서도 쉽사리 복기하기 어려운 껄끄러운 지점들을 담지한 사건이기 때문이다. 돌이켜보건대, '화염병'-'쇠파이프'와 연쇄적으로 환기되는 '불타는 연세대 종합관'이라는 이미지는 학생운동을 과격한 폭력성과 뗄수 없게 연결시키는 결정적 계기가 되었다. 학생운동의 반사회적이고 비정상적인 이미지는 '연세대 사건' 이후로 뚜렷해졌다.[2] 1996년에서 1997년에 걸쳐 학생운동의 자리는 사회 '바깥'의 반국가적인 집단의 일탈적 행위로, 이적-용공 세력의 위험한 활동으로 규정되기에 이른다. 국가 차원의 대북정책이나 통일에 대한 관점 차이로 표출되고 있었지만, 사회 '내' 비판적 견제 세력으로서의 학생운동의 위상은 1987년 절차적 민주주의의 수립과 그 결과로서 문민정부가 들어선 1993년 이후로 한국사회에서 애매해질 수밖에 없었다. 역사적 정당성을

---

2. "이번 한총련 사태는 시위사상 가장 많은 연행자와 부상자를 낳았다는 수치스런 기록을 남겼다. 또 향후 학생운동에서 새로운 주체 및 방향설정이 불가피해졌다는 전망과 함께 유사한 사태가 재발해서는 안 된다는 교훈을 던져 주었다. / 학생과 경찰의 첫 충돌이 발생한 지난 12일 이후 9일 동안 무려 5천 6백여 명의 학생이 경찰에 연행됐다. 또 학생·전경 1천 5백여 명이 부상했으며 연세대 내의 각종 시설물 파괴, 주변 교통마비 등 전례를 찾아볼 수 없는 피해를 남긴 근래 보기 드문 무력충돌 사태였다. / 많은 시민들은 이 불행한 사태가 한총련의 폭력 시위 및 무분별한 통일운동에서 촉발됐다고 믿고 있다. 통일운동이란 당위성을 내세웠지만 시위 도중 화염병과 쇠파이프를 사용했으며 대학생을 북한으로 밀입북시킨 행위 등은 납득할 수 없다는 것이다. / 그러나 진압과정을 주시해온 상당수 시민들은 공권력의 대응방식 역시 이번 불행한 사태의 원인으로 꼽고 있다. 경찰은 학생들이 통일축전 행사를 위해 11일부터 연세대로 집결 중이란 사실을 알면서도 사전 차단에 실패해 사태 발생을 미리 막지 못했다. 정부가 17일 한총련 핵심조직을 이적 단체로 규정, 뿌리 뽑겠다고 밝힌 직후에야 경찰은 시위 장소인 연세대 외곽을 봉쇄, 시위자 전원 검거에 나섰다. / 이어 경찰은 외곽 봉쇄, 음식·약품 반입 차단 등 지상 작전과 함께 최루액 살포 등 공중 작전을 병행, 「지쳐 제 발로 나올 때 검거한다」는 초강경 진압을 벌였고 이에 따라 결과적으로 부상자가 속출했다."(「'연세대 사태' 뭘 남겼나 학생운동 "변혁 기로"」, 『경향신문』, 1996.8.21). 물론 학생운동의 위상은 서서히 약화되고 있었다. 강압과 조작으로 얼룩졌음에도 1991년 5월 강기훈 유서대필 사건은 운동권을 대의나 운동을 위해서라면 반인륜적이고 비도덕적인 행위도 서슴지 않을 수 있는 패륜아들로 규정하게 하는 계기였고, 사실상 학생운동의 폭력성과 민주화 세력의 반도덕성을 보여주는 상징적 사건으로 거론되었다. 이재원, 「시대유감(時代遺憾), 1996년 그들이 세상을 지배했을 때」, 『문화과학』 62, 2010, 96~97쪽.

확보하지 못한 정부에 대항함으로써 정치적 정당성을 확보할 수 있었던 과거와 달리, 운동의 대상이나 방향 그리고 방식에서 실질적인 차원의 변화가 요청되었던 것이다.

급기야 1998년에 한 사회학자에 의해 "한국 근현대사의 발전 도정에서 큰 족적을 남긴 한국의 학생운동"은 "이제 모두의 골칫거리"[3]가 되었다고 진단되기에 이른다. 그러나 학생운동의 문제로 한정하지 않더라도, 다양한 비판적 저항운동의 폭력성은 행위 자체로부터 규정되지 않으며, 정치적이고 맥락적 의미를 갖는다고 해야 한다. 따지자면 이 시기의 학생운동이 특별히 공격적이거나 파괴적인 성격을 보여주었다고 단정하기는 쉽지 않다. 이러한 사정은 96년 전후 학생운동의 폭력성 논의가 이루어지던 담론적 지형으로의 관점 전환을 요청한다. 운동 자체의 폭력성 여부가 아니라 학생운동이 '과격하고 폭력적인' 대對사회적 일탈 행위로 의미화되고 있는 그 전환적 장면에 주목하게 하는 것이다. 나아가 당시 공공연하게 학생운동을 두고 공유하던 판단, 예컨대 "학생운동의 몰락"이 곧 "대학사회의 황폐화"[4]로 이어진다는 판단이 과연 타당한 것인지, 그러한 판단은 어떤 역사적 시야 속에서 정당성을 확보하게 되는지 묻게 한다.

1996년 8월이 환기하는 것

학생운동의 자리를 무용한 것으로 만들면서 한국사회가 얻고자 한 것은 무엇이며 동시에 그 과정에서 예측하지 못한 채 잃은 것은 무엇인가. 더 나아가 소설을 통해 환기되는 1996년 8월은 그때 외면했거

---

3. 김동춘, 「90년대 학생운동의 현황과 전망」, 『황해문화』, 1998년 여름호, 101쪽.
4. 같은 글, 113쪽.

나 누락했던 무엇을 다시 불러오고 있는가. 이러한 관점 전환적 질문들은 '연세대 사건'의 의미가 원천봉쇄와 무력진압으로 귀결된 사태라는 정치적 맥락으로만 한정될 수 없음을 말해준다고 하겠다.[5] 따라서 1996년 8월을 두고 우리가 물어야 하는 것은 사건 자체의 의미가 아니라 사건의 의미를 재편(하게)한 사회적 조건 변화와 그것이 야기한 여파 같은 것들이라고 해야 할 것이다.

1996년 8월 '연세대 사건'을 둘러싼 이러한 질문들을 품은 채로, 왜 윤이형과 황정은의 소설이 현재적 관점에서 1996년의 학생운동과 '연세대 사건'을 떠올리는가라는 질문에서 출발해보자. '왜 1996년 8월인가'라는 질문을 두고 2006년과 2016년이라는 서로 다른 시간의 병치를 통해 윤이형과 황정은이 재현한 혁명의 시원이 갖는 서로 다른 맥락적 의미망을 검토하면 그 의미망의 차이와 그럼에도 공유되는 인식의 밑그림을 확인할 수 있을 것이며,[6] 이를 통해 사건 자체가 아니라 사건과 거리를 둔 자리, 좀 더 정확하게는 '연세대 사건' 혹은 그것으로 상징되는 무언가로 기억된 아니 망각된 지점을 들여다볼 기회를 마련할 수 있을 것이다.

---

5. 학생운동의 가능성 자체가 폐색 국면에 접어들게 된 '이후'의 관점에서 학생운동의 시대적 한계와 운동 주체의 실패나 역량에 대해 논의할 수 있을 것이며, 지금껏 충분히 다각도로 검토되지 못한 이 지점에 대한 본격적인 논의가 필요하다는 사실을 부인하기는 어렵다. 학생운동 내에서 연례행사에 가까웠으며 실질적으로도 이전 해와 규모나 진행 면에서 크게 다르지 않을 것으로 예측되었던 통일대축전('범청학련축전') 행사가 예측할 수 없는 귀결을 맞이했다는 점에 대한 심도 깊은 검토가 필요한 것도 분명하다. 그럼에도 짚어두고자 하는 것은 1996년 8월 '연세대 사건'의 사회적 의미가 예기치 못한 사태에 대한 검토 자체를 통해 마련되지는 않는다는 사실이다.

6. 오해를 줄이기 위해 덧붙이자면, 이 글의 관심은 1996년 학생운동의 풍경이나 1996년 8월 '연세대 사건'의 실체와 본질의 엄밀한 의미를 포착하거나 확정 짓는 데에 있지 않다.

가상 공동체 시대의 세대기억 : '우리가 뭘 잘못한 걸까?'

현실에서 가상으로, 정치에서 문화로

1990년대 전반에 걸쳐 이념적 전환의 시대가 야기한 다양한 변화가 포착되고 있었다. 1991년 사회주의 체제의 몰락 선언은 당시에는 실감하지 못했다 해도 사회에 대한 견제와 비판을 가능하게 할 저항세력의 몰락을 불러왔다. 대학의 신자유주의화와 경제적 요인의 결합에 따른 지식-이데올로기적 헤게모니의 상실의 결과로서 비판적 주체형성이 난국에 처하게 된 것이다.[7] 그리하여 1990년대 초중반은 1992년 서태지의 등장으로 상징되는바, 신세대론의 시대로, 대학생이라는 세대적 동질성이 상실되고 새로운 개별자 청년이 등장한 시대로 이해되었다.[8] '정치의 시대에서 문화의 시대로' 압축되는 이러한 변화의 흐름 속에서, 1991년 전후로 전위의 선도에 의한 운동의 가능성이 점차 협소화되었고, 공동체 의식의 해체와 재구축 과정이 불러온 개인이 새롭게 부각되기에 이르렀다.

이러한 변화가 패션과 스타일로 대변되는 신세대의 등장에 한정된 것만은 아니었는데, 그 가운데 주목해야 할 것은 공동체 의식의 해체와 재구축 과정에서 열린 가상 세계의 가능성이었다. 2010년대 이후 뚜렷해진 1인 미디어의 등장이 알 수 없는 기대감을 불러왔던 것과 마찬가지로, 비록 일시적인 것에 불과한 것이었지만, PC통신으로 열린 가상 세계는 미디어의 공공성에 대한 논의와 함께 새로운 광장의 대두를 통한 대안 미디어의 가능성으로 검토되었다.[9] 물론 PC통신이

---

7. 김정한, 「대학 정치의 주체와 대안」, 『대학 : 담론과 쟁점』 1, 2016, 73쪽.
8. 소영현, 「한국사회와 청년들」, 『한국근대문학연구』 26, 2012, 387~416쪽.
9. 윤영철, 「대안적 매체로서의 PC통신」, 『한국언론학보』 43(1), 1998, 184~218쪽.

만들어낸 가상 세계가 미디어적 혁신의 차원으로만 상상되었던 것은 아니다.

「성교가 두 인간의 관계에 미치는 영향에 대한 문학적 고찰 중 사례연구 부분 인용」으로 1993년 연세문학상 소설 부분에 당선되었고, 당시 하이텔 순수문학동호회 〈이야기나라〉의 창작란인 '글마을'의 시삽이었던 송경아는 통신공간을 다음과 같이 회상한 바 있다. 송경아에 따르면, 통신에 접속한다는 행위는 "24시간 아무 때나 호출할 수 있어야 하고", "하는 일을 방해하지 않고 지켜봐 주어야" 하며, "떠들고 싶을 때는 마음 놓고 떠들 수 있고, 가만히 있고 싶되 심심한 것이 싫을 때는 그쪽에서 재미있는 이야기를 해주"는[10], 말하자면 어릴 때 꿈꾸었던 이상적인 친구와의 만남의 현실화 같은 것이었다.

그녀가 일어났을 때는 햇빛이 두 눈을 찔러 거의 열두시가 다 되어가는 낮이었다. 밤늦게까지의 채팅과 전화와 독서가 아침에 주는, 온몸이 저릿저릿한 나른한 피곤을 느끼며 그녀는 부신 눈을 뜬다. 렌즈를 끼지 않은 눈은 흐릿하고 침침하다. 사물의 테두리가 물에 번진 것처럼 지저분하고, 아무것도 잘 보이지 않는다. 그녀는 습관처럼 컴퓨터를 켠다. 켜지지 않는다. 화장실 불이 나갔다.

컴퓨터 앞에 돌아와 본다. 역시 커지지 않았다. 정전이구나. 엄마는 나갔고, 집에는 그녀 혼자뿐이다. 잠시 그녀는 집 안에 혼자라는 것과 정전 때문에 아득하게 막막해한다. 그건 마치 그녀의 일상 아닌 일상과 같다. 아무데도 소속된 데가 없는 일상.[11]

---

10. 송경아, 「통신 글쓰기의 여러 가지 모습」, 『오늘의 문예비평』, 1997년 여름호, 29~30쪽.
11. 송경아, 「이카라」, 『성교가 두 인간의 관계에 미치는 영향에 대한 문학적 고찰 중 사례 연구 부분 인용』, 여성사, 1994, 7쪽.

가족과 동료 모두로부터 이해받지 못하는 존재로서의 고립감과 한강 변에서 바람을 맞으며 만끽하는 자유를 멜랑콜리한 분위기로 표현한 소설 「이카라」의 첫 장면은 현실 세계에서 좁혀지지 않는 타인과의 거리가 컴퓨터를 통한 전기 신호를 통해 좁혀지는 세계로 시작된다. 그 세계를 사는 존재에게 집안에 혼자 남아 있는 아득하고 막막한 감정은 정전으로 켜지지 않는 컴퓨터 앞에서의 허망한 감정과 다르지 않으며, 그것은 곧 소속감을 느낄 수 없는 부유감으로 감각된다. 전면적인 수평적 소통을 열어젖힌 인터넷 문화가 갖는 대중성과 확장성의 차원에서 보자면, 부족적인 성격을 갖는 PC통신 문화는 여전히 남아 있는 공동체에 대한 열망을 해소해줄 수 있는 매개적 역할을 하고 있었다. 개별적 주체로 등장한 개인이 가상공간을 통해 새로운 공동체 감각을 만들어내는 이 장면을 1990년대적 풍경의 상징적 단면으로 보아도 손색이 없을 것이다.

PC통신 시대가 품은 미래

자유를 꿈꾸던 시대의 희생들, 죄의식으로 돌이켜질 수밖에 없는 1990년대의 그 시절, 그때를 살았던 청년들에 대한 애도이자 PC통신 시절에 대한 문학적 헌사이기도 한 「큰 늑대 파랑」은 IMF 구제금융 사태 이후 한국사회의 변화에 대한 세대적 부채를 유니크한 방식으로 기록한다. 뭘 잘못한 것일까. 윤이형의 소설 「큰 늑대 파랑」의 청년들이 이 질문에 사로잡히고 질문의 해답을 얻기 위해 자신들의 삶의 방향성이 결정된 1990년대를 떠올리게 되는 이유는 무엇인가.

하이텔 PC 통신 시절인 1996년 3월 어느 날 컴퓨터 모니터 안에서 탄생한 파란색 색감의 늑대는 십 년의 시간이 흐른 뒤 자신을 탄생시킨 청년들, 말하자면 자신의 부모를 구하기 위해 갇혀 있던 종이를 뚫고 현실세계에 출현한다. "우리를 잃고 세상에 휩쓸려 더러워지면"[12] 늑대 파랑이 우리를 구원해줄 것이라는 네 명의 청년들의 주문呪文 혹은 구원을 바라는 열망은 이상 바이러스를 원인으로 한 좀비 확산 현상을 맞이한 서울에서 판타지처럼 실현된다.

좀비가 나타났대. 이젠 정말 갈 때까지 갔군. 왜 지금에야 나타난 걸까. 이런 일이 생기려면 훨씬 전에 생겼어야 했어. 사라는 농담처럼 혼잣말을 했다. 사라는 몇 년 전부터 자주 혼잣말을 했다. 꼭 방안에 누군가가 있는 것처럼. 하지만 방에는 아무도 없었다. 없었고, 없고, 없겠지, 아마도.[13]

소수자의 착취로 귀결되는 자본의 기만술에 스스로를 내던지고 그던 "자신을 비웃는 일의 위악적인 즐거움"에 휩쓸린 존재인 재혁(115쪽)과 부끄러움과 자괴감을 품지 않고는 살 수 없는 현실 속에서 애초에 좋아하는 일을 했으나 점차 자신의 밥벌이를 부끄러워할 수밖에 없게 된 정희의 삶은 이제는 세상의 끝을 기다리는 아영의 삶과 조금도 다르지 않다. 사회가 정해놓은 규칙에 따라 성실한 삶을 살았던 부모를 한순간에 잃고 생계를 위한 삶으로 내몰리게 된 사라는 낭비 없는 인생을 다짐한 후 의식 있고 취향 있는 삶을 살지만 그 삶은 누구와도 나눌 수 없는 고립된 삶일 뿐이다. "진심으로 좋아하는 것들"을 향한 삶이었다고 해도 그들에게서 이제 더 이상 고립 너머의 삶에 대한 기대는 없다. 무엇이 잘못된 것일까.

---

12. 윤이형, 「큰 늑대 파랑」, 『큰 늑대 파랑』, 141쪽.
13. 같은 글, 103쪽.

이럴 줄 알았으면 대학 때 맑스의 『자본론』이라도 읽어둘걸. 그때는 그런 공부를 하는 사람들을 이해할 수 없다고 생각했지. 그런 이야기들은 하나도 피부에 와닿지 않았어. …우리가 뭘 잘못한 걸까? 그 사람들처럼 거리로 나가 싸워야 한 걸까? 그때 그러지 않아서 지금 이렇게 되어버린 걸까? 난, 무언가를 진심으로 좋아하면 그걸로 세상을 바꿀 수 있을 줄 알았어. 재미있는 것들이 우리를 구원해줄 거라고 생각했다. 그런데 이게 뭐야? 창피하게 이게 뭐냐고? 이렇게 살다가 그냥 죽어버리는 거야?[14]

어머니의 골을 삼키고 안에서부터 찢어지기 시작하는 성장의 고통을 겪으며 파랑은 십 년 전 부모들에게서 받은 임무를 수행할 수 있는 늠름한 늑대로 재탄생한다. 속절없이 세상에 휩쓸려 자기다움을 잃고 사는 부모의 몸을 먹어 치우면서 늑대(-후속 세대)가 몸집을 불리고 성장을 하며, 위험에 처한 늑대를 지키는 일을, 부모를 죽인 자가 실행한다. 아니 후속세대를 지키기 위해 좀비가 된 자신의 부모를 스스로 처단한다. 잠깐이었던 버블 호황기가 끝난 이후 급격하게 경색되고 세속화된 한국사회에 대한 대속의식처럼 읽히는 「큰 늑대 파랑」은, 새롭게 등장한 개인의 삶의 끝에서 그 너머에 대한 상상이 사라진 시간을 종말로 이해하는 동시에 혁명이 요청되는 시간으로 본다. 희망과 절망의 구분만으로는 단정 짓기 어려운 낯선 방식으로 미래를 예견한다. 늑대와 좀비 그리고 감염된 부모를 죽임으로써 그들을 구원하는 놀라운 이야기를 통해 이보다 경악할 만한 인간 상실의 현실에 우리가 직면해 있음을 환기한다. 1996년의 청년들이 겪었던 절

14. 같은 글, 138~139쪽.

망과 상실 그리고 부채의식에 대한 아름답고 강렬한 소설적 애도가
아닐 수 없다.

좀비와 도끼

1996년 3월 어느 날, 시위에 한 번도 참여해본 적이 없는 네 청년
은 수업이 일찍 끝난 어느 날 교문에 다다랐을 즈음 시위대를 만나고
맨 뒤에 섰지만 곧 쿠엔틴 타란티노의 〈저수지의 개들〉을 보기 위해
무리에서 이탈한다. 무리에서 벗어나 피 칠갑을 한 영화를 보고 나와
그들이 접하게 된 뉴스는 시위 중에 경찰의 과잉진압으로 쓰러진 동
년배 학생의 죽음에 관한 것이었다. 그러나 그뿐, 그 죽음은 곧 잊혔
다. 아니 잊혔다고 믿었다. 1996년 3월 한 남학생의 죽음은 소설 내에
서 "그 사건 이후" "이유를 알 수 없었지만" 다들 "무척 불안정한 성격
으로 변했"(105쪽)던 막연한 변화의 계기로서만 감지되었을 뿐이다. 한
학생의 죽음이 야기한 불안이 혁명을 예견한 사건에 대한 기미였음은
십여 년의 시간이 흐른 뒤에야 비로소 확인된다. 그 불안은 사라지지
않고 그들의 삶의 어딘가에 내내 떠다니고 있었던 것이다.[15]

---

15. 황정은의 『디디의 우산』에서는 그 불안이 세대적 부채감이자 모종의 죄의식이었음을
다음과 같이 언급한다. "1996년에 서수경이 연세대에서 열린 범민족대회와 통일대축
전에 학생회장단으로 참석한 이유는 그해 3월에 노수석(1976년 11월 23일 광주 출생.
1995년 연세대학교 법학과 입학. 1996년 3월 29일 '김영삼 대선자금 공개와 교육재정
확보를 위한 서울지역대학총학생회연합 결의대회'에서 경찰의 토끼몰이식 진압에 의해
사망. 2003년 9월 9일 '민주화운동관련자 명예회복 및 보상심의위원회'에서 민주화운
동 관련자로 인정. 출처 : 노수석열사추모사업회 홈페이지)이 죽었기 때문이었다. 노수
석이 전투경찰에게 쫓기다가 사망한 장소는 서울 을지로 일대였고 그 부근은 서수경
이 중학생이었을 때부터 영화를 보거나 햄버거를 먹으러 놀러 가곤 했던 장소였다. 서
수경은 자신이 안다고 생각했던 거리에서 누군가가 전투경찰에게 맞아 죽을 수도 있
었다는 사실에 충격을 받았고 그가 자신과 동갑이라는 사실에도 충격을 받았다. 1996
년 8월에 연세대에서 우리가 모인다 라는 공지를 접했을 때 서수경이 떠올린 것은 그
러니까 연세대 법학과 학생으로 시위에 나섰다가 사망한 동갑내기였다. 모종의 부채감

「큰 늑대 파랑」에서 죽음으로 기억되는 혁명은 부모가 만들어놓은 틀 안에서 갇힌 삶을 살면서도 언젠가 도래할 세상의 종말이자 자신을 가두는 상징적 부모를 겨눌 가슴에 품은 도끼로 의미화된다. 소설은 다수의 관심에서 배제되었으나 여전히 개인 너머의 세계에 대한 가능성을 포기하지 않던 한 학생의 죽음이 자신들의 세대에 사라지지 않을 상흔을 남기고 그 상흔이 그들의 삶을 끝장낼 수 있는 도끼가 되어 끝내 다른 세계를 열어젖히게 되었음을 비장한 분위기로 선언한다. 가상의 시대, 개인의 시대, 문화의 시대가 은폐한 세계를 성찰하면서 개인의 시대가 실현된 듯한 세계의 한 가운데에서 바로 그 개인의 시대를 두고 어디에서부터 무엇이 잘못된 것인지를 질문한다. 이 질문은 그 기원의 복원이나 개인의 시대 이전으로 되돌아가자는 호소가 아니다. 지옥 같은 세계를 뒤로하고 늑대 파랑을 타고 달리는 「큰 늑대 파랑」의 끝은 그 시절의 여파에 대한 좀 더 철저한 종결 선언에의 요청을 의미한다.

성정치 시대의 삭제된 기억들 : '무엇이 그대로인지 아직은 알 수 없다'

1990년대의 성정치

주변부적 관점에서 그리고 젠더적 관점에서 호명된 1996년 8월 '연세대 사건'의 의미를 확인하기 위해, '연세대 사건'을 '용공세력'이자 '극렬 폭력분자'의 반정부적 시위로 명명했던[16] 시대 풍경을 좀 더 들여

이 있었다고 서수경은 말했다."(황정은, 「아무것도 말할 필요가 없다」, 『디디의 우산』, 177~178쪽.)

16. 『조선일보』의 적극적 개입으로 불법성과 폭력성에 대한 담론적 재현이 점차 자연화

다보자. 정치의 시대에서 문화의 시대로 이동해간[17] 시대적 전환은 우선 학생운동의 성격에 전면적 변화를 가져왔다. 이념과 토론 중심의 학술동아리 대신 문화동아리와 문화행사에 대한 관심이 급증했고,[18] 이때 페미니스트 커뮤니티도 만들어지기 시작했다.[19] 여성운동을 포함한 이러한 활동이 문화행사를 중심으로 이루어졌다는 사실은 좀 더 강조되어도 좋을 것이다. 여성의 출산과 수유에 관한 경험과 강간에 대한 공포 체험 조형물이 설치되고 남근 피라미드 설치물이 전시되었으며 스톤월 항쟁의 역사를 기록한 다큐멘터리와 퀴어 청소년을 위한 교육용 프로그램이 상연되었다.[20] 각종 성정치 문화제와 페미니즘 문화제나 여성 문화제가 개최되었다.[21] 1990년대 대학 내 여성운동의 가장 큰 특징으로 '축제'가 거론될 정도로, 여성 운동은 가부장제적 일상에 밀착하여 '개인적인 것'의 정치적 가능성을 가늠하고 있었다. 이러한 변화는 대학가를 강타한 '성정치'라는 용어의 범람을 통해

되는 경향을 보여주었다. 『조선일보』에 의한 폭력성 관련 담론의 형성에 관해서는 이승아, 「위기의 서사적 재현과 정치적 억압」, 『한국사회학회 심포지움 논문집』 2002, 161~194쪽 참조.

17. 이재원, 「시대유감(時代遺憾), 1996년 그들이 세상을 지배했을 때」, 『문화과학』 62, 2010, 100쪽.

18. 김동춘, 「90년대 학생운동의 현황과 전망」, 『황해문화』, 1998년 여름호, 112쪽.

19. 여성사연구모임 길밖세샤, 「사이버 스페이스, 여성운동의 새로운 도전」, 『20세기 여성 사건사』, 여성신문사, 2001, 331~336쪽. PC통신을 통한 여성 모임이나 페미니즘을 지향하는 조직이 생겨났다. 1994년 천리안에서 〈여성학동호회〉가, 1996년 하이텔에서 〈페미니스트의 천국〉이 만들어졌고, 1995년 나우누리에서 여성모임 〈미즈〉가 결성되었다. 영 페미니스트 그룹들은 온라인 공간에서 웹진 형식의 커뮤니티를 만들었다. 1996년 웹진 〈달나라 딸세포〉(dalara.jinbo.net), 2000년 여성문화 웹진 〈언니네〉(unninet.co.kr) 등을 만들었고, 1998년 진보넷 〈여성마당〉(bbs.jinbo.net/webbs/index.htm/?board=wom)을 통해 오프라인을 기반으로 활동하는 영 페미니스트 그룹들과 여성단체들이 온라인 커뮤니티를 구축했다.

20. 달과 입술, 「나의 아름다운 전쟁」, 『나는 페미니스트이다』, 동녘, 2000, 27~28쪽.

21. 달과 입술, 「축제의 정치, 저항의 페스티벌」, 『나는 페미니스트이다』, 87~120쪽 참조.

확인할 수 있듯, 여성의 목소리와 경험, 욕망과 문화에 대한 관심을 불러일으켰고,[22] 성정치의 이름으로 여성 운동계에서 문화적 실험의 형태로 확대되었다.

고대생들의 집단 난동으로 자유로운 이화 공동체라는 여성 공간은 침해당하며 이화라는 공간을 구성하고 있는 여성들은 육체적 피해 뿐 아니라 심리적 위압감과 불안감을 갖게 됩니다. 때문에 이 사건은 물리적, 사회정치적 권력에서 우위를 차지하고 있는 남성 집단이 여성 으로 구성된 집단에 가한 의도적인 위협 행위이며 폭력 행위입니다. 이는 명백히 집단적 성폭력이지요.[23]

여성운동의 전반적인 성격 변화와 관련하여 주목할 것은 1996 년 5월 29일에 있었던 이화여대 '고대생 집단 난동 사건'과 관련된 논 의 지형이다. 이 사건으로 대학 내 성별이 가시화되었다고 말하는 것 도 과장은 아닐 것이다. 대학 내에서 대학생과 여대생이 존재했지만 그 차이가 폭력적인 방식으로 억압되어 왔다는 사실이 환기된 계기였 다.[24] 성의 공론화에 입각한 성정치가 성해방으로 즉, 자유로운 개인 의 발견과 함께 무조건적인 도덕률 위반이나 욕망의 분출로 이해되 는 (그리하여 결과적으로 남성의 성해방과 여성의 성적 대상화로 귀결 되는)[25] 한편에서, '고대생 집단 난동 사건'을 계기로 관습처럼 일상화

---

22. 같은 글, 68~76쪽.

23. 이화여자대학교 고대생 집단 성폭력 근절을 위한 대책위원회, 「당신이 고대생 집단 성 폭력에 대해 알고 싶은 모든 것」, 1997 (달과 입술, 「욕망이라는 이름의 폭력」, 『나는 페미니스트이다』, 143쪽에서 재인용).

24. 여성사연구모임 길밖세상, 「시대의 무게를 벗고 일상의 정치에 나서다」, 『20세기 여성 사건사』, 323~324쪽.

된 여성관과 여성에 대한 성적 대상화가 문제적 지점으로 즉, '성폭력' 담론으로 가시화되기 시작한 것이다. '성폭력'에 대한 이해를 달리하게 된 이 사건 이후, 여성 운동적 차원에서 그해 여름에 있었던 '연세대 사건'은 좀 더 복잡한 이해를 요청하게 되었다.

각기 다른 자리에서

1996년 전후 대학가의 젠더 의식을 엿보게 해주는 최은영의 소설 「몫」(2018)은 그 사건을 다음과 같이 기록한다. "해마다 있던 일이었지 만 1996년 그해는 유독 폭력의 수위가 높았다. 500여 명에 달하는 당 신의 학교 학생들이 고무장갑을 끼고 호루라기를 불며 대동제가 진행 중이던 A여자대학교 광장을 점거했다. 기차놀이 대형으로 A여자대학 교 학생들을 밀치고 폭행했다. A여자대학교의 많은 학생들이 이 과정 에서 부상을 입고, 머리채를 잡히고 주먹으로 가격당했다."[26] 지나치 게 과격한 폭력 행위로 결국 학생 7명이 유기정학에 처해지는 심각한

---

25. 서구에서 1960년대의 성해방 운동과 포르노그라피의 합법화가 남긴 유산이 여성의 해방이라기보다 오히려 섹슈얼리티의 매춘화로 귀결되었다는 사실에서도 환기할 수 있 듯(캐슬린 배리, 『섹슈얼리티의 매춘화』, 정금나·김은정 옮김, 삼인, 2002, 82~86쪽), 진보적 운동세력의 퇴조 경향 속에서 대중의 등장이 불러온 아래로부터의 혁명이라는 요청이 더 이상 현실에서 불가능해진 혁명을 섹슈얼리티 차원에서 수행하고 있었던 것 은 아닌지 확인해볼 필요가 있다. 당시 마광수와 장정일의 섹슈얼리티를 둘러싼 스캔 들과 법적 제재는 '표현의 자유'와의 대결 구도 속에서 배치되고 있었다. 이러한 정황은, 자유로운 개인의 발견이 섹슈얼리티 담론의 범람 속에서 성적 자유의 실현을 통한 주 체화의 담론으로 이해되는 와중에도, 결국 남성의 섹슈얼리티는 다양하고 구체적이며 살아 있는 것으로 즉 역사적으로 주체적인 것으로 재현되고, 여성의 섹슈얼리티는 남 성의 역사적 주체화 과정에 동원됨으로써 탈역화되고 타자화되어 비주체의 자리로 떠 밀리게 된다는 사실을 말해주고 있었기 때문이다. 이러한 메커니즘 속에서 실패한 혁 명 이후의 무기력한 남성 주체는 섹슈얼리티를 매개로 역사성을 확보하며 주체로의 재 생에 성공하게 되는 것이다.(김은실, 「성적 주체로서의 여성의 재현과 대중문화」, 『여성 의 몸, 몸의 문화정치학』, 또하나의문화, 2001, 77쪽).

26. 최은영, 『몫』, 미메시스, 2018, 12쪽.

사태였지만, 여자대학교 축제에서 남학생들이 난동을 부리는 행위는 당시에는 연례행사로서 기껏해야 "소수의 치기 어린 행동"이거나 "눈감아 줄 수 있는 전통" 정도로 치부되었다. 폭력을 남성의 전유물로 포장해 용인해온 "성폭력 문화의 단면"으로[27] 인식했던 한 여성학자의 판단과는 거리가 먼 감각이었으나, 조금 과격한 연례행사였다는 판단에 스며있던 당시의 인식은 무딘 젠더적 감수성의 일면이라기보다, 사회에서 널리 공유되던 청년-남성에 대한 신뢰 즉, 시대의 주인에 대한 사회적 신뢰에 가까웠다.

「몫」에서 신입생인 '희영'과 '해진'을 교지 편집부로 이끈 것은 선배 '정윤'이 쓴 1996년에 있었던 그 난동사건에 관한 취재기사였다. 이후로 '정윤', '희영', '해진'은 서로 인간적 친밀감을 나누는 사이가 되었으나, 96년 전후의 시기를 통과하면서 시대를 바라보는 인식과 감각의 차이로 서로 엇갈리고 끝내 전혀 다른 삶의 형식을 갖게 된다. 글쓰기에 대한 서로 다른 입장으로 표출된 그 감각을 그러나 단지 글쓰기에 대한 개인적 취향으로만 협소화할 수는 없을 것이다. 오히려 그들 사이의 삶이나 현실에 대한 인식의 차이는 글로 행하는 운동과 사회활동의 형태로 이루어지는 운동 사이의 간극만큼이나 큰 것으로, 그것은 말하자면 시대의 모순과 역사의 진보에 대한 인식의 차이를 삶으로서 보여준다고 해야 한다. 그 인식의 차이는, 여자대학교 축제에서 남학생들이 난동을 부린 사건에 대한 문제의식을 공유한다고 해도, 그 문제의식을 둘러싼 서로 다른 맥락 위에 서 있었음을 말해주는 것이라고도 할 수 있다.

---

27. 「이화여대 여성학과 장필화 교수 '절반의 성 '깨우는' 강단의 운동가」, 『경향신문』, 1996.6.18.

그 사건이 일어나기 몇 해 전 B대학교에서 있었던 교수 성희롱 사건이나 5주기 추모 집회를 맞이한 기지촌 여성 문제를 기사로 다루고자 할 때, 그러한 주제들은 "시류를 읽어야" 할 시대에 "정치와 사회의 흐름을 읽어 나가야 할 지면"에서(19~20쪽) 협소하고 지엽적인 문제로서 치부되었고, 김영삼 정권 말기의 정치적 상황과 학생운동의 분열과 쇠퇴, 공권력 남용과 같은 문제와 지면을 다투다가 부차적으로만 다루어지거나 결국 폐기된다. 기사 선정을 위한 논의 장면을 통해 「몫」은 대학 내에서 여성 문제를 다루는 풍경과 그 시절의 젠더 감수성을 포착한다. 그것을 통해 여성들이 각기 다른 자리에 서 있을 수밖에 없음을, 그러나 그것이 단지 여성들 내부의 차이로만 환원될 수 없음을 보여준다.

여성 문제를 스스로 협소하고 지엽적인 것으로 치부하지 않고는 '문제로서' 다룰 수 없던 시절임을 인정한 채로, 교수 성희롱 문제를 "일개 여성 문제가 아니라 대학원 사회의 기형적인 권력 구조"(20쪽)로 거론하거나, 기지촌 여성의 문제를 민족 모순과 계급 모순이라는 거대한 구조 속에서 바라보고자 한 선배 정윤의 입장이 주한 미군이 철수하든 통일 조국의 날이 오든 "여자들이 맞고, 강간당하고, 죽임당하는 일"(45쪽)이 없어지지 않을 것이라 반박하는 희영의 입장과는 다른 자리에 놓여 있었음을 부인하기는 어렵다.

기지촌 여성 추모 집회에서 죽은 여자의 시신이 조국의 모습으로 호명될 때, "강간은 미국에서!"(42쪽)와 같은 구호가 규탄 발언으로 외쳐지면서 강간이라는 말이 집회에 활기를 불러일으키고 있을 때, 그러한 순간들을 통과하면서 "마음의 깊은 바닥에 금이 간 느낌"(43쪽)을 떨칠 수 없게 된 이후로, 희영이 다루고자 한 사안들의 문제적 지점에 대해 공감해왔음에도 "굵직한 정치 사회적 의제들이 많았던 1997년 겨울"에 "1992년 가을에 벌어진 미군 범죄에 대해 이야기해야 하는"(43쪽) 이유를 결코 이해할 수 없었으며, "여성 문제요? 본인이 돌아가신 분과 같은 여자라고 생각해요? 그거 오만한 생각 아닌가. 너무 다른 입장 아닌가. 희영은 그런 삶을 경험한 적이 없고, 앞으로도 마찬가지일 거예요. 그런 삶에 대해 모르면서 어떻게 그렇게 말할 수 있어요. 희영이 그렇게 가난해본 적 있어요? 몸을 팔아야 할 만큼? 대학 교육까지 받고 좋은 옷 입고 좋은 신발 신으면서 희영이 같은 여자랍시고 그 문제에 대해 이야기할 수 있다고 생각해요?"(48쪽)라는 식으로 계급적 기반이 다른 여성들에 대한 이해가 희영에게 가능할 것인지 의심하고 그런 태도를 질타하던 다수의 입장에 공감했던 해진 역시 희영과는 다른 자리에 서 있었음을 확인할 수밖에 없는 것이다.

다른 역사

반복하거니와 그들 사이의 간극과 그로 인해 그들에게 허용되었던 서로 다른 자리는 결코 여성들 내부의 인식 차이가 아니다. 그것은 사실 사회 내 비판적 견제 세력으로서의 운동의 자리에 대한 시대적 변화의 기미를 명료하게 보여주는 것이라고 해야 한다. 다시 말해, 당시 학생운동의 의미에 대한 갈래화된 맥락이 여성 문제를 통과하면서 가시화되었다고 해야 하는 것이다. 1996년 8월 '연세대 사건'을 두고 말해보자면, '고대생 집단 난동 사건'을 통과한 후, '연세대 사건'을 바라보는 복잡한 맥락이 구성되면서, 운동 내 젠더 문제가 가시화되었고, 소설 속 그들이 놓인 자리의 간극 역시 뚜렷해진 것이다. 그 간극은 운동에 대한 탄압의 관점에 설 것인지, 구조화되고 재생산된 여성에 대한 성폭력의 문제로 볼 것인지에 대한 고민과 함께, 여성문제를 전면적으로 제시하는 것이 운동권 내에서 어떻게 평가될 것인지,

이러한 문제제기가 지나치게 몰정세적인 것은 아닌지, 독자적인 여성 운동의 흐름이 아직 학내에 정착되지 못한 상황에서 얼마만큼 책임 있는 대응을 할 수 있을지 등과 같은 질문을 구성하고,[28] 이전과는 다른 형태의 여성연대를 마련하게 했다고 할 수 있다. 말하지면 반성폭력 운동의 역사는 이와 같은 질문에 대한 대응 속에서 마련될 수 있었던 것이다.

바로 이런 의미로, 그 간극은 1990년대 후반의 시간을 동일한 세대 감각으로 회상할 수는 없음을 가시화하며, 무엇보다 그 시간이 결코 상대화될 수도 거리화될 수도 없음을 역설한다. 이런 의미에서 「몫」의 기억하기는 과거의 시간을 완결된 사건들의 집합체가 아니라 매번 해석하고 개입하며 재의미화할 수 있는 유동적인 것으로 현재화하는 정치적 수행이자 실천이 아닐 수 없다.[29] 최은영의 「몫」을 통해 1990년대 후반 대학교 교지 편집부의 풍경은 지금은 없는 존재인, 졸업을 하고 기지촌 활동을 시작했으며, 이후 자신의 능력과는 그리 부합하지 않는 듯한 식품회사 총무과에서 오래 일했고, 결국 병과 싸우다 서른아홉에 세상을 떠난 희영과 함께 기억된다. 아니 당시에는 누락되거나 은폐되었던 사건들을 통해 희영과 함께 희영에 의해, 당시에는 온전한 의미를 부여받지 못했던 존재와 감정이 발견된다. 「몫」의 그녀들을 통해 1990년대 후반은, 대중문화적 세목으로 시대의 풍경을 채우는 복고풍의 노스탤지어와는 정반대로,[30] 가시화된 역사가 흔들리고 그 틈새로 지워졌던 존재와 공간이 자리를 마련하게 되는 것이다.

---

28. 달과 입술, 「욕망이라는 이름의 폭력」, 『나는 페미니스트이다』, 144~146쪽.
29. 김신현경·김주희·박차민정, 『페미니스트 타임워프』, 반비, 2019, 191~203쪽.
30. 서동진, 「플래시백의 1990년대」, 『동시대 이후』, 현실문화연구, 2018, 72~82쪽.

광장의 젠더, 촛불과 페미니즘의 시간 사이로 : '오늘은 어떻게 기억될까'

고립의 기억, 다른 미래 상상

혁명은 완주될 수 있는가. 혁명의 끝 아니 시작이 있을 수 있는가. 대통령 탄핵으로 이어진 헌정사상 유례없는 2016년 광화문 광장의 경험을 기록한 작가 황정은에게 혁명은 기록될 수 없으며 매번 다시 기억되는 것이다. 말하자면 혁명은 혁명을 경험하는 수많은 서로 다른 존재들의 기록'들'이자 매번 해독되어야 하는 기록의 갱신'들'인 것이다. 『디디의 우산』(2019)을 통해 작가는 2016년 촛불광장의 경험에 1996년 8월 연세대의 기억을 병치시킨다. 오랫동안 염원하던 혁명의 현재성 앞에서, 혁명의 한복판에서 혁명이 지운 시간과 존재들을 떠올리고 과거의 사건에 '기억하기를 통해' 개입하는 방식으로, 과거를 현재화하고 역사와 그에 기반한 기억을 재편한다. 과거를 현재화하고 재편하면서, 지금과는 다른 미래를 상상한다.[31]

---

31. 혁명의 한복판에서 혁명을 회의하게 되는 황정은의 인물들을 박상영의 「우럭 한점 우주의 맛」(『대도시의 사랑법』, 창비, 2019)에서 주인공의 시선으로 그려지는 옛 애인과 나란히 두고 혁명의 의미를 고려해보는 것도 유의미할 것이다. 후일담 소설의 지독한 변주로도 보이는 박상영의 「우럭 한점 우주의 맛」에서 주인공의 시선으로 그려진 옛 애인, 5년 전 1년 넘게 만났던 남자 K대학교 국문과 95번 76년생 용띠인 그의 부유하는 면모는 흥미롭다. "전직 운동권 학생회장의 후일담"(139쪽)의 퀴어 버전처럼 보이기도 하는 「우럭 한점 우주의 맛」에서 "압구정동 출신으로 학생운동에 투신해 도청을 당하는 20대를 살았으며 지금은 철학자의 글을 읽고 고치"(141쪽)며, 운동권 시절의 자신에게 갇혀 시대착오적으로 과거를 사는 그는 끝내 '오늘'의 자신을 인정하지도, 자신의 욕망을 정면으로 응시하지도 못한다. 〈한총련〉 사태를 겪은 마지막 운동권 세대인 그는 누군가 바라보고 있는 것처럼 언제나 허리를 꼿꼿이 펴고 앞만 보고 걷는 습관, 지나치게 타인의 시선을 의식하는 듯한 태도, 조용히 침묵을 지키다 제일 마지막에 한마디를 얹어 모든 일의 결정권자처럼 느껴지게 하는 말버릇을 대학 시절 문과대 학생회장 시절의 흔적으로 갖고 있다. 대학 졸업 후 노동운동에도 몸담은 적 있고 효

서수경과 나는 1996년의 고립에 대해서는 별로 말하지 않았다. 각자가 그 안에서 무엇을 보고 느꼈는지를 말이다. 그 고립의 기억은 잊혀지지는 않고 다만 묻혀 있다가 2008년 6월 10일, 광화문 대로에 명박산성이 등장했을 때와 2009년 1월 20일, 용산에서 남일당 건물이 불타오르기 시작했을 때 구체적으로 환기되었다.[32]

어린 시절을 회고하다가 내가 우리 집 현관에 배어 있던 1987년 6월의 최루탄 냄새를 말하자 김소리는 고개를 갸웃하더니 자기에게는 그 기억이 분명하지 않다며 그보다는 1996년, 이라고 말했다. 1996년 여름에 김소리는 상업고등학교 상과 학생이었고 홍익대학교 인근 패

순이 미선이 사건과 〈국가보안법〉 폐지 시위, 안티 조선 운동, 광우병 시위에도 적극적이었던 그는, 제국주의라는 단어조차 낯선 내게 "미국의, 미제의 모든 것들이 불편하다"(122쪽)고, "미제국주의"가 불편하다고 토로한다. 그런 그는 성조기가 그려진 티셔츠나 모자를 아무렇지도 않게 입거나 쓰는 나의 정치적 무지를 힐난하는 동시에 우럭 한 점을 먹으면서도 우주와의 교우를 떠올리고 개똥철학에 가까운 낡은 신념을 펼치면서도 철학적인 삶을 살고 있다는 믿음에 충실하다. 누구에게나 존댓말을 하는 태도를 지속하려 하지만 운동권의 세계에 갇혀 있는 그는 권위와 위계 아니 개인의 상위에 존재하는 조직의 이름 앞에 한없이 무력하다. 무엇보다 그는 사회적으로 게이로서의 자신을 용납하지 못하는 "꼰대 디나이얼 게이"(113쪽)로서 과거에서 벗어나지도 현재에 안착하지도 미래로 나아가지도 못한 채 공회전을 하듯 현실과 만나지 못한 채 헛돈다. 대학 시절 총학생회장이었고 몇 번 구속된 적이 있으며 현재는 무슨 역사단체의 연구교수라는 남자 선배와 운동권 시절 이야기를 소설로 써서 참여문학 계열의 문학상을 수상하고 유명한 저자가 된 여자 선배가 퀴어를 두고 농담처럼 일컫는 말들은 그들의 과거 화려한 운동 경력과 무관하게 아니 그런 경력으로 인해 더 심한 혐오와 환멸을 불러온다. 스스로를 사회에 비판적인 진보주의자라 믿는, 실제로는 무례한 꼰대에 불과한 속물적인 그들과 자신의 분리를 완수하지 못한 채, 그들의 시선에 사로잡혀 아니 그들은 이미 망각해버린 그들의 과거의 이념적 세계에 사로잡혀 자신에 대해서는 의도적으로 외면하는 그를 통해, '연세대 사건'의 여파를 새삼 확인하게 된다. 소외와 고립의 기억을 만들어낸 96년 8월의 시공간이 갖는 현재적 의미를 다시 질문하려 하지 않는 그의 태도가 어떻게 자신에 대한 혐오와 부인을 불러오는가를, 그 자신의 현재와 미래를 지워버리는가를 희극적으로 보여준다고 하겠다.

32. 황정은, 「아무것도 말할 필요가 없다」, 『디디의 우산』, 187쪽.

스트푸드 매장에서 아르바이트를 하고 있었다. 어느 날 일을 마치고 합정역 근처에서 버스를 탔는데 이미 그 버스의 승객이었던 대학생들이 이제 막 버스에 올라탄 김소리에게 내리라고 야단스럽게 손짓한 일이 있었다고 김소리는 말했다.… 김소리는 처음에 당황했고 곧 짜증이 치밀었다고, 그들이 선량하게 "너를" 배려한다는 듯한 표정을 하고 있는 것이 싫었고, 자기들 몸에 두른 띠에 적힌 민족, 민주, 같은 것들이 "너와는 관계가 없으니" 저리 가라고, 그 언니오빠들이 말하는 것 같았다고 말했다.[33]

왜 1996년 8월의 연세대인가. 여름날의 아침 안개처럼 부유하다가 엉뚱하게 굴러 들어간 장소임을 거듭 강조할 만큼, 나와 서수경에게 1996년 8월의 연세대는 시대나 대의와 민족과 같은 집단적인 차원의 목적이나 신념의 실천과는 거리가 있는 공간이었다. 민족과 대의를 위해서라기보다 그 자신의 자리를 알 수 없었던 이들의 자리 찾기를 위한 시도의 일환이었다고 해야 하는 것이다. 그러한 과정 속에서 그들은 자신의 자리를 찾지 못하고 밀려나는 방식으로 그들의 자리를 확인해야 했다.

『디디의 우산』에서 1996년 8월 9일간의 경험은 "물리적으로 고립시키고, 폭력이라는 틀을 씌운다"(188쪽)는 툴tool이 만들어진 시원이었다. 2016년 촛불광장의 한복판에서 그들이 불러온 1996년의 기억은, 말하자면 망각의 시간에 봉인되었던 고립의 경험이었다. 의식하지 못한 채로 묻혀있던 고립의 기억은, 2008년 6월 광화문에서 그리고 2009년 1월 용산 남일당 상가 건물 위에서 만들어진 일종의 '장벽'을

---

33. 황정은, 「아무것도 말할 필요가 없다」, 『디디의 우산』, 232~233쪽.

통해, 그 장벽이 만든 물리적 봉쇄와 이념적 봉쇄를 한꺼번에 떠올리게 했다. 운동과 그 바깥을 가로지르는 '장벽'과 함께 운동 내부에 존재했으나 보이지 않았던 '장벽', 그 이중의 장벽이 만들어내는 고립의 경험이 그들에게 그 경험의 시원인 1996년 8월 '연세대 사건'을 호명하게 했으며, 고립의 기억이 결과적으로 '연세대 사건'에 대한 기록의 누락이 만든 여파를 확인하게 한 것이다.

지난 해 8월 한총련의 연세대 시위와 관련해 경찰에 붙잡히거나 조사를 받는 과정에서 성추행을 당했다는 여학생들이 국가를 상대로 1억원의 손해배상 소송을 냈다. ㄱ아무개(22. ㅇ대 3)씨 등 5명은 30일 "경찰관들이 연행하거나 조사를 하는 과정에서 입에 담을 수 없는 욕설을 하고, 가슴을 주무르거나 꼬집는 등의 성폭행을 했다."며 국가를 상대로 한 사람 앞에 2천만원씩 손해배상 소송을 서울지법에 냈다. 이들은 소장에서 지난해 8월 18~20일 연세대 종합관 진압 및 학생 연행 과정에서 경찰이 "X년 뭐가 잘나서 쳐다보냐. 누가 데모질 하래" 등의 욕설을 했다고 밝혔다. 이들은 이어 "정신적 충격을 받은 나머지 두통에 시달리거나 대인공포증까지 생겨 외출을 삼가는 사람도 있다"고 주장했다.[34]

당시 초선의원이었던 추미애는 1996년 8월 연세대에서 있었던 한총련 시위의 이적성과 폭력성에 대한 비판의 소리가 높은 데 비해 정작 진압과정에서 일어난 폭력 진압과 성추행 등의 인권유린에 대해

---

34. 「"한총련 시위 연행·조사때 성추행 당했다" 여대생 5명 1억 손배소」, 『한겨레』, 1997.
1.31.

서는 다루지 않는 언론의 행태를 비판하면서, 피해 여학생들의 증언과 자료를 통해 진실 규명을 위한 진상 조사에 나섰다.[35] 추미애 의원의 주장을 도와 공권력을 가진 경찰의 폭력적 대처에도 문제가 있음을 지적한 의원들(이기문, 유선호)이 있었으나, 이러한 의견을 묵살하는 '한총련의 이적성과 폭력성'이라는 반박 논리는 강고했다.[36] 인권 침해에 대한 사례 조사가 이루어졌고 그들의 "진술이 매우 구체적일 뿐 아니라 직접 증언할 뜻을 가진 학생도 여럿 확보하고 있"다고 밝혀졌으며,[37] 이후 여대생 7명이 경찰청장(박일룡)과 현장 진압 책임자 및 불특정 진압경찰관들을 업무상 위력에 의한 추행 등의 혐의로 서울 지

---

35. 추의원은 내무위 서울경찰청 국감에서 여대생 성추행 진상조사를 요구하는 발언 서두에서 "여성으로서 입에 담기 힘든 얘기를 할 수밖에 없다"며 피해 여학생들이 밝힌 적나라한 성(性) 표현을 '여과 없이' 소개했다. 반박하는 여당의 공세에 추의원은 "객관적인 사실이며 국감 자리가 아니면 어디서 피해자들의 입장을 변호하느냐며 … 듣기 싫은 분은 듣지 마세요! … 방해하지 마십시오"라고 진실을 밝히려는 결연한 의지를 보여주었다. 편집부, 「여대생 성추행사건 진상조사를 보며」, 『한국여성신학』 28, 1996, 70~71쪽.

36. 신한국당의 이재오 의원은 '정조마저 유린하는 야만적 행위를 저지른 김영삼 정권을 준렬히 단죄하자'는 요지의 평양방송 녹취록을 인용하면서, '한총련의 친북 이적성을 외면한 채 사실이 확인되지 않은 주장으로 '본질'을 왜곡하고 있다'며 추의원을 공격했다. 이러한 여당의 공세 가운데 눈에 띄는 것은, 추의원의 성추행 피해 소개를 두고 국회의원의 품위를 운운한 남성 의원의 발언이었다.(「경찰 성추행」 또 격론」, 『동아일보』, 1996.10.16). 신한국당 강성재 의원은 남성들도 쓰기 어려운 적나라한 표현을 하는 것은 국회의원의 품위를 손상시킨 것이라며, 이것을 문제 삼아 신한국당 위원들은 조사소위원회 구성안을 부결시키고 국정감사장을 떠났다.(「'시위 여대생 성추행' 진상 밝혀야」, 『한겨레』, 1996.10.11).

37. "'한총련 여대생 성폭력 수사」, 『한겨레』, 1996.10.17. 당시 서울 지방경찰청장 황용하는 과거 폭력시위 진압 때마다 한총련에서는 '경찰의 사기 저하'를 의도하며 '허위 주장'을 하는 경우가 있었고 '연세대 사건' 이후에도 같은 주장을 하고 있지만 자체 확인 결과 밝혀진 바 없다며 사실무근을 주장했다.(「'한총련 여대생 성추행' 주장 추미애 의원 폭로 연대사태 연행 조사 때」, 『경향신문』, 1996.10.10). 그러나 〈인권운동사랑방〉쪽이 연행 학생 1백 8명을 직접 조사한 결과, 36건의 성 관련 폭언과 41건의 성추행, 86건의 폭행과 4건의 고문과 허위자백 등 모두 2백 90건의 인권침해 사례가 확인되었다.(「'전경 추행' 첫 법정진술」, 『한겨레』, 1996.10.19).

검에 고소하는 등[38] 사건의 공론화가 지속되었지만, 결국 1997년 4월 여대생 성추행 혐의로 고발된 사건은 검찰에 의해 무혐의로 종결되고 만다.[39]

학생운동의 반사회적이고 비정상적인 이미지가 강화되면서 결과적으로 1996년 8월 '연세대 사건'은 기억할 수도 회상할 수도 없는 시공간이 되었다. 가시화되었던 사회적 여성혐오와 젠더 편향적인 운동의 성격 또한 과거의 시간 속에 함께 봉인되어버렸다.『디디의 우산』에서 수행된 혁명의 시간에 대한 병치는 바로 그 봉인을 깨뜨렸다는 데에서 의미를 갖는다. 젠더적 결계를 깨뜨리고 보면, 1996년 8월의 시간은, 말하자면 "우리가 무조건 하나라는 거대하고도 괴로운 착각"(306쪽)에 균열이 생긴 시작점이자, 어떤 정체성도 다른 누군가의 정체성을 대표할 수 없는 시대가 열린 시점이다. 정체성의 무한한 폭발 시대가 열리고 있었지만, 그럼에도 그때부터 지금까지 어떤 정체성들은 여전히 아니 그 후로도 오랫동안 말해지지도 가시화되지도 않았으며 사회를 위협하는 존재나 영역으로 취급되어왔음을 환기하는 변곡점인 것이다.

누구도 죽지 않는 이야기

고립의 기억의 반대편에 놓여 있는 것은 아버지의 기억으로 대표되는, 언제나 "그게 무엇이든" "그 일을 자기가 경험했다고 믿는"(213쪽), 상투성과 무사유의 세계이다. 물론『디디의 우산』을 통한 비판이 아버지의 세계로만 고정되고 확정되어 있는 것은 아니다. 상투성과 무사

---

38. 「한총련 여대생 '경찰 성추행' 고소」,『한겨레』, 1996.11.22;「한총련 여대생 성추행 검찰 본격수사 나서」,『한겨레』, 1996.12.2.
39. 「「경찰 성추행」 항의 시위」,『경향신문』, 1997.4.4.

유의 세계 역시 유동적인 것이며 언제나 반복적으로 재구축되는 세계이기도 하다. 아버지로 대표되는 상투성의 세계에서 나와 서수경의 경험이 누락되었다면, 상업고등학교 상과 학생으로, 신촌의 한 대학 인근 패스트푸드 매장에서 아르바이트를 했던 여동생 김소리의 1996년의 경험은 나와 서수경의 기억에서 누락된 것이었다.

『디디의 우산』은 혁명의 기억이 혁명의 순간에 그 자리에 있었는가의 여부로 구축되는 것이 아님을 말해주는 동시에, 타자의 자리에 대한 성찰과 타자를 비가시적 영역으로 내몰아 고립의 경험에 가두는 '상투성과 무사유의 세계'가 의식하지 못한 채 그 자신의 것일 수도 있음을, 그러므로 언제나 그 자신의 시야에 대한 예민한 성찰력이 요청된다는 사실을 역설한다.

누구도 죽지 않는 이야기를 쓰고자 하는 열세 번째 시도의 결과물이자 그간의 실패의 기록들인 끝낼 수 없었던 소설들로 채워진 소설 『디디의 우산』 속 「아무것도 말할 필요가 없다」는 '상투성과 무사유의 세계' 바깥에 대한 소설적 재현이 어떻게 가능한가를 묻는다. 그것은 혁명의 소설적 재현에 대한 가능성의 타진이기도 하다. 이 세계의 끝과 그다음을 상상하지만, 「아무것도 말할 필요가 없다」는 '상투성과 무사유의 세계'에 대한 소설적 재현이란 언제나 누군가 죽는 이야기로 귀결할 수밖에 없음을 고백한다. 그것이 아니라면 결국 그 세계로부터의 도피나 외면만이 가능할 것이고, 결국 소설을 끝내기 위해서는 '탈출하는 이야기'라는 거짓과 기만의 세계를 끌어오게 될 것이며, 그런 방식이 아니라면 결국 소설을 끝낼 수 없게 될 것이기 때문이다.

국민의 힘으로 국가의 주권자를 바꾸는 시간, 그 혁명의 시간을 축으로 그간의 실패한 혁명의 시간들을 이어 붙이면서, 「아무것도 말할 필요가 없다」에서 소설 전체에 걸쳐 반복하는 "오늘은 어떻게 기억될까"(162쪽)라는 질문이 중요한 것은, 그 오늘이 "불모의 세계를 탈출하는"(195쪽) 이야기가 될 수 있는가, 즉 실패로 끝난 그간의 기록들이 새로운 의미를 갖게 될 수 있는가, 혁명의 기록이 될 수 있는가라는 질문과 닿아 있기 때문이다.

과거의 그림자를 떨쳐낼 수 없고, 그 그림자의 영향으로부터 완전히 벗어난 새로운 '오늘'을 원했으나, 그 '오늘'에 드리운 과거의 그림자를 직면하고 자살한 츠바이크에 대한 소개를 통해서도 확인할 수 있듯, 어쩌면 탄핵과 심판의 날에 대한 기록은 내부에 수많은 균열을 품고 있으며 죽음의 계기를 담지하고 있는지도 모른다.

그렇다면 무엇이 어떻게 가능한가. 흥미롭게도 "단편이 되다 만 열한 개의 원고"와 "장편이 되다 만 한 개의 원고"(151쪽), 미완이자 시도이자 흔적들인 그 이야기들을 이어 붙여 12개의 "죽거나 죽어가거나 죽은 것처럼 보이는 사람들"(151쪽)을 담은 미완의 소설들을 통해 「아무것도 말할 필요가 없다」는 "탈출이 불가능한 세계"에 대한 인식을 부인하지 않으면서도, "탈출이 불가능하다면 여기서"(292쪽) 모두를 "흔들어 깨우는"(315쪽) 것이 가능하지 않은가를, 아무것도 말할 필요가 없는 날을 위해 계속 다시 말하는 일이 가능하지 않은가를 말한다. 아무도 죽지 않는 이야기를 완성하기 위한 열세 번째 시도는 그렇게 열두 번의 미완의 기록들을 실패의 자리에서 건져 올려 탈출 없는 탈출에 대한 이야기로 다시 쓴다. 그 시도들이 탈출임을 역설한다. 그리하여 이전의 실패의 기록들이 다른 역사적 현재성을 획득하게 한다.

기억의 현재화와 혁명 주체의 젠더적 재편

1996년 8월 '연세대 사건'에 대한 관심의 각도 변경을 통해 기록과 기억의 현재화는 어떻게 가능한가를 성찰해보았다. 이러한 문제의식은 '혁명이 되지 못한, 실패한 비판정신은 어떻게 기억되는가'로, '기억의 현재화는 역사를 어떻게 재편하며, 역사와 혁명의 주체에 대한 어떤 새로운 시야를 열어주는가'라는 질문으로도 바꿔볼 수 있다.[40] 1991년 학생운동과 마찬가지로 1996년 8월 '연세대 사건'은 철저한 실패의 기록으로 남겨져 있다.[41] '연세대 항쟁인지 연세대 사태인지'를 두고 논쟁을 벌이던 때가 있었지만 이제 아무도 항쟁이냐 사태

---

40. 오해를 줄이기 위해 덧붙이자면, 이 질문은 1996년 8월 '연세대 사건'이 혁명으로 기억되어야 한다는 선언과는 관계가 없다. 학생운동사의 차원에서 '연세대 사건'이 갖는 의미는 그것대로 짚어져야 할 것이다. 그러나 혁명은 체제 전복이나 전환에 한정된 지칭 용어가 아니며, 무엇보다 그 의미는 사후적으로 반복해서 규정되어야 하는 맥락적인 것이다.

41. 정성일, 「연대항쟁 10년, 우리는 어디쯤 와있는가」, 『월간말』, 2006년 9월호, 31~32쪽. '연세대 사건'의 교훈으로 운동의 가장 큰 원칙은 대중이며 민중임을 내화하지 못한 학생운동이 이후 몰락의 길을 걸었음을 냉정하게 분석하면서도, 공동체의 동지애 경험을 아름답게 회상하는 기억도 없지 않다. "운동을 이제 막 시작한 3학년. 범청학련 1차 총회가 열리는지도 몰랐고 통일운동 상에 어떤 논란이 있었는지도 잘 알지 못하였다. 그저 8월이면 의례 열리는 통일행사로 생각했고, 으레 벌어졌던 정부와의 몇 차례 충돌이 있고나면 마무리될 줄 알았다. … 어느새 나는 척결되야 할 좌경용공세력이 되어 있었고, 9일간의 전쟁이 끝난 후 굴비처럼 엮여져 끌려나올 때에는 수갑을 차야 하는 폭력세력이 되어 있었다. 그리고 전경들의 손에 온 몸을 추행당하면서도 공포에 질려 한마디 비명도 지르지 못했던 어느 동기처럼, 구타에 못이겨 경찰서에서 전경의 군화를 혀로 핥아야만 했던 어느 후배처럼, 우리는 단지 연세대 안에 있었단 사실 하나만으로 이 사회에서 추방되어야 할 폭도로 낙인이 찍혔었다. 하지만 사실 나는 연대항쟁을 떠올리면 공포와 굴욕과 분노의 이미지보다 다른 이미지가 먼저 떠오른다. 사수대 전체가 나누어 먹었지만 아직도 반 이상 남아있던 초코파이 하나와 물 한 컵, 피가 흘러내리는 머리를 붙잡고 앞장서서 싸우던 동지의 뒷모습. 그리고 잠시 최루탄 연기가 가신 하늘을 보며 어깨 겯고 함께 부르던 혁명의 노래. 극한 상황에서 일어나는 인간애라고 하기엔 너무나도 아름다운 모습이었고, 책속에서만 보아오던 동지애라는 것이 무엇인지 나는 연세대에서의 9일간 심장으로 느낄 수가 있었다. 처절했지만 그래서 더욱 아름다웠던 그 모습들은 빨갛게 덧칠되어 왜곡 선전된 이데올로기 공세 속에서도 여전히 많은 이들이 운동을 계속하게 만드는 힘이 되었었다."

냐의 여부에 관심을 기울이지 않는다. 운동사의 차원에서 승리의 기억인 1987년 6월 항쟁의 경우는 어떠한가. '직선제, 민주화, 넥타이 부대'를 통해 떠올리게 되는 승리의 기억을 6월 항쟁의 기록 자체로부터 도달한 것으로 보아도 좋은가. 반복적인 재현을 통해 구성된 사후적 기억을 공유한 결과는 아닌가.[42] '386의 건국신화'로 평가받는 영화 〈1987〉(장준환 감독, 2017)을 통해서도 확인할 수 있듯, 국가 만들기와 국민 정체성 형성으로 구심화된 재현의 정치는 2016년 촛불집회를 지나면서 더 강화되고 있는 것은 아닌가.[43]

김별아가 언급한 바 있듯이, 참혹한 '현장'의 상황을 고스란히 겪어야 했던 운동 주체에게 "회상한다는 것은 바로 그 기억 속으로 끌려들어가 갈가리 찢기는 것"[44]이었으므로, 1991년 5월이나 1996년 8월 운동의 기억 자체가 그 현장에 있던 이들에게 억압되거나 지워진 것은 충분히 이해될 만한 일이다. 그럼에도 거리에 몇 번 섰던 것만으로도 승리를 자신의 것으로 기억하는 1987년 6월 항쟁에서와는 달리, 인권유린이 극심한 현장이었으며 최대 최다의 연행자 수를 기록으로 남기고 있음에도 1996년 8월 연세대를 둘러싼 기억이 그곳에 있던 당사자들에게도 발언하기도 기억하기도 어려운 경험으로 그저 봉인되

42. 김원, 『87년 6월 항쟁』, 책세상, 2009, 14~15쪽. 이런 문제의식으로 김원은 87년 6월 항쟁을 기억과 이야기로 '기억으로서의 역사'를 재구성한다.

43. 손희정, 「촛불혁명의 브로맨스」, 『민족문학사연구』 68, 2018, 527쪽. 손희정은 촛불혁명기 역사극 열풍의 기이한 면모 속에서 2017년 개봉한 역사극 〈대립군〉(정윤철), 〈남한산성〉(황동혁), 〈대장 김창수〉(이원태), 〈박열〉(이준익), 〈군함도〉(류승완), 〈택시 운전사〉(장훈) 그리고 〈1987〉(장준환) 등의 영화가 각각 임진왜란-병자호란-조선후기-구한말-식민지기-해방직전-1980년의 광주 그리고 1987년 6월 항쟁을 다루면서 스크린 위에서 한국사를 다시 쓰고 있었음을 지적한 바 있다.

44. 김정한·김별아·김윤철·안수찬·안진걸, 「우리 시대의 초상, 20년 후의 애도, 1991년 5월을 어떻게 기억할 것인가」, 『실천문학』, 2001년 여름호, 400쪽. 김별아의 발언.

어 버린 이유는 무엇인가.[45] '연세대 사건'이 학생운동의 참패와 몰락으로 기억되거나 운동사에서 언급조차 꺼려지게 된 사정 자체의 복원이 아니라, 그 사건의 호명과 재현에 주목하여 왜 그 실패의 장면이 다시 호명되고 있는지, 그 호명의 맥락은 무엇인가를 질문해보고자 한 것은 그 봉인을 깨기 위한 시도로서의 의미를 갖는다고 해야 할 것이다.[46]

　기록과 기억의 과정에서 누락된 지점에 대한 환기를 통해 결국 혁명의 기억이란 누구의 것이었는가를 질문하게 된다고 할 때, 그 질문에 대한 검토 즉, 윤이형과 황정은의 기억하기 수행을 추적함으로써 혁명의 주체를 둘러싸고 새롭게 가시화되거나 현재화되는 지점을 확인할 수 있었다. 바로 이런 점에서 윤이형이나 황정은의 소설에서 1996년 학생운동 풍경이나 8월 '연세대 사건'이 호명될 때, 호명의 주요한 주목 요소 가운데 하나가 호명 시점이라면, 그만큼이나 주목되어야 하는 다른 요소는 호명의 주체라 해야 할 것이다. 윤이형이나 황정은의 소설에서 '실패의 기억'으로 남겨진 그 시공간을 떠올리는 이들은, 운동의 관점에서 보자면 주체라기보다 운동의 주변부에 놓였던 존재들이다. 윤이형의 소설에서 주변부적 존재들은 황정은의 소설에서 좀 더 뚜렷하게 젠더적 성격을 드러낸다.

　요컨대, 윤이형과 황정은의 소설은 정치적으로 비가시화되었거나 젠더적으로 배제되었던 존재들이 경험하고 기억하는 혁명에 대한 이

---

45. 정성일, 「연대항쟁 10년, 우리는 어디쯤 와있는가」, 『월간말』, 2006년 9월호, 35쪽.

46. 이오성·박진희·박여선, 「한총련 막전막후 6박7일 밀착취재」, 『월간말』 2001년 7월호, 121쪽. 실제로 2000년대 들어 정부의 직접적 탄압이 약화되자 총학생회 선거에서 한총련 계열이 대거 당선되었고 학생회를 찾는 학생들이 늘었다는 보고와 함께, 향후 외형적 성장이 곧 한총련의 강화와 학생운동의 복원으로 이어질 것인가에 대한 기대가 없지 않았다. 1996년 8월 이후로 학생운동이 퇴락했다는 담론은 이후의 학생운동을 철저하게 비가시화하는 결과를 낳았다고 해야 한다.

야기라고 할 수 있다. 그들에게 혁명은 무엇이며 또 무엇으로 기억되는가. 주변부적 위상을 갖는 이들에게 미친 혁명의 영향 혹은 그들이 이해하는 혁명의 의미는 무엇인가. '실패의 기억'이란 누구의 것이며 무엇에 대한 실패인 것인가. 주변부적 위상에 대한 인식과 '실패의 기억'으로 남겨진 1996년 8월의 이 시공간에 대한 호명의 상관성은, 더 나은 사회에 대한 상상과 체제 재편의 열망을 함께 나누는 혁명의 한복판을 통과하면서 오히려 혁명이 모두에게 동일한 의미가 아니라는 것을, 혁명의 순간에도 여전히 배제와 위계의 논리가 작동하고 있었음을 역설해준다고 하겠다.

:: 참고문헌

1. 논문

강용준,「광인일기」,『창작과비평』, 1970년 여름호.

강용훈,「1900~1920년대 감각 관련 개념의 사용 양상 연구」,『한국문학이론과 비평』16(1), 2012.

강지희,「광장에서 폭발하는 지성과 명랑」,『현대문학』, 2018년 4월호.

고재열,「부르고 싶은 초대 손님? 오직 가카」,『시사IN』, 2011.10.15.

고지훈,「2012년, 부패, 선거 그리고 수치심」,『역사와현실』83, 2012.

고태경,「깃발은 광장에서 두 개의 이름으로 나부꼈다」,『문학3』2, 2017.

권규상,「정보사회의 권력관계와 대항권력의 형성 : '나는 꼼수다'를 사례로」,『정보와사회』23, 2012.

권창상,「대중매체가 생산하는 '이주여성' 재현의 사회적 의미 : 결혼이주민과 북한이탈주민 TV 프
  로그램을 중심으로」,『다문화사회연구』6(2), 2013.

권보드래,「'민족'과 '인류' : 3 · 1운동 전후 나혜석과 김기진을 중심으로」,『정신문화연구』28(3),
  2005.

_____,「1910년대의 이중어 상황과 문학 언어」,『한국어문학연구』54, 2010.

김길연,「한국 금서의 시대별 양상 연구」, 서경대 대학원(박사), 2013.

김대호,「2013 체제는 새로운 코리아 만들기」,『창작과비평』, 2011년 가을호.

김동춘,「90년대 학생운동의 현황과 전망」,『황해문화』, 1998년 여름호.

_____,「시민권과 시민성」,『서강인문논총』, 2013.

_____,「조롱과 테러, 파리의 두 야만」,『한겨레』, 2015.1.21.

김두식,「세계화시대의 부정부패의 사회학」,『한국사회학』38(1), 2004.

김미정,「전성태 소설에 나타난 주체성과 타자 인식 연구 ─ 디아스포라를 모티프로 한 소설을 중심
  으로」,『한민족문화연구』51, 2015.

_____,「흔들리는 재현, 대의의 시간」,『문학들』, 2017년 겨울호.

김백영,「식민권력과 광장공간 ─ 일제하 서울시내 광장의 형성과 활용」,『사회와역사』90, 2011.

김병걸,「한국소설과 사회의식」,『창작과비평』, 1972년 겨울호.

김성일,「광장정치의 동학」,『문화과학』89, 2017.

김세옥,「주류 언론에 대한 불신, '나꼼수' 인기 비결」,『PD저널』, 2011.9.9.

김수아,「온라인상의 여성 혐오 표현」,『페미니즘연구』15(2), 2015.

김수지,「재미교포 인권운동가의 한총련 출범식 참관기」,『월간말』, 1996년 7월호.

김수진 외,「농담과 비키니, 나꼼수 사건을 바라보는 조금 다른 시선」,『페미니즘 연구』12(1), 2012.

김수진,「아이디 주체(ID Subject)와 여성의 정치적 주체화 : '나꼼수-비키니시위' 사건을 중심으로」,
  『한국여성학』29(2), 2013.

김영선,「여성은 광장에서 시민일 수 있을까」,『문학3』2, 2017.

김원,「〈미생〉에서 〈송곳〉으로 : 세대 전쟁에서 시간 전쟁으로」,『실천문학』, 2015년 겨울호.

김인경,「탈북자 소설에 나타난 분단현실의 재현과 갈등 양상의 모색」,『현대소설연구』 57, 2014.

김정아,「너무 쉬운 우리 꿈」,『창작과비평』, 2018년 가을호.

김정한,「대학 정치의 주체와 대안」,『대학 : 담론과쟁점』 1, 2016.

김정한 · 김별아 · 김윤철 · 안수찬 · 안진걸,「우리 시대의 초상, 20년 후의 애도, 1991년 5월을 어떻게 기억할 것인가」,『실천문학』, 2001년 여름호.

김종엽,「더 나은 체제를 향해」,『창작과비평』, 2011년 가을호.

_____,「이해와 이데올로기 사이에서 – 세월호 참사에 대한 몇 가지 고찰」,『경제와사회』 104, 2014.

김지혜,「다문화 소설에 나타난 이중적 환대와 교육의 문제」,『문학교육학』 44, 2014.

김철,「'근대의 초극', 〈낭비〉, 그리고 베네치아」,『민족문학사연구』 18, 2001.

_____,「우울한 형/명랑한 동생 – 중일전쟁기 '신세대 논쟁'의 재독(再讀)」,『상허학보』 25, 2008.

김현미,「글로벌 신자유주의 경제질서와 이동하는 여성들」,『여성과평화』 5, 2010.

김현미 · 손승영,「성별화된 시공간적 노동 개념과 한국 여성노동의 '유연화'」,『한국여성학』 19(2), 2003.

김홍미리,「'여성이 죽는다' 호소에 "같이 문제 풀자" 응답해야」,『한겨레』, 2016.5.21.

_____,「촛불광장과 적폐의 여성화 : 촛불이 만든 것과 만들어가는 것들」,『시민과세계』 30, 2017.

김홍중,「사회적인 것의 합정성(合情性)을 찾아서 : 사회 이론의 감정적 전환」,『사회와이론』 23, 2013.

_____,「마음의 부서짐 : 세월호 참사와 주권적 우울」,『사회와이론』 26, 2015.

_____,「마음의 사회학을 이론화하기 : 기초개념들과 설명논리를 중심으로」,『한국사회학』 48(4), 2014.

김효석,「'거울'의 서사와 '탈북'을 둘러싼 다양한 시선들 : 탈북자를 대상으로 한 최근 소설들을 중심으로」,『문예운동』 105, 2010.

김흥수,「한국전쟁의 충격과 기독교회의 기복신앙 확산에 관한 연구」, 서울대 대학원(박사), 1998.

류진희,「'촛불 소녀'에서 '메갈리안'까지, 2000년대 여성혐오와 인종화를 둘러싸고」,『사이間SAI』 19, 2015.

문강형준,「'묻지마 살인'이 아니다」,『한겨레』, 2016.5.20.

문현숙 · 권귀순,「정권의 빗나간 종편사랑, 언론을 벼랑에 내몰다」,『한겨레』, 2011.12.27.

박경용,「한 조선족 여성의 가족사를 통해 본 디아스포라 경험과 생활사 : 1932년생 박순옥의 삶을 중심으로」,『아시아연구』 17(3), 2014.

박권일,「소비자-피해자 정체성이 지배하는 세계」,『자음과모음』, 2018년 봄호.

박명림,「한국전쟁 깊이 읽기 ① : 한국전쟁은 우리에게 무엇이었나?」,『한겨레』, 2013.6.25.

_____,「한국전쟁 깊이 읽기 ② : 한국전쟁은 도대체 무엇을 남겼는가?」,『한겨레』, 2013.7.2.

박병률,「남녀 임금격차, 가장 큰 이유는 '그냥'」,『경향신문』, 2015.5.26.

박영도,「신자유주의, 속물비판, 선진화」,『사회비평』 39, 2008.

박인규,「주간프레시안뷰 : 〈샤를리 에브도〉 테러, 웃는 자는 따로 있다」,『프레시안』, 2015.1.24.

박지영,「팔봉 김기진의 초기 사회주의 사상 형성 과정」,『한국어문학연구』, 2000.

박태순,「속물과 시민」,『연세춘추』, 1984.11.19.

박헌호, 「'계급' 개념의 근대 지식적 역학」, 『상허학보』 22, 2008.

박현수, 「김기진의 초기 행적과 문학 활동」, 『대동문화연구』 61, 2008.

박형신 · 정수남, 「거시적 감정사회학을 위하여」, 『사회와이론』 15, 2009.

배성준, 「일제말기 통제경제법과 기업통제」, 『한국문화』 27, 2001.

백낙청, 「민족문학의 현단계」, 『창작과비평』, 1974년 봄호.

백은선, 「침묵은 아무것도 밝히지 못한다」, 『문학과사회』, 2016년 겨울호.

변은진, 「일제의 파시즘 전쟁(1937~45)과 조선민중의 전쟁관」, 『역사문제연구』 3, 1999.

_____, 「조선인 군사동원을 통해 본 일제 식민정책의 성격」, 『아세아연구』 112, 2003.

소영현, 「아나키즘과 1920년대 문화지리학」, 『현대문학의 연구』 36, 2008.

_____, 「한국사회와 청년들 : 자기파괴적 체제비판 또는 배제된 자들과의 조우」, 『한국근대문학연구』 26, 2012.

손미란 · 노상래, 「현실과 이상의 간극 메우기」, 『한민족어문학』 52, 2008.

손유경, 「사회주의 문예 운동과 인간 본성의 문제」, 『한국현대문학연구』 27, 2009.

손호철, 「11월 시민혁명, '광장'과 대의제를 생각한다」, 『마르크스주의연구』 149, 2017.

손희정, 「우리 시대의 이방인 재현과 자유주의적 호모내셔널리티」, 『문화과학』 81, 2015.

_____, 「촛불혁명의 브로맨스 — 2010년대 한국의 내셔널 시네마와 정치적 상상력」, 『민족문학사연구』 68, 2018.

_____, 「혐오의 시대 — 2015년, 혐오는 어떻게 문제적 정동이 되었는가」, 『여/성이론』 32, 2015.

송경아, 「통신 글쓰기의 여러 가지 모습」, 『오늘의 문예비평』, 1997년 여름호.

송영순, 「김지하의 〈오적〉 판소리 패러디 분석」, 『한국문예비평연구』 23, 2007.

신동일, 「외국인, 외국인 범죄, 그리고 합리적 형사정책」, 『형사정책연구』 84, 2010.

안수찬, 「30대 이하에게 '나꼼수'는 '월간조선'이다」, 『한겨레』, 2012.3.5.

안자코 유카, 「조선총독부의 '총동원체제'(1937~1945) 형성 정책」, 고려대 대학원(박사), 2006.

안종수, 「미디어 퍼포먼스 '나는 꼼수다'와 선거의 사회극」, 한양대 대학원(석사), 2014.

연남경, 「한국현대소설에 나타난 접경지대와 구성되는 정체성」, 『현대소설연구』 52, 2013.

오경미, 「나꼼수 비키니 시위 논쟁, 이렇게 끝나도 될까?」, 『여/성이론』 26, 2012.

오세인, 「1920년대 김기진 비평에서 '감각'의 의미」, 『비평문학』 39, 2011.

오윤호, 「디아스포라의 플롯 : 2000년대 소설에 형상화된 다문화 사회의 외국인 이주자」, 『시학과언어학』 17, 2009.

_____, 「탈북 디아스포라의 타자정체성과 자본주의적 생태의 비극성 : 2000년대 탈북 소재 소설 연구」, 『문학과환경』 10(1), 2011.

우석훈, 「속물의 정치경제학 — 만개한 속물의 전성시대에 부쳐」, 『사회비평』 39, 2008.

우지수 · 이지원 · 이진혁 · 천용소, 「대화 : 우리는 촛불을 들었다 : 독을 허문 청년들」, 『창작과비평』, 2017년 봄호.

원숙경 · 윤영태, 「대항공론장의 변화에 관한 연구 : 〈나는 꼼수다〉를 중심으로」, 『사이버커뮤니케이션학보』 29(3), 2012.

유영익, 「1950년대를 보는 하나의 시각」, 『사상』, 1990년 봄호.

윤보라, 「일베와 여성혐오 : "일베는 어디에나 있고 어디에도 없다"」, 『진보평론』 57, 2013.

____, 「온라인 페미니즘」, 『여성이론』 30, 2014.

윤영철, 「대안적 매체로서의 PC통신 : '한총련'에 관한 토론실 분석을 중심으로」, 『한국언론학보』 43(1), 1998.

이경수, 「판소리의 현대적 변용 가능성에 대한 시론」, 『판소리연구』 28, 2009.

이경운, 「정치 팟캐스트 「나는 꼼수다」에 관한 언론보도 프레임 연구 : 동아일보·한국일보·경향 신문 등 3개 종합일간지를 중심으로」, 고려대 대학원(석사), 2012.

이광석, 「디지털 세대와 소셜 미디어 문화정치」, 『동향과전망』, 2012년 봄호.

이광호, 「남은 자의 침묵」, 『문학과사회』, 2014년 겨울호.

이기형 외, 「"나꼼수현상"이 그려내는 문화정치의 명암 : 권력-대항적인 정치시사콘텐츠의 함의를 맥락화하기」, 『한국언론정보학회』 58, 2012.

____, 「청년세대가 진단하는 정치·시사분야 팟캐스트 프로그램의 역할과 함의」, 『언론과사회』 21(4), 2013.

이동희·황성욱, 「정치 팟캐스트 콘텐츠 〈나는 꼼수다〉의 이용동기와 온·오프라인 정치참여 : 서울 지역 2040세대 이용자 서베이를 중심으로」, 『미디어,젠더&문화』 26, 2013.

이명자, 「신자유주의 시대 남한영화에 재현된 탈북이주민과 그 문화적 함의」, 『통일문제연구』 25(2), 2013.

이명종, 「일제말기 조선인 징병을 위한 기류제도의 시행 및 호적조사」, 『사회와역사』 74, 2007.

이문구, 「장한몽」 1·2·3·4, 『창작과비평』, 1970년 겨울호~1971년 가을호.

이미림, 「2000년대 다문화소설에 나타난 이주노동자의 재현 양상」, 『우리문학연구』 35, 2012.

이범선, 「몸 全體로」, 『현대한국문학전집』 6, 신구문화사, 1981.

이선옥, 「과학주의 시대 — 여성혐오라는 정동」, 『여성문학연구』 36, 2015.

이수자, 「이주여성 디아스포라」, 『한국사회학』 38(2), 2004.

이승아, 「위기의 서사적 재현과 정치적 억압 : 1996년 8월 한총련 사태를 중심으로」, 『한국사회학회 심포지움 논문집』, 2002.

이영주, 「〈나꼼수〉를 다시 말하기」, 『문화과학』 70, 2012.

이영진, 「팔봉 김기진의 프로문학론 연구」, 인하대 대학원(석사), 2010.

이오성·박진희·박여선, 「한총련 막전막후 6박7일 밀착취재」, 『일간밀』, 2001년 7월호.

이재원, 「時代遺憾, 1996년 그들이 세상을 지배했을 때 — 신세대, 서태지, X세대」, 『문화과학』 62, 2010.

이정숙, 「1970년대 한국 소설에 나타난 가난의 정동화」, 서울대 대학원(박사), 2015.

이지원, 「페미니즘 정치의 장, 페미존(Femi-Zone)을 복기할 때」, 『여/성이론』 36, 2017.

이지효, 「대안매체에 대한 주류매체의 뉴스 프레임 : 팟캐스트 〈나는 꼼수다〉 관련 신문보도를 중심으로」, 연세대 대학원(석사), 2013.

이진원, 「판소리 〈춘향가〉의 현대적 재창조에 관한 연구」, 『판소리연구』 19, 2005.

이진형, 「김남천의 소설 정치학」, 『현대문학의 연구』 31, 2007.

이철호, 「신경향파 비평의 낭만주의적 기원 : 김기진과 박영희를 중심으로」, 『민족문학사연구』 38,

2008.

이현주, 「한국 텔레비전의 결혼이주여성 재현에 관한 연구 : 〈러브 인 아시아〉, 〈인간극장〉 내러티
　브 분석을 중심으로」, 계명대 대학원(박사), 2011.

임경순, 「내면화된 폭력과 서사의 분열 – 이문구의 『장한몽』」, 『상허학보』 25, 2009.

임선일, 「에스니시티(ethnicity) 변형을 통한 한국사회 이주노동자의 문화변용 연구 : 한국계와 비한
　국계 이주노동자의 사례 비교」, 성공회대 대학원(박사), 2010.

임현, 「아무도 싸우지 않는 광장」, 『문학3』 2, 2017.

장미영, 「제의적 정체성과 디아스포라 문학」, 『한국언어문학』 68, 2009.

장석준 · 조하연 · 홍일포, 「대학사회의 위기와 학생운동의 진로」, 『경제와사회』 33, 1997.

장용경, 「일제 말기 내선결혼론과 조선인 육체」, 『역사문제연구』 18, 2007.

장훈교, 「1990년대 한국 학생운동의 저항폭력 연구 : 한총련 민족해방 계열의 저항폭력」, 성공회대
　대학원(석사), 2006.

전서윤, 「우리는 광장에서 '미래'의 인물일까」, 『문학3』 2, 2017.

정근식, 「한국의 근대와 사회적 감성으로서의 슬픔에 관하여」, 『감성연구』 5, 2012.

정명중, 「감성공동체의 발견」, 『감성연구』 3, 2011.

정선이, 「일제강점기 고등교육 졸업자의 사회적 진출 양상과 특성」, 『사회와역사』 77, 2008.

정성일, 「연대항쟁 10년, 우리는 어디쯤 와있는가」, 『월간말』, 2006년 9월호.

정인경, 「포스트페미니즘 시대 인터넷 여성혐오」, 『페미니즘연구』 16(1), 2016.

정종현, 「사실, 과학 그리고 문학의 신생」, 『상허학보』 23, 2008.

정우택, 「『문우』에서 『백조』까지」, 『국제어문』 49, 2009.

정철운, 「요즘 대세, '나는 팟캐스트다'」, 『PD저널』, 2012.1.9.

정혜신 · 진은영, 「이웃집 천사를 찾아서」, 『창작과비평』, 2014년 겨울호.

조주현, 「보편주의와 상대주의를 넘어 : 페미니스트 정치학의 실천적 전환」, 『사회와이론』 23, 2014.

진중권 · 정재승, 「나꼼수, 독보적이거나 독이거나 VS 이것은 저잣거리 서민들의 이야기」, 『한겨레
　21』, 2011.10.12.

차승기, 「추상과 과잉」, 『상허학보』 21, 2007.

＿＿＿, 「전시체제기 기술적 이성 비판」, 『상허학보』 23, 2008.

최병구, 「1920년대 초반 '사회주의'의 등장과 '행복' 담론의 변화」, 『정신문화연구』 34(1), 2011.

＿＿＿, 「초기 프로문학에 나타난 "감성"과 "제도"의 문제」, 『현대문학의 연구』 47, 2012.

최수일, 「식민지 제도와 지식인에 대한 새로운 통찰 : 김기진의 소설 「Trick」에 대하여」, 『상허학보』
　15, 2005.

＿＿＿, 「『개벽』의 '현상문예'와 '신경향파문학'」, 『상허학보』 20, 2007.

최진영, 「봄의 터미널」, 『한국문학』, 2015년 가을호.

최혜림, 「『사랑의 수족관』에 나타난 '일상성'의 의미 고찰」, 『민족문학사연구』 25, 2004.

편집부, 「여대생 성추행사건 진상조사를 보며」, 『한국여성신학』 28, 1996.

하상복, 「광장과 정치 : 광화문광장의 비판적 성찰」, 『기억과전망』 21, 2009.

한완상 · 오도광 · 박우섭 · 석정남 · 김윤수, 좌담 : 「衆文化의 現況과 새 方向」, 『창작과비평』, 1979

년 가을호.

한희정, 「이주여성에 관한 혐오 감정 연구 : 다음사이트 '아고라' 담론을 중심으로」, 『한국언론정보
　　학』 75, 2016.

허병식, 「2000년대 한국소설에 나타난 다문화주의와 정체성 정치 비판」, 『다문화와평화』 6(1), 2012.

허병식, 「직분의 윤리와 교양의 종결」, 『현대소설연구』 32, 2006.

허윤, 「광장의 페미니즘과 한국문학의 정치성」, 『한국근대문학연구』 38, 2018.

허재현, 「'감동의 투표율' 64% 서울 20대에 무슨 일이」, 『한겨레』, 2012.4.13.

＿＿＿, 「베트남인 '세월호유가족' 판반짜이는 말한다」, 『한겨레』, 2014.12.27.

허정, 「전성태 소설에 나타난 단독성과 소통」, 『한국민족문화』 49, 2013.

홍유진 · 김용민, 「청춘, 나꼼수로 정치와 소통하다」, 『인물과사상』 2011년 12월호.

홍종욱, 「중일전쟁기(1937~1941) 사회주의자들의 전향과 그 논리」, 서울대 대학원(석사), 2000.

황정아, 「탈북자 소설에 나타난 "미리 온 통일" : 『로기완을 만났다』와 「옥화」를 중심으로」, 『순천향
　　인문과학논총』 34(2), 2015.

황종연, 「도시화 · 산업화시대의 방외인」, 『작가세계』 1992년 겨울호.

岡眞理, 「제3세계 페미니즘과 서발턴」, 이재봉 · 佐伯勝弘 옮김, 『코기토』 73, 2013.

Barbara Rosenwein, "worrying about Emotions in History", *American Historical Review* 107(3),
　　2002.

Michel Foucault, 「비판이란 무엇인가」, 이상길 옮김, 『세계의문학』 76, 1995년 여름호.

Tony Bennett, "Culture, choice, necessity : A Political critique of Bourdieu's aesthetic", *Poetics* 39,
　　2011.

William Reddy, "Sentimentalism and Its Era of the French Revolution", *The Journal of Modern
　　History* 72(1), 2000.

2. 단행본

고봉준, 『유령들』, 천년의시작, 2010.

강신주, 『강신주의 감정수업 : 스피노자와 함께 배우는 인간의 48가지 얼굴』, 2013.

강용준, 『광인일기』, 예문관, 1974.

강준만, 『감정독재』, 인물과사상사, 2013.

공제욱 엮음, 『국가와 일상』, 한울, 2008.

공지영, 『고등어』, 웅진출판, 1994.

구난희 외, 『열풍의 한국사회』, 이학사, 2012.

권김현영 외, 『남성성과 젠더』, 자음과모음, 2011.

권명아, 『역사적 파시즘』, 책세상, 2005.

＿＿＿, 『무한히 정치적인 외로움 : 한국사회의 정동을 묻다』, 갈무리, 2012.

＿＿＿, 『음란과 혁명 : 풍기문란의 계보와 정념의 정치학』, 책세상, 2013.

권보드래 · 천정환, 『1960년대를 묻다』, 천년의상상, 2012.

권여선, 『토우의 집』, 자음과모음, 2014.

권혁태, 『일본의 불안을 읽는다』, 교양인, 2010.

금희, 『세상에 없는 나의 집』, 창비, 2015.

김금희, 『센티멘털도 하루 이틀』, 창비 2014.

김남천, 『사랑의 水族館』, 인문사, 1940.

김동춘, 『분단과 한국사회』, 역사비평사, 1997.

_____, 『1997년 이후 한국사회의 성찰』, 도서출판 길, 2006.

김려령, 『완득이』, 창비, 2008.

김미정, 『움직이는 별자리들』, 갈무리, 2019.

김사과, 『0 이하의 날들』, 창비, 2015.

김사과, 『천국에서』, 창비, 2013.

김성일, 『대중의 형성과 문화적 실천의 고원들』, 로크미디어, 2007.

김신현경 · 김주희 · 박차민정, 『페미니스트 타임워프』, 반비, 2019.

김애란 외, 『눈먼 자들의 국가』, 문학동네, 2014.

김애란, 『비행운』, 문학과지성사, 2012.

김어준 · 정봉주 · 주진우 · 김용민, 『나는 꼼수다 ― episode 1, 2』, 시사IN북, 2012.

김영옥 외, 『국경을 넘는 아시아 여성들』, 이화여자대학교출판부, 2009.

김원, 『87년의 항쟁』, 책세상, 2009.

_____, 『박정희 시대의 유령들』, 현실문화, 2011.

김은실, 『여성의 몸, 몸의 문화정치학』, 또하나문화, 2001.

김정한, 『김정한 소설선집』, 창작과비평사, 1983.

김종엽 엮음, 『87년체제론』, 창비, 2009.

김종엽, 『분단체제와 87체제』, 창비, 2017.

김지하, 『타는 목마름으로』, 창작과비평사, 1982.

_____, 『오적 ― 결정본 김지하 시전집 3』, 솔, 1993.

김찬호, 『모멸감: 굴욕과 존엄의 감정사회학』, 문학과지성사, 2014.

김현경, 『사람, 장소, 환대』, 문학과지성사, 2015.

김현미, 『글로벌 시대의 문화번역: 젠더, 인종, 계층의 경계를 넘어』, 또하나의문화, 2005.

_____, 『우리는 모두 집을 떠난다: 한국에서 이주자로 살아가기』, 돌베개, 2014.

김현주, 『한국 근대 산문의 계보학』, 소명출판, 2004.

_____, 『어비』, 민음사, 2016.

_____, 『딸에 대하여』, 민음사, 2017.

달과 입술, 『나는 페미니스트이다』, 동녘, 2000.

마광수, 『즐거운 사라』, 청하, 1992.

미야지마 히로시, 『미야지마 히로시, 나의 한국사 공부』, 너머북스, 2013.

박민정, 『유령이 신체를 얻을 때』, 민음사, 2014.

박상영, 『대도시의 사랑법』, 창비, 2019.

박완서, 『엄마의 말뚝』, 세계사, 1994.

_____, 『부끄러움을 가르칩니다』, 문학동네, 1999.

_____, 『그해 겨울은 따뜻했네』 1 · 2, 세계사, 2012.

박태순, 『신생』, 민음사, 1986.

박헌호 엮음, 『센티멘탈 이광수 : 감성과 이데올로기』, 소명출판, 2013.

박헌호 · 류준필 엮음, 『1919년 3월 1일을 묻다』, 성균관대학교출판부, 2009.

박형신 · 정수남, 『감정은 사회를 어떻게 움직이는가』, 한길사, 2015.

방기중 엮음, 『일제하 지식인의 파시즘체제 인식과 대응』, 혜안, 2005.

_____, 『식민지 파시즘의 유산과 극복의 과제』, 혜안, 2006.

백낙청 · 염무웅 엮음, 『한국문학의 현단계』 2, 창작과비평사, 1983.

서동진, 『자유의 의지 자기계발의 의지』, 돌베개, 2009.

_____, 『변증법의 낮잠』, 꾸리에, 2014.

_____, 『동시대 이후 : 시간-경험-이미지』, 현실문화연구, 2018.

서성란, 『쓰엉』, 산지니, 2016.

소영현 외, 『감정의 인문학』, 봄아필, 2013.

소영현, 『프랑켄슈타인 프로젝트』, 봄아필, 2013.

_____, 『하위의 시간』, 문학동네, 2016.

_____, 『올빼미의 숲』, 문학과지성사, 2017.

손보미, 『우아한 밤과 고양이들』, 문학과지성사, 2018.

손유경, 『고통과 동정 : 한국 근대소설과 감정의 발견』, 역사비평사, 2008.

_____, 『프로문학의 감성 구조』, 소명출판, 2012.

손호철 외, 『한국전쟁과 남북한 사회의 구조적 변화』, 경남대학교극동문제연구소, 1991.

손호철, 『해방 60년의 한국정치』, 이매진, 2006.

송경아, 『성교가 두 인간의 관계에 미치는 영향에 대한 문학적 고찰 중 사례연구 부분 인용』, 여성사,
　　　1994.

송호근, 『한국의 평등주의, 그 마음의 습관』, 삼성경제연구소, 2006.

신석상, 『속물시대』, 신세계, 1994.

여성사연구모임 길밖세상, 『20세기 여성 사건사』, 여성신문사, 2001.

연세대학교 국학연구원 엮음, 『일제의 식민지배와 일상생활』, 혜안, 2004.

오찬호, 『우리는 차별에 찬성합니다』, 개마고원, 2013.

_____, 『진격의 대학교』, 문학동네, 2015.

윤대석, 「1940년대 국민문학 연구」, 서울대 대학원(박사), 2006.

윤보라 외, 『여성 혐오가 어쨌다구?』, 현실문화, 2015.

윤이형, 『큰 늑대 파랑』, 창비, 2011.

윤해동 외, 『근대를 다시 읽는다 1』, 역사비평사, 2006.

이광수, 『이광수전집』, 삼중당, 1966.

이기호, 『누구에게나 친절한 교회 오빠 강민호』, 문학동네, 2018.

이문구, 『장한몽』 상 · 하, 랜덤하우스중앙, 2004.

이성식 · 전신현 편역, 『감정사회학』, 한울, 1995.

이주여성인권포럼, 『우리 모두 조금 낯선 사람들』, 오월의 봄, 2013.

이청준, 『자유의 문』, 나남, 1989.

____, 『자유의 문』, 열림원, 1998.

____, 『자유의 문』, 문학과지성사, 2016.

임경석, 『한국 사회주의의 기원』, 역비, 2003.

임옥희, 『젠더 감정 정치 : 페미니즘 원년, 감정의 모든 것』, 여이연, 2016.

임홍빈, 『수치심과 죄책감 : 감정론의 한 시도』, 바다출판사, 2013.

장강명, 『한국이 싫어서』, 민음사, 2015.

장동석, 『금서의 재탄생』, 북바이북, 2012.

장은주, 『인권의 철학』, 새물결, 2010.

장정일, 『아담이 눈 뜰 때』, 미학사, 1990.

장하성, 『왜 분노해야 하는가 : 분배의 실패가 만든 한국의 불평등』, 헤이북스, 2015.

전성태, 『두번의 자화상』, 창비, 2015.

전재호 · 김원 · 김정한, 『91년 5월 투쟁과 한국의 민주주의』, 민주화운동기념사업회, 2004.

정명중, 『우리시대의 슬픔』, 전남대학교출판부, 2013.

정지우, 『분노사회 : 현대사회의 감정에 관한 철학 에세이』, 이경, 2014.

조동일 · 김흥규 외, 『판소리의 이해』, 창작과비평사, 1978.

조정환, 『예술인간의 탄생 : 인지자본주의 시대의 감성혁명과 예술진화의 역량』, 갈무리, 2015.

조혜영 엮음, 『소녀들 : K-pop 스크린 광장』, 여이연, 2017.

진실의 힘 세월호 기록팀, 『세월호, 그날의 기록』, 진실의 힘, 2016.

참여연대 참여사회연구소 기획, 『어둠은 빛을 이길 수 없습니다 － 2008 촛불의 기록』, 한겨레출판,
    2008.

최기숙 · 이하나 · 소영현 외, 『감성사회 : 감성은 어떻게 문화동력이 되었나』, 글항아리, 2014.

____, 『집단감성의 계보』, 앨피, 2017.

____, 『한국학과 감성교육』, 앨피, 2018.

박언주 · 소현숙 · 이화진 · 권명아 외, 『약속과 예측』, 산지니, 2021.

최원식 · 백영서 엮음, 『동아시아인의 '동양' 인식 : 19-20세기』, 문학과지성사, 1997.

최유리, 『일제 말기 식민지 지배정책사연구』, 국학자료원, 1997.

최유준, 『우리시대의 분노』, 전남대학교출판부, 2013.

최은영, 『쇼코의 미소』, 문학동네, 2016.

____, 『몸』, 미메시스, 2018.

최장집(박상훈 개정), 『민주화 이후 민주주의』, 후마니타스, 2010 (초판 : 2002).

최정운, 『오월의 사회과학』, 오월의봄, 2012 (1999).

한국정신문화연구원 엮음, 『한국전쟁과 사회구조의 변화』, 백산서당, 1999.

한순미, 『우리시대의 사랑』, 전남대학교출판부, 2014.

한승헌, 『권력과 필화』, 문학동네, 2013.

한홍구, 『광장, 민주주의를 외치다』, 창비, 2017.

홍은전, 『그냥, 사람』, 봄날의책, 2020.

홍정선 엮음, 『김팔봉문학전집』, 문학과지성사, 1988~89.

황정은, 『아무도 아닌』, 문학동네, 2016.

_____, 『디디의 우산』, 창비, 2019.

『모던일본과 조선 1939』, 윤소영 외 옮김, 어문학사, 2007.

『모던일본과 조선 1940』, 홍선영 외 옮김, 어문학사, 2009.

岡眞理, 『그녀의 진정한 이름은 무엇인가』, 이재봉 · 佐伯勝弘 옮김, 현암사, 2016.

宮田節子, 『朝鮮民衆과「皇民化」政策』, 이형랑 옮김, 일조각, 1997.

今村仁司, 『근대성의 구조』, 이수정 옮김, 민음사, 1999.

吉田徹, 『정치는 감정에 따라 움직인다』, 김상운 옮김, 바다출판사, 2015.

冨山一郎, 『전장의 기억』, 임성모 옮김, 이산, 2002.

師岡康子, 『중오하는 입 : 혐오발언이란 무엇인가』, 조승미 · 이혜진 옮김, 오월의봄, 2015.

山室信一, 『러일전쟁의 세기』, 정재정 옮김, 소화, 2010.

上野千鶴子, 『여성 혐오를 혐오한다』, 나일등 옮김, 은행나무, 2012.

小熊英二, 『사회를 바꾸려면』, 전형배 옮김, 동아시아, 2014.

友野典男, 『행동경제학』, 이명희 옮김, 지형, 2007.

伊藤守, 『정동의 힘』, 김미정 옮김, 갈무리, 2015.

Adam Smith, 『도덕감정론』, 박세일 · 민경국 옮김, 비봉출판사, 2010(1996 초판).

Agnes Heller, *A theory of feelings*, Assen, The Netherlands : Van Gorcum, 1979.

Alain de Botton, 『불안』, 정영목 옮김, 은행나무, 2011.

Antonio Damasio, 『데카르트의 오류 : 감정, 이성, 그리고 인간의 뇌』, 김린 옮김, 중앙문화사, 1999.

_____, 『스피노자의 뇌』, 임지원 옮김, 사이언스북스, 2007.

Arlie Russell Hochschild, 『감정노동』, 이가람 옮김, 이매진, 2009.

Axel Honneth, 『인정투쟁』, 문성훈 · 이현재 옮김, 사월의책, 2011.

Baruch Spinoza, 『에티카』, 강영계 옮김, 서광사, 1990.

Bell Hooks, 『사랑은 사지일까?』, 양지하 옮김, 현실문화연구, 2015.

Brennan Teresa, *The Transmission of Affect*, Ithaca, Cornell UP, 2004.

Brian Massumi, 『가상계』, 조성훈 옮김, 갈무리, 2011.

_____, *Politics of Affect*, Polity Press, 2015. [『정동정치』, 조성훈 옮김, 갈무리, 2018.]

C. Wright Mills, *White Collar : The American Middle Classes*, Oxford University Press, 2002.

Chantal Mouffe, 『민주주의의 역설』, 이행 옮김, 인간사랑, 2006.

Charles Taylor, 『근대의 사회적 상상』, 이상길 옮김, 이음, 2010.

Christian Marazzi, 『자본과 정동 : 언어 경제의 정치학』, 서창현 옮김, 갈무리, 2014.

Deborah Lupton, 『감정적 자아 : 나의 감정은 사회에서 어떻게 만들어지는가』, 박형신 옮김, 한올아카데미, 2016.

Dylan Evans, 『감정』, 임건태 옮김, 이소출판사, 2002.

Eva Illouz, 『감정자본주의』, 김정아 옮김, 돌베개, 2010.

_____, 『사랑은 왜 아픈가』, 김희상 옮김, 돌베개, 2013.

Eve Sedgwick, *Between Men*, Columbia University Press, 1985.

Franco Berardi, 『프레카리아트를 위한 랩소디』, 정유리 옮김, 난장, 2013.

Franco Mancuso, 『광장』, 장택수 외 옮김, 생각의나무, 2009.

Frank Fruedi, 『우리는 왜 공포에 빠지는가?』, 박형신 · 박형진 옮김, 이학사, 2011.

Gabriel Tarde, 『여론과 군중』, 이상률 옮김, 지도리, 2012.

Georg Simmel, 『짐멜의 모더니티 읽기』, 김덕영 · 윤미애 옮김, 새물결, 2005.

George Akerlof · Robert Shiller, 『야성적 충동』, 김태훈 옮김, RHK, 2009.

Georges Didi-Huberman, 『모든 것을 무릅쓴 이미지들』, 오윤성 옮김, 레베카, 2017.

Gilles Deleuze 외, 『비물질노동과 다중』, 서창현 외 옮김, 갈무리, 2005.

Giorgio Agamben, 『아우슈비츠의 남은 자들』, 정문영 옮김, 새물결, 2012.

Giorgio Agamben, *The Open*, trans. Kevin Attel, Stanford University Press, 2004.

_____, 『군중심리』, 차예진 옮김, W미디어, 2008.

Harry Harootunian, 『역사의 요동』, 윤영실 · 서정은 옮김, 휴매니스트, 2006.

Ivan Illich, 『그림자 노동』, 노승영 옮김, 사월의책, 2015.

Jack Barbalet 엮음, 『감정의 거시사회학 : 감정은 사회를 어떻게 움직이는가?』, 박형신 · 정수남 옮김, 일신사, 2007.

_____, 『감정과 사회학』, 박형신 옮김, 이학사, 2009.

Jacques Derrida, 『불량배들』, 이경신 옮김, 휴머니스트, 2003.

Jeff Goodwin & James Jasper & Francesca Polletta, 『열정적 정치 : 감정과 사회운동』, 박형신 · 이진희 옮김, 한울, 2012.

Jeffrey Weeks, 『섹슈얼리티 : 성의 정치』, 서동진 · 채규형 옮김, 현실문화연구, 1997.

Judith Butler, 『불확실한 삶』, 양효실 옮김, 경성대학교출판부, 2008.

_____, 『혐오 발언 : 너와 나를 격분시키는 말 그리고 수행성의 정치학』, 유민석 옮김, 알렙, 2016.

Kathleen Barry, 『섹슈얼리티의 매춘화』, 정금나 · 김은정 옮김, 삼인, 2002.

Kevin Kenny, 『디아스포라이즈is』, 최영석 옮김, 앨피, 2016.

Lisa Feldman Barrett, 『감정은 어떻게 만들어지는가?』, 최호영 옮김, 생각연구소, 2017.

Margaret Wetherell, *Affect and Emotion : a new social science understanding*, Sage Publications, 2002.

Maria Mies, 『가부장제와 자본주의』, 최재인 옮김, 갈무리, 2014.

Martha Nussbaum, 『시적 정의』, 박용준 옮김, 궁리, 2013.

_____, 『감정의 격동』 1 · 2 · 3, 조형준 옮김, 새물결, 2015.

_____, 『혐오에서 인류애로 : 성적 지향과 헌법』, 강동혁 옮김, 뿌리와이파리, 2015.

_____, 『혐오와 수치심 : 인간다움을 파괴하는 감정들』, 조계원 옮김, 민음사, 2015.

Maurizio Lazzarato, 『기호와 기계』, 신병현 · 심성보 옮김, 갈무리, 2017.

_____, 『정치실험』, 주형일 옮김, 갈무리, 2018.

Melissa Gregg · Gregory Seigworth 엮음, 『정동 이론』, 최성희 · 김지영 · 박혜정 옮김, 갈무리, 2015.

Michel Foucault, 『비판이란 무엇인가? 자기 수양』, 오르트망 옮김, 동녘, 2016.

_____, 『사회를 보호해야 한다』, 박정자 옮김, 동문선, 1998.

Michel Houellebecq, 『지도와 영토』, 장소미 옮김, 문학동네, 2011.

Patricia Clough ed., *The Affective Turn : theorizing the social*, Durham and London : Duke University Press, 2007.

Philippe de puy de Clinchamps, 『스노비즘』, 신곽균 옮김, 탐구당, 1992.

Pierre Bourdieu, 『구별짓기 ─ 문화와 취향의 사회학 상』, 최종철 옮김, 새물결, 2005

Raymond Williams, 『문화와 사회』, 나영균 옮김, 이화여자대학교출판부, 1988.

_____, 『이념과 문학』, 이일환 옮김, 문학과지성사, 1982.

Rey Chow, 『원시적 열정』, 정재서 옮김, 이산, 2004.

Richard Sennett, 『불평등 사회의 인간 존중』, 유강은 옮김, 문예출판사, 2004.

Robert A. Dahl, 『미국헌법과 민주주의』, 박상훈 · 박수형 옮김, 후마니타스, 2004.

Sara Ahmed, 『행복의 약속』, 성정혜 · 이경란 옮김, 후마니타스, 2021.

Saskia Sassen, 『축출 자본주의』, 박슬라 옮김, 글항아리, 2016.

Silvia Federici, 『캘리번과 마녀』, 황성원 · 김민철 옮김, 갈무리, 2011.

_____, 『혁명의 영점』, 황성원 옮김, 갈무리, 2013.

Slavoj Zizek, 『폭력이란 무엇인가』, 이현우 · 김희진 · 정일권 옮김, 난장이, 2011.

Stéphane Hessel, 『분노하라』, 임희근 옮김, 돌베개, 2011.

Stjepan G. Meštrović, 『탈감정사회』, 박형신 옮김, 한울, 2014.

Susan J. Matt and Peter N. Stearns ed., *Doing Emotions History*, University of Illinois Press, 2014.

Tessa Morris-Suzuki, 『변경에서 바라본 근대』, 임성모 옮김, 산처럼, 2006.

Thorstein B. Veblen, 『유한계급론』, 김성균 옮김, 우물이있는집, 2005.

William Reddy, 『감정의 항해 : 감정 이론, 감정사, 프랑스혁명』, 김학이 옮김, 문학과지성사, 2016.

Zigmunt Bauman, 『유동하는 공포』, 함규진 옮김, 산책자, 2009.

_____, 『부수적 피해』, 정일준 옮김, 민음사, 2013.

_____, 『이것은 일기가 아니다』, 이택광 · 박성훈 옮김, 자음과모음, 2013.

송제숙, 『혼자 살아가기 : 비혼여성, 임대주택, 민주화 이후의 정동』, 황성원 옮김, 동녘, 2016.

한병철, 『피로사회』, 김태환 옮김, 문학과지성사, 2012.

한홍구 · 서경식 · 다카하시 데쓰야, 『후쿠시마 이후의 삶』, 이령경 외 옮김, 반비, 2013.